WILL IN THE WORLD

シェイクスピアの驚異の成功物語

スティーヴン・グリーンブラット
河合祥一郎▼訳

白水社

シェイクスピアの驚異の成功物語

再び、ジョッシュとエアロンに、
そして今度はハリーにも

目次

装丁　東幸央

日本語版への序——日本の読者への手紙

シェイクスピアへの最初の讃辞は、エリザベス朝時代のあまり知られていない翻訳家・作家フランシス・ミアズによるものだ。その著書『パラディス・タミア——知恵の宝庫』(一五九八年出版)のなかでミアズは、「甘いソネット」をはじめとする詩を書いた「甘美に響く蜜の舌を持つシェイクスピア」を褒《ほ》め、『夏の夜の夢』や『ロミオとジュリエット』などの劇の一節を引用しながら、喜劇悲劇を問わずシェイクスピアの英語は「最も優れている」と評した。

ミアズは、そのほか優秀な作家を多数列挙しているが、そのなかに、ここに取り上げるのにふさわしい人物がいる。ラテン語詩を書いて「評判となり、名誉ある出世」をしたイギリス人リチャード・ウィルズだ。今ではほとんど忘れ去られた存在だが、「世界の果て」に位置する「気高い島」を初めて英語で描写してシェイクスピアやその同時代人に伝えたのは、ウィルズなのだ。その島とは、もちろん、日本のことである。

ウィルズは日本に行ったわけではなかった。若い頃イエズス会に入り、聖職者になる修行をすべくオックスフォードから大陸へ移ったにすぎない。結局はカトリックを捨ててプロテスタントのイングランドへ戻ってくるが、高名なイエズス会士である旅行好きな地理学者ジョヴァンニ・ピエトロ・マフェイとの交流を続け、マフェイが実際に見てきたアジアの詳細な描写をもとに英語で文章を綴ったのである。

日本人はまったくすごい、とウィルズは報告している――「丁寧で、才気煥発で、礼儀正しく、ごまかしがなく、美徳においても誠実な話し振りにおいても、最近発見された他の国民すべてを凌駕する」と。唯一見出しうる欠点とは、日本人は名誉にこだわりすぎていることだが、それが欠点なのかどうかはウィルズにはわからない。というのも、それがために、ときに不和が起き、暴力沙汰になり、奇妙な儀式的自殺を行なったりするものの、だからこそまた実に立派な行動も生まれるからだ。「世評を気にするからこそ、日本人は親を敬い、約束を守り、不倫や泥棒をしない」。「野蛮な民族や未開の地域」の話を無数に知っているウィルズにとって、「栄誉ある島」である日本は、一種の例外的なユートピアだった。

シェイクスピアがこの文章を目にしたかどうかはわからない。私の知る限り、シェイクスピア作品には日本への言及は一切ないし、シェイクスピアはどんなユートピアの夢にも懐疑的だったから、ウィルズの文章を読んだとしても疑いの目を向けたことだろう。シェイクスピアの作品のなかで想像され、描かれている国民――当時のイングランドの男女のみならず、古代ギリシア人、ローマ人、ブリテン人、ヴェニス市民、フランス人、イタリア人、ボヘミア人――どれを見ても、善の化身だったり、悪の化身だったりはしない。どの民族にも同じように善良さと不道徳さが混ざり合っていて、みな似たような道徳的、感情的ジレンマに苦しむものだとシェイクスピアは考えていたようだ。しかし、ウィルズが日本人の特質としたもの――丁寧さ、賢さ、礼儀正しさ、誠実さ、そして名誉――は、シェイクスピア作品ではきわめて重要な概念となる。そしておそらく、そうした特質が日本で実際に大切にされているからこそ、日本でシェイクスピアが非常に熱心かつ寛大に受け容れられているのだろう。

一般の西洋人なら、日本におけるシェイクスピア受容といえば、シェイクスピアに着想を得た黒澤明監督の偉大なる映画の連作、『蜘蛛の巣城』(一九五七)、『悪い奴ほどよく眠る』(一九六〇)、『乱』(一九八五)を思い出す。しかし、こうした映画は受容の一端にすぎず、ほかにもシェイクスピアに着想を得た詩や物語や小説があり、日本人学者による重要なシェイクスピア論文や雑誌や本があり、日本の機関が主催するシェイクスピア学会があり、そして日本各地の劇場で想像力あふれるシェイクスピア劇が上演されていることは、西洋のシェイクスピア学者や日本通の知るところだ。

多方面にわたるこうした受容のなかでも、私が最も興奮するのは、シェイクスピアが日本演劇の伝統と結ばれるときだ。一九九一年、東京で開催された第五回世界シェイクスピア会議の際、私は、『ウィンザーの陽気な女房たち』を狂言風に巧みに翻案した高橋康也作『法螺侍』を観て欣喜驚嘆した。高橋はこの偉業の続編として、やはり創意に富む『まちがいの狂言』を二〇〇一年にロンドンの新グローブ座で上演した。

シェイクスピアは、まさか自分の作品が地球の裏側の島で独自の命を持つとは夢にも思わなかっただろう。ただ、シェイクスピアの劇が初演されたグローブ座の正門の上部には、こんなラテン語の諺が刻まれていたという――Totus mundus agit histrionem.「世界のだれもが役者である」――つまり、『お気に召すまま』の有名な台詞「この世はすべて舞台／男も女も役者にすぎぬ」と同じだ。この精神をもって、私は本書を日本の読者に捧げる。

二〇〇六年三月

スティーヴン・グリーンブラット

献辞

この本を書くにあたって多くの方々のお世話になったことを感謝できるのはうれしい限りだ。そして、そう感じられるのも、あらゆるものを喜びに変えてしまうシェイクスピアのおかげである。ハーヴァード大学の博覧強記のわが同僚および学生諸君は、絶えず知的刺激と挑戦を与えてくれた。優れたハーヴァード大学のなかでもとりわけ有名な大学図書館と、その実に有能な図書館員のおかげで、どんなに難解な問題でも追究することができた。メロン財団からは貴重な時間の贈り物を頂いたし、ベルリン高等研究所からは本書を仕上げるのに完璧な環境を頂いた。本書の考えを試してみる機会をくださったアメリカ・シェイクスピア協会、バース・シェイクスピア祭、ニューヨーク大学、コロンビア大学でのライオネル・トリリング・セミナー、レオ・レーヴェンタール記念会議、ボストン・カレッジ、ウェルズリー・カレッジ、ヘンドリックス・カレッジ、アインシュタイン・フォーラムに感謝したい。マルボロ・カレッジとマルボロ音楽祭には、何度もお世話になった。

本書のアイデアは、何年も前にマーク・ノーマンと話をしていたときに生まれた。マークは、当時シェイクスピアの生涯についての映画台本を書こうとしていた。その台本から有名な映画『恋におちたシェイクスピア』が生まれたのだが、私のほうの企画はしばらく眠っており、妻レイミー・ターゴフが内容についても、気持ちの上でも常に励ましてくれたおかげで書くことができた。ジル・ニーリムは、実に重要な忠告をしてくれ、援助してくれた。ホミ・バーバ、ジェフリー・ナップ、ジョゼフ・カーナー、チャールズ・ミー、ロバート・ピンスキーら友達はそれぞれ、膨大な時間と学識と見識を割いてくれた。その恩にどう報いたらよいか見当もつかない。そのほか、マーセラ・アンダーソン、レナード・バーカン、フランク・ビダート、ロバート・ブルースタイン、トマス・ラカー、アダム・フィリップス、レギュラ・ラップ、モウシュ・サフディ、ジェイムズ・シャピロー、デボラ・シューガー、故バーナード・ウィリアムズをはじめ多くの友人たちからも力になってくれて、突っ込んだ質問をしてもらったりしたので筆が進んだ。ビアトリス・キッツィンジャー、エミリー・ピーターソン、ケイト・ピルソン、ホルガー・ショット、グスターヴォ・セッキ、フィリップ・シュヴィツァーは、疲れを知らぬ有能な助手だ。担当の編集者アラン・メイソンは、他の手本となるような忍耐と眼力をもって、妊娠中であったにもかかわらず本書の原稿を編集し続け、まるで奇蹟のように、出産予定日に本書を仕上げてくれた。

最も深く、最も豊かな喜びにあふれた感謝は、わが家庭に向けたい。妻とジョッシュ、エアロン、ハリーの三人の息子たち。よちよち歩きの末っ子だけが、シェイクスピアについての終わりなき会話を免れることができ、直接に意見を述べることはなかった。だが、ハリーは、同名のわが父が生まれて一〇四年目にこの世に顕《あらわ》れ、当初かなりはるか遠くに思えていた古人の人生が、何と息を呑むほど近いものかということを教えてくれた。

読者への注記

一五九八年頃、シェイクスピアの作家活動のまだ比較的初期の頃、アダム・ダーマンスという名のほかあまり知られていない男が、自分の書き写した演説や手紙のコレクションの内容をリストにしようとした。この男はどうやらぼんやりし始めたらしい。落書きを始めたのだ。ページに書きつけられた言葉のなかには、「リチャード二世」、「リチャード三世」とあり、『恋の骨折り損』と『ルークリースの凌辱』から、うろ覚えの引用もあった。とりわけ、「ウィリアム・シェイクスピア」という言葉を何度も書きつけていた。どうやら、この名前が自分の名前だったらどんな感じがするかを確かめてみたかったらしい。こんな好奇心に駆られたのはダーマンスが最初だったかもしれないが、最後でなかったことは確かだ。

ダーマンスの落書きが示すように、シェイクスピアは当時から有名だった。シェイクスピアの死後わずか数年後に、ベン・ジョンソンは「われらが舞台の驚異」「詩人の星」とシェイクスピアを讃えた。しかし当時、そうした文学界の名士について伝記を書かれることはなかったし、シェイクスピアの思い出がまだ鮮やかなうちに資料を集めておこうなどとはだれも思わなかった。シェイクスピアについてわかっていることは当時のたいていの職業作家より偶然多いけれど、それというのも、一六世紀末から一七世紀初頭のイングランドはすでに記録をつける社会になっており、残存する多くの記録を熱心な学者たちが調べたからにほかならない。情報量は比較的豊富なのだが、重要なところがわからない――だからシェイクスピアの伝記的研究は推測に頼らざるをえないのである。

最も貴重な資料である作品のほとんどは(詩作を除いて)、シェイクスピアの生涯の友にして同僚であるジョン・ヘミングズとヘンリー・コンデルの二人によって丁寧に集められ、シェイクスピアの死後七年目の一六二三年にファースト・フォーリオ(第一・二つ折本)として上梓された。この大型本に収録された三六作品のうち、『ジュリアス・シーザー』『アントニーとクレオパトラ』『テンペスト』などの名作一八作は、このとき初めて印刷されたものだった。ファースト・フォーリオがなければ、永遠に消えていたかもしれないのである。世界は、ヘミングズとコンデルに大変な恩恵を受けていることになる。だが、この二人の編者は、シェイクスピアは大変すらすらと書いた――「思ったことを易々と言葉にしたので、書いたものを消したりすることはまずなかった」――と記すばかりで、伝記的な面には関心を示さなかった。また、内容をジャンル――喜劇、歴史劇、悲劇――で分類しており、それぞれの作品がいつ、どの順序で書かれたか記そうとはしなかった。何十年にもわたる研究に継ぐ研究の末に、学者たちはある程度落ち着いた同意に達したものの、どんな伝記にも最重要となるこの創作年代にしたところで、どうしても推測の域から抜け出せないのだ。

生涯の詳細にしても同じである。ストラットフォードの司祭ジョン・ブレッチガードルは、一五六四年四月二六日に「ヨハネス(ジョン)・シェイクスピアの息子グリエルムス(ウィリアム)」の洗礼を教区録に記した。何を疑おうとも、これだけは確かだ。しかし、それゆえ――誕生から洗礼まで当時はたいてい三日のあいだをあけたものだという想定で――シェイクスピアの誕生日は四月二三日だと学者たちが決めたのは、推測にすぎないのである。

推測に頼らざるをえないという問題の大きさを読者に実感してもらうために、もう一つ、もっと潜在的な重要性を孕《はら》んだ例を挙げよう。一五七一～一五七五年にストラットフォードのグラマー・スクールの教師を務めたのは、一五六八年にオックスフォード大学で学士号を取得したサイモン・ハントであった。したがって、シェイクスピアが七歳から一一歳までのあいだ、ハントがシェイクスピアの先生だったということになりそうだ。一五七五年七月頃、サイモン・ハントは、フランドルにあるカトリック系のドゥエ大学に入学し、一五七八年にカトリックのイエズス会士となった。ということは、シェイクスピアが幼い頃の先生はカトリックだったということになりそうであり、シェイクスピア少年の若き日々の経験もそれで納得がいくふしがある。ところが、シェイクスピアがストラットフォードのグラマー・スクールに通ったという動かぬ証拠はないのだ。その頃の記録が残っていない。しかも、サイモン・ハントという名の別人が一五九八年ないしそれ以前にストラットフォードで死亡しており、イエズス会士のほうではなく、この別のサイモン・ハントがシェイクスピアの先生であった可能性も完全には否定できない。シェイクスピアはほぼまちがいなく学校に通ったであろう――さもなければ、どこで読み書きを覚えたというのだろう――そして、日付の一致やシェイクスピアの生涯を考えれば、一五七一年から一五七五年に学校教師だったのはカトリック信者のハントであった可能性が高い。しかし、この点にとどまらず、シェイクスピアの生涯の多くの点において、絶対に確実と言えるものはないのである。

序章

金もなければコネもなく、大学も出ていない田舎育ちの若者が、一五八〇年代末、ロンドンに出てくるや、瞬く間に当代一――どころか永代の大劇作家となる。その作品は、教養のある人にもない人にも受け、初めて劇場を覗《のぞ》いた地方人から都会の粋人に至るまでを魅了する。観客を笑わせ、泣かせ、政治を詩に変え、下品な道化ぶりを大胆にも深遠な哲学と混ぜ合わせ、王であろうと乞食であろうと、その人生の深奥を見抜く。法律家なのかと思えば、神学や古代史を勉強したようにも見え、その一方で、田舎者の物言いを易々《やすやす》と真似し、昔話に夢中になってみせる。どうやったら、こんなとてつもないことを成し遂げられるのだろう？シェイクスピアはいかにしてシェイクスピアとなりきや。

演劇は、現代と同様シェイクスピアの時代においても高度な社会芸術だった。血の通わない抽象的な遊びではないのだ。エリザベス女王とジェイムズ王の時代には、上演はもとより出版もされず、公《おおやけ》に顔を見せない種類の戯曲もあって、できれば窓のない小部屋でひっそりと静かに読まれるのがふさわしいレーゼ・ドラマとして知られていたけれど、シェイクスピアの劇は、いつもはっきりとそんな部屋の外にあった。今も昔も、世界に飛び出し、世界を描くのだ。

シェイクスピアは、金に齷齪《あくせく》するエンターテインメント商業演劇のために執筆し、舞台に立っただけでなく、当時の社会状況や政治に実に敏感な台本を書いた。そうせざるをえなかった。なにしろ、シェイクスピアが株主をしていた劇団が糊口《ここう》を凌《しの》ぐには、丸い木造の芝居小屋に一日約一五〇〇から二〇〇〇人の一般客を引き込まねばならず、ライバル劇団との競争は厳しかったのだから。

重要なのは時事性ではなかった——政府の検閲もあったし、また、レパートリー劇団というものは同じ台本を数年使いまわして成功を収めることもあるため、あまり時事的になるのは危険であり——むしろ、鍵となるのは強烈なおもしろさだった。シェイクスピアは、当時の観客の心の奥にある欲望や恐怖に踏み込まねばならなかった。そして、その異例な成功ぶりを見ればわかるように、見事にそれをやってのけたのだ。ライバル劇作家たちはほとんど皆、飢餓への道をまっしぐらに進んでいたというのに、シェイクスピアは故郷で最上級の家を購入するほどの金を蓄え、五〇代初めに功なり名を遂げて引退したのである。

ということで、本書は、これまで説明不能とされてきたシェイクスピアの驚異の成功物語の本である。すなわち、この一千年のあいだで最も重要な想像力あふれる文学を物した実在人物の謎を明らかにする——と言うよりはむしろ、実在人物について記録された文書をなぞってばかりでは意味がないので、本書は、シェイクスピアが送った人生からシェイクスピアが創造した作品へとつながる陰の多い細道を辿《たど》っていく。

詩や戯曲は別にして、シェイクスピアの人生を辿る手がかりとなる痕跡は今でもいろいろ見つかるものの、つかみどころがないものばかりだ。何世代にもわたってこつこつと古文書が探された末、発見されたのは、当時のシェイクスピアへの言及のほかに、それなりの数の所有物譲渡書、結婚許可書、洗礼記録、役者として名前の記載がある出演者一覧、税金請求、些細《ささい》な法的供述書、労働報酬、そして興味深い遺言状などであるが、どれ一つとして、これほどすばらしい創造力の大いなる謎を解き明かす決め手とはならなかった。

見つかった事実は、数世紀にわたって何度も何度も反芻された。すでに一九世紀には、詳しい情報満載の素晴らしい伝記が現われており、毎年そうした伝記が山と書かれ、ときには新たに発見された古文書の貴重な断片などで強化されていった。それらのうち優れたものを熟読し、わかっている限りの痕跡を洗いざらい根気強く吟味したところで、いかにしてこの劇作家の業績がもたらされたのかついぞ理解できなかった。

ときとしてシェイクスピアは生気のない退屈な人物に思えるものだから、その内なる才能の泉がどこにあるやら、なおさらわからないのだ。才能の泉というものは、たとえ手紙や日記、当時の覚書や対談記録、意味深い書き込みのある本、ノート、初稿などが伝記作家の手に入ったとしてもなかなかつかめないものだが、そういったものさえ一切残っていない。当時の役所の無味乾燥な記録のそこここに痕跡を遺しているこの男の人生が、万人を魅了する永遠の名作とどうやったら結びつくのかはっきりしたつながりが何もない。シェイクスピアの作品は、人間ではなく神の手になるのではと思えるほどあまりに驚異的、啓発的であるというのに、それが田舎出の、たいした教育もない男が書いたものだとは到底思えないのだ。

もちろん、計り知れぬほど強い想像力が摩訶不思議にも働いたのだとして、〝おもしろい〟人生などとは無縁の「才能」なるものを考えてみることはできる。戯曲そのものからシェイクスピアが読んだはずの本がわかるので、それらの本から想像力がどのように変容してきたかについて学者たちは実りある研究を長年続けてきた。作家としてシェイクスピアは何もないところから書き始めることはめったになく、すでに流布している材料を取り上げて、自らの優れた創造的活力を吹き込むのが常だった。ときには、換骨奪胎するにしてもあまりに種本と細部に至るまでそっくりなので、机の上に種本を置きながら羽ペンを走らせていたのではないかと思えることもあったが、シェイクスピアの芸術に真摯に向き合おうとする人なら、その戯曲や詩が単なる読書の受け売りだとはとても思えないはずだ。少なくともシェイクスピアがどんなに読書家であろうと、生涯を通してシェイクスピアの芸術を形作ったのは、「人生をどう生きたらいいのか？　何を信じたらいいのか？　だれを愛するのか？」といった、若者として取り組んだ中心課題であった。

シェイクスピア芸術の最大の特長とは、リアルさの感覚だ。ずっと以前に声が途絶え、姿も消えてしまった他の作家たちと同様に、今残っているのはページの上の言葉だけであるのに、優れた俳優がシェイクスピアの言葉に命を吹き込む以前から、そうした言葉には実人生の経験が生き生きとこめられている。追われて震える野ウサギが「露に塗《まみ》れて」いるのに気づく細やかな心を持ち、自らの汚名を「染物屋の手」に喩《たと》えて嘆く詩人であり、妙に具体的に「トルコ織りのカバーがかかった机に」財布がしまってあると妻に語る夫（『間違いの喜劇』）や、自分の哀れな友人には絹の靴下が二足しかなく、一つは桃色だと覚えている王子（『ヘンリー四世』第二部）を描く劇作家でもある。

この作家は、世界に対して人並みはずれて開かれており、その世界が自分の作品に入り込んでくるようにする方法を見出したのだ。それが実に効果的になされていることを理解するためには、その言葉の織物——修辞の用い方、その不思議な腹話術のような技法、言葉への強迫観念じみたこだわり——を注意深く吟味していかねばならない。シェイクスピアとは何者だったのかを理解するには、遺された言葉の痕跡を手がかりにして、シェイクスピアが実際に生きた人生へ、シェイクスピアが大きく開いて受け容れた世界へと、歩んで行かねばならない。そして、シェイクスピアが自らの人生を芸術に変化させるためにどのように想像力を用いたのかを理解するためには、私たち自身の想像力を用いなければならないのである。

マーティン・ドルーシャウト（*c.*1601-*c.*1650）は，シェイクスピア没時，まだ15歳だったので，本人に会ったことがあるとは思えないが，ファースト・フォーリオ（第一・二つ折本，1623）の表紙にあるドルーシャウト作の版画は，シェイクスピアをよく知っていた編者を満足させるほど十分に正確であったはずである．

W. W. ノートン社

第一章 原体験

想像してみることにしよう。シェイクスピアは少年の頃から言語に魅了され、言葉の魔力に心を奪われていたのだ、と。最初期の作品群からして言葉への圧倒的なこだわりを示しているため、早くからそうだったのだろうと想定するのは、ごく自然なことだ。ひょっとすると、母親が耳元でわらべ歌を囁《ささや》いていた頃からそうだったのかもしれない。

ピリコック、ピリコック、丘の上。
帰ってなけりゃ、やっぱりいるよ、丘の上。
Pillycock, pillycock, sate on a hill,
If he's not gone—he sits there still.

何年ものちに『リア王』執筆時にシェイクスピアの頭のなかで鳴り響いていたわらべ歌だ。精神を病んだ「哀れなトム」が「ピリコック丘にピリコック坐る」(第三幕第四場七三行)と歌うのである。シェイクスピアは、言葉の響きに他人には聞こえないものを聞き、他人がしない連想をし、自分だけで作り出した悦《よろこ》びに満たされていたのである。

これはエリザベス朝イングランドの文化だからこそ掻き立てられ、豊かに充足させられ、楽しみがいのあった嗜好であり喜びだった。というのも、当時の文化では、美文調の雄弁がもてはやされ、説教師や政治家たちの凝った散文を味わう耳が養われており、さほど教養がなく平凡な感受性の持ち主でも詩を書くことが当たり前だったからである。

初期の戯曲『恋の骨折り損』でシェイクスピアは滑稽な学校教師ホロファニーズを描いたが、その様子は、観客のほとんどが直ちにそれとわかる教室風景のパロディーだった。ホロファニーズは、リンゴに言及すると、それが「天空《カエロ》、即ち空、即ち宙、即ち天界の耳朶《じだ》に宝石の如く」ぶら下がり、「陸地《テラ》、即ち土、即ち地面、即ち大地に」落ちると言わずにはいられない(第四幕第二場四～六行)。ホロファニーズは、主要教科書として、「お手紙をありがとう」の一五〇通りの言い方(もちろんラテン語で)を教えてくれるエラスムスの『豊饒論』を用いた授業をおもしろおかしく具現化しているのである。シェイクスピアはこの躁病じみた言葉の遊びを巧みにからかっているものの、その一方で、自分でもあふれんばかりに言葉を駆使して同じ遊びをしており、ソネット一二九番では、情欲は「嘘で塗り固められ、残忍で、血腥《ちなまぐさ》く、忌まわしく／野蛮で、非道で、下品で、残酷で、信頼できない」(三～四行)と書いている。この熱のこもった言葉の炸裂の裏には、どこか、幼い少年がラテン語の同意語の長い一覧表を作成しながら学校で過ごした際限のない時間が隠れている。

「だれでも、自分の子供にはラテン語を話させようとするものです」と、エリザベス女王の家庭教師ロジャー・アスカムは書いた。女王はラテン語を話したが、外交上必須のこの素養がある女性はイギリスでごく一握りしかいなかった。そして、外交官、顧問官、神学者、牧師、医師、法律家たちもこの古い言葉を操ったが、それを話すのは実際に仕事で必要な人たちだけに限られなかった。「だれでも、自分の子供にはラテン語を話させようとするものです」——一六世紀において、煉瓦積職人、羊毛商人、手袋商人、裕福な自作農といった、正式な教育を受けず、ラテン語はおろか英語の読み書きすらできない人たちが、自分の息子たちにはラテン文法の絶対奪格を勉強してもらいたがったのだ。ラテン語は、教養であり、修養であり、出世の糸口であった。親の野望、そして社会の普遍的な欲望のこもった言語だったのである。

それゆえ、ウィルことウィリアム・シェイクスピアの父母は、息子にきちんとした古典的教育を受けさせようとしていた。父親ジョン・シェイクスピア自身の読み書きからして、かなり怪しいものだった。ストラットフォード・アポン・エイヴォンの重要な町行政の職務にあったのだから、読むことぐらいはできたはずだが、生涯、自分の名前を記号でしか署名しなかったのである。イギリス一の作家の母親メアリ・シェイクスピアもまた法的な書類に記号で署名していることから判断すると、最低限の読み書きはできたとしても、名前が書けなかったらしい。しかし、両親は明らかに、長男はそれではまずいと思ったのだ。子供のウィルが、「角本《ホーンブック》」(アルファベットと主の祈りを羊皮紙に印刷し、薄い透明の角質で覆った木製の書字板)と標準的な小学校教科書『問答式ABC』で勉強を始めたことはまちがいない(『ヴェローナの二紳士』では、恋する男が「『ABC』をなくした生徒のように」た

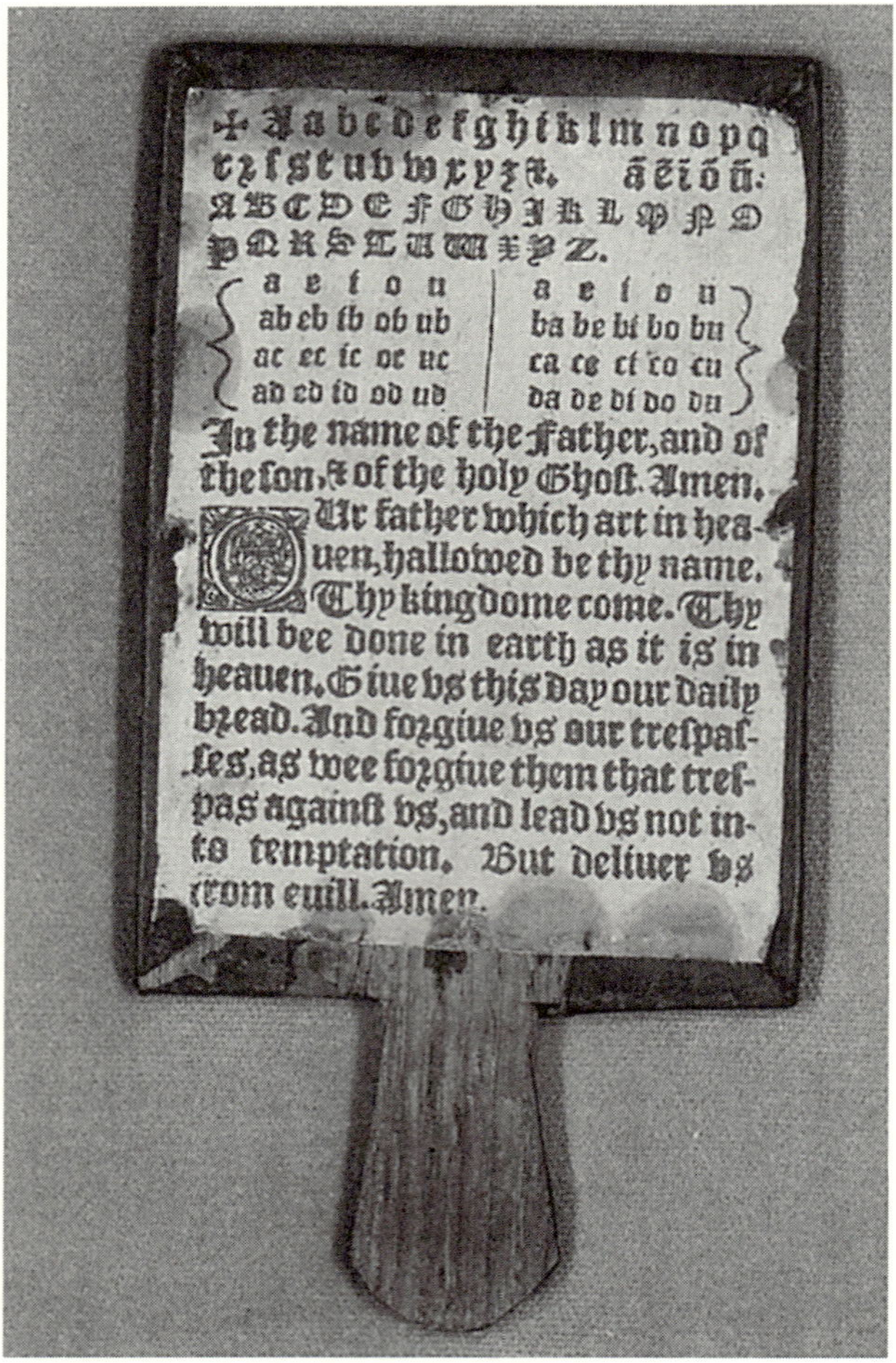

ウィル少年は，おそらく，このような角本《つのほん》（ホーンブック）で文字を学んだのであろう．羊皮紙ないし紙に字を印刷して木に貼りつけ，動物の骨でできた透明シートをかぶせたもの．　フォルジャー・シェイクスピア図書館

め息をつく（第二幕第一場一九〜二〇行）。ＡＢＣだけなら、父そしておそらくは母でさえ知っていたものを習得するにすぎないが、たぶん七歳のとき、少年は、授業料の要らないストラットフォードのグラマー・スクールへ送られ、その主たる教育原則である徹底的なラテン語教育を受けたのだった。

その学校は、キングズ・ニュー・スクールと呼ばれたが、ニューといっても新しくもなければ、学校名となっている国王《キング》（エリザベスの夭折した義理の弟エドワード六世）が創立したものでもなかった。多くのエリザベス朝の施設と同様、この学校はローマ・カトリック教会に関与した不名誉な起源を隠すための仮面をつけていたのだ。一五世紀初期に町の聖十字架組合により建立されたこの学校は、一四八二年に町のカトリック司祭によって、授業料の要らない公立学校とされたのである。現在もほぼ無傷のまま残っている校舎は、町役場の二階の大きな一室であり、そこへ上がる外階段にはタイル張りの屋根がついていたこともあった。教師助手が別室で幼い子供にＡＢＣを教えたとすれば教室には間仕切りがあったかもしれないが、七歳から一四、五歳までの約四二人の少年たちのほとんどは、教室の上座の大きな椅子に坐った先生のほうを向いて堅いベンチに坐っていた。

法律によって、ストラットフォードの学校教師は、生徒から授業料を取ることは禁じられていた。読み書きの初歩を習ってさえいれば、どんな男の子でも――「両親が貧しすぎず、少年が愚鈍すぎなければ」――教えなければならない。その代わり、無料の宿舎と年収二〇ポンドという、エリザベス朝時代の教師としては高額の給料を受け取った。ストラットフォードの町は子供の教育には熱心であり、無償のグラマー・スクール卒業後は、経済力のない将来有望な学生を大学に行かせる特別奨学金制度があった。決して、万人に無償で教育をという話ではなく、他の地域と同様、女子はグラマー・スクールにも大学にも行けなかった。人口のかなりの割合を占める貧困家庭の息子たちも学校へ行かなかったが、それというのも幼いうちから働かねばならなかったからだ。それに授業料が只《ただ》といっても、羽ペン、羽先を削るナイフ、冬には蠟燭《ろうそく》、そしてきわめて高価だった紙を持って行くことになっていたから、出費がかさんだ。だが、どれほどつつましくとも、ある程度財産のある家庭の息子は、厳しい古典教育が受けられた。当時の学校の記録は残っていないが、ウィルはまずまちがいなくこの学校へ通い、両親の希望どおり、ラテン語を習ったのである。

　夏、学校は午前六時に始まった。冬は、暗くて寒いので少し遅らせて、朝七時だ。一一時には昼食の休み――ウィルはきっと、つい三〇〇ヤード(約二七〇メートル)先の家まで走って帰っただろう――それから、また授業が再開し、午後五時半か六時まで続く。一年じゅう週六日制で、年一二か月。休暇はない。カリキュラムは教科全般に広がっておらず、英国史も文学もなく、生物、化学、物理もなければ、経済、社会もない。算数を少しかじる程度だ。キリスト教の授業もあったが、ほとんどラテン語の授業と区別がつかなかったはずだ。しかも、授業は甘くはなかった。丸暗記に、執拗なドリル、果てしない反復学習、毎日のテクスト読解、入念な模倣練習と修辞活用練習、そのどれにも体罰がついてまわった。

　ラテン語学習に鞭打ちはつきものだとだれもが理解していた。当時の教育論者は、ラテン語学習をしやすくするために尻があるのだと論じていた。よい教師とは厳格な教師のことであり、先生の評判のよさは鞭を打つ激しさで決まった。鞭打ちの慣習は昔から確立されており、中世末期のケンブリッジ大学卒業試験では、文法学修了者は、愚鈍な子や言うことをきかない子を鞭打つことで教師としての適性を示すことになっていた。この時代、ラテン語学習は、現代の学者の言葉を借りれば、男子が成人するための儀式だった。飛び切り優秀な学生にとってさえ、この儀式は愉快ではなかっただろう。だが、授業は退屈で苦痛だったとしても、キングズ・ニュー・スクールは、ウィルの飽くことなき言葉への渇望を明らかに掻き立て、満たしたのだった。

学校のとても長い一日には、もう一つ、ウィルが楽しみにしたことがあったはずだ。ほとんどすべての校長が一様に考えていたことだが、よいラテン語を学生たちに沁み込ませる最上の方策の一つは、古代劇、特にテレンティウスとプラウトゥスの喜劇を読み、演じさせることだとされた。一五七七年に「サイコロ遊び、踊り、くだらぬ劇、つまらぬ娯楽のあるインタルード」を辛辣に批判したお堅い牧師ジョン・ノースブルックでさえ、適切な削除がなされていれば、ラテン語劇を学校で上演してもよいとしていた。ノースブルックは、劇は英語ではなく原語で上演されねばならず、学生は美しい衣裳を着てはならず、とりわけ「くだらぬ、みだらな愛の遊び」があってはならぬと神経質に強調した。当時のオックスフォード大学の学者ジョン・レノルズが記したように、こうした劇の大きな危険性とは、筋の必要から、主役の少年がヒロイン役の少年にキスをすることだ。キスでどちらの子もだめになってしまうというのだ。美少年のキスは「毒蜘蛛《ぐも》」のキスであり、「唇だけで男性に触れると、不思議な苦しみに陥り、気が狂ってしまう」のだという。

実際のところ、テレンティウスとプラウトゥスから毒を抜くことはほとんど不可能だ。反抗的子供、ずる賢い召使、食客、トリックスター、売春婦、馬鹿親父を取り除いて、セックスと金への浅ましいまでの貪欲さも削ってしまったら、まず何も残らない。それゆえ、カリキュラムに組み込まれたのは、言ってみれば演劇という場を借りて定期的に羽目を外せる息抜きであり、教育制度の息苦しさからの喜劇的解放だった。生徒として解放感を存分に味わうには、演技の才能と、成績がつくだけのラテン語の知識さえあればよかった。一〇歳か一一歳になるまでに、あるいはひょっとするとそれ以前に、ウィルはまず確実にその両方を持っていたことであろう。

ウィルの学校時代、ストラットフォードの教師がどれぐらい少年たちに劇を演じさせたか、また、どの劇をやらせたかという記録は残っていない。ひょっとすると、ウィルが卒業する一年ほど前に、オックスフォード大卒のトマス・ジェンキンズ先生は、瓜《うり》二つの双子についてのプラウトゥスの爆笑喜劇『メナエクムス兄弟』を少年たちに演じさせることにしたかもしれない。その際、もしかしたら先生は、生徒のひとりが作家として役者として早熟な才能を持っていることに気づいて、ウィル・シェイクスピアに主役を振ったなどということがあったかもしれない。

論理的に筋が通っていながら眩暈《めまい》がするような混乱が起こり、登場人物たちは鉢合わせしそうになりながらすれ違い続け、ますます悪化する縺《もつ》れにどうにも説明がつけられない――そんなこの劇の構造をシェイクスピアが大いに気に入っていたことは、その後のシェイクスピアの行動がはっきりと示している。ロンドンの若手劇作家として喜劇の筋を探していたシェイクスピアは、『メナエクムス兄弟』をそのまま下敷きにし、双子をもう一組つけ加えて拗《こじ》れを倍増して『間違いの喜劇』を書いたのだ。喜劇は大成功を収め、ロンドンの法律学校で上演された際には学生たちは席を求めて騒然となった。しかし、キングズ・ニュー・スクールの神童にとっては、そんな将来の大成功など、ちょうどこの作品で描かれる奇妙奇天烈な出来事と同様にありえないことに思えただろう。

プラウトゥスの幕開けの場面では、妻と喧嘩をしたエピダムナム在住のメナエクムスが、愛人の娼婦エロティウムを訪れる(女性の役は、男性の役と同様、ウィルのクラスの少年が演じた)。叩こうとしたドアがぱっと開いてエロティウム本人が現われ――“Eapse eccam exit!”(やあ、あの子が出てきたぞ!)――メナエクスムはうっとりして、「あの子の愛らしい体の輝きで太陽も翳《かげ》る」と叫ぶ。その恍惚の瞬間にエロティウムは挨拶をする。"Anime mi, Menaechme, salve!"(わが愛しいメナエクムス、いらっしゃい!)

このときだ。ノースブルックやレノルズのような心配性の道徳家たちが最も恐れ、嫌った瞬間がやって来る――蜘蛛少年のキスである。「美少年はキスによって」と、レノルズは書く、「ぐさりと刺し、一種の毒を注ぎ込む。不義の毒だ」。そんなことを言うのはヒステリーだと笑い飛ばすのは容易だが、まったく笑止千万とも言えない――そんな機会があったとしたら、思春期のシェイクスピアが演技と性的興奮の縒《よ》り合わさった強烈な刺激を受けなかったとは言い切れない。

学校上演などよりずっと以前から、ウィル少年は自分に演技への情熱があることに疾《と》うに気づいていたかもしれない。一五六九年、五歳のとき、ストラットフォード・アポン・エイヴォンの町長《ベイリフ》だった父親は、巡業で町にやってきたプロの二劇団、女王一座とウスター伯一座への支払いを役所に命じた。巡業劇団といっても、あまり立派なものではなかった。当時の目撃者が皮肉たっぷりに書き記しているように、六人から一二人の旅役者は、荷車で衣装や小道具を運び、「チーズやバターミルクを求めて、足を棒に」せざるをえなかった。いや、実のところ、報酬は普通それよりはましだったが、それでも運がよくて即金で一、二ポンド程度――たいした金額ではなかったので、チーズやバターミルクを馬鹿にはできず、くれるものならもらったことだろう。だが、たいていの子供にとって、劇団の登場は、言葉にならないほど胸踊るものだったのだ。

劇団が田舎町へ入るには、決まったやり方があった。役者たちは、トランペットでファンファーレを吹き、太鼓を打ち鳴らし、色とりどりの仕着せ、緋色のマント、深紅のベルベットの帽子という出で立ちで通りを練り歩いた。町長の家まで行進すると、「この者たちは浮浪者にあらず、有力者のお抱えなり」という旨が書かれて蠟《ろう》の封印がされた推薦状を呈示した。一五六九年のストラットフォードでは、役者たちがヘンリー・ストリートの、まさにウィル少年の家までやってきて、少年の父親に恭《うやうや》しく挨拶したのだ。なにしろ、荷物をまとめて町から出て行けと言われるか、公演を告知するポスターを貼る許可をもらえるか、少年の父親の腹一つだったのだから。

最初の公演は、「町長の劇」として知られるものであり、たいていは入場無料だった。ストラットフォードの町長は、当然、出席することになっていた。どれくらいの報酬を町の財源から支払うか決定するのは町長の特権だったからだ。おそらく、大変な敬意をもって迎えられ、特設舞台を設置した公会堂に特等席を用意されたことだろう。興奮しているのは、小さな少年たちだけではなかった。もっとよく観ようと押し合いへし合いして暴徒と化した見物客によって、窓ガラスが割られただの、椅子やベンチが壊されただのといった記録が、ストラットフォードをはじめとする各地の町役場の公文書に散見される。

お祭りだった。日々繰り返される生活の息抜きだ。解放感ゆえに騒動が起こるのを警戒する厳格な町の役人は、特に飢饉や疫病や紛争時には役者たちを追い出したり、日曜や四旬節《レント》に上演を許可しなかったりということもあった。しかし、どんなに堅苦しい町長や参事会員でも、役者たちが誇らしげに身に着けている仕着せの提供者である貴族に迷惑をかけることには二の足を踏んだ。なにしろ、こうした田舎の町での公演が終わるたびに役者たちは厳かに跪《ひざまず》き、列席の全員に、主人である貴族のために祈りを捧げるように求めたのであり、女王一座の場合は、それは偉大なるエリザベス女王その人だったのだ。それゆえ、上演許可が下りないときも劇団は祝儀を――体《てい》よく厄介払いされるための賄賂を――受け取った。

記録によれば、ジョン・シェイクスピアは役者たちを追い返すことはしなかった。上演を許可したのだ。だが、五歳の息子も公演に連れて行っただろうか？　ほかの父親たちは確かにそうしていた。ウィル少年と同い年だったウィリスという名の男は、『安全の揺りかご』という(今では散逸した)劇を、子供の頃にグロスター――ストラットフォードから三八マイルの近さだ――で見たことを晩年に回顧している。ウィリスの手記によれば、役者たちは町に着くと、いつもどおり町長に挨拶に行き、どの貴族の召使であるかを告げ、公に演じる許可を求めた。町長は許可を与え、参事会員や他の役人たちの前で最初の公演をするように劇団に指示した。「そうした芝居に、父は私を連れて行き、とてもよく見える席をベンチに陣取ると、私を両足のあいだに立たせてくれた」と、ウィリスは述懐する。この経験はウィリスにとっては甚だ強烈なものだった。「大変感銘を受けたので、大人になっても、まるで最近再演されたのを観たかのように鮮やかに憶えている」と書いている。

おそらく、ウィル少年の演劇の原体験もこれにかなり近かっただろう。町長がホールに入っていくと、だれもが挨拶をし、町長と言葉を交わす。町長が着席すると、群衆は、何かおもしろくて楽しいことが始まりそうだと期待して静まり返る。知的で俊敏で繊細な息子は、父親の足のあいだに立っていただろう。生まれて初めてウィリアム・シェイクスピアは劇を観たのである。

女王一座が一五六九年にストラットフォードに持ってきた劇は何だったのだろう？　記録からはわからないし、たぶん何でもよかった。ここではない場所が出現し、役者が巧みに別人になりすまし、豪華な衣装が目を驚かせ、大仰な言葉が洪水のようにあふれかえる――そんな演技の魔法を目の当たりにすれば、もうそれだけで幼い少年の心は永遠に虜《とりこ》になってしまったことだろう。それに、魔法にかけられる機会は一度きりではなかった。劇団は何度もストラットフォードにやってきたのだ。たとえば、ウィル少年が九歳の一五七三年にレスター伯一座が来たし、一一歳の一五七五年にはウォリック伯一座とウスター伯一座が来た。そして、最初は子供ながらに父親の偉大さと権威を感じて興奮を覚えていたのが、劇を観るたびに新たな興奮となって強められ、その一方、劇の気の利いた趣向は大切な思い出として蓄えられていったのかもしれない。

シェイクスピアと同い年のウィリスの場合は、グロスターで観たものを生涯忘れることはなかった。王様が、男を惑わす三人の婦人に誘惑されて、まじめで信心深い忠告者たちから引き離されてしまうという筋だ。「最後に、婦人たちは王様を舞台上の揺りかごに寝かせつける」と、ウィリスは回想する。「そして三人は、すてきな歌を合唱して王様をあやすので、王様はまた鼾《いびき》をかいて眠ってしまう。その間、王様を包む布の下に隠してあった豚の鼻のような仮面が王様の顔につけられ、そこから伸びる三本の鎖の先を三人がそれぞれ持つ。再び三人は歌い出し、それから布をとって王様の顔を見せると、観客は王様が変わってしまったことを知るのだ」。観客は大いに興奮して観ていたに違いない。ヘンリー八世の豚面《ぶたづら》を思い出した年配の客もいたかもしれない。君主が豚だなどと公の場で皆が一緒に考えられるのは、こうした特別な状況のみだということをだれもが知っていたのである。

ウィル少年もまた、似たようなものを観ただろう。一五六〇年代、七〇年代にかかっていた芝居は、たいていは「道徳劇」ないし「インタルード」と呼ばれるもので、不従順、怠惰、放蕩などの罪を犯すと恐ろしい結果になると教えるために仕組まれた世俗の説教であった。よくあるパターンは、《人間《マンカインド》》とか《若者《ユース》》といった名前で抽象化された登場人物が、《正直な娯楽》や《美徳の人生》といった立派な案内役と訣別し、《無知》《すべては金のため》《放蕩》といった連中と過ごすのである。

そこのけ、そこのけ！　おいらを呼ぶのはだれだ？
おいらは《放蕩》、陽気な悪党、
軽い心は、風に漂《ただよ》う。
遊び暮らして、いつもただ酔う。

（『若者《ユース》のインタルード』）

そこからは一挙に転落だ――《若者》は、《放蕩》から友達の《高慢》を紹介され、《高慢》は自分のグラマーな妹《好色》を紹介し、《好色》は《若者》を居酒屋へ誘う――どうやらまずい結末になりそうだ。ときには、本当にまずい結末になる――ウィリスの観た劇では、豚に姿を変えられた王様は、そのあと連れ去られて悪霊に罰されてしまう。けれど、たいていは、何かのきっかけで主人公の眠っていた良心がぎりぎりのところで目覚める。『若者のインタルード』では、罪深い《若者》が、イエス様から贈り物を受けたことを《慈善》のおかげで思い出し、《放蕩》の影響下から抜け出して再び《謙虚》とつき合うようになる。『堅忍の城』では、《贖罪》が《人間《マンカインド》》の心に槍で触れて、《七大罪》という悪い仲間から《人間》を救う。『機知《ウィット》と理知《サイエンス》』では、主人公の《機知》が、《怠惰》の膝枕で眠りこけて、阿呆帽を被り、鈴までついた完璧な阿呆に変えられるが、鏡でちらりと自分の姿を見て、自分が「まったく阿呆みたい！」と気づいて助かる。それから《恥》にさんざん鞭打たれ、《教訓》《勉強》《勤勉》といった厳しい教師たちに教えられてようやく元どおりの姿に戻り、淑女《理知》との結婚を祝うことができるのである。

くどいほど勧善懲悪で、ときにお粗末な書き方をされているため、道徳劇は古臭くて粗雑だと思われるようになった——どんな要約をしても退屈に聞こえてしまう——が、長いあいだ流行しており、シェイクスピアの少年時代も上演されていた。内容は倫理的だが、澎湃《ほうはい》たる劇的エネルギーに満ちていたため、無教育の者から粋人まで、実に幅広い観客層に楽しまれたのだ。登場人物の心理だの、社会的な意味合いだのといったことには全くと言ってよいほど関心を払っていなかったとしても、たいてい民衆の知恵特有の抜け目なさや強烈なまでの反体制的なユーモアを備えていた。そのユーモアは、豚の鼻をした王として表されることもあったが、たいていは一般にヴァイス(悪徳)として知られるお決まりの登場人物が担った。冗談好きで、おしゃべりの、このいたずら者は、《放蕩《ライオット》》《悪行《イニクイティ》》《放縦《リバティ》》《怠惰《アイドルネス》》《混乱《ミスルール》》《詐 欺《ダブル・デヴァイス》》など、劇によって名前が違っていて、《田舎っぺを軽蔑する者《ヒック・スコーナー》》という名前さえ持つことさえあったが、邪悪な精神と遊びの精神を同時に体現したのだ。観客は、ヴァイスが最後には倒され、殴られたり花火を焚きつけられたりして舞台から退場することを知っていた。しかし、しばらくのあいだ、秩序と篤信を代表するまじめな人間を侮辱し、田舎者を軽蔑していばりまわり、何も知らない人をだまし、いたずらを仕掛け、無垢な人を居酒屋や売春宿に誘いこむのだ。観客は大喜びだった。

シェイクスピアは、舞台のために戯曲を書こうとロンドンに腰を落ち着けたとき、子供時代に楽しんだはずのこの古色蒼然たる娯楽を利用した。登場人物の多くに象徴的な名前を与えたのもそれゆえだ。『ヘンリー四世』第二部に登場する売春婦ドル・テアシート(シーツを破るドル)とジェイン・ナイトワーク(夜の仕事をするジェイン)とか、巡査のスネア(罠)とファング(ひっつかむ)、『十二夜』に出てくる酔っ払いのサー・トービー・ベルチ(げっぷのサー・トービー)、清教徒風のマルヴォーリオ

〈悪意〉といった具合に。めったにしなかったが、抽象化された人物を直接舞台に上げることさえした。『ヘンリー四世』第二部では、一面に舌が描かれたローブをまとった《噂》が登場し、『冬物語』では砂時計を携えた《時》が登場した。しかし、たいていシェイクスピアが道徳劇から受けた影響は、そんなに直接的ではないし、もっと微妙だ。その影響は幼い頃に受けたものであり、ほとんど奥底に潜んでいるが、執筆の根底を支えている。すなわち、シェイクスピアの書き方は、道徳劇のおかげで観客が持つようになった二つの重要な期待に基づいているのである。第一に、観るに値するドラマは人間の運命を中心に据えているものだということ、そして第二に、教育を受けた一部のエリートだけではなく、一般の大勢の人々を対象とすべきだということである。

シェイクスピアは、舞台技法についても道徳劇から吸収していた。道徳劇のおかげで、登場人物の外見的態度のみならず、その心理的、道徳的な精神面に、演劇的焦点を当てる方法を理解したのだ。リチャード三世の心の歪みを表わす萎《な》えた腕と歪んだ背のように、内面を映し出す具体的象徴を形成できるようにもなった。主人公の魂の葛藤を中心として劇を作る方法も学んだ。たとえば、ハル王子は、まじめで心配性で計算高い父親と、無責任で誘惑的で向こう見ずなフォルスタッフとのあいだで均衡を保ち、『尺には尺を』の代官アンジェロは、主人である公爵から権力の座を与えられて試験される。オセローは、天女のようなデズデモーナを信じる気持ちと、悪魔のようなイアーゴーの猥褻な囁きとのあいだで引き裂かれる。特に道徳劇にはヴァイスというキャラクターがあったため、これがシェイクスピアにとって、劇的に説得力のある悪の危険人物を形作る源泉となった。

道徳劇の偉大なる危険人物ヴァイスは、シェイクスピアの創造精神から遠く離れることは決してなかった。ハル王子はフォルスタッフのことを、愛情と警戒が混ざった気持ちで、「あの立派なヴァイス、あの白髪頭の悪の権化」(『ヘンリー四世』第一部、第二幕第五場四一三行)と呼ぶ。痛烈に滑稽でありながら邪悪でもあるリチャード三世は、自分のことを「かつてのヴァイス、悪の権化」(第三幕第一場八二行)に擬《なぞら》え、ハムレットは王位を簒奪した悪賢い叔父を「王様のヴァイス」(第三幕第四場八八行)と呼ぶ。「ヴァイス」という言葉が直接出てこなくても、影響が明らかな場合もある。たとえば「正直者のイアーゴー」は、同志のふりをし、ひどいいたずらをやらかし、ぬけぬけと悪事を白状してしまうところなど、かなりヴァイス風だ。オセローやデズデモーナに対して行なうイアーゴーの極悪非道の策略が、いたずらの形を取るのは決して偶然ではない。それは、言ってみれば、耐えがたいほど残酷なヴァイスのいたずらなのである。

愛すべきフォルスタッフが、クローディアスやイアーゴーのような冷酷な殺人者の仲間に入るのは、最初は変に思えるかもしれない。しかし、シェイクスピアは、自らの芸術の本質にかかわるもう一つの点、すなわち喜劇と悲劇の境界は驚くほど曖昧だということも道徳劇から学び取っていた。ムーア人エアロン(『タイタス・アンドロニカス』の黒人の悪党)、リチャード三世、『リア王』の私生児エドマンドといった登場人物のなかに、シェイクスピアは、子供の頃『安全の揺りかご』や『若者のインタルード』のような劇に出てくるヴァイスを観て感じたに違いない興奮を呼び起こしている。邪悪さを擬人化したヴァイスは、劇の最後に当然罰せられるが、公演のあいだじゅう、ほぼずっと観客の心を捕らえ、観客は特別に邪悪さを楽しむお祭り気分で想像力をふくらましたのだ。

道徳劇の作家たちは、登場人物から細かな個人的特徴をすべて取り去って、核(真髄)だけにしてしまえば、目的としている幅広い影響力を強められると考えていた。そうすれば観客は、個人のアイデンティティーに関するどうでもよい詳細に気をそらされずにすむと考えたのだ。だが、シェイクスピアにはわかっていた——人間の運命を舞台化するなら、実は、一般化された抽象的人物ではなく、具体的に名前のある人々、それも、これまでにないほど強烈な個性を持った人々の運命を描いたほうが、はるかに説得力があると。《若者》ではなくハル王子、《人》ではなくオセロー、という具合に。

この強烈さを手に入れるために、シェイクスピアは古い道徳劇を利用しながらも、そこから自由になる必要があった。道徳劇のある種の要素をばっさり捨て去るとともに、残りの要素を道徳劇作家たちには思いもよらなかったような方法で用いたのだ。たとえば、恐怖感を大いに強化することで、イアーゴーは《嫉妬》や《放蕩》よりもずっと不穏な人物となり、人の心を掻き乱す力が強まった。ときには笑いの要素を大いに強化した——『夏の夜の夢』のパックは、いたずらをして混乱させて喜ぶヴァイスと同じだが、邪悪さがすっかり取り除かれ、いたずらの精神だけが残った。また、ボトムにかぶせられたロバの頭が、王様の顔につけられた豚の鼻を思い出させるとしても、道徳的な教訓の重みはすっかり消されてしまっている。ボトムは確かにロバのように愚かなのだが、そのことを示すために何も魔法のような変身をしなくてもいい。実際のところ、示されるのは、その愚かさではなく——ボトムは一瞬たりとも、困ったり、恥じ入ったりするわけでもなく、友達に笑われるわけでもないのだから——むしろ勇猛果敢さなのだ。その恰好に恐れをなして友達が皆逃げ去ってしまうと、「これは、俺を馬鹿(ロバ)にしようっていう魂胆だな」と、ロバの頭をしたボトムはきっぱりと宣言する。「俺を怖がらせようってんだ。どっこい、こっちは、梃子《てこ》でもここから動きゃしねえぞ」(第三幕第一場一〇六～八行)。ボトムは妖精の女王の激しい求愛に驚くものの、それも首尾よく切り抜ける。「奥さん、そうおっしゃることには理屈がない。もっとも、ほんとのことを言えば、理屈と恋愛ってのは最近反《そ》りが合わねえが」(第三幕第一場一二六～二八行)。しかも、ボトムは新しい体にすっかりなじんでしまっている。「干草をひと瓶ぐいっとやりたいな。いい干草、すてきな干草にかなうものはない」(第四幕第一場三〇～三一行)。ロバの頭が最終的に外されても、ボトムは道徳的に何かを悟るわけではない。むしろ、パックが言うとおり、自分自身の愚かな目でもう一度世界を見つめるだけのことなのだ。

こうして、その後の劇作でも同じだが、シェイクスピアは幼い頃に観た劇を特徴づけていた敬虔さをすっかり削り取ってしまう。それらの劇の下部構造は宗教的なものであり、だからこそ、劇のクライマックスとなるのは主人公が救済されたことを示す一瞬の幻覚だった。つまり、日常やなじみあるものを超越して、人知を超えた真実を指し示す幻覚だ。聖パウロのコリント人への手紙のなかに、教会で何度も繰り返されてシェイクスピアとその同時代人にはきわめてなじみのあった言葉がある――「神のおのれを愛する者のために備え給いし事は、眼いまだ見ず、耳いまだ聞かず、人の心いまだ思わざりし所なり」(「コリント人への前の書」二・九、シェイクスピアが知っていて最もよく利用した版である『主教聖書』[一五六八]より)。「俺はまったく不思議な夢を見たもんだ」とボトムは、人間の姿に戻ったときに語り始める。そして、かなりぎくしゃくしながら、次のように夢の説明をしようとする。

> 俺が見た夢がどんな夢だったかなんて人間の知恵じゃとても言えねえような夢を見た。この夢の説明をしようなんていう奴はロバだ。俺は、なっちまったんだよ、何にかと言えるような奴は、いねえ。俺はなっちまった、そして俺にはあったんだ――だが、俺に何があったかなんて言おうとする奴は、道化服着た馬鹿だ。眼いまだ聞かず、耳いまだ見ず、手いまだ味わわず、

舌いまだ考えず、人の心いまだこの夢の何たるか伝えざりし所なりってなもんよ。

（第四幕第一場一九九〜二〇七行）

これは、まぎれもなく世俗的な劇作家による冗談だ。神聖な夢を大衆の娯楽に手際よく変えてしまうのだから。「ピーター・クウィンスにこの夢のバラードを書いてもらおう。題は『ボトムの夢』がいい。なにしろ、ボトムが、つまり底が、知れない、底抜けに底なしの夢だ。よし、芝居の終わりに俺が歌ってやろう」（第四幕第一場二〇七〜二一〇行）。この冗談は、かなりいろいろなものへの当てこすりになっている。説教師の荘厳さを茶化しているし、シェイクスピアが少年だった頃にプロの劇団が田舎に巡業に持ってきた劇をからかっているし、そうした劇を下手に演じる素人役者たちを揶揄している。ひょっとすると、幼く未熟なシェイクスピア自身をも笑い飛ばしていたかもしれない。ボトム同様、シェイクスピア少年もまた、舌が考えもしない夢に満ち、すべての役まわりを演じたがっていたのだとすれば。

ウィルが故郷で暮らしていた頃は、芝居を楽しむ時間が多くあったに違いない。ストラットフォードの公会堂の特設舞台や旅まわりの役者が牽《ひ》いてきた荷車の上で演じられたものを見て真似することで、幼い少年は家族や友達を楽しませていたかもしれない。だんだんと成長し、もっと自由になるにつれ、演劇に触れる機会はストラットフォードだけにとどまらなくなった。巡業劇団は、イングランド中部地方を行き来して、隣町や荘園でも上演していた。劇に夢中になった若者なら、家から馬を飛ばして一日で行けるところで演じている当代の名優たちのほとんどを観ようと思えば観られたのだ。

地方の演劇は、プロの劇団の巡業だけに依存していたわけでは決してなかった。ストラットフォード近郊の町には、他の地域と同様に恒例の祭りがあり、組合員や同業者仲間が衣装をまとって伝統的な芝居を演じていた。大工や鋳掛け屋や笛作りといった普通の人々が、王や女王や瘋癲《ふうてん》や悪魔に扮して隣人たちの前を行進する午後もあった。一八マイルばかり離れたところにあるコヴェントリーは、特に活気に満ちあふれていた。幼い頃、ウィル少年は、ホック祭りの芝居を観に、そこへ連れて行ってもらったかもしれない。復活祭《イースター》直後の第二火曜日に催されるホック祭りとは、伝統的に田舎の夏の始まりを示すものであり、あちこちで女たちが通行人を縄で縛り上げて慈善の募金を要求するという形で祝われた。コヴェントリーには特別な祭りがあった。古代イングランド人によるデーン人虐殺——イングランドの女たちが武勇を示したといわれる歴史的事件——を記念して、喧嘩騒ぎのような上演が行なわれたのだ。毎年恒例となった公演は、当地の名声を大いに高めたので、見物客のなかにはシェイクスピア一家もいた可能性もある。

五月下旬から六月、すてきな黄昏《たそがれ》が長くなる頃、シェイクスピア一家は、恒例の大掛かりなコーパス・クリスティの劇を観に行ったかもしれない。世界創造から楽園追放、そしてキリストの贖罪に至る人類の運命のすべてを演じるいわゆる「聖史劇群」は、中世演劇の大いなる遺産であり、コヴェントリーをはじめとするイングランドの都市に一六世紀後半まで残っていた。もともと聖体を崇める大行列で歌われる祈禱《きとう》と結びついていた聖史劇は、市を挙げての一大事業となり、大勢の人を巻き込み、多大な費用がかけられた。市のさまざまな場所で、たいていは特設舞台や荷車の上で、ノアの方舟、受胎告知の天使、ラザロの復活、十字架に架けられたイエス、イエスの墓を訪れる三人のマリアなどの聖書物語が、敬虔な(あるいは単に熱狂的に芝居がかった)市民たちによって演じられたのだ。ある組合が物語のうち特定の場面にかかる費用と責任を受け持つのが普通であり、組合とその組合が担当する場面とのあいだにふさわしい関連があることもあった——船大工たちがノアの方舟の話、金細工師たちが東方の三博士の話、パン屋が最後の晩餐の話、針職人(ピンや釘を作る職人)がイエスの磔刑《たつけい》の話を受け持つという具合である。

伝統的なカトリックの文化や儀式を廃止しようとしていたプロテスタントの改革者たちは、当然ながらそうした伝統文化から生まれた聖史劇を敵視し、公演を中止に追い込もうとやっきになっていた。しかし、聖史劇は厳密にはカトリックではなかったし、劇に対する市民の誇りや喜びは強烈なものだったので、逆風を受けながらも一五七〇~八〇年代まで生き延びた。ウィル少年が一五歳だった一五七九年には、少年も家族も、まだコヴェントリーで聖史劇の上演を観ることができた。聖史劇が観客のなかに作り上げた一体感、森羅万象を舞台上で表現できるという信念、素朴さと歓喜とを絶妙に融合させるおもしろさといったものが、ウィル少年の心に刻まれたのである。

以上挙げた派手な祭りのほかにも、ウィル少年の季節感を形作り、のちの演劇観を条件づけた恒例の年中行事があった。暦には労働者を遊ばせる祝日が多すぎると考える人たちや、特定の風習にはカトリック色や異教色が強すぎると考える人たちの攻撃を受けて、多くの伝統的な祝日は萎《しぼ》んでしまっていたが、道徳家や宗教改革者たちは、まだ人々に祭りのある生活をやめて徹底的に厳格な生き方をさせるには至っていなかった。偉大なるプロテスタントの司教ヒュー・ラティマーは、一五四九年に、こう記している。

ロンドンから馬で故郷へ向かう道すがら、ある場所にさしかかった。祝日であったために午前中に説教をしようと、前の晩から町へ連絡を入れておいた。……教会は目の前にあり、私は馬と供まわりを連れて、そこへ向かった。教会には大勢の会衆がいることだろうと思っていたが、着いてみると教会の扉は閉ざされていた。三〇分以上そこで待ち、ついに鍵が見つかり、教区の人が私のところへやってきて言うには、「本日は忙しい日でありまして、先生のお説教を拝聴できません。ロビン・フッドの日なのです。教区の者は、ロビン・フッドのために出かけてしまいました……」。私はロビン・フッドにお株を取られたのである。

伝統的な五月祭のために、おそらく教区民は忙しかったことだろう。五月一日《メイ・デイ》には、ロビン・フッド伝説を、騒々しい、ときに卑猥な儀式で祝うのが、昔からのしきたりだった。

その三四年後に、短気な論客フィリップ・スタッブズが、同じ不満を繰り返している。

五月祭や聖霊降臨日《ペンテコステ》などの祝日の際、老若男女が前の晩からぶらつきながら森のなかへ駆け込んでいく……。そこで一晩じゅう愉快な娯楽に耽り、朝になると樺《かば》の枝鞭《えだむち》や木の枝を持って戻ってくる……だが、持ち帰る宝物の最大は五月祭の柱メイポールであり、次のように大変な敬意を払いつつ持ち帰るのである。すなわち、いずれも角《つの》の先に甘い香りの花束をつけた雄牛二〇頭ないし四〇頭で、このメイポール(というより、くだらない偶像)を引っ張って帰るのだが、メイポールは花や薬草ですっかり覆われ、上から下まで紐で縛り上げられ、ときにさまざまに彩色され、二、三〇〇の男女や子供が大いなる奉納の念とともにそのあとを追いかける。こうして、柱が立てられると、ハンカチや旗が天辺にひらめき、あたり一面に花が撒《ま》かれ、緑の枝が結びつけられ、近くには休憩所、テント、小屋が造られる。それから、人々はそのまわりで踊り始めるが、それは異教の民族が偶像を捧げるときに踊り狂う様子と完全に一緒であり、このメイポールこそその偶像そのものなのだ。

スタッブズがこの文を書いたのは、一五八三年、ウィルが一九歳のときだった。古い民俗的風習が普及して活力を保っていることを不満に思うスタッブズは大げさに書いているが、でっちあげの描写ではない。本人は信心ゆえに恐ろしいことだと感じているが、この風習の魅力は充分に伝わってくる。伝統的な祭りは、常に攻撃を受けながらも、一九世紀後半そしてそののちまで廃《すた》れることはなかったのだ。

ストラットフォードやその近隣で育ったウィルは、どんな祭りに参加したのだろう？　男も女も子供も、顔を喜びに輝かせ、メイポールのまわりを踊り、リボンや花冠でおしゃれをする。お粗末なロビン・フッドのショーには、酔っ払いのタック修道士や好色なメイド・マリアンが登場する。五月祭の女王として若い娘が花冠をかぶる。司教役の扮装をした幼い少年が、偉そうな振りをして通りを行進する。無礼講の王は、げっぷをしたり、おならをしたりしながら、一時的にこの世の秩序をひっくり返す。女が男を追いかけ、児童が先生を教室から締め出す、さかさまの日々がやってくる。奇妙な動物や「獣人」や巨人に扮した男たちが松明《たいまつ》をかざして行列する。ムーア人に起源があるとされているモリス・ダンスの踊り手たちが、膝やくるぶしのまわりに鈴をつけて飛び跳ね、ホビーホース(馬の形をした枝細工)を身につけた踊り手たちと浮かれ騒ぐ。バグパイプを奏する者、太鼓を叩く者。道化服を着込んだ道化は、笏杖《しゃくじょう》や豚の膀胱を持っている。羊毛刈りの祝祭や収穫の祝祭での飲み比べ、食べ比べ、歌い比べ。おそらく最もおもしろいのは、クリスマスのときのパントマイムかもしれない。瘋癲《ふうてん》とその五人の息子――ピクル・ヘリング(鰊の漬物)、ブルー・ブリーチズ(青ズボン)、ペパー・ブリーチズ(胡椒ズボン)、ジンジャー・ブリーチズ(生姜ズボン)、オールスパイス氏――それからシシリーという名の女(ときにはメイド・マリオン)が登場する。瘋癲は最初ホビーホースと戦い、次に「野蛮な虫」すなわちドラゴンと戦う。それから息子たちは自分たちの父親を殺すことにし、父親の首のまわりに剣を束ねて跪かせ、殺す前に遺書を書かせる。息子のひとりピクル・ヘリングが、地面を踏み鳴らして父親を生き返らせる。この芝居は――というより年中行事であり、その原始的リズムと非リアリズムとを考え合わせれば、祭儀と呼ぶべきかもしれないが――父親と息子たちが一緒にシシリーを口説いたり、グロテスクな剣の踊りとモリス・ダンスを踊ったりして、なんだかんだと終わりになる。

こうした民俗的な風習は、中部地方にしっかりと根付いたものばかりであり、シェイクスピアの想像力に重要な影響を与え、巡業の劇団が田舎に持ってきた道徳劇よりも強烈にシェイクスピアの演劇観を形成した。民衆文化はシェイクスピアの作品の至るところに入り込み、さまざまに言及されるのみならず、下部構造を成している。『夏の夜の夢』のアテネの森で出会う恋人たちは、五月祭の恋人たちを思い出させるし、『お気に召すまま』のアーデンの森に住む元公爵兄はロビン・フッドに擬えられる。酔っ払ったサー・トービーと、その親分格のフォルスタッフは、秩序をひっくり返してしまう無礼講の王であり、祝宴の女王として『冬物語』で花冠を戴くパーディタは、田舎の羊毛刈り祭りの取りまとめ役だ。祝祭の仕上げに踊りを踊るのは、田舎者、乙女、そして狡猾で手先の器用な行商人というわけである。

だが、『冬物語』を書いたのは郷土芸能作家ではない——そうでないことをシェイクスピアは多くの点で明示している。グローブ座の舞台上で演じられる羊毛刈りの祝祭は、洗練された悲喜劇の一場面であって本当の羊毛刈りの祝祭ではなく、田舎の生活を都会人が思い描いたものだ。いかにもリアリズムで脚色してあるものの、土着の風習からは注意深く距離が置かれていた。シェイクスピアは、このように距離を置く手法がうまかった。田舎の風習に同情的な理解を示しはするが、それはもはや自分が持って生まれた一部ではなくなっていることを示したのだ。

アテネの恋人たちは、実際は五月祭を祝うために森に行ったのでもなければ、公爵兄はロビン・フッドに本当に似ているわけでもない。羊毛刈りの祝祭の女王は、羊飼いの娘ではなく、王女だ。そして、老いて狂った父親が子供たちの手にかかって殺されるとしても、パントマイムのグロテスクな喜劇ではなく、『リア王』という崇高な悲劇の筋となる。だれも地面を踏み鳴らしてリアや娘のコーディーリアを生き返らせることはできない。サー・トービーとフォルスタッフは、まるで無礼講の王そっくりに、限られた時間のあいだ、まじめさ、威厳、礼儀正しさといったものをひっくり返すが、シェイクスピアはわざわざそうした無秩序の支配が終わったあとまで描いている。「なんだ、今、ふざけている場合か」と、ハル王子は怒って叫び、フォルスタッフに酒の瓶を投げつける(『ヘンリー四世』第一部、第五幕第三場五四行)。「酔っ払いは嫌いだ」と、サー・トービーは、殴られて二日酔いの頭で唸《うな》る(『十二夜』第五幕第一場一九三〜九四行)。

ただし、シェイクスピアが距離を置くのは、べつに身を守ろうとしているわけではない。自分が洗練されているとか学識があるとか傲慢に強調するわけでもなければ、自意識的に都会や宮廷のやり方を贔屓《ひいき》するわけでもない。シェイクスピアは田舎に深い根を下ろしているのだ。近親はほぼ全員農夫であり、シェイクスピアはその果樹園や菜園で子供時代を過ごし、近隣の野原や森で遊んだのだ。伝統的な年中行事の祭りや民俗的風習がある小さな田舎の村で育ち、育ちながら田舎の世界のすべてを吸収したのであり、その後もそれを拒絶したり、自分が何か別物であるかのように気取ったりすることはなかったのである。

教養のあるエリザベス朝の文芸評論家ジョージ・パトナムは、盲目のハープ奏者や古い物語を歌う居酒屋の吟遊詩人たちに喜んで聞き耳を立てたり、クリスマスの食卓や古風な結婚の祝宴で歌われるブライデイルとして知られる聖歌を楽しんだりするのは「小僧や田舎者」だ、と紳士気取りで書いている。ウィルは、まちがいなく、そんな田舎者だったと言えよう。そののち、田舎者を笑う社交界に出入りするようになるけれども、そうした田舎の喜びが気にさわるようなことはなかった。ただ、田舎の風習を自分の所有物としてロンドンに持ってきて、好きなだけ、好きなように用いたのである。

シェイクスピアは、紳士とみなされることに大いに関心を持っていた。しかし、地位への関心、社会的成功への渇望、貴族や君主並みの生活への憧憬がどんなにあっても、自分のやってきた世界を消すことはなかった(おそらく、どんなところも手放したくないほど深く愛していたことだろう)。その代わりに、シェイクスピアは、自分の少年時代の経験を――実際のところ、経験という経験を――尽きない隠喩《メタファー》の源として用いたのである。

かなり初期の歴史劇の一つ、『ヘンリー六世』第二部(一五九一年頃執筆)において、野心家の策士ヨーク公が、ケント州の猪突猛進の農夫ジャック・ケイドに叛乱を起こさせるように仕向けたと説明するところがある。「アイルランドで、この頑固なケイドが」兵士たちの一軍と戦っているのを「見たことがある」とヨーク公は言う。

そしてあまりに長いこと戦ったので、矢の刺さった奴の腿《もも》は、
鋭い針の生えたヤマアラシのように見えた。
そして結局、助けられると、
奴が荒々しいモリス・ダンスの踊り手のように高く飛び上がり、
血まみれの矢を、鈴のように振るのを私は見たのだ。

(第三幕第一場三六〇、三六二〜六六行)

シェイクスピア自身、おそらくは戦争に参加したこともなければ、矢で貫かれた兵士の腿を見たこともないだろうし、ヤマアラシについては読んだだけかもしれない(ロンドン塔近くの小さな動物園に飼われていたヤマアラシを見たことがあったかもしれないけれど)。しかし、少年の頃、ほぼまちがいなく「荒々しいモリス・ダンスの踊り手」が一種恍惚として飛び跳ねるのを見たことがあるはずだ。そうした光景から、どうにも止まらないケイドの驚くべきイメージが形成されたのだ。さらに重要なのは、踊りの動きや音や形式といったものがシェイクスピアのなかに蓄積されて、演劇の魔法の感性が磨かれたということである。

しかし、シェイクスピアの想像力を強く掻き立てたのは、時間が止まってしまったかに思える夢のような伝統的民俗風習だけではない。近隣で起こった、当時かなり有名になったある歴史的な事件もまた、シェイクスピアの演劇観を強烈に形作ったように思える。

一五七五年夏、ウィルが一一歳のときだった。エリザベス女王が、恒例の行幸として中部地方を訪れたのである。無数のお供を連れ、ビザンティン様式の肖像のように宝石で身を固めた姿を臣民の前に見せた女王は、国土を検分し、貢物を受け、受け入れ側の臣下をほとんど破産させた。当地をすでに一五六六年と一五七二年の二度にわたって訪れたことのある絶対君主エリザベスは、謁見する者を興奮させると同時に萎縮させた。

一五七二年には、シェイクスピア一家がおそらく知っていたと思われる地方高官、ウォリックの記録官エドワード・アグリオンビーが、女王に公式な挨拶をした。アグリオンビーは風采の立派な学識経験者であったが、女王の御前では震えた。「近《ちこ》う寄りなさい、記録官」と、女王はキスさせるために手を差し伸べて言った。「私を見たり、大胆に物を言ったりするのを恐れていると聞きましたが、私があなたを恐れていたほどではありますまい」。ヘンリー八世の娘がそのような慇懃《いんぎん》な嘘を言ったところで、だれも、とりわけ「記録官」自身はもちろん、信じられなかったであろう。

一五七五年の行幸のクライマックスは、女王が寵臣レスター伯ロバート・ダドリーの居城ケニルワースに七月九日から二七日まで一九日間滞在したことだった。ケニルワースの南西一二マイルばかりのところにあったストラットフォードも、その地域一帯と同様に女王訪問の熱狂的な準備に巻き込まれていたことだろう。当時ストラットフォードの参事会員であったジョン・シェイクスピアは地位が低すぎて関係者にはなれなかったと思われるが、女王から「わが目」と呼ばれる男が女王のために催す念の入った余興を少しでも覗《のぞ》き見るために、息子のウィルを連れて行ったということは大いにありうることである。

盛大な催しだった。女王が華々しく入場し、歓迎の辞を女預言者シビラ、ヘラクレス、湖の貴婦人、それから(ラテン語で)象徴的な詩人が次々と述べる。花火が上がり、未開人と木霊《エコー》との対話があり、熊いじめ(杭に鎖でつながれた熊をマスチフ犬が攻撃する「見世物」)、それからまた花火、イタリア人によるアクロバットの披露、そして仕掛けの凝った水上野外劇と続いた。

女王の寵愛を失いかけていたレスター伯は、明らかにこの機会に、あらゆる手を尽くして女王を楽しませようとしており、田舎者による余興も用意していた。この余興は、外国の高官や金持ちの旅行客用に伝統芸能を寄せ集めた現代の文化公演のようなものであり、ブライデイル、モリス・ダンス、クィンティン(槍で的を突く競技)、そして伝統的なコヴェントリーのホック祭りの劇が含まれていた。こうした伝統芸能の余興が道徳家や厳格な改革主義者たちから攻撃を受けていることは、レスター伯は先刻承知であった。そして、女王が伝統芸能を好きであることも、厳格な批評家たちに敵意を持っていることも、伝統芸能を継続させる訴えに同情していることも承知していたのだ。

ウィル少年は、自分の故郷の文化が錚々《そうそう》たる訪問客たちのために上演されるのを観たかもしれない。少なくとも、この余興のことを人が熱を込めて詳しく語るのを聞いたことがあっただろう。「会議室門衛」と呼ばれる下級役人ロバート・ランガム(ないしレイナム)が微に入り細に入り描写した余興の説明を、驚くほど長い手紙に認《したた》めたのを目にしたことがあったかもしれない。安価に印刷され、広く流布したこの手紙は、女王を楽しませようとする業界の人間にとって注目の参考資料であったはずであり、シェイクスピアはやがてその業界に入ったのである。

ランガムの手紙からはっきりとわかるのは、ホック祭りの芝居を上演するということは、慎重に演出された文化政策の一例だということである。キャプテン・コックスという名前の石屋を筆頭とした「コヴェントリーの善良な男たち」の耳に、隣人であるレスター伯爵が女王のおもてなしをしようとしているというニュースが飛び込んでくるところから話が始まる。伯爵が女王を「楽しく、陽気に」させるために愉快な趣向を凝らそうとしていることを知って、コヴェントリーの職人たちは、自分たちの古い芝居を再演したいと申し出た。女王は、特に例の古い虐殺を記念する演《だ》し物をお喜びになるだろう、なにしろ「イングランドの女性たちが愛国心を発揮して勇敢に振る舞った」話なのだから――こんなふうに女王の特別の関心に訴えるやり方は、ランガムが次のように簡潔に要約している一種の弁解戦術だ――「話は歴史に基づき、余興として毎年わが市で上演されていたものである。不適当な行為も、ローマ・カトリックも、迷信も含まれておらず、悪事を考えそうな輩の頭にのぼるようなことは何もない」。こうした訴えは、シェイクスピアの時代、何度も繰り返され、特定の芝居の弁護や演劇一般の弁明に用いられた。ある芝居が歴史に基づくというのは、それが伝統的な余興の形式に則っているということであり、何かのイデオロギーに染まっていたり、不道徳であったりしないということであって、潜在的な危険思想つまり「悪事」とは無縁だということだ。すなわち、まかりまちがって犯罪を計画するような観客――たとえば、不正を働こうとしていたり、古い宗教に戻りたいと考えていたり、叛乱を企てていたりするような観客――であっても、古代デーン人虐殺の見世物を観れば安全だというわけである。

それでは何が問題だったのだろう？　どうして「古くから長いこと伝わる」ホック祭りの芝居は、そもそも弁解が必要だったのだろう？　そのわけは「最近とりおろしになった」、つまり禁止されたからだ、と職人たちは認める。連中は頭を掻いて、まったくわけがわからないと言う――「理由がわからなかった」。そして、突然、まるでひらめいたかのように説明がついた。「ひょっとすると、どこかの説教師の熱意がすぎたせいではないか？　品行方正、博学多識で、立派な説教をするものの、幾分気難しく余興を否定する男たちの熱意が?」。つまり、ケニルワースでの公演は、単に女王を楽しませようということだけではなかったのだ。いや、むしろ、女王を楽しませようという企画には常に半ば隠された狙いがあった。この場合、狙いとは、女王に頼んで、地方の愛しい祝祭を禁じる宣伝活動を止めさせるよう、地方の聖職者に対して圧力をかけてもらうことだった。「職人たちは、芝居を再び上演できるよう、女王に慎ましい請願をした」。

ホック祭りでの上演準備に大いに心を砕き、女王の窓のすぐ下で上演したにもかかわらず、結果は台無しだった。あまりにも多くのことが一度に進行しすぎていた。女王は、ブライデイルと踊りに注意を奪われ、さらに中庭に入場を許された群衆の「数の多さと振る舞いの悪さ」に気がそれてしまった(この中庭に、一一歳の少年も入ったかもしれない)。女王は芝居のほんの一部しかご覧になっていない。かなり稽古を積んで作戦を練った結果がこれでは、コヴェントリーの男たちはへこんでいたに違いない。ところが意外なことに、すべてが救われた。女王はこの公演を次の火曜日に再演するようにお命じになったのだ。成功だ。「女王陛下はよくお笑いになった」。役者たちは、ご馳走用の牡鹿二頭と銀五片を与えられて、有頂天になった。「たっぷりとした報酬を喜び、芝居が受け容れられたことに快哉を叫んで、連中はこれほど芝居に箔がついたことはなく、これほど恩恵に与《あずか》った役者はいないと誇った」。そして、翌年のコヴェントリーの記録には、役者たちの勝利を決定的に確認する言葉があった。「市長トマス・ニックリン……上記の市長は今年もまた、この市の住民によってデーン人を討伐した芝居を含むホック祭りを再び取り上げ、上演することにした」。

「女王陛下はよくお笑いになった」。一日一〇〇〇ポンドという信じがたい出費をレスター伯に強いたと言われるケニルワースの祝祭は、この国の統治者である予測不可能で危険な才女からそうした笑いを――讃嘆や驚異や喜びとともに――引き出すべく仕組まれた巨大な装置だった。見世物は手が込んでいて目の離せないものだったが、レスター伯の目は、群衆が目を向けるひとりの人物に熱く注がれていたに違いない。美男ばかり厳選した護衛の担ぐ籠に乗り、豪勢な服を着た宮廷人に付き添われ、あの有名な凝った服を着た女王を、ストラットフォード出身の目を丸くした少年が見たとしたら、それこそ当代一の演劇的演《だ》し物を観たことになっただろう。かつて女王が自分自身のことを率直に述べたように――「我々王族は、世界じゅうが見つめる舞台の上にいるのです」。

シェイクスピアは、生涯を通して、王族のカリスマ的な力に魅了され続けた。群衆のなかに芽生える興奮、本来屈強なはずの男たちの震え、偉大なる者への畏怖の感覚――この力の暗黒面を理解するようになったのは、ずっとのちのことだ。その力が起こす自負心、残酷さ、野望、それが生む危険な策謀、それが育み餌食とする貪欲さと暴力を知るようになってからも、シェイクスピアは王の力が引き起こす恍惚たる喜びと興奮にこだわり続けた。その作家人生の終わりに、もともと『すべて真実』と呼ばれたが、現在では『ヘンリー八世』として知られる劇においてエリザベス女王ご生誕の場面を描くときも、一五七五年にケニルワースで初めて見たかもしれないこの輝かしい女王が醸し出した興奮を依然として利用している。

ケニルワースにおいてではなかったとしても、女王を見た最初のときは必ずあったはずであり、どこかの行列か、大掛かりな余興か、宮廷での接待の際に目にした光景によって、シェイクスピアの想像力にはきっと火がついたことだろう。幼きウィルがその目で見たにせよ、見た人から話を聞いたにせよ、ランガムの手紙を読んだだけにせよ、ケニルワースでの出来事はシェイクスピアの作品に痕跡を残しているように思える。

女王の長期滞在のあいだにレスター伯が女王のために上演したかなり豪奢な余興の一つに、二四フィート(約七メートル強)の機械仕掛けのイルカが、城に隣接する湖から浮上するものがあった。イルカの腹部には吹奏楽隊が隠れており、背にはギリシア神話に出てくる楽士アリオンがまたがり、ランガムの表現に従えば「愉快な歌」を女王のために歌った。「内容に実にふさわしい韻律の歌であった」とランガムは回想する。

そして、絶妙なる声にて吟唱された。歌は、熟練した音楽家により音部《パート》に見事に分けられており、各音部は各楽器によってきれいにはっきり奏され、各楽器はまたそれぞれすばらしい音色を出した。そして、夕刻、静かな湖畔に音楽が響くとき、女王陛下がいらしていることへの緊張と、音楽を聴きたいという思いゆえ、一切の騒音やざわめきが消えた。快い調べ全体の類まれな美しい調子、音色、味わい。何という喜び……何という鋭い奇想、聞く者の心に染み入る何という生き生きとした歓喜。どうかご推察ください。というのも、神も照覧あれ、どんなに知恵を絞り、技巧を凝らしたところで、私にはとても言い尽くすことはできないのです。

数年後、『十二夜』で、船長が「お兄さんはこの海難で溺れていないかもしれない」と言ってヴァイオラを安心させようとするとき、シェイクスピアはこの輝かしい光景を思い出していたのではないだろうか？　「イルカの背に乗ったアリオンのように、お兄様が波と戯れておられるのが見えました」と、船長は語るのだ(第一幕第二場一四〜一五行)。

さらに注意を惹くのは、シェイクスピアが三〇歳頃の一五九〇年代半ばに書いた喜劇『夏の夜の夢』のなかでエリザベス女王への壮大なる敬意を表現するにあたって、シェイクスピアの想像力が利用しているのはケニルワースでの一場面だということである。女王は『夏の夜の夢』の初演ないしは初演に近い上演をご覧になったのであり――多くの学者が考えるように、女王が出席した貴族の結婚式のためにこの劇が書かれたのだとしたら初演だっただろう――それゆえ、劇団はやはり女王へのお世辞を入れるべきだと思っていたようだ。だが、シェイクスピアは、虚構を打ち破って役者たちに女王に挨拶させたりはしなかった。そうではなく、思い出という形をとって、女王を喜ばせる神話の一節をしのびこませたのだ。キューピッドが「西に王冠を戴く美しい処女王」(第二幕第一場一五八行)に狙いをつけたときの思い出は、明らかに、二〇年ほど前にレスター伯が女王を魅了しようとした試みのことを指している。「憶えているな」と、妖精の王オベロンは、主たる助手のパックに尋ねる。

かつて私が崖の上に坐り、
イルカの背にまたがる人魚の歌を聴いたとき、
その甘く、とろける歌声で、
荒波さえも静まり返り、
その人魚の調べを聴きたいと
星々さえ天空から降りて来たのを?

(第二幕第一場一四八～五四行)

最後の三行を声に出して読んでみれば、それがどれほど完璧に「甘く、とろける歌声」の絶妙な例となっているかわかる。この不思議な美しさをもつ詩行によって、時の狭間を越えて、遠くの花火が見えてくる――見た人によれば、二〇マイルも離れていたという――それに水上野外劇の夢のような光景がよみがえってくる。老けゆくエリザベスの処女神話に対して、恭しく最敬礼をする台詞が続く――キューピッドの矢は的を外れ、「神に身を捧げた女王は、恋を知らぬ処女の瞑想に耽《ふけ》りつつ立ち去った」(第二幕第一場一六三～六四行)。この気品に満ちた讃辞を女王に捧げたのち、劇は一時中断された筋に戻る。美しき処女王を狙った矢は小さな西の花の上に落ちたと、オベロンはパックに説明する。眠っている男女のまぶたに注げば、この花の汁のせいで、その者は次に見た生き物に恋をしてしまう。まさにこの媚薬がまちがったまぶたに注がれてしまうという趣向によって、この劇の底抜けの混乱が引き起こされるのである。

イルカの背がちらりと見えるのは、『夏の夜の夢』のなかのほんの一瞬でしかなく、それも筋とは無縁の、美辞麗句によるファンファーレのようなものだ。しかし、筋と無関係なはずのこの人魚の歌についての台詞は、劇にとって、そして劇作家の想像力にとって、きわめて重要な意味を持つ。ケニルワースの思い出は、あたりを静まり返らせ、ほとんど熱狂的に聞き耳を立てさせる歌の力を呼び起こすのだ。芸術は落ち着きを生み、心の動揺をも生むという逆説は、シェイクスピアの全仕事の根幹を成す。劇作家として、詩人として、シェイクスピアは礼儀正しさの担い手であると同時に秩序破壊の担い手でもあった。この二重の物の見え方は、シェイクスピアが一一歳のとき故郷近くで上演された驚くべき見世物にまで遡《さかのぼ》れるのではないだろうか？　並み居る見物客たちが、そのざわめきを女王の存在によって静められ、原初の詩人であるアリオンの歌に懸命に耳を傾けたあの思い出に？

シェイクスピアが『夏の夜の夢』で明確に表現しているのは、レスター伯の余興が大金をかけて実現しようとした優れて文化的なファンタジーだ。見えない恋の矢で貫かれ、あちこちに浸透する強烈なエロティックなエネルギー。それに圧倒されないのは、ただひとり、「西に王冠を戴く美しい処女王」のみ、という魔法のような美しい世界の幻想なのである。現実はこの夢に近寄ることもできない。花火は、所詮、天空から降り注ぐ星々ではないし、海などなく、城の湖のそばに群がる御しがたい群衆がいるばかりであり、美しい処女王は歯が腐りかけた中年女性であり、機械仕掛けのイルカは高価な浮きと大差なかったであろうし、イルカの背に乗る人物はアリオンでも人魚でもなく、ハリー・ゴールディンガムという名の歌手だった。未出版の当時の祝祭記録によれば、この歌手は美声ではなかった。

> 水上でエリザベス女王に捧げられた見世物があり、なかでもハリー・ゴールディンガムはイルカの背にまたがったアリオンに扮することになっていたが、その声がとてもしわがれて不快なので、いざ上演というときに扮装を取り去って、自分はアリオンではなく、正直者のハリー・ゴールディンガムなのだと言った。このぶっきらぼうな正体暴露は、予定通りの上演よりも女王を喜ばせた。

女王の慈悲深い反応は、今にも崩壊しようとしていた午後の魔法を救ったのだ。同じようなことは、『夏の夜の夢』のどんな公演についても言えるだろう。観客はアテネ近くの月光の森で妖精が飛ぶのを見るわけではなく、人間的すぎる役者の一団が舞台の上で跳ねまわるのを見るにすぎない。だが、幻想が壊れる危険性があるからこそ、かえって不思議な経験が強化されるのではないか？

レスター伯は巨額の出費によって望みどおりの効果を得たが、シェイクスピアが差し出すのはそれよりずっと低コストの魔法だ。『夏の夜の夢』の役者たちなどは、金を出すどころか、報酬として一日六ペンスの年金をもらえるかもしれないという大望を抱くほどだ。なにしろ、劇作家が頼りにしているのは、精巧な機械仕掛けではなく言葉であり、それもイングランドの観客が聞いたこともないような最高に美しい言葉なのだ。

野生の麝香草《タイム》が風に揺れ、桜草が
頭《こうべ》垂れ、菫花《すみれ》咲く土手がある。
天蓋を覆《おお》うように茂るは、香り高き忍冬《すいかずら》、
甘い麝香薔薇《じゃこうばら》とハマナスだ。
そこでときどきティターニアが夜眠る。
喜び踊る花に包まれ、あやされて。

（第二幕第一場二四九～五四行）

『じゃじゃ馬馴らし』や『リチャード三世』のような劇をすでに書いていたシェイクスピアは、骨太から繊細まで種々雑多な劇的台詞を操ることができたが、『夏の夜の夢』では、ここで用いられている形容詞を借りれば「香り高き」詩を最大限に発揮したのである。

『夏の夜の夢』は、シェイクスピアの芝居のなかでも、学者が主要な文学的材源を特定していないきわめて数少ない作品の一つだ。月光や妖精の森といったイメージは、明らかにシェイクスピア独特の個人的想像力を源として生まれたものだ。シェイクスピアは、「楡の樹皮のような指」(第四幕第一場四一行)や「アザミの天辺にいる尻の赤いマルハナバチ」(同一一～一二行)についての自らの知見を利用したのだ。そして、シェイクスピアの子供時代についての本書の考察がまちがっていなければ、五月祭やホック祭りの欣喜雀躍たる実体験や、レスター伯が女王陛下を喜ばせるために上演した贅沢で幻想的な余興の思い出をも利用したのである。

ものを変えてしまうシェイクスピアの劇的イリュージョンの力が、一五七五年にケニルワースで見聞きしたことにまで遡れるならば、そのイリュージョンの背後にある凡庸な現実感もまた同じ祝祭の瞬間に由来しているかもしれない。『夏の夜の夢』最終幕のほとんどが、素人芝居の痛快なパロディーに当てられており、職人たちがぎこちないまでに下手で素朴であり、説得力のあるイリュージョンを維持できないことが揶揄されている。女王と宮廷人のためにコヴェントリーの職人たちによって演じられたホック祭りの芝居は、「若きピュラモス(ピラマス)とその恋人ティスベ(シスビー)の退屈にして簡潔な一場、実に悲劇的な滑稽」(第五幕第一場五六～五七行)へと書き換えられ、婚姻で結ばれようとする高貴な恋人たちのためにアテネの職人たちによって演じられる。新婚夫婦と『夏の夜の夢』の観客は、芝居のグロテスクな馬鹿馬鹿しさや、「このアテネで、手の硬くなるまで働きはすれど、これまで頭を働かせたことがない男たち」(第五幕第一場七二～七三行)と呼ばれる役者たちのすばらしき無能ぶりを笑って楽しむ。へまばかりする職人のひとり、指物師のスナッグは、自分が本当は何者かを「ぶっきらぼうな正体暴露」で明かしてしまうハリー・ゴールディンガムを模倣しているようにさえ見える。頭の足りないスナッグは、ライオン役を振られて、のっけからこの役について心配し、役者仲間も皆、ライオンはご婦人方をおびえさせてしまうかもしれないと心配する。それゆえ、スナッグはライオンを演じるときに、まさにハリー・ゴールディンガムの真似をするのだ。

ご婦人方、そのお優しきお心ゆえ、
床を這うごく小さな恐ろしきネズミでさえ怖がる皆様は、
ライオンが大いに怒って荒く咆えたてれば
この場で震え慄《おのの》くこともありましょう。
しかるがゆえに、ライオンとなりますのは、
私、指物師のスナッグとご承知おきください……

（第五幕第一場二一四〜一九行）

もちろん、この喜劇的な下手さは殿様を喜ばせる。「実に優しき獣だ」と、テーセウス公爵は、のたまう。「それに、よき分別がある」（第五幕第一場二二二行）と。公演は、この種の公演が常に狙っているものを獲得する。すなわち、偉大なる人の微笑みである――「女王陛下はよくお笑いになった」。ケニルワースの祝祭の約二〇年後に書かれた『夏の夜の夢』には、成人したシェイクスピアが子供時代の忘れがたい場面を思い出している風情がある一方で、古里《ふるさと》は遠くになりにけりといった趣《おもむき》もある。一五九五年までに、シェイクスピアは、伝統的な素人上演を蹴落として勝利するプロのロンドン娯楽産業によって自分の人生が成り立っていることをはっきりと理解していた。この傑作喜劇

で、シェイクスピアが個人的に祝っているのは、腕が上がったことのみならず、逃げ出せたことだ——何から逃げ出すのか？　トマス・プレストン作『ペルシア王キャンバイシーズの生涯を含む、陽気な楽しさでいっぱいの嘆かわしき悲劇』といった、シェイクスピアがその調子外れの題名をパロディーにしたような、音感のない劇からだ。雑な言葉遣い、でこぼことせわしなく動く韻律、熱演のつもりの叫喚《きょうかん》から逃げ出すのだ。台詞も憶えられないような抜け作だったり、まともな演技もできないほどぶざまだったり、元気よく演じられないほど引っ込み思案だったり、最悪なことには、虚栄心で鼻高々になって何でも演じてやろうとしながら自分のグロテスクな利己主義だけはわかっていなかったりするような素人役者連中から逃げ出すのだ。「ピュラモスとティスベ」を演じる職人一座——機織りのニック・ボトム、ふいご直しのフランシス・フルート、鋳掛け屋のトム・スナウト、指物師のスナッグ、仕立て屋のロビン・スターヴリング、そして演出家の大工ピーター・クィンス——は、そろいもそろって演劇的大失態の名場面集を見せてくれる。

『夏の夜の夢』の第五幕は、シェイクスピアが書いたなかでも最高に滑稽でいつの時代でも笑える場面だが、その笑いは、知能、修養、洗練、技量における優越感に基づいている。観客は、舞台上の特権階級が作る魔法の輪に入って一緒に嘲笑するように仕向けられる。この嘲笑は、若き劇作家が、素朴で垢抜けないアマチュア主義から洗練された趣味とプロの技量へ決定的に移行したことを明らかに物語っている。しかし、この場面が引き出す笑いは奇妙にも優しく、愛情さえ感じられる。嘲笑の場面がいやみになりすぎず心地よいのは、実のところ、職人たちの沈着さのせいだ。あからさまに愚弄されても、連中は動じない。シェイクスピアは二重の効果を達成したのだ。一方では、役に扮して観客がいないふりをしなければならないという最も根本的な演劇上の約束さえ理解できない素人を嘲笑し、他方で、ボトムとその仲間に、風変わりで思いもよらぬ威厳——見物の貴族たちの冷笑的な無礼さよりはるかに優れた威厳——を与えているのだ。

つまり、田舎役者に対してよそよそしく振る舞っていたはずのシェイクスピアは、ふと態度を変えて、田舎役者に共感と仲間意識があることをほのめかしているのである。それはちょうど、古い道徳劇や民衆文化から借用するときに、自分のやることは違うという意識を持ちながらも、借りがあることを認めるのと同じだ。アテネの職人たちに割り振った職業はいい加減に選んだわけではない。シェイクスピアのロンドンの劇団は、指物師と機織りと大工と仕立て屋に依存していた。しかも職人たちが演じる「不幸な星の恋人たち」の誤解ゆえの自殺の悲劇には、シェイクスピア自身が大いに興味を持っていた——「ピュラモスとティスベ」のパロディー芝居を書いていた時期、シェイクスピアは非常によく似た『ロミオとジュリエット』を書いていたのであり、この二作は同時に机の上にあったかもしれないのだ。もっと弁解がましい劇作家なら、このような類似の痕跡を消そうとやっきになったかもしれないが、シェイクスピアの笑いは何かを拒絶したり隠したりする類のものではなかった。「こんなくだらないもの、聞いたこともないわ」と、ヒポリタは意見を述べ、「この種のものでどんなにすぐれたものでも影にすぎぬ。どんなにひどいものでも、想像力が補ってくれれば、ひどくはない」と、テーセウスは答える。「でもそれは、あなたの想像力でしょ、あの人たちのじゃなくて」とヒポリタは言い返す(第五幕第一場二〇七~一〇行)——観客の想像力であって、役者のではない——だが、それこそまさに肝要なところだ。プロの役者と素人役者の違いは、結局のところ、大したことではないのだ。いずれにしても観客の想像力が頼りなのだから。そして、まるでこの議論に決着をつけるがごとく、一瞬のちに、ピュラモスの荒唐無稽な自殺の台詞が聞こえる——

来るがよい、荒らぶる復讐の女神たち、
さあ、運命よ、来いよ、来い、
命の糸を切れ、千切れ、
コワッと壊せ、コロッと殺せ。

（第五幕第一場二七三〜七六行）

――すると、ヒポリタはどうしようもなく感動してしまう。「なんていうことでしょう、あの人がかわいそうでならないわ」（第五幕第一場二七九行）。

『夏の夜の夢』において、三〇歳のシェイクスピアは、自身の経験を大いに利用し、自分の職業について思いを巡らして、演劇を二つに分裂させた。すなわち、現実の制約から飛翔する想像力と結びつく、魔法のような、ほとんど人間技とは思えない要素と、それから、建物、舞台、衣装、楽器といった手に触れられる構築物を実際に作り出す職人たちの仕事に見られるような、あまりにも人間的な要素とに。後者は想像力に「特定の住処《ローカル・ハビテーション》と名前《ネイム》」を与えるものだ。演劇はその両方、つまり、イメージの飛翔と、地に足がついた平凡な世俗性との両方がなければならないということをシェイクスピアは理解し、観客にも理解してもらおうとしたのだ。

世俗性こそ、シェイクスピアの創造力かつ想像力の構成要素だ。自分の原点である田舎の日常世界や、アリオンの仮面の背後にある普通の人の顔を、シェイクスピアは決して忘れることはなかったのである。

第二章 夢よ、もう一度

ストラットフォード伝説というものがある。噂好きの奇矯な伝記作家ジョン・オーブリーが一六八〇年頃記したものであり、父親と同じく肉屋の丁稚《でっち》となったウィル・シェイクスピアが、父親に代わってときどき動物を叩き殺したというものだ。「仔牛を殺すときは、演説をぶちながら恰好よくやった」と、オーブリーは書いている。詮索好きなオーブリーは、若いシェイクスピアがどのようにして就職問題を解決して天職を見出したのか探ろうとして、シェイクスピアが学校を卒業した時点(一五七〇年代後半~八〇年代初頭)から、ロンドンでプロの俳優兼劇作家として世間に認められる一五九〇年代初頭までのあいだに何が起こったのか知りたくてたまらなかったのだ。

「失われた年月」――シェイクスピアが行方をくらまし、社会の公文書のどこにも痕跡を残さなかった年月を、学者たちはそう命名した。イギリス社会はかなり克明に記録をつけているはずなのに、その間シェイクスピアはいったい何をしていたのか？　その謎は、山のような推測を生み出した。死後二五年ほどすると――シェイクスピアと面識のあった人はもうだれも生きていないが、シェイクスピアと同世代の人たちに若い頃に会ったことがある人が生きていて、まだ生の情報がつかめた頃――ひょっとするとそんなこともあったかもしれないといった伝説が生まれ出した。

肉屋についてのオーブリーの話はありえない――ジョン・シェイクスピアは肉屋でなかったし、動物屠殺は商取引法によって禁じられていた――けれども、ウィルが少年時代から父の家業を手伝ったのではないかと想像するのは自然なことだ。ヘンリー・ストリートの立派な二世帯住宅の店舗部分で、ウィルは手袋を作ったり売ったりしたのではないだろうか？

暇なときは詩を書きもしただろう。ただし、息子をぶらぶら遊ばせておくために家族が汗水たらしたとは思えない。紙は高価だった。きちんと折られてカットされ、小型版で約五〇枚になる紙一包は、少なくとも四ペンス、つまりエール酒大ジョッキ八杯分もした。レーズン一ポンド(四五六グラム)、あるいは羊肉一ポンド、牛肉一ポンド、卵二ダース、また、パン二斤よりも高かった。ひょっとすると若きウィルは、『お気に召すまま』のオーランドーのように、木に詩を刻んだのだろうか？

いずれにせよ、働かなければならなかったはずだ。実は、ウィルの詩人としての特殊な才能が手袋商売の役に立った奇妙な痕跡がある。ウィルが学校を卒業した直後の一五八二年、たぶんウィルの弟たちが在籍中のキングズ・ニュー・スクールに、アレグザンダー・アスピノールが教師としてやってきた。一七世紀に、だれかがコモンプレイス・ブック(記憶しておきたいことや珍しいことを書き留めておくための手帳)に、アスピノール氏が当時求愛していた女性に手袋を贈った際に添えていた詩を書き留めた。

The gift is small, the will is all.
Alexander Aspinall
贈り物は小さく、思い《ウィル》がすべて《オール》。
アレグザンダー・アスピノール

手袋はジョン・シェイクスピアの店で買われたと思われる。というのも、この詩句に続いて「シャクスペア(Shaxpaire)、教師が恋人に贈った手袋に記す」とあり、有名な詩人シェイクスピアが書き残したものとされるからだ。劇を書いて劇作家になる代わりに、ウィルは家にとどまって、人のために調子のいい文句を作って生活をやりくりし、こっそり自分の名前を忍び込ませたのだろうか？

実際、家業をすっかり忘れてしまうことはなかった。シェイクスピアの劇には、手袋、毛皮、皮革が頻繁に現われるので、作者がこの仕事に何気なくなじんでいることがわかる。ロミオはジュリエットがはめる手袋になってその頬に触れたいと願う。『冬物語』の行商人は、荷物のなかの手袋に「ダマスク・ローズのように甘い」(第四幕第四場二二六行)香水をつける。「証文は羊の皮でできているのだろう？」とハムレットは尋ね、「そうです。それと、仔牛の皮です」とホレイシオは答える(第五幕第一場一〇四～五行)。『間違いの喜劇』の役人は、仔牛革の制服を着て、「革のケースに入ったバス・ビオール(チェロの一種)」に似ている(第四幕第三場二二行)。『じゃじゃ馬馴らし』のペトルーキオは羊の皮でできた馬勒《ばろく》を持ち、『ジュリアス・シーザー』の靴屋は牛皮の靴底を直し、『冬物語』によれば鋳掛《いか》け屋は雌豚の皮袋を持っている。『夏の夜の夢』の妖精たちの幻想的な世界を伝えるシェイクスピアは、

シェイクスピアの父親が作った手袋は，この 17 世紀初期の手袋と同じような，革，サテン，金のボビンレースでできた精巧な贅沢品であることが多かった．　ヴィクトリア・アンド・アルバート博物館

皮革業のミニチュア版で遊んでいる——蛇の脱いだ「エナメルの皮」は「妖精ひとりを包むほど大きく」(第二幕第一場二五五～五六行)、妖精の女王の手下たちは「小さな妖精たちにコートを作ってやるための革の羽が欲しくて」(第二幕第二場四～五行)コウモリたちと戦争するのだ。

シェイクスピアにとって、革は、単に鮮明な描写の一例として挙げられるだけのものではなく、隠喩《メタファー》の材料だった。自分の世界を組み立てるときに、造作なくすっと思い浮かぶものだった。「文なんてものは、頓知にかかれば、仔ヤギ革の手袋みたいなもんさ」と、『十二夜』の道化フェステは気の利いたことを言う。言葉をひっくり返すのは簡単だというのである。「裏が、つい表《おもて》にひっくりかえっちまう」(第三幕第一場一〇～一二行)。ウィル少年は、手袋屋の店で父の手伝いをしながら、よい「仔ヤギ革」——伸縮性としなやかさで知られた高級ヤギ革——がどんなものか観察し、強い感銘を受けたに違いない。「ああ、こいつはヤギ革の知恵だな。わずかの知恵がびよんと(一インチが一エルつまり四五インチまで)伸びる」と、マキューシオはロミオをからかう(『ロミオとジュリエット』第二幕第三場七二～七三行)。「あなたの柔らかいヤギ革のような良心を伸ばしさえすれば」、王様の贈り物を受け取る気になるでしょうと、王妃になるのに気が進まないアン・ブリンは言われる(『ヘンリー八世』第二幕第三場三二～三三行)。

ジョン・シェイクスピアは、革のみならず羊毛も売買した。羊毛業者の専売特許を犯していたのである。しかし、闇羊毛と呼ばれたこの商売は、うまくやれば儲かるために、町にも田舎にも顧客を広げて危ない橋を渡る価値はあるように思えた。セールスのために羊小屋や田舎の市場まで出向かなければならなかったジョンは、長男も連れて行ったことだろう。ここでも、ウィル少年の想像力は忘れえぬものを捕らえたようだ。『お気に召すまま』の羊飼いは、自分たちが宮廷人のように手にキスをしないわけを説明して、いつも「雌羊を扱っているが、その羊毛はべとべとしているから」(第三幕第二場四六〜四七行)と言う。また、『冬物語』の田舎者が、羊毛刈りでどれほど儲かるか一所懸命計算するとき、去勢された雄羊を意味する「ウェザー」と、羊毛一二・七キロを意味する「トッド」という用語を用いているが、それはウィルが子供の頃父親のそばで耳にした言葉に違いない。「ええっと、一一ウェザーで一トッド、一トッドで一ポンドと数シリングになる。一五〇〇頭刈ったんだから、羊毛はいくらになるかな?」(第四幕第三場三〇〜三二行)。一九世紀に、ジョン・シェイクスピアの店として使われていた家の一部を新しい床に張り替える必要が生じたとき、床板の下の土に埋められているのが発見されたのは、羊毛の切れ端だった。

ヘンリー・ストリートの店やその周囲の田舎の様子は、シェイクスピアの戯曲と詩のなかに窺い知れる。シェイクスピアが生まれた一五六四年より三年前に書かれた法的文書には、父親ジョンは「アグリコラ」(ラテン語で「農夫」)と記されているものの、ストラットフォードに腰を落ち着けてからかなり経ってからも、ジョン・シェイクスピアは農産物を商うのみならず、ストラットフォード周辺の農地の買収・貸付を続けていた。ウィル少年は、父母と一緒にしょっちゅう田舎に出かけていたに違いない(エリザベス朝時代、人口たった二〇〇〇の町ストラットフォードでは、少し足を伸ばせば、すぐまわりの農場や森に行けた)。

ウィル少年の想像力が最も美しく魅力的に花開くのは、いかにもやすやすと繊細かつ正確に、動物の生態、天候の変わりやすさ、草花の詳細、自然の移り変わりを詳述したり描写したりするときだ。まるで自然を相手にした商売で身を立てていけそうなくらいである。

「私は雇われている羊飼いです」と、『お気に召すまま』のコリンは、訪問者たちを歓待できないわけを説明する。「自分が世話をする羊の毛を刈ったりはしないのです」。これは、都会人が想像しそうな、藁笛《わらぶえ》でメロディーを奏でる羊飼いのイメージとは違い、かなり現実的だ。「主人はけちな性分でして」と、羊飼いはつけ加える。

それに、主人のベッドも、羊も、牧草地使用権も
今じゃ売りに出されていまして、うちらの羊小屋に
来ていただいても、主人がいないもんで、
何も食べるものがないのです。

（第二幕第四場七三〜七五、七八〜八一行）

羊飼いの小屋の中まで見たことがあり、牧草地使用権が羊と一緒に売られるものだということを知っているほど田舎に詳しいウィリアム・シェイクスピアは、本質的には田舎っぺではなかったし、父親にしても、農夫出でありながら、田舎っぺではなかった。実は、息子が強く惹《ひ》かれていたのは、父親の田舎生活の知恵ではなく、一五七〇年に二度も父親が裁判所に呼び出される原因となった父親の金貸し業であり資産運営であった。まさにそうした実務をモデルにして、シェイクスピアの劇には、地図や証文や不動産譲渡証書といったものがかなり頻繁に姿を見せることになる。

成人したシェイクスピアの伝記上の記録は、もっぱら不動産関係の書類だ。そんな書類ばかりでなく、もっと人格がわかるものはないのかと伝記作家はよく嘆くが、シェイクスピアが、仲間の劇作家とは違って、生涯にわたって資産投資に興味を抱いていたことは、一見したよりも実はかなり

人格が窺える事実なのかもしれない。

いずれにせよ、少年時代のウィルは、企業家としての父親の目覚しい活力と野心に強い感銘を受けたに違いない。スニッターフィールドという小さな村の小作農の息子であったジョン・シェイクスピアは、出世街道を歩んでいた。一五五〇年代後半、ジョンは自分の父親に土地を貸していた男の娘メアリ・アーデンと結婚することで、ついにはっきりと頭角を現わすことになった。アーデン家の名はそれ自体重要な社会的資産だった。ウォリックシャーの名門であるその家系は、征服王ウィリアムのために一〇八六年に編纂された大規模な土地台帳『ドゥームズデー・ブック』にまで遡った。アーデン家の不動産は、その本のなかで四段にわたって長々と記載され、ストラットフォードの北と西に広がる広大な森は、シェイクスピアの時代においてもアーデンの森として知られていた。

メアリの父ロバートは、この家系のなかで突出した人物ではなかった。牝牛七頭、農耕用牡牛八頭、牡の仔牛二頭、乳離れ中の仔牛四頭を持っていた裕福な農夫にすぎなかった。臨終の際に作成された財産目録が一つの目安になるなら、家にはテーブル・ナイフやフォーク――普通の人々が木の皿から手づかみで食事をした時代において生活レベルが違うことを示す日常のしるし――もなければ、陶器もなく、本もなかった。アーデン家において、最もはっきりと教養を示すものは「絵布」だった。つづれ錦《タペストリー》の安価な代替物であり、金言や標語がついているものだ。目録によれば、そうした布が広間に二枚、応接室に五枚、寝室に四枚掛かっていた(『ルークリースの凌辱』において、シェイクスピアは皮肉にもその凡庸な教訓を思い出して、「金言や老人の格言を恐れるものは/絵布に恐れを抱け」と書いた)。家人が絵布に書かれた金言を読めたのかどうかははっきりしない。ひょっとすると文字を壁にかけておくのが好きだっただけかもしれない。

血縁関係を大事にする世界において、バーミンガム近くにある豪邸パーク・ホールに住むエドワード・アーデンのような偉い金持ちと、遠縁であれ、親戚であるというのはちょっとしたことだった。アーデン家は、社会的野心のある者ならだれでも一目置く名門であり、メアリが嫁入りに持参した財産はその名前だけではなかった。八人姉妹の末っ子であったものの、メアリは父親のお気に入りだった。一五五六年に没した父親は、善良なカトリック教徒として「全能の神、聖母マリア、天にましますすべての聖人たち」に自分の魂を委《ゆだ》ねつつ、末娘に相当な金額を遺し、最も貴重な財産であるウィルムコウト村のアズビーズと呼ばれる農場をほかの土地とともにメアリに遺したのだ。ジョン・シェイクスピアは首尾よく結婚したのである。

スニッターフィールドの農場からストラットフォードへ移ろうとジョンが決意したのがいつなのか、記録は何も教えてくれない。新しい土地でジョンは手袋商の丁稚になったに違いないが、隣人たちはジョンの能力に夙《つと》に気づいていた。一五五六年、まだ二〇代のとき、パンやエール酒の検査に携わる町のエール酒鑑定人に選ばれたのだ。「有能で分別のある」人がつける職務であり、「贔屓《ひいき》をせず、恨みを持たず、頭脳と良心に従って正しく品定めをし、罰し」なければならなかった。続く数年間に、ジョンは町の職務を着実に重ねていった――一五五八～五九年に警吏《コンスタブル》（治安維持の責任者）、科料認定係（規定にない罰金を定める責任者）、一五六一～六五年に会計係（歳入の徴収、借金の返済、建物修理改変の監督までも行なう町の財産の責任者）、一五六五年に参事会員、一五六八～六九年に町長《ベイリフ》、一五七一年に首席参事会員。

これは、人から好かれ、信頼された、きわめて堅実な市民にして土地の名士である男の記録だ。テューダー朝のストラットフォードの父権制社会において、これらのうちどの役職も軽々しく扱われることはなかった。ジョン・シェイクスピア任期中の警吏たちは、地域のカトリックとプロテスタントのいざこざが暴力沙汰になりそうな時期になんとか治安維持に努めた。参事会員は、「不道徳な」生活をしているとされる住民の様子を調べ、主人のもとを飛び出した召使や午後九時以降の外出禁止令を犯して戸外に出た丁稚を逮捕する権限があり、また、「じゃじゃ馬」と言われる人妻を「懲罰椅子」に縛りつけてエイヴォン川で水責めにするべきかどうかを決定する裁量権があった。さらに、エリザベス朝当時の町長には、我々の町長の概念にはない権力があった。町長の許可なくして何人も見知らぬ者を自宅に招き入れてはならなかったのだ。

　地域の有力者と定期的に会うのも重要な仕事だった。たとえば、中世にストラットフォードを封土としていた先祖を持つ荘園主ウォリック伯爵、近くのチャールコートの自宅にて女王陛下をもてなしたことのある裕福な紳士サー・トマス・ルーシー、影響力のある学識者ウスター司教エドウィン・サンディスなどだ。こうした錚々たる名士が直接ストラットフォードを支配したわけではなく、町は一五五三年に自治町として統一されて独立していたものの、お歴々は、名声があるのみならず、かなりな権力を行使したので、地方の役人は自らの権限を守るために大いに世知に長《た》けていなければならなかった。ジョン・シェイクスピアは、そつがなかったに違いない。さもなければ、職務を任されることはありえなかった。

　それから、ウィルが一三歳になろうという頃、大立者の父親の上り調子に翳《かげ》りが差してきた。ストラットフォードの参事会員一四人のひとりであるジョン・シェイクスピアは、一三年間でたった一回、町議会を欠席した記録があるのみだったが、一五七七年を皮切りに突然、議会への出席をやめてしまったのである。だが、議会にかなり懇意の友人がいたようで、何度も罰金を免除され、課税を減らしてもらい、参事会員名簿に名前を載せたままにしてもらっていた。貧しい人たちにふんだんに施しをしていた昔の面影はなくなり、一五七八年に貧民救済のために各参事会員から週四ペンス徴収することが採択されたときも、現職会員のなかで「ジョン・シャクスピア氏」は免除されていた。免除されたというのは、特別な思いやりをかけられたということであり、経済的に困っている会員のだれもが同じような配慮をしてもらえるものではなかった。

町立警察隊（矛《ほこ》四人、槍《やり》三人、弓矢一人）の装備のための出費にかなり低い割り当てをもらったときも、配慮があった。ジョンにはどこか並外れて魅力的な、人の役に立つところがあったに違いない。なんとかして立ち直って、公務に戻ってもらいたいと同僚に思わせる何かがあったのだろう。しかし、それでも、ジョンは議会に出席することがなく、割り当てられた支払いを――減額された課税だというのに――依然として済ますことができないでいた。一五八六年、何年も欠席が続いたあと、ついにシェイクスピアの名前は名簿から削除された。その頃には、ストラットフォードで重要人物と見なされなくなっていたということだ。公的な人間としての経歴はこれで終わったのであり、私人としての状況は明らかに悪化していた。

ジョン・シェイクスピアは金に困っていた。一五七八年一一月には、とにかく火急に金を用意しなければならなかったため、エリザベス朝の家庭が疎《うと》み恐れていたことをやってのけた。土地を売り、抵当に入れたのだ。それもそんじょそこらの土地ではない。妻の相続したほぼすべての土地を数年のあいだに手放したのである。妻が夫婦生活のために持参した土地は、その日暮らしの夫のせいで、少しずつ現金と引き換えに、指のあいだからすべり抜けていってしまった。

かつて妻の父親が耕していたスニッターフィールドからの土地の上がりは、四ポンドで売り払われた。アズビーズは、おそらくは前払いをしてもらうために、名目ばかりの賃料で貸し出された。一五七九年にはウィルムコウトの別の家と五六エーカーの土地が、バートン・オン・ザ・ヒースに住む妻の義兄エドマンド・ランバートに四〇ポンドで抵当に入れられた。この現金は、瞬く間に消え去ったようだ。翌年、借金返済期限が来ると、ジョンは支払いができず、土地は失われた。数年後、本当は支払いをしようとしたのだと主張して二度裁判沙汰を起こして土地を取り戻そうとしたが、判決はランバート側に下りた。ウィルの母メアリが結婚のために持ってきたもののうち残ったものといえば、アーデンの家名だけだった。

ジョン・シェイクスピアの経済状況を今もなお衝撃的に垣間見ることができるのは、女王陛下の役人たちが鵜《う》の目鷹の目であったおかげだ。政府は宗教的統一を行なおうとやっきになっていた。個人の魂を裂き開いて個人的な信仰を調べるようなことはしたくないと女王は述べたが、できる限り多くの臣下に圧力をかけて、公式のプロテスタント信仰を少なくとも外見だけでも守らせたい意向だった。最低限、月に一度は、だれもが英国国教会の日曜礼拝に出席することになっていた。その礼拝では、プロテスタントの祈禱書が用いられ、中央の宗教権力者が書いた説教や国家肝煎《きもい》りの説話が聖職者によって伝えられた。教会への恒常的出席を定めた法律を破った人は、罰金などの罰則を受けた。罰金は比較的小額で、一五八一年までは払いやすかったが、その後、宗教的反体制派への組織的な弾圧が行なわれるようになると、罰金は天井知らずとなった。

一五九一年の秋、政府は、各州の行政長官に、毎月教会へ出席しない者のリストを作成するように命じた。ジョン・シェイクスピアの名前は、地方役人が準備したリストに挙がっていたが、「以下の九名は法的措置を恐れて欠席していると思われる」という注記つきで別枠扱いをされていた。数か月後、行政長官は報告書をまとめ、同じ説明を繰り返した。「これら九名は借金取立てを恐れて教会に来ないと言われている」。もし説明が正しく、国教忌避者を匿《かくま》うものでなければ、かつてのストラットフォード町長であり治安判事であった男は、日曜日に――おそらくは、ほかの日も――家にいて、逮捕を避けていたことになる。公的な人物はきわめて私的な人間になってしまっていた。

　ジョン・シェイクスピアがだんだんと姿を見せなくなった一五九一年までに、その長男はほぼまちがいなくすっかり姿をくらましていた。翌年、ロンドンの劇作家として初めて言及されているのである。言ってみれば、父親の没落劇は、ウィルの思春期全体を形成する長い時間をかけて演じられてきたのであり、成人に達したウィルは何かがひどくおかしくなってしまっていたことを痛感したことだろう。目の前で起こった父の没落に無関心でいられたはずがない。長男にして跡継ぎである自分が大人として芽を出そうという、まさにそのときに父の社会的立場が崩れていったのである。

　没落の原因は何だったのだろう？　今と同様に当時も、経済の浮き沈みがあった。一六世紀の最後の数十年間はイングランド中部の情況は特に厳しく、苦境の時代に優雅な手袋のような贅沢品を買う人は当然少なかった。しかし、同じような状況にあった多くの大商人たちは、時代の逆境を乗り越え、個人的な災厄も乗り越えていた。もうひとりのストラットフォードの会計係エイブラハム・スターリーは、一五九四年九月二二日に町の数角を全焼した火事で家を失い、経済的にすっかり立ち直ることはなかったが、それでも長男ヘンリーをオックスフォード大学で勉強させ続け、次男リチャードを翌年同大学へ送っている。別のストラットフォードの富豪ウィリアム・パーソンズは、同じ火事で家を失ったが、やはり息子をオックスフォード大学へなんとか送り、参事会員と判事の仕事を続けている。ジョン・シェイクスピアが借金、抵当、罰金、損失を重ね、突然ぱたりと公的な場から姿を消してしまったことには、手袋業界のありきたりの浮き沈みなどよりほかの理由があったとしか思われない。

おそらく、政府の厳しい取り締まりによってジョンの主要な収入源がなくなったのが真の原因であろう。一五七〇年代半ばの羊毛不足の結果、当局は、悪いのはジョン・シェイクスピアのような「斡旋屋《あつせんや》」だと決めつけた。ジョンはすでに二度、不法取引の廉《かど》で訴えられている。一五七六年一〇月、女王への主たる忠告者である枢密院は、羊毛取引業者を喚問し、一一月、すべての羊毛取引を中止させた。その翌年、当局が把握している羊毛斡旋屋全員にこれ以上の不法取引をしない保証として一〇〇ポンドという巨額の保証金を積むように命じた。これは、ジョン・シェイクスピアにとって、あまりに過酷なニュースであった。

事態を悪化させる経済的打撃はまだあった。一五八〇年、国王は、二〇〇名以上もの長い名簿を発表し、そこに挙げられた者は全員、六月の定められた日に、ウェストミンスターの王座裁判所に出頭し、「女王陛下とその臣民に対して治安を維持する」旨の誓言をせよと命じた。ジョン・シェイクスピアの名前も挙がっていた。出頭命令とは、差し止め請求時に被告の自由を制限する命令と似て、一六、一七世紀の通常取り締まりと犯罪予防の主たる手段となっていた。だれかが命や財産の危険ないしは社会全体の安寧の危惧を訴えて誓言をすると、裁判所は容疑者に出頭を命じて、自己の善良な素行を保証させ、その保証金を出させることができたのである。だれがジョン・シェイクスピアに対して誓言をしたのか、またなぜそうしたのか、現存する史料からではわからない。羊毛斡旋のせいであろうか、あるいはどこかの酒席での喧嘩で訴えられたせいであろうか、あるいは禁じられた信仰をしていると疑われたのであろうか？　ジョンはなんとか出頭のために四人の保証人を見つけ、そのうちのひとりに対してお返しに保証人になっている。しかし、六月の出頭日、ジョンも保証人も出頭しなかった――またしても、原因不明の欠席だ――そして、罰金を科せられた。ジョンは自分のために二〇ポンド、そして保証人になる約束をしたノッティンガムの帽子屋ジョン・オードリーのために二〇ポンドを科せられた。ほかにも物入りが続くというのに、こんな大金はとても払えなかった。

家族への影響は深刻だったようだ。スターリーやパーソンズの息子たちとは違って、ウィルは明らかにオックスフォード大学へ行かなかったし、ジョン・シェイクスピアのほかの息子たちも同様であった。一八世紀初頭、シェイクスピアの伝記作家にして編者であったニコラス・ロウは、こう記す――ジョン・シェイクスピアは、長男をストラットフォードのグラマー・スクールに送り、長男はそこで少しラテン語を学んだが、「暮らしに困り、家業を手伝ってほしかった父親は、学校から長男を引き戻し、残念なことにラテン語に精通する機会を奪ったのである」と。ジョン・シェイクスピアには一〇人の子供がいたとまちがって信じていたロウの記述は当てにならないかもしれないが、息子を学校から出して家業の手伝いをさせたというのは、史料が指し示す一五七〇年代後半の経済的困窮と辻褄は合う。長男にラテン語文の品詞を述べさせたりするのは、馬鹿げた贅沢に思えてきた時があったのかもしれない。

「父上は、僕にきちんとした教育を与えるように兄さんに遺言したはずだ」と、牧歌喜劇『お気に召すまま』でオーランドーは邪悪な兄に文句を言う。「兄さんは僕を小作人のように働かせ、僕をごまかして紳士にふさわしい教養を与えてくれなかった」(第一幕第一場五六~五九行)。紳士と小作人の違いがはっきりするのは、きちんとした教育の有無だ。しかし、どうみてもシェイクスピアは、オックスフォード大学やケンブリッジ大学へ行けなかったことに何の悔いも抱いておらず、勉強家としての天性をまっとうできない不満など示していない。そう言えば、どの作品にも、学校について感傷的な思いなど見られない。同じ喜劇のなかで「学生かばんを持ってぶつぶつ文句を言う小学生は、輝く朝の顔をして、カタツムリのようにしぶしぶ学校へ這《は》っていく」と言うジェイクィーズの見方は、過ぎ去りし幸せな学校時代を懐かしむものではない（第二幕第七場一四四〜四六行）。

シェイクスピア自身のキングズ・ニュー・スクールでの思い出とかなり近いものがあったはずの『ウィンザーの陽気な女房たち』でのラテン語教育の場面にしてもそうだ。「本なんか読んでも息子には何にもなりゃしないと、主人が言うのです」と、ペイジ夫人は、ウェールズ人教師サー・ヒュー・エヴァンズにこぼし、それに対してエヴァンズは――イングランド人には滑稽に聞こえるウェールズの訛りで――ウィリアム少年に品詞を復習させる。

エヴァンズ　「ラピス」とは何だね、ウィリアム？
ウィリアム　石です。
エヴァンズ　では、「石」とは何だね、ウィリアム？
ウィリアム　小石です。
エヴァンズ　いや、「ラピス」だ。どうか、頭にきほくしてくれたまへ。
ウィリアム　「ラピス」
エヴァンズ　いい子だ、ウィリアム。

（第四幕第一場一一〜一二、二六〜三二行）

品詞学習のつまらなさが巧みに思い起こされ、この退屈さから小学生シェイクスピアを救い出す主たる精神的息抜きである駄洒落——できれば卑猥な駄洒落——もまた思い出される。この言語の授業は、「属格《ジェニティブ》」を「生殖器《ジェニタル》」に変え、ラテン語で「これ」を意味する言葉に「売春婦《ホア》」を聞き取らせる。

エヴァンズ　複数属格《ジェニティブ》は、ウィリアム？
ウィリアム　属格？
エヴァンズ　ああ。
ウィリアム　属格は「ホルム、ハルム、ホルム」
クィックリー夫人　ジェニーの格《ケース》(女性の「外陰部」の俗語)ですって！　なんてこと！　その女、
売春婦なら、坊や、そんな人の名前なんか言っちゃだめですよ。

（第四幕第一場四九～五四行）

こうした猥褻な冗談は、シェイクスピアがラテン語に限らず語学学習のことを考えるときはいつもふんだんに現われてくる。「Comment appelez-vous les pieds et la robe?《コマンタプレヴレピエエラローブ》（足とローブは何と呼ぶの?）」と、『ヘンリー五世』のフランス王女は、英語の「足《フィート》」と「ガウン」という単語を学ぼうとして尋ね、教師の返答にまごついてしまう。「foot《フート》です、お嬢様、それから、cown《カウン》」。「フート」という言葉に、王女と観客(少なくとも冗談を楽しもうという観客)は、fuck《ファック》（性交)を意味するフランス語のfoutre《フートル》を聞き取り、「ガウン」のいささかめちゃくちゃな発音に王女は cunt《カント》（女性性器)を意味する

con《コン》を聞く。

キャサリン　フートにカウンですって？　O《オ》 Seigneur《セニュール》 Dieu《ディユ》! Ils《イル》 sont《ソン》 les《レ》 mots《モ》 de《ドゥ》 son《ソン》 mauvais《モヴェ》, corruptible《コリュプティーブル》, gros《グロ》, et《エ》 impudique《アンピュディーク》, et《エ》 non《ノン》 pour《プール》 les《レ》 dames《ダーム》 d'honneur《ドネール》 d'user《デュゼ》.（あらまあ、いやだ！　ひどい響きの言葉だわ、誤解されやすく、下品で不遜で、立派な淑女の使う言葉ではないわ）

（第三幕第四場四四〜四九行）

正直言ってそんなに傑作ではないにしろ、それでも四〇〇年たっても、くすくす笑いぐらいは起こさせるジョークであり、非常に長い学校の一日のつらさを和らげてくれるものだ。勉強など、シェイクスピアの柄ではなかったのである。ベン・ジョンソンは自らのローマ劇や古典的な仮面劇《マスク》に学者風の脚注をつけたが、シェイクスピアは笑って卑猥なことを書き込んだのである。

正規の学校教育が終わると、ウィルが手袋を商う時間が増え、薄手の仔ヤギ革や、シカ革の特質を知るようになったことだろう。シェイクスピア家の子供たちはおそらく全員、家業を手伝っただろうが、一五七〇年代後半以降は、手を貸すほどの仕事は残っていなかったかもしれない。ウィルの弟ギルバート（一五六六年生まれ）は町の記録に「雑貨小間物商」と記録され、一五八〇年生まれのエドマンドはウィルに付き従ってロンドンへ行き、役者になった。もうひとりの弟リチャード（一五七四年生まれ）が、ほぼ四〇年の生涯をどのように費やしたか、記録は何も残っていない。リチャードもまた、おそらく手袋商にはならなかったのだろう。父親の仕事と何か関係があったとして、成功を収めていたとしたら、当然なんらかの痕跡を残していたはずだ。

人間には「生まれついての悪いほくろ」があるものだとハムレットはホレイシオに語る（第一幕第四場一八・八行）。それさえなければ完全にすばらしい生涯となるはずなのに、すべてを台無しにしてしまう生来の性癖や弱点だ。ハムレットが気に病んでいる具体的な欠点とは、デンマーク人のお国柄である深酒の癖であり、「守るよりも破ったほうが名誉だ」（第一幕第四場一八行）。ハムレットはこぼす――ほかの国民は我々を酔っ払いと呼び、それゆえに国の評判を汚している、と。

確かにそれゆえ、
どんなに力の限りを尽くし、
偉業を成し遂げたところで評価してもらえない。
（第一幕第四場一八・四～六行）

この欠点についてハムレットが長々と熟考するくだりは、かなり不思議な一節となっている――考えていることがどうしようもなく台詞となってしまったかのように異様な強烈さがありながら、悪賢く抜け目ない叔父とその共謀者はこの悲劇のどこにもはっきり酔っ払いとして描かれていないために妙に的外れとなっている。『ハムレット』の数種あるテクストのうちの一つは、まるでシェイクスピアがこの台詞を書いたのがまちがいで、途中で放棄したものであるかのように、この台詞をカットしている。

これは、父親の没落の原因を知る手がかりとなるだろうか？　一五五六年に町のエール酒鑑定人として勤めた男は、深酒で深刻な個人的な問題を起こしたのだろうか？　一七世紀半ば、世間が偉大な劇作家の生涯について興味を抱き始めた頃、ロチェスター大執事トマス・プルームは、ストラットフォードの手袋商について耳にしたことを書き留めている。かつてだれかが店で会い、有名な息子について質問したところ、「陽気な頬をした老人」は、「ウィルは立派な正直者だ」と答え、まるで異議を申し立てられたかのようにつけ加えたという。「だが、いつだって息子とは冗談をとばしあっていた」。この逸話は、あまりにあとから出てきたので、目撃者の証言として信頼できないが、本当の人物の面影を伝えていないだろうか？　愛想がよく、温厚で、息子のことを誇りに思いながら、どこか張り合うような好々爺。そしてたぶん、「陽気な頬」をしていたのは、機嫌がよく年をとっていたからとは別に何らかの理由があったのではないだろうか？

作家人生を通して、シェイクスピアは飲酒について考え続けた。ハムレットが雄弁に表明する嫌悪感があったことは確かだ。一方、世間の心配事を魔法のように消してしまう酒の力に魅了されてもいた。酒は、愉快な愚かさ、あふれんばかりの冗談の応酬、愛嬌のあるノンセンス、秩序正しさへの無関心、洞察のひらめきといったものを生み出してくれる。アルコールのせいで潜在的に悲惨な結果になる場面を描くときでも、シェイクスピアは決して禁酒運動の口調にはならない。

『十二夜』において、だらしのない酔っ払いサー・トービー・ベルチは、清教徒《ピューリタン》的なマルヴォーリオを決定的にやっつける——「自分がご立派だからといって、お楽しみはいかんとでも言うつもりか」（第二幕第三場一〇三〜四行）。悲劇の傑作の一つ『アントニーとクレオパトラ』の明るい場面では、世界の支配者たちが、酒漬けになって手を取り合い、「エジプト風に酒神バッカスを祝う踊り」を踊る（第二幕第七場九八行）。まじめで慎重なシーザーでさえ、この酔っ払ったどんちゃん騒ぎにしぶしぶ巻き込まれてしまう——「脳みそを洗おうとして、ますます汚れてしまうのだから、つまらぬ骨折りだ」。「諸侯、おひらきとしよう」と、シーザーはまわりの者の顔を見て自らの火照《ほて》った顔を感じながら言う、「ご覧のとおり、皆頬を燃やしてしまった」（第二幕第七場九二〜九三行、一一六〜一七行）。

酒に酔わない冷徹なシーザーだからこそ権力闘争で勝利を収めていくのだとしても、放埓《ほうらつ》で肝っ玉の大きなアントニーほどの魅力はシーザーにはない。『アントニーとクレオパトラ』における真の高貴さ――血筋の高貴さのみならず、人物としての高貴さ――は、不摂生と性が合う。その見方は、シェイクスピアの多くの劇に当てはまり、人生訓としての重みを持っている。ジョン・シェイクスピアは、頬を燃やして酒を飲んでいるときにこそ、観察力と想像力に富んだ子供にとって、偉人と見えたのかもしれない。

しかし、大酒は、ほかの劇では、王のみならず、道化や愚者や負け犬とも結びつけられている。初期の劇『じゃじゃ馬馴らし』では、弱いくせに喧嘩っ早くてやかましく、壊したグラスを弁償する気などさらさらないクリストファー・スライという人物によって、酔態は文字どおり身近なもの、故郷を思い出させるものとなる。居酒屋の女将がスライを悪党呼ばわりし、警吏を呼ぶと脅すと、この酔っ払った乞食は、偉そうに自分の家柄を自慢する――「スライ家に悪党はいない。年代記を見てみろ――うちの先祖は征服王リチャードだ」（序幕一、三〜四行）。それからすぐ眠りこけてしまう。数分後に、ある貴族がこの乞食に自分が殿様になったと思わせようといたずらをしかけると、当惑したスライは、自分がもっと俗な人間であることを確かめようとする。「何だよ、俺の気を変にさせようっていうのか？　俺はバートン・ヒースの老いぼれスライの息子、生まれは行商人、育ちは櫛《くし》作り、突然変異で熊使い、今のところは鋳掛け屋のクリストファー・スライじゃないってのか、マリアン・ハケットに聞いてみな、ウィンコットの酒屋の太っちょの女将だ、俺を知っているはずだ」

(序幕二、一六～二〇行)。

シェイクスピアは、ロンドンに移ってすぐにこの喜劇を書いており、ストラットフォード周辺の生き生きとした片鱗をのぞかせている。バートン・ヒースというのは、いとこのランバーツ一家が住んでいたバートン・オン・ザ・ヒースのことだろう。ウィンコットには、おそらくシェイクスピアが知っていたハケット家が住んでいた。ひょっとすると、スライ自身、ストラットフォードに住んでいたスティーヴン・スライのことかもしれない。田舎者の愚行を本当らしく描くために、こうしたなじみ深い細部を都会の舞台に乗せるのは、ひそかな楽しみだったに違いない。ひょっとすると、この喜劇的人物と同様、シェイクスピア自身、最近の「突然変異」に面食らっていたのかもしれない。田舎の無名氏から大都市ロンドンのプロの役者兼劇作家となったシェイクスピアは、こういった細かな事柄を用いて、自分がだれであるか——ストラットフォードの老人ジョン・シェイクスピアの息子であること——を思い出していたのだろう。

クリストファー・スライという人物は、立派な業績を成し遂げて要職についたシェイクスピアの父親を描いたものではまったくないが、ひょっとすると、泥酔して家系自慢をし、重なる借金を返済できない、ないしは返済する気がないのは、バートン・オン・ザ・ヒースやウィンコットといったなじみ深い地名と同様に、故郷を思い出させる縁《よすが》だったかもしれない。

シェイクスピアが描いた最大の酔っ払いは、グロテスクなまでに太った騎士サー・ジョン・フォルスタッフだ。スペインとカナリア諸島から輸入された白ワインを常に求める声——「サックを一杯くれ」——は、さながら彼のモットーである。『ヘンリー四世』第二部で、フォルスタッフは「シェリー・サック」(アンダルシア地方ヘレス産のサック)を称える恍惚たるラプソディーを歌う。頭脳と勇気を燃え上がらせる効能書きの疑似科学的分析である――。

よいシェリー・サックには二重の機能がある。まず脳にのぼって、脳を取り巻くあらゆる愚かで鈍った、くだらない「気」をひからびさせ、脳を明敏、機敏にして、創造力に富ませてくれるから、思いつくことといったら、すばやく、燃えるような愉快なことばかりになる。それが声になり、つまり、まず舌に伝わって、見事な頓知が生まれる。見事なシェリーの第二の特質は、血を火照らせることだ。冷たくよどんだ血のせいで肝が青ざめているのは臆病腰抜けのしるしだが、シェリーはその血を温め、内側から体のすみずみまで血をめぐらせるから、顔がぱっと明るくなる。こいつは、のろしだ。この小さな王国である人間の体全体に武器を取れと警告するんだ。するってえと、活気にあふれた庶民ども、内陸にいた有象無象の活力が御《おん》大将である心臓のもとへ駆けつける。それだけの取り巻きを抱えりゃ、御大将も得意絶頂、どんな勇敢な行為でもやってのけちまう。そんな勇気も、シェリー酒のおかげってわけよ。
（第四幕第二場八六～一〇一行）

もちろん、劇作家は、この酒礼讃の演説の原型を居酒屋で聞いたかもしれないし、自分でゼロからでっちあげたのかもしれないが、かつては羽振りのよかった町長が借金取りから逃れて家に隠れたという事の顚末を考え合わせると、この台詞の終わり方は注意を惹く。「俺に息子が一〇〇〇人いたら、俺がまず教えてやる人の道の大原則は、薄い酒をちびちびやったりしないで、サックをぐいっといけってことだな」（第四幕第二場一〇九～一一一行）。ひょっとすると、これこそウィルの父の大原則だったのかもしれない。家族が経済的に落ちぶれてしまった今、それだけが没落手袋商が自分に遺してくれた遺産に思えていたのかもしれない。

しかし、だからといって、ウィルがその遺産を受け取らなければならないということにはならない。かなり早い時期の逸話にこんなものがある――シェイクスピアは、愛想はいいのに、「付き合いがいいほうではない」、つまり、「悪い遊びをやろうとしなかった、招かれるとこう書いた――つらい、と」。オーブリーは、このことを、劇作家が死んで何年もたった一六八〇年頃に記しているが、回想としてはかなり風変わりなので、本当のことだったのではないだろうか。

「つらい」。村の大酒呑みとの呑み比べだとか、居酒屋マーメイドで酒を呑んでの機知合戦、あるいはファンの貴族からもらった一〇〇〇ポンドの贈り物の話といったものは、伝説の部類に属するが、丁重な口実とともに招待を断り、家にいるという話には真実味がある。いずれにせよ、ぐらつかない性格であったというのは本当らしく思える。さもなければ、いったいどうしてシェイクスピアはその仕事――自分の台詞を覚えて舞台で演じ、劇団の複雑な運営問題に手を貸し、田舎の不動産と農産物を売買し、申し分なく技巧にあふれた『ソネット集』や長編の詩を書き、ほぼ二〇年間にわたって驚くべき戯曲を年平均二作書き続けるという仕事――ができたのであろう?

シェイクスピアは、痛飲する呑み助たちを念入りに描いている――足がふらつき、鼻と頰が真っ赤に火照り、口がまわらない――しかも、並ならぬ理解と喜びと愛情すら込めて描いている。しかし、その同情には、ハムレットが口にするような「台無しだ」といったような他の強い感情が縒《よ》り混じっている。たとえば、サー・トービー・ベルチ。シェイクスピアにしてみれば、この男は姪から金をせびる居候であり、友達面《づら》をしてサー・アンドルーを金づるとして利用するひどい男なのだから、女みたいな少年をいじめてやろうとして逆に殴られるのは当然の報いなのだ。

フォルスタッフもだいたい似たようなものだ。やはり泥沼にはまった紳士だが、こちらの沼のほうが陰惨で深い。堕落の天才。底知れず冷笑的で、魅力あふれるペテン師。病人、臆病者、誘惑者、愛すべき怪物、信頼できない父親……。

フォルスタッフとサー・トービーのどちらの場合においても、陽気さや即興的頓知や気高い向こう見ずさを連想させる酩酊は、他方で、狡猾な策略を巡らして抜け目なく無慈悲に他人を操るといった面とも結びついていることが暴露されて、がっかりさせられる。しかも、いつも決まって失敗する策略ばかりだ。大いなる計画、財宝の夢、果てしなき未来の幻想——すべて泡と消える。期待を抱かせながら果たせなかった象徴的な父親に対して、成人した息子が示す軽蔑のなかに消えていくのである。「神の祝福を、わが息子よ!」と、フォルスタッフはロンドンに錦《にしき》を飾るハル王子に叫ぶ。ハルは答える、「おまえなど知らぬ、老人よ」と。シェイクスピアが書いた台詞のなかでも、とりわけどきりとさせられる台詞である。


　祈るがよい。

白髪は愚かな道化になんと似合わぬことか!

私は、そのような男をずっと夢のなかに見てきた。

おまえのように、飽食にふくれあがった老いぼれの罰当たりだ。

だが、目が覚めてみると、夢を軽蔑する。


(『ヘンリー四世』第二部、第五幕第五場四一、四五~四九行)

この言葉は、歴史劇に深く根ざした言葉であり、新たに即位したイングランド王が、実に愉快で実に危険な友人に向けて発したものだ。しかし、ハルとフォルスタッフの切っても切れないはずの関係に悲哀を感じるとき、どこかシェイクスピアがだれよりも親しく感じていた人への思いが働いていることを察知しないわけにはいかない。

落ちぶれていく手袋商の息子がどうやって劇壇に入ったのであろうか？　それを示す文書がない以上、主たる証拠はシェイクスピアが遺した膨大な作品群に求められねばならない。すなわち、何世代にもわたって熱烈な崇拝者が手がかりを求めて研究してきた戯曲や詩そのものだ。そもそもシェイクスピアの人生への興味を掻き立てるのも、またシェイクスピアが就いたかもしれない職業について微妙な手がかりを与えてくれるのも、それら作品なのである。

戯曲や詩のなかに、法律的な局面や用語が強烈に存在する――それもたいてい正確であり、そんな専門用語など最も出てきそうにない場面に何気なく出てくるものだから、シェイクスピアは小さな訴訟や所有権調査などを扱う地方事務弁護士の事務所で働いていたと何度も推察されてきた。そうしたところの仕事はもちろんつまらなかったではあろうが、それで食いつなぎながら、新しい言葉や一風変わった隠喩《メタファー》を手に入れて満足することはできただろう。法律事務所の書記が、文書に印章を押す退屈な仕事をしながら――ラテン語の授業を受ける小学生がそうしたように――想像力をさまよわせただろうということは容易に想像がつく。今度は、エロティックな夢想にふけったかもしれない。数年後、そうした夢想は、美しく若い狩人を激しく求める愛の女神として表現されることになるが、その書き方からお里が知れる。「純なる唇よ、わが柔らかき唇に押しつけられる甘き印章よ」と、もう一度キスを求めてあえぐヴィーナスはこう言うのだ。

どのような取引をすれば、いつも印を押してもらえるのだろう?
私自身を売ることに、私は大いに同意する。
あなたが購入して、支払い、きちんと印を押してくれるなら。
その購入をあなたがするなら、贋金を使わないように、
あなたの印を今ここで、わが蠟《ろう》のごとき赤い唇に押したまえ。

(『ヴィーナスとアドーニス』、五一一〜一六行)

シェイクスピアが法律事務所の書記をしたと想定するなら、蠟への捺印のイメージは、想像上のキスのみならず、何か月もあるいは何年も続いた事務仕事が詩人の想像力に強く押しつけた印象を指すのかもしれない。

ひょっとするとそうかもしれない。だが、作品に皮革業の用語が確乎《かっこ》として存在するのがシェイクスピア個人を示す特徴として納得できるのは、ウィルが父の店で働いたであろうという客観的な可能性があるからだ。法律事務所勤務が確かでないとすれば、シェイクスピアにはさまざまな職業で使う語彙を吸収する尋常ならざる能力があり、専門用語を稲妻のごとく変貌させて個人的な思いや感情を表現する力があったということになる。

確かに、そうした言語吸収は一様でない――たとえば、家を売買した経験があるのに、建築や土建業の用語はあまり取り上げていない。いろいろなジャンルの専門用語をはっきりと用いているので、言語だけでは、正式に就いた職業の手がかりにならない。法律用語や概念を理解していたことはまちがいないが、神学、医学、軍隊の用語や概念にも精通している。そうした職業すべてに直接関わっていたのだろうか？　将来の展望を持たない若者として、オランダで悲惨な戦争を展開した軍隊に飛び込んだのかもしれない――と、軍隊の俗語を演劇的に用いたところに感銘を受けた人は推し量る。明らかに航海に魅了されていたようだから――「新世界を探すために」と、サー・ウォルター・ローリーが述べたように、「金を求め、賞讃を求め、栄誉を求めて」アメリカ行きの船に乗り込んだかもしれない。しかし、そうした冒険から無事に戻ってこられる見込みはきわめてわずかだった。それに、ひょっとしたら就いていたかもしれないこれらの職業のいずれも、ストラットフォードからロンドンへとつながる道筋をきちんと説明してはくれない。実際のところ、どれも、その生涯において最も重要な場所である劇場から遠ざかるようにしか見えないのだ。

才能ある若者が劇団に加わる最も一般的な方法は、徒弟になることだった。しかし、ウィルの結婚許可書によれば、一五八二年一一月の一八歳のときにはまちがいなくストラットフォードにおり、子供たちの洗礼記録――一五八三年五月二六日にスザンナ洗礼、一五八五年二月二日にハムネットとジューディスの双子洗礼――を見れば、その頃まだ故郷に住んでいたか、少なくとも定期的に帰ってきていたとしか思えない。徒弟というのは、たいてい思春期の少年がなるのであり、結婚することは許されなかった（一〇代の後半で何人も子供を持っている徒弟などありえなかった）。それでも、劇団の徒弟が修得する技術を見てみると、シェイクスピア青年が――学校卒業後の数年間にどのようる。

にして生計を立てていたにせよ——その頃学び取っていたことが何だったのかの手がかりが得られる。

シェイクスピアの役者仲間であり、仕事の同僚であり、友人であったオーガスティン・フィリップスの遺言状を見ると、そうした技術がどのようなものであったかがわかる(フィリップスは、「仲間」のシェイクスピアに「金貨三〇シリング」を遺している)。「かつての徒弟サミュエル・ギルボーンに、四〇シリング、ねずみ色のベルベットのズボン、白いタフタの胴着、黒のタフタのスーツ、紫のマント、剣、短剣、私のバス・ビオールを与える。わが徒弟ジェイムズ・サンズに、四〇シリング、シターン、バンドーラ、リュートを徒弟期間年限が終了次第与えるので、そのときに支払い、届けること」。現金は遺産の一部でしかなく、以前の徒弟ギルボーンと現在の徒弟サンズはともに貴重な商売道具——衣装、武器、楽器——を受け取った。ジェイムズ・サンズが年季明けまで遺産の受け取りを待たねばならなかったのは、フィリップスが劇団の利益を最優先に考えていたからだろう。若い役者が、譲られた金と楽器を手にしたら、ライバル劇団に鞍替えするかもしれなかったからだ。

フィリップスの遺言の言葉から、劇団に在籍する役者たちに求められていた技能が窺い知れる。まず、役者には音楽の才能が必要であり、少なくともフィリップスが明らかに演奏した多種多様な弦楽器——ギターに似たシターン、マンドリンに似たバンドーラ(ここから「バンジョー」という言葉が来ている)、きわめて人気のあったリュート、そしてバス・ビオール——が演奏できなければならなかった。第二に、剣や短剣を用いて剣術ができなければ(あるいは少なくとも、剣術の真似を上手にしなければ)ならなかった。さらに一般的に、敏捷でなければならなかった。エリザベス朝のドラマには戦いのみならず踊りもあり、悲劇であれ喜劇であれ、あらゆる劇の上演は複雑な踊りで終わっていた(『ハムレット』や『リア王』の役者たちが劇の終わりに舞台の血を掃除して、手をつないで、入念に稽古された一連の踊りを見せたとはちょっと考えにくいかもしれないが、そうしたのである)。第三に、遺言状が強く暗示しているように、衣装を優雅に着ることができなければならなかった。フィリップスの「ねずみ色のベルベットのズボン」は、脚の形がわかるようなデザインになっていたに違いない——長いドレスをまとったこの時代、人の目を惹いたのは女性の脚ではなく、男性の脚であった。

音楽の才能、剣の腕前、とりわけベルベットや絹(この時代、タフタとは、一種の平織りの絹を指していた)の高価な衣装といったものが指し示しているのは、エリザベス朝の役者に求められるおそらく最重要の課題である。すなわち役者は、紳士淑女の立ち居振る舞いをそれらしく真似できなければならなかったということだ。ほとんど人口の九八パーセントの層(「紳士階級《ジエントル》」ではない層)から集められた少年や男たちは、二パーセントの上流階級の風習を身につける必要があったということである。もちろん、劇のなかの役柄全部が貴族ではないし、下層階級の役を専門とした役者も当然いただろうが、レパートリー劇団であるため、ほとんどの役者がさまざまなタイプの人間を演じなければならなかった。それに、貴族の扮装を本物らしくするために巨額の金を投じていたことは、劇団の予算を見れば明らかだ。劇場の建物自体は別として、最もかさむ出費は衣装代だった。華やかで手の込んだ衣服の費用だった。観客は、諸侯や貴婦人の役を演じる役者の体が優雅に包まれているのを期待したのだ。

ここには矛盾がある。役者は公式には浮浪者として分類され、いつも非難され、軽蔑される仕事をしていた。「主人なしの連中」——自分の家もなければ、まっとうな仕事にも就かず、だれかの家に厄介にもなっていない男たち——として、逮捕され、鞭打たれ、足枷《かせ》をはめられ、烙印を捺されることさえあった(だからこそ、役者は貴族の召使だとか商業組合のメンバーだと自称していた)。それなのに、仕事の中心は、本物の紳士淑女を含む鑑識眼を持った観客を喜ばせるために、上流階級を上手に模倣することだったのだ。

オーガスティン・フィリップスが徒弟たちに遺したのは、お偉方のような身なりをして、そのように振る舞うやり方を学ぶために必携の商売道具だったのである。フィリップスは、明らかに劇場の外でもその演技をしたがったらしく、何の権利もない家紋を購入した。このため、レッド・ドラゴン紋章院属官として名を轟《とどろ》かせていた(身につけていた職務のバッジからそう呼ばれた)紋章院の役人からのちに非難されることになる。

人がどのようにしてある職業に就きたいと思うようになるのか今でもわからないのに、四〇〇年前に生きていた人たちのことがわかるはずもない。言葉への愛着、美観に感銘する感受性、演技へのある種のエロティックな興奮といったものが、ウィル少年を舞台へと惹きつけたのかもしれない。しかし、シェイクスピアの母親がパーク・ホールの名門アーデン家の出であって父親は出世をしたのち零落したという家庭の事情を考えると、エリザベス朝演劇が別人になりすますところに焦点を置いている点はきわめて意味深い。

ウィル少年が演劇界に惹かれたのは、一つには、演劇が紳士階級の生き方を模倣するものであったからではないだろうか？　実際の戦略として、これはもちろん馬鹿げている。役者になったり、ましてや劇作家になったりすることは、出世街道としてはおそらく考えうる限り最悪の道筋であり、偉大な貴婦人になりたくて娼婦になるようなものだ。しかし、偉大な貴婦人になった娼婦の伝説が示すように、ある種の職業には強力な模倣の魔法が働いている。舞台の上なら、シェイクスピアは、父母が与えてくれたはずの身分、そして自らそうであると感じていた紳士階級の人間になることができたのである。

かりに正式に劇団の徒弟にならなかったとしても、ウィル少年は、ストラットフォードでの青春時代に役者としての素養を積んでいたはずだ。田舎にも才能ある者は大勢いた。あふれんばかりの言葉と豊かな幻想に満たされていたウィルは、隣人からリュートの弾き方を習い、踊りを学び、剣術を磨いたかもしれない。鏡に自分の姿を映し、壁に映った自分の影を眺め、荘重なる台詞の練習をし、宮廷風の身振りの稽古をしたかもしれない。それに、母方のパーク・ホールのアーデン家とのつながりと、衰えながらも依然として幅の利く父親の力を利用して、自信を持って紳士の役を演じて両親の夢をかなえようという思いに至ったのかもしれない。

ジョン・シェイクスピアは、かつて大志を抱いていた。自分の業績のおかげで、家運を担った矢は輝かしい未来へ向けて滑翔《かっしょう》していた。富と名声の頂点で——一五七五年か七六年、没落が始まる直前——ジョンは紋章院に家紋を申請している。自らに名誉を授けるのみならず、孫子《まごこ》の代まで高い身分とするために金をかけたのだ。家紋を許されるということは——フィリップスのようにこっそりと購入するのではなく、正式にその権利を獲得するということは——演技を超えて本物になるということだ。

エリザベス朝社会は、強固に、すみずみにいたるまで、はっきりと階層社会だった。男は女より偉く、大人は子供より偉く、老人は若者より偉く、金持ちは貧乏人より偉く、生まれのよい者は下々よりも偉かった。目上の者に場所を譲らなかったり、お偉方より先に扉を通ろうとしたり、坐るべきでない食卓や教会の席に迂闊《うかつ》にも坐ったりしてこの規則を破る者には災いが降りかかった。

ストラットフォード近くの町の郷士ウィリアム・クームは、ヒコックスという名の人物をウォリック監獄へ送り、保釈を許さなかったが、それというのも、「自分の面前でしかるべき敬意を払って振る舞わなかった」からだ。エリート階級は、敬意を示す振る舞いが綿密に基準化された世界に住んでいた。目下の者からは常に、際限なく尊敬のしるしが求められた――お辞儀をし、跪き、帽子を取り、へつらわねばならなかった。労働に対する敬意などはなかった。それどころか、賞讃され、名誉とされたのは、有閑であることだった。衣服は階級差を明確にするものであり、お偉方と労働者が同じ服を着る文化ほど、シェイクスピアの世界からかけ離れたものはなかった。単に金銭的問題ではない。公式に絹とサテンを身につけることは、勅命により紳士階級だけに許されていた。役者は例外だったが、劇場の外で舞台衣装を着るのは違法だった。総じて政府の役人や宮廷人の対応ぶりは、上流階級と下層階級では雲泥の差だった。処刑の仕方さえはっきり違っていた。下々は縛り首だが、エリートは打ち首だ。

「小地主《ヨーマン》」(ジョン・シェイクスピアは農地を離れ、商業で成功したあとも、この名で呼ばれた)の身分から紳士の身分へ移ることは、社会のなかで別の人間に生まれ変わるぐらいの大躍進だった。エリザベス朝社会には多くの細かな段階があったが、主たる階差は「紳士」と「庶民」ないし「下々」のあいだにあった。どこでその線引きができるのかということは、先祖代々受け継がれた不動の血筋の問題とされ、厳密なところは曖昧にされたけれども、この境界を越えることは可能であり、だれもがそのやり方を知っていた。「紳士になるには」と、抜け目ない当時の観察者サー・トマス・スミスは書いている――。

イングランドでは金はかからない。というのも、国法を学ぶ者、大学で勉強する者、学問をする者、要するに肉体労働をせずに便々と暮らし、紳士の威厳ある振る舞い、構え、様子をする者は、マスターと呼ばれる。それこそが郷士や紳士に与えられる称号だからだ……そして、必要なら紋章院部長に金を払って新しく紋章を考案してもらうこともできる。そうした称号は、当該部長が古い登録簿を調べて見つけたということにされる。

「大学で勉強する」というのは、小地主で手袋商のジョン・シェイクスピアには思いもよらないだけでなく、長男にさせてやれなかったことが明白なことでもある。しかし、万策尽きたわけではない。エリート階級に上がりたいなら、とにかくまず紳士のような生活をしなければならない——つまり、「便々と暮らし」、ある程度派手な出費をし続けるのだ。次に、はしごを隠す——つまり、最初からそこにいたかのような振りをする。紋章院という機関は、過去をでっちあげて、階級が変わったことを隠すという奇妙な商売をしており、そこから紋章を獲得すればよいとスミスは記している。金と引き換えに、紋章院は、本当は捏造したものを古い登録簿に発見したふりをしてくれるのである。

実際は、スミスの皮肉たっぷりの説明ほど簡単ではなかった。「大郷士」(紋章をつける資格のある人間)になるには、筆頭上級紋章官が管轄する紋章院の手続き上、ある条件を満たさなければならなかった。ジョン・シェイクスピアが有資格者とされたのは、公的職務のおかげだった。「聖職であれ、軍務であれ、文官であれ……公的行政の職務や位に進んだ者がおり、そうした公的人物から正式に紋章をつけたいという要望があれば、紋章院は紋章を拒絶することはできない」と、この件に関する当時の専門家は記している。ストラットフォードの町長は、まさにそうした「公的人物」であり、それゆえジョン・シェイクスピアは、紋章院に自分の紋章の草案を提出したとき、要望が認められると自信を持っていたに違いない。正規の紋章を合法的に金で買えるわけではない――なにしろ、紋章とは、自分と子孫とが誇らしげに永遠に身につけられる正式に認められた権利なのだ――けれど、当然ながら代償は支払わなければならなかった。紋章院の手数料は高額だった。経済的状況が悪化しているというのに、紳士階級への位上げは無謀な出費に思えたに違いない。ひょっとすると、まるで乞食が王冠を夢見るような、お笑い草だったかもしれない。ジョン・シェイクスピアの要望書は棚上げされ、忘れ去られた。

しかし、長男は忘れてはいなかったようだ。数十年後の一五九六年一〇月、同じ手続きが繰り返された。棚から引き出され、埃を払われたのは、かつての草案だった――「金地。黒い斜めの帯の上に銀の刃のついた第一の槍。兜飾りないし徽章として銀の翼を広げた鷹が、盾形紋章の冠飾の上に立ち、金の槍を支える。槍は第一の槍と同様の鋼であり、マントと飾り房をつけた兜の上に置かれている」。もう一度ジョン・シェイクスピアの要求が再検討され、今度は容認されたのである。

だれが再審を請求し、必要な情報を提供し、貪欲・傲慢・短気で悪名高いロンドン紋章院部長サー・ウィリアム・デシックに手数料を支払ったのだろう? 経済的状況が大改善したとはとても思えない手袋商老夫婦ではないし、また、田舎の雑貨小間物商ギルバートや、いるかいないかわからないリチャードや、売れない役者エドマンドや、未婚の妹ジョーンだとは到底思えない。答えは明らかに、すでにロンドンの劇壇ですばらしい成功を収めていたウィリアムだ。

なぜ、わざわざそうしたのだろう? もちろん、父が始めた手続きを完成させることによって、

シェイクスピアの紋章.「役者シェイクスピア」に紳士の身分を求めることは許されないと主張した役人によって1602年に簡単にスケッチされたもの.　フォルジャー・シェイクスピア図書館

慎重に自益のために大枚をはたいて自分と子供たちに貴族の身分を手に入れようというのだ。ウィルは、このときまでに紳士の役を舞台で演じたことがあったはずであり、劇場の外でもその役を演じようと思えばできたのだが、それは自分でない人間を演じることになると自他ともに認めねばならなかった。ところが今や、父親がかつて勤めた役職を利用して、演じていたにすぎない役を合法的に自分のものとできるのだ。

社会の階層に人一倍敏感だった男にとって――なにしろ、シェイクスピアは、王、貴族、紳士階級の生き方を、劇作家としての生涯を通して想像し続けてきたのだ――この特権を自分のものにできそうだという見込みは甘美に感じられたに違いない。自分の遺書にこう署名するくらいだ――「ウォリックシャー、ストラットフォード・アポン・エイヴォンのウィリアム・シェイクスピア、紳士」。自分の子孫は、もう金輪際、手袋屋をやらずにすみ、劇場にだって行かなくていい。自分たちが紳士階級であることを当然視するという贅沢を味わい、だれか――これもまた、おそらくウィル青年自身であろう――が考案した家紋の標語「ノン・サン・ドロワ」を皮肉なしに自分のものとして盾と兜飾りに添えることができたのである。

「ノン・サン・ドロワ」――「権利なしではない」という意味だ。その標語にはどこか弁解がましいところがあるのだろうか？　紳士の身分を主張したら眉をひそめられるとでもいった、かすかなとまどいが？　もしそうなら、危ないのは、無一文の手袋商ではなく、成功した劇作家の息子のほうだ。というのも、ジョン・シェイクスピアの問題が何であれ――酒であれ、愚かな借金であれ――ストラットフォードで公職に就いた父親は、紳士の身分を主張できる社会的立場を合法的に持っていたからだ。だが、息子はそうではない。役者ほど、教育のある男が社会的恥辱を受ける職業はない。シェイクスピアがそうした不名誉を痛感していたことは、『ソネット集』を見ればわかる。染物屋の手のように、働いている環境ゆえに汚れてしまうと書いている。そうした社会的屈辱を意識していたからこそ――道化となって人目にさらされながら浮き沈みをするのがどういうことかがわかっているからこそ――一家の標語を半ば挑戦的で、半ば弁解がましくしたのかもしれない。

　紋章許可の草案を作成した書記は、興味深いまちがいをした。無意識なのか、狡猾な皮肉が込められているのかわからないが、二度まで「ノン、サン・ドロワ」と書いて消している。ノンのあとに点があることで、標語は公的な拒絶に変わってしまっている――「いや《ノン》、権利なし《サン・ドロワ》」。訂正がなされ、標語は最終的に正しく書かれ、紋章は認可されたが、ウィルにとって、不安――あるいは少なくとも場違いな感覚――は、消えなかっただろう。冗談を言ったり、不愉快にも昔を思い出させたりする人たちがいたからだ。眉を上げたり、ひそめたり、皮肉めいてあざけったり、冷やかしたりといった世間の目による締めつけは、束の間のものであり、四〇〇年はおろか一日二日ももたないものだ。しかし、この場合、ひょっとするとウィルが有名人となっていたためか、あるいは侮辱の量が多かったためか、その痕跡が残っている。一五九九年に新築のグローブ座で宮内大臣一座が上演したベン・ジョンソン作『癖者そろわず』という諷刺喜劇において、ソグリアードという田舎者の道化が滑稽な紋章に三〇ポンド払い、その紋章に知人がふざけて恥辱的な標語を提案するのだ――「マスタードなしではない」。宮内大臣一座のメンバーであったウィルは、稽古でも本番でもこの侮辱を何度も耳にしたことであろう。たぶん落ち着かずに笑っただろう――そうでもしないで、この手のあざけりをどうやって耐え抜くことができようか？

　一六〇二年に、また嫌な思いをすることになった。系図学者のヨーク紋章官レイフ・ブルックが、けしからんとばかりに、ガーター紋章院部長サー・ウィリアム・デシックに対して、下賤な者を値しない位に引き上げた職権濫用の廉《かど》で正式な訴えを起こしたのだ。ブルックはそうした事例を二三件リストにした。リストの四番目に、「役者シェイクスピア」とあった。

権威を揶揄する才知のあったシェイクスピアは、自らばつの悪い思いをすることになるとわかっていたに違いない。家紋という社会的な権威付けをもらえるということは畏れ多いことだと感じていたかもしれないが、実際にシェイクスピアが何をしたのかは、ジョン・シェイクスピアのための再請求を認めるためにデシックが作成した草稿の具体的な言葉を見ればわかる。その言葉は、申請費用を払った者が提供した情報に基づいているはずだからだ。担当した役人が責任を果したなら、紋章院によって真偽が確かめられてしかるべき情報ではあるが、もちろん、手袋屋の店とか、羊毛などの商品の違法取引については、一言も触れられてはいない。請願者の祖先は国王ヘンリー二世に「忠実で勇敢な勤め」をしたとされるが、この勤めが何だったのか、どんな報酬が与えられたのかは記されていない――その祖先の偉大さに漠然と言及しつつ、デシックは、「上記ジョンは、ウィルムコウト在住ロバート・アーデンの跡継ぎのひとりである娘と結婚し」、ストラットフォードの治安判事と町長を務め、五〇〇ポンドの価値のある「豊かな財産と土地」を所有すると記しているのである。

一五九六年までは、こんなことは、まるでクリストファー・スライが「うちの先祖は征服王リチャードだ」と言うのにも似た夢のようなものだった。ジョン・シェイクスピアは赤貧になったわけではない――損失を被ったにしても、すっかり財産をなくしたわけではない――けれども、請願書に書かれているような「資産家」ではなくなっていた。ウィル青年がガーター紋章院部長に語った物語――

国王に仕えた先祖を持ち、名家の跡継ぎ娘を娶《めと》り、重要な町の役職にまでのぼりつめた、要するに資産家の物語——には、妻の財産を質に入れ、借金ゆえの逮捕を恐れて家から出られず、一五八二年までには町の仲間との関係が完全に悪化して「殺されるか、八つ裂きにされるかもしれない」と、四人の男に対する自分の安全確保を誓願した男の話は出てこなかった。この申請書において、ジョン・シェイクスピアはかつての立場に復帰しているのみならず、実際には就いていない立場にまで持ち上げられているのである。

夢をもう一度見たいという復元願望は、シェイクスピアに生涯つきまとう。『間違いの喜劇』において、行方不明の双子の息子を捜すシラキューズの商人は、敵の町エフェサスで逮捕され、莫大な身代金を払えなければ死刑だと脅される。息子のひとりが革を着込んだ役人(ジョン・シェイクスピア町長に同伴したような手合い)によって借金ゆえに逮捕されるといった、取り違えに次ぐ取り違えが起こってわけがわからなくなった末に、父親は双子とその母親(三三年前に海難で生き別れになった愛妻)と再会する。商人の命は許され、身代金は払わずにすみ、息子の借金のかたがつき、家族は魔法のようにもとどおりになる。

『ヴェニスの商人』では、裕福な商人が次々と持ち船が遭難して財産すべてを失い、無慈悲なユダヤ人債権者に切り刻まれようとするが、法を巧みに解釈することで、失くしたものをすべて取り戻すのみならず、債権者の金をも手に入れてしまう。

『十二夜』では、貴族の息子と娘が生き別れになり、イリリアの海岸で難破する。息子は夢でも見ているかのように人生をさまよう。娘はシザーリオという新たな名を名乗り、若い男を装う。シザーリオは召使なので、その変装によって社会的身分が急落することになるが、それでも元の生まれにしがみつく。「あなたの生まれは？」と、誇り高い伯爵夫人が尋ね、召使は答える。「わが運命よりは上ですが、立派な身分です。僕は紳士です」。伯爵夫人はうっとりしてしまう。

　きっとそのとおりだと思うわ。
　あなたの舌、顔、手足、振る舞い、そして精神が
　五重の紋章となっているわ。

（第一幕第五場二四七～四九、二六一～六三行）

「五重の紋章」――服装と職業は違うものの、言葉、外見、動作において、シザーリオは紳士の紋章を身につけているのだ。そして、兄妹がついに偶然出会うとき、二人はかつての身分を主張する。

　セバスチャン　どこの人ですか？　お名前は？　お生まれは？
　ヴァイオラ　メッサリーンです。セバスチャンが父親です。

（第五幕第一場二二四～二五行）

　二人はもとの社会的立場に復帰したのみならず、身分を超えた結婚をし、若い女はイリリア公爵と結ばれ、若い男は莫大な財産を相続する女性と結ばれる。
　以上のいずれの場合も、結果が昔どおりになるわけではない。シラキューズの商人が取り戻す家族は、不運な難破のため、実際には一度も一つ屋根の下で暮らしたことがない。ユダヤ人高利貸し

を毛嫌いしたヴェニスの商人は、海上貿易の損失を取り戻した上に、その高利貸しの蓄えた富の半分をそっくり与えられる。双子の兄セバスチャンと妹ヴァイオラは、互いを取り戻し、失っていた自分の身分を取り戻すのみならず、新しい配偶者——ヴァイオラは公爵と結婚し、その公爵が熱烈に恋していた大富豪の伯爵夫人がセバスチャンの花嫁となる——を通して結びつきあう。そして、この社会的上昇志向の成功の裏には、伯爵夫人の執事マルヴォーリオの姿によって奇妙な影が差し込んでいる。

セバスチャンがうまくやった縁組みを自分がしようと夢見ていたマルヴォーリオは、紳士の身分をものにしたいというシェイクスピア自身が抱いていた熱望の影の部分を担っている。この執事を嫌う侍女マライアによれば、マルヴォーリオは「偉そうな言葉を憶えて、大仰に口にする気取り屋の馬鹿」であり、それはつまり、目上の人たちが使う威厳のある高尚な言葉を記憶して使うということだ。ナルシシストでもある——「おっそろしくうぬぼれ屋で、あまりに美点にあふれているものだから自分を見たらだれでも惚れてしまうと思い込んでいるくらい」(第二幕第四場一三一～三五行)。まさにシェイクスピアが『ソネット集』で自分が陥った罪としている「自己愛の罪」を犯しているのである——「僕の顔ほど品のある顔はないし／スタイルも抜群、完璧に抜群」(六二番一、五～六行)。そこにつけこんで、マルヴォーリオの敵たちは復讐を図り、「お楽しみ」(第二幕第三場一二一行)のネタにしてしまうというわけである。

つまり、マルヴォーリオを通してあざけられているのは、単に性格の悪さや清教徒的な厳格さではなく、紳士の役を演じたいという夢なのだ。嘲笑されているのは、役者が(シェイクスピア自身を含めて)演技の仕方を学ぶ過程そのものであるかのようだ。「あの人、あっちの日向で」と、マライアは共謀者仲間に告げる、「この三〇分間、自分の影に向かってお辞儀の練習をしているわ」(第二幕第五場一四～一五行)。声が聞こえるところまで近寄ってみると、目撃されるのは、夢を稽古している男の姿だ——「伯爵マルヴォーリオ様だ！」——「はまっちゃっているぞ」と、共謀者のひとりがささやく、「想像力でぶっとんでいるよ」(第二幕第五場三〇、三七～三八行)。そして、観客は、ある役に「はまっちゃっている」人が、衣装、小道具、台詞つきで、即興で演じるのを目にすることになる。現在の俳優がよく言う「場面に描かれていない部分の物語《バックストーリー》」つきだ。

> 結婚して三か月、伯爵の椅子に坐り……配下の者を呼び寄せ、葉っぱの模様がついたベルベットのガウンを着て、私はちょうど昼寝から起きたところだ。寝椅子にはオリヴィアがまだ眠っている……。それから、殿様気分を味わって——重々しく一同を睥睨《へいげい》して、こう言ってやる。私は分をわきまえておる。おまえたちもそうであってほしい——そして、親族のトービーを呼びにやる……お付きの者七人がさっと動いて奴を探しに行く。その間、私は眉をひそめて、たぶん時計でも巻くか、いじっているだろう、この(執事の鎖に触って)——何か豪華な宝石でも。
> (第二幕第五場三九～五四行)

マルヴォーリオは、仕掛けられた罠のなかに誘い込まれようとしている。黄色の十字の靴下止めをし、不謹慎なニタニタ笑いをして、狂人として幽閉され、残酷な恥辱を受けるはめになるのだ。シェイクスピア全作のなかでも最高におかしいこの筋は、劇作家の内面に深く依存している。より高い地位を自分のものとしようという——自らの、そして両親の——計画そのものに対して皮肉な笑いを強烈に注ぎ込んでいるのだ。

シェイクスピアは、夢をもう一度見るという復元の喜びと皮肉とを、際限なく魅力的だと感じていたが、それは悲劇や悲喜劇においても同じことだった。『リア王』のクライマックスにおいて、老王の邪悪な娘たちは打ち負かされ、王はすべてを失い、苦しみの極地を経験したのちに、「絶対権力」(第五幕第三場二九九行)を取り戻す。しかし、時すでに遅く、愛娘コーディリアは王の腕に抱かれて息絶え、王は、娘がまだ生きているかもしれないという空しい望みを抱きつつ、絶望の苦悩のなかで死ぬ。同じような運命がアテネのタイモンにも降りかかる。富を失ったときに友も失ったことを知ったタイモンは、森へ出かけて蟄居《ちっきょ》する。木の根っこを掘って食べようとして、見たくもない金を見つけ、もう一度、計り知れぬほどの金持ちになってしまい、生き地獄のような嫌悪を味わう。そして、『冬物語』では、王レオンティーズが、一六年の歳月ののちに、極度の猜疑心ゆえの嫉妬から殺してしまったかに思えた妻と娘を取り戻す。しかし、時の大きな隔《へだ》たりはそれほどたやすく消し去ることはできず、妻が見出されたとき「こんなに皺《しわ》がなかった、こんなに年老いていなかった」(第五幕第三場二八〜二九行)と王は言い、王の嫉妬の犠牲となったほかの者たち——一人息子マミリアス王子と忠実な顧問官アンティゴナス——は、墓から奇跡的に復活することはない。ここには、取り戻すことの感動が強烈にある——どうしようもなく失われてしまったと思えていたものが、すっかりあきらめていたにもかかわらず回復するのであるが、何もかももとどおりになるわけではない。取り戻された過去は、作られたものであったり、幻影であったりし、最悪の場合、失われた悲しみを強めるだけなのだ。

作家人生の最後に、シェイクスピアはもう一度この筋立てに立ち返り、『テンペスト』においてほとんど純粋な形で復元を描いている。統治者が自分の公爵領から追放され、年端の行かぬ娘とともに水漏れのする舟で海に出されて不思議な島に漂着する。数年後、公爵は魔法を使って敵を成敗し、失われた領地を取り戻す。これはおなじみの、とても伝統的なモチーフだが、このように失われた繁栄、称号、アイデンティティーを取り戻すというファンタジーを執拗に繰り返すシェイクスピア独自の強いこだわりは注目に値する。

さまざまな形の復元をシェイクスピア劇が舞台化していることと、ウィルがかつての紳士の身分の申請を改めて申請することのあいだに直接的なつながりはない。芸術は、作家の生き様をそんなに見えすいた形で映し出すものではないし、もしそうだったらたいして感動的なものではなくなってしまう。シェイクスピアは、何千もの人々に訴えかける仕事をしていたのであり、そのうちのだれも、ストラットフォードの手袋商の仕事ぶりだの社会的立場だのに興味を持つ理由はない。しかし、観客に訴えかけるいろいろな方法が考えられるなかで、ある種の物語にこだわったのは——その物語がうまくいきそうだと感じ、そのうえ、それを描きたいという思いが自分のなかにあるということは——必ずしもいきあたりばったりということではないだろう。

想像力は遠く彼方へ馳せていくものの、その想像力を掻き立てた幻想は、たいてい実人生に根ざしている、あるいはむしろ実人生によって生み出された期待や憧憬や欲求不満に根ざしていると思える。それゆえ、たとえば『夏の夜の夢』の神秘的なアテネや『冬物語』のロマンティックなボヘミアといった遠く離れた舞台設定のなかにさえ、ストラットフォードのヘンリー・ストリートに育ち、紳士になる夢を見た若者のもとへ私たちを連れ戻してくれるヒントがあるのだ。青年時代の終わり頃、若者はふと、その夢が、母の持参金や父の公的立場とともに消え去っているのに気づく。しかし、これまで見てきたとおり、青年はあきらめはしなかった。人生においても、作品においても。

シェイクスピア劇では、何度も繰り返し、予期しなかった災難が——そのお得意の表現は難破であるが——幸せな展開、繁栄、順風満帆と思えたものを突然、災害、恐怖、損失へと変えてしまう。損失とはもちろん物質的なものであるが、それはまた圧倒的なアイデンティティーの喪失でもある。見知らぬ浜辺へ流れ着き、友もいなければ、いつもの知己も、なじみの人脈もない——こうした災難は、しばしば自分の名前をわざと変えたり消したりすることで典型的に示される。名前とともに、社会的な立場も変わったり消えたりするのだ。シェイクスピアの登場人物は、紳士階級の因習的なしるしすべてを荒波とともに流されて、もはや一見してそれとわからなくなってしまい、本当は紳士階級の人間であることを繰り返し主張しなければならなくなる。

シェイクスピアの想像世界では、父の没落は難破のようなものだったのだろう。しかし、シェイクスピアは、そもそも紳士の身分をがっちり手にしていたわけではなかった。一家は、父が申し込んだ紋章を獲得して、まさにこれから紳士階級に上ろうとしていただけのことだ。もちろん、母親がパーク・ホールのアーデン家の物語を長男に教え込んだということはありえないことではないし、『ドゥームズデイ・ブック』に四段もの記載があった土地をアーデンの森に持っていた祖先である貴族ターチルの話もしたかもしれない。その場合、一家は、かつて生まれながらにしてアーデン家のものであった身分を、父親の公的職務によってまさに取り戻そうとしているのだと、ウィル少年は夢想したかもしれない。そんな夢もまた、ウィルの胸のなかに生き続けていたのだろう。ほぼまちがいなくウィルの手配と出費によって紋章への請求が更新された三年後の一五九九年、今やシェイクスピア家の「古い紋章」とされるものにアーデン家の紋章をつけ加える(専門用語で「合わせ紋にする」）権利を紋章院に申請して認められた人がいる。これもやはりウィルであろう。

結局、シェイクスピアの墓碑に飾られたのはシェイクスピア家の紋章だけだったが、その象徴的な意味合いは明白だ。すなわち、私は雇われた召使のようにあしらわれたり、浮浪者のように鞭打たれたりすべき者ではなく、舞台上のみで紳士の振りをする者でもなく、女王陛下に対する父親の傑出した働きと母親の名門の権利によって紋章を身につけることができる真の紳士なのだということだ。そして、半ば隠された、別の象徴的意味合いもある。すなわち、シェイクスピアはおそらくこう思っていただろうということだ——私は苦労して想像力を駆使することによって、自分の家族を、事態が崩壊する前の時間に戻したのであり、母親の名前の偉大さを確かめ、父親の名誉を挽回したのだ。失われた遺産は私のものだった。私がその遺産を生み出したのだ。

第三章

大いなる恐怖

かりにウィルが一〇代後半か二〇代前半に役者になりたいとはっきり決意を固めたとしても、まさか舞台での成功を求めてひょいとロンドンへ旅立ち、道すがら食事代の数ペニーを稼ぎ出そうと、あちこちで歌ったりジャグリングの曲芸を見せたりしたわけではなかろう。エリザベス朝イングランドにおいて、家族や社会と訣別した人間は、たいてい苦境に立たされていた。この社会は、浮浪者を深く疑う体質だったのだ(シェイクスピアは、根無し草で寄る辺ない人たちの苦難をのちの作品に書き込んでいる)。遍歴の騎士や彷徨《さまよ》える吟遊詩人の時代は終わっていた——存在したとしても、お話としてのみだった。遊歴の僧侶や巡礼は確かに昔いたし、人々に記憶されていたが、国家が宗教体制を解体したため、巡礼地は熱狂的な改革者たちによって閉鎖され、破壊されていた。道には流浪者がいたが、大いに危険にさらされていた。供を連れず、保護のない女性は、襲われ強姦されても文句は言えなかった。男性に供がいなくとも、それほど絶望的な危険はなかったが、それでもできる限りの自衛策を取らねばならなかった。移動を要する商売は厳しく規制された――行商人や鋳掛け屋は、居住する州の判事二人から許可を得ていなければならず、許可のない者は公的にせよ非公的にせよ、ひどい目にあった。健康な乞食や不就労流浪者は、法律により捕らえられ、地方治安判事のもとに引き出されて尋問のうえ処罰された。歌ったり、踊ったり、ジャグリングをしたり、台詞を朗誦できたりしても、何の口実にもならなかった。以前の法令に続いて制定された一六〇四年の浮浪者取締り令で流浪者と分類された職種には、インタルードの役者、剣術士、熊使い、吟遊詩人、乞食学者、船乗り、手相見、占い師などがあった。流浪者が自分の土地を持っているとか、仕えている主人がいるとかを証明できないときは、柱に縛りつけられ、公然と鞭打たれた。それから、生誕地へ送り返され――家業に戻るか――さもなければ、だれかが雇ってくれるまで強制労働をさせられるか、足枷にかけられた。

働かなくてもよい特権化された生活をしていた一握りの人もいたが、一般人が暮らす社会は、シェイクスピアの表現を借りれば、「つらい労働に肉体を投じない」人など許せないほど食糧難だった。そしてその労働の実りは、少なくとも理屈では、身の程をわきまえてまじめにしている人たちが手に入れることになっていた。社会規制は驚くほど厳しかった。足枷や鞭打ち程度では手ぬるいとでもいうかのように、一六世紀半ばの法令は、浮浪者に烙印を押し、奴隷として強制労働させるように命じていた。そうした過酷な法令が厳格に施行されなかったとしても――証拠がないのではっきりしたことはわからないが――妻と三人の子供を食わせていく収入もなく将来も定かでない田舎の若者が、ディケンズのミコーバー氏(『デイヴィッド・カパーフィールド』の楽天家)が言うように、「なんとかなるさ」という期待を抱いて、大都会にふらりと飛び出せるような文化では決してなかったのである。

一七世紀のゴシップ屋ジョン・オーブリーは、シェイクスピアは「若い頃は田舎の教師をしていた」と書きとめた。となれば、ウィルはすぐに劇団に参加したわけでもなければ、職を探してストラットフォードからロンドンへまっすぐ向かったわけでもないということになる。シェイクスピアに関するオーブリーの噂話のほとんどは眉唾物だが、この話はほかよりも信憑性がある。というのも、その話の出所は役者ウィリアム・ビーストンだとオーブリーは書いているからだ。ビーストンとは、宮内大臣一座でのシェイクスピアの元同僚クリストファー・ビーストンの息子である。それゆえ、この話は、シェイクスピアと実際に知り合いだった人物まで直接遡れる伝記的情報なのである(クリストファー・ビーストンは『癖者ぞろい』の一五九八年の公演でシェイクスピアと共演した記録がある)。

シェイクスピアが教師をした「田舎」とはどこなのか、だれもはっきりとさせられないが、一九三七年に初めてなされて物議をかもした主張を多くの学者は今ではまじめに受けとめている。すなわち、シェイクスピアはしばらく(おそらくは二年ほど)ランカシャーできわめて裕福なカトリックの紳士アレグザンダー・ホートンに雇われ、それからホートンの死後、近くのラフォードに住むその友人サー・トマス・ヘスケスに雇われたというのである。

学校を出たばかりの若造がなぜイングランド中部から北へ旅立ち、どうやってそこの強力なカトリックの家とつながりを持ち、なぜその家がオックスフォードやケンブリッジ大卒の免状のある教師ではなく、ウィルのような者をわざわざ雇ったのかということの説明を得るには、テューダー朝の宗教闘争という悪意に満ちた怪しげな世界に足を踏み入れる必要がある。

一五三三年にヘンリー八世が——離婚をしたいのと、修道院の莫大な富を自分のものにしたいために――自らを「英国国教会の首長」と宣言したときに、ストラットフォードは王国全体がそうであるように、名義上プロテスタントとなった。イングランドは、公式にローマと訣別したのだ。しかし、信仰問題においては、一六世紀初期のイングランドの家族は分裂しているのが当たり前であり、家族のみならず多くの個人も内面的に分裂していた。親族一同のうち少なくともだれかが古いカトリック信仰を守っているのはよくあることであり、プロテスタントに改宗しても少なくとも心のどこかにカトリックとしての呵責をときどき感じないような人はまれであって、一般のカトリック教徒であってもヘンリー八世がローマ法王の権威を拒絶したときに国民としての誇りと忠誠心を感じない人は珍しかった。このような心の揺らぎは、ヘンリーの息子エドワード四世の時代（一五四七～一五五三）になっても変わらなかった。イングランドの支配階級がはっきりとプロテスタントの教義と慣習の受容に本腰を入れた時代であったにもかかわらず、である。ただし、この数年間にとられた重要な処置によって、カトリックへの復帰は、もはや思いもよらぬほど難しくなっていた。

　新しい国教会の指導者たちが言うには、救済はミサなどのローマ・カトリックの儀式によってでもたらされるのではなく、信仰によって、信仰のみによってもたらされる。今や、攻撃の対象となったのは、昔からある修道院や有名な巡礼地だけではなかった。教会を埋め尽くしていた祭壇画、像、十字架、フレスコ画が、人々を無知と迷信に誘い込む偶像だとされ、傷つけられ、白く塗られ、あるいは打ち砕かれたのだ。熱狂的な破壊者たちは、儀式、野外劇、芝居を含む長年培われてきた信仰方法を攻撃にかかった。

　カトリックの礼拝で最も高揚する瞬間は聖体奉挙であった。豪華な衣装を着た司祭が、会衆に背を向け、大きな十字架の下にある衝立《ついたて》の陰に半ば隠れながら、聖餅を捧げるのだ。その瞬間、鐘が鳴り、信仰者は自分の祈りから顔を上げ、奇跡的に神の血肉となったパンを見ようと眼を凝らす。プロテスタントの論客は、聖体に悪意ある渾名《あだな》をいろいろつけている――「回覧板」「びっくり箱」「蛆虫《うじむし》の食事」といった具合に――そして、ミサにも「法王劇場」といった、やはり侮辱的な呼び名を与えている。

ミサは印象的なパフォーマンスであるということをこうした連中は認めていたが、すべて芝居がかったいんちきであり、嘘とイリュージョンのまぜこぜだと言う。劇場は価値があるかもしれない――反カトリックの劇を書いたジョン・ベイルのような熱烈なプロテスタントは明らかにそう考えていた――が、信仰を汚すようなことがあってはならない。カトリック教徒が主張するようにパンが物質変異を奇跡的に遂げるわけがなく、ミサは荘厳な記念祈禱にすぎず、祭壇ではなく食卓で祈ればよいのだ。信仰は華美な見世物とともにあるのではなく、神の言葉とともにあるのであり、誘うような図像ではなくテクストとともにある。唯一の確かな導きは聖書だ。聖書がわざと一般男女の手の届かないところに保管されているのは醜聞だと、宗教改革者たちは繰り返し不満を述べた(異端とされた英語訳は、カトリック当局によってごっそり焼き捨てられてしまっていた)。司祭たちがもぐもぐと口にするラテン語版しかなかったのである。一五二〇年に、印刷所の援助を得て、プロテスタント信者は、宗教改革の根本思想に従って英語版を作成して広く入手可能にすることにし、一般大衆に読む力をつけさせて、プロテスタントが「平明なありのままの真実」と呼ぶものをわかってもらおうとした。礼拝儀式規則集も英語に直し、英国国教会祈禱書を広め、すべての信者が礼拝を理解し、母国語で声を合わせて祈れるようにした。

これは英語の発展にとって重要な瞬間であった。魂の運命がよりどころとする奥深い事柄が、普通のなじみある日常の言葉で表現されたのだ。なかでも、この仕事を引き受けたウィリアム・ティンデイルとトマス・クランマーの二人がいなければ、そして新約聖書の偉大なる英訳と格調高く深く響き渡る国教会祈禱書がなければ、ウィリアム・シェイクスピアの英語が生まれたとは思えない。

この偉業はやすやすと達成されたわけではない。教義上は保守的なヘンリー八世にとって革新的すぎるティンデイルは、一五二〇年代に大陸に追い払われ、そこで結局カトリック当局に捕らえられ、鉄環絞首刑で殺された。エドワード六世の治世のあいだ、クランマーはカンタベリー大司教としてプロテスタント改革を指導したが、病弱のエドワードが一五五三年に没すると、王座を引き継いだその姉メアリ・テューダーによりカトリックの時代となってしまった。メアリは直ちに方向転換し、クランマーは、ドイツやジュネーヴに逃げられなかった他のプロテスタント指導者と一緒に、一五五六年にオックスフォードで火あぶりにされた。こうした処刑の記憶——ジョン・フォックスが著した壮大なプロテスタント書『殉教者列伝』の核となっている——は、一六世紀後半に改革に打ち込む人々の心につきまとい、猛烈な反ローマ・カトリックの感情を作り上げたのである。

メアリが一五五八年に子供なしで死ぬと、運命の車輪は再び回転した。二五歳のエリザベスが、父親とそれに続く弟の治世の時代につけられた宗教的道筋に国家を戻すことを直ちに表明したのである。極端な改革を推し進めることには慎重であったが、女王は、戴冠式前日の一五五九年一月一四日の行進式典《パレード》の際に、自らのプロテスタントとしての見解を明らかにした。チープサイドのリトル・コンディットで、〈真実〉に扮した寓話的人物から与えられた英語版の聖書を手にして接吻をし、高く掲げ、胸に抱きしめたのである。数日後、ウェストミンスター大聖堂で僧侶たちが香を焚き、聖水と蠟燭を持って祝福を与えに女王に近づくと、女王は乱暴に退けた。「その松明《たいまつ》をしまいなさい」と女王は命じた。「日光で充分物は見える」。

続く数か月のあいだ、再建されていた祭壇画や像は取り壊され、祭壇は再び質素なテーブルに替えられ、古いカトリックの祈禱書は国教会祈禱書にとって代わられた。エドワード六世時代の悪夢と思えた歳月を凌《しの》いでようやく日の目を見ていたカトリックの司祭たちは、プロテスタントの教義に改宗するか、再び姿をくらますことを余儀なくされた。海外へ亡命したか、あえて危険を冒して変装してカトリックの貴族の家に身を隠したのである。

当初、抑圧は比較的緩《ゆる》やかであった。エリザベス女王は、信仰の純粋さよりも従順と国教遵奉を求めることを明示していた。フランシス・ベーコンは、女王は「人の心や秘密の考えに窓を作る」ことをしなかったと述べている。女王が求めたのは、王の権威と公式な宗教的秩序への支持をはっきりとした行為で示すことだった。とりわけ、国家が認めた教会での礼拝に規則的に参加することを求め、その際に当局側は「内心ではカトリックの秘蹟を求めているのではないか」「煉獄の存在を信じるか」「司祭に赦免を与える力があると思うか」「ネズミが聖体拝領の聖餅を食べたら、キリストの血肉を食べたことになると思うか」といったことを聞くことを控えるとしたのである。女王の役人たちは、プロテスタントの宗教的秩序が危険にさらされていると感じる時が来るまで、ときにしぶしぶではありながら、たいがいそのとおりにした。

その時は、ウィリアム・シェイクスピアが六歳のときにやってきた。一五七〇年五月、裕福なカトリック教徒ジョン・フェルトンが、エリザベス女王を破門する法王の大勅書をロンドン司教の家の扉に打ちつけたのだ。法王ピウス五世は、すべてのカトリックの臣民に「女王に従わず、女王の訓戒や命令や法律に従わない」ように命じ、さもなければ女王同様に破門するとした。フェルトンは拷問にかけられ、謀叛人として起訴され、処刑された。イングランドのカトリック教徒は、きわめて厳しい疑いの目を向けられた。

なぜ、そののち聖人として称えられた法王が、信者をそのような無茶な立場に追い込んだのだろうか？　きまぐれなイングランドがカトリックの教えに戻るための唯一の深刻な障害がエリザベスであるというのが法王の見解であり、ほかの多くの人もそう考えていたからだ。イングランドのたいていの一般男女は古い宗教的忠誠心を持ち続けていると法王は確信しており、一五六七年に法王庁が行なった調査により、五二人のイギリス人貴族が筋金入りのカトリックであるか、カトリック教会に好感を持っており、はっきりプロテスタントに加担しているのは一五人だけだということがわかったのだ。問題は、この宗教的忠誠心が政治的行動に変わるかということであり、法王は変わると判断したのだ。この大勅書のおかげで、陰謀と迫害、策謀とその裏をかく策謀が、エリザベスの長い治世のあいだ悪夢のように続くことになる。

ストラットフォードでも同じように、急変と緊張と右顧左眄《うこさべん》が渦巻いていた。一六世紀じゅう、国全体がそのありさまだったのだ。ストラットフォード地域の僧院と尼寺は一五三〇年代と四〇年代に略奪を受け、チャールコートのルーシー家のように略奪品で儲けていた地方の眷族《けんぞく》もいた。そして、一五五〇年代、ジョン・シェイクスピアがストラットフォードに引っ越してきたとき、町の周辺には地域のプロテスタント指導者たちが火あぶりにされた薪の山があちこちにあった。コヴェントリーではローレンス・ソーンダーズ、グロスターではジョン・フーパー、オックスフォードではヒュー・ラティマーが、その他大勢とともに、メアリ女王のもとで蘇《よみがえ》ったカトリック信者らによって焼き殺された。エリザベスが即位すると、今度はカトリック指導者たちがひどい面倒に巻き込まれる番となった。ただし、女王は、治世当初は、その性分と政策ゆえに、司法による殺人ではなく、罰金、追放、投獄をよしとしたのだが。

ストラットフォードでは、シェイクスピア家の長子ジョーンに洗礼を与えたカトリック司教ロジャー・ディオスが解雇され、筋金入りのプロテスタント信者ジョン・ブレッチガードルにとって代わられた。一五六四年四月二六日に、シェイクスピア家の長男「ヨハネス・シャクスペアの長男グリエルムス(「ジョン・シェイクスピアの息子ウィリアム」のラテン語表記)」に洗礼を与えたのは、ブレッチガードルだった。

宗教的な大変動を別にしても、生まれてくるにはよい時代ではなかった。七月までに町は横根《よこね》(横痃《おうげん》)という疫病で荒廃し、冬までに人口の優に六分の一が病死していた。その年ストラットフォードで生まれた新生児の三分の二近くは、最初の誕生日を迎えることもなく死んだ。ひょっとしたらメアリ・シェイクスピアは、荷造りをし、生まれたばかりの赤子を連れて、疫病に感染した町から離れて数か月疎開していたのかもしれない。

ジョンとメアリ・シェイクスピアという両親の世代にとっては、自分たちの子供が生まれた世界は理解しがたく、不穏で危険に思えたに違いない。一五二〇年代、ヘンリー八世は、ルターを猛烈に攻撃し、法王より「信仰擁護者」の称号を授けたばかりだというのに、イングランドはきわめて保守的なローマ・カトリックを捨てて、国王を最高首長とするカトリックへと変わり、それから慎重に様子を窺うようなプロテスタントへ変わり、さらに急進的なプロテスタントへ変わったかと思えば、今度は攻撃的なカトリックが復活し、それからエリザベスの即位によって再びプロテスタントに戻った――そのどれもがまだ記憶に新しかった。こうした体制のいずれにおいても、宗教的な寛容の概念はなかった。体制が変わるたびに、陰謀と迫害、背骨を折り、親指を捻じ曲げる拷問、斬首に焚刑《ふんけい》が、波のように次々と押し寄せていた。

大抵の人は身を縮め、唯々諾々と公的な方針に従い、自らの良心と折り合いをつけて、教義や慣習の変化を受け容れた。生き残るために順応しても、両陣営の強烈な主張――愛の名のもとになされながら拷問と処刑によって強制される主張――に疑いの目を向ける人々もいた。しかし、永劫なる魂の運命は、厳密な崇拝の形式によっていると信じている人たちにしてみれば――なにしろ、それこそが強烈な主張の論点であったわけだから――国家の信仰が変えられ、礼拝が規制されたことに、はらわたが煮えくり返る思いであったに違いない。地方社会は分裂し、友情は壊れ、家族はばらばらになった――親と子が対立し、妻と夫が対立し、心は無念と恐怖で痛んだ。

頭を低くしておとなしくしているのが(あるいは、もっと正確に言えば、頭を切り離されないでいるのが)難しかったのは、敬虔な信者だけではなかった。野心を持った者もそうであった。重要人物――権威ある貴族、要職にある実力者、女王の枢密院議員――はもちろん立ち上がることが期待され、頼りにされており、ジョン・シェイクスピアのような小規模の町の指導者も例外ではなかった。カトリックのメアリ女王の治世からプロテスタントのエリザベス女王の治世へ移る一五五八～五九年という緊張走る年に、ジョンは警吏としてカトリックとプロテスタントのあいだの和平を保たねばならなかった。困ったことにぶつかったことも当然あったはずだ。むろんその気になれば、熟慮のうえで中立の態度を取ることもできたかもしれないが、会計係、参事会員、町長として、体制側の政策を施行しなければならなかった。それは単に治安維持にとどまる話ではなかった。
ウィル誕生の数か月前からその後数年間、会計係ジョン・シェイクスピアは、ストラットフォードの立派なギルド・チャペルの「修復」の監督をしていた。「修復」というのは婉曲語法であり、実際は教会の壁を飾る中世の絵画――「聖ヘレナと十字架発見」「聖ジョージとドラゴン」「聖トマス・ア・ベケット殺害」、そして教会のアーチの上には「最後の審判」――を白い水漆喰《ペンキ》のバケツを持って来て台無しにする労働者たちに報酬を払っていたのだ。仕事はそれだけでは終わらなかった。祭壇を破壊し、その代わりに素朴なテーブルを置き、高廊《ルードロフト》――ベンチが並ぶ広い身廊《ネイブ》と、聖歌隊が歌ったり司祭が礼拝を行なったりする内陣《クワイア》とを仕切る二階の回廊《ギャラリー》であり、磔にされた神の像を信者たちに示すべく十字架が上にある――を取り壊した。さらに町当局は、ミサの秘儀を執り行なったカトリック司祭らが着ていた豪華な祭服を売り払った。こうした行為は、二の足を踏んでしかるべきものであった。ジョン・シェイクスピアは、この行為のいずれをも直接やったわけではないし、人にやらせることを単独で決断したわけではないだろうが、その責任者であり、一五六四年一月一〇日、一五六五年三月二一日、そして一五六六年二月一五日の書類にサインした以上、行政上でも道徳的にも責めを負うべき人間であったのだ。

ジョンが支払いをしたために起きた変化とは何だったのだろう？　それは、宗教改革を目に見える形にすることであり、伝統的なカトリックの慣習に象徴的暴力を加える計画的行為であり、新しい秩序とその礼拝方法を認めるように社会に強制することだ。こうした行為のどこかには、神学があり、謹厳な知識人による微妙な教義的・哲学的議論があった。しかし、ストラットフォードで会計係が公金を支払ったことで行なわれた行為は、微妙ではなかった。金槌《かなづち》や、突き錐《きり》や、金梃《かなてこ》を持っ

ストラットフォードのギルド・チャペルの内陣．キリストと最後の審判の中世の壁画が，町の会計係ジョン・シェイクスピアの指示で 1563 年に白く塗られて隠された．　マヤ・ヴィジョン・インターナショナル

た男たちが、荒々しく教会の外見を変え、そこで行なわれる礼拝の形式を変えてしまったのだ。イデオロギー的野蛮人たちへの給料支払い係として、ジョン・シェイクスピアは、明確にプロテスタントを標榜し、ストラットフォードにおける改革遂行者として公的に行動していた。町議会において、ジョンはカトリックの役員ロジャー・エッジワースを追放し、カトリックの司牧司祭に代わってプロテスタントのジョン・ブレッチガードル――並外れた教育のある男であり、神学書のみならず人文主義的古典作品も備えた図書室を持っていた――を雇用するのに一票を投じた。ジョン・シェイクスピアがどれほど真剣にこうした行動を監督したのか推し量るのは難しい。狂信者の熱意をもって臨むこともできたが、概してもっと複雑な態度を取ったのではないだろうか？

　町議会は、新しく教区牧師としてブレッチガードルを雇っておきながら、驚くほど強力なカトリックの縁故《コネ》がある博学多識の教師を次々にキングズ・ニュー・スクールのために雇った。教師は、英国国教会に出席して国教を遵奉することを示さねばならなかった――筋金入りのプロテスタントであったウォリック伯爵やウィンチェスター司教はそれが当然と声を大にしただろう――が、どの教師も明らかに古い信仰への忠誠心を抱いていた。ジョン・シェイクスピアら役人が行なった人選から判断するに、ストラットフォードの子供たちを教える者を選ぶ際、カトリック教徒ではないかとイデオロギー的審査までする熱意を燃やしていたとは思えない。それどころか、聖人崇拝や聖母マリア崇拝をまだいくらか残している者のみならず、明らかに深くカトリックへ傾倒している者にも、若者の教育を許した――黙認し、大目に見たのである。

　古い信仰を実に執拗に守ってきたイングランド北部のランカシャー出身のサイモン・ハントは、ウィルが七歳から一一歳まで、ウィルの先生となり、一五七五年には大決断をして大陸に渡ってドゥエの神学校に通い、最終的にはイエズス会士となった。なぜ大決断か？　なぜなら、この決定によって、残りの生涯を亡命者として過ごすか、イングランドに戻るなら身を隠さねばならず、当局に追い詰められて捕まれば治安攪乱の謀叛人として処刑されるからだ。ストラットフォードの学校教師時代に、ハントが自分の信仰を完全に秘密にしていなかったことは明白である。少なくとも学校から生徒ひとりをドゥエへ連れて行ったようだ――ウィルの七つか八つ年上のロバート・デブデイルである。近隣のショタリー出身のデブデイル家は、カトリックの一家であり、ハントはほかにも将来性のある国教忌避者を探していたかもしれない。とすれば、ウィリアム・シェイクスピアに目をつけたかもしれない。ウィルの母親は、地域の主要なカトリック家とは遠縁ながら親戚であり、デブデイル家とも縁続きだったかもしれないのだから。

ハントとデブデイルが背信行為をしたからといって、ストラットフォード当局は次の学校教師トマス・ジェンキンズを選ぶのに躊躇するわけではなかったようだ。オックスフォード大学セント・ジョンズ学寮《カレッジ》の卒業生にして特別研究員《フェロー》。カトリックで知られるセント・ジョンズ学寮創立者サー・トマス・ホワイトの推薦状付きだ。オックスフォード大学とケンブリッジ大学の全学寮と同様に、セント・ジョンズ学寮は公的にはプロテスタントであった――教育機関においてプロテスタント以外は認められなかった――が、国教を奉じて女王に忠誠を誓うカトリック教徒を受け容れるという評判だった。内面ではあくまでカトリックを信仰し、表向きは公的な宗教的秩序を堅固に支持するという、この二重の意識はイングランドじゅうに広まっていた。イングランドには、いわゆる国教派のローマ・カトリック教徒が大勢いたのだ。ジェンキンズは、この微妙なバランスをとるのが巧みだったようだ。

ジェンキンズは、同じセント・ジョンズ学寮特別研究員であった優秀な学者エドマンド・キャンピオンを知っていたであろうし、あるいは学友だったかもしれない。キャンピオンは、敬虔なカトリックでありながら国教を奉じる側に留まっていた数年間、その優秀さゆえにプロテスタントのレスター伯爵とエリザベス女王本人に深い感銘を与えたものの、一五七二年にはドゥエへ向かって旅立ち、そののち司祭となりイエズス会士となり、プラハで教職に就き、密使としてイングランドへ戻ってきていた。

トマス・ジェンキンズは、一五七五年から一五七九年までの四年間ストラットフォードで教えているから、サイモン・ハントと同様に、ウィルの生涯において重要な学校教師であったはずだ。そして、ウィルがキングズ・ニュー・スクールを卒業した頃、ジェンキンズは辞職し、別のオックスフォード大学卒業生ジョン・コタムが後を継いでたぶんシェイクスピアの弟たちを教えた。ウィルもコタムとは面識があったに違いない。ランカシャー生まれのサイモン・ハント同様、コタムには強力なカトリックの縁故があった。弟トマスがオックスフォード大学卒業後外国へ行き、カトリックの司祭として聖職に就いたのである。

一五八〇年六月、弟トマスは、キャンピオンおよびその仲間のイエズス会士ロバート・パーソンズが展開した伝道活動に参加して密かにイングランドに舞い戻っていた。トマス・コタムは、ストラットフォードの近く、具体的にはショタリーの村まで行くつもりでいた。親友である仲間の司祭ロバート・デブデイル――つい五年前にはストラットフォードのグラマースクールの生徒であった男――からの紹介状を携えていた。デブデイルは、コタムにいくつかのカトリックのしるし――聖杯、ローマの硬貨数枚、金メッキをした十字架、数珠《ロザリオ》数個――を託し、それを家族に渡すように頼み、手紙で「重大な事柄については」コタムに「相談するよう」にと書き送っている。

コタムはショタリーに辿《たど》り着かなかった。大陸で、シェルドという名前のイングランド人カトリック教徒仲間を信頼したのがまちがいだった。シェルドは実はスパイであり、コタムの正確な人相書きを当局へ渡した。「捜し屋《サーチャー》」と呼ばれる連中が、港でコタムが来るのを見張っており、コタムはドーヴァーで下船するやいなや逮捕された。ほんのわずかのあいだ逃げることができた――というのは、コタムをロンドンへ連行する際に身柄引受人となった男が実は隠れカトリックであり、囚人を逃がしたからだ。だが、一五八〇年一二月、この身柄引受人が逆に投獄されそうになると、トマス・コタムは自ら当局に出頭したのである。

コタムから極秘事項を聞き出そうと、ロンドン塔の役人たちは、最も恐ろしい道具である「スカベンジャーの娘」を用いた。この拷問器具は、囚人の背骨をほぼ二つに折り曲げてゆっくりと締めつける鉄の輪である。政府は直ちに裁判を始められるほどの情報をこの尋問からあまり聞き出せなかったらしく、この活動のほかのメンバーを捕らえるまで、囚人をほぼ一年間ロンドン塔に幽閉した。こうしてコタムは、一五八一年一一月にほかの者たちと一緒に謀叛人として糾弾された。一五八二年五月三〇日、コタムは、国家の激怒を示すために考案された身の毛のよだつ方法で処刑された。群衆の野次を受けながら、引きまわし板に乗せてタイバーンまで泥道を引きまわされたのちに、首を絞められ、生きているうちに降ろされ、去勢され、それから腹を切り裂いて、内臓を引き出し、死にかけたコタム本人の目の前で燃やしてみせたのだ。そのうえで首を斬られ、八つ裂きにされ、その部分部分が見せしめとしてさらされた。ロバート・デブデイルも数年後に同じ運命にあった。

ストラットフォード町議会は、トマス・コタム逮捕に震えあがったに違いない。黙って三人のカトリックの学校教師を続けて雇ったことと、あるカトリック司祭がストラットフォード近隣に行く途中で謀叛の嫌疑で逮捕されたこととは無関係ではあるが、この司祭が学校教師をしている兄ジョンとデブデイル家を訪ねようとしていたことはほぼ確実だ。一五八一年一二月、トマス審問のひと月後、ジョン・コタムはストラットフォードのキングズ・ニュー・スクールを退職し、立ち去った。町議会が非公式に退職を勧告したのかもしれないし、あるいはただ、コタムは故郷のカトリックのランカシャーに戻ったほうが落ち着けると思っただけかもしれない。そのほうが、身を隠した司祭やその仲間の国教忌避者をあぶり出すべく長いあいだ活動を続けて警戒を怠らないウォリックシャー州長官サー・トマス・ルーシーから離れられて安全だった。

なぜ国は、数珠《ロザリオ》を持っていただけのオックスフォード大卒の若い司祭にそれほどこだわったのだろうか？　カトリックの立場からすれば、そうした人物は、平穏、出世、名誉、安逸、家族といったあらゆる希望を捨てて、戦闘陣営を整えている共同体のために日々、命を危険にさらして奉仕する英雄的な理想主義者だ。大陸の神学校で司祭の聖職位を与えられ、自分の宗教の天敵となってしまった王国にこっそり戻ってきたコタムのような聖職者は、密告者を避け、同情的なカトリック信者の家に匿《かくま》ってもらうつもりだったのであろう。そこで、家の召使か子供の家庭教師のふりをして、説教をし、密かな祭壇で聖体拝領をし、懺悔を聴き、死に行く者に最後の秘儀を行ない、そしてひょっとしたら、ロバート・デブデイルがしたように悪魔祓いをするつもりだったかもしれない。プロテスタントの視点から言えば、せいぜい頭のいかれた阿呆の貧乏人であり、おそらくは外国勢力に加担する危険な狂信者、陰謀者だ。つまり、ローマの邪悪な主人に操られ、イングランドを法王側の権力に戻すためには何でもしようとする謀叛人なのだ。

プロテスタントの恐怖は、根拠のないものではない。ローマ・カトリック教会はイングランドのカトリック教徒に叛乱を起こさせようとしたのであり、その意味合いは、法王グレゴリー一三世が「イングランドの異教の女王を暗殺することは道徳的罪にならない」と公表した一五八〇年に明らかになった。この声明は、明白な殺人教唆であった。まさにこの時期に、司教トマス・コタムが、カトリックのしるしの入った小包を抱えて、ストラットフォード近郊を旅しているところを逮捕されたのだ。その兄の学校教師の任期が短縮されたのも無理はない。ジョン・シェイクスピアとその仲間の参事会員たちは——特にカトリックの近親者を持つ者は——ぞっとしたに違いない。すぐにも自分たちに調査の手が伸びるかもしれなかったからだ。

そうした恐怖は、馬鹿げたものに思えるかもしれない。なにしろ、学校教師のジョン・コタムは何も悪いことはしていないのだから。しかし、殺伐としたこの時代に立ち込めていた異様なまでの疑心暗鬼、そして現実味のある脅威を甘く見てはならない。エリザベス女王の治世の初っ端《しょぱな》から女王暗殺などということになってしまえば、イングランドの宗教的風土はすっかり様変わりしてしまうに違いなかった。フランスのユグノー(カルビン派信徒)大虐殺のように、イングランドのプロテスタントが何千人も虐殺されるという恐怖が広がった。あとから振り返ってみれば恐れる理由はなかったとしても、陰謀を疑うのは決して筋違いではなかった。実際に多くの陰謀があったのだ。それに、イギリス人のカトリック教徒が外国の侵略を歓迎して支持することを恐れる必要もあった。大規模なカトリック教徒迫害の結果、そのように海外に援助を求めざるをえなくなっていたからである。今にしてみれば常軌を逸していると思えるのは、それでも多くの敬虔なイギリス人カトリック教徒は、自分たちをつぶそうとしている体制に対する忠誠心を失わなかったことだ。

すでに、国教会を打ち立てた法令によって、ミサは違法となっていた。国教会祈禱書に掲載されていない礼拝を行なうのは非合法とされた。教区の教会に定期的に出席しない場合は、一シリングの罰金が科せられた。一五七一年、破門の大勅書が下ると、大勅書を国内に持ち込んだり、女王を異端と呼んだりした者は謀叛人であると国会で定められた。カトリックの叙階式のために海外に行ったり、「ローマ司教から、しるし、十字架、絵画、数珠《ロザリオ》などの無益なもの」を受け取ったり、そうした祈禱用の品をイングランドに持ってきたりした場合も違法だった。イエズス会士が秘密裡に活動したことに警戒を強めた国会は、君主への忠誠を解消する目的でカトリック教会と和睦したり、だれかを和睦させたりすることも謀叛とすると一五八一年に定めた。一五八五年までには、カトリック司祭となること自体が謀叛となり、司祭を家に泊めたり、わかっていながら司祭を援助したり食べ物を与えたりすることは違法(一五八五年以降は重罪)とされた。地域の教区のプロテスタント礼拝に参加しなかった罰金は、週二〇ポンドという法外な金額になった。罰金を頻繁に科したわけではないにせよ、そうした罰金は、教会に行かない人たちには身の破滅を招くものとしてのしかかってきた。罰金を払えるごくわずかのカトリック教徒たちでさえ、実際より貧しい家庭のふりをした。いったん子供が一六歳――罰金の対象となる年齢――に達すると、親は子供を遠くの知り合いのもとへ送り、過酷な体制に捕まらないようにした。

もしトマス・コタムが逮捕されたのがストラットフォードだったら、州長官が町じゅうの一戸一戸を捜索したことだろう。ロンドンで捕まってくれたおかげで、地方のカトリック教徒は大いなる恐怖を免れたわけだが、一五八〇年のイエズス会の活動とそのあとに続く混乱した陰謀によって、デマが激化し、監視活動が展開され、国教忌避容疑者の家は突発的に襲撃された。多くの家には捜査の手が伸びれば明らかになってしまう秘密があり、ヘンリー・ストリートのシェイクスピアの家も例外ではなかったかもしれない。たとえば、ウィルの母親メアリが、メアリの父親同様、敬虔なカトリック教徒であれば、例の司教が所持していたために現行犯逮捕された宗教的なしるし——ロザリオ、聖杯、十字架——を持っていたかもしれなかった。もし捜し屋が徹底的な仕事をしたとすれば——ときに家じゅうの何もかも切り開いてしまうほど徹底していたことで有名だった——ジョン・シェイクスピアの署名入りのきわめて恥辱的な文書を見つけたかもしれなかった。すなわち、国教への公的な忠誠を裏切ってカトリックへの篤信を示す「信仰遺言書」である。

この文書の現物は散逸しており、その内容は写しによってのみ知られているが、そのような信仰表明をする危険を考慮すれば、そもそも写しが残っていること自体が驚きである。かつてシェイクスピア家が住んでいた家の屋根の葺《ふ》き替えをしていた一八世紀の煉瓦職人が、梁《はり》と瓦のあいだに、糸で縫い合わされた六枚綴りの手書き原稿を発見したのだ。最初のページがなくなっているこの原稿は、やがて偉大なるシェイクスピア編集者エドマンド・マローンの手に渡り、マローンはそれを公表したが、その後、筆跡と綴りに矛盾があることに気づいてその真正に疑念を抱いた。それが本物かどうかは依然として論議を呼ぶところであるが、文書の出典がイタリアの大政治家にして学者のカルロ・ボッロメオ枢機卿が著わした式文集であることが二〇世紀に発見されて、真正であるという意見がかなり支持されることになった。

イエズス会士のキャンピオンとパーソンズは、イングランドに戻る途中、ミラノのボッロメオの家に滞在したので、そのときこの文書を直接手渡された可能性がある。信者の名前を挿入する部分が空欄となったまま翻訳され印刷されたものが、イングランドにこっそり持ち込まれ、密かに配布されたのだ。キャンピオン自身が旅の途中、中部イングランドを通りがかった際、ストラットフォードから一二マイル離れたラプワースに寄ったときにこれをばらまいたのかもしれない。ラプワースでキャンピオンを泊めたのは、堅強なカトリック教徒ウィリアム・ケイツビーだった。結婚によってアーデン家の親戚となった男だ。ジョン・シェイクスピアは、ウォリックシャーのルーシー ら役人たちが叩きつぶそうとしていたイエズス会士の秘密組織の関係者だれからでもその写しをもらうことができたのである。

「信仰遺言書」は、会計係ジョン・シェイクスピアが認可して支払いまでして行なわせた偶像破壊とかなり矛盾する。つまり、成長期のウィルにとって、父と母のあいだに断絶があった――父はストラットフォードの宗教改革を実際に遂行した人であり、母はほぼまちがいなくカトリックであった――というのみならず、父のなかにも分裂があったのだ。ストラットフォードの司祭を解雇し、国教の牧師とすげ替えるのに賛成票を入れる参事会員であり、古いフレスコ画に白い水漆喰をかけたり祭壇を壊したりする許可を出す役人であり、トマス・ルーシーのような熱烈なプロテスタントを相手に町の代表者としてにこやかに協議をする公的人物である反面、「信仰遺言書」に名前を記し、処女マリアや自分の聖人である聖ウィニフレッドに特別のご加護を祈り、「神聖なカトリックの教えを守る者」として自分は失格であると激白する男でもある。ジョンはおそらくハント、ジェンキンズ、コタムらカトリック信者の学校教師を雇うのに手を貸した役人であった。そして、ひょっとすると、教会の礼拝に出席しない国教忌避者であって、友人の議員に釈明してもらった欠席理由――借金ゆえの逮捕を恐れてというもの――は単なる口実だったのかもしれない。

もしかするとジョン・シェイクスピアは、本当は隠れカトリックであり、プロテスタントの公職に就いていたのは単に野心家の世間体にすぎないのかもしれない。あるいはまたひょっとすると、ジョン・シェイクスピアは成人してからはほぼ真っ当なプロテスタントだったのだが、ごく一時的に(病気のときとか、妻をなだめるためとか)かつてのカトリック信仰へ戻っただけのことだったのかもしれない。ジョン・シェイクスピアの長男は本当のところを知っていたのだろうか？　出世を続ける父親と、昔の畏敬と崇拝に身を委ねて家にこもり、ひょっとすると心のなかの世界にひきもっていた父親と、どちらが本当の父親であったか確信していたのだろうか？

父親は、虚構と現実の区別がつかないまま、ある役柄を演じていたのだとウィルは気づいたのではないだろうか？　声を潜めた両親の口論を立ち聞きし、内緒の儀式を見てしまったのかもしれない。そして、この推察を推し進めれば、父はカトリックでもありプロテスタントでもあったという、不可思議だがもっともらしい結論にどこかで達したのかもしれない。ジョン・シェイクスピアは、二つの対立する信仰のどちらかを選ぶことをしなかったのだ。ウィルが出会った多くの人々は皆、二重生活を送っていた。学校教師のサイモン・ハント、トマス・ジェンキンズ、ジョン・コタムはそのよい例だ。外面は、少なくとも仕事を続けられる程度に公的なプロテスタントの信仰に同意しつつ、内面は古い信仰にしがみついていた。しかし、ジョン・シェイクスピアはそうではないと息子は考えていたかもしれない。父親はどちらの選択肢も選べるままにしておきたかった——結局のところ、充分世間ずれをしていた父親は、再び大きな方向転換があるかもしれないと思い、現世と来世の両方で自分を守りたかったのだろう。どれほど相容れないものに思えても、どちらの立場にも両方同時に立つことができると確信していたのだ。二重生活をしていたというよりは、むしろ二重の意識を持っていたのである。

そして、ウィルはどうだろう？　一五七九〜八〇年に、一五、六歳で学校を卒業するときまでに、同じような二重の意識を獲得していたのだろうか？　シェイクスピアの芝居には、二重性がたっぷりとある。二重性どころか、多重性だ。あるときには――『ハムレット』が最もよい例だが――カトリックであると同時にプロテスタントであり、しかもどちらも深く疑っているように見える。しかし、成人したシェイクスピアが宗教的な葛藤を大いに経験したとしても、青年時代のシェイクスピアが何を信じていたか（自分自身、それがわかっていればの話だが）まったく理解できない。噂話や暗示やぼんやりとした手がかりから、影の多い図柄は見えるものの、それはまるで古い壁の染みに人の姿を垣間見るようなものでしかない。

ストラットフォードの学校教師数名が、遠いランカシャーと結びつきがあったのは奇妙なことであり、注意を惹く。ランカシャーは、カトリック信仰へのこだわりがとりわけ強く残った地方だ。そこにあるジョン・コタム家の土地は、影響力の強い裕福なカトリック教徒アレグザンダー・ホートンの主たる居住地から一〇マイルしか離れていない。アーンスト・ホニグマンをはじめとする学者たちが示唆したように、コタムはホートン家に請われて、将来性のある若者を子供の家庭教師にと推薦したことがあったかもしれない。地方の司教によってプロテスタント信者であると保証されなければならないような免状のある学校教師ではなく、大きな家屋敷の個人教師としてである。推薦されたのは、ちょうど学校を卒業して、父親の経済的困難ゆえに大学へ進学できず、就職口を探していたウィル・シェイクスピアだったかもしれない。コタムは、充分な教養のある者――たまたま国一番の、信じがたいほどの才能ある若者にぶつかったことになるが――を見つけようとしただけでなく、善良なカトリック教徒を見つけようと注意したことだろう。信心深いホートン家は、ほぼまちがいなく違法に司祭を匿い、儀式用の道具や禁書や危ない書物を大量に違法所持していただろうし、召使にはこうした危険な秘密を守れる信頼できる人だけを求めていただろうから。

シェイクスピアがランカシャーに滞在したことを示す小さな手がかりは、カトリックとかプロテスタントとかの宗教に関係するものではなく、演劇に関係するものだ。一五八一年八月三日付の遺言状のなかで、死の床にあったアレグザンダー・ホートンは、すべての「楽器とさまざまな芝居の衣装すべて」を弟のトマスに遺し、トマスが役者たちの面倒を見ないならば、サー・トマス・ヘスケスに譲るとしている。遺言状にはこうつけ加えられている。「当該サー・トマスが、今、私とともに住むフルク・ギョームとウィリアム・シェイクシャフトに親しくすることを心より望む。二人を雇い入れるか、さもなければだれか良い主人に世話して欲しい」と。

「シェイクシャフト」(Shakeshafte) は「シェイクスピア」(Shakespeare) ではないし、この地方にはシェイクシャフトという姓など、ざらにあったと、懐疑的な人たちは指摘してきた。しかし、当時は、名前の綴りがいいかげんであったことはよく知られていることであり――さまざまな記録で Marlowe（マーロウ）は Marlow, Marley, Morley, Marlin, Marlen, Marlin となっていた――シェイクシャフトとシェイクスピアは同じと考えてよいのであり、コタムとホートンのつながりを考えても、シェイクスピアの将来の職業を考えても、それ以外の小さな暗示の数々を考えても、これはストラットフォードのウィルのことであると多くの学者は確信している。

頭がよいとコタムに推薦され、それなりの教育を受け、分別があり、まちがいなくカトリックである早熟な青年は、一五八〇年に、教師となるべく北上したのであろう。遺言状の言葉が示しているのは、この青年は、やがてアレグザンダー・ホートンが世話をしている役者たちと一緒に演じるようになったということだ。最初はたぶん余興じみたものから始め、それからどんどん本格的になっていったのだろう。教師としての技量がどれほどのものであったにせよ、役者としての技量ゆえに、主人はもとより屋敷じゅうの特別な注目を直ちに集めたのではないだろうか？　そのカリスマ的な魅力によって――『十二夜』のシザーリオのように――ほかの年長の召使たちを飛び越えてすぐに殿様お気に入りの召使となったのかもしれない。

一五八一年八月にホートンが亡くなるとシェイクスピアは一時期ヘスケスに仕え、それから――ホートンが求めたように――だれかほかの主人に推挙されたかもしれない。最もありえそうな人物は、ヘスケスの強力な隣人で、演劇にもっと入れ込んでいた男だ。この隣人、ヘンリー・スタンリーは、第四代ダービー伯爵であり、その息子ファーディナンドことストレンジ卿は、枢密院認可済みの野心満々の優れたプロの劇団、ストレンジ卿一座を持っていた。その主要な役者たち――ウィル・ケンプ、トマス・ポープ、ジョン・ヘミングズ、オーガスティン・フィリップス、ジョージ・ブライアン――は、シェイクスピアがのちに参加するロンドンの劇団、宮内大臣一座の幹部となる連中であった。シェイクスピアがこの連中といつ結びついたのか正確な日付は定かではないが、このつながりは、シェイクスピアの演劇人生の中核を成すことになるのであり、少なくともその最初の出会い――のちの再会を決定づける運命の出会い――は、一五八一年にイングランド北部で起こった可能性がある。

もし本当にウィルが北部に滞在していたとすれば、その人生は、演劇と危険とが奇妙にまざったものとなっていたはずだ。一方では、意気揚々と人前で自分を見せびらかす人生があり、そこで初めてウィルの才能――個人的な魅力、音楽的技量、即興の力、役を演じる能力、そしてひょっとすると作家としての天性――が、家族と友達の輪にとどまらない公演のなかで花開いただろう。上演は厳密には公のものではなかっただろうが、単なる私的な夕食後の余興でもなかった。ヘスケス家は並外れて裕福であり、ホートン家、そしてもちろんスタンリー家は、封建時代の大貴族であった。これら地方豪族たちは――国家宗教において統合されていなかったように――中央集権の階層秩序にまだ統合されきらない富と力と文化の世界の代表者たちだった。

ちょっとした軍隊のような膨大な数の従僕や家来を持ち、友人や親戚や小作人たちがわんさかおり、周囲の人たち全員からおもねるような敬意を受けて鼻を高くし、「自由土地保有者」としての評判が欲しいがための寛大さを持っていた彼らは、すぐに劇場として使える晩餐会用広間で大勢の客をもてなしたのである。こうした広間での公演のすばらしさは、太っ腹の主人の評判を高めた。フルク・ギョームの役者としての即興の技量と天性は知られていないが、ウィリアム・シェイクスピアの技量と天性は、数年後にロンドン一の劇団に居場所を得るほどのものであった。その想像力について言えば、富裕なランカシャーの紳士たちの広間でその萌芽の片鱗でも見せて一同をうならせたとすれば、死期迫るホートンが気にかけたのも納得がいく。

他方、ウィルは秘密の生活をしていただろう。最も身分の低い召使にまで事情は知られていたのであり、鍵のかかったキャビネットには、聖杯、書物、祭服そのほかミサを執り行なうためのものがしまわれていた。得体の知れぬよそ者がスコットランド女王メアリやスペインの軍隊について不吉な噂を流し、明るみに出たら一族が破滅となるような陰謀が囁《ささや》かれていた。この時代のランカシャーは、期待と猜疑心と不安で満ちていた。ウィルがここに滞在した時期とは、ちょうどイエズス会士キャンピオンが同じ方角へ向かっている時だった――ランカシャーなら、女王の臣下でありながら最も筋金入りのカトリック教徒がいるために、比較的安全な隠れ家が得られたからだ。ランカシャーは、女王付きの枢密院の目からすれば、「ローマ・カトリック教の巣窟《そうくつ》にほかならず、国のどこよりも多くの違法行為が行なわれ、多くの違反者が潜んでいるところ」だった。

一五八一年八月四日、アレグザンダー・ホートンがシェイクシャフトを友人のサー・トマス・ヘスケスに推薦した翌日、枢密院は、アレグザンダーのいとこである「ランカシャーのリチャード・ホートンなる者」の家でキャンピオンの書類を捜す令状を発行した。そして、その年――ウィルがヘスケスに仕えていたかもしれない年――のうちに、ヘスケスは、自宅で国教忌避者を抑圧しなかった廉《かど》で投獄された。ヘスケス家でウィルが余興に出演したことがあったとすれば、その雰囲気は、過度の不安と恐怖が祝祭に混ざり込んだものだったであろう。

キャンピオンとロバート・パーソンズが率いた伝道活動は、カトリック教徒の篤信を呼び起こし、政府を大いに警戒させた。法王が女王暗殺を許したのは効果満点であり、それのみならず、ニコラス・サンダーなるイングランド人カトリック教徒が率いた遠征隊がプロテスタントの植民者に対する蜂起を起こそうとしてアイルランドに到着したばかりだった。この計画は無残な失敗となった。約六〇〇のスペイン・イタリア連合軍とアイルランド同盟軍は、一五八〇年一一月一〇日に無条件降伏をしたのち、数名の女性と司祭を含めて、ウォルター・ローリー率いるイングランド兵たちに虐殺されたのだ。イングランドの冷血で野蛮な対応は、おそらく、将来あるかもしれぬ侵攻計画を震え上がらせる意図があったのだろう。だが、法王とその一派がエリザベスの治世を覆し、王国を取り返そうと意を決していることを疑う者はだれもいなかった。エリザベスに不動の忠誠心を持つイングランドのカトリック教徒でさえ――かなり多かったが――ゆっくりと無慈悲に絞め殺されていく自分たちの信仰が、イエズス会士の伝道による篤信と英雄的な決意によってなんとかして息がつけるようにならないかといくばくかの期待を寄せていたに違いない。

国じゅうのカトリック教徒は、「キャンピオンの大風呂敷」として知られるようになった、驚くべき文書を密かに回し読みしていた。国を挙げての徹底的な一斉捜査で追われる身となったこのオックスフォード大学元教授が、自らの使命を説明した文書である。キャンピオンは、ほとんど軽やかなまでに諦観した調子でこう書いている。「このあわただしく油断のない警戒心にあふれた世界では」いずれ自分は捕まり、計画を明らかにすることを強いられることでしょう。それゆえ、皆の時間と労力を節約するために、前もってさっさと告白してしまいましょう。自分の天命は政治にちょっかいを出すことではありません。私の仕事は、「福音を説き、秘蹟を執り行ない、凡人を指導し、罪人を矯正し、誤りを指摘することです」。もちろん、カトリックの司祭が行なうこうした活動こそ、まさに政治にちょっかいを出すことにほかならないと当局側が主張することぐらいは当人もわかっていたし、その対応が暴力的なものとなることもわかっていた。しかし、私たちは「あなたがたを決して見捨てたりはせず、あなたがたを天国に行けるようにすることができぬなら、あなたがたの槍に刺されて死にましょう」。イングランドを侵攻し征服する邪悪な「大計画」とされた国際謀議の嫌疑については、このように大胆に弄《もてあそ》んでいる。

わが社会について言えば、世界中のイエズス会士という同盟者がいることを知っていてください――イングランドが何をしようとも途切れることのない広大な同盟が、あなたがたが押しつける十字架を喜んで背負い、あなたがたを立ち直らせることを決してあきらめないでしょう。そのあいだ、ひとりの男が、タイバーン処刑場を楽しんだり、あなたがたの拷問にかかったり、あなたがたの牢屋で衰え死にましょう。費用見積もりは済み、計画は始まっています。神のためですから、中止はできません。信仰は植えられたのですから、回復されねばなりません。

ここでキャンピオンからあふれる壮大なる自信は、その小冊子の渾名《あだな》「キャンピオンの大風呂敷」の由来となった次のような挑戦にも見られる――すなわち、「傲慢無礼な大風呂敷野郎」のように受け取られるのは嫌だが、カトリック信仰の一点の曇りもない真実を確信しているので、どんなプロテスタント信者を前にしても論破してやろうという挑戦だ。まるで自分が陰謀やスパイや拷問部屋の世界におらず、学者が馬の代わりに本にまたがって騎士道の試合にでかけようとでもいうかのような奇妙な言い方だ。「あなたがた全員を相手にしますから、直ちに決闘していただきたい。第一人者にご登場願いたいものです。そして、この試合では、できるだけ準備万端整えて来てもらったほうが、ありがたい」。

キャンピオンにしてみれば、イングランドのプロテスタント当局が残酷なのは、公式に議論することを恐れているからであり、つまり絶望している証なのだ。この挑戦のあとに、ラテン語で書かれた、さらに長い、もっと学者らしい著述が続いている――もともと『絶望する異端』と名づけるつもりであったが、結局『一〇の理由』と題された論である。追っ手を逃れて、次々と変装を変え、家々を移り住み、肝を冷やすほど慌てたり、危ないところで捕まりそうになったりした数か月のあいだになんとか執筆を計画し、そして時間と保護と本が充分あって腰を落ち着けて書くことができた唯

エドマンド・キャンピオン．1581年の処刑直後に描かれたこの肖像画では，殉教を表わす椰子の葉を持ち，天使が王冠を載せようとしている．カトリック教会による戴冠はもっと後であり，1886年12月9日に教皇レオ13世によって列福され，1970年に教皇パウロ6世によって列聖された．

ランカシャー，ストーニーハースト・カレッジ

一の時期、唯一の場所で書いたのだ。すなわち、一五八〇年暮れから一五八一年初春、ランカシャーにて、である。しかも、そんな北方でさえ、数日に一度は急遽隠れ家を変えて政府のスパイや垂れ込み屋の裏をかかなければならなかった。召使の恰好をして、かつての教え子とその妻の手引きによって、国教忌避者の屋敷から屋敷へと走り移ったのである。一九世紀の伝記作家リチャード・シンプソンはこう記している。「教え子夫婦の手引きで、キャンピオンは、ワージングトン家、トールボット家、サウスワース家、ヘスケス家、枢機卿の弟の寡婦アレン夫人宅、ホートン家、ウェストビー家を転々とし、復活祭《イースター》から聖霊降臨節(四月一六日)までのあいだはリグメイデン家に泊まっていた」。

ヘスケス家とホートン家。ということは、このどちらかの家の、外部の目が届かぬ場所で、ウィル自身、異彩を放つ逃亡中の伝道師を目の当たりにしたかもしれないということだ。キャンピオンがやってくることはもちろん極秘だったが、ひっそりというわけではなく、何十、いや何百もの信者を連れてきており、その多くが早朝からキャンピオンの説教を聴いて手ずから聖体を拝領しようと、近くの納屋や離れ家で夜を過ごしていた。司祭は——召使の服から聖職者の祭服に着替えて——懺悔を聴いて半ば徹夜をし、道徳的な問題に解決や忠告を与えたりした。司祭とささやき声を交わした懺悔者のなかに、ストラットフォード・アポン・エイヴォンの若者はいただろうか?

一六歳の未熟な詩人と、四〇歳のイエズス会士が一緒に坐っている図を想像してみよう。シェイクスピアはキャンピオンをすばらしいと思ったことだろう——道徳的に敵対する者たちでさえキャンピオンにカリスマ性があったことを認めていた——そして、自分と似たような精神を持っていると気づいたかもしれない。篤信において、ということではない。というのも、ウィルは、この頃は危険な秘密を託しても大丈夫なほど強固なカトリックだった(という仮定の話だが)としても、のちの膨大な作品群のどこにも、信仰が抑圧された徴候は見当たらないからだ。だが、ウィルより四半世紀年上のキャンピオンは、比較的つつましい家の出であり、雄弁、知性、機敏さによって頭角を現わし、本を愛しながらも同時に実社会の人生に惹かれた男だ。学識があるが独創的ではなく、言葉の明晰さと優雅さ、そして人を感動させる存在感によって、伝統的な考え方に新たな命を吹き込むことに長けていた。才知があり、想像力豊かで、すばらしい即興の才があり、瞑想的なまじめさと強い演劇的要素とを結びつけることができた。もしウィル青年がキャンピオンの前に跪いていたとすれば、目の前にあるのは自分のゆがんだ姿だと思ったことだろう。

ひょっとするとイエズス会士のほうも、ほんのわずかの出会いで、若者に感心していたかもしれない。キャンピオンは天性の教師であり、時代が穏やかだったときは教育論を書いていた。理想的な生徒はカトリックの両親から生まれるものだとキャンピオンは書いている。「鋭敏で、情熱的で、明晰な心を持ち、鮮やかな記憶力と、よく響く変幻自在の魅力的な声の持ち主であるべきで、歩き方や物腰は生き生きとして、紳士的で、おとなしく、知恵が住むにふさわしい宮殿のような人となり」をしていなければならない。学校では古典を勉強しなければならず、「ウェルギリウスの壮大さ、オウィディウスの祝祭的優雅さ、ホラティウスのリズム、セネカの威厳ある台詞」に親しまねばならない。よい生徒とは、高度な教養を受動的に受け容れるだけではだめで、音楽の名手、将来性ある弁士、天性の詩人でなければならない。要するに、逃亡者キャンピオンがしげしげと眺める機会があればわかったであろうが、若きシェイクスピアのことだ。

というのは言いすぎだろう。というのも、シェイクスピアは、キャンピオンの教育体系が想定していた更なる勉強――哲学、数学、天文学、ヘブライ語、そして何よりも神学――をやろうとはしていなかったのだから。そのうえ、ある主要な点で、シェイクスピアはもうすでにこの計画の精神に背いており、しかも徹底的に背こうとしていた。理想的な生徒は詩を勉強して詩を書くものだとキャンピオンは言ったが、重要な例外があった。愛の詩を読み書きしてはならなかったのだ。

キャンピオン本人に実際に会ったにせよ、会わなかったにせよ、あるいはまた、一五八〇年から一五八一年のあいだにあふれかえっていた噂を通してキャンピオンのことを耳にしただけにせよ、シェイクスピアとしては、憧憬《しょうけい》のみならず強い精神的反発を感じたかもしれない。キャンピオンは、勇敢で、カリスマ的で、説得力があり、魅力的だった。会ったことのある人なら、皆そう感じており、書き残された言葉から今でもそうした特質が輝き出ている。しかしまた、キャンピオンは、生涯を捧げ、命を懸けるに足る一つの永遠の真実を知っているという思いに満たされていて、そのためなら己のみならず他人も喜んで犠牲にしようとしていた。べつに殉教したがっていたわけではない。イングランドへ戻るつもりはなかったのであり、プラハでの教職について教会のために重要な仕事をしていたのだと、ウィリアム・アレン枢機卿に語っている。しかし、戦闘のために組織された宗教団体に身を捧げた兵士であり、どうあがいても負けるとわかっていても、大将が戦いに身を投じろと命じれば静かに行進していく男だった。シェイクスピア青年であれ、だれであれ、連れて行くにふさわしい者がいれば連れて行ったことだろう。狂信者、いや、より正確に言えば聖人だった。そして、聖人というものは危険人物だということをシェイクスピアは一生忘れなかった。

あるいはひょっとすると、シェイクスピアには聖人が理解できなかったと言ったほうがよいかもしれない。理解できたにしても、どうにも好きになれなかったのだ、と。シェイクスピアの戯曲に登場する錚々たる面々のなかで、曲がりなりにも聖人と言えそうな人は驚くほど少ない。ジャンヌ・ダルクは初期歴史劇に登場するが、魔女で娼婦である。国王ヘンリー六世は、聖人らしい性格――「その心は神聖なるものにすっかり注がれ、／数珠《ロザリオ》を数えてアベマリアと唱えてばかりいる」(『ヘンリー六世』第二部、第一幕第三場五九～六〇行)――だが、情けないほど脆弱であり、その脆弱さゆえ国土が荒れるのだ。『恋の骨折り損』のナヴァール王国の優雅な若き宮廷人たちは「沈思黙考の」人生を目指し、「大群となって押し寄せる世俗の欲望」(第一幕第一場一四、一〇行)に挑む苦行者のような武人の人生を送ろうと誓うが、フランス王女とお供の貴婦人たちの魅力にたちどころにやられてしまう。『尺には尺を』では、厳格なアンジェロは「血が通っているとは／思えない」(第一幕第三場五一～五二行)男だが、やがて見習い修道尼である美しいイザベラに一緒に寝ろと迫ることになる。イザベラにしても、貞淑なる天職に見事なまでに忠実なのだが、自分の処女性を兄の命を犠牲にしてでも守ろうとする態度を示すため、人間的に魅力があるとは言いがたい。

シェイクスピア作品にはさまざまな英雄行為があるが、イデオロギー的な英雄行為――自分を犠牲にしてでも、ある考えや制度を守り抜こうとする激しいもの――は一つもない。現世の教会に対して深い讃嘆の意を示すようなところは作品のどこにもないのだ。『ロミオとジュリエット』のロレンス神父を一例として、カトリックであることが顕著な宗教的人物は、根本的に同情的だが、それは教会組織のなかで重要な人物だからではない。それどころか、シェイクスピアの戯曲では、強力な高位聖職者は嫌な人として描かれるのがほとんどであり、あまり知られていない歴史劇『ジョン王』は、一三世紀初頭を舞台としながら別の時代を思わせる熱のこもったプロテスタントの言葉で法王を攻撃している。なぜ法王は自分の意思を「聖なる王」に押しつけようとするのだ、とジョン王は憤慨して法王特使に訊ねるのである。

法王などという、くだらぬ、つまらぬ、
馬鹿げた名前など持ち出したところで
私に返答を迫ることはできぬぞ、枢機卿。
そう伝えるんだな。そしてイングランド王が言っていたと、
こう言い添えろ。イタリアの坊主なんぞに
わが国で十分の一税や土地使用税を徴収させたりはせぬ。
神のもとでは、イングランド王こそ最高首長であり、
私が支配するこの国において、私が支持するのは、
最高権力者である神のみだ。
人間の救いの手など要らぬ。

（第三幕第一場七四〜八四行）

このあからさまなプロテスタント的立場からの法王バッシングは、シェイクスピアが若者として親しんできたカトリックに対して、成人してから取った態度を総括するものというわけでは決してないし、もし若いシェイクスピアがあの逃亡中のイエズス会士の面前に立ったとしたらどんなことを感じたであろうかということは、この台詞から見当をつけることもできない。

逆に、シェイクスピアが生涯を通して熱く信じていたと思われる唯一の「聖者」なるものは、まさ

にキャンピオンが生徒の目に絶対触れないようにと願っていた主題・感情より生まれ出るものだった――エロティックな聖者である。

ロミオ　では、聖者よ、手がすることを唇にも。
　唇は祈っています。どうかお許しを、信仰が絶望に変わらぬように。
ジュリエット　聖者は心を動かしません。祈りは許しても。
ロミオ　では動かないで。祈りの験《しるし》をぼくが受け取るあいだ。〔キスする〕
　こうしてぼくの唇から、あなたの唇へ、罪は清められました。
ジュリエット　では私の唇には、あなたから受けた罪があるのね。
ロミオ　この唇から罪が？　何というやさしいおとがめ。
　その罪を返してください。〔キスする〕
ジュリエット　　　キスの儀式みたいね。
（第一幕第五場一〇〇～一〇七行）

　ここには、キャンピオンなら直ちに気づいたようなカトリックの残り香があるが、神学も儀式も、気の利いた表現によって、欲望とその充足に変えられてしまっているのである。
　『ロミオとジュリエット』の美しく、戯れに満ちた台詞は、シェイクスピアがキャンピオンと出会ったかもしれないときから一五年ほど経った一五九〇年代半ばに書かれたものではあるが、劇作家かつ詩人としてのシェイクスピアがほぼ全業績を通して行なったのは、何かを置き換えて巧みに自分のものとし、伝統的な宗教的事柄を世俗の行為に作り変え、聖と俗を綯《な》い交ぜにすることであった。比較的初期に書かれた『夏の夜の夢』で新婚夫婦の寝床が祝福されるやり方は、プロテスタントによって禁止された通俗的なカトリックの慣習に従うものであるが、聖水は用いず、妖精たちは「聖なる野の露」を振り撒いている(第五幕第二場四五行)。そして、晩年に書かれた『冬物語』では、「この世のものとも思われぬ衣装」を着た司祭が執り行なう荘厳な儀式が恍惚として描かれるが、そうした服を「まとう厳かな人たち」はミサを執り行なっているのではない。描かれているのは、デルフォイの神託だ。

私の心を
何より捕らえたのは、この世のものとも思われぬ衣装だ、
そうとしか呼べない——そしてそれをまとう厳かな人たちの
偉大さ。そして、生贄の儀式——
実に格式高い、荘厳な、すばらしい
お供えであったことか!

(第三幕第一場三〜八行)

これはミサのパロディでもないし、検閲の目を逃れて密かにミサを称えているわけでもない。こうした台詞は、シェイクスピアがいかにカトリック信仰を完全に自分のものとして韻文に用いているかを示している。信仰を韻文に役立てるなどということはキャンピオンには思いもよらなかった

だろうが、一五八一年のランカシャーにおいても——ひょっとしたら、とりわけ当時のランカシャーにおいてこそ——シェイクスピアはそんな思いもよらないことを始めていたかもしれない。

宗教的使命感を持たず、宣教師の熱烈な信仰を懐疑的な目で遠ざけ、己の肉体の欲望を青年らしく自覚していたというシェイクスピアの性格だけの問題ではない。若い召使でしかなかったけれども、シェイクスピアは、自分が住むようになった奇妙で危険な世界には宗教的信念を超えた何かがあることをすぐに察知していたことだろう。北部は国王の中央集権に伝統的に抵抗してきた地であり、シェイクスピアが住み込みで働いた家などは謀叛すれすれだった。シェイクスピア初期歴史劇のすべて——一五九〇年代初期にロンドンでデビューするきっかけをつくった作品群——は、叛乱に関わるものであり、シェイクスピアはそれを一貫して家族の問題として考えていた。劇は何の差し支えもない一五世紀のイングランドに設定され、事件は年代記から採ってこられているものの、読書だけに頼っていては登場人物に現実味を与えられなかった。その想像力から生まれてきた登場人物は、危険なパワーゲームに手を染めて暴虎馮河の勇を振るう、頑強で不撓不屈で野心満々の男女たちだったが、こうした人々のイメージは、北部に滞在したあいだにつぶさに観察した家族たちから採《と》られたのかもしれない。

ここから言えることは、かりに一五八一年に実際にキャンピオンに会っていたとしても、シェイクスピアは、当時においてもカトリック信仰のために十字架を背負って捨身の行をするなどご免だっただろうということだ。聖人が直接現れて水を向けられたにせよ、単刀直入に熱く訴えられたにせよ、そんな誘いには、身震いして尻尾を巻いただろうということだ。ホートンの遺言状が示すように、ウィルは、おそらく人生で初めて役者としての第一歩を踏み出そうとしていたのであり、自分に何ができるか、どんな才能があるか、わかり始めていたときなのだ。輝かしき大逆の自殺行為とも言うべき聖戦などに巻き込まれている場合ではなかった。父親がカトリックでもプロテスタントでもあったとするなら、ウィリアム・シェイクスピアは、そのどちらでもない独自の道を進もうとしていたのである。

シェイクスピアは――ホートンの遺言状にあるシェイクシャフトだと仮定して――ストラットフォードへ戻る前、少なくとも一五八一年八月までランカシャーに留《とど》まっていた。キャンピオンは、その前にその地を立ち去った。『一〇の理由』の地下出版を監督するためにロンドン近郊へ戻るようにパーソンズに命じられたのだ。六月二七日のオックスフォード大学の新学期開始に間に合うよう、印刷屋たちが大変な危険を冒して急ぎの仕事を終えたので、聖メアリ教会に列を成して入っていった学生や特別研究員《フェロー》は、『一〇の理由』の本が自分たちの席に何百と積まれているのを目にすることになった。数週間後、ランカシャーへ戻る道すがら、キャンピオンは罠にかかり、逮捕され、ロンドン塔へ連行され、ふさわしくも「せましつらし」と渾名された牢屋に入れられた。その独房では立つことも横になることもできず、つらい四日間の幽閉ののち、キャンピオンは突然連れ出され、護衛とともに舟に乗せられた。舟は、数年前パトロンになってくれる態度を示したきわめて強力なレスター伯爵の屋敷に漕ぎ着いた。レスター伯爵のほかに、ベッドフォード伯爵、そして二人の国務大臣がいた。さらに驚くべきは、エリザベス女王おん自らその部屋にいたことだ。なぜイングランドに来たのかと尋問が始まった。「魂の救済のためです」とキャンピオンが答えると、エリザベスは直接、私をそなたの女王と認めるかと尋ねた。「わが女王であるのみならず」と、キャンピオンは答えた、「わが最も正当な女性支配者です」。その「正当な」という言葉を女王は聞き流さなかった。法王は女王を「正当に」破門できますか？　法王は女王の臣下に対し、女王への恭順の義務を解くことはできますか？　これぞキャンピオンが「忌々しい質問、実に偽善的で、わが命を狙うもの」としたものだ。女王が求めている返答は――釈放してもらえるだけでなく、女王が与えると言ったような褒美と栄誉をもらえるような返答は――できない、と直ちに判明した。それからキャンピオンはロンドン塔に連れ戻され、尋問され、拷問台にかけられ、叛逆罪容疑で裁判にかけられ、それからトマス・コタムたちと一緒に処刑された。

シェイクスピアがこの悲惨な出来事を知ることができたのは、噂や、政府のかなり歪んだ報告書を通してでしかなかった。キャンピオン逮捕のことは耳にしたはずだ。国じゅうのニュースだったのだから。そしてまた、拷問を受けたキャンピオンがキャンピオンを匿った多くの人々の名を明かしたということも、特別な不安とともに耳にしたことだろう（当局が誇張しているために、どこまで白状したのか今もって論議を呼んでいるが、この直後にランカシャーをはじめ各地で逮捕が相次いだことを鑑みても、またキャンピオンが断頭台で言った言葉から推察しても、漏らしたくない名前をかなり漏らしたようだ）。

シェイクスピアは、このイエズス会士の逮捕から処刑までのあいだに起こった驚くべき出来事について、聞いたり読んだりしたかもしれない。当局側は、カトリックの長所を主張して相手かまわず議論を吹っかけるキャンピオンの「大風呂敷」や、『一〇の理由』の地下出版に明らかに苛《いら》ついていた。八月下旬のある日、キャンピオンは不意に牢獄から連れ出され、ロンドン塔の礼拝堂へ連れて行かれた。そこには、衛兵たち、ほかのカトリックの囚人たち、それからなんとかその場にもぐりこんだ運のいい野次馬たちがひしめいていた。その場所でキャンピオンが対面したのは、セント・

ポール大聖堂主任司祭アレグザンダー・ノウェルとウィンザー城主任司祭ウィリアム・デイという二人のプロテスタント神学者だった。本やノートが積み上げられたテーブルについたこの神学者たちは、論が立つことで有名だった。別のテーブルには、もうふたりの偉い、しかし中立的とは言えぬ人物——グレイズ・イン法学院説教師ウィリアム・チャークとケンブリッジ大学神学勅任教授ウィリアム・ウィッティカー——が書記として構えていた。囚人は論ずることは許されるが、議論の場と規則は政府が決めたのだ。

キャンピオンは、準備をする時間がなかったこと、ノートも本もなく、「地獄のような拷問」を受けていたことを抗議した。ロンドン塔副長官サー・オウェン・ホプトンは、厚顔無恥にも、囚人を「つねりさえしなかった。行なったのは、拷問ではなく締めつけと呼ぶべきものだ」と言明した。キャンピオンは威厳を持って、「自分で痛みを感じたがゆえに、だれよりもきちんと、まちがいなく判断できる」と返答し、ひどく不公平な議論の条件を——受け容れるよりほかに仕方なかったので——受け容れた。それから、ほとんどだれもがわかりきっていることででもあるかのように、相手を殲滅《せんめつ》しにかかった。当局は臍《ほぞ》を嚙んだ。その後の数週間、新たな弁士を投入し、キャンピオンの返答の幅と視点を鋭く制限したうえで、さらに弁論を三度繰り返した。今度は、カトリック教徒の聴衆は一切認めず、自分たちが勝利したと満足できるまでやったのである。それからキャンピオンをタイバーン処刑場の台に上げ、首を吊り、大勢が見守るなかで死体を四つ切りにした。見物人のひとり、ヘンリー・ウォルポールというプロテスタント信者は、首斬り人がキャンピオンのばらばらになった死体を湯が煮えたぎる大樽のなかへ投げ込むすぐそばにいた。血の混ざった湯がその服にはねて、ウォルポールは直ちにカトリックに改宗しなければならないと感じたという。ウォルポールは大陸にでかけ、イエズス会士となり、イングランドに送り戻され、同じように逮捕されて謀叛人として処刑された。聖人と殉教者の勤めとはそのようなものである。

シェイクスピアがおおっぴらにキャンピオンの名前を出さないのも驚くべきことではない。ひょっとすると『リア王』において、私生児の弟から悪辣な中傷を受け、変装して命からがら逃げなければならなくなった無実のエドガーという人物のなかに、逃亡中の僧侶とその仲間の宣教師たちの思い出が姿を変えて託されているのかもしれない。「わが名が布告されたのを耳にした」と、社会に刃向かうエドガーは言う。

偶然木に穴があいていて
追っ手を逃れることができた。どの港も危ない。
どこでも異例な警戒態勢がとられ、
僕を捕らえようとしている。逃げられるあいだは
なんとか生きていこう……

（第二幕第三場一～六行）

だが、エドガーは宣教師ではない。それにシェイクスピアが何より感じていたのは、一五八一年の初春に危ないところまで近づいてしまったものから自分を遠ざけたいという欲望、そして迫害と拷問と死という悪夢に引きずり込まれなくて本当によかったという圧倒的な安堵だったかもしれない。

翌年までにウィルはストラットフォードに戻っている。ひょっとすると、結局は、一つだけ小さな危険を冒して、不幸なトマス・コタムに関係する仕事に手を貸したかもしれない――どんな「重要なこと」かわからないが、ウィルは、ストラットフォードから二マイル先のショタリーの村にいるロバート・デブデイルの家族に何かを伝えようとしていた。というのも、故郷に戻ってまもなく、ウィルはショタリーの畑に続く道を歩き始めていたからだ。逃亡中の司祭の両親に秘密のメッセージでも持っていたのだろうか？　それはわからない。しかし、この一八歳の少年が村にいたことは確かだ。というのも、そこで少年は父親の古い知人で、前年に没したリチャード・ハサウェイという筋金入りのプロテスタント農夫の長女と会っているからだ。アン・ハサウェイは二六歳だった。

一五八二年の夏、キャンピオンから決定的に遠ざかろうとでもするかのように、そして深い篤信と謀叛の囁《ささや》きから逃れて、拷問道具「スカベンジャーの娘」やおぞましい首吊り台から離れようとでもするかのように、ウィルはアンに求愛していた。この密かな生活にも重大な結果がついてくるのだが、重大と言ってもこれまでとは意味合いが違う。

一一月までに二人は結婚し、六か月後に娘スザンナが生まれたのである。

第四章

求愛、結婚、そして後悔

もしウィルがランカシャーで緊迫した時を過ごしたあと、一五八二年にストラットフォードに戻ってきたとしたら、そして、もしその夏、危険なメッセージをショタリーまで伝えるとか、デブデイル家に秘密の宗教的なしるしを渡すとかに同意していたのだとしたら、アン・ハサウェイへの求愛は、恐怖の世界から逃げ出す意味を持っていただろう。アンの世界は、これまでシェイクスピアがさらされてきた危険な世界とは一八〇度逆転していた。

それまでの世界は、サイモン・ハントによって形成された強力な男だけの絆の世界だった。学校教師のハントは自分の生徒ロバート・デブデイルとともに国外の神学校へ行ってしまった。キャンピオン、パーソンズ、コタムそのほかのイエズス会の宣教師たちを守るための陰謀が渦巻き、敬虔で自滅的な若い男たちが秘密の連帯を結んでいた。しかし、かりに状況がそんな怖いものでは全然なく、ウィルが単なる世間知らずのストラットフォードの青年であって、主な社会的関わりが家族とキングズ・ニュー・スクールの生徒たちでしかなかったとしても、よりによってアン・ハサウェイを選ぶとは驚くべきことであった。ウィルの家族はほぼまちがいなくカトリック信仰を志向していたが、アンの家族はほぼまちがいなく反対の方向に傾いていたのだ。その遺言状で、アンの父親リチャードは「実直に埋葬」されることを求めているが、これは清教徒《ピューリタン》が好んだ単純で飾り気のない埋葬を意味する隠語だった。アンの兄バーソロミューもまたそうした埋葬を求め、「最後の審判の日に復活し、選民としての報いを受ける」ことを望んでいる。「選民」とは、キャンピオンとはまったく違った人たちのことであり、もちろんシェイクスピアの母親の血縁であるカトリックのアーデン家とも違っていた。

アン・ハサウェイは、別の意味で逃脱の象徴だった。すなわち、独立独歩の女性という特異な立場にあったため、因習的な社会制度からも逃れていたのだ。エリザベス朝の若い未婚の女性で自分の生き方を決められる人は少なかった。目を光らせている父親と母親が、理想的には娘の同意を得て――必ずしも得られなかったが――娘の重要な身の振り方について判断を下すものだった。しかし、二〇代半ばで孤児となったアンは、すでに手にした父親の遺産のほかに、結婚時に与えられると父の遺言状に定められた財産もあり、当時の言い方で言えば「羈絆《きはん》を脱して」いた。不羈奔放《ふきほんぽう》にして、若い男の性的関心を掻き立てるのが定めだったようなものであり、しかも自分の好きなように判断が下せたのだ。

こうした立場にいる女性にシェイクスピアが生涯魅了され続けたのは、アン・ハサウェイがシェイクスピアに自由の感覚を掻き立てたところに原因があるのかもしれない。家族の束縛からも解放され、ひょっとしたら、エリザベス朝の道徳家が劇の演技と結びつけた性的混乱や性的曖昧さからも解放されたかもしれない。すなわち、もしプラウトゥスを学校で上演するとその想像世界に現実の問題が出てくるのなら――もしウィルが少年とのラブ・シーンでエロティックな興奮を覚えて心を乱したとすれば――アン・ハサウェイは、その男同士の性的葛藤ないし困惑に、男女の性愛という因習的な解決をつけて安心させてくれたはずだ。

このような想像世界の男同士の愛から一時的にせよ気をそらせてくれる魅力は過小評価すべきものではないが、それとはまったく別に、アンは圧倒的な快楽の夢を与えてくれた。少なくともそう結論できる根拠は、『ヴェローナの二紳士』から『じゃじゃ馬馴らし』、そして『冬物語』から『テンペスト』に至るまでシェイクスピアの全作品において求愛が中心となっていることにある。「求愛」――といっても、性行為ではなく、激しく言い寄って愛を求め、恋焦がれるという古い意味での求愛――は、シェイクスピアの変わらぬ関心事であり、おそらく世界のだれよりも深く理解して表現した事柄だ。その理解は、もちろん、シェイクスピアが実際に結婚した女性と関係ないかもしれないし、少なくとも理屈の上では、実生活となんら関係がなくてかまわない。しかし、そもそもシェイクスピアの生涯をよく知りたいという衝動が起こるのは、シェイクスピアの戯曲や詩が、ほかの戯曲や詩から生まれたのではなく、シェイクスピアが全身全霊をかけて直接得た実体験から生まれたはずだと私たちが強く確信しているからである。

大人になったシェイクスピアは、若い田舎者の恋の狂態をかなり滑稽に描いている。たとえば、『お気に召すまま』では、乳絞りの娘に惚れて夢中になった無骨な田舎者をからかって、「あの子のかわいいあかぎれの手が乳をしぼった牝牛の乳房」(第二幕第四場四四～四五行)にキスさせている。しかし、そんな笑いの陰に隠れてシェイクスピアは自嘲と皮肉を込めて思い出しているのかもしれない、自分のぎこちない青春の出精《しゅっせい》を——ひょっとすると期待以上に報われてしまった出精を。夏の終わりに、アン・ハサウェイは妊娠していたのである。

シェイクスピアの結婚は、偉大なる一九世紀の蔵書家サー・トマス・フィリップスがウスター司教の帳簿に奇妙な文書を見つけてからというもの、ほとんど熱狂的な興味の対象となってきた。一五八二年一一月二八日付のその文書は、当時としては巨額の四〇ポンド(ストラットフォードの学校教師の年収の二倍、ロンドンの裁縫師の年収の八倍)の証文であり、「ウィリアム・シャグスペール(William Shagspere)と「ウスター主教区ストラットフォードの乙女アン・ハスウェイ(Anne Hathwey)」との結婚をスムーズに行なうために積み立てられたものである。

新郎新婦は——あるいは新郎新婦に近しいだれかは——結婚がすみやかに執り行なわれるように求めていたのだ。急いでいた理由は証文に記されていないが、珍しくきちんと文書の形になった説明がある。すなわち、六か月後——正確に言えば、一五八三年五月二八日——に執り行なわれた娘スザンナの洗礼である。証文に書かれた文言とは違い、ウスター主教区ストラットフォードのアン・ハサウェイは、「乙女」つまり「処女」ではなかったのである。

普通、結婚式は、結婚予告——結婚の意志の公式声明——が教区の教会で日曜日に三週続けて公に布告されてからでないと行なえなかった。この手続き上必要となる時間は、教会暦のある期間に結婚予告を禁じる教会法(教会の規則と条例の法体系)の抜け道を使って短縮することができた。一五八二年一一月下旬、その禁じられた時期が迫っていた。結婚予告をしていたら明るみに出ていたかもしれない支障などないことを宣誓して保証することによって、手数料を払えば、免除を得て直ちに結婚許可書を発行してもらうことができた。しかし、保証の宣誓を裏書きするため、教区当局に対して何か――たとえば先行する婚約とか、未成年者の結婚に対する親の反対とか、徒弟期間終了まで結婚しない契約といったもの――が、思いがけず、厳かな誓いにもかかわらず出てきて、何もかも裁判沙汰になってしまうことなどないと請合い、場合によっては補償できるようにしておかなければならなかった。その保証が先ほどの証文であり、なんら支障が出てこなければ四〇ポンドの保証金は戻ってきたのである。

一八歳の息子が二六歳の腹の大きな花嫁と結婚することにウィルの両親が同意したかどうかはわからない。現在と同様、当時のイングランドにおいても、一八歳というのは、男が結婚するには若かった。ストラットフォードの男性の平均結婚年齢は一六〇〇年において二八歳だった(一六〇〇年以前の信頼できる数字はない)。しかも、これほど年上の女性と結婚することは異例であり、当時の女性は平均して夫より二歳年下であった。例外はたいてい、結婚が事実上、家同士の財産取引として扱われ、幼い子供でも婚約させてしまう上流階級で起こった(そういうケースでは、結婚式から何年もあとになって結婚の床入りが行なわれ、新婚夫婦は共同生活をするまで長いあいだ待つことが多かった)。アン・ハサウェイの場合は、花嫁にいくらかの遺産はあったが、莫大な財産の相続人とは言えなかった――娘が結婚したら生活費として支給するように父親が遺言状のなかで定めた遺産額は、六ポンド一三シリング四ペンスでしかなかった。それに、経済的に困窮していた地域の名士ジョン・シェイクスピアは息子の嫁にもっと持参金があることを期待していたかもしれない。シェイクスピアの両親は、息子が未成年ということで絶対反対ならば裁判沙汰を起こすこともできた(成人年齢は二一歳だった)。そうしなかったのは、おそらく、法的記録からもわかるように、シェイクスピアの父親はアンの父親と知り合いであったからであろう。それでも、ジョンとメアリ・シェイクスピアの目から見れば、ウィルの縁組はすばらしいとは言えなかった。

そして、ウィルはどうだったのだろう？　これまで何世紀も、一八歳の少年はそうした状況において祭壇に駆けつけようとはしないものとして知られてきた。もちろん、ウィルは例外だったかもしれない。劇作家として、居ても立ってもいられぬ焦燥感を想像することができたことは確かだ。「いつ、どこで、どうやって／ぼくらが出会い、愛をささやき、誓いを交わしたかは、／道々お話しします」と、ロミオは、キャピュレット家の舞踏会の翌朝にロレンス神父に告げる、「でも、どうか、／今日ぼくらを結婚させてほしいのです」（第二幕第二場六一～六四行）。

『ロミオとジュリエット』で描かれる気ぜわしい恋人たちの熱狂的な性急さには、ユーモア、アイロニー、熱烈さ、不満が混ざっているが、シェイクスピアがとりわけ内面的に深く理解して伝えているのは、結婚したくてたまらず、とどめられて身を裂く思いで苦しむ若者の心理だ。

すばらしいバルコニーの場面で、ロミオとジュリエットは会ったばかりだというのに「恋人の誠実な誓い」を交わし合う。シェイクスピアが書いたなかで最も情熱的なラブ・シーンの最後でジュリエットはロミオに告げる――「もし、あなたの愛が名誉を重んじるものであり、／結婚を考えてくださるのなら、明日伝えてください、いつ、どこで、式を挙げるか。／そしたら、私の運命はあなたの足元に捧げます。／世界の果てまでも夫のあなたについていきます」（第二幕第一場一六九、一八五～八六、一八八～九〇行）。

こうしてロミオは翌朝修道士のもとへ急ぎ駆けつけるのであり、こうしてジュリエットはロミオの返事を受け取りに送った乳母の帰りを今か今かとやきもきして気もそぞろになる。「でも年寄りは、死んでいるのと同じこと」と、若い娘は不平を言う。「青い顔して、本当に、ぐずぐず、のろのろ遅いこと！」。とうとう乳母が転がり込むと、ジュリエットは一番重要な知らせを早く聞きだしたくて待ちきれない。

乳母　疲れているんですよ、ちょっと待ってください。
ああ、骨が痛い。そりゃもう、あちこち駆けずりまわったんですから。
ジュリエット　私の骨をあげるから、知らせを聞かせて頂戴。
ね、さあ、お願い、話して、やさしい、やさしいばあや、話して。
乳母　なんです、そんなにせかして！　少しぐらい待てないんですか。
息が切れているのがおわかりになりませんか。
ジュリエット　息が切れているなんて言うくらい
息があるのに息が切れてるはずないでしょ。
こんなに遅れて言い訳しようとしたりして、
言い訳のほうが肝心の話より長いじゃない。

〔中略〕

結婚のことは何ですって？　どんなお返事？

（第二幕第四場一六～一七、二五～四六行）

苛立った焦燥感が、これほど巧みに、同情的に描かれたことはかつてない。

ロミオの切迫感はどちらかというとおざなりにスケッチされている。十全に、強烈に描かれているのはジュリエットの焦燥感だ。同様に、ウィル少年よりは妊娠三か月のアンのほうが、結婚の約束を取り交わそうと焦っていたということは大いにありうる。確かに、当時はエリザベス朝であって、ヴィクトリア朝イングランドではない。一五八〇年代の未婚の母は、一八八〇年代のように、猛烈な容赦ない社会的屈辱を受け続けることはなかった。しかし、シェイクスピアの時代における恥辱と社会的不面目も現実のものだった。私生児を産めば、社会から厳しく睨まれた。それでも子供の衣食は必要となる。そして、六ポンド一三シリング四ペンスは、夫を見つけたときのみアンに与えられることになっていたのだ。

結婚を急がせる効力を持った証文の担保を差し出したのは、新婦の亡き父親の友人であったストラットフォードの二人の農夫、フルク・サンデルズとジョン・リチャードソンだった。まもなく父親になろうとしていた若い新郎は、この寛大な援助を感謝したかもしれないが、たぶん保証を受けるのにあまり気が、いや、ひょっとすると、かなり気が進まなかったというのが本当のところであろう。この劇作家の想像力は、確かにその後、結婚したくてたまらず落ち着きのないロミオを描き出してみせたものの、一緒に寝た女と無理やり結婚させられて足取りの重い花婿たちをも描いているのだ。「あの子、二か月になっちまったよ」と、道化コスタードは、農夫の娘を誘惑した威張り屋アーマードーに告げる。「何を言う?」と、アーマードーは、空威張りをしてその場をしのごうとして尋ねるが、コスタードはあとに引かない。「できちまったんだよ。おなかのなかで赤子がもう威張っている。あんたの子だ」(『恋の骨折り損』、第五幕第二場六五八〜六三行)。アーマードーはロマンティックな主人公ではない。『尺には尺を』のルーシオや、『終わりよければすべてよし』のバートラムのように、皮肉と嫌悪と軽蔑をもって扱われている。しかし、まさにそれこそ、シェイクスピアが自分自身の結婚を振り返ったときに自ら感じた感情だったかもしれない。
初期作品の一つ、『ヘンリー六世』第一部において、シェイクスピアは、強制結婚と自由結婚の違いを登場人物に比較させている。

強いられた婚姻とは、地獄でなくて何だ。
不和と果てない喧嘩の時代だ。
ところが、その逆は至福をもたらす、
天国の平和のようなものだ。
（第五幕第七場六二〜六五行）

この人物は国王に悪縁となる結婚をさせようとして侮蔑的口調で説得をする伯爵であるが、至福の夢は嘘ではないだろうし、「強いられた婚姻」がほぼまちがいなく不幸の処方箋であるという感覚も本物だろう。おそらく、この台詞を書いた一五九〇年代初頭に、シェイクスピアは自らの結婚の敗因を反省していたかもしれない。ひょっとすると、グロスター公リチャードの戯言「だが、急ぎの結婚がうまくいったためしはない」（『ヘンリー六世』第三部、第四幕第一場一八行）や、『十二夜』のオーシーノー公爵の忠告には、個人的な反省が含まれているのかもしれない。

女には年上の男を選ばせろ。

そうすれば男に合わせて自分を変えて、
夫の心を自分のものとすることができる。

（第二幕第四場二八〜三〇行）

もちろん、こうした台詞のどれにもそれぞれ具体的なドラマの設定があるわけだが、どれも皆、一八歳のときに年上の女と急いで結婚したあげくにストラットフォードにその女房を残してきた男が書いているのである。失望、欲求不満、孤独といった自分自身の思いを託すことなしに、どうしてオーシーノーの台詞が書けるだろうか？

ウィルは無理やり祭壇に引きずり出されたのではないかという疑いは、別の文書を読むと高まる。ウィリアム・シャグスペールとアン・ハスウェイの結婚許可のための証文は、一一月二八日付になっているが、ウスター主教区書庫には、一日早い一一月二七日に、ウィリアム・シャクスペール（Shaxpere）とテンプル・グラフトン在住のアン・ウェイトリー（Anne Whatley）の婚姻を認可する記録があるのだ。ウォリックシャーにはほかにもシェイクスピア氏がいたので、別のウィリアム君が、ちょうど同じときにたまたま結婚したということかもしれない。しかし、そんな偶然は起こりにくいと考えるなら、ストラットフォードの西方約五マイルの村テンプル・グラフトンに住むアン・ウェイトリーとは、いったいだれなのだろうか？　ウィルが愛して、急ぎ結婚しようとした女だろうか？ところが、おまえが結婚しなけりゃならんのはおまえが妊娠させたアン・ハサウェイだと、サンデルズとリチャードソンによって腕ずくで引き戻されてしまったということなのだろうか？

そうかもしれないと考えると、小説のようにおもしろくなってくる。「こうして、寒い一一月に、彼はテンプル・グラフトン目指して馬を走らせていた」と、アントニー・バージェスは、空想を羽ばたかせて巧みに書いている。「冬の到来を告げる風は身を切るようだった。蹄《ひづめ》が凍るように道に響いた。ショタリーのすぐ近くで、二人の男が彼を止めた。二人は彼の名を呼びかけ、降りるように命じたのだ」。しかし、たいていの学者は、広範囲に及ぶ研究に基づいて一九〇五年にこう結論したジョゼフ・グレイに賛同している——許可書に名前を記した書記は、ただまちがいを犯して、ハサウェイと書くべきところをウェイトリーと書いてしまったのだ、と。

たいていの学者は、ウィルはある程度は結婚に同意していただろうと想像する。しかし、結婚式当時の本人の感情はわからないし、その後の三二年間の結婚生活における妻への態度も推測するしかない。結婚許可書から最後の遺言状に至るまで、シェイクスピアは妻との関係についてなんら直接的、個人的な痕跡を残していない。少なくとも、今に伝わるものは何もない。この優れて雄弁な男から、アンへのラブ・レターも、ともに過ごした喜びも悲しみも、忠告の一つも、金銭的なやりとりの記録さえ、見つかっていないのである。

センチメンタルな一九世紀の絵に、シェイクスピアがストラットフォードの自宅で自分の戯曲を家族に読んでいる絵がある——詩人の父母も遠くから聴いていて、足元には犬がおり、三人の子供に取り囲まれ、妻は針仕事の手を休めて惚れ惚れと夫を見あげている——だが、そんな瞬間は、かりに起こったとしても、きわめて稀だったに違いない。シェイクスピアは結婚生活のほとんどをロンドンで暮らし、アンと子供たちは明らかにストラットフォードに留まったのだから。だからといって、仲違いをしたとは限らない。夫妻が長いあいだ遠く離れて暮らさなければならないことはよくあった。しかし、シェイクスピアの時代に、この距離を越えて仲睦まじくするのはきわめて難しかったはずだ。妻アンは読み書きができなかったようであるから、なおさら難しかっただろう。もちろん当時たいていの女性がまったく、あるいはほとんど読み書きができなかったわけだが、みんながそうだからといって事態がよくなるわけでもなかった。シェイクスピアが書き送った何一つ妻には読めず、ロンドンから妻に宛てた手紙は隣人に読み上げられ、妻から夫に伝えたいこと――土地の噂、両親の健康、一人息子の死病――は使いの者に託さなければならなかったということは、大いにありえることなのである。

ひょっとすると、楽観論者の言うとおりであって、長いあいだ離れ離れであっても、夫婦仲はよかったのかもしれない。シェイクスピアがよい結婚生活を送ったことを望む伝記作家たちは、シェイクスピアが劇壇でいくらか金を儲けると、ストラットフォードに購入したすばらしい家ニュー・プレイスに家族を住まわせたことを強調してきた。その新居に家族を何度も訪ねたはずであり、急死する数年前に、ずっとストラットフォードで過ごそうと早めに引退したではないか。それどころか、長いロンドン生活のあいだアンと子供たちも一緒だったのかもしれない……と話は膨らむ。「ともに住まう素朴な喜びを、これほど率直に、きちんと言える人はいない」と、高名な古書研究家エドガー・フリップは、『コリオレーナス』の一節を指し示して言う。

俺は妻に娶《めと》った女を愛した。俺ほど
心をこめた溜息をついた男はいない。だが、立派なお前が、
こうして目の前にいるのを見ると、
初めてわが家に妻を迎え入れたときよりも

心が有頂天に飛び跳ねる。

（第四幕第五場一一三～一一七行）

しかし、この台詞をしゃべっているのは、武人オーフィディアスであり、その心が有頂天に飛び跳ねるのは、これまで長いあいだ殺したいと思っていた憎い男を目の当たりにしたからだ。もしこの台詞が、フリップが考えたように、シェイクスピアが何年も前の自分の感情を思い出して書いたものだとしたら、その思い出には感傷どころか、殺意さえあったということになりかねない。

ひょっとしたら、結婚生活に深刻な問題があったとわかるのは、シェイクスピアが書いたことよりはむしろ書かなかったことからかもしれない。自分が経験したことはほぼ何でも利用した作家である。関わりをもった組織や職業、人間関係など、ほとんど例外なく使い切った男だ。求愛にかけては最高の詩人だ。思い起こしてみればいい、老いゆくソネット詩人が若い美男へ贈った求愛の詩《うた》を。あえぐヴィーナスが気の進まぬアドーニスを口説くのを。オーランドーを口説くロザリンドを。ケイトを口説くペトルーキオを。歪んで邪悪なリチャード三世でさえレイディ・アンを口説き落とす……。しかも、家族を歌い上げる偉大な詩人だ。血を呼ぶ兄弟の対立や父娘関係の複雑さにとりわけ深い興味を持って、父イージーアスと娘ハーミア、父ブラバンショーと娘デズデモーナ、リアと恐るべき三姉妹、父ペリクリーズと娘マリーナ、父プロスペローと娘ミランダを描いている。ところが、婚姻こそ喜劇の主人公たちが目指している約束された目的地であるのに、そして家族内の軋轢は悲劇で繰り返されるテーマであるのに、シェイクスピアは実際に結婚するとどうなのかということは奇妙にも描こうとしないのである。

確かに、目を奪うような瞬間がちらりと見えることもある。何組かの夫婦は互いに嫌い合う——「ああ、ゴネリルよ！」と『リア王』のオールバニー公爵は嫌悪もあらわに叫ぶ。「おまえは、無礼な風がおまえの顔に吹きつける塵《ちり》の価値もない」。「肝っ玉の小さな男ね！」と妻は言い返す。「殴ってください、ぶってくださいと言わんばかり……男らしさはどうなったのよ！　ニャーオ！」（第四幕第二場三〇〜三二、五一〜六九行）。しかし、たいてい夫婦はもっと微妙な、もっと複雑な仲違いをしている。たいがい、妻の気持ちが無視されたり、踏みにじられたりするのだ。「私がどんな悪いことをして」と、『ヘンリー四世』第一部で、ケイト・パーシーは夫ハリー（通称ホットスパー）に尋ねる。「この二週間、ハリーのベッドから追放されなければならないの？」。ケイトは実際のところ、何も悪いことをしていない——ホットスパーが謀叛計画に没頭していたにすぎない——が、夫に邪魔者扱いされたと感じるのだ。ホットスパーは、そのまま妻に理由を伏せておくことにする。

だが、いいか、ケイト。
これからはいちいち聞いてくれるな。
俺がどこに行くのか、なぜ行くのか。
行かなきゃならんところには行かなきゃならんのだ。
要するに、今晩、俺は出かけるんだ、ケイト。

（第二幕第四場三二〜三三、九三〜九七行）

謀叛は家族で行なうことだ——ホットスパーは、父親と叔父によって計画に引きずり込まれている――妻の運命も当然ながらその結果に関わるわけだが、ケイトが知っていることといえば、安眠できぬ夫が呟《つぶや》いた言葉のみである。ぶっきらぼうだが陽気に女性蔑視を表明して、ホットスパーは、とにかく女は信頼できないと説明する。

おまえは賢いが、それもハリー・パーシーの妻として
賢いだけだ。おまえは貞節だが、
女だ。口が固いことにかけちゃ
どんな淑女にも引けをとらんが、それも
知らないことは口に出せないからだ。
おまえを信じるのもそこまでだ、ケイト。

(第二幕第四場九八～一〇三行)

いつものホットスパーの調子で、上機嫌で、元気に満ちた言い方になっているものの、そこから見えてくるのは、根本のところで、夫婦が互いに疎外されている結婚生活だ――同じ芝居『ヘンリー四世』第一部に出てくるエドマンド・モーティマーとそのウェールズ人妻を見れば、そうした結婚観がわかりやすい。「まったく嫌になる。妻は英語が話せず、俺はウェールズ語が話せないのだから」(第三幕第一場一八八～八九行)。

シェイクスピアは、『ジュリアス・シーザー』において、このテーマに戻る。ブルータスの妻ポーシャが夫の内的生活からわざと締め出されたと不満を述べるのだ。ケイト・パーシーとは違って、ポー

シャは夫のベッドから追放されていないが、心から締め出されていることで、まるで娼婦のように感じられると言う。

私があなた自身なのは
いわば形だけ？　それとも限られた時間だけ
お食事をともにし、お夜伽をし、
ときどき話しかけるだけなの？　私はあなたのご意向の
周辺にしか住んでいないのですか。それだけのことなら、
ポーシャはブルータスの娼婦であり、妻ではありません。

（第二幕第一場二八一～八六行）

ここで、そして他のところでも、シェイクスピアが繰り返している問いかけは、夫婦がどこまで仲睦まじくできるかということであるが、シェイクスピアが繰り返し示す答えは「ほとんど無理」というものである。

この時代に、夫婦の完璧な仲睦まじさなど、描くのはもとより想像することすら難しいと思うのはシェイクスピアだけではなかった。こうした社会的、文化的、心理的風景を変えるには、夫婦がともに歩むことの大切さを清教徒が何十年も強調する必要があった。一六六七年にミルトンが『失楽園』を出版した頃には、様子は決定的に変わっていた。結婚はもはや、独身という、よりよい天命を得なかった人々への残念賞ではなかった。姦通罪を避けるために認められた制度でもなく、子

孫を産み、財産を伝える手段ですらなかった。長く続く愛の夢を見るためのものだった。

しかし、しぶしぶだったにせよ、あるいは喜び勇んでいたにせよ、ウィルがアン・ハサウェイとの結婚に同意したときに、そんな夢がそもそもどれほど可能だったか明らかではない。ミルトンが離婚の可能性を認める重要な論文を書いたのは書かなければならなかったからだ。結婚生活で深い感情的な満足を求められるかどうかは、離婚の可能性があるかどうかに大いによった。この可能性がない世界では、たいていの作家たちは、皆こう考えているようだ——つらさを笑い飛ばし、分別ある沈黙でたいていの結婚をやり過ごし、結婚相手以外の人に愛の詩を書き送ろう、と。ダンテは、情熱的な『新生』を妻ジェンマ・ドナーティではなく、子供時代にちらりと会ったベアトリーチェ・ポルティナーリのために書いた。おそらく聖職者となる運命だったはずのペトラルカも、決定的なヨーロッパ風の愛の詩(偉大なソネット集)を美しいラウラに捧げたのであり、自分に二人の子供ジョヴァンニとフランチェスカをもうけた不詳の無名女性に捧げたのではない。イングランドでは、サー・フィリップ・シドニーが『アストロフィルとステラ』というソネット連において憧憬のまなざしを向けていた星であるステラは、人妻ペネロペ・デヴルーであり、妻フランシス・ウォルシンガムではなかった。

結婚生活において安定と慰めを望むのは当然だが、それ以上はあまり望めなかったし、期待が裏切られて目を覆うばかりに関係が悪化してしまっても、結婚生活を止めてやり直す方法はなかった。離婚は、一五八〇年のストラットフォードには存在していなかった。実際に離婚に踏み切ることはおろか、打開策として離婚を想像してみることすらできなかった。シェイクスピアの階級の人間には離婚は許されなかったし、ほとんどどんな人間にも許されていなかったのだ。結婚生活が満足のいくものであろうと悲惨なものであろうと、選んだ女性が（あるいは選んでくれた女性が）一、二年しても愛《いと》しいにせよ厭《いと》わしいにせよ、当時だれにとっても、結婚は一生ものだった。

しかし、当時は夫婦愛があまり期待できない文化状況だったというだけでは、シェイクスピアがいわば当事者として結婚生活を描こうとしない、あるいは描けない説明としては不十分だ。というのも、シェイクスピアは実際、配偶者と仲睦まじくありたいという抑圧された熱望を描いているからだ。ただし、その熱望をほとんどいつも女性のものとしているけれども。ケイト・パーシーやポーシャのほかに、『間違いの喜劇』には等閑《なおざり》にされた妻エイドリアーナの最高に辛辣な描写がある。『間違いの喜劇』は笑劇であり、その種本はローマ喜劇だ――ローマ喜劇は妻になんら感情的な関心を寄せず、プラウトゥスなどは劇の終わりで、ふざけて妻を売りに出してしまう――。だからこそ、シェイクスピアがこれほど痛切に妻の苦悩を描いたのはなおさら人目を惹く。

エイドリアーナ　どうしてなの、あなた、ねえ、どうして、
　あなた自身からそのように身を引き離そうとなさるの？
　あなた自身と呼ぶわ、だって私につれなくしても、
　私は、わけることができない、あなたと一つ、
　あなたの魂よりも大切なはず。
　ああ、私から身を引き離そうとなさらないで。
　だって、あなた、白波砕ける海に
　一滴の水を落とし、増えも減りもしないで、

そのまま混じり気なしに
その一滴を取り戻せないように、
私からあなたをとったら、私もなくなってしまうのよ。

（第二幕第二場一一九〜二九行）

この台詞が話される場面は滑稽だ。というのも、エイドリアーナは、夫ではなく、夫の長いあいだ行方不明だった双子の弟に、そうと知らずに話しかけているのだから。しかし、すっかり笑いながら聴くには、台詞は長すぎるし、心痛は根深すぎる。

この喜劇はてんやわんやの混乱へとなだれ込み、劇の最後にエイドリアーナは（やはり誤解されて）夫の錯乱状態に責任があるとして責められる——「嫉妬深い女の毒のある喧騒には／狂犬の牙よりもひどい毒がある」（第五幕第一場七〇〜七一行）——けれども、この妻の苦悩には、奇妙にも本当らしい強烈な響きがある。この状況はシェイクスピアの想像力を捉えたのだ。あたかも、等閑にされ、見捨てられた配偶者のみじめさをシェイクスピアが個人的にあまりにもよく知っているかのように。クライマックスで次々に本当のことが明らかになって和解が成るなか、この劇には、当然期待される夫婦の仲直りの場面がない。『間違いの喜劇』のみならず、ほとんどのシェイクスピアの劇でもそうだが、そうした仲直りの実態——生活をともにするということが実際どういうことなのか——をシェイクスピアは思いつけなかったらしい。

ときどき、『冬物語』のように、仲睦まじくしようとしてうまくいかないというレベルを超えた何かが垣間見えることがある。妊娠九か月のハーマイオニは、夫レオンティーズを軽くからかうが、そのからかいが示しているのは、夫を頼る不安など微塵も感じない妻としての感情だ。レオンティーズは、すでに長々と滞在を続けた親友に、もっと泊まっていくように説得して失敗し、妻の助けを求める。妻が成功すると、レオンティーズは大仰に褒めてみせるが、どこかぎこちないところがあることにハーマイオニは直ちに気づく。

レオンティーズ　説得できたか？
ハーマイオニ　お泊りになるわ、あなた。
レオンティーズ　私が頼んでも無理だったのに。
　ハーマイオニ、偉いぞ、こんなに立派に口を利いてくれたことはなかった。
ハーマイオニ　なかった？

（第一幕第二場八八〜九一行）

語調《イントネーション》に対して途方もなく敏感であるこの劇にふさわしく、これらの単純な台詞には、表面的には、何かまずいことが起こっていると思わせるものはない。しかし、ひょっとすると、ハーマイオニは、レオンティーズの反応にいささか棘《とげ》があることにすでに気づいているのかもしれず、本能的にそれを夫婦同士のおふざけに変えてしまおうとする。

ハーマイオニ　なかった？
レオンティーズ　一度だけあったな。

ハーマイオニ　じゃあ、私、二度もいいことを言ったのね？　前のはいつ？
ねえ、教えて。お褒めの言葉で私を満たして、そして
家畜みたいに太らせて。

（第一幕第二場九一〜九四行）

夫婦の普通の会話によくあるように、ここで起こっているのは何気ないことだが、重要なことだ。因習どおりにハーマイオニは夫を「あなた」と呼ぶが、夫の賞讃を歓迎しつつ、それをからかい、気楽な対等の立場で、性的な冗談と軽い嘲りを混ぜ合わすような話し方をしている。最初の言いまちがえに気づいたレオンティーズは、「なかった」と言ったのを「一度だけあった」とすぐに言い直し、身重の妻に望みのものを与える。

いや、それは
おまえが難しい顔をしていた三か月がようやく解きほぐれ、
私がおまえの白い手を開いて、
おまえをわが恋人と呼んだときだ。そのとき、おまえはこう言った。
「私は永遠にあなたのもの」と。

（第一幕第二場一〇三〜七行）

これほど詳細な夫婦の会話をシェイクスピアはほかに書いていない。いささかよそよそしいとこ

ろがあるものの――夫婦は、所詮、親友や他の人たちがいるところで話しているのだ――もつれた愛、ねじけた緊迫感、そしてふざけた調子が、説得力をもってしっかりと描かれている。レオンティーズとハーマイオニは、ともに過ごした過去をおもしろがって振り返り、互いにからかい合うことを恐れず、互いの考えや気持ちを大切にし、子供が産まれようというときに客をもてなしながら性的欲望を感じたりしている。しかし、まさにこのいささか落ち着かぬ仲睦まじい瞬間に、レオンティーズは、妻が不貞を働いているという被害妄想に捉えられ戦慄する。この被害妄想によって惹き起こされた悲劇的な出来事の最後に、感動的な和解の場面があるが、そのときのハーマイオニは、失われた娘が戻ってきたことについてしか言葉を発しない。夫レオンティーズを抱きしめはするものの、夫に一言も発することはないのである。

『冬物語』で描かれるレオンティーズとハーマイオニの結婚生活には、かつては情緒的、性的、精神的な仲睦まじさがあって、喜びにも不安の種にもなっていたにもかかわらず、そうした仲睦まじさが維持できない――そしてもちろん取り戻すこともできなくなっているのだ。『冬物語』と酷似する悲劇『オセロー』でもそうだ。デズデモーナが結婚生活に大胆にも全存在をかけている――

> 私がムーアを愛して、生活をともにしたことは、
> 私が無謀にも運命の嵐にこの身を擲《なげう》ったことで
> 世間にも知れ渡りましょう。
>
> （第一幕第三場二四七～四九行）

――ということが、夫の殺人的な嫉妬の引き金となってしまうように思える。しかし、ひょっとすると、この特殊な関係を結婚生活と呼んではいけないのかもしれない。どうやら一日半ももたないで崩壊してしまうのだから。

少なくとも、夫婦であることは確かだ。シェイクスピア劇の多くの重要な夫婦は、劇が始まる前に死別している。たいてい消えているのは女性のほうだ。ボリングブルックの夫人は登場しない、シャイロック夫人も出てこない、レオナート夫人も、ブラバンショー夫人も、リア夫人も、プロスペロー夫人もいない。ごくまれに、かすかな痕跡があるだけだ。シャイロックの妻はリアという名であり、夫にトルコ石の指輪を与えたが、娘のジェシカが無情にもその指輪を猿一匹と交換してしまった。さらに珍しい例では、『夏の夜の夢』のように、今は亡き女性がこの世を去った原因がかすかに示されることもある――「でも、人間であるために、あの男の子を産んだときに死んでしまった」（第二幕第一場一三五行）。しかし、たいてい、シェイクスピアは妻がいないことを気にもとめない。

人口統計学者は、エリザベス朝イングランドにおいて産褥死の危険が高かったことを示しているが、劇に妻がほとんどいない説明になるほど高かったわけではない（シェイクスピアの母親は父親より七年長生きし、シェイクスピア自身の妻も、年長であったにもかかわらず七年長生きした）。明らかにシェイクスピアにとって、バプティスタ・ミノーラの奥方が娘たちの求婚者を選んでしまうような『じゃじゃ馬馴らし』はお呼びじゃなかったし、老いたリア王に妻がいて、引退計画にあれやこれやと口をはさむ『リア王』など無用だったのである。

文学全体に話を広げても、善が表象されること自体まれであるように、幸せな結婚が描かれることは少ない。だが、ロマンティックな若い二人の結婚によって作品が終わるたいていの一八、一九世紀小説では、二人が互いによってそれぞれの願望を完全に充足し得たのだと読者に納得させるところが重要となる。たとえ、物語のなかで実際に描かれている夫婦生活が退屈で絶望的だとしても、である。ジェイン・オースティンの『高慢と偏見』において、ベネット夫妻の夫婦関係は悲惨だし、シャルロット・ルーカスと間抜けのコリンズ氏の関係も情けないものだが、エリザベス・ベネットとダーシーは困難をものともせず、幸せを勝ち取るのだと読者は確信する。シェイクスピアは、明るい喜劇においてさえ、そんなことを観客に確信させようとしたりしない。

「男は口説くときは四月、結婚したら一二月」と『お気に召すまま』のロザリンドは言う。「女は乙女のあいだは五月だけれど、妻になったら空模様が変わる」(第四幕第一場一二四〜二七行)。ロザリンド自身、自分の言うことを信じていないかもしれない——少年に変装して、オーランドーが自分を愛しているか試して遊んでいるのだから——けれど、日常世界の冷笑的な知恵を口にする。『ウィンザーの陽気な女房たち』のなかで、同じような現実を鋭く見据えた感想が、愚かなスレンダーの口から思いがけず転げ出る——「最初から大いなる愛がなくたって、つきあっていくうちに、結婚してお互いによく知る機会が増えれば、愛が冷めるということもある。慣れ親しめば軽蔑が増すといいなあ」(第一幕第一場二〇六〜一〇行)。想定されているのは、『から騒ぎ』のビアトリスの簡潔な標語「求愛、結婚、そして後悔」(第二幕第一場六〇行)に要約される、どうにも避けがたい流れなのだ。

こうした見方が口にされる調子は、陰鬱というよりはユーモラスで軽やかにリアルなのだが、リアルといっても結婚式の邪魔になるほどのリアリズムではない。シェイクスピア喜劇の恋人たちの例に漏れず、ビアトリスとベネディックも、結婚の結果がどうなるか見え見えであるにもかかわらず、劇の最後で結婚に乗り出す。こうした劇の魔法とは、どのカップルの喜びや楽観も損なわずに、そのような結果の予測を示していることだ。シェイクスピアには、これらのカップルが例外となると観客に思わせようという気はさらさらない。それどころか、カップル自身が幸せに水を差すようなことを口にする。愛の魔法の輪に招き入れられた観客は、魔法がおそらくは一時の幻想であると知りながら、少なくとも一瞬——劇という一瞬——のあいだ、幻想かどうかなど気にしないのだ。

シェイクスピアの想像力は、長期にわたって幸せが続きそうなカップルをなかなか作り出さない。『夏の夜の夢』においてライサンダーとハーミアの愛はたちどころに消え、ディミートリアスとヘレナは目に注がれた愛の汁が効いているあいだだけ互いを大切にする。『じゃじゃ馬馴らし』では、名優が二人そろえば、ペトルーキオとケイトが喧嘩をしながらも実は強く性的に惹かれあっていることを観客に納得させることができるが、劇の最後では不快な結婚のイメージを二つ、わざわざ提示している——夫婦が常に喧嘩しているか、妻の意思が枉《ま》げられてしまうか、というどっちもどっちのイメージだ。『お気に召すまま』の最後がめでたしめでたしなのは、ロザリンドとオーランドーのその後の家庭生活を考えなくてもいいからであるし、タッチストーンが言う「田舎の交合《まぐわい》者たち」(第五幕第四場五三行)が将来どんな夫婦生活を送るか気にしなくてもよいからだ。『十二夜』の最後でヴァイオラがおとなしい若い女の格好で出てくるのを見ないですむのは、ヴァイオラが変装のために着た男服を脱がないためであり、それゆえ最後にオーシーノーが婚約したのは女っぽいボーイフレンドであるかのように見えてしまう。劇のなかで描かれるこの二人の関係のどこを見ても、お似合いのカップルであるとは思えないし、大いなる幸せが二人を待っているとも思えない。『ヴェニスの商人』のジェシカとロレンゾーは、娘の父親シャイロックから盗んだ金を浪費するのを二人で楽しんでいるかもしれないが、二人が叩き合う軽口にははっきりと危なっかしい響きがある。

ロレンゾー　きっとこんな夜だった。
ジェシカが金持ちユダヤの目を盗み、
ろくでもない恋人とヴェニスを飛び出し、
ベルモントくんだりまで駆け落ちしたのは。
ジェシカ　きっとこんな夜だった。
若いロレンゾーが誓いを立てて
娘の心を盗んだが、立てた誓いは
嘘っぱち。

（第五幕第一場一四〜一九行）

この危なっかしさの感覚——そこには財産目当ての結婚への不安、不倫への不安、裏切りへの不安が綯《な》い交ぜになっている——は、ポーシャとバサーニオ、そして二人のおかしな相棒であるネリッサとグラシアーノにまで及んでいる。しかも、この人たちは、『から騒ぎ』のヒアローと残酷な青二才クローディオに比べたら、幸せ一杯の将来が約束された新婚夫婦なのだ。ビアトリスとベネディックだけが、この劇のみならず主たる喜劇のあらゆるカップルのなかで唯一いつまでも仲良くできるかもしれないと思わせてくれるが、それもまた観客が、二人がさんざん侮辱し合ったことを差し引き、だまされて求婚したことを忘れ、互いに嫌いだと言明しているにもかかわらず本当は心底愛し合っているのだと思えるならばの話である。

ここでちょっと立ち止まって、まとめてみよう。一五九〇年代後半にシェイクスピアが書いた偉大な喜劇群は、結婚に向けて陽気に猪突猛進する衝動と欲望とを見事に描いたロマンティックな傑作であるが、内面において互いに本当にふさわしい恋人たちはほとんど一組もいない。恋焦がれ、いちゃつき、追い求めることに際限はないが、相互理解が長続きする見込みは驚くほど少ない。どうして、まじめで礼儀正しく、少し鈍いオーランドーが、本当にロザリンドを理解できるだろうか？どうして、中身のない自惚《うぬぼ》れ屋のオーシーノーがヴァイオラを理解できようか？　それなのに、この二組が喜び勇んでする結婚は、表向きには結構なことと見なされるのだ。シェイクスピア自身、ロマンティック喜劇において自ら提示した問題に気づいていたとはっきり思わせるふしがある。これらの劇の数年後、一六〇二年から一六〇六年のあいだのどこかで、これらすべての幸せなカップルたちに隠れていた緊張を表沙汰にする二つの喜劇を書いたのである。

『尺には尺を』の最後で、嘘ばかりつき、陰謀を企て、誹謗中傷をし、ついにその正体を明かされる嫌な男アンジェロとの結婚をマリアーナは強く求める。その奇妙なクライマックスにおいて、ヴィンセンシオ公爵はイザベラに結婚を申し込むが、イザベラは自分の本当の望みは厳しい修道生活に入ることだとこれまでかなりはっきりと表明してきたはずなのだ。これだけではまだ不快さが足りないかのように、公爵は悪党ルーシオを罰するのに、ルーシオが妊娠させた女性との結婚を命じる。「どうか陛下、娼婦との結婚は勘弁してください」とルーシオは訴えるが、公爵は容赦せず、「拷問死、鞭打ち、縛り首」に等しい罰としてはっきりと理解されている結婚をさせるのだ（第五幕第一場五〇八、五二五～二六行）。『終わりよければすべてよし』は、もっと不快だ。美しく、立派なヘレナが、粗野なバートラム伯爵にどういうわけか心を奪われ、結局、伯爵が結婚は絶対嫌だと抵抗するにもかかわらず、ヘレナは伯爵とひどい結婚をしてしまう。この不似合いな夫婦にバラ色の未来があるとはお世辞にも言えない。

『尺には尺を』と『終わりよければすべてよし』の両方において、事実上あらゆる結婚は夫か妻のどちらか一方に押しつけられたように見え、夫婦円満の至福など見る影もない。不快であることがよく知られたこれらの劇——しばしば「問題劇」と言われる——の幕切れの気まずさは、不注意で生まれたものではない。それは、結婚生活の幸せが長続きすることに対する深い懐疑の表明であろう。結婚が人間の欲望に対する唯一合法的な満足のいく解決策であると、劇は主張し続けているのだけれども。

末永く仲睦まじい夫婦を想像したがらない、あるいは想像できないシェイクスピアの態度にも、二つの重要な例外があるが、いずれも愕然とするほど異様である。『ハムレット』のガートルードとクローディアス、それにマクベス夫妻だ。この二組の夫婦の絆は、独特な形で強力だが、その純粋なまでの仲のよさを覗《のぞ》き見ると、不穏で、恐ろしくさえある。ほとんど嘘しか言わないような悪党の王クローディアスは、妻に対する気持ちを、妙に説得力のある優しさをもって話す。「王妃は、わが命からも、魂からも切り離せない」と王はレアーティーズに語る。「星々の動く場所が天空だけであるように、／私も王妃から離れられないのだ」(第四幕第七場一四〜一六行)。そしてガートルードも、同じくらい夫に夢中のようだ。クローディアスがハムレットを自分の息子にしようとするのをガートルードは承認する——「ハムレット、おまえのことで、父上はひどくお怒りです」と、叔父の良心を捕まえようと劇中劇を打ったハムレットを叱る(第三幕第四場九行)——のみならず、もっとはっきりそれとわかることだが、レアーティーズが宮殿に荒々しく乗り込んでくるとき、妃は自分の命を危険にさらして夫を勇敢に守るのである。殺されたポローニアスの仇を討とうと、レアーティーズは血を求めており――シェイクスピアは決定的瞬間によくやることだが、ここで、場面の上演の仕方をテクストのなかに示している――明らかにガートルードは夫と復讐者のあいだに飛び込み、怒りに燃えるレアーティーズに、実際、手をかけて止めるのだ。だからこそ、クローディアスは二度も言う、「放してやれ、ガートルード」と。レアーティーズの「父はどこだ」という詰問に、クローディアスは即答する、「死んだ」。するとガートルードは直ちにつけ加えるのである。「でも、王のせいではありません」(第四幕第五場一一九、一二三～一二五行)。

解説がぎっしりとつけられる劇には珍しく、この一文にはほとんど注意が払われていない。ガートルードは、殺意に燃えるレアーティーズの怒りを夫から逸《そ》らし、だれかほかへ向けようとしているのだ。ポローニアスの本当の殺人者ハムレット王子へ。自分の最愛の息子を殺させようと直接企んでいるわけではないが、とにかくここは夫を救いたい一心なのだ。だからといって、夫の共謀者なのではない――クローディアスが老ハムレット王を殺害したことを妃は知っているかという問題に、劇は決着をつけない。クローディアスが犯罪を自白するのは、妻に対してではなく、自分の部屋で自分自身に対して、祈りで心をきれいにしようなどと空しい試みをしているときなのだ。

ガートルードとクローディアスの絆が深いのは、二人だけの秘密があるからではなく、ハムレットが反感と嫌悪をもって見抜くように、互いに性的に激しく惹かれ合っているからこそだ。「それを恋とは呼ばせない」と、中年の母の性衝動にむかつく息子は断言する、「あなたの歳だったら、情欲の盛りもおさま」っているはずだと。しかし、ガートルードの情欲の盛りがおさまっていないことをハムレットは知っており、母と叔父が「べとついたベッドで臭い汗にまみれ、/堕落にどっぷり漬かり、泥にまみれて乳繰り合」う様子を思い浮かべてしまう。「べとついた」、つまり「精子で汚れた」シーツだ。そんな淫らな連想をしていると、父の幻影が見えてくる——それとも本当の亡霊だろうか？——一瞬、気がおかしくなるハムレットだが、亡霊が消えるとすぐにまたもとに戻って、「今夜はお控えなさい」と母に訴えるのである（第三幕第四場六七〜六八、八二〜八三、一五二行）。

『ハムレット』の夫婦愛はいささか鼻につくが、『マクベス』では身震いさせられる。この劇では、シェイクスピアにしてはめったにないことだが、夫婦がまるで本物の夫婦であるかのように互いにふざけながら声を掛け合う。「ぼくのコッコちゃん」(Dearest chuck)とマクベスは愛情を込めて妻を呼ぶが、このとき自分が何をしているか妻には説明しない——友人バンクォー殺害の手配をしていたのだ——それというのも、ことが終わったときに、もっと褒めてもらえるようにと思ってのことだ。二人が晩餐会を主催して惨憺たる展開になるとき——マクベスだけには見えるのだ、殺されたはずのバンクォーの亡霊が自分の椅子に坐っているのが——王妃である妻は夫をかばおうと努めて、叫び声を上げるマクベスに驚いている客に言う。「お坐りください、皆さん」——

陛下はときどきこのようになるのです。
若いときからの持病です。どうか、皆さん、お坐りになって。
発作は一時的なもの。すぐに
よくなります。

（第三幕第四場五二〜五五行）

それから、息を押し殺すようにして、夫にしっかりしろとささやく――「それでも男ですか」(第三幕第四場五七行)。

この台詞に半ば隠された性的挑発は、マクベス夫人が何度も奏でる重要な音色だ。これこそまさに、ぐらつく夫に王を殺させる主たる方法なのだ。

やってみせると言ったとき、あなたは男だった。
あの時以上のあなたになったら、
男のなかの男よ。

(第一幕第七場四九〜五一行)

こうした挑発がマクベスに効果があるとすれば、それは夫婦が互いの心の奥底にある恐怖と欲望を知っていて弄《もてあそ》んでいるからだ。二人は、二人だけでやろうという人殺しの残忍さを共有することで手を結ぶのである。

私は子供に乳をあげたことがあります。
乳房に吸いつく赤ちゃんがどれほど愛おしいか知っています。
その赤ちゃんが笑いかけてくるときに、
私は、歯のない口から乳首を引き剝がし、
その頭を叩きつぶしてみせます。もしそうすると誓ったなら、あなたがあのことをすると誓ったように。
（第一幕第七場五四〜五九行）
マクベスは、この幻想に不思議にも興奮させられてしまう。
男の子だけを産むがいい。
恐れを知らぬその気性では
男しか産めまい。
（第一幕第七場七二〜七四行）

こうしたやり取りを通して、観客は、二人の結婚生活の奥深くへと入り込む。マクベス夫人がどうしてこんな血腥《ちなまぐさ》い場面を想像したのか、その幻想に対してマクベスが何を感じたのか――恐怖なのか、性的興奮なのか、嫉妬、魂の萎《な》え、それとも悪事の仲間意識なのか――ということは、シェイクスピアがイメージする夫婦とはどのようなものかという問題の核心に迫るものとなる。

この場面で驚くべきこと、そしてマクベスと妻との関係全体について驚くべきことは、二人が互いの心に深く入り込んでいるということだ。マクベス夫人は、最初に登場するとき、夫からの手紙を読んでいる。夫は魔女たちに出会い、王になると予言されたのだという。「このことは、おまえに伝えるべきだと思った。わが偉大さの愛しいパートナーよ、どのような偉大さがおまえに約束されているかを知らずに喜びを失うことのないように」。家に帰って告げるまで待てなかったのだ。

今すぐ自分と夢を共有してほしかったのだ。そして妻は妻で、即座にその夢に飛び込むのみならず、夢を語るその同じ舌で、慎重な鑑識眼をもって夫の性格を考察する――。

あまりに人情というミルクがあふれすぎて、
近道をすることができない。偉大になりたいという
野心があるくせに、手を汚したくはないのね。
立派にやってみせようということは
清く正しくなさりたい。汚い手は使いたくない。
でも、まちがってでも勝ちたいと思っている。偉大なグラームズ、
あなたがほしいものは、ほしければ「こうしろ」と叫んでいる。
それをせずにいられないくせに、
するのが怖くていらっしゃる。

(第一幕第五場九～一一、一五～二三行)

最初の単純な観察から始まって、細かすぎるほど込み入ったところにまで至るこの分析の豊かさは、夫の奥深い心の屈折した襞《ひだ》を辿《たど》って夫を理解する妻の力をはっきりと示している。その心のこもった理解は、自分が夫のなかへ入り込みたいという欲望へつながる――「ここに帰っていらっしゃい。／私があなたの耳に私の心意気を注ぎ込んであげる」(第一幕第五場二三～二四行)。

つまり、シェイクスピアの劇には、結婚生活を描くのがどうにも気が進まないということがある

一方で、詳細に描いたこれら二つの結婚生活に見られる一種の悪夢のイメージがあって、それらが結びついているということになる。シェイクスピアは長い結婚生活のほとんどを妻と別居して過ごそうと決意したのだということを忘れてシェイクスピアの作品を読むことは難しい。ひょっとしたら、いかなる理由であれ、シェイクスピアは妻かだれかにすっかり理解されるのを恐れたのかもしれない。ひょっとしたら、だれかにそこまで自分のなかに入ってきてほしくなかったのかもしれない。あるいはひょっとしたら、一八歳のときに大失敗をして、その結果を抱えたまま夫として作家として生きていかなければならなかったというだけのことなのかもしれない。たとえ恋愛結婚であろうと、たいていのカップルはミスマッチだとシェイクスピアは呟《つぶや》いていたのではないか？　急いで結婚してはならない。若い男は年上の女と結婚してはならない。強いられた結婚――「強制結婚」――は地獄だ。のみならず、ひょっとしたら、『ハムレット』『マクベス』『オセロー』『冬物語《ご》』をイメージする際、夫婦の仲睦まじいのは危険であり、まさにその夢こそが脅威なのだと、独り言ちていたかもしれない。

シェイクスピアはまた、アンとの結婚は最初から運命づけられていたのだとも、独り言ちたかもしれない。観客にはっきりと繰り返し告げているのは、結婚するまで処女性を守るのが絶対重要だということだ。ジュリエットは、ロミオと暗闇のなかで交わした誓いを「婚約」と呼ぶものの、それが結婚と同じと思っていないことをはっきりさせ（エリザベス朝人のなかには、同じだと言う人もいた）、だからこそ、その晩はロミオの「思いが遂げられないまま」にして別れるのである（第二幕第一場一五九、一六七行）。修道士によって執り行なわれた婚礼の式――『ロミオとジュリエット』では社会に披露する儀式ではなく、反目する家同士の目を逃れたところで密かに神の恩寵を受けること――によってひとたび守られると、ジュリエットは少女にありがちな含羞《がんしゅう》を投げ捨てる。若い恋人たちはすばらしく開けっぴろげで、信頼し合い、自分たちの欲望にまごついたりしない――ジュリエットが言うように、「愛の営みを慎みとさえ思う」ことができるのだ（第三幕第二場一六行）――けれど、二人が率直になれるのも、肉体的欲望を満たす前に結婚しなければならないという思いを二人とも抱いているからである。その思いゆえに、二人の恋には、せっかちで密かなものではあれ、ある種の崇高な純潔さが与えられる。性的関係の前提条件として行なわれる結婚の形式的な儀式に、ほとんど魔法のような効果があり、そのままでは穢《けが》れて恥ずかしいことになる欲望とその充足を完璧に慎ましいものに変えてしまうのだ。

『ロミオとジュリエット』の約八年後に書かれた『尺には尺を』において、シェイクスピアは、自分が若者になったかのような状況を書いている。クローディオとジュリエットは密かに厳かな誓いを交わして、クローディオに言わせれば「真の婚約」をして、公的な儀式のないままに結婚初夜を迎えた。妻は今や目立ってお腹が大きくなった――「ぼくたちがこっそりと互いに楽しみあったことが、あまりにも下品な形でジュリエットに印《しる》されてしまった」（第一幕第二場一二二、一三一～三二行）。国が「姦通」に対して徹底撲滅運動に乗り出すと、クローディオは逮捕されて死刑を宣告される。驚いたことに、クローディオはこの点に納得してしまう。公的な儀式がなければ「真の婚約」は意味がないらしい。そして、自己嫌悪にあふれた次の台詞において、自分は抑えがたい性的欲望のせいで破滅したのだと運命を語る。

毒をむさぼり食うネズミのように、

人もまた、渇いて、悪を求めてしまう。
飲んだら最後、死ぬのだ。

（第一幕第二場一〇八～一一〇行）

結婚という枠内でなら非常に開けっぴろげに快く容認される自然な欲望は、その枠外では毒となってしまうのだ。

婚前交渉とその結果を忌まわしいものとして見る見方の厳しさは、シェイクスピアが育ち盛りの娘二人の父親であったということと関わりがあるかもしれない。婚前交渉の危険についてのシェイクスピアの最もはっきりした警告は、『テンペスト』において、自分の娘に求愛する若者への父の厳しい言葉として表現されている。だが、シェイクスピアの作家人生の晩年に書かれたこの劇のプロスペローの台詞には、シェイクスピアが自らの不幸な結婚を振り返って、その不幸を、もうずっと何年も前の、結婚のそもそものきっかけに結びつけている感じがある。「娘をとるがよい」と、プロスペローはファーディナンドに言う。それから、呪いとも予言ともつかぬことをつけ加える。

もし娘の処女の帯を、あらゆる信心深い儀式が
完全で神聖な作法どおりに執り行なわれる前に
ほどこうものなら、この婚姻を栄えさせる
いかなる天の甘き聖水も降ることなく、
実を結ばぬ嫌悪と、

睨《にら》む目をした軽蔑、不和が
二人の夫婦の床《とこ》におぞましい雑草をはびこらせ、
二人の憎悪を受けるであろう。

（第四幕第一場一四〜二二行）

こんな――劇が必要とする以上に激しく、生々しい――台詞を書いたのは、悲惨な結婚ゆえに溜《た》まりに溜まった嫌な思いがあったればこそではないだろうか？　性的な結びつきが「信心深い儀式」に先行したら、恵みの雨（「甘き聖水」）の代わりに夫婦の寝床に呪いがかかる、とプロスペローは警告する。これぞまさに、ウィルとアンの結婚の末路であった。

たとえこうした冷え冷えとした台詞が、自分自身の結婚を振り返って総括するものだとしても、シェイクスピアの人生に愛がなくなったわけではない。確かに嫌な思いをし、不機嫌になり、冷笑的にもなるが、そうした思いに引きこもるわけではないし、もうたくさんだと欲望をかなぐり捨てたわけでもない。欲望は、作品のあちこちにある。しかし、愛の想像力は、そしてたぶん愛の経験は、結婚の絆の外で花開いたのであろう。シェイクスピア作品における最大の恋人たちは、究極の不倫の象徴であるアントニーとクレオパトラだ。そして、シェイクスピアが愛の詩を書いたとき、できあがったソネット連――英文学史上空前絶後の複雑さと熱情を備えている――は、妻についてではなく、妻になるかもしれない人への求愛についてでもなく、美しき青年と性的に洗練された「ダーク・レイディ」との三つ巴《どもえ》の関係についてのものだった。

アン・ハサウェイは、ソネットが描く同性愛と不倫の物語から完全に――少なくとも、ほぼ完全

――排除されている。「ほぼ」というのは、批評家たちが示唆するように、「愛自らの手が形作ったその唇」で始まるソネット一四五番は、最後の二行でアンのことを言っているかもしれないからにだ。詩の語り手は、恋人がかつて自分に「あなたは嫌い」とひどいことを言い、それから、その言葉ゆえに不幸になると思った自分に救済の言葉をくれたことを思い出す。

「嫌いよ」という言葉をあの女《ひと》は、嫌いの届かぬ彼方に投げ、
こう言い添えてわが命を救ってくれた、「あなたのことではない」

"I hate" from hate away she threw,
And saved my life, saying "not you."

もし、よく言われるように、「嫌いの届かぬ」(hate away)が「ハサウェイ」(Hathaway)の洒落になっているなら、これはかなり初期のシェイクスピアの詩であり、ひょっとすると求愛のときに書かれ、その後何気なく一緒にされた、おそらく現存する最も初期の詩であろう。そうした謂《いわ》れがあるとしたら、韻律の変則――ソネット集のなかで唯一、一〇音節ではなく八音節で書かれている――も、そしてなにより、その場違いさも、説明がつく。

逃れることはできない。そう感じたからこそ急いで結婚の証書を取り交わしたのだが、シェイクスピアは三年もすると、なんとか妻と別居する手立てを講じていた。ヘンリー・ストリートから離れ、のちに購入するニュー・プレイスからも充分離れ、ストラットフォードから馬を二日間飛ばしまくってようやく着けるところ――ロンドンだ。そこで驚くべき作品を書き上げ、財を築いたわけだが、

生活は借間暮らしの人知れぬものだった。それがおそらく、シェイクスピアは「悪い遊び」の誘いを断るので「付き合いがいい」ほうではないとオーブリーが語った話の意味でもあるのだろう。居酒屋に入り浸りになるわけでもなく、昔なじみといつも一緒にいるわけでもなく、仲睦まじくして情欲や愛情を注いだ人の名前をだれに明かすでもなかった。

「シェイクスピアは女たちを次々に落としていった」と、『ユリシーズ』のジェイムズ・ジョイスの分身スティーヴン・ディーダラスは、シェイクスピアの結婚生活について数ある考察のなかでも絶品の考察をする。「優しい女たちだ、バビロンの娼婦、判事夫人がた、居酒屋でビールを注ぐおっかない親父の女房たち。鬼さん、こちら。ガチョウどもは狐に追い散らされる。そして、ニュー・プレイスに今いるのは、屈辱を受けたぶよぶよの体。かつては端整で、往時はシナモンのように瑞々《みずみず》しく素敵だった女。今やその葉はすっかり落ち、赤裸、狭い墓を恐れ、赦されず」。

一六一〇年頃、多くの投資をして金持ちとなったシェイクスピアは、ロンドンから引退して、ストラットフォードに戻り、ニュー・プレイスに等閑にしてきた妻のもとに帰ってきた。これはつまり、とうとう夫婦愛の睦まじさを手に入れたということだろうか？　この頃書かれた『冬物語』は、互いに永遠に失われたかと思われた夫婦の感動的な和解によって終わる。ひょっとしたら、これこそまさにシェイクスピアが自分自身の人生について抱いた夢想だったのかもしれないが、だとすると夢想は現実と対応していない。一六一六年一月、明らかに重い病に罹《かか》ったシェイクスピアが遺言状を書くに至ったとき、ニュー・プレイスも含めて事実上何もかも――「納屋、馬小屋、果樹園、庭、土地、不動産保有権」のすべて、それにストラットフォード内外の土地――が、長女スザンナへ遺されている。もうひとりの娘ジューディスや、自分の兄弟姉妹のなかで唯一生き残った妹ジョーンにも、そして友達や親戚にも支給がなされ、町の貧民にも小額の寄付がなされたが、不動産の大部分はスザンナとその夫の医師ジョン・ホールに行ったのであり、死に行くシェイクスピアの愛と信頼を主に受けていたのは、明らかにこの二人であった。シェイクスピアは、この世を去るにあたって、財産が妻に行くことを考えたくなかったのだ。長女から、まだ生まれていない長女の長男へ、それからその息子の息子へと、何世代にもわたって受け継がれるのを想像したかったのである。そして、この計画にいかなる干渉や妨害も許したくなかったのでスザンナとその夫を遺書の執行人として指定したのだ。これほど二人のためになるように配慮したのだから、二人はこの計画を執行してくれるはずだ。

三四年間連れ添った妻アンに対して、シェイクスピアは何も、何一つ残していない。このように人目を惹く省略をたいしたことではないと論じる人たちもいる。寡婦はいずれにせよ、死亡した夫が遺した財産の三分の一の〈生涯利益〉を得る権利があるからだというのである。この時代、この権利は実際のところ必ずしも保証されていなかったので、思慮深い夫は、この権利を遺言状に明記したという反論もある。しかし、生涯注意深く買い貯めてきた品物を最終的にどう処分するかというときに友人や家族をいろいろと思い出している文書として、シェイクスピアの遺言状——その交友関係の最終的な痕跡——が妻に対して完全な沈黙を守っているのは驚きである。夫婦の固い絆を因習的に示してきた一切の愛情表現——「愛する妻」とか「愛するアン」といったもの——がないというだけの問題ではない。そうした表現は、遺産相続人として名前を挙げられただれに対してもないので、おそらくこの文言を書いたシェイクスピアないし弁護士は、比較的冷淡な事務的な文書を書いただけなのだ。問題は、シェイクスピアが当初草稿として書いた遺書のなかにアン・シェイクスピアが一切言及されていないことだ。まるで、完全に削除されてしまったかのように。

だれかが——ひょっとすると娘のスザンナ、あるいは弁護士が——この削除に、完全なる認識の欠落に、気づいたのかもしれない。あるいは、ひょっとすると、力がだんだん遠のきながらベッドに寝ているとき、シェイクスピア自身がアンとの関係をじっと考えたのかもしれない——かつて自分を惹きつけた性的興奮について、自分の求めるものを与えてくれなかった結婚について、自分自身の不倫そしてひょっとすると妻の不倫について、別の女と懇《ねんご》ろになってしまったことについて、死んでしまった二人の息子について、心の奥深くで感じる不思議な、どうしても消えない妻への嫌悪感について。というのも、三月二五日に、遺言状にさまざまな加筆がなされたとき——たいていは、娘ジューディスに遺す金をその夫にとられないようにするものだったが——ついに妻の存在を認めたのだ。三枚の紙の最後。できれば財産が娘スザンナの長男に行くようにすること、「大きな銀メッキの鉢」がジューディスに与えられるべきこと、それ以外の「品物、動産、借地権、皿、宝石、家財道具」がスザンナに与えられるようにすることなど、相続の流れを注意深く明記した行間に書き込まれたのが、この新たな条項だった——「一つ、妻に、二番目に上等なベッドを家具付で与える」。

学者や作家たちは、この言葉を好意的に解釈しようと大汗をかいてきた。この時期に書かれたほかのいくつかの遺言状では、最上のベッドは妻以外の人に譲られており、アンへ遺されたのは夫婦のベッドだったかもしれない(たぶん最上のベッドは賓客用にとっておかれた)。「家具」——すなわち、ベッドの上掛けやカーテンといったベッドの付属品のこと——は価値ある品だったかもしれない。それに、ジョゼフ・クインシー・アダムズが願ったように、「二番目に上等のベッドは、値段は安いかもしれないが、おそらく寝心地は最高だったであろう」。要するに、一九四〇年に、ある伝記作家が陽気に思い込んだように、「それは夫の優しい思い出の品だった」。

もしそれがシェイクスピアの優しい思い出の例となるなら、シェイクスピアの侮辱はどんなふうになってしまうのだろうと考えただけでぞっとする。それにしたって、優しさのしるしだなんて、もちろん馬鹿げた希望的観測にすぎない。なにしろ、愛から侮辱に至るきわめて微妙な漸次的変化を生涯かけて想像してきた男のことなのだ。一個の物品をあえて指定することで、寡婦に慣習上与えられてきた三分の一の生涯利益を帳消しにしようとしている、つまり、相続させまいとしているのかもしれない――その問題は法歴史学者に任せておこう。だが、敵意を雄弁に語っているこの身振りが感情的レベルで示しているのは、シェイクスピアは、信頼、幸福、仲睦まじさ、そして上等のベッドをほかのところに見出していたということではないだろうか？

「ここにて我らを照らせ」と、ジョン・ダンは昇る太陽に呼びかける。「さすれば、汝は随所にあり。／このベッドこそ汝が中心、この壁こそ汝の宇宙」。最も情熱的な愛の詩の多くを妻に書いたとされるダンは、偉大なるルネサンス人のなかでも例外であったようだ。詩「葬式」において、ダンは、自分が愛した女の大切な体から採られた記念のしるしとともに埋葬されることを想像する。

わが身に屍衣《しい》をつける者がだれであれ、傷つけるな、
　あるいは詮索するな、
わが腕を飾る、繊細なる髪の毛のリースを。

詩「遺物」において、ダンはこの夢想に戻っている――「骨にからむは、明るい髪の毛のブレスレッ

ト」――そして、別の死体を埋め足そうとして墓を開ける者はだれであれ、「ここに愛するカップルが眠る」と考えて遺体をそっとしておいてくれるだろうと想像する。ダンにとって、夢とは、自分の魂と恋人の魂が「最後の審判の忙しい日に」「この墓で出逢って、ちょっと二人でゆっくりする」というものだ。

シェイクスピアの偉大な恋人たち――狂おしい青春の情熱に甘く酔うロミオとジュリエット、繊細かつ多少皮肉な中年の不倫に燃え上がるアントニーとクレオパトラ――には、同じ夢想がある。「ああ、愛しいジュリエット」と、誤解をした哀れなロミオは、キャピュレット家の墓のなかで思い巡らす。

なぜまだそんなに美しい？　まるで、
姿なき死神が恋におち、
やせこけた恐ろしい怪物の姿になって、
この暗闇に君を囲っているかのようだ。
そうだといけないから、いつまでも君と一緒にいよう。
この夜の帳《とばり》の宮殿を、決して
離れはしないぞ。

（第五幕第三場一〇一～八行）

ジュリエットが目を覚ましてロミオが死んでいると知ると、今度はジュリエットがロミオと永遠に一緒になろうと急ぐ。同じように、自分のなかに「永遠のものとなる欲望」を感じたクレオパトラは、死後の世界でアントニーと逢い、結婚するために、正装する——「夫よ、今行きます」(第五幕第二場二七二、二七八行)。勝利者シーザーは、二人になにをしてやればよいのかわかっている。

女王のベッドを担ぎ上げろ。
侍女たちを聖廟《せいびょう》から運び出せ。
女王はアントニーのそばに埋めてやろう。
これほど名高い二人を入れる墓は、
かつてあるまい。

(第五幕第二場三四六〜五〇行)

愛の夢の話はここまでにしよう。シェイクスピアは、死の床に横たわっていたとき、妻を忘れようとしたのだ。そして二番目に上等なベッドとともに思い出した。しかも、死後を思うとき、どうあっても結婚した女と一緒にだけはなりたくないと考えたのだ。ストラットフォード教会の内陣にあるシェイクスピアの墓石には、次の四行が刻まれている。

イエスのために、友よ、やめたまえ、
ここに眠る塵を掘り返すことを。
この石をそのままにしておく者に祝福あれ。

わが骨を動かす者に呪いあれ。

一六九三年にこの墓を訪れた人は、この墓碑銘は「亡くなる少し前にシェイクスピア自身が作ったものだ」と教えられたという。もしそうなら、これがおそらくシェイクスピアが書いた最後の詩行ということになるだろう。もしかしたら、ただ単に自分の骨が掘り返されて近くの納骨所に投げ込まれることを恐れただけなのかもしれない――そんな運命は恐ろしいと思ったのだろう――けれども、もっと恐ろしかったのは、ある日、この墓が開けられて、アン・シェイクスピアの遺体が入ってくるということだったのではないだろうか？

第五章

橋を渡って

一

五八三年夏、一九歳のウィリアム・シェイクスピアは、生まれたばかりの娘を抱えて結婚生活に腰を落ち着けようとしていた。同居人は、両親と妹ジョーン、三人の弟たち——ギルバート、リチャード、エドマンド——そしてヘンリー・ストリートの広い家に雇えるだけの召使たちだ。たぶん手袋屋で働いたか、教師か弁護士の助手をして小遣い稼ぎをしたのだろう。暇な時間に詩を書き、リュートの練習をし、剣術の技を磨いた——つまり、紳士の生活様式を真似る訓練をしたに違いない。

北部に滞在したことがあったとしても、それは過去のことだった。ランカシャーでプロの役者として一歩を踏み出したとしても、少なくとも、しばらくは役者業を中断したはずだ。陰謀だの、聖人だの、殉教だのといったカトリック信仰にまつわる暗い世界——キャンピオンを断頭台に送り込んだ世界——に接触したとしても、今は身震いして、きっぱりと背を向けていた。平凡を受け容れた、あるいは平凡に受け容れられたのである。

それから、一五八〇年代半ばのどこかで(正確な日付はわかっていない)、家族と訣別し、ストラットフォード・アポン・エイヴォンを去り、ロンドンへ出ていった。この重大な決断をいかに、また、なぜしたのかは不明だが、最近まで伝記作家たちは、牧師リチャード・デイヴィスが一七世紀後半になって出してきた物語を記してその説明としてきた。デイヴィスが書くには、シェイクスピアは「鹿やウサギを盗んで、かなりひどい目に遭い、とりわけサー・××・ルーシーから盗んで、ルーシーにしばしば鞭で打たれ、ときには投獄されたので、ついに故郷を飛び出して、その結果大出世をすることになった」というのである。一八世紀初頭の伝記作家で編者であるニコラス・ロウは、シェイクスピアが「故郷からも、それまでの生活からも」飛び出さざるを得なくなった説明として、同じ類の「ご乱行《らんぎょう》」の話を書いている。ロウの話によれば、ウィルは、悪い仲間とつきあうようになり、鹿泥棒をする若者たちと親しくなって、連中と一緒に一度ならず、ストラットフォードから四マイルほどのチャールコートにあるサー・トマス・ルーシーの庭園で盗みを働いたという。

このために、この紳士に訴えられたが、少し厳しすぎるとシェイクスピアは思い、その仕返しに、紳士をからかうバラードを作った。おそらくは初めての詩作となったこの習作詩は散逸しているものの、きわめて辛辣であったと言われ、そのために追及も強化され、ついにウォリックシャーの仕事も家族もしばらく捨てて、ロンドンに身を隠さなければならなくなってしまった。

一八世紀半ばにならないうちに、この話にはジョンソン博士による尾ひれがついた。「犯罪者として追われる恐怖から逃れて」家を飛び出したウィルは、ロンドンで、金もなければ友人もいない孤独の身であった。劇場の扉に立ち、召使のいない人たちの馬の世話をすることで生計を立てた。「このの仕事で、よく気が利いて、よく働くと評判になったために」と、ジョンソンは書いている、「たちまち、だれもが馬を下りると、ウィル・シェイクスピアを呼ぶようになり、ウィル・シェイクスピアがつかまる限りはほかの従者に馬を任せることがなくなった。これこそ開運の最初の夜明けであった」。言ってみれば「駐車場整備員の始祖としてのシェイクスピア」というのはどこか魅力的だが、この話をまじめにとる伝記作家は二〇〇〇年このかたほとんどいない。というのも、シェイクスピアの家族は、父親が没落していった頃にも親族や友人との結びつきを大切にしており、父親は何もかも失ったわけではないということに古文書学者たちが気づき始めたからだ。それゆえ、故郷を飛び出した若者が、貧乏と孤独のなか、劇場前で馬を扱うという図は、ありそうにないのである。

鹿泥棒の話それ自体、一七世紀後半までに四つの違ったバージョンが出まわっていたものの、最近の伝記作家は、この話にも同じように疑惑の目を向けている。そもそも、サー・トマス・ルーシーは、問題の時期にチャールコートに鹿園を持っていなかったし、当時、猟場荒らしに対して鞭打ちの刑は合法的処罰ではなかった。しかし、こうした議論は決着がつくものではない。シェイクスピアが鹿泥棒を働いて捕まったかもしれない時期にルーシーは柵で囲った庭園を持っていなかったけれども、ウサギやそのほかの狩猟の獲物(鹿もいたかもしれない)を飼育する柵付きの飼育場は持っていた。しかも、明らかにルーシーは自分の所有権に無頓着ではなく、飼育場の番人を雇って警戒しており、一五八四年には密猟に対する法案を国会に提出している。鞭打ちについて言えば、法的な処罰ではなかったかもしれないが、治安判事が若い犯罪者におしおきをしてやろうという気になったということもありえる。特に密猟者とその両親が国教忌避者ではないかと疑わしいときには、なおさらであった。サー・トマス・ルーシーが、自分が被害者として起こした訴訟で治安判事として判決を下すのは当然まずかったが、地方の大物がいつも法律を遵守していたとか、利害関係がぶつかることを慎重に避けていたとか想像するのはナイーブにすぎる。なにしろ、シェイクスピアはひどい目に遭ったと感じたわけなのだから——つまり、なにもここまでしなくともと思うような仕打ちをされたということなのだ。

となると、どれほど証拠があるかと考えても始まらない。重要なのは、この事件が私たちの想像力を刺激するものだということ、それがシェイクスピアの生涯と作品に関する重要な点にヒントを与えてくれるということだ。嫌疑を受けた行為自体はもはやあまり意味をもたなくなってきて、それゆえこの物語は最近の伝記からは消え始めている。ただし、シェイクスピアの時代から一八世紀に至るまで、鹿泥棒伝説はかなり流布していた。若いシェイクスピアがストラットフォードをあとにせざるをえなくなるストーリーとしては、抜群に出来のよい、おもしろいアイデアだったのだ。

エリザベス朝人は、鹿泥棒と聞いても空腹を連想することはなかった。食うに困ってやむなく、というのではなく、危険を冒してみただけの話なのだ。オックスフォード大学の学生たちは、このいたずらで有名だった。第一、勇気のいるゲームだった。金持ちの土地に侵入し、大きな動物を殺し、引きずって運び、一帯をパトロールしている森番に捕まらないというのは、かなりの腕前と冷静な神経が必要なことだった。「え？ おまえだって雌鹿を仕留めて、森番の鼻先をうまいこと失敬したことがあるだろう？」と、シェイクスピアの初期の劇で尋ねる者がいる（『タイタス・アンドロニカス』

第二幕第一場九三〜九四行)。それは、熟練を要する私有財産略奪であり、社会秩序からの象徴的逸脱であり、権威への挑戦のシンボルだった。挑戦は限度内にとどめおかれなければならない——ゲームに必要なのは、頭がよいことと、反則を知っていることだ。とにかく、森番をぶんなぐってはいけない。そんなことをしたら、いたずらではなく、押し込み強盗になってしまう。それに捕まってもいけない。鹿泥棒は、狩りをしたり動物を殺したりする楽しみと同じであり、同時にこっそりと人をだまし、いたずらの限度を心得て、うまいことやって何食わぬ顔でいる楽しみだったのだ。

劇作家としての人生において、シェイクスピアはすばらしい泥棒だった——ほかの劇作家が自分のものとした領地に巧みに入り込み、ほしいものを失敬し、番人の鼻の先で戦利品を持ち去るのだ。とりわけ、エリートのものである音楽、身振り、言葉遣いを捉えて自分のものとすることに長けていた。もちろんこれは隠喩《メタファー》にすぎず、ウィル少年が実際に泥棒を働いた証拠にはならない。ただ、シェイクスピアが権威に対して複雑な態度を取り、狡猾かと思えば愛想よく従順であり、微妙に挑戦的だったりもしたということは知られており、最初に鹿泥棒伝説を広めた人たちもそれを知っていた。シェイクスピアは、痛烈な批判もできるし、嘘や偽善や歪曲を見抜くし、権力者たちが自らのためにする主張を事実上すべてひっくり返してみせる。その一方で、のんきで、ユーモラスで、婉曲な物言いをし、申し訳なさそうな態度さえみせる。こうした権力への態度が、持って生まれたものでなく学び取ったものだとすれば、若い頃に得た経験のなかに、故郷の権威者との何か嫌な出会いがあったと考えられるのではないだろうか?

何かがあったのだ。どの噂話もそう伝えている。捕まって、必要以上に厳しい(実際のところ、法が許す以上の)扱いを受け、辛辣なバラードで仕返ししたのだという。さまざまなバラードがご多分に漏れず出てきた――どれ一つとして詩としておもしろくないし、シェイクスピアが本当に書いたとは信じられないものだ。「呼びまちがえる人があるように、もしもラウジー（虱《しらみ》たかりの）がルーシーなら／ルーシーはどうしたってラウジー」といった具合なのだ。もっと興味をそそられるのは、厳しい処罰の仕返しにシェイクスピアが、ルーシーの人となりを攻撃したり、その夫人の名誉を傷つけたりするような侮辱的な作品を書いたとする考えだ。

現代の伝記作家たちは眉につばをつける。そもそもシェイクスピアはそんなことをする人ではないし、ルーシーは中傷するにはあまりに強力で立派な人物だと見なしているからだ。「公には畏《おそ》れられ尊敬されていたサー・トマスは、家庭では無愛想な人ではなかったらしい。評判のいい侍女や病気の召使のために推薦状を書いている」と、優れたシェイクスピア伝記学者サミュエル・シェーンボームは好意的に述べている。しかし、この物語を広めた一七世紀後半の噂好きな人たちは、もっと世間をよく知っていたようだ。つまり、世間の目からすれば、チャールコートで女王をもてなし、劇団の面倒を見、疫病蔓延時には覚悟を決めてきぱきと活動するルーシーのような男は、愛想のよさや人前での快活さの裏で、無慈悲な暴力を振るうことだってありうるということだ。権力者を批判するようなことを書くのは危険である――「役人中傷」で起訴されるかもしれなかった――一方、そうした戯文こそ力無き者の最高の武器だということも世間では当たり前のことだった。

とにかく、一七世紀後半の人たちが考えたのは、何か深刻なことがあったからシェイクスピアはストラットフォードから出て行ったということだ。詩的な夢とか演劇的修業とかではなく、また、結婚生活への不満とか、今いるところでは経済的見込みがないといったことではなく、もっとほかの何かがあったのだ、と。単に新たな機会を探してロンドンにふらりと出て行ったわけではないと言い換えてもよい。父親の落ちぶれていく仕事を手伝っていたにせよ、貧乏書記として弁護士事務所で働いていたにせよ、学童にラテン語文法の基礎を教えていたにせよ、なんらかのショックでもない限り、人生が用意してくれた轍《わだち》に沿って歩み続けたはずだ。家族の土地が担保に入れられ、学校教育も終わり、職に就けず、妻と三人の子供を養わなければならないときに、その轍はもうすっかり深まっていたはずだ。噂好きの連中は、何かを聞きつけ、こう考えた――シェイクスピアは権力者とのもめごとがあって故郷を逃げ出したのであり、その権力者とはサー・トマス・ルーシーだ。そして、シェイクスピアが書いた何かがもめごとに関係していたのだ、と。

昔の伝記作家たちは、シェイクスピアがルーシーを諷刺して書いたとされる詩を探しに出かけたのみならず、この怒れる治安判事と若い頃に出会った痕跡をシェイクスピアの出版物のなかに注意深く捜した。今から何世紀も前に、ロウとデイヴィスは、『ウィンザーの陽気な女房たち』冒頭の場面で、フォルスタッフに鹿を殺された尊大なシャロー判事が星室裁判所に訴えるぞと脅す箇所に注目している。シャローは自分の威厳にこだわっている。甥のスレンダーが言うように、シャローは「紳士の生まれ」であり、「どんな起訴状にも、令状にも、受領証書にも、責務証書にもアルミゲロって書くんだ、アルミゲロって」。「そう、そのとおり、この三〇〇年間いつだってそうしてきた」(第一幕第一場七～一一行)。愛しげに繰り返されるラテン語「アルミゲロ」(紋章を持つ者)によって明示される尊大さが笑いに附される。自分の生まれを極端に誇りにし、先祖代々の紳士と単なる成り上がりとを区別したがる紳士階級全体への嘲りが、漣《さざなみ》のように広がっている(本当に家柄がよいと見なされるようになるには、少なくとも三代にわたって紋章を持っていなければならないと論じる者も当時いた)。そして、ロウとデイヴィスは言うのである、シャローこそ、鹿泥棒の罪でウィルを断罪したサー・

トマス・ルーシーへのはっきりとした当てこすりであると。

なるほど言われてみれば、ルーシー家の紋章――カワカマス(luce)と呼ばれる淡水魚――について繰り広げられる冗談の応酬は、ルーシー(Lucy)への当てこすりのように思える。「アルミゲロ」と書いたのはシャローだけではないとスレンダーはつけ加える。「叔父さんより前の子孫も皆そうしていたし、これから先の先祖もそうするんだ。紋章《コート》に一二匹の白いカワカマスをつけていいんだ」(第一幕第一場一二～一四行)。そのあと続くやり取りは、今となってはほとんど意味がわからないので、現代の公演ではたいていカットされる。シェイクスピアの時代においてさえ、理解しにくかっただろう。サー・ヒュー・エヴァンズというウェールズ人牧師が「ルース」(カワカマス)を「ラウス」(虱)と発音し、「コート」(紋章)を「コッド」(「陰嚢《いんのう》」を意味するエリザベス朝の俗語)と発音するために意図せずに起こってしまう一連の言葉遊びだ。この劇に出てくる教室の場面と同様に、立派なテクストの行間に卑猥な意味をいたずら書きしているのである。この対話は、完璧に悪気のないそぶりをしながら、ルーシーの紋章を見事に茶化しているのである。

しかし、もしそういうことなら――シェイクスピアが、ある違反か何かについてシェイクスピアを罰して屈辱を与えた尊大な男に、象徴的な復讐をしているのだとしたら――今さらながらの、控え目でこっそりとした復讐だ。『ウィンザーの陽気な女房たち』は、シェイクスピアをストラットフォードから追い出したのかもしれない出来事から少なくとも一〇年後の一五九七～九八年に書かれている。その出来事にもっと近い頃に書かれた初期の劇『ヘンリー六世』第一部では、まるで罰する者をなだめようとするかのように、わざわざルーシーの先祖サー・ウィリアム・ルーシーの立派な肖像を描いてみせている。

「アルミゲロ」の諷刺は、乱暴でもなければ辛辣でもない。もはや傷の痛みも治まっている人を静かに笑い者にしていることになる。しかも、劇という魔法の輪の外にそのモデルを探す必要があるような類の笑いではない。観客のなかで、ここにウォリックシャーの名士への特別な言及があるなどと気づいた人はほとんどいなかっただろう。言及があったとしても、劇作家自身とごく親しい仲間うちだけでわかっていればよかったのだ。

そして、自分の紋章を鼻にかける人物を笑うことで、劇作家はやはり静かにその笑いを自分自身に向けている。というのも、『ウィンザーの陽気な女房たち』が書かれたのは、父親が行なった紳士身分申請をシェイクスピア自身が再提出して首尾よく認可され、自ら「アルミゲロ」と書けるようになった直後だからだ。ひょっとすると、自分も紋章を手に入れたからこそ、ルーシーを嗤《わら》えたのかもしれない。そして同時に自分の社会的欲望に冷たい目を向けたのかもしれない。

シェイクスピアは、二重の意識の達人だ。自分が紋章に金をかける男でありながら、紋章を身につけて思い上がる人を揶揄する人だ。不動産に投資する男でありながら、『ハムレット』のなかでまさしく自身のような投資家を嘲笑する人だ。人生と最大限の活力を演劇に捧げる男でありながら、演劇を嗤い、自分を見世物にしたことを後悔する男だ。シェイクスピアは見聞きしたあらゆる言葉、出逢った人全員、そして経験すべてを使いまわしているように思えるものの――そうでなければ、作品にみなぎる豊かさを説明しようがない――同時に、世間の目から隠れ、自分をさらけ出さず、親しいつきあいを避けようとした。そして、トマス・ルーシーとの出会いに関して言えば、シェイクスピアは、一五九〇年代末の舞台上の軽い笑いのなかに、かつて自分を捕らえた極度の恐怖を埋葬したのかもしれない。

ロンドンへ移って、役者兼劇作家として身を立てたあとでさえも、シェイクスピアは、若いときにウォリックシャーの権力者ともめごとを起こしたことを隠しおおせなかったかもしれない。だが、荷物をまとめて逃げ出さなければならなかった理由が何であったにせよ、シェイクスピアがその話を焼き直して毒のないものにしてしまおうと思ったとしても不思議ではない。トマス・ルーシーの鹿園伝説にはもっと深刻な問題が隠れていたのかも知れず、鹿泥棒の話が本当に起こったにせよ起こらなかったにせよ、その話は、事の真相を半ば隠し、半ば表わしているのではないだろうか？

『ウィンザーの陽気な女房たち』のなかで匂わせるよりずっと前に、シェイクスピアはだれかとの私的な会話のなかで、自分がストラットフォードから出て来た理由として、いささか滑稽な冒険譚を披露したことがあったかもしれない。それは、実はカモフラージュなのだが、事実に基づくところが多少あるのでもっともらしいカモフラージュなのだ。事実とは、ルーシーが一枚かんでいるということだ。しかし、ルーシーはシャロー判事のような怖くもない人物としてパロディー化されてしまった。シェイクスピアが面倒に巻き込まれたというのも事実だが、オックスフォード大学の学生たちだってやっていたことで有名な、処罰されるというよりは黙認されるべき種類の面倒に変えられてしまった。本当は、ルーシーは鹿を守る男としてではなく、国教忌避者の容赦なき迫害者としてもっとずっと恐ろしい脅威であったはずなのだが、この話ではそんなルーシーの脅威は消え去り、ストラットフォードは眠気を催す田舎町として静かな夕焼けに輝くことになる。

しかし、一五八〇年代、ストラットフォードであれ、どこであれ、静かな生活などなかった。キャンピオンをはじめとするイエズス会士宣教師たちを逮捕し、裁判にかけ、処刑したところで、イングランドの宗教的葛藤には決して決着がつかなかった。これは単に、国際的陰謀の問題でも、偉い人たちの野心の問題でもなかった。かりにシェイクスピアが殉教しようなどと夢にも思わず、田舎町の所帯持ちとして日常の煩わしさに没頭していたとしても、信仰について何の問題もないかのように人生は送れなかった。およそ思考力のある人なら、この時期、だれひとりとして落ち着いた生活はできなかったのである。

イングランドの男であれ女であれ——カトリックであれ、急進的なプロテスタントであれ——宗教的秩序に不満を持ち、思ったように信仰ができないと感じていた人が多かった。シェイクスピアはまちがいなくそうした人たちを知っていた。自分の家族もそうだったかもしれない。人一倍信心深い人にとって、これは苦悶の経験だった。魂の永遠の救済、そして親族と同胞の救済は、礼拝の形式とその礼拝が表明する信仰に基づいていると信じていたからだ。だからこそ、たとえば、ウォリックシャーのエドストーン在住の若い紳士ジョン・サマヴィルは、一五八三年の夏、かなりの時間をかけて、岳父の屋敷の庭師と熱く語り合ったのだ。花についての会話ではなかった。庭師の恰好をしていたのは、岳父が密かに匿《かくま》っていたカトリック司祭ヒュー・ホールだったのだ。

ウィル・シェイクスピアは、この時点で事実上何者でもなく、没落手袋屋のぐうたら息子でしかなかった。ジョン・サマヴィルは、オックスフォード大学卒の金持ちで、育ちがよく、人脈もあった。しかし、このウォリックシャーの二人の若者は、遠縁の親戚であった。サマヴィルは、パーク・ホールのエドワード・アーデンの娘と結婚したが、このアーデン家とはたぶんシェイクスピアの母メアリ・アーデンの遠縁だ。そしてひょっとしたら親戚同士のこの二人は、子供時代から、イングランドを古い信仰に戻したいという同じ願望を胸に抱えていたかもしれないのである。

しかし、かりにウィルがこの願望から離れようとしていたとしても、ジョン・サマヴィルは危険なまでにその力に引き寄せられていた。ヒュー・ホール司教がサマヴィルに語ったのは――ホールとサマヴィルの裁判を担当した検察官の説明によれば――イングランドにおけるカトリック教会の苦境、恥辱的な虐待を受けた美しきスコットランド女王メアリに寄せる期待、ヘンリー八世の非嫡出の娘である破門されたエリザベス女王の道徳的腐敗についてだという。司教は、女王の寵臣ロバート・ダドリーに関するいかがわしい噂を繰り返し述べ、法王がイングランド人を女王に従う義務からはっきりと解放したことを若いサマヴィルに思い出させ、スペインのカトリックが最近プロテスタントのオレンジ公を暗殺しようとしたことを褒めるように語ったという。

同時に、おそらくは偶然だが、サマヴィルは妹からスペイン人修道士ルイース・デ・グラナダの本の英訳『祈りと瞑想について』をもらっている。一五八二年にパリで印刷されたこの本の冒頭には、イングランドに離教、異端、不信心、無神論が広がっているのを嘆く訳者リチャード・ハリスの書簡がついている。こうした邪悪は世界が終焉に近づいている暗い兆候であるとハリスは論じ、サタンが最後の悪魔の勝利を成し遂げようとすさまじい闘いをしかけているのだと断じる。とりわけ若い貴族と紳士は、「身分の低い家柄や卑しい出自の者よりも偉大な善行をなす性行があることを忘れてはならない」と書いている。

サマヴィルは大いに心を動かされた。この本によって向こう見ずな決意へと駆り立てられたらしく、王座にかかる毒蛇を独りでこの国から駆逐しようとしたのである。一五八三年一〇月二四日、付き添っていたたったひとりの召使も解雇して、妻と二人の小さな娘を残して、単身ロンドンへと向かったサマヴィルは、しかしあまり遠くまで行き着くことはなかった。四マイルほど行った先の宿屋に泊まったとき、若者はピストルで女王を撃ってやると大声で独り言を言っているのを人に聞かれたのだ。直ちに逮捕され、数日後に、ロンドン塔での尋問にかけられることになった。

当局は、若者が錯乱していることをはっきり認識していたが、その無謀な脅しを深刻に受け止めたのか、あるいは単に反撃に出る口実として用いたのか、直ちに若者の妻、妹、義父母、ヒュー・ホール司教その他を逮捕しにかかった。謀叛の判決を受けて、サマヴィルと義父は死刑を宣告された。若者は刑が執り行なわれる前の晩に独房で首を吊ってみせたが、そんなことをしても当局がその首を切り落として見せしめにする妨げにはならなかった。公然とカトリックを信仰していることと、頭のいかれた義理の息子を持ってしまったこと以上の罪はたぶんないエドワード・アーデンは、謀叛人として身の毛のよだつ運命を余すところなく味わわされた。二人の生首は、槍に突き立てられ、ロンドン橋の上に掲げられたのである。

ストラットフォード・アポン・エイヴォンで、ウィルは少なくともこの事件が人の口の端《は》にかかるのを耳にしたことだろう。そして、もし遠縁であることが意味を持つなら——シェイクスピア家の紋章にアーデン家の紋章を「合わせ紋」にしようとしたことは、意味を持ったということになるが——この出来事に当然興味を持ったはずだ。これまで関わりそうになったカトリックの陰謀と関わりを持たなくて本当によかったと胸をなでおろしただけのことと考えられなくもないが、実際はもっと複雑な態度をとったことを示唆するいくつかの奇妙な手がかりがある。

シェイクスピアは、サマヴィルに決定的な影響を与えたカトリックの本を明らかに読み、自家薬籠中のものとしているのだ。ハムレットが墓場で示す憂鬱な物思い——「アレクサンダー大王も土の中ではこうなるのかな。……こんな臭いでか。うっ!」(第五幕第一場一八二〜八五行)——の背後には、おそらくルイース・デ・グラナダの墓場の恐怖についての瞑想がある。「生きているあいだの王子の体ほど大切に思われるものはあるだろうか。そして、死んだとき、その同じ体ほど、蔑まれ、嫌悪されるものがあるだろうか。王子が死ねば、地面に七から八フィートの穴をあけ(全世界でも満足できなかったアレクサンダー大王すらそれより大きくはならない)、その小さな空間で王子の体は満足しなければならないのだ」。このほかにも多くある類似点からわかるのは、ウォリックシャーの二人の若者は、性格も運命もまったく違うけれども、同じ書物を参照していたということなのである。

サマヴィルとシェイクスピアのあいだのさらに興味深いつながりは、本のみならず、告発者が共通しているということだ。サマヴィル逮捕のあと近隣を一斉捜査した地方責任者——逮捕やら、疑わしきカトリックの家の捜査や召使の取調べで忙しい治安判事——は、サー・トマス・ルーシーであった。

一五三二年生まれのルーシーは、長いあいだ地域一帯にかなりの影響力を及ぼしていた。一四歳のときに金持ちの女相続人と結婚し、チャールコートに豪邸を建て、エリザベス女王本人を一五七二年にそこへ迎え、二つの雛菊のあいだに蝶がとまっているエナメル細工(王室が作成した詳細な贈り物リストに掲載されている)を女王から娘にと賜った男である。ルーシーの会計帳簿を見れば、四〇人ほどの召使を雇い、そのなかには役者たちもいたことがわかる。「サー・トマス・ルーシーの役者たち」とコヴェントリー市の記録に記載された役者たちだ。

ルーシーは、強力なプロテスタントとしての信任を得ていた。子供の頃、しばらくのあいだジョン・フォックスに家庭教師をしてもらっていたが、これは『殉教者列伝』の別題で知られる宗教改革の古典『行伝と記念碑《アクツ・アンド・モニュメント》』をのちに著わしたあのジョン・フォックスである。真の宗教改革のために命を捧げた人々の歴史を綴り、イングランドじゅうの教会が購入するよう定められていたこの本には、メアリ・テューダーの治世中に火あぶりにされたつい最近の人たちも含まれており、一四一七年に処刑されたコバム卿サー・ジョン・オールドカースルのような高名な初期宗教改革者のような古い人々のことも記されていた。

フォックスがチャールコートに家庭教師として住んでいた数か月間、その計り知れない影響力を及ぼした歴史書はまだ書かれておらず、ひょっとすると構想さえされていなかったかもしれないが、その背後にある深い確信――イングランドは、反キリストやその悪魔のごとき手先であるローマ・カトリック教会を敵とした黙示録的闘争において、神に選ばれているという信仰――は、すでにフォックスのなかに強くあり、若い頃の仕事に影響を与えたようだ。そして、トマス・ルーシーは、イングランドで最も戦闘的なプロテスタント一派の意気盛んな闘士だった。レスター伯により騎士に叙され、国会では、従者を装う聖職者を罰する法案を通したことで名を上げ、宗教改革の大義を熱烈に支持することで広く知られていた。

サマヴィル逮捕のとき、ルーシーは、対イエズス会士宣教活動対策委員会委員長として、カトリックの陰謀者たちを追い立てる権限を与えられていた。危険な男だった。卑劣だったり意地が悪かったりしたわけではないが、したたかで意志強固で激しく、神の大義と信じる追及において容赦はなかった。とりわけエドワード・アーデンの親族に興味を持ち――政府は家族ぐるみの陰謀と見なしていたようだ――ジョン・シェイクスピアの妻メアリがエドワード・アーデンの妻メアリと親戚だという噂を聞きつけたかもしれない。ジョン・シェイクスピアは、ストラットフォード町長の頃から、ルーシーを知っていて、この男が何をやりかねないかはわかっていたことだろう。シェイクスピア家がカトリック支持の考えを持っていたとしたら、警戒が必要だった。

地方のカトリック社会は震え上がり、罪になるような書類や宗教的な物品を急ぎ隠した。「もしサマヴィル、アーデン、ホール司教、サマヴィルの妻と妹に、当局の望みどおりの自白をさせられなければ」と、枢密院書記官はロンドンの上司たちへ書き送っている、「これまでわかった以上のことはわからないでしょう。というのは、この州のローマ・カトリック教徒は嫌疑のかかるものをすべて、この機を利用して自宅から処分しにかかっているからです」。この発言から窺えるのは、詳しい報告がほとんどされていないにもかかわらず常に起きていた当時の状況だ。すなわち、政府の役人が玄関をノックし、捜査を開始しようとやきもきしているあいだに、カトリックの家族は、数珠《ロザリオ》、家族の十字架像、お気に入りの聖人の絵といった、罪になりそうな証拠をあわてて燃やしたり埋めたりしているという状況である。ストラットフォードのヘンリー・ストリートでは、シェイクスピアの家族が「嫌疑のかかるもの」を急ぎ隠していたかもしれない。

シェイクスピア家の恐怖は、サマヴィルとアーデンが死んでも終わらなかった。一五八五年、サー・トマス・ルーシーが、誇るに足る新たな功績をあげて一年間の国会任期を終え、ウォリックシャーに帰ってきたのだ。ルーシーは「イエズス会士、ローマ・カトリック神学校司祭、そのほか同様な不服従者を処罰する」法案を通過させていた。法案は満場一致で採択されたが、第三読会の際、狷介孤高の国会議員ウィリアム・パリーが立ち上がって、「イングランド臣民に絶望を感じさせ、流血と危険に満ち、謀叛の匂いのする法案であり、女王ではなく私人を利する罰金や没収を伴う」ものとして糾弾した。パリーは直ちに逮捕されて取り調べられた。女王を狙うカトリックの陰謀のごたごたにパリーが朧《おぼろ》げに関与しているとわかると、ルーシーは、パリーを謀叛人として処刑する申請の旗頭に立った。一五八五年三月二日、パリーは絞首刑になり、はらわたを抜かれた。国じゅうの説教師は、神が選んだ統治者であるエリザベス女王を暗殺する企てを弾劾して、邪悪な謀叛人から女王が逃れたことを祝う説教を行なうように指示された。

勝利を収めたルーシーは、以前にも増して好戦的になり、一層目を光らせるようになっていたに違いない。なにしろ、一五八〇年代半ば、目を光らせるのは当たり前だった。女王を殺害して、その従姉である獄中のカトリックのスコットランド女王メアリを王座に就けようという陰謀が常に取り沙汰されていたのだ。枢密院議員をはじめ、国じゅうの何百人ものプロテスタント信者は、エリザベスが暗殺されたら、王を僭称《せんしょう》するカトリックがだれであろうと抹殺すると誓いを立てた。暗い噂も流れており、スペインのフェリペ二世が大艦隊を率いて英国海峡を渡って侵攻し、イギリス人カトリックの謀叛人どもがそれを支援しようとしていると囁《ささや》かれていた。シェイクスピアがルーシーの不興を買い、逃げようと決意したのは、このような極度に緊張した時期であった。

一五八五年二月にシェイクスピアに双子が生まれた。それゆえ、シェイクスピアは少なくとも一五八四年夏まではストラットフォードにいたと思われるが、その後まもなくして、妻子を後に残してロンドンへ出て行った。ひょんなことから運が向いて、この出奔が可能になったのかもしれない。もしかすると、北部滞在中に出会ったストレンジ卿一座と再度連絡を取り合ったか、あるいは、ほかの巡業劇団がたまたま役者を一人必要としていることを聞きつけたのかもしれない。

レスター伯一座は、一五八四〜八五年に近隣のコヴェントリー市とレスター市を回って、一五八六〜八七年には、エセックス伯一座と同様に、ストラットフォード・アポン・エイヴォンを訪れていた。海軍大臣一座は、一五八五〜八六年にコヴェントリー市とレスター市を回り、一五八六〜八七年にレスター市を再訪した。サセックス伯一座も同じ道筋を辿《たど》っていた。

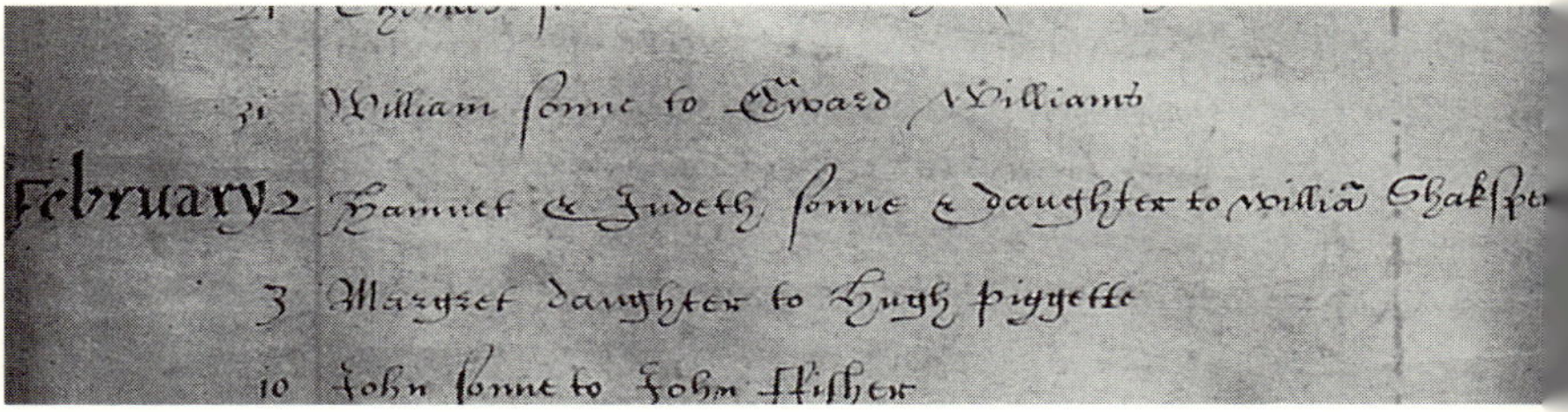
31 William sonne to Edward Williams
February 2 Hamnet & Judeth sonne & daughter to William Shaksp
3 Margret daughter to Hugh Piggette
10 John sonne to John Fisher

ストラットフォード教区の洗礼式記録にある 1585 年 2 月 2 日，ウィリアムとアン・シェイクスピアの双子ハムネットとジューディスの登録．隣人ハムネット・サドラーとジューディス・サドラーにちなんでつけられた．3 年後，サドラー夫婦に息子が生まれると，ウィリアムと名づけられた．

シェイクスピア・バースプレイス・トラスト

最近学者たちが探っている最も興味深い可能性は、当時、国一番の巡業劇団であった女王一座に関するものだ。女王一座は、一五八七年にストラットフォードを訪れていたうえ、人員が不足していた——六月一三日の午後九時から一〇時のあいだ、近くのテイムという町で、看板役者ウィリアム・ネルが、仲間の役者ジョン・タウンに殺されたのだ。酔っ払っての喧嘩だった。素人のシェイクスピアに名優ネルの代役が務められるはずないものの、急遽、役をやりくりして、女王一座が新人を入れた可能性もある。シェイクスピアが最初の一歩を踏み出したのがこの劇団であるなら、カトリックへの忠誠心が少しでも残っていることがばれないように、また、鹿泥棒をしなかったにしてもトマス・ルーシーともめごとがあったことがわからないように、特に気をつけねばならなかった。なぜなら、女王一座が一五八三年に設立された目的とは、学者の説によれば、混迷する王国にプロテスタントを喧伝して王党派の士気を高めるためだったからだ。

以上の劇団のどれかがシェイクスピアを雇い入れたなら、どんなに給料が少なくても、ストラットフォードを去る絶好のチャンスが到来したことになる。もちろん、妻と三人の幼子にとって、大黒柱が出て行くのが吉兆であったはずがない。たとえ送金をし、できるだけ早く、あるいは頻繁に戻ってくると約束したとしても、出て行くということは見捨てるに等しい。どうして見捨てるのか——かりに言い訳ができるとしても——このときにはまったくわかなかっただろう。

かりにシェイクスピアが自分の行動を振り返って倫理的に分析するとしたら、ポール・ゴーギャンが芸術のために家族を捨てたことについて現代哲学者が「道徳的幸運」と呼んだものを求めていたということになるのかもしれない。つまり、もしシェイクスピアが家庭の義務から逃れることによってのみ実現できる何か重要なことを自分のなかに持っていると感じたなら、実際に成功することによって初めてその行動を正当化できるというわけだ。金儲けの幸運のみならず、道徳的な幸運も必要だったわけである。

シェイクスピアがどこかの劇団に雇われたとしても、その劇団が直ちにロンドンに向かったとは考えられない。たとえば、一五八七年六月に女王一座に入団したとすると、一座はその後も中部地方の町々や、歓待してくれる貴族の家々を巡業して行っただろう。その夏の八月までに、劇団あるいはその一部の役者たち――というのも、女王一座はしばしば手分けして巡業したので――は、南東へ向かい、ひょっとすると、シェイクスピア青年が初めて(のちに『リア王』で強力に立ち現われてくる)ドーヴァーの白亜の崖を見る機会となったかもしれない。それから一座は、ハイズやカンタベリーといった町々を通って、首都へ向かった。そうした地方巡業中に、シェイクスピアは、なじみのある田舎の環境でじっくりと芸を磨くことができただろう。踊りのステップを学んだり、衣装をすばやく着替える方法を会得したり、群集シーンや戦闘シーンで人が多くいるように見せかけたり、レパートリーを把握し始めたりといった具合に。呑み込みがよくなければならなかった。記憶力抜群で、即興の才にも長《た》けていなければ、エリザベス朝演劇の競争社会を生き抜くことはできなかった。作品を観れば、シェイクスピアは、知らない世界に飛び込み、その複雑さを把握し、たちまち我が物としてしまうユニークな才能の持ち主であったことがわかる。いずれにせよ、どんなに老練な役者であろうと、ロンドンに近づけば胸が高鳴ったはずだ。新参者ならなおさらのことであった。

ロンドンは新顔の集まる都会だった。たいていは一〇代後半か二〇代前半の男女が、きっと仕事があると見込んで、壮観な富と権力を見るべく、すばらしき運命に出逢う夢に魅せられて、毎年、田舎から続々とつめかけた。多くの場合、その夢は早々に潰《つい》える。ネズミで病気が蔓延し、人口過密で汚くて、火事になりやすく、ときには暴動も起こるロンドンは、驚くほど危険かつ不健康なところだった。日常的に危険が満ちている——我々の基準からすれば仰天するほど危険だった——のみならず、疫病による荒廃があった。最も恐るべきは横根《よこね》という病であり、何度も市を襲い、そのたびにパニックを惹き起こし、何家族もが全滅し、近隣の多くの人命を奪った。疫病がない年でも、ロンドンの教区記録に記された死亡者数は常に新生児数を超えた。それでも市は動き続け、抗しがたい魅惑で人を惹きつけたのだ。

増え続ける膨大な人口が住み働いていたロンドンとは、南はテムズ河に面し、三方を銃眼付きの高い石壁に囲まれた小さな地域だった。もともと一四〇〇年ほど前にローマ人によって造られた壁には、あちこちに門《ゲイト》があった。ラドゲイト、オールドゲイト、クリプルゲイト、ムアゲイトといった名前は、門それ自体がなくなって久しい今日でも、ロンドンっ子にはおなじみの地名だ。シェイクスピアの時代、壁はほぼ完全にあったのだが、だんだん目に付かないものになっていた——一六世紀初頭には馬や人がうっかり溺れ死ぬほど深かった広い古濠が埋め立てられ、新たにできた土地が大工の作業場、菜園、住居として貸しに出され、「それゆえ」と当時の人が記している、「ロンドンの壁が隠れたのだ」と。

壁に囲まれたロンドン市の東端には、ウィリアム征服王が建てた、巨大で陰鬱なロンドン塔が鎮座していた。市の西方には、ヨーロッパ一長い身廊《ネイヴ》(拝廊から内陣までの空間)を誇る古いセント・ポー

A Rod for Run-awayes.

Gods Tokens,

Of his feareful Iudgements, ſundry wayes pronounced vpon this City, and on ſeuerall perſons, both flying from it, and ſtaying in it.

Expreſſed in many dreadfull Examples of ſudden Death, falne vpon both young and old, within this City, and the Suburbes, in the Fields, and open Streets, to the terrour of all thoſe who liue, and to the warning of thoſe who are to dye, to be ready when God Almighty ſhall bee pleaſed to call them.

By Tho. D…

Printed at London for *Iohn Trundle*, and are to be ſold at his Shop in Smithfield. 1625.

この木版画が示すように，疫病の時代には，死がロンドンを支配した.

大英図書館

ル大聖堂があった。西の端は、テムズ河の北岸に沿って、屋敷が並んでいた。かつてはキリスト教世界の支配者たちがロンドンに滞在するときの官邸であったが、宗教改革後の今は、強力な貴族や王室の寵臣たちの本拠地となっていた。たとえば、華麗なる成り上がり者サー・ウォルター・ローリーは、ダーラム大聖堂の司教たちが以前裁判を開いた場所で客をもてなし、サウサンプトン伯はバースとウェールズの司教たちの大邸宅に住んでいた。こうした邸宅には必ず舟着場がついていて、金持ちの家主たちは、揃《そろ》いの服を着せた従者たちを伴って舟で漕ぎ上がり、ホワイトホールの宮殿で女王に謁見することもできたし、近くの国会議事堂で議会に出席することもできた。運が向いていなければ、河を下ってロンドン塔まで行き、謀反人の門《トレイターズゲイト》から、悲嘆にくれ、震えながら、なかに入ることもありえた。

小さな工場、造船所、倉庫がひしめき、巨大な食料市場、ビール工場、印刷屋、病院、孤児院、法律学校、市役所が立ち並び、布職人、ガラス職人、籠職人、煉瓦職人、船大工、大工、ブリキ職人、武具師、雑貨小間物商、毛皮商、染物屋、金細工師、魚屋、本屋、雑貨屋、服地屋、食料品屋、そして手に負えない徒弟たちの群れがおり、ほかにももちろん政府役人から、宮廷人、弁護士、商人、聖職者、教師、兵士、船乗り、門番、車引き、船頭、宿屋の主人、料理人、召使、行商人、吟遊詩人、軽業師、トランプ詐欺師、女衒、娼婦、乞食に至るまで、ロンドンは果てしなくあふれかえっていた。前代未聞の速さでどんどんと変貌していく、常に動き続ける都会だ。

ロンドン生まれの偉大なる骨董愛好家ジョン・ストウは、晩年の一六世紀末にすばらしいロンドン概観を書き、自分が生涯に見聞した変化を何千も事細かに記している。一つ例を挙げれば、少年の頃、マイノリーズとして知られた聖クララ修道会の女子大修道院があり、ストウはその修道院の農場に「いつも搾《しぼ》りたてで温かい牛乳半ペニー分を何度も」もらいに行っていたという。修道院の建物は、宗教改革の犠牲となって取り壊され、その代わりに今は「鎧や戦争の装具をしまう美しい大きな倉庫」があるとストウは書いている。農場のほうは、最初、新しい所有者が馬の牧草地として使っていたが、その後、区分けされて菜園となり、かなりの売り上げを出しているので、農夫の跡継ぎ息子は今や「紳士のような」生活をしているという。

ロンドン市は、参事会員、州長官、市長から成る寡頭政治により、綿密な法規制を通してなんとか統制されていたが、とにかく人口が多いものだから法の施行は複雑になった。それに市当局の管轄外となる特別行政区《リバティーズ》と呼ばれる多くの区域があった。数十年前、これらの地域――たとえば、ブラックフライアーズ、オースティンフライアーズ、聖トリニティ小修道院、オールドゲイト、それにストウが半ペニーの牛乳をもらいに行ったマイノリーズなど――は大きな修道院の敷地であって、付属の建物や広大な庭があり、教会であるがゆえに市の法規制が及ばなかった。宗教改革後は、僧侶も尼も皆いなくなり、建物と土地は個人の手に渡ったのだが、免除は残り、市の有力者が迷惑や不名誉とみなされる活動――劇の上演とか――を止めさせようとしても、所有者はそうした働きかけを鼻であしらうことができたのである。

しかも、市を取り囲むのは、何の規制もない、どこまでも広がる郊外だ。その辺りは、当時の人たちの記憶する昔においては、まだひろびろとしており、混雑していなかった。ストウは、ビショップスゲイトの近くに、若い頃「気持ちのいい野原があり、歩いたり、射撃の練習をしたり、いろいろな気晴らしをして、よどんだ心を健全なおいしい空気でリフレッシュ」できたと書いている。今や、ほかの場所と同様、この地域には「すっかり建物が立ち並び」、汚い小屋、小さな宿舎、家庭菜園、い者は何でも車輪つきで走る」。

作業場、ごみの山といったものが、「西のハウンズディッチから東はなんとホワイトチャペルのずっと先まで」ひしめくのだという。かつて美しかった市への入り口が汚くなってしまっただけでなく、交通量もすさまじくなっていた。「御者は馬の後方の馬車に乗って馬を鞭打ち、うしろを振り返りもしない。荷車屋は荷車に坐って眠ったまま、馬に牽《ひ》かせて家に帰る」。嘆かわしいことに若い人は歩き方を忘れてしまったようだ、とストウは書く。「親の世代は喜んで歩いたものだが、今の若い者は何でも車輪つきで走る」。

イングランドにはほかにも喧騒の都市があり、若きシェイクスピアは足を伸ばしさえすれば、その一つや二つを見ることもできたであろうが、ロンドンの比ではなかった。ロンドンの人口は二〇万人に達しようとしており、イングランドとウェールズのなかではその次に大きな都市よりも一五倍近い大きさだった。ヨーロッパ全土で言えば、ロンドンより大きいのはナポリとパリだけだった。商業の活気に満ちあふれ、当時の人が言ったように、ロンドンは「一年じゅう続く市場」なのだ。つまり、国のほかのところで見られる四季のリズムから早くも逸脱してしまっており、ほかのところにある地域性という独特な感覚からも逸脱していた。イングランドで唯一つ、知人や家族や自分の人生にまつわるこまごまとした事柄に囲まれることがない場所であり、自分が使う衣服や食料や家具を個人的な知り合いに作ってもらわない唯一の場所だった。それゆえ、個性を比較的消すことができるだけでなく、幻想を抱くことのできる優れた場所だった。自分の出自から逃れ、別人になることを夢見ることのできる場所だった。

そんな夢をシェイクスピアが見ていたことは、ほぼまちがいない。それこそが役者になることの本質であり、劇作家の技に必要なことであり、芝居を観るために喜んで数ペニー手放そうという観客の気持ちに拍車をかける夢なのだから。シェイクスピアにはもっと私的な動機もあったかもしれない。トマス・ルーシーとのいざこざが何であったにせよ、その面倒から逃れたいという欲望、妻と三人の子供たちから逃れたいという欲望、先見の明のない父親の手袋業や不法羊毛取引から逃れたいという欲望もあったかもしれない。シェイクスピア劇には、家族の絆を断ち切られ、自分のアイデンティティーを失い、知らない場所に転がり込む人物たちが何度も描かれている——アーデンの森に踏み込むロザリンドとシーリア、イリリアの海岸に打ち上げられたヴァイオラ、荒野をさまようリアとグロスターとエドガー、ターサスに滞在するペリクリーズ、シシリーで暮らす幼いパーディタ、ウェールズの山に身を隠す王女イノジェン(イモジェン)、そして『テンペスト』の妖精の棲《す》む島にいるすべての人々……。しかしながら、こうした場面のどれにも、ロンドンのイメージはあまり出てこない。転身する幻想を生み出す本拠地ロンドンは、確かにシェイクスピアが自己を作り変えた場所ではあるものの、ロンドンがそのままシェイクスピアの劇的想像世界に出てくるわけではない。

シェイクスピアの仲間のベン・ジョンソンは、チャリング・クロス近くのハーツホーン通りに住む煉瓦職人の親方の継子であり、『錬金術師』と『バーソロミュー市』では、自分が育ったロンドンに愛着と執心を示した。トマス・デッカーやトマス・ミドルトンなどのようなロンドン生まれの同時代劇作家も、やはり靴屋、娼婦、店番、渡し守といった普通の市民生活への興味を示した。だが、シェイクスピアの想像力を掻き立てたロンドンは、もっと不吉で、不穏な様相をしていた。

かなり初期の歴史劇『ヘンリー六世』第二部でシェイクスピアが描くのは、ロンドンへ上って社会転覆を狙うケント州下層階級の謀叛人集団だ。率いる布職人ジャック・ケイドは、一種の原始的な経済改革を約束する。「イングランドじゃあ、半ペニーのパンを一ペニーで七斤買えて、一杯のジョッキに三杯分入るようにしよう。弱いビールなんか呑む奴は重罪にしてやる」(第四幕第二場五八〜六〇行)。謀叛人たち——「がさつで無慈悲な作男や小百姓のみすぼらしい群集」(第四幕第四場三一〜三二行)——は、王国の記録を焼き捨て、読み書きを廃止し、牢獄を破って囚人を解放し、噴水にはワインが流れるようにし、紳士階級を処刑しようとする。ケイドの一味のひとりが言う台詞は有名だ——「何はともあれ、弁護士を皆殺しにしよう」(第四幕第二場六八行)。

それから展開されるグロテスクな喜劇とも悪夢ともつかぬめちゃくちゃな場面の数々を観れば、田舎から出てきた半ば頭がいかれていて喧嘩っ早い無教育の烏合の衆にロンドンが支配されたらどうなるかということを若いシェイクスピアが想像し、観客にも想像するように仕向けていることがわかる。この想像には、自分自身、最近首都に来たばかりの新参劇作家であるシェイクスピアが、自分のなかにある思いの丈をぶちまけようとしているところもあるだろう。この初期の歴史劇に登場する上流階級は、たいていは生硬で、描き切れていない——特に国王はほとんど完全に記号でしかない——が、下層階級の暴徒は、驚くほど生き生きしている。シェイクスピアは作劇の重要なコツをつかんだかのようだ。自分自身や自分の出自を分割して、そのそれぞれに命を吹き込んで鋳型に入れ、それを笑い飛ばしたかと思うと同時に身震いして壊してしまうのだ。

壊すときは徹底的だ。まるで、こんな無教育で口汚い肉屋や機織《はた》りの謀叛人の田吾作どもとは何の関わりもないと言わんばかりだ。「死ね、呪わしい卑劣漢め、おまえを産んだ母親の呪いを受けろ!」(第五幕第一場七四行)と、裕福な田舎の郷士は叫び、ケイドを殺す。殺すだけでは足りないかのように、遺体に剣を突き刺す。これほど熱に浮かされたように嬉々としてシェイクスピアが破壊している相手とは、私有財産の敵であるのみならず、シェイクスピア自身にとっての敵だ――そうシェイクスピアは考えていたのではないだろうか？　ケイドに最初に血祭りに挙げられた男には、シェイクスピアの隠れた自画像が認められる。「おまえは自分の名前が書けるのか」と、ケイドは兇徒に捕らえられた不運な書記に訊ねる。「それとも、まっとうな正直者のように、しるしですませるのか？」。

書記　はい、おかげさまで、きちんとした育ちがありますので、名前は書けます。
ケイドの仲間たち全員　白状したぞ――連れて行け！　悪党の謀叛人だ。
ケイド　連れて行け。首からペンとインクつぼをぶら下げて首をくくってやれ。
（第四幕第二場八九～九七行）

この台詞を書いた劇作家の両親は署名のときにしるしを使ったのであり、おそらく、名前を書けるようになったのはシェイクスピアが家族で最初だったことだろう。
同時に、敵方にもシェイクスピアを見つけることができる。つましい商売に精通し、富を夢見て、ロンドンへ押し寄せる叛徒のなかにも。

叛徒二　やってきたぞ！　やってきたぞ！　ベストの息子がいる。ウィンガムの皮なめし屋の――
叛徒一　敵の奴らの皮をひんむいて犬革になめしてもらおうか。

（第四幕第二場一八〜二一行）

皮なめしはシェイクスピアの父親の仕事であり、シェイクスピア自身の仕事でもあったはずだ。だから、手袋を作るときに用いる質の悪い革である「犬革」などという言葉が何気なく使われるのだろう。つまりシェイクスピアは、この奇怪な連中と奇妙にも通じるところがあって、頑固に身分を詐称して高い立場を夢見て「立派な家の生まれ」（第四幕第二場四三行）だと主張する指導者ジャック・ケイドとも驚くほど似ていることになる。

シェイクスピアが劇に仕立てているのは、年代記に書いてある歴史だ。年代記が大好きだったシェイクスピアは、特に、エドワード・ホール著『ランカスター、ヨーク両名家の和合』とラファエル・ホリンシェッド著『イングランド、スコットランド、アイルランド年代記』の二冊から歴史劇の題材を漁《あさ》っている。一五世紀の叛徒ケイドに、一三八一年のワット・タイラーの乱から採ってきた詳細をつけ加えて、さらに過去に押しやってしまうようなことをするけれども、『ヘンリー六世』第二部で描かれる中世イングランドは、なじみのない大昔というよりは、シェイクスピアの時代にあるよく知られたもので満ちている。『間違いの喜劇』のエフェサスが、古代の小アジアではなく、シェイクスピアと同時代のロンドンの描写になっているように。

劇全体の鍵となるのは、前代未聞の超過密都市ロンドンの群集だ。狭い路地をひしめき合い、大きな橋を行き来する雑踏、居酒屋や教会や劇場に押しかける人の波だ。こうした人々の光景——そしてその喧騒、息の臭さ、荒っぽさ、乱暴沙汰の危険性——がシェイクスピアにとっての大都市ロンドンの終始一貫した印象であったようだ。『ジュリアス・シーザー』において、シェイクスピアは、血に餓えた暴徒を再び描いている。英雄シーザーを殺した裏切り者たちを捜し出そうと暴徒が市内を歩きまわる一場だ。

平民三　おまえの名前は何だ、正直に言え。
シナ　正直に言います。名前はシナです。
平民一　八つ裂きにしてしまえ！　謀叛人だぞ。
シナ　私は詩人のシナです。詩人のシナです。
平民一　下手な詩を書いた罪で八つ裂きだ、下手な詩を書いた罪で八つ裂きだ。
シナ　私は謀叛人のシナではない。
平民四　かもうもんか、名前はシナなんだ。その名前を心臓からひっぺがして、それから追い立てろ。
平民三　八つ裂きだ。八つ裂きだ！

（第三幕第三場二五〜三四行）

パンを求めて騒ぎを起こし、社会を転覆させようとするロンドンの暴徒は、『コリオレーナス』にも出てくる。クレオパトラが、自分が捕らえられたら、大都市の大通りで引きまわしになっている自分を野次馬が見物するのだろうと言う、その野次馬もこんな群集のことだ――「油だらけのエプロン、物指《ものさ》し、ハンマーを持った職人ども」。ローマの勝利に歓声をあげる群集の「臭《くさ》い息」の臭《にお》いを嗅ぐと考えただけで、クレオパトラは自殺したいという思いを強める（『アントニーとクレオパトラ』第五幕第二場二〇五～七行)。場面がローマであろうと、エフェサスであろうと、ウィーンであろうと、ヴェニスであろうと、シェイクスピアにとって都市の基準は常にロンドンだった。古代ローマ人はトーガを着ていて、帽子など被らないが、『コリオレーナス』で騒動を起こす平民たちは、自分たちの要求が通ると、エリザベス朝のロンドンっ子よろしく、帽子を宙に投げるのだ。

初期に書いた『ヘンリー六世』第二部においてのみ、シェイクスピアはこのロンドンの群集を、紛《まぎ》れもなく自分が住んだロンドンにはっきりと置いている。「こうしてロンドン・ストーンの上に坐って」と、誇大妄想狂のケイドは、キャノン・ストリートにある有名な里程標に坐って言う。「俺は命じよう、わが統治の最初の一年間は、費用は市にもたせて、ロンドンの水路にはクラレット・ワインしか流さないようにさせることを」(第四幕第六場一～四行)。「よし、皆の者、何人か行って、サヴォイの邸宅をぶっ壊してこい」と、ケイドは仲間に命じる。「他の奴は法学院へ行け――みんなぶち壊せ」(第四幕第七場一～二行)。裁判所は壊され、噴水にはワインが流れる――いかにも貧民が思い浮かべる楽園の夢らしい。中産階級の市民があわてふためいて逃げ、都会の下層階級――「ごろつきども」(第四幕第四場五〇行)――が暴徒の支持に立ち上がるのも当然である。

叛乱分子が最も憎むべき敵であるセイ卿を捕まえると、ケイドは卿の罪を並べ立てる。

てめえはグラマースクールなんぞ建てて国じゅうの青少年を腐敗させた謀叛人だ。俺たちのご先祖は割り符の勘定書き以外に本など持っていなかったのに、てめえは印刷なんぞを流行《はや》らせて、国王の威厳に逆らって紙工場を建てやがった。名詞だの動詞だのキリスト教徒が聞くに堪えないおぞましい言葉を始終口にする連中をまわりに侍《はべ》らせたってことは面と向かって証明できるぞ。

（第四幕第七場二七～三四行）

紙工場と印刷工場は時代錯誤である――どちらもケイドの叛乱のときにイングランドには存在しなかった――が、それは問題ではない。シェイクスピアが関心を抱いていたのは、自分の意識の源だ。すなわち、グラマースクールが、割り符（ちょっとした借りを記録する棒）の世界から自分を引き離して、印刷された本の世界へと送り込んでくれたことである。

それでも、現代化を嫌い、学問を軽蔑し、無知の美徳を称える衆愚の怒号にシェイクスピアは魅了されている。シェイクスピア自身の存在を否定するような連中でさえ、ただ醜悪で愚劣な存在として想像するのではなく、それなりのつらい事情がある人間として、その不満が聞こえてくるように描いているのは、いかにもシェイクスピアらしい。

てめえは、治安判事に貧乏人を呼び出させ、答えられないようなことを尋問させた。そのうえ、牢屋にぶちこみ、読み書きができないからって縛り首にしたが、読み書きできない者こそ一番生きるにふさわしいはずだ。

（第四幕第七場三四～三九行）

読み書きができないために重罪人が許されるなど考えるだに馬鹿げているが、ケイドが抗議をしているのは、イングランドの法律に実際にあった、同じぐらい馬鹿げた事実だ。すなわち、もし起訴された重罪人が文字を読めることを示せるなら——たいていは詩篇の一節を読み上げた——「聖職者の特権」を主張でき、文字が読めるということで、法律上、聖職者と分類され、それゆえ公式には教会裁判所の管轄下に置かれた。そして教会裁判所に死刑はないのである。結果として、たいていの場合、文字が読める泥棒や人殺しは、初犯に限り無罪放免となった。聖職者の特権を主張して認められた犯罪者は、泥棒(thief)にはT、人殺し(murderer)にはMの頭文字を烙印され、もし再び罪を犯したときは死刑となるのだった。ゆえに、「牢屋にぶちこみ、読み書きができないからって縛り首にした」というケイドの一見理解しがたい告発はちゃんと筋が通っているのだ。だからこそ、名詞だの動詞だのグラマースクールだのへの一見理解しがたい怒りも出てくる。ケイドは、セイ卿に、その義理の息子サー・ジェイムズ・クローマーとともに斬首を言い渡す。生首が棒に突き刺されて戻ってくると、「お互いにキスをさせろ」とケイドは命じる。「生きているあいだは、愛し合っていたからな」。この光景に気をよくしたケイドは、ロンドンじゅうを練り歩こうと言う。「鎚矛《つちほこ》の代わりに、こいつを先頭に掲げて、通りを行進し、どの街角でも二人にキスをさせよう」。身の毛もよだつような光景はさらなる流血を呼ばんがためのものだ。「フィッシュ・ストリートをやれ!」と、ケイドは叫ぶ。「セント・マグナス・コーナーを沈めろ! 殺せ、やっつけろ! テムズ河へ投げ込んじまえ!」(第四幕第七場一三八〜三九、一四二〜四四、一四五〜四六行)。

セント・マグナス・コーナーとは、ロンドン橋の北端にあり、シェイクスピア自身が最初に市に足を踏み入れたかもしれない場所だ。おそらく、一員となった劇団と一緒に旅してきたのではないだろうか? ひょっとすると、首都に近づきながら、大昔にロンドンを練り歩いた肉屋や機織りの謀叛人のことで冗談を飛ばしたかもしれない。いずれにせよ、劇団は、自分たちがロンドンに帰還したことを知らせ、公演の日時を発表するため、注目を集めようとしていたはずだ。派手な服を着て、太鼓叩いて旗振って、到着の頃合いも考えて人通りの一番多い道を選んだだろう。北から来たのであれば、サザック・ハイ・ストリートを上って、ロンドン橋を越えたのではないか？

つまり、そのときこそシェイクスピアが初めてロンドン橋を目にしたときだったかもしれないわけだ。フランス人の訪問客エチエンヌ・パーランが「世界一美しい橋」と呼んだ、長さ約八〇〇フィートの驚くべき橋。高さ六フィート、幅三〇フィートの橋杭二〇本が支える橋板の上の道はごった返し、道の両側には背の高い家々や商店がずらりと並び、これみよがしに水上へ張り出していた。多くの店では高級な絹、靴下類、ベルベットの帽子などの贅沢品が売られ、建物自体が人目を惹くものもあった。たとえば、食料品店となっている石造二階建ての建物は、聖トマス・ア・ベケットに捧げられた一三世紀の礼拝堂を改造したものであり、かつては会衆の鎮魂歌の歌声が聞こえていた由緒あるものであった。建物と建物のあいだからは、広大なテムズ河の絶景が眺望でき、特に西側がよく見えた。上空には餌を漁《あさ》る鳥が旋回していた。河には何百という白鳥が泳ぎ、年に一度、女王陛下の寝具とクッションのために羽をむしられた。

しかし、ある光景がシェイクスピアの注意を特に捕らえたはずだ。観光客を惹きつけるものと言えば、まずこれであり、いつもだれかがおのぼりさんに指差して説明していた――すなわち、サザック側から橋を渡っていくとアーチ二つ目のところ、大石門《グレートストーンゲイト》の上に、さらし首が棒に突き刺さって並んでいるのだ。すっかり白骨化したものもあり、暑さにさらされ、日に焼かれながら、まだ顔かたちがわかるものもあった。そこらの泥棒、強姦魔、人殺しの首ではない。一般犯罪者は、場末にあるさらし首柱に何百と束にして吊り下げられていた。ロンドン橋の生首は、謀叛人の運命を辿っ

アムステルダムの版画家クラース・ヤンソン・ド・ヴィッセル(1587-1652)による 17 世紀初期ロンドンのパノラマ．セント・ポール大聖堂，グローブ座，熊いじめ場，ロンドン橋などが見える．

フォルジャー・シェイクスピア図書館

た紳士や貴族であると、訪問者はきちんと説明を受ける。一五九二年にロンドンを訪れたある外国人は、三四の首を数えた。一五九八年に数えた者は、三〇以上あったと言う。シェイクスピアはロンドン橋を初めて渡ったとき、あるいはそう何度も渡らないうちに、その首のなかに、ジョン・サマヴィルや、自分の母親と同じ苗字で遠縁かもしれないエドワード・アーデンの首があることに気づいたことだろう。

父親とその義理の息子の生首が、棒の先で互いに笑っている。「お互いにキスをさせろ。生きているあいだは、愛し合っていたからな」。橋の上で見たさらし首は、シェイクスピアの想像力に強烈な影響を及ぼしたに違いなく、『ヘンリー六世』第二部のケイドの場面で示されたにとどまらない。もしランカシャーで危険な二か月ほどを過ごしたのだとしたら、シェイクスピアはすでに、危険について、そして慎重さと隠蔽と虚構の必要について、重要な教訓を呑み込んでいただろう。そうした教訓は、緊張が高まり、陰謀・暗殺・侵攻の噂が広まるにつれ、ストラットフォードでもひしひしと感じられたであろうが、橋の上の眺めは、有無を言わさない教えだった。自分を制御せよ。敵の手に落ちるな。賢く、したたかに現実を見据えよ。隠匿と回避の戦略をマスターしろ。頭は首の上に乗せておけ。

世間で注目を浴びたいと願う詩人や役者には難しい教訓だ。だが、そうした教訓が、シェイクスピアにある決意をさせ、それゆえにシェイクスピアの正体がわかりにくくなっているのではないだろうか？　シェイクスピアの個人的な手紙はどこにある？　何世紀にもわたって学者たちが探しても、シェイクスピアが所有していた本が見つからないのはなぜだ？　いやむしろ、なぜ本に名前を——ジョンソンやダンなど、当時の多くの人がしていたように——記さなかったのか？　なぜ、膨

クラース・ヤンソン・ド・ヴィッセルによるロンドン橋の版画の一部．槍の先に突き刺さった謀叛人のさらし首が見える．

フォルジャー・シェイクスピア図書館

大な輝かしい作品群のなかに、政治や宗教や芸術についての考えを直接表わすところがないのか？なぜ、書いたものすべてが――ソネットにおいてさえ――自分の顔を隠し、腹のなかで思っていることを表に出さないような書き方になっているのか？　学者たちはこれまでずっと、答えは無関心か偶然にあると考えてきた。つまり、当時の人のだれもが、この劇作家の個人的な考えは記録するほど重要ではないと思い、だれも何気なく受け取った手紙をわざわざとっておこうとは思わず、娘スザンナに遺されたかもしれない何箱もの草稿はやがて売り払われ、魚を包んだり、新しい本の背の補強になったり、単に焼き捨てられたりしたのだ、と。そうかもしれない。しかし、ロンドンに着いたその日、槍の上のさらし首はシェイクスピアに語りかけ――そして、シェイクスピアは、その警告に従うことにしたのかもしれないのである。

第六章

郊外での生活

シェイクスピアが育った田舎では、町からせいぜい数分も歩けば野原が広がっていた。ロンドンに来てみれば、どちらを向いても、壊れかかった壁の向こうに何マイルにもわたって広がっているのは、安アパート、倉庫、小菜園、仕事場、鉄砲鋳造場、煉瓦窯、風車、臭い溝《みぞ》、そしてごみの山だった。シェイクスピアは、初めて郊外というものを知った。広大な田園に思い焦がれることの意味を知ったのだ。

ロンドンっ子はきれいな空気を吸いに野原に散歩に出るのが好きだった。疫病は穢《けが》れた臭いに乗って空気感染すると思い込まれていたために、安心な野遊びの人気は一層高まった。ロンドンの住人は、悪臭を放つ雑踏を通り抜けるのにも、香水を嗅いだり、丁子《クローブ》を鼻腔に詰めたりしていた。室内では香料入りの蠟燭《ろうそく》や匂い壺を点《とも》して、外の有害な悪臭を遠ざけた。さわやかな田舎の空気は文字どおり命を救うものとされた——それゆえ、疫病が流行《はや》ると、裕福な人は我先にロンドンを飛び出した。野原の散策はいつも憧れの的だった。

　元気な人なら市の中心から出発しても、あっという間に郊外に着いた——郊外の牧草地では、牛が垣根に囲まれて平和に草を食《は》み、草原では洗濯女たちが洗濯物を干し、染物屋が布を張り枠《テンター》や布張り鉤《テンターフックス》(そこから今でも「はらはらして」"on tenterhooks"という表現がある)でぴんと張っていた。確かに、昔ロンドンのあちこちにあった広場は、シェイクスピアの時代に消えつつあったものの、城門を抜けたり、河を渡ったりして郊外に出れば、おもしろいものはほかにもいろいろあった。たくさんの居酒屋や宿屋のなかには、かなりきちんとしているところもあり、チョーサーの『カンタベリー物語』で有名な陣羽織屋《タバード・イン》はテムズ河南岸のサザックにあった(巡礼者たちはそこからカンタベリーへの旅を始めたのだ)。宿屋では食事ができたが、そのほか、隠しごとの難しいこの時代に個室を借りることもできた。ロンドン北方のフィンズベリー・フィールドでは、射手たちがうろうろして、通行人を避けながら色を塗った杭を撃っていた(一五七七年に、夫と散歩に出ていた農夫の女は、流れ矢に首を射抜かれて死亡した)。そのほかの娯楽施設として、ピストル射撃の練習場、闘鶏場、レスリング場、ボウリング場、音楽や踊りの場所、犯罪者が手足を斬られたり首を吊られたりする処刑台、そして壮観なほどずらりと並ぶ「慰みの家」——つまり売春宿。こうした店は、もちろん道徳家たちによって特に激しい非難を浴び、閉鎖するよう求められたが、当局の取り締まりが徹底することはなかった。ウィーンを舞台にしながらロンドンを描いているかのような劇『尺には尺を』では、為政者が道徳改善運動に乗り出し、「郊外の慰みの家」(第一幕第二場八二〜八三行)を取り壊す命令を出すが、命令は施行されることがない。

　過密都市ロンドンを効果的に取り囲む、何でもござれの歓楽地帯に、シェイクスピアの仕事場はあった。シェイクスピアの想像力は、その地帯にあったものすべて――今となってはどうでもよいように思われるものも含めて――何もかも取り込んだ。たとえば、ローン・ボウルズのゲーム。重心が中心からずれたボールがカーブを描いて進むので、的に当てるには別のところを狙うかのようにしなければならないことにシェイクスピアは強く魅せられていた。このイメージは多くの作品で用いられ、考え抜かれた話の筋に驚くべきひねりを加える口実ともなっている。ほかにも、弓術、レスリング、馬上から槍で的を衝《つ》くクィンティンという競技、要するにエリザベス朝のスポーツと競技のすべてを(『お気に召すまま』のレスリング・シーンのように実際の場面として描かないまでも)何度も繰り返しイメージとして用いている。

シェイクスピアの想像力は、やや宜《よろ》しからぬ郊外の遊びにも掻き立てられた。ヘンリー八世が王子や王女たちに遺《のこ》した遊びであり、雄牛や熊を「いじめる」、つまり、闘牛場で囲いに入れたり杭に鎖でつないだりしてから猛犬をけしかけるのを見て楽しむ遊びだ。雄牛は、ときにこの遊びで「疲れて死んでしまう」ことがあり、べつにどの牛がどうということはなかったが、熊は名前をつけられ、個性を与えられた――サッカスン、ネッド・ホワイティング、ジョージ・ストーン、そしてハリー・ハンクス(ハンクスは、おもしろいからと目をつぶされてしまった)。この遊びはイングランド独特のものであるため、外国の旅行客はその旅誌にこの見世物を観たことをしばしば書いているし、エリザベス女王は外国の大使たちをこれに招待している。動物を飼育する費用は、一般見物客のお代でまかなわれていた。この見世物を見ようと大群衆が木造の円形競技場へ押しかけて、入場料を払ったのだ。人気のある趣向としては、仔馬の背中に縛りつけた猿を、犬に襲わせることもあった。「猿が金切り声を上げ、仔馬が犬に向かって蹴りかけ、犬が何匹も仔馬の耳や首に嚙みついてぶら下がっているのを見るのは、なかなか笑えるものだ」と実際に見た人が書いている。

「町に熊が来てるんですか」と、ロバのように愚鈍なスレンダーは『ウィンザーの陽気な女房たち』で尋ねる。「あの見世物は大好きなんです」(第一幕第一場二四一、二四三行)。明らかにシェイクスピアは熊いじめ場に行ったことがある――大衆が興奮するものに興味を持つのはプロとして当然だ――が、それほど心を奪われたわけではなかったようだ。スレンダーのような浅薄な連中が自分こそ本物の男だと思い込むための余興であると、皮肉たっぷりの見方をしていた。「サッカスンが放たれるのを二〇回見たことがあるんですよ。僕、鎖を持って引っ張ったこともありますよ」と、スレンダーは自慢する。「でも、ホントに、女たちがきゃあきゃあ叫んで、そりゃもう大変でした。でも、まったく、女には我慢できないでしょうね。熊っていうのは、本当に醜い、乱暴な生き物ですから」(第一幕第一場二四七〜五一行)。

エリザベス朝の人々は、熊を、きわめて醜く下品で乱暴なものの象徴と見なしており、シェイクスピアもまたこの見方をあちこちで利用しているが、シェイクスピアはまたほかのイメージも捉えていた――「奴ら、俺を杭に結びつけやがった。逃げられやしない」と、マクベスは敵に取り囲まれ、追い込まれたときに言う。「だが、熊のように、戦わねばならぬ」(第五幕第七場一〜二行)。マクベスは、最後に首を刎《は》ねられるのが当然の謀叛人なのだから、熊のようにいじめ殺されるのがかわいそうなわけではないし、熊いじめそのものがかわいそうだと思わせる台詞でもないが、マクベスの絶体絶命を観れば、下品な笑いは凍りつき、熊いじめが耐えがたいものであることがわかっただろう。

どうしてこれほど野蛮で悪趣味なものを、エリザベス朝とジェイムズ朝の人たちは楽しんだのだろうか？ 特にテューダー王朝とスチュアート王朝の君主はその特別な後援者であったわけだが？

（一七世紀末にはこの「王家の余興」を再興する試みがあったが、一六五五年に清教徒の兵士たちが七頭の熊を撃ち殺してしまった打撃から立ち直れなかった）。

この問いに答えるのは、現代の私たちが残酷な見世物を楽しんでいる理由を説明しがたいように、難しい。しかし、シェイクスピアの同時代人トマス・デッカーの言葉に一つの鍵がある。「とうとう、目の見えない熊が杭につながれると、犬をけしかけていじめるのではなく、人間の恰好をしてキリスト教徒の顔をした生き物の一団（炭鉱夫、荷馬車の御者、あるいは船頭といった連中）が、役人の仕事を引き受けて、このムッシュ・ハンクス（目をつぶされた熊）を肩から血が流れるまで鞭打つのだ」。このとき群衆が見たものは、少なくとも社会のあちこちで日常茶飯に行なわれている鞭打ちの刑をグロテスクに――だからこそおもしろく――舞台化したものだった。親はしばしば子供を鞭打ち、教師は生徒を鞭打ち、主人は召使を鞭打ち、役人は娼婦を鞭打ち、州長官は浮浪者と「健常なる乞食」を鞭打った。競技場で催されたこの見世物には、シェイクスピアなら大いに強調しそうな奇妙な二重の効果があった。つまり、それは物事の秩序――私たちがやっていること――を確認し、同時にその秩序を問題視するのだ――私たちがやっていることはグロテスクだ、と。

ロンドンは、絶え間ない懲罰の劇場だった。もちろんシェイクスピアだって、ロンドンに出てくる前に体罰ぐらい見たことはあっただろう――ストラットフォードにも笞《ち》刑《けい》柱や晒し台や足枷はあった。しかし、タワーヒル、タイバーン、スミスフィールド、矯正院《ブライドウエル》、王座裁判所監獄《マーシャルシー》など、ロンドンの壁の内にも外にも諸所にある公開処刑場で実施される刑罰の頻度と残虐さには目を瞠《みは》ったことだろう。犯罪者と見なされた人々に国家が烙印を押し、刃物で傷つけ、殺害するのを見ようと思えば、毎日でも見られた。ロンドンには処刑場が至るところにあったので、こうした見世物の場が足りなくて困ることはなかった。ある殺人事件では、犯人は、まず手を現場近くで斬り落とされ、血を流しながら通りを引きまわされたあげく、処刑場に連行された。この大都市に住んでいれば、そんな見世物をどうしたって目にすることになるのだ。

そんな町なかを歩くのは、どんな感じがしただろう？　三日にあげずそんな光景を見るというのは？　町で人気のある余興には、こうした絶え間ない責め苦が反映されていた。目をつぶされた熊を鞭打つのもそうだし、悲劇の上演だって同じようなものだ。シェイクスピアがわざわざ、法と秩序を守るための血腥《ちなまぐさ》い儀式を見に出かけたかどうかはともかくとして（公開で拷問をする役人や絞首刑執行人の向こうを張るのが好きな劇作家もいた）、そんな儀式はシェイクスピア劇に何度も現われる。両手と舌を斬り落とされる『タイタス・アンドロニカス』のラヴィニアのおぞましい運命は、エリザベス朝の役者なら、類似の実演を劇場近くの郊外の処刑台で見ているから、手に取るように細部までリアルに演じるのはたやすかっただろう。シェイクスピアの登場人物が、リチャード三世やマクベスの血のついた生首を示すとき、観客はその作り物を本物と比べることができただろう。

シェイクスピアは趣味の悪い大衆が求めるものを提供した、というだけの話ではない。シェイクスピア自身が、そこらじゅうにある刑罰としての見世物にはっきりと目を奪われていたのだ。目を奪われていたからといって賛成していたわけではない。実のところ、激しい嫌悪を感じていた。シェイクスピア作品のなかで最悪の拷問シーン――『リア王』でグロスター伯の目がつぶされる場面――で描かれるのは、人面獣心の非道であることは明確にされている。しかし、そんな残忍な行為に恐怖を感じるからといって、社会の野蛮な法的処罰をひとくくりにして拒絶しようというわけではない。『オセロー』の最後で、邪悪なイアーゴーがなぜ悪意ある策謀を張り巡らせたのか説明を拒むとき──「何も聞いてくれるな。わかっていることは、わかっているだろう。／これからはもう一言も口をきかない」──ヴェニスの政府の高官はなんらかの答えが引き出せるはずだと自信を持っている──「拷問で口を割ってやる」（第五幕第二場三〇九～一〇、三一二行）。たとえ、それがうまくいかなくても──イアーゴーはそれ以後、劇の最後まで口を閉ざし続け、拷問で口を割りそうにはとても思えないのだが──ヴェニス人たちは、悪党に復讐するつもりなのだ。実際のところ、政府の高官が説明するとおり、当局は悪党の苦痛を増し、引き伸ばすために、あらゆる手を尽くそうとする。

殺さない程度に痛めつけ、できるだけ長引かせられるような
残虐な拷問を考え出して、
こいつに与えてやりましょう。

（第五幕第二場三四二～四四行）

イアーゴーを拷問にかけても、デズデモーナは生き返らないし、オセローの潰《つい》えた人生は元に戻らないが、『オセロー』は拷問の合法性を受け容れるように観客に仕向ける。たとえ不適切であろうと、拷問によって、傷ついた道徳的な秩序を修復したいという思いがあるのだ。国家による拷問は、シェイクスピアも観客もよく知っていて、そういうものだと思っている世界の一部なのであり、なにも悲劇だから出てくるわけではない。シェイクスピアの最も幸福な喜劇の一つ『から騒ぎ』の最後の歓びの場面でも、暗い疑惑がすべて消え去り、苦い誤解が解消したときになって、これから拷問台や親指潰しの器具を使おうと考える時間がある。悪党の私生児ドン・ジョン──不器用なイアー

ゴーのような男——が、悪巧《わるだく》みがばれて逃げてしまったあとの場面だ。クローディオとヒアローは仲直りをし、最も愉快なカップルであるビアトリスとベネディックと同時に結婚しようとしている。陽気なベネディックが「結婚する前に踊りを踊ろう」と音楽を求めると、ドン・ジョンが捕まったとの報告が入る。「奴のことは明日まで考えないことにしよう」と、ベネディックは言い、劇の締めの言葉をこう述べるのだ。「奴にはすばらしい罰を考えてやりますよ。さあ、やってくれ、笛吹きの諸君」(第五幕第四場一一二〜一三、一二一〜一二二行)。

つまりこれが、ロンドンのような都会に住むとはどういうことか、刑法がむごたらしい見世物を果てしなく展開している真っ只中に住むとはどういうことかという問いへの答え、あるいは少なくとも答えの一つだ。見世物は、生活の一部として受け容れられていた。いつそれに目を向け、いつ目をそらすか、いつ罰し、いつ踊るかということを心得るのが、生きるコツなのだ。苦痛と死に近接して喜びがある——バンクサイドの処刑台の近くに売春宿があった——ということも、シェイクスピアの想像力を捉えたのである。

売春宿(stews)は、シェイクスピア劇に頻出する——多種多様な女衒、門番、居酒屋の親父、召使たちと並んで、ドル・テアシート、オーヴァダン夫人、それに風俗業の従業員たちもまた、出番は短いが、くっきりとした印象を刻んでいく。売春宿は、病気、悪徳、無秩序の場所であると同時に、人間の根深い欲望を満たす場所としても描かれている。これほど階層化された社会では普通なら仲間になれるはずのない老若男女、紳士と庶民、教育のある者ない者を、仲間としてひとくくりにしてしまうのが売春宿なのだ。とりわけ、売春宿は、悪条件——厳しい商売敵、乱暴で興の乗らない顧客、悪意ある市当局など——と格闘してそこそこの儲けをあげる零細企業として描かれている。

そのように見れば、売春宿は、郊外にある別の施設と酷似していると、シェイクスピアのみならず、おそらくほとんどの同時代人が感じていたのではないだろうか？　つい最近誕生し、シェイクスピアの仕事の中心となった場所――劇場である。シェイクスピアが生まれたときにはイングランドのどこにも独立して存在していなかった劇場は、「歓楽地帯」が提供してくれるほとんどあらゆるもの――踊り、音楽、上達するとおもしろくなるゲーム、血を見るスポーツ、刑罰、セックスなど――と手を結び、それをネタにした。実際、劇的模倣と現実との境界線、一つのお楽しみと別のお楽しみとの境は、ぼやけることがあった。売春婦は劇場の雑踏で客を見つけ、少なくとも劇場を批判する連中の想像では、劇場内の小部屋で事に及んだのである。

一五八四年、ロンドンを訪れたある外国人は、八月のある午後にサザックで目撃した手の込んだ見世物を次のように描写する。


三階建ての丸い建物があり、そのなかに一〇〇匹余りの大型イギリス犬が一匹ずつ別々の木製の犬小屋に入れられている。これらの犬は一頭ずつ連続して三頭の熊と戦わされ、二頭目の熊は一頭目より大きく、三頭目は二頭目より大きい。そのあと、馬が連れてこられて犬に追いまわされ、最後に雄牛が勇敢に戦い抜く。それから、大勢の男女が別々の仕切りから出てきて、踊ったり、互いに会話したり、喧嘩したりする。また、白パンを群衆に投げる男があり、群衆はそれを奪い合う。場内の真ん中あたりに薔薇《ばら》が仕掛けられ、これはロケット型花火で火がついて打ち上がり、そこから突然たくさんのリンゴやナシが、下に立っている人々の上に降る。人々がリンゴを奪い合っているあいだに、薔薇からいくつかのロケット型花火が人々の上に落ち、皆大いに怖がるが、見物客はおもしろがる。そのあと、四方からロケット型花火やそのほかの花火が飛び出し、それでお遊び(play)は終わりとなる。

「それでお遊び(play)は終わりとなる」——今日なら、こんな血腥《ちなまぐさ》い俗悪な見世物を演劇と見なす人はいないだろうが、エリザベス朝のロンドンでは、動物をいじめることと芝居(play)の上演は奇妙にからみあっていた。どちらも、市当局の怒りを招き、交通渋滞、無為徒食、治安紊乱《ぶんらん》、公的不衛生を引き起こすものとして非難された——だからこそ、熊いじめのショーも芝居の上演も、サザックのような、参事会員や市長の管轄外の場所でなされたのである。また、どちらも、不道徳で罪深い見世物を喜ぶような輩には天罰が下ると脅す道徳家や説教師から同じような言葉で攻撃されたし、どちらも、大勢の一般大衆を惹きつけると同時に、貴族の後援と保護を受けた。そのうえ、見世物小屋と劇場はその構造まで酷似していた。実際のところ、そうした建物の一つ、ホープ座は、熊いじめと劇の上演の両方に用いられた——一六一四年にホープ座で上演されたベン・ジョンソンの『バーソロミュー市』では、登場人物のひとりが、前日の余興のまだ消えない悪臭に言及している。ホープ座というのは、質屋・金貸し・演劇興行主のフィリップ・ヘンズロウの所有になったが、この男は売春宿も所有していた。ロンドンのお楽しみ——そしてそこから生まれる金——は、すべて、ある意味で互いに流れ込み合っていたのだ。

とはいえ、そのほかの見世物小屋とはっきり一線を画していた劇場(ホープ座は例外)は、きわめて画期的な新機軸の建物であった。上演専用に建てられた劇場(蠟燭で照らされた私的な広間や、宿屋の中庭や、荷馬車の台とは違って)で演じるということは、これまでロンドンにはなかったことであり、血腥《ちなまぐさ》い余興よりもずっと新しいものなのだ。一五四二年以降のサザックの地図にはすでにハイ・ストリートに闘牛場が見えるけれど、一五六七年になってようやくロンドン初の演劇専用の一般劇場がステップニーに建てられたのだ。すなわち、赤獅子座《レッド・ライオン》。ロンドンの富裕な食料雑貨商ジョン・ブレインによる大胆な事業であった。なにしろ、この手のものはローマ帝国の衰亡以降イングランドに建てられたことはない。赤獅子座についてはほとんど知られていない——さっさと取り壊されたか、他の用途に改造されたりしたのかもしれない——が、豪気なブレインは、将来性のある投機だと思ったのか、九年後に、さらにもっと大きな新事業に乗り出した。このときビジネス・パートナーとして組んだのが、義弟のジェイムズ・バーベッジだ。建具屋をしていたが、レスター伯のパトロンを受けて役者になった男である。バーベッジの大工としての腕前は、少なくともその演技と同じくらい重要だったことだろう。というのも、この企業家たちが単にシアター(劇場)座と呼んだ複雑な多角形をした木造建築物を建てるのに、バーベッジは大きな働きをしたからである。

「劇場《シアター》」という名前は、文字どおり「古典文化再生《ルネサンス》」という概念にぴったりする。一五七六年当時、比較的なじみの薄い「劇場《シアター》」という言葉は、どうしても古代の円形劇場を思い起こさせたからだ。それゆえ、当然ながら、シアター座は、建てられるとほとんど直ちに「ローマの古い異教の劇場を模して」造られたと教会の説教師から攻撃された。だが、抜け目ないバーベッジとブレインが劇場を建てたのは、ロンドンのビショップスゲイトから外に広がる郊外ショアディッチにあるハリウェル特別行政区に借りた土地だった。そこは、ベネディクト派の修道女の小修道院跡地であり、市当局ではなく女王の枢密院の管轄だった。説教師が口角泡を飛ばし、市のお偉方がどんなに脅そうと、芝居を止めることはできなかった。

シェイクスピアがロンドンにやって来たとき、芝居を見たり演じたりしたことはあっても、劇場を見たことはなかったはずだ。詳しく説明を受けたことはあったかもしれないし、ひょっとしたらロンドンを訪れた家族や友達から念入りに絵を描いて説明してもらったこともあったかもしれない。だが、とにかく初めて劇場に足を踏み入れた瞬間があったはずだ。

目にしたのは、大きな平土間の真ん中に突き出した四角い舞台、そしてまわりを取り囲む、階段状になったギャラリー（回廊）の客席。「平土間客《グラウンドリング》」が立って芝居を見る平土間には屋根がないが、舞台は、絵の描かれた天蓋《ヘブンズ》が屋根のように覆っていて二本の柱で支えられていた。地面から五フィートの高さの舞台には、落ちないように足元を守る柵もついていなかったので、剣で立ちまわりをする役者は自分がどこに立っているか神経を尖らせなければならなかった。舞台の底は奈落として知られる保管場所になっており、舞台に仕掛けられた落とし戸で役者が奈落に落ちるときは劇的効果満点だった。舞台奥の木製の壁には登退場のためのドアが二つあり、必ずしもすべての劇場がそうではないが、ドアとドアのあいだにカーテン付きの小空間があり、カーテンをさっと開いて格式ばった登場をしたり、もっとこぢんまりとした場面に使ったりすることができた。舞台奥、ドアの上には、最高の入場料を払う上客専用の小部屋に分かれた二階席があった。この二階席の中央部分は舞台としても用いられ、シェイクスピアは、当初からではなくとも、かなり早い段階から、バルコニーや城壁上部の胸壁といった使い方を考案し始めている。

照明もなく、舞台装置も最低限しかないため、現代の劇場で当たり前のように用いられている類《たぐい》の演出効果を生み出すことはほとんどできなかったが、夜を想像するのに突然暗くなる必要はないし、森を想起するのに作り物の木々を見る必要はないことを観客は何度も体験してわかっていた。エリザベス朝の観客が重要視したのは、衣服が醸《かも》し出す雰囲気だ。舞台奥の壁の裏に「楽屋」があり、そこで役者は豪華な衣装を身につけた。衣装が雨に濡れないようしっかり守ってくれたのは、屋根として張り出した天蓋だ。劇場全体の設計がすばらしく機能的であり、いろいろな使い方ができた。旅まわりの劇団が上演した立派な町の集会所や貴族や紳士の私邸の広間にもそれなりの利点があったが、そうしたところで上演する際には、役者はいつも上演の仕方を考え直し、その場その場に応じてブロッキング(役者の立ち位置や動線)を変え、上演など想定していない空間の問題点をなんとかクリアしなければならなかった。田舎から出てきた若い役者や大志を抱く劇作家は、ロンドンの劇場に足を踏み入れたとたん、自分は死んで演劇の天国に来たのかと思ったことだろう。

その天国には、少なくともある点において、ほっと落ち着ける快適さがあった。ギャラリーに囲まれた青天井の空間だ。これは、ロンドンや地方で時々上演の場となった宿屋の裏庭の青天井を思い出させた(大きな部屋で上演されることのほうが多かったけれども)。宿屋の主人——当時「ハウスキーパー」(管理人)と呼ばれていた——が、裏庭のほかに衣装や小道具を旅まわりの役者たちに貸し出し、公演が終わると役者は帽子を持って群衆のなかを回って金を集めた。一五八〇年代に劇団は宿屋の入り口で入場料を取る試みを始めているが、ロンドンに着くまでにウィル少年自身、一度ならず金集めをしただろう。新しいシアター座や続いて建てられたそのほかの公衆劇場は、それぞれ違った方式で運営されていたが、興行主はいずれも単なる宿屋の主人であるかのように自らをハウスキーパーと呼んだ(今も依然として「客電《ハウスライト》」を落とすとか、「満員御礼《フル・ハウス》」になったという言い方をするのは、おそらくそれゆえであろう)。

バーベッジとブレインが投資したなかには、実はグレイスチャーチ・ストリート(現在のリヴァプール・ストリート駅近く)にあるクロス・キイズという宿屋も含まれており、そこでも時々上演がなされたが、主たる劇場は上演専用の建物であり、そこでは新システムを完全に導入することができた——すなわち、見物客に、劇を見る前に木戸銭を払ってもらうのである。劇が終わると、役者はただ拍手を求め、またのお越しを乞うだけでよかった。こうして、客から金を集めるボックス・オフィス(もともとは「鍵のかかった金庫」の意、今は「切符売り場」)が生まれた。上演側と客との関係を大幅に変えたこの大刷新は、たちまち商業的な成功となったらしく、もう一つ、カーテン座という劇場がすぐに近隣に建てられ、それから続々と劇場が建ち並んでいった。一ペニー払えば、平土間に入ることができ、人ごみのなかで二、三時間立ったまま、あちこち場所を変え、リンゴやオレンジやナッツや壜入りエール酒を買い、できる限り舞台近くまで人をかき分けて行ったりもできた。もう一ペニー払うと、劇場内をぐるりと周っている屋根付きのギャラリーに坐って雨(あるいは、ときに暑い日差し)を避けることができた。三ペニー目を出せば、当時の観客が「一番快適な場所」と呼ぶギャラリー一階部分の「紳士の部屋」にクッション付きの席をもらえ、「そこでは、何もかも見えるのみならず、人からもよく見えた」。

料金システムは明朗会計を確実にする手段でもあった。最初のペニーは、役者に支払われることになっていた。二枚目、三枚目のペニーは、全部ないし一部が「ハウスキーパー」のものとなった。しかし、共同経営者同士、よく喧嘩になった——秘密の鍵を持っているバーベッジが金庫から金をくすねた、とブレインは言い張った。そして、金でいざこざを起こしたエリザベス朝の人々がやることといえば決まっていた。裁判沙汰だ。一五八六年にブレインが死んでも、告訴と反訴に決着がつくどころか、ますますもつれて紛糾し、一五九〇年一一月一六日、ブレイン夫人は収益の分け前を取り立てようと、仲間を引き連れてシアター座へ乗り込み、全面衝突にまで発展した。ジェイムズ・バーベッジとその妻は、窓から顔を出して、義理の妹を大声で淫売呼ばわりし、取立人たちを悪党と罵《ののし》った。当時約一六歳の末息子リチャードは、箒《ほうき》を振りまわし、取立人のひとりに襲いかかり、「馬鹿にしきった様子で」――と宣誓供述書にある――「供述者の鼻を弄《もてあそ》んだ」。この箒を持った乱暴な少年こそ、のちにハムレットを演じ、そのほかのシェイクスピアの偉大な主人公のほとんどすべてを演じた有名な役者の記録に残る若き日の姿である。

シェイクスピアが入り込んだ演劇の世界は、気まぐれで、出たとこ勝負で、競争が激しく、不安定だった。やかましい敵もいた。説教師と道徳家たちは、劇場はヴィーナスをはじめとする悪魔のような異教の神々の神殿だと訴えた。曰く、無邪気に芝居を観に出かけた立派な家柄の既婚婦人でさえ、好色な生き方にたちまち誘われてしまう。魅惑的な少年俳優に男性は性的に興奮させられる。神の言葉が嘲られ、篤信が嘲笑され、厳かな権力者が侮蔑される。治安を乱す考えが大衆の心に植えつけられる、と。「芝居に行くがよい」と、激昂した聖職者ジョン・ノースブルックは喝破して、こう続けた。「もし不倫をして夫をだましたいなら、あるいは妻をだましたいなら、愛人を得るために娼婦を演じたいなら、強奪したいなら、欺きたいなら、裏切りたいなら、追従を言い、嘘をつき、罵り、偽証をし、売春をし、人を殺し、毒殺し、国王に従わず叛乱を起こし、財産を無駄に使い果たし、情欲に溺れ、市や町から略奪し、仕事をせず、冒瀆し、淫《みだ》らな愛の歌を歌い、下品なことを言い、威張り……」。悪徳の訓戒の一覧は、息つく暇もなく続き、その後何年にもわたってほかの多くの説教師たちがつけ加えていった。それでもまだ足りないかのように、演劇を目の敵《かたき》にする連中は、舞台上の邪悪さは観客の邪悪さに匹敵すると言い募《つの》った。劇場内の様子を、スティーヴン・ゴッソンは一五七九年に、こう記している――「女のそばに坐ろうと、それはもう、押し合いへし合い、いらいら、ぎゅうぎゅうの大騒ぎだ。服を踏まれたくないと気を遣い、食べ物のかけらが膝に落ちないかと目を光らせ、痛くならないようにと背中にクッションを入れ、何だか知らないけれど仮面を耳から掛け、暇つぶしに青リンゴをもらい、足でじゃれ合い（アベックのいちゃつき）……蹴ったり、戯れたり、微笑んだり、目配せしたり、余興が終わると、やれご帰還だと従者たちが勢揃い」。ひどい話だ、と道徳家たちは眉をしかめて言った、喜んで二時間坐って芝居を観る大勢の者が、説教を聴いて一時間も坐っていられないとは。

こうした非難は劇場閉鎖を目指してなされたものの、日曜の公演を禁止するに至ったほかは、無理もないことだが、かえって一般大衆の関心を呼んでしまった。「どこに行きましょうか」と、ジョン・フローリオは、一五七八年に出版されたイタリア語表現ハンドブックに書いている。「雄牛座《ブル》に芝居を観に行きましょうか、それともほかの場所に行きましょうか」。フローリオはロンドン生まれのロンドン育ち、イタリア人プロテスタント亡命者夫婦の息子だ。そのちょっとした外国語レッスンは――現代の教科書と同じように、よくある日常風景を取り上げようとするからこそまさに当時の様子がよくわかるわけだが――このように続いている。

喜劇は好きですか？
はい、日曜日に観ます。
僕も好きですが、説教師たちが許しません。

なぜですか？　ご存じですか？
喜劇はよくないとのことです。
ではなぜ、上演されるのですか？
皆が喜んで観るからです。

「皆が喜んで観るからです」。舞台の擁護にまわる人たちも熱弁を振るった。曰く、芝居は勧善懲悪であり、よい礼儀作法を教え、放っておけば悪いことを考えるような人たちに害のないことを考えさせる、といった具合に。しかし、劇場が生き残り繁栄したのは、ひとえに、下は丁稚《でっち》から上は女王までが芝居を喜んで観たからである。

強力な貴族、政府高官、そして女王自身が公衆劇場と劇団とを保護した。国家に危険分子がいるとすれば、劇場ではなく劇場の敵である不満分子、ありとあらゆる軽佻浮薄を一掃したがる際限なく口うるさいプロテスタント急進派であると当局は考えていた。しかし、女王とその顧問官らが舞台に与えた保護は、決して無条件ではなかった。女王側も大衆が集まることには神経を尖らせていたのだ。過度の猜疑心か、あるいはつらい経験から学んだか、群衆というものは本来危険であり、すぐさま暴力沙汰に及び、機会さえあれば社会的上位の者を攻撃し、基本的な社会組織をつぶそうとするとでもいうかのような態度で接したのである。公的書類では、女王は愛すべき臣民にやんごとなき信頼を抱いていることを常に強調していたが、非公式の女王の発言は、疑心暗鬼の色が濃かった。サー・フィリップ・シドニーが目上のオックスフォード伯爵とテニスコートで喧嘩になりかけたとき、エリザベス女王はシドニーに、一介の騎士の分際で、と叱って警告した。「あなた自身が身分や称号を尊重しないことを庶民が知ったら、どうなると思いますか?」

エリザベス朝の役人は、統制の及ばない見世物に気をもんだ。一握りの人々が集まるだけでも、当局は警戒した。スパイが居酒屋や宿屋へ送り込まれ、会話に聞き耳を立て、疑わしいことは何でも報告するように命じられた。「反抗的な言葉」を吐く人物がいないか注意せよという布告も出た。「世を忍び、アジトに隠れ、ニュースや騒動はないかアンテナを張り、噂やでたらめを広げる」ような手合いを警戒するようにとの発令も出た。ロンドンに潜む浮浪者は厳罰に処せられた。どんなに強力な味方がいても、劇場が安泰でないのは当然だった。

一五八〇年代後半に、おそらく劇団の雇われ役者としてロンドンに着いたシェイクスピアが足を踏み入れたのは比較的新しい世界だった。基本的構造がないほど新しいわけではないが、まだ何でもでき、これから発展していく新しさがあった。いつも旅まわりの放浪生活ばかりだと、劇団員は頻繁に入れ替わるし、分裂や再統合があって落ち着かなかったが、人口が急増してますます娯楽に餓えている都会に公衆劇場ができるということは、少なくとも一部の劇団にとっては、実入りのいい本拠地を手に入れて、あちこちで上演しなくてもすむチャンスだった。それでも、ときには巡業に出たが、衣装や小道具を積んだ荷馬車を引いて上演場所を求めて四苦八苦し、地方当局との交渉で頭を悩ませることは、もはやプロの劇団生活の要《かなめ》ではなくなったのだ。

しかし、どんなに成功していても、劇団がロンドン中心の定住生活に移行するのは容易なことではなかった。巡業はもちろん疲れる——数回上演しただけで、荷造りして移動しなければならなかった——けれども、ほんの少しのレパートリーでやりくりできた。ロンドンではそうはいかない。青天井の円形劇場は巨大だった——二〇〇〇人以上収容できた——し、一六世紀の基準から言えば過密と言えるロンドンの人口も、二〇万しかなかった。つまり、経済的に生き残りを図るには、一シーズンでヒット作一本か二本を上演して、それなりのロングランにする程度ではだめなのだ。劇団は、膨大な数の人々を、何度も繰り返し劇場に通うようにさせなければならず、そのためには常にレパートリーを変えなければならなかった。その数、週に五、六本。どの劇団も、前のシーズンから持ち越した二〇本ほどに加えて、年に新作約二〇本をこなしたのだ。この制作の規模の大きさは瞠目に値する。

シェイクスピアは、新しくできた公衆劇場が生み出すこの絶好の機会をすばやくつかんだようだ。そこで上演する劇団は、新作を喉から手が出るほど欲しがっていた。その食欲を満足させてやるために、自分独りで仕事にかかってもよいし、だれかと共同作業をしてもよかった。まさに今がチャンスだ。作家組合はなかったし、肩書きなどいらない。名乗りを上げるのはだれでもできた。ロンドンは、演じるのみならず書いてもみたいというストラットフォード時代からのシェイクスピアの野望の芽を開かせてくれたのだ。

晩年、シェイクスピアは驚くほどすらすらと書いたと言われている。「シェイクスピアを褒め称えようとして役者たちがよく言うが」と、友人にしてライバルだったベン・ジョンソンが書いている。「何を書くにせよ、シェイクスピアは一行も消さなかった」。ジョンソンは痛烈につけ加える、「私に言わせれば、千行も消してくれたらよかったのに」。

シェイクスピアの戯曲と詩の多くにいろいろな版があることから判断すると、シェイクスピアは黙って何千行も消していたに違いない。作品を大幅に改定したという確かな証拠があるのだ。しかし、非常にすらすらと書いたという印象が残り、駆け出しの頃の苦労もなかったように思われるようになったのかもしれない。言葉が自然と浮かび、台詞の憶《おぼ》えが早く、ヒントが一杯つまった手本となる芝居をすでにいろいろ吸収していたため、若くて未経験ながら、直ちに舞台のために執筆する用意ができていたのだ、と。しかし、シェイクスピアが劇作家として完全に軌道に乗るには、驚くべき審美的ショックが必要だったふしがある。

伝記作家ストウは記す。ロンドンは「大きな欲望を満たす強力な装置だ」と。一五七〇年代以降建った大きな公衆劇場――シアター座、カーテン座、ローズ座、スワン座、グローブ座、赤獅子座、運命座《フォーチュン》、そしてホープ座――は、そうした大きな欲望を養い満たす仕事をしていた。シェイクスピアは、ロンドンに到着するやいなや、この大原則を最も純粋な形で目の当たりにする。というのも、まさにロンドンに足を踏み入れようとしていた一五八七年、海軍大臣一座がクリストファー・マーロウの『タンバレイン大王』を上演するローズ座は、大入り満員の大騒ぎとなっていたからだ。シェイクスピアは、ほぼまちがいなくこの芝居(そしてすぐ続いて上演された続編)を観ており、繰り返し観に行ったかもしれない。劇場で観た芝居はこれが初めての部類――ひょっとすると本当に初めて――だったかもしれず、この芝居がシェイクスピアの初期作品に及ぼした影響から考えると、肺腑を衝《つ》き、実に人生を変えてしまうような強烈な印象をシェイクスピアに与えたように思われる。

マーロウの驚くべき残酷な芝居が掻き立て、見事なまでに満たしてくれた夢とは、支配の夢だ。主人公は貧しいスキタイ人の羊飼い。決意とカリスマ的活力と徹底した冷徹さによって頭角を現わし、文明世界のほとんどを征服する。叙事詩のスケールで構想されたこの劇は、騒々しく、盛観な異国情緒にあふれ、舞台用の血が大量に流れた。旗がはためき、二輪戦車が舞台を横切り、大砲が発射された。だが、最も魅力的だったのは、権力への意思を寿ぐ呪文のような言葉だ。

オランダ人旅行者ヨハネス・デ・ヴィットによる1596年のスワン座のスケッチ．原画は失われたが，友人が写しをとっており，そこには高くなった舞台の上で二人の女性登場人物（おそらくは少年が演じている）が侍従の挨拶を受けている場面が描かれている．　ユトレヒト大学図書館

四大元素で人間を形作った自然は、
この胸中で大連隊を成すべく戦いを起こし、
我らに教える、大志を抱けと。
この世の驚くべき構造を理解し、
さすらう星々の行路を測り知るほどの
能力を持った我らが心は、
常に無限の知識を求めてのぼりつめ、
回転の止まらぬ天空のように
休まず弛《たゆ》まず精を出し
ついには最も熟した果実に手を伸ばせと叱咤する。
それこそ完璧なる至福にして唯一の幸福、
この世の王冠を手にする喜びだ。

（第二幕第七場一八〜二九行）

この芝居が演じられているあいだ、学校や教会や説教集や布告やお堅い論文などで教えられる道徳の一切が消えてしまう。最高の善――「それこそ完璧なる至福にして唯一の幸福」――とは、神を思うことではなく、王冠を手に入れることなのだ。血統の階層秩序もなく、神が認めた合法的権力もなく、従わなければならない因習的義務もなく、道徳的な制限が一切ない。その代わりに、最高

はっきり真正とされる劇作家クリストファー・マーロウの肖像画は残っていないが，ケンブリッジ大学コーパス・クリスティ・カレッジにあるこの16世紀後半の絵の日付と由来から判断して，これは陰気な学部生だったマーロウを描いたものと考えることができる．

ケンブリッジ大学コーパス・クリスティ・カレッジ

権力をつかむ(あるいはつかんだと夢見る)までは絶対におさまることのない、じっとしていられない激しい衝動があるのだ。

タンバレイン役は、海軍大臣一座の偉才、若き役者エドワード・アレンが、弱冠二一歳で演じた。二歳年上だったシェイクスピアは、自分がロンドンの舞台で第一級の役者になれそうにないと——それまでまだ気づいていなかったとすれば——この公演を観て気づいたかもしれない。アレンは本物だった。堂々たる存在感、大観衆の注意を思うがままに惹きつける「音楽的な」澄んだ声。「ふんぞりかえって、怒鳴り散らす」この役で、不朽の名声を即座に勝ち得たアレンは、さらにフォースタス博士、バラバスなどの大役を演じ続け、ヘンズロウの義理の娘と結婚し、演劇のビジネス界で成功して大金持ちとなり、ダリッジ・カレッジという名高い教育施設を創設したのである。

シェイクスピアのなかの役者魂は、アレンのタンバレイン大王に強い迫力を感じただろうけれど、シェイクスピアの詩人魂がとらえていたのは別のことだ。すなわち、観客を惹きつけているこの魔法はどこから生じているのか？　その魅力は、役者の美声だけにあるのでもないし、主人公が大音声で求める至福の対象が地上の王冠であるという大胆なイメージにあるのでもない。息を呑んで水を打ったように静まり返った群衆がこのとき味わっていたのは、前代未聞のエネルギーと有無を言わさぬ雄弁さをもってタンバレインが朗誦するブランク・ヴァース(無韻詩)だ——一〇音節、五拍強勢、押韻なしのダイナミックな詩行——作者クリストファー・マーロウが舞台のために完成した韻文形式である。それは、人間が実際よりももっと偉大なものであったら、普通の言葉がこうなるであろうという夢のような台詞であって、決して単なる大言壮語や高慢な物言いではない。その魅力はそれ自体の「驚くべき構造」にあった。すなわち、Doth teach us all to have といった単音節の連続が突然 aspiring（大志）という言葉に流れ込むような絶妙な韻律《リズム》であり、fruit（果実）が fruition（喜び）になるのを聞く楽しさにあったのである。

シェイクスピアは、いまだかつてこんなものを聞いたことはなかった——故郷ウォリックシャーで観た道徳劇や聖史劇にはもちろんなかったものだ。「ここはもうストラットフォードではないんだ」と独り言《ご》ちたことだろう。道徳劇や聖史劇を観て育った人間にとっては、まるで〈放蕩《ライオット》〉役がどういうわけか舞台を仕切り、同時に無類の言語力を持ったかのように思えたことだろう。

たぶん、そうした初期の公演を観て——マーロウの破天荒ぶりがすっかりわかる前に——シェイクスピアは、無実の人々の血に染まった暴君が懲らしめられるのを、ほかの観客と一緒に期待したのではないだろうか？　それが、結局は、宗教劇の〈放蕩〉や暴君ヘロデにいつも起こることだった。しかし、実際に目にしたのは逆だった。正気とも思えないほど残虐な勝利が延々と続き、快哉の修辞《レトリック》が観客を一層酔わせたのだ。「三途の川辺に何百万もの連中が坐って」と、劇の終わりで殺人狂の征服者は喜悦の声をあげる。

　冥土の渡し守カロンの舟が戻るのを待つ。
　地獄も極楽も、この俺が送り込んだ
　亡霊どもであふれかえっている……

（第五幕第一場四六三〜六六行）

何があってもタンバレインは振り返らない。怖がらない、服従しない、既成の秩序を敬わない。「皇帝も王も、俺様の足元で息を潜めてはいつくばる」(第五幕第一場四六九行)。こう言うと、ダマスカスの罪のない処女たちを虐殺し、美しい花嫁、神々しいゼノクラティを娶《めと》る。征服したエジプト君主の娘だ。すると、あろうことか、突然、意外にも劇は終わる。群衆は、これまで感覚が麻痺するほど繰り返し教え込まれてきたすべての尊いことを踏みにじってくれたこの芝居に拍手をして万歳を叫ぶのである。

シェイクスピアには決定的な体験だった。これまで抱えてきた審美的、道徳的、演劇的な前提をすべて覆す挑戦だ。マーロウが事実上シェイクスピアの分身のような男である――一五六四年生まれの同い年、田舎生まれ、裕福な紳士ではなく平凡な職人(靴屋)の倅《せがれ》――ということを知ったとき、打撃は一層大きかったに違いない。マーロウがいなくても、シェイクスピアはまちがいなく劇を書いただろうが、まったく違った劇になったことだろう。実際は、マーロウから受けた感銘をもとに、生涯の重要な一歩を踏み出したのだ――すなわち、役者のみならず、自分が出演する舞台のために台本も書こうと決心したのである。

『タンバレイン大王』第一部とそれにすぐ続いた第二部の特徴は、シェイクスピアが劇作家として最初に書いたとされる『ヘンリー六世』三部作の至るところに見られる。あまり随所にあるので、昔の本文研究の学者は、『ヘンリー六世』はマーロウ自身が参加した共同制作ではないかと考えたほどだ。三部作の文体にははっきりと斑《むら》があるため、シェイクスピアがだれかと一緒に仕事をしたことが窺えるが、マーロウがそのひとりであったと信じる学者は今やほとんどいない。それよりはむしろ、新参者のシェイクスピアを加えた作家仲間がマーロウの業績をちらりちらりと振り返っているように思えるのである。

マーロウは『タンバレイン大王』二部作を、スパイ、二重スパイ、詐欺師、無神論者といった自らの奇妙な個人史をもとに組み立てたが、旺盛かつ広範囲な読書を活かしていたことも見逃せない。このスキタイ人征服者の人生を詳細に描くに当たって、マーロウはイングランドで出版されて当時人気のあった何冊かの本に取材した可能性があるのだが、学者たちは、マーローウが当たったのは、それらの本の出典である入手困難なラテン語の原典のほうだということを証明している。『タンバレイン大王』には、マーロウの存命中、どの西ヨーロッパ言語にもまだ訳されていないトルコの原典から情報を持ってきたのではないかと思われる箇所さえある。しかも――これは重要なポイントだが――異国情緒あふれる地名が続出するこの劇を書くに当たって、マーロウは偉大なフラマン人地理学者オルテリウスが執筆した非常に高価な新刊書『世界の舞台《テアトラム・オルビス・テララールム》』を読んでいたのだ。靴屋の息子がどこでそんな本を読めたのだろう？　その答えは、マーロウが一五八一年に学生として入学したケンブリッジ大学の文献や先生にあったはずだ。たとえば、その年の七月、オルテリウスの世界地図の本が大学図書館に贈呈され、マーロウ自身の学寮であるコーパス・クリスティは早くもその本を所蔵することになっていた。

シェイクスピアには、そんな頼れる伝手《つて》はなかった。しかし、おそらくこの時期のシェイクスピアの人生に重要な役割を演じたと思われる友人がロンドンにいた。リチャード・フィールド。シェイクスピアと父親同士が知り合いだった同郷の男だ。一五七八年にストラットフォード・アポン・エイヴォンからロンドンに上京して、プロテスタント亡命者であるパリ人印刷業者トマ・ヴォートロリエの徒弟として働いていた。ヴォートロリエの商売は繁盛しており、学校の教科書、カルヴァン著『キリスト教の制度』、ラテン語の英国国教会祈禱書、フランス語書籍、重要な古典作品などを出版していた。こうして並べるとつまらなく見えるかもしれないが、ヴォートロリエは危ない橋も渡っており、異端の神学者にして急進的イタリア人哲学者であるジョルダーノ・ブルーノ(のちにローマのカンポ・デ・フィオーリ広場で火あぶりに処せられて死んだ)が書いた重要な作品を印刷したりもしていた。ヴォートロリエが出版したなかで最もよく知られた本は、シェイクスピアのお気に入りの本、サー・トマス・ノース翻訳のプルタルコス著『対比列伝』だった。『ジュリアス・シーザー』『アテネのタイモン』『コリオレーナス』、そしてとりわけ『アントニーとクレオパトラ』の主たる材源となった本である。

リチャード・フィールドは新しい仕事で業績を上げていた。ヴォートロリエの徒弟として六年勤め、別の印刷業者の徒弟として七年勤めたあと、一五八七年に印刷屋の組合である書籍出版業組合《ステイシヨナーズ・カンパニー》に加入を許された。同年にヴォートロリエが死去すると、フィールドはその寡婦ジャクリーンと結婚し、仕事を引き継いだ。つまり、一五八九年には、印刷屋の主人として身を立てていたのであり、知的冒険心に富んだ錚々たる執筆者たちの作品を手広く出版する忙しい仕事場を持っていた。また、商売敵が出した本を所有していただろうし、そのほかの本を入手することもできただろう。ストラットフォードから出てきた友人の若い劇作家のために、甚《はなは》だ貴重な情報源となってくれたはずである。

だが、シェイクスピアは、詩人として永遠の名声を夢見ながらも、その名声を本と結びつけることはなかった。劇作家としてすっかり名を成し、セント・ポール大聖堂構内の露店の本屋で自分の芝居本が売りに出されても、印刷された本で芝居を読むことへの個人的興味はほぼ皆無であり、ましてやその本が正確かどうかなど気にしていなかった。よもや、自分が舞台のみならずページの上でも生き続けようとは、そして作家としての運命が、ブラックフライアーズにある友人の印刷屋を初めて訪れたときに一瞥《いちべつ》した技術と深く関係することになろうとは、夢にも思わなかったのである。

　印刷屋の扉を開けたとき目に入ってきたのは、ロンドン書籍業の鼓動する心臓そのものだった。植字工が原稿にかがみこんで、皿に手を伸ばして活字を取り出し、行に組んでいく。印刷工が、完成した「組版」（木枠のなかに活字を固定したもの）にインクを塗り、印刷機の大きなねじを回してインク付きの組版を台に敷かれた大きな紙に押しつけ（プレスし）、機械から紙を取り出して折ってページにする。校正係が訂正を加えたページは、製本師のところで紙が縫い閉じられる前に、植字工のところに返されて変更される。こうした流れそれ自体、なかなか見物《みもの》だっただろう（シェイクスピアの作品には記号や符号を印刷するイメージが頻出する）が、シェイクスピアが本当に興奮を覚えたのは本を読めることだっただろう。本は高価であり、若い俳優や駆け出しの劇作家が小遣いで買えるようなものではなかった。それでも、マーロウの作品に度肝を抜かれた野心家シェイクスピアが、受けた挑戦に応じるつもりなら、本が必要だった。

　『タンバレイン大王』に応じようとしたシェイクスピアが、どういうわけで一六世紀のヘンリー六世の混乱した治世についての劇三本を書こうと考えついたのかはわからない。ひょっとしたら、そもそもシェイクスピアの思いつきではなかったのかもしれない。当時シェイクスピアが入団していたかもしれない女王一座が、マーロウの成功に気をもんで、それに対抗しようとしていたという証拠がある。シェイクスピアはすでに始まっていて難航中だったプロジェクトに入らないかと誘われたのかもしれない。劇を何人かで書くのは珍しくない時代だったから、すでに名の通っていた作家たちが助っ人を歓迎したのかもしれない。ひょっとすると、最初は少々意見を述べるだけだったのが、いつのまにかどんどん巻き込まれて責任を負わされたのだろうか？　あるいはまた、最初から

16世紀の印刷所．フラマン人ヤン・ファン・デル・ストリート（1523- 1605）による版画．印刷機２台があり，植字工たちと校正担当者たちがいる．
フォルジャー・シェイクスピア図書館

責任者だったのだろうか？　どのようなケースであったにせよ、シェイクスピアにも共作者にも、マーロウが本を必要としたように、本が必要だった。エドワード・ホール著『ランカスター、ヨーク両名家の和合』、ジェフリー・オヴ・マンモス著『ブリテン王列伝』、ウィリアム・ボールドウィンほか著『為政者の鑑』、そしてとりわけ、出たばかりの必読書、ラファエル・ホリンシェッドの『年代記』といった主要な書籍は、フィールドやそのかつての主人ヴォートロリエが出版したわけではなかったが、シェイクスピアの友人が持っていたということはありうるし、あるいはだれか持っていた人に紹介されたということもありうる。

シェイクスピアはマーロウのように歴史的叙事詩を書こうとしていたが、それをイングランドの叙事詩にしようとしていた。テューダー朝によって秩序がもたらされる以前の流血の乱世を描くのだ。マーロウ同様、過去の世界を蘇《よみがえ》らせ、死ぬまで戦う人物を本物より激しく描きたかったが、舞台に乗せるべきは、異国情緒あふれる東洋の国ではなく、イングランドそのものの過去だった。歴史を芝居にしよう——観客を忘れ去られた時代へと連れ戻し、その時代が依然として薄気味悪いほど身近であり、きわめて重要であることを教えよう。その壮大な発想は、必ずしも新しいものではなかったが、シェイクスピアはそこにこれまでなかった活力、迫力、説得力を加えたのだ。『ヘンリー六世』三部作は、それでも、特にシェイクスピアの後期歴史劇の成功作と比べれば生硬であったが、この劇のなかには、『タンバレイン大王』を模倣できるような題材をホリンシェッドの『年代記』に探す劇作家の姿がはっきりと見えている。

かなり本格的に模倣しているものの、べつにマーロウ崇拝というわけではない。むしろ、首を傾《かし》げた返答となっている。マーロウの劇は、世界じゅうの人間が持つ激しい野心をひとりのカリスマ的スーパーヒーローに集約して示したが、シェイクスピアの三部作にはタンバレインに似たグロテスクな人物が多数登場する。たとえば、前述の農夫ジャック・ケイドのような男がいた。ケイドは、権力に憑《つ》かれたヨーク公爵の傀儡《かいらい》であり、ヨーク公爵はタンバレインの大言壮語に似た台詞を言う。

イングランドに黒い嵐を起こしてやろう。
一万もの人間を天国か地獄へ送ってやる。
そして、わが頭上に黄金の輪をもたらすまで
この残忍な嵐は荒れ狂い続けるのだ。
黄金の輪は、輝かしき太陽の透き通る日差しに似て、
この狂気が生んだ破壊の怒りを静めてくれよう。

(『ヘンリー六世』第二部、第三幕第一場三四九～五四行)

マーロウ的な調子は、ヨーク公爵の邪悪な息子リチャードの台詞のなかに、さらにはっきりと聞こえる。

王冠を戴くとは何とすてきなことか。
その輪のなかに楽園があり、
詩人が至福の喜びとして描くすべてのものがある。

(『ヘンリー六世』第三部、第一幕第二場二九～三一行)

このサディスティックな喜びはもはや男性社会に限られたものではない。泣く子も黙る王妃マーガレットが、敵のヨーク公爵相手に勝ち誇るときにも窺える。

なぜ我慢をしているんだい？　怒るがよい、
おまえを怒らせるために、こうしてからかってやろう。
地団太を踏め、わめけ、ぶつくさ言え、私が歌い踊れるように。
（『ヘンリー六世』第三部、第一幕第四場九〇～九二行）

女性にこのような野蛮な残忍さがあることは、荒くれ者のヨーク公爵をさえ驚かせる。「ああ、女の皮をかぶった虎の心よ！」と、公爵は叫ぶ（第一幕第四場一三八行）。秩序が崩壊すると、だれもがタンバレインのように力を求めるのだ。

マーロウが異国情緒あふれる東洋を描いたとき、とどまるところを知らずに湧き上がる野心が目指したのは、残虐だが雄大な世界秩序の確立だ。その秩序は、『タンバレイン大王』第二部が示すように崩壊するが、それというのも、やがて何もかもが崩壊するからにすぎない。ここには、人は死すべきものであるという残酷な運命以外に何の倫理もない。一方、シェイクスピアがイングランド史を描くとき、湧き上がる野心は、最初から混沌に向かう。抑えの効かぬ、血みどろの党派争いが、イングランドのみならずフランスでも権力喪失を招くのだ。

マーロウの描く主人公は、マーロウの非情さにもかかわらず、あるいはだからこそ、我が物顔に振る舞って、神のように世界を股にかけた――「これが俺の考えだ、俺はそうするぞ」(第四幕第二場九一行)。これに対し、シェイクスピアの卑小なタンバレインたちは、王妃であったり公爵であったりするにもかかわらず、精神に支障をきたした小さな町の犯罪者に似ている。信じがたいほどひどいことができるくせに、雄大さのかけらもないのだ。

この限界は、一つには、詩人としての未熟さゆえに出てきたものである。シェイクスピアは、少なくとも人生のこの時点において、とめどなくあふれる偏執狂的で大仰なブランク・ヴァースをマーロウのように自由に操れなかった。ただ、シェイクスピアはわざとそうしているところもある。シェイクスピアは、登場人物のだれにも――雄々しいイングランド軍人である英雄トールボットにさえ――マーロウが喜んでタンバレインに与えた無限の力を与えなかった。ヘラクレスのようなスーパーヒーローであるタンバレインとは対照的に、トールボットには失望させられる。「噂なんて途方もないでたらめね」と、トールボットを城に誘い込んだオーベルニュ伯爵夫人は言う。

この弱虫の、ちんちくりんが
あれほどの恐怖心を敵に与えたはずがない。

(『ヘンリー六世』第一部、第二幕第三場一七、二二～三行)

トールボット将軍は平凡な人間なのだ。イングランド軍が遁走すると、将軍は、悪魔のようなジャンヌ・ダルクに率いられたフランス軍に、息子ともども殺される。この世のだれひとりとして無敵ではない。悪魔に捨てられると、ジャンヌもまた、復活したイングランド軍に捕らえられ、妖術使いとして審問にかけられ、火あぶりにされてしまう。

一五八〇年代後半に群衆は『ヘンリー六世』三部作を観に集った――この初めての芝居の大成功により、シェイクスピアは劇作家として颯爽とデビューしたのだ――が、劇を観た客は、絶対権力を手にする夢を抱くことはできなかった。それどころか、人民が蜂起して内戦になる恐怖に震えたのである。

そしてまた、犠牲となった英雄の死を感動とともに嘆いたようだ。同時代の劇作家トマス・ナッシュがこう書いている。「勇敢なトールボットはどれほど喜んだことだろう、二〇〇年も墓のなかで眠ったあと、舞台で再び勝ち鬨《どき》を上げ、そして悲劇役者の演技を観た見物客に、トールボット将軍が今、目の前で鮮血を流しているのだと思われて、少なくとも一万人の見物客が(何度も)流す涙で新たに骨を浄《きよ》められたのだから」。『ヘンリー六世』第一部をシェイクスピアと一緒に書いた可能性のあるナッシュは、客観的な証人とはならないけれど、かりにこの文に誇張があっても、ナッシュが記すように商業的な大成功となったことはまちがいない。今や、トールボットを演じた「悲劇役者」――ほぼ確実にリチャード・バーベッジ――は、エドワード・アレンのライバルとなったのであり、それから抜群の空想力を持つ詩的天才クリストファー・マーロウのライバルとして、これまで知られていなかったひとりの才人、ストラットフォード・アポン・エイヴォン出身の無名の役者が登場したのである。

第七章

舞台を揺るがす者

シェイクスピアは、マーロウと会っているはずだ。『ヘンリー六世』三部作で成功する前はまだだったとしても、そのあとで必ず。そして、マーロウ以外にも、ロンドンの舞台のために戯曲を書いていた多くの「詩人」――当時は劇作家をそう呼んでいた――と会ったことだろう。

非凡な連中だった。フィレンツェで十数人のすばらしい画家が一度に現われたように、あるいはニューオーリンズやシカゴで一時期すばらしいジャズやブルースのミュージシャンが次々に出てきた数年間があったように、魔法の瞬間に一斉に現われたのだ。もちろん、そうした瞬間には、純粋な発生学的偶然が働いているのだが、偶然にしてもなるほどと思える制度的、文化的状況というものが常にあるものだ。一六世紀後半のロンドンには、そうした状況として、都市人口の異常な増加、公衆劇場の出現、新作劇を競う市場の存在があった。そのほかにも、識字率の広範囲に及ぶ躍進的拡大、修辞的感性を高める教育制度、鑑賞を好む社会的政治的趣味、長く複雑な説教を聴くことを教区民に強いた宗教文化、活発で止《や》むことを知らぬ知的文化があった。将来有望な知的人間の進路先はかなり限られていた。教育制度が既存の社会制度より先に進んでいたので、高等教育を受けても教会や法律の仕事に就きたくない人は、自分で仕事を探さなければならなかった。不名誉とされてはいたが、演劇界は手招きしていた。

一五八〇年代末のあるとき、シェイクスピアはある部屋へ入っていった。たぶんショアディッチかサザックかバンクサイドにある宿屋だ。そこでは、一流の作家たちが一堂に会して飲み食いをしていただろう。クリストファー・マーロウ、トマス・ウォトソン、トマス・ロッジ、ジョージ・ピール、トマス・ナッシュ、ロバート・グリーン——ほかの劇作家もいたかもしれない。たとえば、トマス・キッド。あるいは、ジョン・リリー。だが一五五四年生まれのリリーは、ほかの連中よりかなり年上だった。そしてキッドは、のちにマーロウと同居するものの、グループ全体から疎んじられていたようだ。というのも、劇作家として成功したにもかかわらず、キッドは単なる祐筆《ゆうひつ》(写本などをする職業的代筆人)としてこつこつ働いて生計が立ったため、そうした地味な仕事ぶりがたいていの粋な作家に軽蔑されていたのだ。この連中は、社会のはみ出し者でありながら、傲慢であり、気取っていたのである。

少なくとも、悪名高い危険な生活を送っていたマーロウにとって、劇場が社会からはみ出していることは嬉しいことだったろう。しかし、マーロウは極端な例だとしても、劇場の魔力に反応する人はたいてい、じっとしてなどいられず、冒険を好む傾向があるものだ。マーロウの親友であるロンドン生まれのトマス・ウォトソンは、オックスフォード大学に学んだが、一三、四歳のときに学位なしで退学して大陸に遊学し、本人の口吻《こうふん》を借りれば「さまざまな響きの言葉を話すため」に勉学に励んだ。ロンドンに戻って表向きは法律を勉強したが、スパイともゆすりともつかぬ、一髪千鈞《いっぱつせんきん》を引くいかさま商売にも手を染めていたようだ。同時に、文学界にもデビューし、最も博学な男として早々《はやばや》と頭角を現わして、二四歳までにソフォクレスの『アンティゴネ』のラテン語訳を出版した。自らラテン語で詩を作り、ペトラルカとタッソーをラテン語の長短短六歩格《ヘクサミター》に翻訳し、ワイアットやサリー以来久々に当世風ヨーロッパ詩形式であるソネットを英語で実験した。

そんな忙しい執筆生活のなかでどうしてできるのかわからないが、ウォトソンは一般の舞台にかけるため、英語で戯曲を何本か書く暇もあった。フランシス・ミアズは、一五九〇年代後半の劇壇を概観して、ウォトソンをピール、マーロウ、シェイクスピアと並べて「悲劇の最高峰」としているが、ウォトソンと敵対する者は、ウォトソンをいんちき文士と辛辣に非難し、「一つの劇に二〇ものでっちあげや悪事を思いついたりするのは、そうしたことを毎日やって生計を立てているからだ」と言う。そうした台本の一本も今に伝わらず、現在ではウォトソンは、マーロウの路上の喧嘩に割って入った友人として最もよく知られている。シアター座とカーテン座近くの豚通り《ホグ・レイン》でマーロウが宿屋の主人の息子ウィリアム・ブラッドレーを相手に繰り広げた喧嘩は、ウォトソンの剣がブラッドレーの胸に一五センチ刺さってけりがついた。ウォトソンとマーロウは、殺人容疑で逮捕されたが、やがて正当防衛ということで釈放された。

ウォトソンという男が、博覧強記で文学的野心がありながら不誠実で乱暴で放浪癖があるという困った性格だったことは、ウォトソンとマーロウとの深いつながり——兄弟分という絆——を理解する手がかりとなる。また、大学才子と呼ばれる作家たちが、だいたいそのような性格であったことは、シェイクスピアが若い駆け出しの頃に初めて大学才子たちに出会ったときからわかっただろう。皆が皆、マーロウやウォトソンほど邪悪であったわけではない。シェイクスピアより六歳ばかり年上のトマス・ロッジは、オックスフォード大学卒業後、法律を勉強し始めていた。ロンドン市長の次男であったため、栄耀栄華への道が目の前に開けており、勉学を続けて法律の道に進めるようにと、死の床にあった母親が遺産を遺してくれていた。しかし、ロッジはその道に進むことには明らかに不満だったらしく、遺産を使い果たし、父親の善意も無にして、落ちこぼれて文壇へ飛び込んだのだ。シェイクスピアが『ヘンリー六世』三部作を単独ないし共同で書いているときに、ロッジは派閥争いで崩壊する国を描いた『内戦の傷』という劇を書いて、海軍大臣一座に上演された。しかし、この劇にも、ほかに筆を下《くだ》した劇にも、たいした才能は見られず、いずれにせよ劇作家としての道にすべての希望をかけていたわけではないらしく、一五八八年にカナリア諸島へ冒険の船旅に出かけている。帰国時には新しい文学作品――『ロザリンド』と題した、優れた散文物語――を携えていた。「一行書くごとに波に大きく揺られながら、海上で綴った苦労の結晶」と自ら記している。つまり、マーロウやウォトソンと同様に、ロッジは気宇壮大な冒険家であったわけだ。一五九一年にはトマス・キャヴェンディッシュとともに、ブラジルやマゼラン海峡まで航海し、戻ってきてその話を語っている。ただし、それほど乱暴者ではなかった。一緒に酒を呑んでも、財布の心配をしたり、命の心配をしたりする必要はなかった。

　作家仲間のもうひとり、ジョージ・ピールは、ロンドンの塩商人で会計士だった男の息子で、オックスフォードの学生だったときすでに悪戯や放蕩生活で悪名を立て、ピールがやったと思われている冒険を綴った本が出版されたほどだ。しかしまた詩人として、そしてエウリピデスの翻訳者としての才能も早くから認められていた。ときに役者もやり、抒情詩、牧歌劇、ページェント、そして公衆劇場のための劇も精力的に書いていた。シェイクスピアが初めて出会った頃には、ピールは友人トマス・ウォトソンを称える詩を出版し、ロンドン市長就任祝賀のページェント台本を書き、劇『パリスの審判』を女王に献呈して成功を収めており、ちょうどマーロウの『タンバレイン大王』の大人気に対して自分なりに応えてみせた『アルカサルの戦い』を執筆中だったたと思われる。八面六臂の大活躍だが、どれ一つとして大して儲かるものはなく、妻の持参金を急速に使い果たしていた。しかし、一緒にいて楽しい仲間だったはずだ。友人トマス・ナッシュから「今生きている人のなかで最も楽しい人だ」と言われている。

ナッシュは、普通はだれかにお世辞を言うような人ではない。大学才子のなかで、ナッシュほど舌鋒鋭い皮肉屋はおらず、一五八〇年代後半にロンドンに初めてやってきたとき、反清教徒《ピューリタン》の小冊子を続けざまに出して嘲笑の才能をひけらかしたものだ。シェイクスピアの三歳年下で、ヘレフォードシャーの小さな教区の司祭の息子であったナッシュは、ケンブリッジに「給費生」(奨学生)として通い、B・A(学士号)を得て名前のあとに「紳士」と書けるようになったあとも、一年かそれ以上勉強を続けた。最初の出版物は、「両大学の紳士たる学生諸君」に宛てた書簡体で、最近の文学作品を扱《こ》き下ろしたものであり、ぶしつけな若者らしい情け容赦のない酷評のほかに、親友に対するおべっかのような発言が含まれていた。

ナッシュが褒めたのは、ピール、ウォトソン、そして「聡明な学識」があるとされた数名であるが、「偉そうなブランク・ヴァースを思い上がってぶちあげて、先輩の書き手よりも擢《ぬき》んでているつもりになって(傲慢の舞台に立っている)」成り上がり者について特に毒舌を吐いている。次の例を見ればわかるとおり、ナッシュは華麗な文体を用いて、わざと曖昧な表現にしている。「畢竟それは虚仮《こけ》威《お》しの御託が河岸を変えて氾濫したにすぎず、その着想は狂酔の気炎にして、男ぶりを示す他の方途に想到しえぬ己の痼癪憤懣を癒さんがため、一〇音節の韻文を太鼓の如くぽんぽこ盛大に繰り出すのだ」。だが、言葉の陳列による靄《もや》はかかっているものの、意味は明確だ。グラマー・スクールの教育しか受けていない連中が、ずうずうしくも公衆劇場のためにブランク・ヴァースで劇を書いているというのである。この種の不遜な田舎者――ラテン語もフランス語もイタリア語もほとんど、あるいはからきし駄目で、召使か田舎町の弁護士の書記にでもなるべく生まれついた者――は、「芸術作品を作ろうという努力」で身を粉にし、大学で教育を受けた先輩たちの詩的文体や好みの韻律を模倣し、新たな職業に飛び込めると思っている。「霜降る朝に丁寧に頼めば、『ハムレット』をまるまる、それこそ悲劇的な台詞をひとくさりやってくれるだろう」。この言葉は、シェイクスピアが『ハムレット』を書くずっと前に書かれたものだ。おそらく、ここでさんざん嫌味を言われている相手は、トマス・キッドであろう。大学の学位もなく、弁護士の書記と召使を務め、今では散逸してしまったが、ハムレットについての劇を書いたことがある。しかし、この誹謗中傷の言いまわしは、シェイクスピアにも完璧に当てはまる――そのことは、シェイクスピア当人もわかっていたことだろう。

　ナッシュのこの書簡は、作家仲間の中心人物ロバート・グリーンが書いた『メナフォン』という低俗な物語の巻頭を飾っていた。グリーンは、シェイクスピアの人生において重要な役割を演じることになるが、決して優れた教養人ではなかった。マーロウのほうがはるかにグリーンを凌いでいたし、ナッシュの奇想天外な悪漢小説『不運な旅人』、ピールのすてきな劇『おばあちゃんの昔話』、あるいはロッジの優雅なオウィディウス風の詩『スキュラの変身』といったような優れたものは何一つ書けなかった。しかし、グリーンは伝説的人物であり、並外れた才能と学識があり、自己陶酔的《ナルシシスティック》にして自己顕示欲があり、目立ちたがり屋で、厚顔無恥の無節操な無頼漢だった。シェイクスピアの四歳年上、ノリッジ出身の貧しい両親の息子。マーロウやナッシュと同様にケンブリッジへ行き、一五八三年にM・A(修士号)を取得後、もう一つ学位をもらおうとオックスフォードへ行った。こうした立派な資格や、「評判のよい紳士の娘」との結婚によって、グリーンは将来有望な人生を歩むと思われた(医学の勉強をしようという気もあった)が、その欲望ゆえに道を踏み外すことになったのだ。妻の持参金を使い切ると、妻と小さな子供を見捨てて、どうやって生計を立てるかもわからぬまま、ロンドンへ出てしまった。

自分の人生を常に虚構化するグリーンは、舞台の台本を書いてくれと頼まれるようになった経緯《いきさつ》を物語に書いている。根っからの嘘つきであったため、その話の一言たりとて信ずべき理由はないが、同時代の人たちには少なくとももっともらしいと思われたらしく、一種の文学事始神話として受け容れられている。「ロベルト」——と自分を呼び替えて——が路傍の垣根のそばに腰を下ろし、自らの不運を嘆いていたときのことだ。向こうから男がやってきて、こちらを落ちぶれかけた紳士と見て取ると「あなたは学者ですね」と話しかけてきた。「学のある方が貧乏をなさっているのはお気の毒なことです」と。

グリーンは、それから、人は見かけによらぬものと知ってびっくりする話を語る。愛想のよい見知らぬ男に、どうしたら学者は儲かる仕事ができるだろうかと尋ねると、見知らぬ男は、自分の業界では学者を雇うのが生業《なりわい》だと答える。

「ご職業は何ですか」と、ロベルト。
「いやなに」と、男。「役者です」
「役者！」と、ロベルトは言う。「金持ちの紳士かと思いました。外見で人が判断できるなら、あなたは偉い人に見えますよ」

ここにこそ、紳士の「外見」を真似て人に紳士だと思わせてしまう、演技のまさに本領があった。ウィルが役者稼業に惹かれたのもそれゆえだが、グリーンにとって、演技はペテンでしかなかった。役者は立派な人のふりはできても、実際は何者でもない。

虚構世界を作るために役者が必要とするのは、高価な衣装のみならず、説得力のある言葉であり、単なる似非《えせ》紳士には生み出せない詩である。それゆえ、ロベルトのような、教育と教養はあるが金を必要としている真の紳士を雇いたいのだ。雇われることにしたロベルトは、この役者について町に出て、「小売店」つまり売春宿に泊まることになる、とグリーンの話は続く。もはや飢餓の心配はない──「ロベルトは、今や大劇作詩人として世に聞こえ、財布は海のごとく大きくうねり、またすぐ落潮《らくちょう》となったが、作品は高く評価され、不自由することはめったになくなった」──しかし、ロベルトは学問と才能を破廉恥にも鬻《ひさ》いだのだ。トランプ詐欺師、贋金作り、掏摸《すり》などになった友達連中と変わらない。骨は梅毒にすっかりやられ、腹は「際限ない飲酒」のおかげであまりに膨れ上がったため、ロベルトは「完全なる水ぶくれのイメージ」となっていた。一瞬、激しい後悔の念に襲われ、一念発起して生き方を変えるぞとわめき散らすのだが、ほんのちょっと放蕩へ再び誘われただけで決心を翻してしまう。「妻である貴婦人」から帰ってきてくれとせがまれても、逆にからかう始末。愛人と私生児を連れて、あちこちを点々とし、宿屋の主人をだまし、飲み屋の勘定を踏み倒し、金を借りては逃げまわる。「あらゆるズルを実に巧みにやってのけ、常に変わらないのはズルさぐらいだった」。

これがグリーンの自画像だ。「以後、このロベルトが私だと思っていただきたい」と、グリーンは物語の半ばで書き、薄い虚構の仮面を脱ぎ捨てる。これほどの悪名高い嘘つきにしては、驚くほど正鵠《せいこく》を得た発言だ。怠け者の酔っ払いの大食漢でありながら、一気呵成に本を書き上げる生きざまで知られており、無一文、不正直にして、裏社会を知り尽くし、悔い改めようとしては挫折して悪習に逆戻りすることでも知られていた。昔、ノリッジで説教を聴いて感動し、生活を改めようと固く決意したとグリーンは書いているが、道楽者の友達みんなに笑われて、決意が砕けてしまった。愛人のエム・ボールとのあいだに男の子をもうけ、フォーチュネイタス（幸男）と名づけたが、夭折した。愛人の兄は、のちにタイバーン処刑場で絞首刑になった泥棒集団のボス、カティング・ボールだ。内情を知悉《ちしつ》したこの情報提供者の助けをまちがいなく受けて、グリーンは一種の民族誌学者を気取って、上品なイングランド人読者に、詐欺師、ペテン師、掏摸（「コズナー」「ニップ」「フォイスト」「クロスバイター」「シフター」などと呼ばれた）が跋扈《ばつこ》するロンドン裏社会を紹介する小冊子を次々書いて金を儲けた。

大学の学位があり、紳士の見栄があったにもかかわらず、泥棒のような生活を送っていたのだ。とりわけ、『怒りのオーランドー』という一本の劇を女王一座と海軍大臣一座の二劇団に売りつけたことを自慢していた。友人のナッシュは「詐欺師の王様にして、ペテン師のまさに皇帝」と呼んだ。

グリーンは、役者など、自分たちのような詩人の紳士を食い物にする連中であり、だましてやって当然だと思っていたことは確かだ。役者の夢が世間に紳士と見なされることだとすれば、グリーンの夢は、冷笑的に大言壮語するロンドンの暴れん坊になることであり、それはものの見事に実現していた。

「彼奴《きやつ》の自堕落な放蕩生活のことをロンドンで知らぬ者はあるまい」と、グリーンの不倶戴天の敵、ケンブリッジ大学の教師ゲイブリエル・ハーヴィは言う。修士号を得るほどの教育がありながら、「悪党のような髪、みすぼらしい恰好、さらにみすぼらしい連中」で身ごしらえをしていると、ハーヴィは書く。見栄っ張りの自慢屋、下品な道化者、新しいファッションを次から次に真似する軽薄児として悪名が轟いている。しかし、あなどってはいけない。プロの賭博師がいかさまを仕掛けてきても逆にだましてしまうほどの抜け目なさだ。誓いは破る、口汚く罵る、道徳のかけらも持ち合わせないというグリーンの人生はめちゃくちゃだった。ハーヴィは、集められる限り多くのグリーンの不品行を披露している——それによれば、グリーンはとてつもない大食漢であり、常に家を変え、友達にご馳走しながら勘定を払わず踏み倒す。貞淑な妻を捨て、剣もマントも質に入れ、愛人の娼婦に私生児の息子インフォーチュネイタス(不幸男)を生ませ、愛人の義兄の殺し屋をボディガードに雇い、目上の者に無礼を働き、金が足りなくなると「失礼な小冊子や奇妙奇天烈な劇を書いて、破れかぶれの誹謗中傷をしてみせる」。グリーンの劇作に言及してハーヴィが言う「奇妙奇天烈な劇を書」くことは、綿々と続くこの不行跡一覧のなかの別項目と結びつく。すなわち、「バンクサイド、ショアディッチ、サザック、そのほかの汚らわしい歓楽街に足繁く通うということでも悪名高い」。グリーンは、いつも自分本来の居場所である劇場街にいたのである。

そこは一五八〇年代後半にシェイクスピアがやってきた場所であり、グリーンこそ、シェイクスピアが出会った劇作家グループの中心人物だったのである。グループは、皆二〇代から三〇代後半。マーロウが偉大な才能の持ち主だと、シェイクスピアにはすぐわかっただろうが、この競争心旺盛《ハングリー》で落ち着きのない作家たちのなかで最も目立っていたのは、二つの修士号を持ち、食欲旺盛で、火山のような活力を持ち、赤毛を尖らせて異彩を放っていたグリーンだった。

シェイクスピアとグリーン一味との関係は、最初は心温まるものだったかもしれない。このグロテスクな男とそのすばらしい友人たちに、新米のシェイクスピアは当然大いに興味を持ち、魅了されたことだろう。これからどんな関係になるかすぐにわかったかもしれない——これこそまさに、自分が作家としてスタートを切るときに仲間とすべき連中なのだ。忘れがたい友達となるだろう。しかも、創作のネタとして生涯利用させてもらえそうな種々の作品を書いている。『タンバレイン大王』にしびれるほど感銘を受けたことなど、この出会いのすごさに比べれば大したことはない。

シェイクスピアは、ウォトソンのソネットを研究してみた。ロッジの『スキュラの変身』（その詩節を借りてシェイクスピアは『ヴィーナスとアドーニス』を書いた）も勉強した。たぶん、復讐流血悲劇『タイタス・アンドロニカス』をピールと合作した。ナッシュの諷刺的な頓知を何度も模倣し、たぶんナッシュを『恋の骨折り損』のモスのモデルにした。絶頂期にはロッジの散文物語『ロザリンド』をもとに『お気に召すまま』を書いた。晩年には、〈冬物語〉つまり昔話を上演しようとして、今では忘れ去られたグリーン作の、邪推ゆえの嫉妬の物語『パンドスト』を劇化した。シェイクスピアの作品には、スペンサー、ダン、ベイコン、ローリーたち——当時の偉大な作家の一部を挙げてみただけだが——の影響はあまり見られない。シェイクスピアにとって最も重要だった存命中の作家とは、ロンドンに着いた直後に劇場近くのいかがわしい宿屋で出会った連中だったのである。

向こう見ずな若い作家グループとそのリーダーであるグリーンの目には、シェイクスピアは当初、愛想のよい男に映ったことだろう。どこから見ても、気さくで頭のいい、一緒にいて楽しい男であり、一目で、疑いなく本物の才人だとわかっただろう。まず、ヘンリー六世についての劇の執筆にナッシュかピールのアシスタントとして雇われ、それから真価を見せたのだろうか、あるいは『ヘンリー六世』は自分で書くことにしたのだろうか？　いずれにせよ、劇作家として驚くべき成功を収めたのだから、一目置かれたはずだ。それはすごい芝居だった――二〇〇年前に死んだイギリスの英雄の死に何千人もの観客が涙したのだ――とナッシュが本に記しただけでなく、マーロウなどは、シェイクスピアの真似をして自分でも英国史劇を書くことにした――美形の寵臣を愛しすぎて身を滅ぼした王エドワード二世の悲劇的人生と死の物語だ。これは、シェイクスピアへの最大の賞讃ではないか？　ほかにも年代記を漁《あさ》って英国史劇を殴り書いた劇作家が何人かいたが、シェイクスピアの域に近づけたのはマーロウだけだ。とにかく、シェイクスピアの初期の作品へ注がれた真剣な眼差しは並大抵のものではなく、作家たちは当初、積極的にシェイクスピアと知り合いになろうとしたことだろう。

そしてたぶん、ひどくがっかりしたことだろう。なにしろ、シェイクスピアには大学才子の魔法の輪に入る基本的資格がなかったのだ。オックスフォード大学にもケンブリッジ大学にも行っていなかったのである。この作家小集団は、チューダー朝の基準からすれば、実に民主的であり、生まれと財産はあまり問題にしていなかった。「家督より長い家系」を誇る由緒ある家柄の出を自称するナッシュは、靴屋の息子マーロウと肩を並べたし、前ロンドン市長の息子ロッジは、光り輝くロンドン市庁舎から遠く離れたノリッジでつつましく暮らす質朴な両親を持つグリーンと杯を交わした。大切なのは、両大学のどちらかに行ったということなのだ。あの毒舌家のナッシュでさえ、ケンブリッジの自分の学寮《カレッジ》セント・ジョンズには温かい言葉を送り、卒業して数年後に「いまだにセント・ジョンズが大好きだ。あの大学のなかでも最高にすばらしい知識の養成所だったし、今でもそうだ」と書いている。卒業してかなり経ってから「クレア・ホール（学寮）のわが研究室より」と書簡体の献辞に署名したグリーンの例もある。

大学教育には大きな社会的威信があり、大学才子が鼻にかけるのも当然だった。しかし、もちろん、大学卒というからにはそれなりの学識があったから尊敬されたのだ。ナッシュはアレティーノやラブレーをじっくり研究し、ギリシア語、ラテン語、スペイン語、イタリア語から新語を作り出して悦に入っていた。ピールはナッシュと一緒になって、ゲイブリエル・ハーヴィの間の抜けた六歩格《ヘクサミター》詩を揶揄した。ウォトソンが若い頃訳した『アンティゴネ』の最後には、短長格《アイアンビック》、サッポー詩体（五脚四行詩）、短短長二歩格《アナペスティック・ディメター》、長短短長《コーリアンビック》アスクレピアデス格といった各種のラテン語韻文で書いた寓話的試作がついている。

シェイクスピアだって学がなかったわけではない――駆け出しの頃に書いた『間違いの喜劇』は、いかに優雅に楽々とラテン語喜劇の知識が披露できるか示すものだった――けれども、ウォトソンのように学問を見せびらかすことはできなかったし、するつもりもなかったのである。

それに、シェイクスピアは地方出身者だった。さらにまずいことに、まだ地方を引きずっていた。家業を捨てて親元を離れはしたものの、ロッジのように勘当されたわけではなかったし、妻と三人の幼な子を置いてきたけれど、グリーンのようにもう二度と戻らないというわけでもない。放蕩息子の妖しい魅力などまったく持ち合わせていなかったのだ。実際のところ、その想像世界も田舎生活の実際をあれこれ細かく描くことから抜け切れていなかった。若い自由奔放な作家たちは、田吾作とばかり思っていたシェイクスピアがいろいろなことに思いを凝らしていたと知って驚き、その想像力が自分たちよりもずっと因習に制限されておらず、その頭の回転の速さ、語彙の豊富さ、遭遇したすべてを吸収して自分のものにしてしまう驚異的パワーに驚いたとしても、道徳面では保守的であることに苛《いら》ついたかもしれない。保守性は、『ヘンリー六世』三部作にすでに見えており、マーロウが『タンバレイン大王』で大胆に反対してみせた伝統的な訓戒を逆に認めているのである。しかし、それはまた、乱れた退廃的な生き方はすまいとするシェイクスピアの態度にも見えていたことだ。オーブリーがシェイクスピアは「悪い遊びをやろうとしなかった」と記すとき、具体的にどんな状況のことを言っているのか明らかにしなかったが、最もありえるのは、ロバート・グリーンからの誘いを断ったということである。

シェイクスピアは、大学才子の俗物根性的優越感を感じ取っていただろう。連中がシェイクスピアを見下さなかったり、シェイクスピアがそれに気づかなかったりしたら驚きである。一五八〇年代後半から一五九〇年代初期にかけて大学才子たちが出版した本のどれにもシェイクスピアは献詩を書かなかった。書いてくれと頼まれなかったのだろう。逆に、シェイクスピアは、大学才子がいつも互いに書きあっているような献詩を自分に書いてくれと頼むことはなかった。そのようなものは一つも発見されていない。大学才子同士の文学談義に加わらず、その騒々しい付き合いにも入れてもらえなかった、あるいは入らなかったのだ。

シェイクスピアにとってみればどうでもよいことだった。なにしろ、やがて自分の劇団を統括し、二〇年以上にわたって定期的に（それも見事に）劇を書き続け、莫大な金を稼いで貯め込み、投獄もされず、身を滅ぼすような裁判沙汰も避け、田舎の農地やロンドンの不動産に投資をし、生まれた町に最高級の家を購入し、四〇代後半でその町に引退した男のことである。このような行動様式は、突然あとになって現われるものではない。早くから、たぶんストラットフォードを逃げ出すに至るまでの苦しかった波乱万丈の数年を過ごした直後ロンドンに出てきたときにはもうできあがっていたのに相違ない。

シェイクスピアは、劇団に劇を書いている詩人紳士たちを見まわし、その作風のおもしろいところを取り入れたり、知り合いになって、その無鉄砲な生き方に驚いたり興じたりした。このの ちの作家活動に照らせば、シェイクスピアの反応をもっと詳しく想像することができる。シェイクスピアにはわかっていたのだ――大学才子が学位を鼻にかけ、ラテン語やギリシア語ができることを自慢し、わざと人を小馬鹿にし、嘲《あざけ》り、いいかげんに振る舞ってみせていたことを。ときどき何日何晩も呑み続け、半ば酔っ払いながら皆で一緒になって書き上げた劇を出版業者や役者たちに投げ与えていたことを。おそらく、こちらが何を書いても、この人たちの目にはいつまでも自分は一介の役者であって詩人とは映らないだろうということを。連中は、このストラットフォード出身の若者のことを扱いかねた様子をときどきは見せたかもしれない――なにしろ『ヘンリー六世』三部作の成功で感銘を受け、当惑していたのだ――けれども、こいつはかなりナイーブで裏表がない奴だから、簡単に利用してやれると思っていたかもしれない。特にカモをだます手口を記した滑稽譚を書いて皆を笑わせるグリーンは、いいカモだと目をつけていたのではないだろうか？

以上の話のなかに、絶対まちがいないことが少なくとも一つある。すなわち、グリーンたちは詩人であると自負していたが、シェイクスピアは、詩人としてではなく役者として劇作をしたということだ。自ら出演する舞台のために書いた人はほかにもいたが、シェイクスピアの右に出る者はなく、これは便利な男が現われたと役者たちは飛びついたことだろう。しかも、金については人並み外れて倹《つま》しく、信頼がおけた——大学才子とは雲泥の差だ——というのも、一五九四年一二月に、シェイクスピアの名をバーベッジとケンプの名とともに記した王室財務官の文書があり、当時すでにシェイクスピアが劇団の経理責任者のひとりとなっていたことがわかるのだ。金を財布にしまい、使わないでおくことができる男だったのである。

これとは対照的に、グリーンの財布は、一五九二年八月、ナッシュも同席した飲み会で酢漬け鰊《にしん》とライン産ワインを飲み食いしたあとで病に倒れたとき、明らかにからっぽだった。グリーンは友達皆から見捨てられ、路頭に迷った乞食のように死んで行こうとするところを、アイサムという貧乏な靴屋とその親切な妻に保護され介護され、最期を看取ってもらった。醜聞を取材しようと、グリーンの宿敵ゲイブリエル・ハーヴィが自ら、アイサム夫人と話をしに出向いた。恥知らずの悪党が「虱にたかられ」、「マルムセイ(白ワイン)をほんの一杯」所望し、すさまじい恐怖に震えていたという。このハーヴィの話は、瞋恚《しんい》の表現として差し引かなければならぬかもしれないが、哀愁漂う細部には真実味がある。ハーヴィはこうも書いている。「おかみさんが私に語ったところでは」、この死にかけた男は「『かわいそうに、自分のシャツを洗濯に出しちまったからって、あたしの亭主のシャツを借してくれって言いましてね。胴着とズボンと剣を三シリングで売っ払っちまって。屍衣の費用に四シリング、それにベドラム近くの新教会墓地で昨日埋葬してやった費用が六シリング四ペンスですよ。それ以外にも、あたしのかわいそうな亭主への借りは大変なもんで、一〇ポンドの借用証書があるんですよ』と、善良なるおかみさんは親切に証書を見せてくれた」。アイサム夫人は、グリーンが自ら捨てた妻へ宛てて書いた手紙も見せてくれた。「ドルよ、僕たちが若いときに愛し合ったことに免じて、わが魂の安寧のために、この人にお金を払うように手配してくれ。この人とその奥さんが助けてくれなければ、僕は路傍で野垂れ死にしていたのだから」。

グリーンには、最後の願いがもう一つあった。アイサム夫人に「月桂冠」を自分の頭に載せてくれと頼んだのだ。桂冠詩人として墓に入りたかったらしい。冠を授けてくれるのが、たとえ靴屋の女房だとしても——。ハーヴィは、この訣別を、宿敵として当然ながら皮肉な目で見て、「ついに害虫は害虫のもとへ帰らねばならぬ」と記したが、もっと詳しい追悼詩文も書いている。

見るがよい、狂った脳と無数のごまかしが詰まった、乱れた頭を。学者、論者、宮廷人、無法者、賭博師、愛人、兵士、旅行者、商人、ブローカー、発明家、へぼ職人、いかさま師、役者、詐欺師、毒舌家、乞食、よろず屋(何でも屋)、陽気なろくでなし、読む価値も反応する価値もないくだらぬつまらぬもののをいっぱい詰め込み、悪党と愚者の味方をするちっぽけな三文作家、怠惰の化身、烏滸《おこ》の権化、虚栄の鑑。

このカタログを見ると、まるで悪徳だらけの人生を全うしたかに思えるし、グリーン自身がときどき若かりし頃の放蕩を振り返る老人のような憂鬱な調子で語ることがあったけれども、享年たった三二歳であった。

グループのほかのメンバーもすぐにあとを追って鬼籍に入っていった。同じ月の一五九二年九月、ウォトソン(約三五歳)が埋葬されたが、死因は不明だ。ひょっとすると、あの恐ろしい疫病の年に、いちいち死因を記す必要はなかったのかもしれない。死後、詩作二巻が出版された。友人たちが草稿ですでに読んでいたものであることはまちがいない。ウォトソンの名前は、しばらく取り沙汰されたが、名誉ある理由からではなかった。二つのとりわけ悪質な詐欺事件の犯人として訴えられたのだ。翌年五月、ウォトソンの友人マーロウが、三〇歳の誕生日も迎えぬうちに、居酒屋の勘定をめぐっての——とされている——喧嘩で殺された。

どんちゃん騒ぎの大好きなジョージ・ピールは、死んだ友達ウォトソンとマーロウのために、感動的な追悼詩文を出版した。それから、数年して、おそらく一五九六年に、ピール自身も身罷った。四〇歳にならぬうちに「忌まわしい病気」——たぶん梅毒——で死んだのだ。そして一六〇一年に、当時のグループで最年少だったトマス・ナッシュが三三歳で死に、牧師であった父親によって故郷の教会墓地に悲しみとともに葬られた。

シェイクスピアが一五八〇年代後半に出会った六人の若い大学卒の劇作家のうち、たったひとり、トマス・ロッジだけが、三〇代を乗り切り、当時長生きと思われていた年齢まで生きたが、文士として生きたのではなかった。詩も小説も捨てて、医学の学位を取り、当時屈指の医者となったのだ。一六二五年、死去。享年、六七歳の高齢だった。

グリーン、ウォトソン、マーロウが皆死んでしまった一五九三年当時、まだ三〇歳にならぬシェイクスピアには強敵がいなくなった。『ヘンリー六世』三部作の大成功に続いて仕上げたのは、名作『リチャード三世』だった。流血悲劇『タイタス・アンドロニカス』では未熟ながらも精力的に試行錯誤を重ね、『ヴェローナの二紳士』『じゃじゃ馬馴らし』『間違いの喜劇』によって喜劇作家としての才《さい》幹《かん》を見せた。大勝利を収めたのだ。だが、嫌な後味もあった。グリーンは、死の床でも恨みつらみを書き続けたのだという。ありえないことではなかった。グリーンは、全存在をかけて悪趣味の安小冊子を書くような作家だった。まとまった文章を遺していたため、元劇作家ヘンリー・チェトルが金目当ての印刷屋となって死後出版の本を出したのだ。遺体がすっかり冷たくなってしまう前に急ぎ印刷された『百万の後悔によって贖《あがな》われたグリーンの三文の知恵』は、たぶんほとんどチェトルか、チェトルと共同しただれかが書いたものであり、ひょっとすると、噂どおりナッシュが書いたのかもしれない。しかし、グリーン独特の強烈な憤懣《ふんまん》がこめられている。グリーンは喧《やかま》しく罵っていた。険悪な調子で、マーロウ――「汝、悲劇役者たちに恩恵を与える名高き者」――を無神論者として非難し、それから、怒りの矛先をシェイクスピアに向けたのだ。

　グリーンは、詩人と役者とのあいだに昔からある確執を蒸し返して、マーロウ、ナッシュ、ピールら紳士階級の友達に、「われらの口を借りて話す」「操り人形」――つまり役者たち――を信頼するなと警告する。役者というものは、作家の服にくっつく毬《いが》にすぎない。「われらの色で飾らなければ」本当は目に入らないのに、恩知らずどもは、この私を、助けが必要なときに見放した、というのである。このグリーンの言葉は、バーベッジやアレンのような役者に当てはまるが、成功した劇作家となった役者には当てはまりそうもない。それを当てはめるために、グリーン（あるいは代作者）が次のように言い替えるところは有名である。「そうだとも、奴らを信用してはならない。それというのもここに一羽の成り上がり者のカラスがいる。われらの羽根で美化され、その虎の心を役者の皮で包んで、諸君の誰にも負けず見事にブランク・ヴァースを、大げさな調子で述べたてるとができると思っている。また驚くべき〈何でも屋〉で、この国で舞台を揺るがす者《シェイク・シーン》は自分独りなのだ、と

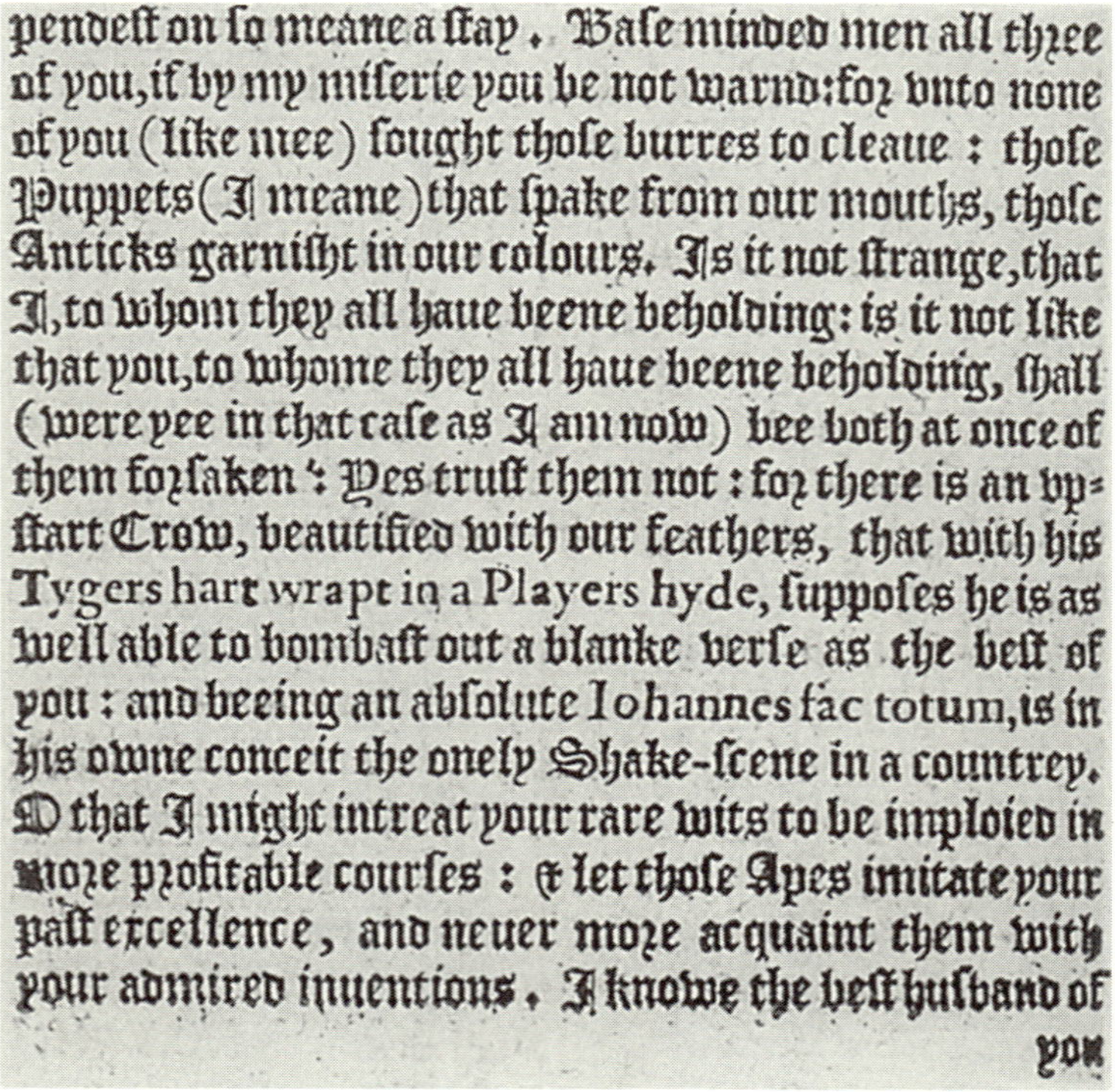

pendeſt on ſo meane a ſtay. Baſe minded men all three
of you, if by my miſerie you be not warnd: for vnto none
of you (like mee) ſought thoſe burres to cleaue: thoſe
Puppets (I meane) that ſpake from our mouths, thoſe
Anticks garniſht in our colours. Is it not ſtrange, that
I, to whom they all haue beene beholding: is it not like
that you, to whome they all haue beene beholding, ſhall
(were yee in that caſe as I am now) bee both at once of
them forſaken? Yes truſt them not: for there is an vp-
ſtart Crow, beautified with our feathers, that with his
Tygers hart wrapt in a Players hyde, ſuppoſes he is as
well able to bombaſt out a blanke verſe as the beſt of
you: and beeing an abſolute Iohannes fac totum, is in
his owne conceit the onely Shake-ſcene in a countrey.
O that I might intreat your rare wits to be imploied in
more profitable courſes: & let thoſe Apes imitate your
paſt excellence, and neuer more acquaint them with
your admired inuentions. I knowe the beſt husband of
you

『グリーンの三文の知恵』(1592)のなかの，シェイクスピアを「成り上がり者のカラス」と攻撃した箇所．シェイクスピアの『ヘンリー六世』からの台詞──「役者の皮に包んだ虎の心」──が違う活字で引用として記されていることに注意．　フォルジャー・シェイクスピア図書館うぬぼれている」。「ああ、女の皮をかぶった虎の心よ!」と、ヨーク公爵は『ヘンリー六世』第三部で叫ぶ。公爵の子供を殺して、その血に浸したハンカチを公爵の顔の前で振ってみせる血も涙もない残酷な女のことを言っているのだ。

この台詞が枉《ま》げて用いられ、自分のことが言われているのだと知ったシェイクスピアは、こう思ったことだろう。自分は無慈悲だとグリーンから非難されていると。あるいは、詩的過剰さ、つまり先輩たちが使う文体である大仰な誇張表現を使っていることを非難されているのだと。侮辱は曖昧だが、そこに身分の問題がからんでいることは明白だった。「成り上がり者」とは、自分が属していないところにしゃしゃり出て、カラスのように鳴くくせに夜鳴鶯《ナイチンゲール》のような恰好をし、単なる二流の職人のくせに「何でも屋」だと夢想し、他人の考えたことを真似する「猿」でしかないのに名詩人だと勘違いする「無礼な下郎《げろう》」ということだ。

これは不愉快な言葉だ。特に、言われているとおり、死にかけた男の口から出たのだとすれば、なおさらだ。最期の呪いを本気にしてしまう世界では、とどめを刺すような決定的呪いのように思われただろう。

『グリーンの三文の知恵』は、最後に結びの部分があり、アリとキリギリスのイソップ童話が形を変えて語られるのだが、そこに、少なくとも現代の批評家アーンスト・ホニグマンは、さらなる侮辱を読み取る。快楽を追って野原を無思慮に飛び跳ねる勝手気ままなキリギリスとは、もちろんグリーンのことだ。ホニグマンが正しければ、こせこせ働くアリ、すなわち「食べ物もなく、寄る辺なく、力ない」知己《ちき》を助けるのを拒絶する「意地悪な小さな虫」とは、シェイクスピアである。この説では、この時点ですでに役者たちの経営管理を担うようになっていたかもしれないシェイクスピアに、グリーンが援助を求め、断られたに違いないとされる。拒絶されたとすれば、「成り上がり者のカラス」「無礼な下郎」「猿」「虫」といった皮肉な描写が辛辣なのも首肯しうる。

この攻撃にシェイクスピアがどう対応したのか——そこから、シェイクスピアの人となりについて多くがわかってくる。シェイクスピアはこの攻撃に直接応ぜず、ハーヴィのように逆襲することもしなかった。だが、何かひどく効果的なことを静かに行なったに違いない。というのも、この小冊子が発刊されて三か月もしないうちに、ヘンリー・チェトルが自分は無関係だと活字できっぱりと申し立てたのだ。「すべてグリーンが書いたことだ」と。「私が出版に携わってからというものずっと、学者をあのように激しく攻撃することを避けてきたことはだれもが知っていることだ」とチェトルは断言した。「学者」——つまり、シェイクスピアは今や、結局、大学に行ったかのように扱われるようになってしまったのである。

それだけではない。チェトルは、グリーンの言葉に気を悪くした二人の劇作家のどちらとも個人的に面識がないと書いた。「うちひとりとは知り合いにならなくとも構わないと思う」。名前の明かされないこの劇作家は、まちがいなくマーロウだ。世事に長けたチェトルは、一五九二年一二月の時点でマーロウと知り合いになるのが安全だとは決して思わなかったはずだ。しかし、もうひとりのほうは話が違う。チェトルは、この二人目の劇作家について、グリーンが不当な発言を印刷することをやめさせるべきだったことが今になってわかったのだと、もってまわった能弁を振るっている。「私自身の分別を働かせるべきだったのに、そうしなかった、そのことでまるで悪いことをしたのがそもそも私ででもあるかのように申し訳なく思っている。それというのも、この目で、その人の仕事ぶりが立派であるように、その振る舞いが礼儀正しいことを見てきたためである」。気を悪くした人物というのも、やはり名前が公表されていないが、最もありえそうなのは「成り上がり者のカラス」だ。つまり、この三か月のあいだのどこかで、チェトルはシェイクスピアと「礼儀正しい」会話をした、あるいは少なくとも、シェイクスピア本人を知る機会があり、シェイクスピアの「仕事ぶり」――劇作と出演の両方をうまいことほのめかす言い方だ――の立派さも突然知ったようだ。それから、態度を豹変させたもう一つの動機が明らかになる。「それに、さまざまな偉い方々からも、誠実ぶりを示すその人の公正さのことや、その腕前の確かさを証明する洗練された文才のことを聞かされてきたからである」。「さまざまな偉い方々」とは、つまり、他人《ひと》をどん底へ突き落とせるほど力のある身分の高い人々であり、その人たちがシェイクスピアの人柄の立派さとその「洗練された文才」について話してくれたということだ。

グリーンの攻撃以降、依然としてシェイクスピア本人はチェトルについて一言も発していないにもかかわらず、シェイクスピアは謝罪の言葉を得たのだ。空しくまくしたてるだけの哀れなゲイブリエル・ハーヴィには夢としか思えないような謝罪を。実際、それから数年間、シェイクスピアとチェトルの関係はよかったようだ。二人は、ほかの劇作家数名とともに、サー・トマス・モアについての劇を共同で執筆しているのである。どうやら上演まではこぎつけなかったようではあるが。

この話はこれでほとんど終わるが、後日談がある。シェイクスピアは、「われらの羽根で美化された(beautified)」というグリーンの言い方にひっかかっていたらしい。というのも、『三文の知恵』はおろか、それを書いたやくざな太っちょのこともすっかり忘れ去られた一六〇一年、シェイクスピアは珍しいことにちょっと筆をすべらせているのだ。ポローニアス――「大学で」ジュリアス・シーザーを演じて「うまい役者だと評判」だったと自慢する三文文士(『ハムレット』第三幕第二場九〇、九一行)

――が、ハムレットから自分の娘へ送られた恋文を手に入れる。「さて、とくとお考えくださいませ」と、クローディアスとガートルードに言って、読み始める。「芳《かぐわ》しき、わが魂の偶像、誰よりも美化されたオフィーリアへ」。すると突然、この老いた顧問官は読むのをやめて文学批評を始める。「これはひどい文句だ。『美化された』とは、めちゃくちゃだ」(第二幕第二場一〇九～一一二行)。

「こうして」と、『十二夜』の道化フェステは言う、「因果は回る糸車、仕返し成立というわけさ」(第五幕第一場三六四行)。一五九〇年代以降のシェイクスピア劇には、かつてのライバルたちへの言葉巧みなパロディーが散見される。『ウィンザーの陽気な女房たち』におけるフォルスタッフの過剰な性的興奮――「空よ、ジャガイモ(催淫効果があるとされた)の雨を降らせろ、『グリーン・スリーブズ』の調べに合わせて雷よ轟け、香り付き砂糖菓子(強精剤)の霰《あられ》よ降れ、エリンゴー(催淫効果のある草の根)の雪よ降れ」(第五幕第五場一六～一八行)――は、ロッジの『知恵の悲惨と世界の狂気』を冷やかしたものだ。ピールの『アルカサルの戦い』でムーア人の王が餓えた母親に訴える言葉――「待て、カリポリス……敵を迎え撃てるように食って太れ」――は、『ヘンリー四世』第二部の酒場での大言壮語に姿を変える。「では、食って太れ、わが美しきカリポリス」(第二幕第四場一五五行)。この台詞を言う酔っ払いの威張りん坊、旗手ピストルは、その一瞬前に、タンバレイン大王が自分の二輪戦車の軛《くびき》にかけた王たちをサディスティックに愚弄する有名な台詞――「おい、この食いすぎのアジアの痩せ馬ども!／なんと、一日二〇マイルしか引っ張れないのか」――をくだらないノンセンスに変えてしまう。

一日に三〇マイルしか進めない

駄馬ども、中身のない食いすぎの
アジアの痩せ馬どもを
シーザー、カンニバル、はたまた
トロイのギリシア人と比べられるものか。

（第二幕第四場一四〇～四四行）

こういった調子の台詞はほかにもある。大学才子の書いた劇がすべて残っていたら、学者たちはさらにもっと多くの例を発見していたに違いない。

このようなパロディーからひょっとして読み取れるかもしれないことは、シェイクスピアは所詮人間であって、文学的な侮辱にしっぺ返しをしたり、たとえ死んでいてもライバルを揶揄したりして楽しんでいたということだ。しかし、もっと大変な、思いもかけないことが、シェイクスピア劇のなかで、ロバート・グリーンのグロテスクな人物像について起こっている。「この、ならず者の、ちっぽけな肉づきのいいバーソロミュー市《フェア》の雄豚《おすぶた》ちゃん」と、フォルスタッフの娼婦ドル・テアシートは、愛情を込めてすねてみせる。「いつになったらお昼に戦って、夜に突きまくるのをやめて、その体を天国に行けるように修繕するんだい？」――太った騎士はこう応える、「だまっとれ、ドルよ、しゃれこうべみたいな口をきくな、俺に最期を考えさせるな」（『ヘンリー四世』第二部、第二幕第四場二〇六～一〇行）。乱暴な酔っ払い、自己劇化癖がある無責任男、驚くほどの頓知の才にあふれたフォルスタッフ――そのフォルスタッフの居酒屋世界に入り込めば入り込むほど、グリーンの世界に近づくことになる。グリーンの妻はドルといった。ドルのほかに、愛人エム、その悪漢の兄カティング・ボー

フォルスタッフとクイックリー夫人の最も古い図像．小劇集『頓知．あるいはおふざけに次ぐおふざけ』(1662)の表紙．この本のなかには，フォルスタッフとその偉業についての小劇も収められている．　　　ハンティングトン図書館

ルといった連中のいる世界だ。

フォルスタッフとその仲間の奔放な魅力は、ロンドンの荒くれた作家集団が若いシェイクスピアに感じさせたものと同じだ。ロンドン橋から遠くないイーストチープにある、フォルスタッフの行きつけの胡散臭《うさんくさ》い場所で、ハル王子はそれまで知っていたどんなものともかけ離れた市井《しせい》の連中と出会い、嬉々としてその言葉を学ぶ。「深酒のことを〈染め紅《べに》〉って言うんだ。それから呑んでる最中にひと息つこうものなら、『ヘン！』と叫ばれ、『一気、一気』とはやしたてられる。いや、まったく、ものの一五分もしないうちに俺もかなり腕が上がったから、どんな鋳掛け屋ともそいつの言葉遣《づか》いで一生酒が呑めるぜ」（『ヘンリー四世』第一部、第二幕第五場一三〜一七行）。この言語習得の裏には策略がある——「俺がイングランドの王になったら、イーストチープじゅうの元気な若造を味方につけるんだ」——そこには、シェイクスピア自身の居酒屋での言語習得体験そのものが透けて見えるようにも思われる。

フォルスタッフとハルの関係も、大学才子たちが得意としたような、奇想天外で創意に富んだ攻撃的言語ゲームを中心に展開する。

ハル王子　……この血色のいい臆病者、このベッドの重し、この馬の背つぶし、この巨大な肉の山——
フォルスタッフ　畜生、このがりがり男、このやせっぽち、この乾燥牛タン、この牛のチンポ、この干し魚——ああ、おまえが何であるか言うだけの息が続かねえ——仕立て屋の物差し、鞘《さや》、弓ケース、みっともない細身の剣野郎——

（『ヘンリー四世』第一部、第二幕第五場二二三～二二九行）

これはまさに、特にグリーンとナッシュの一八番《おはこ》として知られていた滑稽な悪口雑言《あっこうぞうごん》の応酬、人前での罵り合い、毒舌の氾濫である。ひょっとしたらシェイクスピアは、このゲームに参加したのかもしれない。いずれにせよ、それを学び取って、先輩たちよりも上手にやってみせたのだ。

　とりわけ、「あの病気のショーケース、あの不潔なゴミ袋、あの水ぶくれの大包み、あの巨大な酒の革袋、あのはらわたの詰まった旅行かばん、あの腹にプディングの詰まった、太った牛のロースト野郎」（第二幕第五場四〇九～一三行）と呼ばれるグロテスクな友人は、王子とともにいろいろな演劇的ゲームを思いついては実行し、もう流行《はや》らない劇の文体をパロディー化しながら場面を演じる。ところが、演劇的ゲームをしていると、ほかにもまずいことがわかってくる——王であるということは、やくざ者による巧みな演劇的パフォーマンスではないのか？　ハルの父親、王ヘンリー四世は、実は正統な王位継承者でない。フォルスタッフがちゃんとした王でないように、ヘンリー四世もちゃんとした王でないのだ。フォルスタッフはハルの父親の代わりに王を演じるが、王座そのものが怪しい。それに、ハルに見限られるのを恐れるフォルスタッフは、平気で友人たちを裏切ろうとするのだが、ハルはハルでフォルスタッフを含め全員を見限ろうとしている。「いいえ、陛下」と、フォルスタッフは、父王に話しかける王子の役を演じながら、断乎《だんこ》として訴える。

　ピートーを追放してください。バードロフを、ポワンズを追放してください、でも、すてきなジャック・フォルスタッフ、優しいジャック・フォルスタッフ、真心あるジャック・フォルスタッ

フ、勇敢なジャック・フォルスタッフ、老いているがゆえになおさら勇敢であるジャック・フォルスタッフ、
あれだけは、ハリーのそばから追放しないでください。
あれだけは、ハリーのそばから追放しないでください。
太ったジャックを追放するなら、全世界を追放するも同然です。

（第二幕第五場四三一〜三八行）

これに対し、ハルは、決然と父親の役を演じながら、静かに冷ややかに答える。「追放する、必ず」。即興的な役割演技を描くこのすばらしい場面は、この二部作の核となる二人の関係を明らかにするのみならず、シェイクスピアとグリーン一派の関係をも明らかにする。というよりは、数年後にほとんど皆死んで、イングランドを独擅場《どくせんじょう》とする劇作家シェイクスピアの立場が固まったとき、いかにシェイクスピアがその関係を振り返ったかを垣間見せてくれる。「おまえたちのことはわかっている」と、シェイクスピアは『ヘンリー四世』第一部で早々に、頓知を交わしてふざける陽気な場面のあとでハルに言わせている。

ただしばらくは、
その気まぐれな放埓《ほうらつ》につきあってやるだけだ。
だが、こうして私は太陽を真似よう。
太陽は、卑しく病んだ雲に、

美しき日光を覆い隠させもするが、
自分を取り戻そうとするときは、
太陽の首をしめようとするかに見えた
汚く醜い蒸気の靄《もや》の隙間から光をこぼれさせ、
求められるがゆえになおさら感嘆の声で迎えられるのだ。

(第一幕第二場一七三〜八一行)

なるほどシェイクスピアの果てしなく魅力的で包容力がある最高の登場人物であるフォルスタッフは、グリーンと似ている。どちらも随分「汚く醜い」ところから生まれただけではない。まちがいなくグリーンは安っぽい男であり、酔っ払いのいかさま師、偉そうな大風呂敷を広げるくせに実は情けないほど狭い見識しか持ち合わせていない嘘つきだ。その安っぽさは、まさにフォルスタッフの特徴でもある。フォルスタッフのポケットをハルが探って見つける「呑み屋の勘定、売春宿のメモ、持久力をつけるためのちっぽけな一ペニー分の氷砂糖」は、文字どおり、安っぽさのリストと言ってもいいくらいだ(第三幕第三場一四六〜四八行)。フォルスタッフの主張が嘘っぱちであることぐらい、ハルにしてみれば、ちょっと調べればすぐわかる——フォルスタッフの言うことを信じるのは阿呆だけであり、目敏《ざと》いハルは阿呆じゃない。同様に、ロバート・グリーンの実人生があさましく下等なものだということも、だれにだってわかることだ。だが、ごまかしや嘘にひっかかることになしに、そのはったりの世界を味わうのは、だれにでもできることではないし、それができたらおもしろい。つまり、フォルスタッフを通して見えてくるシェイクスピアのグリーン観とは、低俗な食客ではあるけれど、同時にグロテスクな大立者であり、ギリシア神話に登場する酔っ払いの森の精シレノス、あるいはラブレーが描いた、手に負えないトリックスター、パニュルジュの実話版なのである。

シェイクスピアは、グリーンの、人生をかけた大逆説を理解していた――つまり、オックスフォード大卒でもケンブリッジ大卒でもあるこの男は、無頼漢どもに加わって柄の悪い呑み屋に入りびたり、イギリス皇太子とも泥棒一味とも仲がよい騎士フォルスタッフのような、このうえなく曖昧な社会的立場に立っていた。グリーンは、乱痴気騒ぎや女遊びをし、「水ぶくれ」の腹をして、立派な才能をむやみに浪費し、友達を見くびって利用し、厚かましく、いかがわしい魅力を持っていた――そうしたことが、フォルスタッフに結実しているのだ。グリーンは一時《いっとき》悔い改めるぞと騒ぐくせに、けろりと忘れてしまうことでも有名であり、大まじめの説教も、あれよあれよと笑いへと逸《そ》れてしまう――それもまた、フォルスタッフのなかにある。「おまえを知るまでは、ハル、俺は何の悪事も知らなかった」と、フォルスタッフは、堕落させられた被害者のふりをして言う。「そして実際、今や、もう、まるで悪い奴同然になってしまった。こんな生活はやめなきゃならん。やめるぞ。神かけて、やめないようなら、俺は悪党だ。キリスト教国の王様の倅《せがれ》のせいで地獄落ちになどなったらかなわん」。それに応えてハルは、敬虔な決意をするグリーンを嘲笑する友人のように、単純な質問をする。「明日はどこで財布を盗ろうか、ジャック?」――フォルスタッフ答えて曰く、「どこでもござれだ、ハル! 俺も一枚かむぜ、かまなかったら、悪党と呼んでくれ」(第一幕第二場八二～八九行)。改心もこれまでというわけである。

もちろんフォルスタッフは、ロバート・グリーンをそのまま描いたものではない(グリーンは騎士でもなければ、老人でもない）。娼婦ドル・テアシートは、グリーンが捨てた田舎の貞節な妻ドルを忠実に描いた人物でもなければ、居酒屋の女将クィックリー夫人は、グリーンに金を貸してくれたうえに最期の闘病生活の看護をしてくれたアイサム夫人でもない。シェイクスピアの体験した世界は作品のなかに入り込んではいるものの、ほかの場合と同様に、歪み、転化し、姿を変えてイメージし直された形になっている。大切なことは、実際のモデル捜しをおもしろがるあまり、作品世界の豊かさを見失わないことだ。シェイクスピアがモデルをもとに作り出したもののほうがずっとおもしろいはずであり、その驚くべき創造――ロバート・グリーンのひどい人生に取材して、イギリス文学最大の喜劇的人物を生み出すという、実に大胆で豊かな想像力の働き――にもっと驚嘆すべきなのである。

グリーンは決して唯一のモデルではなかった。シェイクスピアの忘れがたい登場人物の多くがそうであるように、フォルスタッフは多様な材料から作り出されたのであり、そのほとんどは実在のものではなく文学から採られたものだ。シェイクスピアの世界認識も体験も、私たちの認識や体験がそうであるように、偶然手に入れた物語だのイメージだのによって作られている。大冒険をしてきたと大声で自慢する兵士に居酒屋で出会ったら、シェイクスピアは、物語で読んださまざまな登場人物に照らし合わせてその兵士を見つめ、同時に、目の前に立っている実在の人物に照らし合わせてそうした虚構の人物のイメージを修正したのである。

フォルスタッフを作り出すに当たって、シェイクスピアは、これまで何度もそうしてきたように、ほかの人が書いた劇の人物を出発点にしている。その劇は、女王一座がロンドンでも地方でも演じた『ヘンリー五世の有名な勝利』だ。この作者不明の粗雑な劇は、ハル王子が浪費癖のある若者から英雄的な王へと奇跡的に変貌する様子を描き、ハルが深く付き合う泥棒やちんぴら集団のひとりとして、ずぼらな騎士サー・ジョン・オールドカースルを登場させている。シェイクスピアは、この人物(もともとオールドカースルという名前を用いていたのに、オールドカースル家の子孫から抗議を受けてフォルスタッフに変更した)を取り上げ、その控えめな骨格を使って巨大な人物を作り上げたのだ。大言壮語する兵士というお決まりの人物像である。軍隊での手柄をいつも話し続ける法螺吹きであるくせに、危険が迫ると死んだふりをする。そして、食客という古くからある別の喜劇的人物のタイプとも重ね合わされ、常に腹を空かせ、喉を乾かせ、なんとかして金持ちのパトロンに勘定を払わせようとばかりする。そのうえ、フォルスタッフは道徳劇のヴァイスの特徴をも併せ持つ——すなわち、恥知らずの無礼者であり、熱狂的に快楽を追い求め、愚直な若者を厳格な美徳の道から引き離す誘惑の力を持っている。さらに、もっと最近の文化的ステレオタイプも重なっている——自分がいかに徳が高いか、やかましく述べ立てるくせに、こっそりとありとあらゆる肉欲にふけっている偽善的な清教徒《ピューリタン》だ。しかし、文学作品ではおなじみのこうした無頼漢のタイプをいろいろと眺めてみれば、シェイクスピアがそれらにいかに完璧かつ見事な変貌を遂げさせたのかが今さらながらわかってくる。

シェイクスピア自身、『ヘンリー四世』を書こうとしたとき、頭をもたげてきたこの人物に驚いたに違いない。想定内、つまり当初の思惑としては、生き生きとはしていても、よくあるパターンの人物を使うつもりだったわけであり、数年後『終わりよければすべてよし』のなかで実際そんな人物パローレスを使っている。うるさい自慢ばかりする自堕落な若者の不快な特徴をすべて兼ね備えたパローレスがぎゃふんと言うのを見て観客は大いに喜ぶ。しかし、想像力をフル稼働させて作り上げたわけでもないパローレスに、シェイクスピアは奇妙なことをした。はるかに偉大なフォルスタッフに再び脚光を当てるようなことをしたのである。パローレスは、すっかり屈辱を受け、友人たちや仲間の高官の前でさんざんに恥をかかされ、死ねと言われ、確かに今のパローレスにできる名誉ある行為は自殺ぐらいしかなくなってしまう。しかし、この男は名誉心などというものがないので、自分にけりをつけるという考えをさっぱり捨てて、去って行こうとする。「隊長はもうやめだ」と、気落ちしたパローレスは認め、それから気分を一新する。

だけど俺は、隊長みたいに豪勢に
食って呑んで眠ってやる。あるがままの俺で
生きていくぞ。

（第四幕第三場三〇八～一一行）

これぞ生命力というものである。

この生命力をだれよりも発揮するのは、フォルスタッフだ。「名誉」という言葉で表わされるすべて——名前、評判、威厳、天職、信頼性、誠実さ——が取り払われるとき、フォルスタッフの生命力は最高の輝きを増す。「名誉で足が治るか?」と、フォルスタッフは、いよいよ戦争だというときに問う。

いいや。腕は？　だめだ。傷を受けた悲しみが消えるか？　いや。それじゃ、名誉には医術

の力がないってわけか？　そうだ。名誉とは何だ？　言葉だ。「名誉」という言葉にどんな意味がある？　その「名誉」っていうのは何だ？　空気だ。こいつはすてきな考えだ！　だれが持っている？　このあいだの水曜日に死んだ奴だ。奴は名誉を感じるか？　いや。聞こえるか？　だめだ。じゃあ、感じられないんだな。そうだ、死んだ奴にはな。だが、生きている奴には名誉は生きているんじゃないか？　いいや。どうして？　名誉は毀損されるからな。だから、俺は名誉なんか、まっぴらごめんだ。

（『ヘンリー四世』第一部、第五幕第一場一三〇～三八行）

数分後、王のために勇敢に戦って死んだサー・ウォルター・ブラントの遺体にまたがって、フォルスタッフは、名誉という実体のない言葉と、少なくとも自分にとって一番大切なものである命とをはっきりと対比させてみせる。「サー・ウォルターが持っているにこやかな名誉なんてのは嫌なこった。俺がほしいのは命だ」（第五幕第三場五七～五八行）。

シェイクスピアのみならず、ひょっとしたらイギリス文学全体のなかでも、フォルスタッフの生命力は群を抜いていて、実在のモデルや既成のキャラクター・タイプから逸脱するのみならず、まるで作品そのものを抜け出して漂い出すかのような不思議な独自の生命力を実際に持っているように思える。

一七〇二年になって初めて記録された演劇上の伝承が正しければ、エリザベス女王自身、このシェイクスピアの偉大な喜劇的人物をすばらしいと思ったのみならず、その独自の生命力を感じ取ったのであろうか、フォルスタッフに恋をさせる劇を書くようにと作者に命じたという。二週間後（と言い伝えは続く）、『ウィンザーの陽気な女房たち』が書かれ、一五九七年四月二三日、ガーター勲章創設を記念する毎年恒例の祝宴で初演された。シェイクスピアの生きていた頃からすでに名を馳《は》せていたこの太った騎士は、一七世紀を通して言及され続け、一八世紀初頭には立派な本まるまる一冊が充《あ》てられるほどの研究対象となり、何世紀にもわたって讃美者たちはその魅力の謎を解明しようと試みてきた。

　自分がものすごく頭がいいだけでなく、ほかの人たちの頭もよくしてしまう力、あっぱれな立ち直りの速さ、すさまじく不穏な知性、カーニバルを思わせる豊潤さ——これはいったい何なのだろう？　こうした特質のどれも本物のように見えるが、それだけではない。何か説明のつかない、捉えどころのないところが必ずあるのだ。まるでこのろくでなしのなかに、自分を説明したり収めたりしようとするあらゆる努力に抵抗する力があるかのように。

　シェイクスピア自身、明らかに自分の作った人物を抑えようと葛藤していた。この偉大な歴史劇の第二部でフォルスタッフが登場するクライマックスの場面では、ヘンリー五世として即位したばかりのハルが、これで強盗のやり放題だと喜ぶフォルスタッフの期待を無残にも打ち破る。「おまえなど知らぬ、老人よ」（『ヘンリー四世』第二部、第五幕第五場四五行）。完璧なる絶交だ。フォルスタッフは、王の前から消えなければ死刑だと言われてしまう。かつての「わが放蕩生活の師匠にして世話係」に投げかける王の冷たくも皮肉な言葉は、そのでっぷりした活力をいよいよ本当に文字どおり抑え込もうとする。「墓が口を開いていると知れ。／おまえには、人の三倍も大きい口を」（第五幕第五場六〇、五一～二行）。だが、一瞬のち、フォルスタッフはもうこの縄目からするりと抜け出しているようだ——「一緒に食事に行こう。さあ、ピストル副官。来い。バードルフ。夜には呼び出しがかかるさ」（第五幕第五場八三〜八五行）――そして、劇の最後にシェイクスピアは、もう一度フォルスタッフを連れ戻すと告知する。「もう一言、よろしいでしょうか」と、締め口上役の役者が言う、「肥えた肉にうんざりされていなければ、われらが謙虚な作家は、サー・ジョンが登場する続編を書きます」（二二〜二四行）。まるでフォルスタッフ自身が、今終わったばかりの劇の象徴的な構造を受け容れまいとしているかのようではないか？

しかし、実際に続編を書く段になって、シェイクスピアは、ヘンリー五世がアジンコートでフランス軍に大勝利する劇を書き始めて、考え直す。フォルスタッフの冷笑的で、英雄的資質に欠けた態度――権力者が掲げる理想の主張を容赦なく喜劇的にしぼませてしまい、肉体が一番だと執拗にこだわる態度――は、カリスマ的指導者の軍事的英雄行為を讃美する劇には収まりきらないのだ。その英雄讃美に、シェイクスピア独特の懐疑的な知性が働いていないわけではないが、劇が成功するためには――ハルが、王の真似をするのではなく、本物の王になるためには――懐疑は消えるべきであり、この二部作でフォルスタッフが実に見事に発揮してみせた容赦ない嘲笑に発展してはならないのだ。それゆえ、シェイクスピアは観客への約束を破って、『ヘンリー五世』からこの喜劇的人物の傑作を取り除いたのである。実のところ、詳しい死の模様を提供することで、永遠に除去することにしたのだ。「一二時と一時のあいだに、ちょうど潮の流れが変わるときに、逝ってしまったわ」と、クリックリー夫人は忘れがたい話をする。

あの人、シーツをいじったり、お花をもてあそんだりしてから、自分の指先に微笑んだりなんかするから、私、もうこれでおしまいだとわかったの。だって、鼻先がペンみたいにとんがって、緑の野原がどうのこうのって言うのよ。「どうしたの、サー・ジョン？」って私、言ったわ。「なによ、あなた！　元気を出しなさいよ」。そしたらあの人、「神よ、神よ、神よ」って三回か四回叫んだの。私、落ち着かせようと思って、神様のことなんか考えちゃだめって言った。まだそんなこと考えて気をめいらせる必要はないと思いたかったの。そしたらあの人、足にもっと服をかけてくれと私に言うの。私、手をベッドのなかに入れて足に触ってみた。石みたいに冷たかった。それから私、ひざのほうまで触ってみた。それからずっと上のほうまで。石みたいに冷たかった。どこもかしこも石みたいに冷たかった。

（『ヘンリー五世』第二幕第三場一一～二三行）

感動的なのは、慎重に舞台の外に置かれた死の場面そのものではない。シェイクスピアと観客にとって感動的なのは、これが、偉大なる劇作家が自分の最大の喜劇的人物を殺す場面だということである。もちろん、フォルスタッフの生き方を考えれば、公式な死因は不摂生ということになる——酢漬け鰊《にしん》と白ワインで致命的な飲み会を開いたグリーンと同じだ——が、劇は象徴的な殺人を行なったことを明らかにしている。「王様があの人の心を殺したのだ」（第二幕第一場七九行）。

「われらの羽根で美化された成り上がり者のカラス」——グリーンとその一味は、酔っ払って向こう見ずであり、自由奔放で俗物的だったが、シェイクスピアに怖いところがあることに気づいていた。人から略奪したものを自分のものとして見せびらかす簒奪者の巧みさと、盗んで利用し、自分の一部にしてしまうという驚くべき力があったのだ。シェイクスピアとしても、自分がこんなキリギリスどもとは違うとわかっていただろう。たぶんグリーン自身がほのめかしているように、困窮して絶望したろくでなしから援助を求められても断ったかもしれない。

『ヘンリー四世』二部作を書いたシェイクスピアは、ハル王子に自分を見ている。試みに皆の仲間に加わりつつ、慎重に自己を守るべくよそよそしくしている自分を投影しているのだ。居酒屋で言語ゲームや役割演技を学ぶことの有益さを知り、自分の利益を計画的に守ることを批判されても弱気にならずにいられるシェイクスピアがそこにいる。一五八〇年代後半に自分がデビューした状況を思い起こしつつ、生き延びるためにはどうしなければならないか気づいていた自分の姿を示したのだ。

しかし、シェイクスピアが——というよりはハル王子が——あえて冷淡に振る舞ったのは、シェイクスピアとグリーンの関係の一面を映すにすぎないのであり、二人の関係にはもっと大きな側面がある。というのも、シェイクスピアがグリーンから何かを盗んだとしても——もし、芸術家として、出会ったすべての人から盗んだとしても——シェイクスピアは、想像力によって神業のような寛大さを示しているのだ。それは少しも感傷的でなく、本当のところ人間的でさえない。人間的な寛大さとは、困窮しているグリーンに実際にお金を与えることであろう。そんなことをするのは愚かしく、現実的でなく、すぐにつけこまれるだけのことだ。シェイクスピアの寛大さは、金銭的ではなく、審美的であった。グリーンに金に換えられない贈り物を与えたのだ。グリーンをフォルスタッフに変えるという贈り物を。

第八章

男にして女

シェイクスピアが「成り上がり者のカラス」と攻撃されたことに当惑したのは、金目当ての印刷屋ヘンリー・チェトルだけではなかった。トマス・ナッシュもこの攻撃に手を貸したという噂が流れ、ひょっとしたら友人ロバート・グリーンの辞世の本の代作者ではないかとさえ言われたのだ。だとしたら、完全に辻褄が合う。なにしろ、ケンブリッジ大卒の諷刺家ナッシュは、それまでにも、教育のない役者たちに対して似たような侮蔑の言葉を本に書き連ね、役者のことを、ブランク・ヴァースを書いて偉い作家を無謀にも真似する「まがいものの烏合《うごう》の衆」と詰《なじ》っていたからだ。ナッシュは普通なら、こんな疑惑の目を向けられることを喜んだだろう。人を怒らせることを生業《なりわい》として、怖いもの知らずの才人という定評を得ていたからだ。ところが、ナッシュもまた、だれかとひどく身がすくむような会話をしたに違いない。というのも、口論で引き下がるような柄ではないナッシュが、『グリーンの三文の知恵』を「つまらない嘘つき小冊子」と呼んで、自分は一切関わっていないことを慌てて活字にして表明したからである。ナッシュはできる限りのことをして、自分が書いたのではないという必死の訴えが真《ま》に受けられるように努めた。「一言たりとも、いや一音節たりとも、私のペンから出てきたのだとしたら、あるいはその執筆や印刷に私がなんらかの関与をしていたとしたら、神よ、わが魂を護《まも》らせたまうな、完全に私を見捨てたまえ」。パニックして必死だという感じである。

問題は、だれがナッシュをそんなに焦らせたのかということだ。答えは、成り上がり者のシェイクスピア自身ではない。もっと強大で、相手を怖気《おじけ》づかせる人のはずだ。だれだろう？　群を抜いて最も有力なのは、第三代サウサンプトン伯ヘンリー・リズリーと結びついただれかだ。一九歳の伯爵自身が、こんな低次元の用向きで登場することはありえないが、『十二夜』のオーシーノー公爵のように、命令を受けて使いをしたがっている配下の紳士は大勢いた（数年後、サウサンプトン伯は、いつものお付きの者「ほんの一〇人か一二人」を連れて外出している）。

この特別なお使いの候補者のひとりは、伯爵のフランス語とイタリア語の家庭教師ジョン・フローリオである。ロンドン生まれで、イタリア人プロテスタント亡命者の息子であるフローリオは、すでにイタリアの諺《ことわざ》六〇〇〇集のほかに数冊の言語の手引書を出版していた。その後、重要な伊英辞典と、シェイクスピアがよく使ったモンテーニュの『随想録』の精力的な翻訳を出版している。フローリオは、ベン・ジョンソンの友人となり、すでに一五九〇年代初頭に劇壇でかなりおなじみの人物となっていたという証拠がある。

しかし、裏でこそこそやっている口論に口をはさむには偉すぎるサウサンプトン伯が、フローリオのような者を使いに出したとして、どうして階級の頂点にいる伯爵がそもそもシェイクスピアと知り合いになったのだろうか？　ここでもやはり正確なつながりは失われ、おそらく復元不可能なのだが、演劇界は身分の貴賤が曖昧であるため、二人が出会った可能性は大いにある。役者は貴族よりはるかに身分が低い別世界に属していたが、劇場では世界は混ざり合っていた。売春婦や、掏《す》摸《り》や、さもしい徒弟たちが平土間《ピット》でひしめき合う一方、パイプをくゆらし、匂い玉を嗅ぎ、高価な「貴族の部屋」のクッションに坐って、他の客の注目を浴びながら公演を観る貴族たちがいたのである。

一五九〇年代初頭に「若くて気まぐれ」で、すぐに「夢中になる」と描写されたサウサンプトン伯は、明らかに演劇愛好者だった。当時の人が書いているように、若いサウサンプトン伯とその友人のラットランド伯は、「ロンドンでただ毎日芝居に通って時を過ごした」のだ。そんな折に、シェイクスピアが舞台に立っているのを目に留めたか、あるいは作家としての才能やその見目《みめよ》好い姿に心惹かれたかして、サウサンプトン伯が公演後楽屋に行って知り合いになることも容易にできたし、あるいはまた、共通の知己《ちき》に紹介してもらうとか、ただ威圧的に面会に来いと呼び出すこともできた。二人が最初に出会ったのは、伯爵がケンブリッジ大学卒業後、宮廷で女王に仕えながらグレイズ・イン法学院で法律を学んでいた一五九一年か一五九二年初頭であろう。

宮廷人と法学生は劇場の最も熱烈な支持者であったが、とりわけサウサンプトン伯は、生涯のちょうどこの時期に想像世界へ逃避することに特別な喜びを見出していたかもしれない——結婚をするようにと大変な圧力をかけられていたのだ。恋愛ではなく金が目当ての結婚であり、それも巨額の金であった。サウサンプトン伯が子供だったとき、両親が劇的な離婚をし、父親は母親を「不倫をした」となじり、つらい別居生活ののち、母親は二度と息子に会ってはならないと命じられた。そして、サウサンプトン伯が八歳の誕生日を迎える前に父親が死に、代わりに後見人となったのは、イングランド一の有力者、エリザベス女王の大蔵大臣バーリー男爵であった。初老のバーリー卿は、裕福な若き被後見人の養育をそれなりにした――少年を自宅に住まわせて錚々《そうそう》たる家庭教師をつけて教育し、それから一二歳という稚《いとけな》い年齢でケンブリッジ大学へ送った――だが、後見制度そのものが根元まで腐っていた。最悪なのは、後見人に被後見人の結婚を決める法的権限があったことだ。サウサンプトン伯は、二一歳になるとき、結婚を拒むなら、拒まれた家に対して弁償金として莫大な金を支払う義務を負わされていた。たまたま、バーリー卿はサウサンプトン伯に自分の孫娘と結婚するように縁組を進めており、そして、やはりたまたま、バーリー卿は後見局長の職についていた。ということは、つまりサウサンプトン伯が軽率にも縁談を断るなら、その罰金の評価額を事実上決定できる地位にあったということだ。結局、若い伯爵は断ってしまうので、成人した暁《あかつき》には五〇〇〇ポンドという目の玉の飛び出そうな罰金を払わなければならない羽目になる。

最初に縁談をもちかけられたとき、一六歳か一七歳だったサウサンプトン伯は、この娘が嫌だというのではなく、結婚そのものが嫌なのだと言って拒絶した。これが単なる気分ではなく、変わらぬ決意だということがはっきりすると、驚いた親族は、一家の財産が打撃を受けるのは火を見るよりも明らかと知って、圧力を強めてきた。問題は、若い伯爵は桁外れに裕福であり、金も土地も浪費することに慣れてしまい、莫大な損失が見込まれてもおびえなかったということだ。後見人の機嫌を損ずることにも無頓着で、母親や、それまでほとんど、あるいは一度も会ったこともない遠縁の親戚のしつこい訴えも気にならなかった。

こうした状況下で、一族とバーリー卿は、ほかの手段に打って出た。サウサンプトン伯の物質的興味に訴えて大敗を喫した以上、今度は心理作戦に出なければならなかった。つまり、なんとかしてサウサンプトン伯の胸の奥――結婚への嫌悪が生じた奥深い場所――へ入り込み、そこを変えるのだ。選ばれた手段の一つは、詩だった。

作戦は必ずしも馬鹿げたものではなかった。この頑固で、身勝手な若い貴族は、すばらしい人文主義的教育を受けており、詩をよくし、やがては芸術の重要なパトロンとなることが期待されていた。まじめな年長者の意見が聞けないなら、もっと間接的な、より技巧的な手段で訴えることができないだろうか？　一五九一年、伯爵に、優雅なラテン語の詩が献じられた。初めて受けた献詩である。「ナルキッソス」というその詩は、水辺に映った己《おのれ》の姿に恋をし、その虚像を抱きしめようと空しく努めて溺れ死んでしまう美少年の物語を語ったものだ。詩の作者ジョン・クラッパムは、バーリー卿の秘書のひとりであり、サウサンプトン伯へ訓戒を与えようという意図は明白であろう。

クラッパムは、主人が後見する若者に自己愛の危険を教えようと自ら思いついたのかもしれないが、おそらくはそうするように命令されたのだろう。時計の針は進んでいた。サウサンプトン伯は一五九四年一〇月六日に二一歳になってしまう。クラッパムの詩は、すでに一五九一年の時点でこの期限が差し迫って感じられ、効果的な説得方法を急いで探そうとしたことを示唆している。そして、これがシェイクスピアへとつながるのだ。バーリー卿の関係者、もしくはサウサンプトン伯の母方のだれかが気づいたのかもしれない――若い伯爵が大いに目を付けている才能ある役者がいて、その役者は将来有望な詩人でもあるということに。だれが気づいたのであれ――富裕な貴族の好みは、どんなことであれ、大いに注目の的になっていただろう――それに気づいた人は、自己陶酔型で柔弱な若い伯爵に結婚を説得するよう、この詩人に依頼するという妙案を思いついたのではないか？　そうした依頼があったとすれば、一五四篇のソネット詩の冒頭にある一七篇の説明がつく。
何年ものちに、おそらくシェイクスピアの同意を得て——同意があったか定かではないが——印刷されることになる『ソネット集』の冒頭部は、はっきりと、ある特定の人物を想定している。飛び抜けて美しい「強情な」(六番一三行)若い男だ。結婚を拒み、「独身生活」(九番二行)で自分を無駄に費やそうとしている。詩人は、それがだれだかわからないように気をつけている。伯爵に直接それとわかる呼びかけをするのは、僭越であり無分別だからだ。実際、詩の一篇一篇に、関係を否定できるような仕掛けが施されており、立腹した読者と対決することになっても、詩人は「それは誤解です。思い違いをなさっています。あの方のことを言っているのではございません」と言い抜けることができた。もし、これらの詩が、多くの人が信じているように、本当にサウサンプトン伯のために書かれたとしたら、シェイクスピアはクラッパムの「ナルキッソス」で表明された問題の分析をそのまま受け容れたことになる——つまり、第一のソネットがはっきりと語るように、青年は、自分に恋をして「君自身の輝く目に婚約をして」(一番五行)いるということだ。
しかし、シェイクスピアの心理作戦は、クラッパムの逆を行く。美しい青年に、自分の鏡像から身を逸《そ》らし、自己愛に気をつけるべきだとは言わなかった。逆に、自己愛が足りないと言ったのである。

鏡をご覧なさい、そしてそこに映る顔にお言いなさい、
今こそその顔がもう一つの顔を作るときだと。

(三番一〜二行)

自分の姿を惚れ惚れと眺め、その美しさを直視するなら、青年は、鏡の前で行なったこと――もうひとりの自分を生み出すこと――を生身で行なう決意ができるだろうというのである。本当に自分を愛しているなら、「再生」(生殖)によって未来でも生き続けるべきであり、「子孫を作らずに自己愛の／墓」となるのは愚者のみだ(三番三、七〜八行)と。

ソネット集の主題として、生殖というテーマは突拍子もないものであり、ひょっとしたら前代未聞だったろう。ソネット詩人は、たいてい恋人に求愛したり、女性の冷たさを嘆いたり、自分の激しい恋心を分析するものだ。自分の魅力あふれる顔とそっくりの写しを作るために、生殖の決心をするべきだなどと青年に告げたりするものではない。青年の将来の花嫁を称えるためにソネットを書いたのだったら、少なくとも定石の片鱗ぐらいにはこだわっただろう。その場合、長距離結婚の取り持ち役として花婿候補のイメージを再生するべく雇われた画家のように機能したことだろう。しかし、そんなことは一切しなかった。自慰はやめて女性とセックスをするように青年に勧めておきながら――驚くほどあからさまに、「君自身に／身を費やす」なかれ、「君自身だけと通じる」なかれと書いている(四番一〜二、九行)――青年の子供の母となるべき女性の正体は、どうやらどうでもよいらしい。どんな女性も嫌とは言わない、と詩人は書く。「君が鍬《くわ》入れをし、耕すのを蔑《さげす》むような未墾の子宮を持つ美女がいったいどこにいるというのです」(三番五〜一六行)。

シェイクスピアが青年に差し出す再生のイメージは、まったく女気がないわけではないが、女性ではなく女体――まだ熟した穀物を産出したことのない未墾の土地――というだけのことであって、女性の役割は最小限に抑えられている。父親だけの鏡像を生み出すのが目的なのだから、子供が母親似だったりしては計画全体が水泡に帰すのだ。青年は自分自身の完璧な美の種を、名なしで顔なしの女の肥えた畑に植えつけるのであり——どうせ名なしで顔なしなのなら、後見人がすでに選んでくれた人でもいいではないか？——青年の美それ自体が、人が女性の顔に期待する美しさとなっているのだ——「君は母上の鏡」と、詩人は青年に告げる。「そして母上は君のなかに／年頃だった麗《うるわ》しき四月の頃を思い出す」(三番九〜一〇行)。

シェイクスピアの生殖ソネットが書かれた頃のサウサンプトン伯の肖像画とおぼしき絵が二〇世紀になって発見された。驚嘆すべき絵だ。ソネットがいかにも大仰に歌い上げているかに思えた美しさがまさにそっくりそのまま描かれている。長く垂れた巻き毛、バラのつぼみのような唇、「この世の新鮮な飾り」(一番九行)であることの意識、自己愛の青年のそれとわかる雰囲気、そしてとりわけ、男とも女ともつかぬ性的曖昧さゆえに——女性の肖像画と長いあいだ取り違えられてきた——この絵こそ、シェイクスピアがきわめて奇妙な『ソネット集』冒頭部で語る青年を生き生きと描いたものと思えるのである。

『ソネット集』の初版——『シェイクスピアのソネット集』と題された四つ折本《クォート》——の出版は一六〇九年になってからのことだった。とても大きな活字でシェイクスピアの名前が表紙に印刷されているのは、明らかにそれで売り上げが伸びると期待されたからだろう。しかし、この時期に出た出版物は、強力なパトロンとの縁故《コネ》があることを献辞や作者まえがき(読者へ宛てた書簡体)などで気負って喧伝することが多かったにもかかわらず、この本は、この詩がそもそもだれに呼びかけているのか、その人とどんな関係があるのか、はっきりと示すことがない。初版の出版者による有名な献辞——「ここに収められたソネットの唯一の生みの親であるW・H氏に、すべての幸福と、わ

20歳の第３代サウサンプトン伯ヘンリー・リズリー．ニコラス・ヒリアード（*c.*1547-1619）が描いた細密肖像画．有名な鳶色の長髪が見える．

ブリッジマン・アート・ライブラリー

れらが永遠の詩人が約したる永劫がありますよう、善意により印刷という冒険に乗り出すT・Tは願い奉ります」――というのも曖昧だ。この言葉はシェイクスピアについて何か重要なことを明らかにするものなのだろうか、それとも単に出版者トマス・ソープ(Thomas Thorpe)のイニシャルがあるから、この献辞を書いたのはソープだという程度のことしかわからないのか？　かりに、ソープではなくシェイクスピアがこの献辞を書いたと証明されるなどということがあったとしても、「唯一の生みの親」のイニシャル「W・H」が、サウサンプトン伯ヘンリー・リズリー(Henry Wriothesley)のイニシャルをふざけてひっくり返したものなのか、あるいはほかの人を指すのかわからない。ひょっとしたら、のちにシェイクスピアに寵愛を示したペンブルック伯ウィリアム・ハーバート(William Herbert)のことだったりするのだろうか？　一六二三年のシェイクスピア作品集二つ折本版《フォーリオ》は、ペンブルック伯ハーバートとその弟フィリップに捧げられている。ハーバートは、文学への造詣が深いことで知られた富裕な貴族の家系の出であり、一五九七年には、たまたま、ハーバートもまた結婚をせかされていた。

『ソネット集』の冒頭の詩群は、一五九〇年代初頭の文体に合う――サウサンプトン伯が最有力候補となる時期だ――としても、そのあとに続く詩群は、文体論的根拠から、一五九〇年代後半から一六世紀初頭までのものと考えられ、この時期ならハーバート説のほうが有力になる。一部の学者たちが提案するように、シェイクスピアは両方の青年に連続して、愛の言葉を使い回して語りかけているなどということがあるのだろうか？　その愛の表現には、最初はだれかほかの若い男か女に求愛して書いた詩も含まれていたりするのだろうか？　確かなところは何一つわからない。熱のこもった調査が何世代にもわたって続けられた今でも、言えることといったら、慎重なことであろうと荒唐無稽なことであろうと推測の域を出ず、それもすぐに(軽蔑しきったせせら笑いを受けて)ほかの推測をもって反論される。

一五四篇のソネットは、少なくとも一つの物語がぼんやりと浮かび上がってくるような順番に並んでおり、その物語に出てくる人物は、恋する詩人(語り手)と、例の美青年のほかに、ひとりか複数のライバル詩人、そしてダーク・レイディー(黒い女)である。シェイクスピアと語り手は同一人物だ――そう読者に思い込ませるように、詩は書かれている。当時の愛の詩では、気の利いた別名を仮面として用いることが多く、フィリップ・シドニーは自分を「アストロフィル」と呼び、スペンサーは羊飼いの「コリン・クラウト」を自称し、ウォルター・ローリー(そのファースト・ネームは当時「水《ウォーター》」と発音された)は「海」と名乗った。しかし、ここに仮面はない。表題が示すとおり、これは『シェイクスピアのソネット集』なのであり、詩人は自分のファースト・ネームを何度も洒落のめしている。

願いをかなえるのみならず、君は自分の思い《ウィル》を満たす。
ついでにウィルをもうひとり、それからおまけにまたウィル。

(一三五番一～二行)

なかでも特に優れた詩には、ほとんど痛々しいまでに胸のうちをさらけ出すような驚くべき効果があり、それゆえ、虫が火に飛び込むように、つい、ばたばたと興奮した推測をしないではいられない。まるでシェイクスピアのきわめて私的な隠れ家に入り込んだような感じがするのだ。しかし、シェイクスピア以外の人物の外見は、注意深く伏せられている。読者が、その正体がわかって得心しないようにしてあるのだ。

ライバル詩人と「ダーク・レイディー」の正体をつきとめようと、懸命な努力がなされてきた。ライバル詩人とは、マーロウか、チャップマンか？　ダーク・レイディーとは、宮内大臣の元愛人で詩人のエミリア・ラニアか、宮廷人メアリ・フィットンか、あるいは黒んぼルーシーとして知られた娼婦か？　最初の一七篇のソネットで歌われる青年をサウサンプトン伯と断定するのが軽率だとするなら、ライバル詩人や「ダーク・レイディー」をつきとめようなど噴飯ものだ。問題は、こんなに時間が経ってしまった今となっては、主だったいくつかの問いに答えられなくなってしまっていることにもある。すなわち、ロンドンでのシェイクスピアの交友関係はどのようなものだったのか？　どれぐらいの期間で、これらの詩は書かれたのか？　印刷された順番はシェイクスピアが決めたのか？　シェイクスピアは出版を認めたのか？　どれほど、詩は詩人の激白となっているのか？

ただし、交友関係の詳細が曖昧なのは、時間経過のせいだけではない。ソネット連を書くという行為そのものが、まさに半透明なカーテン——エリザベス朝の人々が大好きだった紗のように、半ば透ける生地——を詩全体に引くことでもあるので、読者には影のような姿しかわからないのだ。初版の表紙に「シェイクスピアのソネット集」とある下の、ちょうど中央部に、「これまで印刷されなかった」という言葉がある。この人目を引く告知（以下に記すとおり、二篇のみの例外を除いて正確である）が示唆しているのは、読者はこれらの詩の存在をずっと耳にはしてきたが、これまで買うことができなかったということだ。というのも、当時の読者は重々承知していたことだが、ソネットを書くということは、本来、印刷を目的とするものではなかったからだ。本にして興味のある人に買ってもらおうというのではなく、しかるべきときにしかるべき人たちに詩を渡すことが大切だった。しかるべき人たちとは、もちろん詩人の愛情が注がれる人たちだが、それ以外にも、詩人とその愛人を取り囲む親密な仲間(シェイクスピアとその青年貴族の場合は、かなり錚々《そうそう》たるメンバー)のことを指す。

ソネット執筆は、宮廷人の洗練されたゲームの決定版として最も誉れ高いものであった。サー・トマス・ワイアットとサリー伯がヘンリー八世の治世にソネットを流行《はや》らせ、サー・フィリップ・シドニーがエリザベスの治世に完成させた。ゲームの目標は、できる限り心の丈《たけ》を打ち明け、自己をさらけ出し、感情的に傷ついているような詩を書きつつ、人を傷つけるようなことはごく内輪の人たち以外には一切明らかにしないことだ。ヘンリー八世の宮廷では、ハードルはかなり高かった──不倫の噂が王室のまわりに流れれば、ロンドン塔や処刑台送りということもありえた──けれども、さほど警戒しなくてもよい社会状況においても、ソネットには常に危険の匂いがしていた。あまりに慎重なソネットは退屈きわまりなく、詩人が凡庸であることを示すだけだが、あまりに透けて見えるソネットは致命的な危害を及ぼしかねないのである。

内輪の集まりのなかに、さらに小さな集まりがあった。シェイクスピアの『ソネット集』の冒頭の一七篇──青年に結婚して子供の父親となるように勧めるソネット群──がサウサンプトン伯に宛てて書かれたものだとしたら、サウサンプトン伯はその内々《うちうち》の集まりにいたはずだ。伯爵は、ほとんど何でも知りえる特権的な読者だった。その親友たちも何かを知っていただろうが、大きいほうの集まりでは、かなり事情はわかりづらくなり、さらにその集まりの外にいる人は、たとえ社交界に属していても、ちんぷんかんぷんになる。そうして輪がどんどん広がって、一番外側の端にいる人が、詩のなかの主要人物について名前はおろか一切何も知らなくても、それでもこの詩が刺激的で意味深いなら、詩人の真の能力が完全に披露されたことになるのだ。

詩を実際の世界からいくらか遠ざけることで、シェイクスピアはこの詩を、描き尽くさなかった個人的細部をだれよりもよく知っている当の青年と一緒に読むこともできれば、詩の美しさを味わって作者を褒めてくれる読者のあいだで回覧させることもできた。「オウィディウス風のすてきな機知に富む魂が、シェイクスピアの甘美で達者な舌に生きている」と、一五九八年に文壇の事情に通じた人が記し、「内々の友人たちのあいだで読まれるシェイクスピアの甘いソネット」を称えている。

やがて、詩は、内々の友人の集まりから離れて流出し、もともとの事情がどのようなものであったにしろ、独自の命を持った。『ソネット集』のうちの二篇が、ほんの少し形を変えて、一五九九年に無許可の詩集『シェイクスピア作　情熱の巡礼』に印刷された。その出版者ウィリアム・ジャガードは明らかに詩人の名声を利用して儲けようとしていた(この詩集に収められた全二〇篇のうち、実際にシェイクスピアが書いたのは五篇のみである)。「君を夏の日にたとえようか」といったような詩が、若い男ではなく女性へ捧げられたものと誤解してしまうのは現代人だけではないのだ——すでに一六二〇年代や三〇年代に、『ソネット集』は男性相手ではなく女性相手に書かれたのものとして模倣されていた。このように想像力次第で変貌できてしまう詩の融通無碍さもまた、詩人が狙っていたものであろう。ソネットというゲームにきわめて長けていた証左である。

つまり、ソネットは、私的であると同時に社会的であったのだ。形式として個人に宛てて書かれているから親密な呼びかけをするものの、同時に小集団のなかで回覧されるものであり、その集団の価値観や欲望が詩に映し出され、表明され、強められていた。小集団よりも大きな世界で読まれることもあった――サー・フィリップ・シドニーの一〇八篇のソネット連と一一篇の歌から成る『アストロフィルとステラ』(一五八〇年代初期執筆)は、当時の読者全体に宮廷の優雅さとはこういうものだと思わせたが、その複雑な詩が巧みに言及している実際の個人や正確な事情などを知る読者はごく一握りにすぎなかった。魔法がかかった内輪の輪の外にいる者は――現在では私たちだれもがこの範疇に入るが――詩人の技を惚れ惚れと眺め、伝記的な推測の闇のなかで手探りをするよりほかないのである。

一五九二年夏、裕福な青年に結婚を勧める詩を書いてほしいという要請にシェイクスピアが飛びついて応じたのには理由がある。シェイクスピアの主たる収入源――自活するのみならず、ストラットフォードに残してきた妻子を養うための収入源――が消えてしまったのだ。一五九二年六月一二日、ロンドン市長サー・ウィリアム・ウェッブが、その前夜サザックで起こった騒動について、バーリー卿へこんな手紙を書き送っている――フェルト製造者の召使たちが、「主人を持たぬ放浪者」の集団と一緒になって、逮捕された仲間を救出しようとした。暴徒が集まったのは「安息日を守らないのみならず、このような暴動を起こす機会を与えた劇」のせいだと、市長は憂慮した調子で記している。バーリー卿は明らかに、政治不穏が再発する兆しを深刻に受け取ったらしく、六月二三日、枢密院からロンドンじゅうの劇場に上演中止命令が出た。夏のシーズンじゅう中止されたわけではないだろう――商売あがったりとなったほかの人たち(たとえば、川の渡しをする「バンクサイドの哀れな舟子」と呼ばれる船頭のような人たち)と一緒に、劇団は、解禁を熱心に嘆願した――けれども、それから六週間ほどすると、もっとひどい災害が起こってしまった。

厳格な説教師や悪意ある行政官よりもずっとひどい、劇場の最も恐ろしい敵は、横根の疫病だった。エリザベス朝のイングランドの公的な衛生法はよく言ってもでたらめであり、疫病の本当の原因について何も、少なくとも正確なところは何も理解されていなかった。なにしろ、疫病による死亡率が上がると通常取られる公的な処置の一つが、犬猫の殺害、つまりネズミの天敵を駆除してしまうことだったため、事態は確実に悪化したのだ。当時は、恐ろしい病原菌を持つ蚤《のみ》をネズミが運んでいることなど知られていなかったのである。しかし、人々は辛酸をなめた末に、疫病患者を隔離すると病気の蔓延を抑えられることを知り――それゆえ、強制隔離された家は戸をやみくもに釘打たれた――また、伝染病の進行と大きな雑踏に関連があることもわかってきた。当局は教会の礼拝を中止しなかったが、疫病死が増えると、それ以外の庶民の集まりに目を光らせ、死亡率が特定の数(ロンドンでは週に約三〇人)に達すると、劇場を閉鎖したのである。

シェイクスピアとその仲間の役者たちは、夏の暑い気候で死亡率がじわりじわりと上がるのを心配気に見つめ、上がれば上がるほど不安に陥ったはずだ。当然ながら劇壇の敵は、ますます声高に、神は疫病を遣わして罪深いロンドンを罰しているのだと叫んだ。罪とは、売春や男色に並んで上演のことであり、劇場、熊いじめ場、そのほか教会以外で大衆が集まる場所は、さらなる通告があるまで閉鎖された。うまいことパトロンから苦境を乗り切るだけの小額の金をもらえる役者もいれば、小道具や衣装を荷車につめて巡業に出かけ、地方でわずかながらも稼げるだけ稼ぐ役者もいただろう。しかし、そんな生活がつらいことはわかりきっており、できることならほかの手段を取りたいところだ。途方もない金持ちで結婚を嫌がっている甘えん坊の青年にソネットを書いてくれという申し出は、シェイクスピアにとって天からの贈り物に思えたのではないだろうか?

だが、結婚せよと命じるがごとく書かれている最初の一七篇のソネットにさえ、そう命じることに必ずしもしっくりこない自らの思考や感情に詩人自身がてこずっている様子が見える。ことによると、シェイクスピアに詩を書かせようとだれかが思いつくほどの関係が青年とシェイクスピアとのあいだにあって、それゆえ、単に結婚勧告を目的とした詩をすんなり書けなかったのかもしれない。「私のために、もうひとりの君を作ってください」と、詩人は説得する（一〇番一三行）。まるで、詩人の感情的な訴えに効果があると言わんばかりだ。だが、いったいどれほどの効果があったのだろう？　効果があるとして、子供の父親になれと青年に訴えてどんな意味があったのだろう？　青年の子供に詩人が何の関わりがあるというのだ？　表面的な答えは、子供ができれば、意地悪な時間の力に対抗できる――歳月が過ぎて、青年の今の美貌が失われて取り戻せなくなっても、青年の息子がその美貌を次世代へ伝えてくれる――ということだけれど、そんな議論を提示する一方で、詩人は自分にとってはるかに重要な別の議論も展開しており、そちらのほうでは、女性の介在しない完璧な再生が夢想されているのである。

そして、君のために時と戦い、
時が君から奪っても、私が君を新たに接木《つぎき》する。

（一五番一三～一四行）

「私が君を新たに接木する」――ここで問題とされている再生の力とは、詩の力だ。子供の誕生には、それでもまだ意味があって、すべて詩人の言うとおりであることを証明するためには、青年と瓜《うり》二つの美少年が生きていなければならない。さもなければ、「だれが、やがて来たる時に、わが韻文を信じよう？」（一七番一行）。しかし、ここで想起された子供は、単なる証拠以上のものではなく、しかも、やがて跡形もなく消えてしまう。

君を夏の日にたとえようか。
君はもっとすてきで、もっとおだやかだ。
五月の可憐な蕾《つぼみ》は強風に揺れ、
夏の命はあまりに短い。
天の烈日《れつじつ》は、ときに熱すぎ、
その黄金の顔《かんばせ》も、ときに翳《かげ》る。
美しきものは、皆、偶然に、
あるいは自然の流れに沿って、すたれゆく。
だが、君の永遠《とわ》の夏は色あせない。
君の美しさが消えることはない。
死神にも君を自分のものとは言わせない。
永遠の詩のなかで君は時と結びつくのだから。
人が息をし、目がものを見る限り、
この詩は生き、君に命を与え続ける。

（ソネット一八番）

未来のなかに映し出される、青年とそっくりの鏡像としての子供を夢想したはずなのに、「この詩」がその子を脇へ追いやってしまう。この愛の詩こそ、言葉でできた妙なる鏡であり、完全なる美を無傷で保存して次世代へと伝えるずっと確かな方法なのだ。シェイクスピアは、事実上、妊娠させなさいと青年に勧めていた女性の存在を押しのけてしまっている。女性の産みの苦しみではなく、詩を生む詩人の苦しみが、青年の不朽のイメージを生み出すのだ。

これではロマンティック喜劇の筋書きではないかということは、シェイクスピアも重々承知していた――調停役が恋に巻き込まれてしまうというわけだ。『十二夜』の主筋である。少年に変装してオーシーノー公爵に仕える乙女ヴァイオラが、公爵のためにオリヴィア伯爵夫人を口説く仕事を与えられる。「閣下の愛しい人を口説くべく、／最善を尽くします」と、ヴァイオラは主人に告げるが、傍白で、その仕事はつらいと言い添える。「私がだれを口説こうと、私自身が公爵の妻となりたいのだから」(一幕四場三九～四一行)。もちろん、この状況と、『ソネット集』で描かれる状況とのあいだには、大きな違いがある。ヴァイオラは主人のことを思って溜め息をつくとき少年の恰好をしているが、ヴァイオラの欲望は男性を求める女性の欲望であって、それゆえ結婚によって成就できる(服を着替えればすむことだ)。ところが、『十二夜』はさらに歩を進め、結局のところ男だろうが女だろうが大した問題ではないとほのめかす――オーシーノー公爵は、性別の曖昧な、少年と思われる召使に明らかに心惹かれており、オリヴィアもまた、この曖昧なる取り持ち役に夢中で恋をしてしまうのだ。はっきりとした物語がないシェイクスピアの『ソネット集』においても、これと似たような精神構造に基づき、青年に結婚するように説得するはずの当初の計画は挫かれ、詩人自身の圧倒的な愛の勝利が桧舞台《ひのき》を飾るのだ。

これは本当のことだろうか、それともお世辞のための修辞だろうか？　皆目わからない。だが、この詩集を受け取る見栄っ張りの若者にとって、シェイクスピアの物語——はっきりとしていなくても、まったく読み取れないことはない話——は、きわめて好ましいものであったに違いない。美青年に結婚するように勧めようとして、詩人に何かが起こった——詩人自身が青年に恋焦がれていることに気づいたのだ。詩人はもはや、どうすればよいのかわからなくなってしまう。青年が自分を召使程度にしか思っていないことはわかっている。それも、とうがたった召使だ。しかし、青年と一緒にいたいと思い、女性に対して感じたことのない何かを青年に感じるのだ。青年を魅了したい、一緒にいたい、青年になりたい。青年こそは、若さ、気高さ、完璧な美の鑑《かがみ》だ。詩人は青年に恋をしたのである。

この恋は、熱情的で凝りに凝った褒め言葉で表わされる——青年は「恐ろしい夜にイヤリングのように下がった宝石」（二七番一一行）に似て、そのすてきな魅力はアドーニスやヘレンを褒めちぎる言葉でも追いつかない（五三番）。「色も白い《フェア》が、知識も豊富《フェア》」（八二番五行）。その手は百合よりも白く、頬を染める色はバラよりも繊細だ（九八番）。「古《いにしえ》のペン」が「死んだ淑女やすてきな騎士を称えて」「手と、足と、唇と、目と、眉」を詳しく描写したのは、皆、青年自身の美貌を予言するものだった（一〇六番四〜七行）。青年こそは、詩人の太陽、バラ、大切な心臓、「最も愛しいものの最高のもの」（四八番七行）、美しい花、愛しい恋人、すてきな男の子なのだ。

その一方、同じように熱い言葉で、詩の力も入念に歌い上げられる。「わが恋は、この詩のなかに、永遠の若き生を得る」（一九番四行）。「王の大理石像も黄金碑も／この力強き押韻より長くはもたない」（五五番一〜二行）。時の鎌はすべてを刈り取るが、「わが詩は残る」（六〇番一三行）。無情な時間は青年の血を干し、その額に皺《しわ》を刻むが、「その美貌は、この黒き詩行に刻まれる」(六三番一三行)。年齢という残酷なナイフは、「わが恋人の命」を削るが、「わが記憶より／愛しい恋人の美貌を切り離すことはない」(六三番一一～一二行)。「私が土のなかで腐り」、君が埋葬されても、「わが優しき《ジエントル》(紳士的な《ジエントル》)詩が君の碑となる」(八一番二、九行)。この最後の表現は、シェイクスピアが常に夢見ていた社会的立場を何気なくほのめかしているが、この詩集が歌う夢はもっと野心的であり、神のような力を主張する。「君の名前は、ここより」──「ここ」とは、「わが優しき詩」のことだ──「永遠の命を得る」(八一番五行)。

もちろん皮肉なのは、ソネット詩集は、愛人の名前に命を与えないということだ。実際に決して名前を呼ぶことがないのだから。シェイクスピアは、その名前に永遠の命を与えると詩に書きながら、わざと愛人の名前を出そうとはしない。

『ソネット集』の冒頭の詩群で描かれる青年がサウサンプトン伯だと推測しても不都合が生じないのは、伯爵の個人的な状況が、詩に描かれている状況とぴったり符合するからだ。それに、伯爵の家族はすでに似たような文学的な説得を試みているわけだし、なによりも、一五九〇年代にシェイクスピアはサウサンプトン伯に凝った長詩二篇を捧げているのである。すなわち、『ヴィーナスとアドーニス』と『ルークリースの凌辱』だ。この長詩二篇に附した書簡体の献辞は、作品以外にシェイクスピアが遺した唯一の文章であり、それが附された詩とともに、作者について多くのことを──あるいは、少なくとも、伯爵に示したいと願う作者の姿を──教えてくれる。

最初の『ヴィーナスとアドーニス』への献辞の言葉は、折り目正しく、感情的には用心深く、社交辞令としては弁解めいている。「私のつたない詩を閣下に捧げることでどのようなご不快を招くかわかりません。また、これほど弱い荷を支えるのにこれほど強い支援者を選んだことで世間からどんな非難を受けるかわかりません」。おそらく、生殖ソネットを書いていた時期にかなり近い一五九二年末に書かれた、この「つたない」どころか実に優雅な物語形式の詩は、明らかにパトロンを求めて書かれたものだ。つまり、新たなる「非難」に対する保護を求め、金遣いの荒い貴族が与えてくれようという具体的な褒美を求めているのである。

献呈することに気後れと不安があるというのは、本心かもしれない。一五九三年に出版された『ヴィーナスとアドーニス』は、初めて印刷されたシェイクスピア作品なのだ。生涯を通して印刷所には無関心でいたようだが、今回だけは、はっきりと気にしていたらしく、印刷者として信用できる友人のストラットフォード・アポン・エイヴォン出身のリチャード・フィールドを選んでいる。選択は正しかった。フィールドは、贈り物に最適な、とてもすてきな小さな本を作ってくれた。シェイクスピアは、生涯最初で最後のパトロン探しをしようとしていたのである。劇場が閉鎖され、疫病が猛威を振るい続けるなか、ここでうまくいくかどうかで運が変わると踏んでいたのだろう。たとえサウサンプトン伯がすでに『グリーンの三文の知恵』のあとで寵愛を示してくれていて、身分の高い貴族と卑しい役者がすでに布衣《ふい》の交わりを結んでいた――もちろん、単なる憶測にすぎないけれども――としても、シェイクスピアには『ヴィーナスとアドーニス』が受け容れられるかどうかわからなかったのだ。

まるで、二〇代後半になって新しい仕事を――まるでこれまで何も書いてこなかったかのように――始めようとするかのようだった。今度は人気劇作家としてではなく、洗練された詩人として、大学出のライバル詩人たちが事実上専売特許としていた神話世界を優雅に髣髴《ほうふつ》させうる者として新たな自分を打ち立てようとしていたのだ。そしてまた、サウサンプトン伯の特殊な状況にも呼びかけようとしていた——詩がテーマとして取り上げたのは、愛の女神の手管から逃れようとする、ほとんど少年のような美青年アドーニスだった。一八歳の貴族サウサンプトン伯が、これを気に入って、詩の「保証人《ゴッドファーザー》」となってくれれば、「いっそう重厚な作品」を手がけてみましょう、とシェイクスピアは書く。「しかし、わが創作の最初の子が奇形児とわかれば」——『ソネット集』と同様、献辞は詩を子供扱いする——そうしたら、詩人は「不毛の土地を耕すことはもうやめましょう」と言う。おそらく、これは本気だったろう。というのも、サウサンプトン伯がこの詩をさっさと拒絶したとすれば、もう一つ詩を書く意味はなかっただろうから。

『ヴィーナスとアドーニス』の筋は、『ソネット集』が警告する内容と響き合う。美しい少年が、愛——ヴィーナスの姿で立ち現われた愛の化身——を拒絶して、死に支配されてしまうのだ。一二〇〇行近くある詩の四分の三にわたって、ヴィーナスは情欲で身を火照《ほて》らせ、アドーニスに懇願し、なだめすかし、誘惑し、説教し、ほとんど襲いかからんまでになる。愛の女神は、青年の自己愛を非難して、後継者を作ることを乞う。だが、すべては無駄だった。アドーニスは、女神の抱擁から身を引きはがして狩りに出かけ、すぐさま「穢《けが》れて凶暴な、ハリネズミの鼻をした猪《いのしし》」に殺されてしまう(一一〇五行)。傷から流れた血から紫の花アネモネが咲き、悲しみに打ちひしがれたヴィーナスはそれを摘んで胸に抱きしめる。

抽象的にとれば、『ヴィーナスとアドーニス』の筋は、厳粛で抜け目ない後見人バーリー卿の気に入ったことだろう。しかし、実際に詩を読んでみると、決して厳粛な内容ではない。ここでも『ソネット集』と同様に、思慮深い警告となるはずだったものが、別なものに変わってしまう。詩人ウィリアム・シェイクスピア個人が、誘惑の言葉に自分の思いを込めてこの若者に与えているのだ。

『ヴィーナスとアドーニス』は、シェイクスピアの特性を華々しく示している。どこにもいて、どこにもいないという驚くべき能力、すなわち、すべての立場に立ち、すべての抑制からすり抜けてしまう能力が示されている。それは、近くて遠く、親密でよそよそしいという逆説を一挙に意味深く成立させることで得られる能力だ。そうでなければ、どうしてこんなにあちこちに遍在できるだろうか？　シェイクスピアはここで、あらゆる人物の立場に立つという、劇を書くのに必要な感性を凝縮して、摩訶不思議な世界を見せているのである。

その世界では、エロティックな興奮が高まるかと思えば、苦痛と冷たい笑いが入り込む。愛の女神は大きく聳《そび》えるときもある。小さな、気の進まぬ恋人を見下ろして立ちはだかる女帝さながら

――

片腕に、壮健な駿馬の手綱をかけ、
片腕に、うら若き少年を抱く。
少年は赤面し、うんざりと尖り顔。
鉛の食欲では戯《たわむ》れることを得ず。

（三一～三四行）

またあるときは、ヴィーナスは、ちょっとつれない眼差しを向けられただけで気を失ってしまうか弱いロマンスのヒロインになってしまうこともある。そんなとき、後悔の念に駆られた少年が介

抱してやると、ヴィーナスはたちまち滑稽なぬいぐるみ人形のようになってしまう。

鼻をひねったり、頬を叩いたり、
指を曲げたり、必死に脈をとったり、
唇をこすってみたりと、いろいろ試して、
つれなくして与えた傷を、少年は治そうとする。

（四七五～七八行）

そんな一節を読むとき、読者は、愛の女神と少年の狂おしいばかりのやりとりをかなり離れたところから見守っているように思える。ちょうど『夏の夜の夢』の観客が、アテネの森で狂態をさらす恋人たちを遠くから観るように。ところが、突然——喜劇的な超越感をすっかり失うことはないものの——どぎまぎするほど間近に迫られる。ヴィーナスは、ただアドーニスを思って溜め息をつくばかりではなく、もがく少年の指に「その百合のような指を一本一本からめて」（二二八行）、ヴィーナスの体を「見つめる」（二三三行）ように求めるのだ。

「この囲いのなかには、おいしい草がたっぷりあるわ、
谷底の甘い草、気持ちのよい高原、
丸く盛り上がった丘二つ、人目につかず生い茂る藪《やぶ》、
そこはあなたを雨風から守ってくれる」

アドーニスは、ヴィーナスの無我夢中のキスから身を引き離そうとするものの、疲労困憊のために数分間されるがままになってしまう。

(二三五〜三八行)

きつく抱きしめられて、上気し、朦朧《もうろう》として、やるせない。
いじくりまわされすぎておとなしくなった野生の小鳥さながら。

(五五九〜六〇行)

詩における隠喩《メタファー》は、人物や状況から読者を引き離すことがよくあるが、ここではそうではない。ここでは、メタファーは肉体的にも感情的にも接近の度合いを強めるため、何もかもが静止したクローズ・アップで見えてくるのだ。アドーニスの頰の笑窪《えくぼ》は「魔法の丸い穴」となり、「口を空けて、ヴィーナスの欲望を呑み込んでしまう」(二四七〜四八行)。女神の顔は、エロティックな興奮で「上気し、湯気を出す」(五五五行)。そして、二人は、単なる花のベッドにではなく、「青い筋の浮き出たスミレ」(一二五行)の上に横たわる――というより、ヴィーナスがアドーニスを押し倒す。

シェイクスピア本人は一度も姿を見せることはない――所詮『ヴィーナスとアドーニス』は、神話の幻想物語《ファンタジー》なのだから――けれども、シェイクスピアは常に、どうしようもなく、そこにいる。まるで、サウサンプトン伯に(そしてひょっとすると、献辞で一瞥を与える「世間」にも)自分たちの姿を神話の人物に擬《なぞら》える詩人の遊び心たっぷりの才能をわかってほしいかのようだ。シェイクスピアは明らかにヴィーナスのなかにいる。その辛抱たまらない肉体的欲望と、修辞的な才気煥発さはシェイクスピアのものだ。そして、シェイクスピアはアドーニスのなかにもいる。その苛《いら》だちと、女性を嫌悪するような性愛拒否はシェイクスピアのものだ。しかし、ほかのものすべてにもシェイクスピアがいる。雌馬が種馬に愛の詩を書くことができたなら(より正確に言えば、愛する者の特徴を恍惚として挙げていく美点記述《ブレイズン》ができたなら)、きっとこのように書くことだろう。

蹄《ひづめ》丸く、膝短く、尨毛《むくげ》の生えた蹴爪《けづめ》長く、
胸広く、目見開き、頭小さく、鼻孔大きく、
首筋高く、耳短く、脚まっすぐにして屈強、
鬣《たてがみ》薄く、尻尾《しっぽ》厚く、尻大きく、皮は柔らかい。

(二九五〜九八行)

また、もしウサギが、狩られる悲惨さを詩に書けたとしたら、こんなふうになるだろう。

それから目に入るだろう、露に塗《まみ》れた(dew-bedabbled)哀れなやつが
行きつ戻りつ、右往左往しているのが。
疲れた脚を茨《いばら》の棘《とげ》にひっかかれてばかり、
影を見ればおびえて止まり、声を聞けば身を潜める。

(七〇三〜〇六行)

馬やウサギが詩の中心にあるということではない──中心にはない。シェイクスピアがいともたやすくそうした生き物になりきってしまうということだ。

何不自由のない、甘やかされた、若く美しい貴族に何を差し出せばよい？　何もかもにエロティックな興奮が充満している宇宙をあげるのだ。興奮にのぼせあがるあまり、母親と恋人の役割がごっちゃになるほど駆り立てられる思いを捧げるのだ。狩りの音を聞いて、ヴィーナスは慌てふためいて現場に駆けつける。

駆けていくと、途中の茂みが
首に手をかけ、顔にキスして、
待っておくれと腿《もも》にまとわりついてくる。
ヴィーナスはそんなきつい抱擁を邪険に振りほどく。
茂みに隠した仔鹿に乳を与えに急ぐ
張った乳房が痛む雌鹿のように。

（八七一〜七六行）

飽食した若い男の気をそそり、注意を惹きつけておくにはどうすればよい？　快楽も苦痛も過敏に感じられる世界へ案内するのだ。アドーニスの致命傷を見て、ヴィーナスは目をつぶる。

まるで蝸牛《かたつむり》のように。柔らかな角《つの》を叩かれ、
痛みを抱えて貝の洞穴にあとずさりし、
そこで、すっかり息が詰まって、暗闇にへたりこんだまま、
また這い出すのをいつまでも恐れるかのように。
そのように、血塗《まみ》れの少年を見たヴィーナスの目は
頭の深く奥まった小屋に逃げ込んでしまった。

（一〇三三～三八行）

貴人の気前のよさを乞い求めるなら、いったいどんな豪華な贈り物を代わりに贈ればよい？　死それ自体を象徴的に絶頂感《オルガスムス》へ変えましょうと申し出るのだ。猪《いのしし》はアドーニスを殺そうとしたのではなく、接吻しようとしたのだと、ヴィーナスは自分に言い聞かせる。

「そして、少年の脇腹に突っ込んでいった愛情深い豚は、
そうとは知らず、少年の柔らかな股間に牙を納めていた」

（一一一五～一六行）

「愛情深い豚」は、ヴィーナス自身が申し出ていたことを実行したにすぎないのだ。

「告白します、私にもあのような牙があったら、

接吻することで、あの人を殺していたことでしょう」

（一一一七〜一八行）

これがシェイクスピアの贈り物だ。

どうやら『ヴィーナスとアドーニス』は伯爵のお気に召したらしい。模倣作が続出し、讃辞の波、そして再版――一六〇二年までに一〇版！――と続いたことから判断すると、この詩はほとんど万人に気に入られたようだ(特に若い男性に人気があったらしい)。成功に気をよくして、シェイクスピアは約束を守り、一年以内に、もっと重厚な『ルークリースの凌辱』を上梓した。しかし、今度は、サウサンプトン伯への献辞の口調には、もはや気後れも、ためらいも、不安も見られなかった。「閣下へ捧げる私の愛は際限がありません……私が成し遂げたものは貴方のもの。私がこれから成し遂げるものも貴方のもの。私が成し遂げるものの一部であるこの作品を貴方へ捧げます」。エリザベス朝の献辞は美辞麗句ばかりであることが多かったが、シェイクスピアがここに書いたことは決して典型的な美辞麗句ではなかった。これは、よくあるような褒め言葉の練習でもないし、ご機嫌取りでもないし、保護を嘆願するものでもない。熱く果てしない愛の公然たる表明だ。

『ヴィーナスとアドーニス』と『ルークリースの凌辱』のあいだの一年に何かが起こったのだ。何かが「どのようなご不快を招くかわかりません」から「愛は際限がありません」へとシェイクスピアを変えたのだ。それが何であるかはっきりとつかむことはできないが、ヒントは『ソネット集』にあるかもしれない。というのも、『ソネット集』は――最初の一二六篇が同一人物に宛てて書かれたと想定するなら――単に青年を賞讃し、詩に力があると言い張るのみならず、長い時間、おそらくは数年

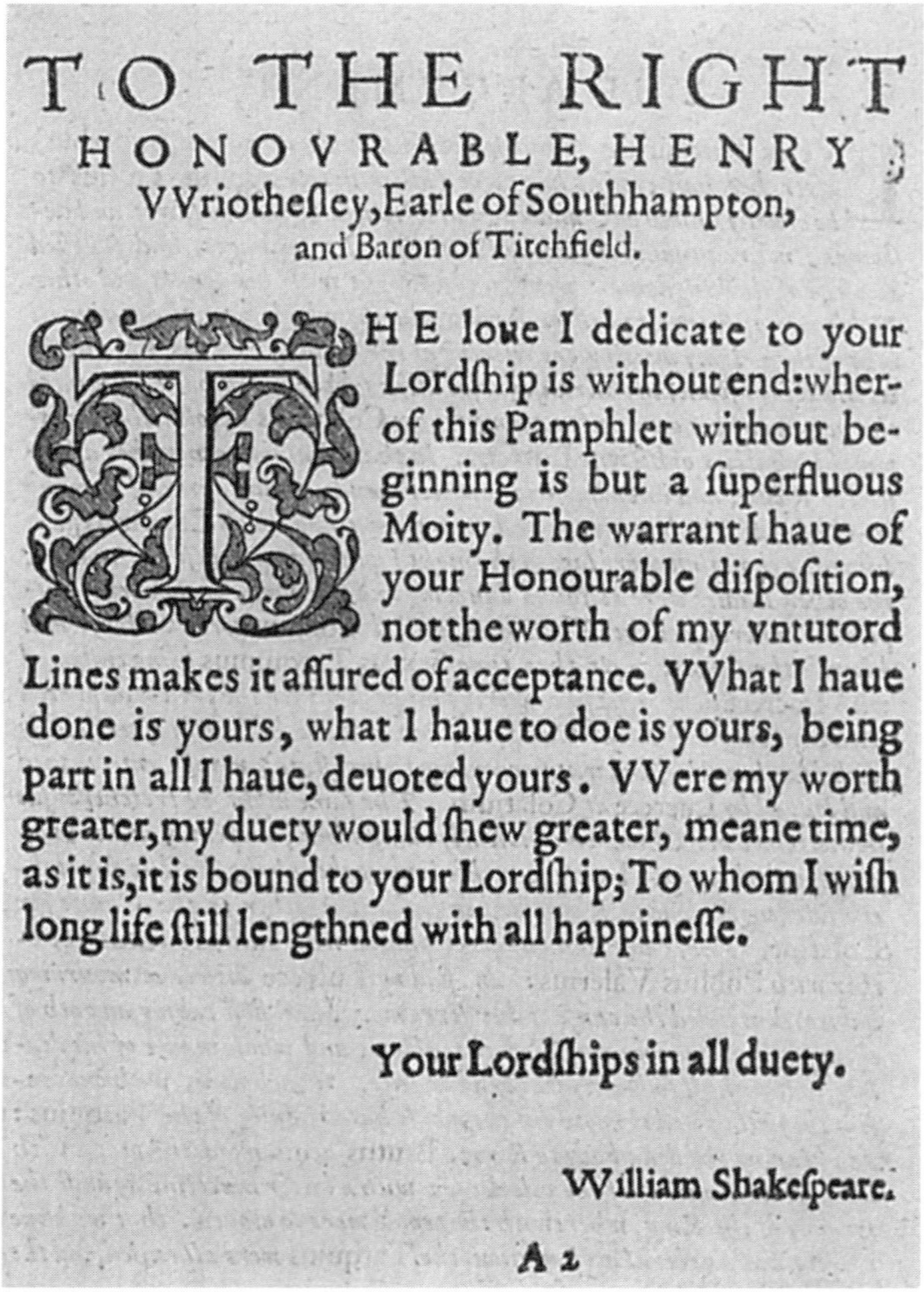
TO THE RIGHT
HONOVRABLE, HENRY
VVriotheſley, Earle of Southhampton,
and Baron of Titchfield.

THE loue I dedicate to your Lordſhip is without end: wherof this Pamphlet without beginning is but a ſuperfluous Moity. The warrant I haue of your Honourable diſpoſition, not the worth of my vntutord Lines makes it aſſured of acceptance. VVhat I haue done is yours, what I haue to doe is yours, being part in all I haue, deuoted yours. VVere my worth greater, my duety would ſhew greater, meane time, as it is, it is bound to your Lordſhip; To whom I wiſh long life ſtill lengthned with all happineſſe.

Your Lordſhips in all duety.

William Shakeſpeare.

A 2

『ルークリースの凌辱』(1594)の献呈書簡.
フォルジャー・シェイクスピア図書館

をかけて発展してきた関係を素描しているからだ。崇拝は熱愛へと育《はぐ》くまれ、しばらく楽しく親睦が続くと、逢えないときは恋しくてたまらなくなる。詩人は、愛する人から離れているのはつらいと思い、こんなもったいない愛に自分は多くの点でふさわしくないと感じるが、自分の技巧で青年の現世の美に永遠を与えることができると気づいてもいる。自分が老いぼれて青年に見向きもされなくなる時が来る、それもひょっとしたらすぐに来るということもわかっており、生きがいとなったこの愛をいずれ失わざるを得ない事実を受け容れようともがく。あふれんばかりの賞讃は、非難と自己懐疑へと変わり、詩人は興奮すると同時に自分の社会的劣等性に苦しむ。熱狂的な献身は卑しい追従へと落ち込み、それからこの追従はゆっくりと、偏愛を込めた批評となる。詩人は、青年の性格に根深い欠点があることを知りながら、青年は完璧だと言い張るのである。

このように変わっていく強烈な感情のもつれのなかで、具体的な出来事と思えることが垣間見られる。青年は誘惑に屈し、詩人の情婦と寝るのだ。裏切られたのがつらいのは、情婦が不実だったから──「それでもあの女を深く愛していたのに」(四二番二行)──と言うより、青年が不実だったからだ。青年の愛のほうがずっと大切なのだ。詩人自身、青年に何か不実なことをするようになるが、それでも同じような立場にあったとき青年を赦してやったように、自分の「罪」(一二〇番三行)が赦されることを期待する。詩人は、青年から贈られた記念の品──小さな手帳かメモ帳──を捨ててしまったが、それは大したことではない。その贈り物は、詩人の脳と心に住みついて、消えることはないからだ。何人かの恋敵──ひとりは少なくともかなり著名な作家──が、青年の関心を惹き、親しくしてもらおうと競い合い、いずれもどうやらうまくいっているらしい。ソネット一二七番以降、詩人はその強烈な注意を美青年からずらして、黒い目と黒い髪をした性欲旺盛な情婦に対する自分の感情――欲望と反感のもつれ――に焦点を当てる。
伝記作家たちは、こうした出来事の暗示から本格ロマンス物語を作り出す誘惑に負けることが多いが、そうすることは、個々の詩にある強烈な引力に逆らうことになる。楽々と語りを紡ぎ出す天才シェイクスピアは、自分の『ソネット集』が完全に一貫した話を生み出さないように気をつけているのだ。『ソネット集』のなかの偉大な詩――たくさんある――には、どれも独自の明確な世界がある。劇作家としてそう望むなら、一つの場面へ、場合によっては、まるまる一つの劇へと発展させることもできるほどの感情あふれるシナリオを凝縮して、突拍子もなく複雑になることもある一四行詩として提示しているのだ。一例として、シェイクスピアが生きていた頃から早くも一切の成立事情を取り去って一篇の独立した詩として名詩選に入れられたソネット一三八番を挙げよう。有名なのも宜《むべ》なるかなと思える詩である。

「私は真実そのもの」と、愛しい女が誓うなら、
嘘と知りつつ信じよう。
そしたら僕のことを、不実な世間の手管《てくだ》も知らぬ、
うぶな若者と思ってくれよう、
僕が盛りを過ぎたのはあの女《ひと》も承知だが、
こうして、若いと思われていると空しく考え、
あの女《ひと》の不実な舌を素朴に信じてやる。
こうして、どちらも素朴な真実を抑え込む。

でもどうしてあの女《ひと》は自分が不実だと言わないのか、
どうして僕は、自分が年をとっていると言わないのか。
ああ、愛の晴れ着は、見せかけだけの信用、
老けた愛人は年を数えられるのを愛さない。
それゆえ、僕とあの女《ひと》は嘘をつき合い、ベッドでつき合う。
不実であっても嘘で互いを慰め合う。

「嘘と知りつつ信じよう」。愛人が不実であることは先刻承知だと詩人は言うのだから、「信じよう」というのは「信じるふりをしよう」の短縮形だ。この筋立ては、シェイクスピアとその同時代人が大好きな、寝取られ亭主の物語のようだ。冒頭の数行が示す暗い疑惑は、『から騒ぎ』の茶番か、『冬物語』の殺人に発展しそうだ。若い女と老け男の恋愛にまつわる疑惑。デズデモーナと比べれば自分は「年の峠を越えた——だがたいしたことはない」(第三幕第三場二六九〜七〇行)という耐えがたい思いでオセローの心を蝕《むしば》んだ不安。

しかし、だまされてやれば、案外うぶなのねと思ってくれるのではないかという作戦を立てたところで、自分が愛人の「不実な舌」にだまされることがないように、愛人はほんの一瞬もだまされないだろうと詩人は認めてしまう。「こうして、どちらも素朴な真実を抑え込む」。

作戦変更だ。おなじみの茶番や悲劇にならないような、嘘をつき合う戦略的ゲーム。シェイクスピアのアントニーとクレオパトラがやっていたゲームだ(あの劇のほぼ全員がそうだが)。「素朴な真実」——ダーク・レイディーは浮気をしたし、詩人は年をとっているという真実——は、愛する女の

嘘を「素朴に」信じることによって、つまり、作り事にわざと身を任すことによって、抑え込まれる。このように虚構に身を任せると言えば、劇を観るときに人は「不信の自発的停止」(willing suspension of disbelief)をするというコールリッジの言葉が思い出されるが、詩人が描いているのは嘘つきの愛人と自分の関係であり、芸術作品との関係ではない。

こんなゲームを続けていたら、道徳的に苛《さいな》まれ、自責の念が爆発してしまう。そんな激しい自戒によって、人は嘘を追い払い、道徳的秩序を回復するものだ。確かに、シェイクスピアは、詩人と愛人の生き方全体を問題視して、そうした猛省へと緊張を高めているようにも思える。

でもどうしてあの娘《こ》は自分が不実だと言わないのか、
どうして僕は、自分が年をとっていると言わないのか。

ところが、詩の最後で、「年をとっている」(old)から「ああ」(O)へとずれてしまい、驚いたことに、虚偽のベールを取り払おうとする衝動はさらりと捨てられてしまう——「ああ(O)、愛の晴れ着は、見せかけだけの信用」。愛の「晴れ着」(habit)——習慣的(habitual)な振る舞いと最上の〈服〉(habit)の両方を意味する——は、嘘の生地でできている。道徳的判断を下す代わりに、虚偽のもつエロティックな魅力を率直に受け容れようというのだ。最後の二行が明らかにするように、互いに嘘(lie)をつき合う男女は、肉体関係のつき合いをする(lie)のである。

ソネットは宮廷風の貴族的な遊びであり、シェイクスピアはどう転んでも宮廷人でも貴族でもなかったが、この形式に挑むことは、シェイクスピアの性に合っていた。舞台で演じる役者、成功した劇作家、著名な詩人としてかなり一般に知られた人間でありつつ、同時にきわめて私的な人間――秘密が守れる人間、自分の情事を秘密にしつつ他人の情事はすべて巧みに符号化してしまう作家――でもあるという、この裏表のある生き方こそ、シェイクスピアが自分で選んだものだ。その驚くべき言語能力と、つい想像力によって実世界を虚構に作り変えてしまう癖とが、底深い野心と相俟《あいま》って、シェイクスピアを人前で演じることへ駆り立てたわけだが、その一方で、おそらくロンドン橋の上の生首を見て強められたであろう、家族の秘密を明かしてはならぬという用心深い聡明さは、究極の警戒心をもたらしたのである。

そのように意図的に選んだ二重の生き方は、何世紀も読者を悩ませてきたパラドックスを解く鍵となる。『ソネット集』は、詩人の内的人生を、胸躍るように、きわめてもっともらしく描いたものであり、若い男とライバル詩人とダーク・レイディーとの感情的にもつれた関係に対するシェイクスピアの反応を息遣《づか》いも露《あらわ》に見せようというものだ。『ソネット集』は、決して開けることのできない鍵のかかった美箱が巧妙に並べられたもの、あるいは絶妙に構築された煙幕であって、その向こう側に自信を持って足を踏み入れることはほとんど不可能なのである。

分別をもって秘密にし、隠蔽することで『ソネット集』は成っているわけだが、そもそもだれかと興奮をともにしたり、つい同じことばかり考えたり、誘惑の策略をめぐらせたりすることは、人に言えない私的なことだ。これを一種の秘密の日記と捉えるのは愚かしい。シェイクスピアと嘘つきのダーク・レイディー(実人生においてそれがだれであろうと)との関係、あるいはシェイクスピアと青年貴族(それがサウサンプトン伯であろうと別のだれかであろうと、あるいは複数の愛人を寄せ集めて一つにしたものであろうと)の関係において実際に起こったことをそのまま記録したなどと考えてはならない。しかし、たとえ夢の記録であったとしても――それも、ほかの詩人から借りてきたものと実際の人間関係の糸で紡ぎ出したものが混ぜ合わさったものであったとしても――そこから、シェイクスピアの実体験した感情について明らかになることがあるかもしれない。

ソネットは、詩人と青年が、二人のあいだの計り知れない階級差・身分差に興奮する様子を描いている。愛する青年をいたずらっぽく批判するときでさえ――あるいはいたずらっぽく批判しているからこそ――シェイクスピアはすっかり卑屈になってみせる。

君の奴隷である僕は、どうしよう、
君の欲望にいつ何時《なんどき》もお仕えしよう。

（五七番一～二行）

そして、自分の職業につきまとう社会的烙印を激しく認識していることをも描く。

ああ、そうだとも、僕はあちこちに出向いて、
自分をさらし者の道化にしてしまった。

（一一〇番一～二行）

ひょっとすると、この恥――道化服の阿呆のような扮装をして、公衆が口をあんぐりとあけて見守る前で演《だ》し物を演じる恥――は、ソネットに描かれている関係とはまったく別個に、シェイクス

ピアが実際に感じたことかもしれない。しかし、ここではそれが、自分と美少年とが踊るエロティックなダンスの一部となっている。

ああ、僕のために、運命を叱っておくれ、
僕を加害に駆り立てる罪深き運命の女神を。
僕が生きていけるようにと女神がくれたのは、
大衆風俗が生んだ卑俗な手段でしかない。
それゆえ、わが名は烙印を受け、
わが性質も、染物屋の手のように、
仕事場の汚れに染まってしまいそうだ。
哀れんでおくれ……

（一一一番一～八行）

演技者シェイクスピアにこびりついて落ちない染み——シェイクスピアと貴族の愛人とのあいだのぬぐい去りがたい社会的距離を明らかにする染み——は、そのまま文字どおり「哀れんでおくれ」という訴えへとつながる。

詩人と青年の年齢差も同じように機能するが、それはつまり、欲望の障害としてではなく、逆説的な興奮の原因としてであり、注意すべき、強調すべき、誇張すべきものとして働く。

老いぼれ親父《おやじ》が元気な息子の
若々しい振る舞いを見て喜ぶように、
運命の過酷な悪意ゆえに体がきかないこの僕も
君の立派な誠実さを慰めにしよう。

（三七番一～四行）

この詩のいったいどこに、誘惑する喜びがあるというのだろうか？　ひょっとすると、若者が父親に威張られ、保護者に専制君主のように支配されるのが当たり前だった父権制社会において、弱い父親像は刺激的だったのかもしれない。役割逆転だ。それはよっぽどおもしろかったに違いなく、シェイクスピアはまるで年下の男にまとわりつくヒモであるかのように自分を描くほどだった。しかも、自惚れてさえみせる――「自己愛の罪がわが目を完全に独占した。そしてわが魂、わが身すべてを」と。しかし、「僕の顔ほど品のある顔はない」というナルシシズムの赤裸々な告白は、愛人の勝利を強調するための手段でしかない。鏡をのぞき込むと、本当は自分の顔は「日に焼けた古さに打ちひしがれ、荒れて」（六二番一～二、五、一〇行）おり、自分を見て感じる喜びのすべては、愛する男から借りてきたものなのだと、シェイクスピア書いている。「僕の年齢を、君の若さの美しさで塗り隠しているのだ」（一〇番一四行）。

ここで働いている感情は、大好きな少年ハル王子に対するフォルスタッフの感情としてシェイクスピアが描く、崇拝と欲望が入り混じった感情に近い。しかし、立場は逆転している。シェイクスピアは、ロバート・グリーンという打算的な年長者との関係において自分を若い王子と想像したのに対して、今度は、大好きな少年に対して年長の男を演じている。ひょっとすると、こうした心理的変化があったからこそ、グリーンのモデルとなった人物を、単なる威張り屋から、自己愛に満ち、打算的で、世をすね、人に憧れ、さもしく、罪の宣告を受けるフォルスタッフという複雑で感動的な人物へと変えることができたのかもしれない。ハルがフォルスタッフの記憶を消し去ろうとして「おまえなど知らぬ、老人よ」と言うように、詩人は若者にさっさと自分を忘れてくれと言う。「いや、この詩行を読んだら、それを書いた手を思い出さないでおくれ」。ただし、忘れてくれという詩人の要望は、実際は惨めな愛の宣言であり、思い出してほしい、愛してほしいという訴えの外見をかすかに変えたものにすぎないのだけれども。

いや、この詩行を読んだら、それを書いた手を
思い出さないでおくれ。君があまりにも好きだから、
僕のことを考えて悲しい気持ちになるくらいなら、
君のすてきな思考のなかで僕は忘れ去られていたい。

（七一番五〜八行）

何度も何度も詩人は若者に、この父親像を抱きしめるように誘《いざな》う。若者はきっとこの父親像を追い出し、埋葬し、やがて忘れてしまうのだが、いずれ忘れ去られるからこそ、今抱きしめてくれという訴えが逆に強められる。

最も有名なソネットの一つである七三番は、年齢差を誇張することで、シェイクスピアが若者を

求める気持ちを要約している。

僕のなかに君が見る季節、それは
落ち行く黄葉が数枚しがみつく木の枝が、寒さに揺れ、
廃墟たる空《から》の聖歌隊席となるとき。
かつてのすてきな小鳥の歌声も今はなく。
僕のなかに君が見るのは、黄昏《たそがれ》どき、
西の空の淡《あわ》い光が消える日没後、
じわりじわりと忍び寄る死の分身、
黒い夜がすべてを眠りで封印してしまうとき。
僕のなかに君が見るのは、燃え立つ炎。
若さという灰の上に横たわり、
そこを臨終の死の床として、
燃え立たせてくれたものとともに尽き果てる。
それが見えるから、君の愛は強まる。
やがて消える者を一層深く愛するのだ。

『ソネット集』の至るところで永遠が強調されているというのに——詩人の詩句は時間を超越し、青年の美しさは果てしなく再生され続けると歌い続けてきたのに——ここはそうではない。黄葉、

黄昏どき、残り火といったイメージの一つ一つが、無常観をしみじみと伝えている。すべてが終わり、二度と取り戻せなくなるのは、もはや時間の問題だ。裸の枝、暗闇、冷えた灰がすぐそこにある。そして無常観――愛が燃え上がる瞬間にさえシェイクスピアが見出す終末観――は、二人の関係につらい激しさを与える。

シェイクスピアと青年のあいだに実際に何が起こったにせよ――互いに見つめあっただけなのか、抱擁したのか、熱いキスを交わしたのか、ベッドをともにしたのかはともかくとして――その行為は、圧倒的な無常観によって形作られたことはまちがいない。この感覚は、二人の欲望を強めた年齢差や階級差から生まれたわけではない。それよりも、男性の同性愛を時代が理解していたから生まれたのである。エリザベス朝の人々は、同性愛の欲望が存在することを認めていた。実際のところ、ある意味では異性愛的欲望より、同性愛的欲望のほうが正当化しやすかった。なにしろ、男性のほうが女性よりも優れていると広く一般に言われていたのだから、男性が他の男性に惹きつけられるのは自然なことではないか？　肛門性交《アナル・セックス》は宗教的教えや法律によって厳しく禁じられていたが、その禁則を別にすれば、男性が男性を愛し、欲することはまったく無理のないことだった。

シェイクスピアの同時代人エドマンド・スペンサーは、道徳的まじめさで知られた詩人であるが、羊飼いが若者への熱愛を吐露する牧歌詩を書いている。詩にはスペンサー自身、ないしは詩人と親密だった人のコメントがついており、この関係にはギリシア人が「ペデラスティス」と呼ぶ「乱れた愛」の要素があると憂慮して記している。しかし、所詮、とコメントは続く――正しい見方をすれば「ペデラスティス」は「男性が女性に感じる、情欲で燃え立つ愛(ジネラスティス)よりずっと好ましい」。それから、まるで今まずいことを言ってしまったかのように、最後に次のような断り書きがつけ加えられる。「忌まわしくも禁じられた肉欲に耽るというおぞましくも忌まわしい罪」を弁護しているわけでは毛頭ないと。

同性愛を認めるかと思えば否定する、このシーソー・ゲームの文脈において、シェイクスピアは青年への性的欲望を描く。一方では、その欲望が世界で一番自然なことであるかのように、はっきり受け容れて激しく表現しているのに、他方では、まるでそれが決して完全には成就できないかのように、ずらし、否認し、退ける。青年は、ソネット二〇番によれば、女性の顔と女性の優しい心を持ち、しかもどんな女性よりも優れており、真心があり、誠実だ。青年こそは、「わが熱い想いを支配する男にして女」なのだ。自然の女神は、青年を造るとき、本当は女を造るつもりだったのに、そのできばえに夢中になって、あるものをつけ加えてしまった――自然は君を選んだ(pricked out)／自然は君にペニス(prick)をつけた（二〇番一一、一三行）――ため、詩人は長期的性的充足を得られなくなってしまった。シェイクスピアは、スペンサーの注釈者のように怒った説教口調にはならず、スペンサーと同じ題材――女性嫌悪、激しい同性愛、その否認――を扱いながら、そこに無常観をつけ加える。というのも、かりに『ソネット集』に見え隠れしている実際の関係においてシェイクスピアがそのエロティックな願望を充足させたとしても、そうした性愛は、結婚して子孫を生むという社会的要請――まさにシェイクスピアが冒頭のソネット群において表明した要請――の邪魔になるようなことがあってはならないとわかっていたからだ。

青年サウサンプトン伯は、結婚を拒絶することに伴う莫大な経済的犠牲を受け容れるつもりなら、まだ結婚しないと言うことができた。伯爵の寵愛を得ようとする男性は多かったはずだが、そのうちのひとりとであれ、数人とであれ、関係を持つこともできた。男色の趣味があったとしても、結婚を断る話とは何の関係もない。確かに結婚を拒絶した身分の高い男性(とは言っても、サウサンプトン伯ほど高くはないが)もいる。フランシス・ベイコンがよく知られた例だ。しかし、たいていの人は、どんな性的趣味があるにせよ、自分の名前、称号、財産を子孫に伝えようとしたものだ。

一五九八年、サウサンプトン伯は二八歳の誕生日になる直前、女王の女官のひとりエリザベス・ヴァーノンと秘密結婚をした。女官は腹に伯爵の子を宿していたのだ。女王は激怒した。女官《メイド・オブ・オナー》は本当に処女《メイド》でなければならなかったし、女王は側近が秘密裏に結婚するのを嫌った。それでも、この結婚は幸せなものだったようであり、妻は伯爵を末永く支え、時に危機に瀕した波乱万丈の人生をともに乗り切ったのである。

シェイクスピアはどうなのだろう?『ソネット集』を伝記的な資料として捉えるなら、一つのことがはっきり言える。すなわち、シェイクスピアは、その結婚生活において、感情的にも性的にも求めるものを見出せなかったということである。問題の一端は、アン・ハサウェイとの明らかなミスマッチにあるかもしれないが、ひょっとすると、たったひとりの人間ではシェイクスピアを幸せにしたり、その願望を満たしたりできないということをも、『ソネット集』はほのめかしているのかもしれない。自分をすっかり満たしてくれるだれかひとりを、結婚生活の外に見出したわけではない。恍惚たる崇拝を捧げるときは青年に向かい、欲情するときは情婦に向かったようだ。どちらの場合も、満たされるのは容易ではない。自分のものとすることができない男を敬愛し、崇拝できない女を欲するのだから。美青年は所詮自分のものにはなってくれないし、ダーク・レイディーは、たとえしっかりと自分のものにすることができたところで、嫌悪感を催す女だということを『ソネット集』は陰鬱に認める。不正直で、不貞で、不誠実なこの女は、最後の方のソネットによれば、嫌悪感以上のものを詩人に与えた。性病をうつしたのだ。だが、それでも詩人はこの女をあきらめられない。「わが愛は熱病のごとく、病を育《はぐく》むものを求め続ける」(一四七番一～二行)。あきらめられないのは、「情欲の行為」(一二九番二行)をせずにはいられないからだ。この女と一緒にいるとはどういうことかを定める勃起と萎縮のリズムがあるからだ――「僕はあの女《ひと》を愛人と呼ぶ、その大切な愛のために僕はのぼり、落ちるのだ」(一五一番一三～一四行)。この性的なリズムは、活力も死も同時に捕らえてしまう。快楽も嫌悪も、切望も憎悪も同時に捕らえるこのリズムは、単なる気晴らしでも逃避でもない。『ソネット集』が繰り返し示しているように、詩人が気の利いた表現をしたり、不安に陥ったり、自意識過剰になったりしつつ、欲望に応じること、それがまさに「ウィル」(欲望・意志)であるということなのだ。

『ソネット集』にシェイクスピアの妻子は出てこない。少なくともシェイクスピア自身が出てくるような形では、出てこない。その点では、この詩が一五九〇年半ばに書かれようが、その一〇年後に書かれようが問題にならない。シェイクスピアが結婚して父親になる前に書かれたと考える人はだれもいないのだから、ソネットは実のところ既婚者で父親である自分を悉《ことごと》く抹消しようとする行為なのだ。ただ、ちょっとした例外はあるかもしれない。たとえば、ソネット一四五番の「嫌いの届かぬ」(hate away)と「ハサウェイ」(Hathaway)の洒落のなかに妻へのかつての求愛が、ひょっとしたら、のぞいているのかもしれない。ソネット一五二番の第一行――「君を愛することで僕が(妻との)誓いを破ったことは君も知っている」――は、かなりまわりくどく不貞を認めたものだ。ソネットは、その後、「ベッドでの誓い」を破ったと情婦を責め立てることになるが、少なくとも一瞬は、自分も誓いを破ったことがあると認めているのである。だが、たいていは、忘れているようだ。いやむしろ、本来なら夫婦として妻のために感じるはずの感情を、この青年とダーク・レイディーに横取りされたと言うべきなのだろう。アン・シェイクスピアについて、シェイクスピアは黙して語らない。愛について最も有名な言葉――「真の心と心の結婚に、支障があるとは思いたくない」（一一六番一～二行）――を書いたのは、美しい男友達に捧げるためであった。

第九章

処刑台の笑い

ソネット集、『ヴィーナスとアドーニス』、そして『ルークリースの凌辱』を捧げた返礼として、どれほどふんだんな褒美をもらったにせよ、シェイクスピアは自分の運命を、経済的にも芸術的にも、パトロンとの関係だけに賭けるつもりはなかった。逆に、疫病が収まると劇場に戻り、劇作家としてとんとん拍子に登りつめていったのである。

劇団は、いろいろ違った好みに応える必要があったため、新しい台本を喉から手が出るほど欲しがっていた。『ロンドンの三淑女』『行商人の予言』『美しいエム』『袋一杯のニュース』『タタール人の足萎えの悲劇的物語』『コンスタンティノープルの皇帝』……などなど、次から次に芝居をひねり出すことで、いい稼ぎをする働き者の売文家たちもいた。だが、一五九七年にベン・ジョンソンが劇壇に喧《かまびす》しく威風堂々と登場するまでは、シェイクスピアにはたったひとりしか本当のライバルがいなかった。クリストファー・マーロウである。

まったく同い年の英気溌剌たる若者二人は、互いに切磋琢磨し合う立場にあった。互いに警戒しつつ、じっと見つめ合ったまま距離を取り合い、模倣し合い、凌駕《りょうが》し合おうとしたのだ。その競争は、初期の画期的作品である『タンバレイン大王』と『ヘンリー六世』という非常に似通ったすばらしい歴史劇の好一対にとどまらず、シェイクスピアの『リチャード二世』とマーロウの『エドワード二世』、そしてやはりすばらしいエロティックな長詩の双璧となったシェイクスピアの『ヴィーナスとアドーニス』とマーロウの『ヒアロウとリアンダー』まで続いた。

マーロウは、まちがってもシェイクスピアを見くびったりしなかっただろう。『ヘンリー六世』第三部に登場するせむし男グロスター公爵が「王冠を夢見ることが俺の天国だ」(第三幕第二場一六八行)と言うのは、シェイクスピアがタンバレイン大王の「この世の王冠を手にする喜び」(第二幕第七場二九行)を想起しながら同時に巧妙に揶揄しているのだと、マーロウは直ちに見抜いただろう。

シェイクスピアにしても、マーロウを見くびることなど思いもよらなかった。マーロウこそは、シェイクスピアが本気で羨《うらや》む才能のある唯一の大学才子であり、その審美的判断力をシェイクスピアは畏《おそ》れ、マーロウから尊敬されるようになりたいと真剣に願い、その業績に追いつき追い越そうとしていたのである。

マーロウの傑作の一つ、『フォースタス博士』は、まだ駆け出しの頃のシェイクスピアには、背伸びしても届かないと思えたことだろう。悪魔に魂を売った学者を主人公とする、この力強い悲劇は、マーロウがケンブリッジ大学で授かった神学を踏まえたものだ。数年後に『ハムレット』では大学の勉強から突然引き離された読書好きの王子を描き、『テンペスト』では魔術の勉強に夢中になってしまった君主の運命を描いたシェイクスピアだが、初期においても後期においても、学者の勉学を劇の筋の中心に据えたことはなかった。マーロウへの最も十全な回答は、二人のどちらの土俵でもないところ、すなわち、マーロウにしてもシェイクスピアにしてもおよそ会ったことのない人種、ユダヤ人の描写においてなされた。

だが、どういうわけでマーロウもシェイクスピアも、あのすばらしい『マルタ島のユダヤ人』と『ヴェニスの商人』というユダヤ人の劇を書くに至ったのだろう？ あるいはまた、シェイクスピアの場合、どうしてユダヤ人シャイロックという人物は、喜劇に登場しながら、その喜劇を支配してしまうのだろう？ というのも、この劇の題名にある「ヴェニスの商人」とは、ほとんどだれもがシャイロックのことだと思ってしまうからだ。ヴェニスの商人がシャイロックではないと気づき、題名が指しているのはキリスト教徒アントーニオだとわかったあとでさえ、やはり、つい本能的に取り違えてしまうが、それもまちがいとは言い切れない——劇の中心にいるのはユダヤ人シャイロックなのだから。

『ヴェニスの商人』には、観客の注意を競って奪う登場人物が山ほどいる。金持ちの妻を求めるハンサムで無一文の青年。青年にどうしようもなく惚れている憂鬱な豪商。男装する——三人もいる——女たち。いたずら者の道化。手に負えない親友。エキゾティックなモロッコ人。愚かなスペイン人。リストはまだまだ続く。しかし、皆が覚えているのはユダヤ人の悪党であり、それもただの悪党ではない。シャイロックは、だれよりも注意を惹き、だれよりも生き生きとしている。同じことはマーロウのユダヤ人の悪党バラバスにも言える。どうして、シェイクスピアとマーロウの想像力は、ユダヤ人を描くことで火がついたのだろう？

その火は暗闇に光っている。ほぼ完全なる抹消という暗闇だ。スペインで大々的にユダヤ民族が排斥された事件より二〇〇年前の一二九〇年、ユダヤ民族はすっかりイングランドから追い出され、戻ってくれば死刑とされた。エドワード一世治世下でのユダヤ人追放は前代未聞であり、イングランドは、中世キリスト教国の先頭を切って、初めて法律によってユダヤ人全体を排除した国となった。知られている限りでは、切羽詰った危険があったわけではないし、緊急事態でもなく、公式の説明すらなかった。強制退去を正当化する必要を感じた裁判官さえいなかったようだ。公式の理由を記録しようという年代記作家もいなかった。ひょっとすると、ユダヤ人にしてもキリスト教徒にしても、理由など必要と思わなかったのかもしれない。何十年ものあいだ、イングランド在住のユダヤ人たちは絶望的な状況に置かれていた。聖体を冒瀆《ぼうとく》したとか、キリスト教徒の子供を儀式的に殺害したとか因縁《いんねん》をつけられ、金貸しとして嫌われ、キリスト殺しと罵倒され、煽動的辻説法によって反ユダヤへと煽り立てられて逆上した暴徒に殴られたりリンチされたりしていたのだ。

それから三世紀経ったマーロウとシェイクスピアの時代には、ユダヤ人がかつてイングランドに住んでいたということは、もはや昔話になっていた。ロンドンには、ユダヤ教から改宗したスペイン人やポルトガル人が少々住んでおり、そのなかには密かにユダヤ教の信仰を守る隠れユダヤ教徒もいたけれど、ユダヤ教を大っぴらに奉じるユダヤ人はいなくなっていた。ユダヤ人社会はとうの昔にイングランドから消え去ったのだ。

ただし、ユダヤ人が残した痕跡は、ユダヤ人そのもののように消え去ることはなく、物語となって伝播し、繰り返され、練り上げられていき、それをイングランド人はいつまでも、ほとんど強迫観念のようにして語り続けた。ユダヤの寓話もあれば、ユダヤのジョークもあり、次のような悪夢のような話も語り伝えられた——ユダヤ人は幼い子供たちを捕まえて殺し、その血を使って過ぎ越しの祭りのパンを焼く。ユダヤ人は、たとえ乞食のような恰好をしていても、とてつもない大金持ちであり、資本と商品の巨大な国際ネットワークを裏で操っている。ユダヤ人は、井戸に毒を入れ、横根の疫病を広める。ユダヤ人は、密かにキリスト教徒に対して黙示録的戦争を計画している。ユダヤ人は、独特の悪臭がする。ユダヤの男には月経がある――。

もう何世代にもわたって、だれも本物のユダヤ人を見たこともないのに、ユダヤ人は現代童話のオオカミのように、イギリス人の想像世界で強烈な象徴的役割を果たしていた。それゆえ当然ながら、シェイクスピア作品を含め、さまざまな劇の登場人物が話す何気ない言葉のなかにひょっこり現われてくるのである。

「これでかわいそうと思わなかったら俺は悪党だ」と、『から騒ぎ』のベネディックは、友達にだまされて、ビアトリスへの熱い思いを宣言する。「これで好きにならないようなら、俺はユダヤ人だ」(第二幕第三場二三一～三二行)。だれもがその意味を知っていた。すなわち、ユダヤ人は生まれつき悪党であり、人でなしであり、非情だということだ。

「頑迷なるユダヤの地にある、聖母マリアの息子キリストの墓が」世に知られているように、イングランド歴代の王の偉業は世に轟いていると、瀕死のジョン・オヴ・ゴーントは言う(『リチャード二世』第二幕第一場五五～五六行)。だれもがその意味を知っていた。すなわち、自分たちのなかに救世主が現われたにもかかわらず、つむじ曲がりなユダヤ人たちは頑固に、古い信仰――罪を清めてくれないがゆえに、救済されることもない信仰――にしがみついたということだ。

「いや、いや、縛ったりしていない」とピートーが言う。大勢の敵と戦ったというフォルスタッフの法螺に輪をかけて、ひとり残らず縛ってやったと豪語するギャッズヒルの真っ赤な嘘を否定したのだ。「馬鹿野郎」と、フォルスタッフが反論する。「ひとり残らずふん縛ってやっただろ、さもなきゃ、俺はユダヤ人だ。ヘブライ人のユダヤ人だ」（『ヘンリー四世』第一部、第二幕第五場一六三〜六五行）。だれもがその意味を知っていた。すなわち、ユダヤ人――ここではフォルスタッフの滑稽な言いまわしにより二重の意味でユダヤ人――は、この太っちょの法螺吹きが自認する勇敢で名誉ある男のまさに裏返しだということだ。

シェイクスピアとその同時代人は、ユダヤ人を、エチオピア人やトルコ人、魔女やせむしなどと同様、便利な概念道具として用いていた。このように恐怖と軽蔑の対象とされた人物は、とてもわかりやすい指標となり、人を区別するときの明確な線引きとなり、最悪な人間の例として用いられた。「おいらの犬のクラブほど薄情な犬はいねえ」と、『ヴェローナの二紳士』の道化ラーンスは言う。家じゅうの者がラーンスが家を出て行くことで泣いているのに「薄情な犬」は涙一つ流さないからだ。「こいつは石だ、まさに石っころだ、犬畜生ほどの情しか持っていねえ。ユダヤ人だって、おいらが出て行くのを見りゃ、泣いただろうに」（第二幕第三場四〜五、八〜一〇行）。ユダヤ人は物差しなのだ――この場合は、不人情さの。また、陽気なラーンスが仲間に言う言葉からわかるように、人を区別する道具でもある。「よかったら、おいらと居酒屋に来い。来ないなら、てめえはヘブライ人だ、ユダヤ人だ、キリスト教徒の風上にも置けねえ」（第二幕第五場四四〜四五行）。少なくとも舞台上の犬がリアルであるという意味において犬はリアルだし、少なくとも劇的人物がリアルであるという意味においてラーンスもリアルだが、ユダヤ人はリアルではない。

リアルなユダヤ人など消えてしまったことを最も何気なく、しかし痛烈に示しているのは、次の例が示すように、ひょっとすると侮蔑ではなくて静かなジョークなのかもしれない。「セニョール・

コスタード、アデュー（さよなら）」と、『恋の骨折り損』の小さな小姓モス（モウト）は言い、道化的なコスタードは答える。「わが可愛い人間の肉のかけらさん、わがすてきな《インコウニー》ユダヤ人《ジュー》！」（第三幕第一場一二三〜二四行）。「すてきな」という意味の「インコウニー」は、エリザベス朝の俗語だが、「ユダヤ人《ジュー》」は何の関係があるのだろう？　答えは——何の関係もない。たぶん、コスタードは、「アデュー」（おそらく「ア・ジュー」と発音された）を単に聞き違えたのだ。ひょっとすると、俗語っぽく、モスのことを「ジューエル」（大事な人）とか「ジューヴナイル」（年少者）と呼んでいるのかもしれない。何にせよ、本物のユダヤ人のことではない。シェイクスピアは、偶然こんなところでユダヤ人がひょいと出てくると、観客はくすくす笑うだろうと、おそらく正しく、予測したのである。

つまり、ユダヤ人は、イングランドから追放されて三〇〇年ほどすると物語や日常会話において軽蔑の対象として流布したわけだが、その流布した〈ユダヤ人〉の概念を、シェイクスピアは明らかに道徳的な配慮などせずに、特に初期作品で利用して発展させたのだ。というのも、ベネディックや、フォルスタッフや、ラーンスや、コスタードに対し、観客がしらけて引いてしまったり、「おいおい」と突っ込みを入れたりすることはあっても、こうした人物の喜劇的活力をたまたま支えているにすぎない反ユダヤ主義の精神から距離を置いたり批判的な目を向けることはないからだ。ユダヤ人は実際、劇中に登場しないし、話される台詞の上でも重要な意味を持たない。それどころか、ちょっとしたことでふっと名前を呼ばれるくせに、姿はほとんど見えないのである。シェイクスピアは、この当時の時代思潮から抜け出ることはなかったのであり、一六世紀後半のイングランドのユダヤ人は、まったく現実味がなかったのだ。その状態を示すぴったりのドイツ語がある。第二次大戦中使われた言葉、フェアニヒトゥング（ないものにされること、抹殺、殲滅）だ。

いや、そうとばかりも言えない。なにしろ、ユダヤ人は「聖書に出てくる人々」として常に実体をもって全キリスト教徒に対して存在しているではないか？　ヘブライ語の聖書がなければ、その予言を実現したキリストもないことになる。イエスがユダヤ人だったのかということについて言葉を濁したり、答えを避けたりすることはできても、少なくとも概念的には、ユダヤ人なしにキリスト教はありえない。毎日曜日、だれもが毎週教会に列席しなければならない社会において、聖職者が教区の人々を教導する言葉は、古代イスラエル人の聖書から翻訳されたものだった。

完全に軽蔑され、辱められた民族。一三世紀後半にイングランドから集団で強制退去させられ、戻ってくることを許されなかった民族。非情、悪、欲、極悪非道の代名詞のように用いられ、実体の見えない民族――そのユダヤ民族は、聖書という最も高尚な英詩の源泉ともなり、救世主が全キリスト教徒のもとにやってくるために必要な道筋ともなった。だから、ユダヤ人は概念上必要だ――ユダヤ教徒とキリスト教徒の運命は歴史的に不可分だ――と言えるのだが、だからと言って、もちろん実際のユダヤ人を許容できるわけではない。ある都市――たとえば、ヴェニス（ヴェネチア）――では、長いあいだ比較的迫害されずにユダヤ人が住んでいたが、土地の所有や「まっとうな」商売は当然のように禁じられていた。ただ、利息付きで金を貸すことは許され、奨励さえされていた。金貸しが資本流動性を高めることは、キリスト教徒は利息を取ってはならないと教会法によって定められている社会ではきわめて有益であったが、ユダヤ人は金貸しをしたがゆえに、案に違わず庶民には嫌われ、上流階級には利用されたのである。

中世の歴代法王は、女子供もかまわずユダヤ人を皆殺しにすべしという急進的キリスト教徒の声に対して、ユダヤ人を保護する意向である声明を定期的に出していたが、保護するのは単にユダヤ人を悲惨なままとどめおくのが目的であった。法王の論法に従えば、不幸で貧しく社会的弱者であるユダヤ人の生き残りがいれば、キリストを拒絶するとどうなるか覚えておく恰好のよすがとなるというのである。また、プロテスタント信者は、古代ユダヤ教の歴史的事実を調べることにだれよりも興味を持っていた。初期キリスト教の慣習や信仰に戻ろうという動きがあったため、ヘブライ語の祈り、過ぎ越しの祭り、贖罪、懺悔の祈り、埋葬の慣わしといったものへの学問的調査がなされた。短いあいだだが、ルターでさえ、当時のユダヤ人に対して、堕落して魔法じみたカトリックへの改宗を拒んだ点で好意さえ抱いていた。だが、ルターが標榜する純化されたプロテスタントへの改宗をユダヤ人が頑固に拒むと、ルターの黙した敬意は怒りへ変わり、最も偏狭な中世の修道士の罵声さながらに、ユダヤ人をシナゴーグもろとも焼き殺せとキリスト教徒に呼びかけたのである。

ルター著『ユダヤ人とその嘘について』は、おそらくエリザベス朝イングランドではあまり読まれなかっただろう。なにしろ、イングランドには焼き払うべきシナゴーグなど残っていなかったし、憎悪するにせよ、保護するにせよ、ユダヤ人社会などなかったのだから。マーロウとシェイクスピアは、攻撃対象となる「外国人」に出会いはしたが、それはロンドン在住のフラマン人、オランダ人、フランス人、イタリア人ら小さな職人社会の家族であり、たいていはプロテスタントの亡命者だった。経済的に厳しい時代に、こうした外国人は、敵意を受ける犠牲者となり、血を求め棍棒を振りかざして唸《うな》る口汚い酔っ払いの無頼漢の標的となった。

マーロウとシェイクスピアが個人的にこうした外国人嫌いの暴力に関係していたという証拠は、どちらの場合も、ありそうだけれどはっきりしない。一五九三年、だれかがロンドンのオランダ人教会の壁に、外国人居住者を攻撃する煽情的プラカードを打ちつけた。似たような事件が頻発していたときで、当局は暴力沙汰に発展するのを恐れていた。面倒を起こす連中の一斉捜査を行なった当局は、プラカードを書いたのはマーロウではないかと疑ったらしい。マーロウがトマス・キッドと同居していたという情報をつかんだ役人たちは、キッドの部屋へ乗り込んだ。そこにマーロウはいなかったが、部屋を捜索した結果、異端の冒瀆的書類が発見された。キッドは、苛酷な取調べを受け、その書類はすべてマーロウのものだと言った。マーロウは枢密院に喚問され、尋問を受け、ウェストミンスター宮殿に毎日出頭すべしという命令を受けてようやく釈放された。

マーロウがオランダ人教会の誹謗文を書いたという嫌疑は、おそらく根拠のないものだが、くだらない妄想が生んだものでもない。当局を悩ませた罵詈雑言を書いた犯人は、外国人は「ユダヤ人同様、我々をパンのように食べ尽くす」と訴えていた――『マルタ島のユダヤ人』のような人気作から出てきたイメージかもしれない――そして、不快なプラカードは、マーロウの劇『パリ大虐殺』に言及しており、そのうえ「タンバレイン大王」と署名されていたのだ。つまり、悩みを抱えた人々の心にマーロウの夢想が命を宿らせ、その劇に興奮した人々の感情が、その名高い雄弁によって声を与えられたということだ。

外国人恐怖症に対するシェイクスピアの反応は、かなり違っていた。それは、アンソニー・マンディをおそらく発案者として、ヘンリー・チェトル、トマス・ヘイウッド、トマス・デッカーら何人かの劇作家とシェイクスピアが共同で執筆したらしい劇を見ればわかる。その台本『サー・トマス・モア』は、初演前に検閲官の宮廷祝典局長エドマンド・ティルニーの不興を買った。ティルニーは、この劇を完全に拒絶したわけではなく、「外国人」憎悪を描いたいくつかの場面の抜本的な書き直しを命じ、一五一七年に起こったイングランド在住の外国人排斥の暴動を描いた場面の完全削除を求めたのだ。この命令の理由は言わずもがなであろう。緊張を強めるようなことをしたら、暴動が何度も再発するからだ。特に醜悪な事例が一五九二〜九三年、それに一五九五年にもあった。『サー・トマス・モア』の作者たちは、明らかにこうした緊張を利用しようとしていた。観客のだれもが、過去に設定された場面は、実は劇場のすぐ外の世界を描いているとすぐにわかった。検閲官は、舞台で上演する暴動が、いくら筋の上で形式的に非難されていても、さらなるもめごとを引き起こしかねないと恐れたのだ。

たぶん検閲官の要求に応じて、改訂がなされ、新しい場面が書かれたものの、台本は公式な認可を得られなかったらしく、上演されることはなかったようだ。しかし、複数の筆跡で書かれた草稿はなんとか生き延び(現在は大英図書館にある)、並々ならぬ注意をもって一世紀以上詳細に研究された。劇が最初に書かれた年や、改訂がなされた年はいつなのかといった多くの謎が解けないままではあるが、原稿には、シェイクスピア自身が書いたとほとんどの学者が口をそろえる数節がある。つまりこれが、これまで発見された唯一のシェイクスピアの直筆原稿ということになる。

シェイクスピアの筆跡――より慎重に、「筆跡《ハンド》D」と呼ばれる――で書かれた一節に描かれているのは、ロンドン長官であったトマス・モアが、外国人排斥派の暴徒たちを説得して反体制の暴動をやめさせ、王に帰順させる様子だ。シェイクスピアが書いた台詞は、強制追放の政治的危険性を危惧し、追放される人たちのみじめさにきわめて過敏になっている。「追っ払ったとすれば」と、シェイクスピアのモアは、外国人を王国から追い出せと要求する暴徒に語る――

君たちがこのように騒ぎたてたせいで

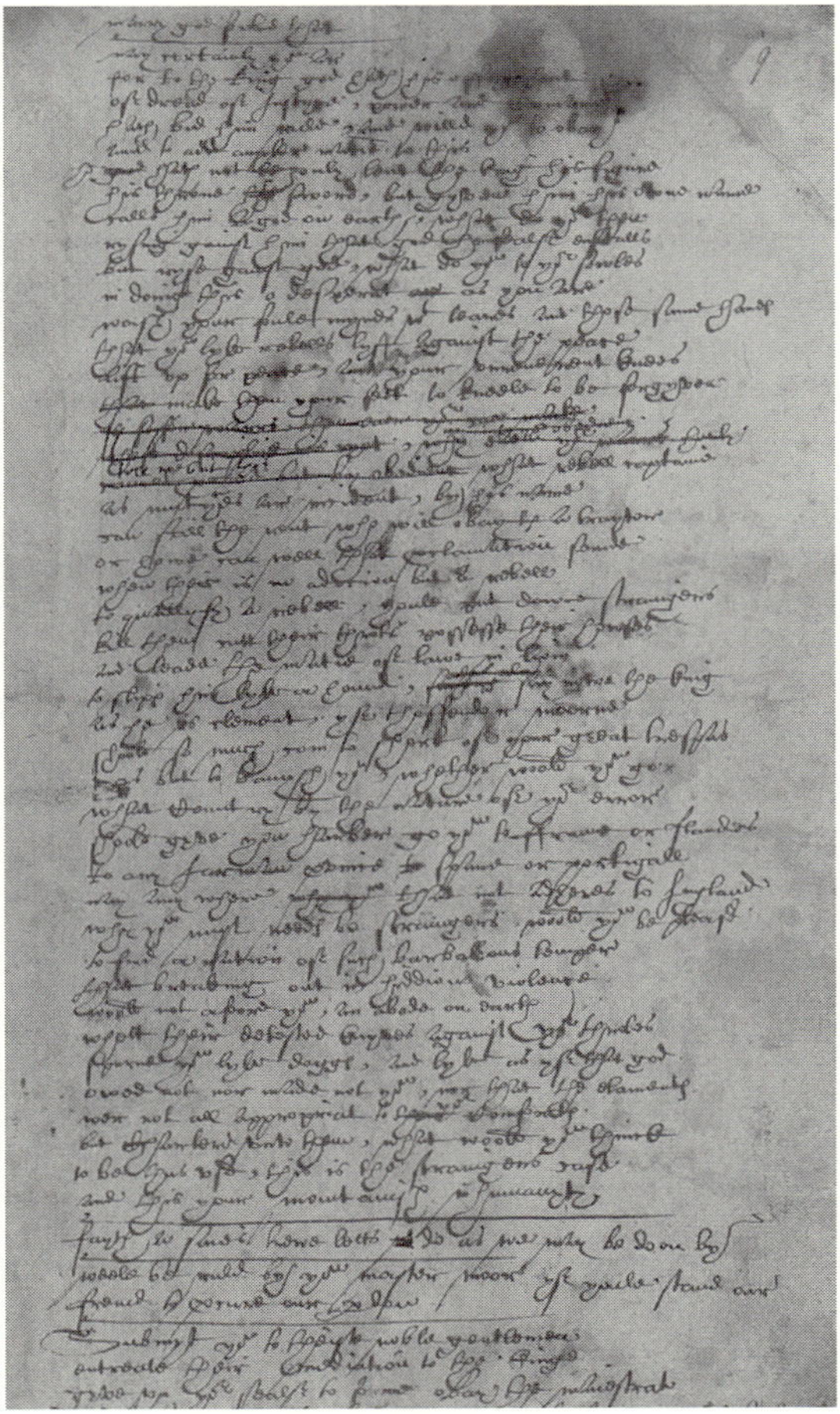

『サー・トマス・モアの台本』草稿にある「筆跡Ｄ」の部分．シェイクスピアのものと広く信じられている．この見本が示すとおり，シェイクスピアが自分の書いたものを滅多に書き直さなかったというのはおそらく誇張である．

大英図書館

インググランド王のあらゆる尊厳が貶《おとし》められる。
哀れな外国人を目に浮かべてみたまえ、
赤ん坊をおんぶして、貧しい荷物を持ち、
船に乗ろうと港や海岸までとぼとぼと歩いていくさまを。
そして君たちは、何でも思うがのままの王様として坐り、
命令をがなりたてるものだから権威は何一つ言えなくなり、
君たちは主張という飾り襟を着込む。
それでどうなる？　教えてやろう。君たちは、
傲慢と腕っぷしの強さがまかり通れば、
秩序がなくなることを示したのだ。この段で行くと、
君たちのだれひとりとして長生きはできんぞ。
ほかの乱暴者が自分たちの考えたとおりに、
同じ暴力、同じ理屈、同じ権利をもって、
君たちを食いものにし、むさぼり食う魚のように
互いに餌食にしあうからだ。

ここで何よりも重要なのは、より高い権力への従順を説く伝統的議論だ。シェイクスピアが『トロイラスとクレシダ』でユリシーズにもっと雄弁に語らせている議論と同じである。烏合の衆がやりたい放題をやり、本来あるべき服従の鎖が一旦断ち切られると、あらゆる国家の保護は瞬時に消

え、世界は強者の気まぐれに屈することになる。そのことが人の気持ちを思いやる想像力を駆使して訴えられており、その際、最も生き生きとイメージされる場面が集団で亡命する瞬間であるのは、注目に値する。

哀れな外国人を目に浮かべてみたまえ、
赤ん坊をおんぶして、貧しい荷物を持ち、
船に乗ろうと港や海岸までとぼとぼと歩いていくさまを。

シェイクスピアは、強制送還されたイングランドのユダヤ人のことを書いているわけではない。ユダヤ人のことなど夢にも考えていなかったに違いない。しかし、この台詞は、史料によれば少なくとも一三三五人の追放されたユダヤ人がとぼとぼと港まで歩き、フランスへ渡る船賃を払ったという、数世紀前に起こったに違いない場面を想起させてくれるのである。

ここにあるのは、他人の人生を想像するある種の能力だ。軽蔑され卑しめられた人間と自分を重ね合わせられる能力である。それは、「これで好きにならないようなら、俺はユダヤ人だ」といった、シェイクスピア作品に思わず知らず出てくる無意識のユダヤ人差別とはなじまない。差別的発言は、もちろんシェイクスピアがユダヤ人ら外国人に対して熟慮の上で述べた「意見」ではないわけだし、そうした言葉を口にする登場人物の個性や背景にかかわるものでもない。それは単に生き生きとした、おもしろい台詞でしかなく、もちろん修辞的に強められているものの、日常的な用法に近い写実的な描写なのだ。そうした写実主義は、特に喜劇や歴史劇でシェイクスピアが頻繁に使った手段だが、使っていても抵抗感がなく、全然気にならなかったようだ。つまり、シェイクスピアは、庶民の言葉遣いを問題視するような態度を見せなかったし、道徳的な拒絶を示さなかったということである。

しかし、モアに与えた台詞には違った考え方が働いており、人の気持ちを慮《おもんぱか》る想像力があるなら生じるはずの感情が流れている。その効果は、デューラーやレンブラントがさっと描いたスケッチのようだ。すなわち、真っ白のページに数行の黒い線《ライン》(台詞《ライン》)が走ると、突然苦痛と喪失がみなぎった場面がすっと浮かび上がるのだ。『サー・トマス・モア』における「哀れな外国人」はユダヤ人ではないので、二つの衝動的反応――嘲笑することと、慮ること――がせめぎあったり、ぶつかりあったりするような理由は本質的にない。その二つはただ並んでいてもよかったのだが、シェイクスピアにかかると、ぶつかってしまうのであり、その衝突を記した見事な結実が『ヴェニスの商人』なのである。

この衝突がどのようにして起こったのかを理解するには、クリストファー・マーロウがユダヤ人を描いた劇『マルタ島のユダヤ人』に注意しなければならない。優れた劇だが、異様に冷笑的で残酷なブラックコメディーだ。おそらく一五八九年、シェイクスピアが劇作家としてデビューした頃に初演され、瞬く間にヒット作となった。

マーロウの反英雄《アンチ・ヒーロー》であるユダヤ人バラバスは、ムスリム教徒のイサモアとともに、マルタ島のキリスト教世界の腐敗を暴くが、嬉々として暴露を続けるうちに、劇は最悪の反ユダヤ幻想をとことんまで推し進めていく。「俺は夜に出歩いて」と、バラバスは喝破する。

道端で呻《うめ》いている病人を殺すんだ。
ときにはあちこちの井戸に毒を入れる。
それからときおり、キリスト教徒の泥棒に
金貨を少々与えてやる。
連中が俺の玄関先でしょっぴかれるのを
バルコニーをぶらつきながら見物するためにな。

（第二幕第三場一七八〜八四行）

バラバスは、金貨への執着より、キリスト教徒への憎悪のほうが強い。できるかぎりキリスト教徒を死に追いやるように謀《はかりごと》をめぐらし、それを楽しむ喜びのほうが強いのだ。このユダヤ人は、キリスト教徒の隣人に心温まることを言うかもしれない。娘がキリスト教に改宗するのを許すように見えるかもしれない。自分も改宗したいそぶりを見せるかもしれない——が、心の底で、いつも人殺しを狙っているのだ。その殺人歴は医業をするうちに始まった、とバラバスは説明する。それから転職したが、いつも変わらず殺意を抱き続けていた。

若い頃、俺は医学を勉強し、
まずイタリア人を診察した。
そして葬式代で坊主を儲けさせ、
寺男には、墓を掘ったり、弔いの鐘を鳴らしたりと休む暇もなくしてやった。
それから、武器製造をやった。
仏独戦争では、
シャルル五世を助けるふりをして
敵も味方も俺の戦略で皆殺しだ。
それから、金貸しだ。
ゆすり、だまし、まきあげて、
ブローカーお得意のぺてんを使い、
たった一年で牢屋を破産者で一杯にし、
幼い孤児《みなしご》であちこちに孤児院ができたほどだ。
月が出るたびに、だれか彼かを狂わせたから、
ときどき悲嘆して首を吊る奴もいた。
そいつの胸にピンで長い巻物をとめておいた。巻物には、
俺が高利でどんなにそいつを苦しめたか書いておいた。

（第二幕第三場一八五～二〇二行）

こんなことをマーロウはどんなつもりで書いたのだろう？　観客はどんな気持ちで聴いていたのだろう？　観客は、この殺人の白昼夢に参加することを想像するように誘われる。何世紀にもわたって繰り返されてきた宗教的憎悪から生まれた白昼夢だ。が、それでどうなるのだろう？　公衆劇場

の舞台にぶちまけられた毒はどうなったのか？　ひょっとしたら蒸発して消えたのかもしれない。ひょっとすると、残虐な誹謗中傷を思いっきりぶちまけ、発散させたからこそ、こんなものは凶悪な白昼夢でしかないことがかえってはっきりしたのかもしれない。バラバスやイサモアのような人はいない。そんな人がいるはずがない。ありえないことを舞台化することによって、この幻想が馬鹿げたものであることが観客にはわかったのかもしれない。ひょっとしたらそうした解放的な効果が『マルタ島のユダヤ人』にはあったのかもしれないけれど、そんな効果を感じたのは、実はそもそも解放されたいと思っている観客だけだったのではないか？

いずれにせよ、一流劇作家は、観客を楽しませるのが仕事なのだ——要するに、金を払ってくれる大勢の客を劇場に呼び込めばいいのだ——そして、どんな劇団だって、『マルタ島のユダヤ人』の上演権が手に入るなら大喜びだったろう。大衆を沸き立たせるべく何度でも繰り返し再演して儲けられる認可済みの劇なのだから。『サー・トマス・モア』を書いた劇作家グループもまた、大衆を興奮させてひと稼ぎしようと期待していたはずだ——大衆の暴動場面を削除させた検閲官は事態をよく理解していた——けれども、外国人排斥の暴徒を説得する台詞として、シェイクスピアがモアに与えた台詞は、無責任で血腥《ちなまぐさ》く冷笑的なマーロウの作品のまさに逆を行き、思慮深い苦言を呈しているのである——「哀れな外国人を目に浮かべてみたまえ、赤ん坊をおんぶして」。

シェイクスピアはおそらく『サー・トマス・モア』への部分的な執筆を一六〇〇年と一六〇五年のあいだに行なったというのが、現在の学者たちの一致した意見だ。つまり、グリーンの侮辱への応答と同様、マーロウへの応答は、相手が死んで何年も経ってからなされたということになる。

マーロウが死んだのは、一五九三年五月三〇日。オランダ教会の壁にプラカードが貼りつけられて数週間後、まだ三〇歳にならないマーロウは、ロンドン東方にある造船所近くのデットフォードへ、イングラム・フライザー、ニコラス・スケレス、ロバート・ポーリーの三人の男に会いに行った。執行官補佐官の寡婦エレノア・ブルの家で飲み食いし、煙草をふかして静かな一日を終えようとしていたが、夕食後、喧嘩があった。勘定をめぐってだという。怒ったマーロウがフライザーの武器――検死調書には、ご丁寧に「一二ペンス相当の」短剣と記されている――を奪って襲いかかってきた、とフライザーは主張する。もみ合ううちにマーロウは、右目を刺し貫かれて死亡した。フライザーの供述は、同席していた他の二人の男たちが裏づけ、検死官もその報告書に同意した。ひと月後、女王は、フライザーを正当防衛として正式に放免した。二〇世紀になってようやく、学者たちの調査によって、寡婦ブルの家は普通の居酒屋ではなく、政府のスパイ組織に関連した場所であり、フライザー、スケレス、ポーリーはマーロウ同様、いずれもその組織と裏でつながっていたが、その関係は検死調書には当然触れられていないということが明らかにされた。つまり、この殺人は、はっきりした動機はわからないままであるものの、暗殺である可能性が強いということだ。

ケンブリッジ大学を卒業する以前から、マーロウは詩人としての力のみならず、冒険好きの性向を示していた。田舎の牧師やまじめな学者の生活などにまったく向かなかったマーロウは、早くから陰謀やらスパイやらの秘密の世界に足を突っ込んでいた。シェイクスピアがランカシャーでちらりと覗き見て逃げた世界だ。正確な情況は当時機密事項であったはずであり、四〇〇年後はさらにわからなくなっているが、どうやらマーロウは、まだ学生のときに諜報部員として引き抜かれ、エリザベス女王のスパイ組織のボスである国務大臣サー・フランシス・ウォルシンガムの指揮下に入ったらしい。マーロウはフランスへ派遣され、そこでフランス在住のイギリス人カトリック教徒と交わったようだ。外国勢力による侵攻計画ないし女王を異端として暗殺する計画について嗅ぎつけた情報、あるいはカマをかけて引き出した情報を、上司に報告したのだ。学期中に理由不明の欠席をしていたにもかかわらず、マーロウに修士号を与えるようにと枢密院直々にケンブリッジ大学当局へ手紙が送られたくらいだから、マーロウはこの危険な仕事が上手だったに違いない。

ロンドンに来て劇作に手を染めたとき、マーロウはすでに、父親が属していた職人階級から紳士の身分へと移り始めていた——大学の学位を持っていたからだ——が、決してありきたりの人生を送っていなかった。男色の趣味があることをあからさまにしていたことは、その人生を一層ありきたりでないものとし、マーロウに対してスパイ活動をしていた諜報部員の報告やルームメイトのキッドの証言によれば、マーロウの考え方は非常に危険な自由思想へと発展していた。イエスは私生児であり、その母親は娼婦であり、モーゼは「いんちき野郎」つまりペテン師で、無知なユダヤ人たちをだましたのだと断言していた(と、その諜報部員は言う)。アメリカン・インディアンの存在は旧約聖書の年代記述がまやかしであることを証明し、新約聖書は「ひどい書き方」をされていて、自分(マーロウ)のほうがうまく書ける、イエスと聖ヨハネはホモだ、といった具合である。マーロウが言ったとされていることのほんの一部でも本当に言ったとすれば、本来なら即座に酷刑に処されるはずだから、それを黙認してもらえるほどの社会的立場と職業についていなければ生き延びることはできなかっただろう。生き延びたとしても、長くはなかったはずだ。

最大の仕事上のライバルが享年二九歳で死亡したとき、シェイクスピアはすでにかなりの将来性を示していたものの、その頃のシェイクスピアの業績は、マーロウが書いた数々の驚くべき劇や詩の足元にも及ばなかった。二人は互いに個人的に知っていたはずだ。演劇界は、匿名でいるには狭すぎた。互いに気に入っていたかもしれないが、愛着や尊敬の念を抱くのと同じぐらい、疑念や嫌悪感を抱き合う理由があった。マーロウの死後五年ほどして、『お気に召すまま』のなかで、シェイクスピアは、マーロウのよく知られた台詞を引用して遠まわしにライバルへの讃辞を送った。恋に悩む登場人物が、マーロウを「死んだ羊飼い」として思い出し、その力強い言葉が今わかった(つまり、その言葉が強力だと今わかった)と言うのである。

死んだ羊飼いよ、おまえの言葉は強力だと今わかった。
「一目惚れをしないで惚れるということがあろうか」

(第三幕第五場八二〜八三行)

しかし、この劇のほかのところでは、マーロウへの目配りはさほど優しいものではない。「詩を書いても人にわかってもらえなかったり、機知を披露しても理解という早熟な子供が受け容れてくれなかったりすると、生きた心地はしないね。小部屋で法外な勘定書きをもらうよりも死んだ気分になるもんだ」と、道化タッチストーンはこぼす(第三幕第三場九〜一二行)。これは、べつにマーロウを非難しているわけではないが、「勘定書き」をめぐってマーロウが殺されたことへの言及であるかもしれないわけであり、そうだとすれば、マーロウへの感傷的な気持ちはまったくないということになる。

マーロウの死後も尾を引いたらしい個人的なライバル意識を超え、客を奪い合うライバル劇団(海軍一座と宮内大臣一座)の商業的な競争を超えたところにあったのは、演劇の質の違いだ。それは、人間の想像力と人間の価値についての考え方の違いである。シェイクスピアはマーロウのすばらしさを(『お気に召すまま』の何気ない讃辞以上に)認識していたけれども、マーロウの言葉と想像力にある何かを毛嫌いしていたようでもある。シェイクスピアは、この違いについて体系立って何かを述べているわけではなく、劇作で反応しているだけだ。そして、そうした反応のうち最もはっきりしているのが、ユダヤ人の表象に関するもの、すなわち、『マルタ島のユダヤ人』のバラバスと『ヴェニスの商人』のシャイロックとの違いなのである。

シェイクスピアが『ヴェニスの商人』を書き始めたとき——一五九四年以後、一五九八年以前——マーロウはすでに死んでいた。『マルタ島のユダヤ人』の再演が好評を博したのがきっかけでシェイクスピアはユダヤ人についての劇を書いてみたのかもしれないが、かつてのライバルをふと振り返ってみたということではない。マーロウの劇がなくても、この主題は手に入れられた——たとえば、まだ子供だった頃に流行していて、地方でも上演されたかもしれない『ユダヤ人』と題された古い劇を観たのを憶えていたかもしれない。この劇は今では散逸してしまったが、一五七九年に、普段は演劇を嫌悪し非難していたステーヴン・ゴッソンが、『ユダヤ人』は「選り好みする庶民の貪欲さ」と「高利貸しの残忍な心」を暴いたとして、柄にもなく賞讃した劇だ。

しかし、この古い劇あるいはマーロウの新しい劇だけでは、シェイクスピアの劇がこんなにも奇妙に心を乱すものとなった説明がつかない。劇の筋立ても、シェイクスピアが独自に考えたのではなく、かなり昔からあったものだから、手がかりにはならない。濫読三昧を続けるうち、シェイクスピアはセル・ジョヴァンニ作『イル・ペコローネ』というユダヤ人高利貸しについてのイタリアの物語に出会って、これは喜劇になると思ったに違いない(因《ちな》みに、シェイクスピアの読書も、エリザベス朝時代の書籍業そのものも、きわめて国際的なものであったことは付言しておこう。現代の基準からすれば、読者層はかなり限られていたが、その興味は驚くほど国際的だった)。

シェイクスピアは、気に入った物語の場合、そのままそっくり使うことがよくあるが、『ヴェニスの商人』では『イル・ペコローネ』の次のような筋がまるまる利用されている——ヴェニスの商人が、ある人(ここでは友達ではなく「名づけ子」)のためにユダヤ人の金貸しから金を借りる。違約金の代わりに商人の肉一ポンドを差し出すというひどい証文が交わされる。「ベルモンテ」に住む貴婦人への求婚が成功する。貴婦人は弁護士に変装してヴェニスにやってくる。証文の脅威に対する貴婦人の賢明な解決法とは、肉一ポンドを取る法的権利には、血を一滴取る法的権利が含まれないと指摘することだった。そして、議場でのいささか張り詰めた喜劇的展開となる——つまり、シェイクスピアの劇の枠組みには、なんら独自のものはないということだ。セル・ジョヴァンニが出典ではない「箱選びと求婚者」というベルモントの筋にしたところで、別の話から古色蒼然としたまま持ってきただけのことだ。確かに、バサーニオの求愛が成功する場面には卓越した詩があるし、幕切れ近くでジェシカとロレンゾーが月光の丘に坐ってさりげない会話を交わす場面の詩は殊更美しく、アントーニオの憂鬱の描き方は、バサーニオへの愛情を抑圧したやるせない気だるさと結びつくようで記憶に残る。しかし、シャイロックの巨大な力がなければ、この劇はたいしたものではない。いわば『ヴェローナの二紳士』程度の小品になってしまう。

シェイクスピアは、高利貸しについての劇を書こうと長いこと思っていたのではないだろうか?ユダヤ人は知り合いでなかったかもしれないが、高利貸しなら知り合いだった。なにしろ自分の父親がそうだし、自身、二度も高利のために法を犯したと訴えられている。高利貸しに対する規制は一五九一年に緩まったが、シェイクスピア自身、演劇のおかげで裕福になったあと、そうした取引に当事者ないし仲介者として関わったようである。たまたま、ストラットフォード自治体の公文書保管所に、シェイクスピアに宛てた、ストラットフォードの豪商リチャード・クワイニーの手紙が残っている。一五九八年一〇月二五日付のこの手紙は、クワイニーおよびストラットフォード町民エイブラハム・スターリーが「友愛厚き友にして同郷人のミスター・ウィリアム・シャックスペア(Shackespere)」から金を借りようとして、クワイニーがロンドンまで出てきたときに宿屋で書いたものだ。同日、クワイニーは、借金の条件――三、四〇ポンドの貸付に対して三、四〇シリングの利子――をスターリーに書き送り、一〇日後にスターリーは「同郷人ミスター・ウィリアム・シェイクスピアが金を工面してくれる」と知ってうれしいと返事をしている。

こうした取引は格別驚くべきことではなかった。『ヴェニスの商人』を書いたシェイクスピアが金貸しをしていたのが意外なだけだ。というのも、確かに、イギリスの公式見解では、神の法のもとで金貸しは違法であり、この禁令から除外された唯一の民族はユダヤ人だけとされていたものの、金貸しをせずに国の商業経済が立ち行くはずがなかったからだ。現在の銀行システムがなかったために、イングランド政府は少なくとも貸付率を一〇パーセントに抑えようとしたが、多くの個人は、この正規の規制をごまかそうと、合法であれ違法であれ、頭のいい方法を考案していた。ジョン・シェイクスピアでさえ、利息二〇～二五パーセントという大変な違法取引をしていたが、それはきわめて普通のことだったのである。

キリスト教徒の高利貸しは、「高利貸し」の名で直接呼ばれることがなくても、ユダヤ人の高利貸しと大体同じ立場にあった。公的には、高利貸しは、説教壇からも舞台からも軽蔑され、攻撃され、非難されていたが、欠かせない必要悪であった。シェイクスピアの父親がそうであったように、高利貸しは多かれ少なかれ尊敬を受ける世間体を維持することができたが、恥辱と尊敬、軽蔑と重要性の根深い矛盾は、いついかなるときも顔を出しかねないものとして潜んでいた。シェイクスピアはこの種の矛盾が大好きだった。だから作品のなかで、そうした矛盾を貪欲に鷲づかみにして、弄《もてあそ》んだのだ。しかし、どのようにしてシャイロックに辿《たど》り着いたのかという問題は依然として残る。

何かがシェイクスピアの想像力に火をつけたのだ。何かが、お決まりの悪役にある種の音楽——張り詰めた心のなかの音、虐げられた魂の音——があることを発見させたのだ。だれにも、ユダヤ人という軽蔑された人物像から響かせることのできなかった音楽だ。マーロウでさえ、できなかった。どんな人生経験をしたら、そんな創造的な離れ業ができるのか、昔も今もわからないものだが、少なくとも想像してみることはできる——シェイクスピアが住んでいた日常世界に起こった、そのきっかけとなった出来事を。

一五九四年。何月かは定かでないが、シェイクスピアはロンドンにいた。それまでずっと続いていた劇場閉鎖の原因であった横根の疫病が下火になり、役者たちはまたロンドンで上演できるようになっていた。劇場閉鎖は、劇団には手厳しい打撃だった。女王一座はぐらつき始め、ハートフォード伯一座は活動を停止し、ペンブルック伯一座は破産して衣装を売らなければならなかった。サセックス伯一座は、パトロンが死んだとき解散を余儀なくされ、同じ運命がダービー伯一座に降りかかった——パトロンであるストレンジ卿ファーディナンドーが不可解な死を遂げたのだ。噂では毒殺と言われていた。この惨憺《さんたん》たる状況下で、二つの劇団が、最高の逸材を吸収して、ロンドンの劇壇を独占し始めた。すなわち、エフィンガム卿ハワードことチャールズ・ハワードの保護下にある海軍大臣一座と、ハワードの義父ハンズドン卿ヘンリー・ケアリーの保護下にある宮内大臣一座である。とりわけ海軍大臣一座には、著名な俳優エドワード・アレンと偉大な興行主フィリップ・ヘンズロウがいた。一座は、テムズ河の南にある美麗なローズ座で上演した。宮内大臣一座は、ショアディッチにあるバーベッジ所有のシアター座で上演した。その看板俳優はリチャード・バーベッジだ。そのほか、高名な道化ウィル・ケンプをはじめ、ジョン・ヘミングズ、オーガスティン・フィリップス、ジョージ・ブライアン、トマス・ポープが、崩壊したダービー伯一座(ストレンジ卿一座)から仲間に入った。あともうひとりが加わって、劇団の「株主」(企画、運営、出費負担、利益分配に関わる共同出資者)七名がそろった。もうひとりの株主とは、ウィリアム・シェイクスピアであった。

シェイクスピアの劇団は、疫病による死亡率が再び急騰することがないと見越して、この新たな機会を利用する賭けに打って出た。幸いなことに、死亡率は比較的低いままであり、人々はまた娯楽を求め出した。しかしながら、ロンドンは決して完全に穏やかだったわけではない。有名な「プロテスタントの風」が一五八八年にスペインのアルマダ艦隊を沈没させたものの、外国に侵略されるのではないかという恐怖は何度も蘇《よみがえ》り、エリザベス女王の命を狙う陰謀の噂は絶えなかった。その脅威は、まじめな人々が真《ま》に受けるほど現実味のあるものであり、外交使節団や宮廷に渦巻く怪しげな陰謀を見破ろうとする政府のスパイは当然ながら神経過敏になっていた。女王の寵臣である野心家エセックス伯を領袖とする猛烈な反スペインの戦闘的プロテスタント一派は、とりわけ今にも起ころうとしている陰謀があるのではと心配していた。一五九四年一月二一日、エセックス伯一派の思ったとおりになった。女王専属の医者、ポルトガル生まれのロドリーゴ(またはルイ)・ロペスが、スペイン王と陰謀を企んでいた嫌疑で逮捕されたのだ。差し押さえられた書簡によれば、スペイン王は、五万クラウン(一万八八〇〇ポンド相当)という巨額の金を、ある重要な任務を果たすためにロペスに送ることに同意したのである。

エセックス伯は、それまでの何年間か、ロペスに諜報部員になるように求めていた。ロペスが拒絶して、逆に女王に直接そのことを告げたのは、賢明だったかもしれないが、強力な伯爵をきわめて危険な敵にまわすことになってしまった。逮捕後、ロペスは当初エセックス邸に拘留され、伯爵自らの取調べを受けた。しかし、ロペスには、女王の古参の顧問官バーリー卿ウィリアム・セシルとその息子ロバート・セシルを取り巻くライバル派閥に強力な縁故があり、ロバート・セシルもその尋問に参加し、この専属医師に対する嫌疑は根拠がないと女王に報告した。宮廷の様子を見守っていた人の話によれば、エリザベス女王は、エセックス伯に「立件できない容疑でかわいそうな人を逮捕するとは、性急で無分別な若造だ」と、きつく叱り、「無実であることはよくわかっている。ロペスに対する悪意だけでこんなことをしでかして、非常に不愉快だ。私の名誉がかかっている」と言ったという。もちろん、エセックス伯自身の名誉もかかっていたわけであり、エセックス伯一派は、自分たちの告発の根拠となる証拠を見つけようとして動きを速めた。いい加減な垂れ込み屋とスパイが複雑にもつれ合い、文書が入念に調査され、敵方のセシル一家が不承不承認めるように、「ありとあらゆる告白がなされ、取調べが行なわれ、宣誓証書、供述、伝言、書簡、メモ、証拠物品が並べられ、会議に次ぐ会議があり、陰謀策略がめぐらされた」が、ここで詳しく見る必要はない。要するに、一五九四年二月二八日にロンドンで開かれた裁判で、ルイ・ロペス医師は、患者である女王の毒殺を謀ったという嫌疑を受けて、直ちに有罪判決を受けたのである。複数の垂れ込み情報によれば、スペインのフェリペ二世から支払われる五万クラウンと引き換えに、ロペスは毒殺を請

ロバート・ピーク（*c.*1551-1626）作とされるこの絵では，エリザベス女王が宝石で飾られた偶像のように行列によって運ばれている．

ブリッジマン・アート・ライブラリー

け負ったのだという。奇妙なことに、このカトリックの陰謀の実行犯と目されたロペスは、隠れカトリックではなかった。ロペスはユダヤ人だった。あるいは、今は善良なプロテスタントだと公言していたので、かつてユダヤ人だったと言うべきかもしれない。だが、エセックス伯の味方のフランシス・ベイコンが記したように、ロペスは「ここではキリスト教の儀礼に順応しているものの、密かなユダヤ教徒」なのかもしれないと多くの人が疑っていた。

ロペスが本当に大逆罪を犯したと言えるのか、難しいところだ。一旦この件が法廷に上げられると、結果はほぼ最初からわかりきっていたので、有罪判決からは何も確実なことは引き出せない。この件が法廷に上げられたこと自体がエセックス伯の力の証左であり、エセックス伯の威信がかかっていたわけだが、それはまた、ロペスが国内外の計略に関わり、よくない知り合いがあちこちにいて、買収されやすいこと――各方面から賄賂を受け取っていたことは確かだった――の証左でもあった。しかしながら、そんなことは、この女王付きの医者が宮廷人であり、女王本人に自由に会える特権的立場にあったために金儲けができたという事実を証明しているにすぎない。

度を越したところもあったかもしれない。自分の無実を主張したあとで、本心からか、あるいはひょっとすると拷問を避けたいからか、自分は確かにスペイン王と謀叛と思《おぼ》しき交渉に入ったことがあると告白した。だが、王から金をだまし取ろうとしてそうしただけだと主張した。ロペスが悪党、詐欺師、裏切り者であったにせよ、なかったにせよ、ロペスはまちがいなく、エリザベスが巧みに操作してきた激しい派閥争いの捨て駒となっていた。ロペスを支持してエセックス伯を当惑させようとセシル家が考えている限りは、ロペスは安全だった。その支持が消えてしまえば――いかがわしい連中と関わっていた責任を取らされるはめになったとたん――ロペスは死んだも同然だった。

検察側の要約によれば、ロドリーゴ・ロペスは、単なる貪欲な悪党ではなく、悪賢いイエズス会士そっくりであり、プロテスタントの女王を破滅させようと心に決めた邪悪なカトリック勢力の忌まわしき実行犯ということになる。しかも、ユダヤ人の悪党だ。検察側はこう記す。

偽証罪、殺人未遂罪、大逆罪を犯せしユダヤ人医師ロペスは、裏切り者のユダより見下げた男にて、女王を毒殺せんとするもの也。かくの如き邪悪、剣呑千万にして唾棄すべき陰謀は未だかつてなし。宣誓の下《もと》に女王陛下の召使となりしロペスは、陛下の御愛顧に浴して昇進のお引き立てを授かり、特別の信厚き官職に用いられ、朝見頻々《ちようけんひんぴん》と許されし故、誰も怪しむ者なく、とりわけ敵を恐れず近侍《きんじ》を疑わぬ陛下の怪しむ事なし。件《くだん》の取引成立し、報酬額の同意も相成り、支払いの確認さるるまで実施延期となり、支払いを約したる信書送られしところ、ロペスの手に落ちなんとする前に、眞に不思議な天佑神助の奇蹟ありて、事明るみに出て、阻止されしもの也。

ロペスは、どこから見ても、信仰厚いキリスト教徒であり、厳しいプロテスタントであり、上流社会に完璧に溶け込んでいた。外面上の宗教的統一があればいいというのがイギリス一般社会だったが、ロペスには邪悪な面——貪欲さ、裏切り、密かな悪意、忘恩、凶悪さ——があったために、通り一遍の釈明では許されず、神のご加護を得て女王は奇蹟的に救われたという思いが強められるようにもなってしまった。昔からあったユダヤ人憎悪や、たまたまマーロウの『マルタ島のユダヤ人』

——その反英雄の最初の職業は、患者を毒殺する医者だったことを思い出してもよい——が話題になっていたこともあって、ロペスの出自がユダヤであることは、この陰謀物語において重要な意味を持ってしまったのである。

ロペスと、ロペスの手先として訴えられたポルトガル人実行犯二名は、すぐさま実刑判決を受けたが、女王は死刑宣告を執行するのに必要な勅許をどういうわけか遅らせた。その遅延ゆえ、「この処刑を大いに期待していた大衆はがっかりした」と政府の役人が記している。ついに、一五九四年六月七日、大衆の——あるいは、とにかく、処刑を執拗に求める党派の——望みはかなえられた。ロペスと下手人二名はロンドン塔へ連行され、拘留された。判決どおり死刑を執行すべきでない理由があるかと聞かれると、ロペスは、女王ご自身がご存じであると、その善意に訴えた。法律上の形式的手続きが済むと、三人の囚人は引きまわしの板に乗せられて、野次馬のなかを運ばれ、群衆が待ち構えるタイバーンの処刑場まで運ばれた。

ウィリアム・シェイクスピアはこの群衆のなかにいただろうか？　ロペス裁判は、派閥の内部抗争と衝撃的な告発とによって、大変な話題となっていた。いずれにせよ、シェイクスピアは、処刑には興味を持っていた——初期の笑劇『間違いの喜劇』は、ある処刑への秒読みを中心に組み立てられているし、『リチャード三世』をはじめとする歴史劇には、死刑執行人の斧が不快な影を落としている。シェイクスピアは、野次馬連中の振る舞いには職業的な興味を抱いていたし、死に直面した男女の挙措《きよそ》にも心を奪われていた。この主題に関する最も有名な台詞は『マクベス』にあり、王を裏切った族長の最期を描写したものだ。

その生涯のなかで、死に際ほど
この男にふさわしいものはありませんでした。
自分が持っていた最も大切なものを
つまらない、くだらないものであるかのように投げ捨てようと
死に方を研究してきたかのように死にました。

（第一幕第四場七～一一行）

この台詞を書いた劇作家は自分の目で処刑を見たことがあると考えるのは、自然なことだ。首都ロンドンでは、恐ろしいほどの頻度で処刑が執り行なわれていたのであり、実際、この台詞にはどこか事情に通じた様子がある。

医師ロペスの処刑は、一般大衆に開かれた一大イベントだった。かりにシェイクスピアがその目で見なかったとしても、この並ならぬ、恐ろしくも残虐な気味悪い見世物について人づてに何かを見聞きしたことだろう。判決を受けてロペスは明らかに深く気落ちしたようだが、エリザベス朝の歴史家ウィリアム・キャムデンによれば、処刑台の上で奮起して宣言したという――「私はイエス・キリストを愛したように、女王を愛した」と。キャムデンはつけ加えている――「これを、ユダヤ教を信仰する男が口にしたため、傍観者たちからどっと笑いが起こった」。

処刑台を取り巻く群衆から沸き起こったこの笑いがきっかけとなって、シェイクスピアは『ヴェニスの商人』を書き上げたのではないだろうか？　その笑いは、そもそも、異様に残酷なものであった。生きていた男が首をくくられ、体を八つ裂きにされようというその瞬間に起こったのである。

群衆の笑いは、この出来事の厳粛さを否定し、非業の死を余興扱いしたのだ。具体的に言えば、女王の忠実なる臣下として、そしてキリスト教徒としての信仰を再度主張して死のうとしたロペスに、思いどおりの死に方をさせなかったということになる。人が最期に発した言葉は、たいてい本当に心の底から出たものと見なされるものだ。もはや二枚舌を使ったり、時間稼ぎをしたりしても何の意味もなく、墓の向こう側で神の審判を受け容れざるをえないのだから。それは、まさに文字どおり、真実の瞬間だった。ところが、そこにいて笑った連中は、ロペスの言うことは信じられないということを、互いに、そしてロペス自身に対しても表明したのだ。「ユダヤ教を信仰する男が口にしたため」とは言っても、ロペスはユダヤ教を信仰して*い*な*か*った。公にプロテスタントを奉じ、イエス・キリストの名を口に出したではないか？　笑いはロペスの最期の言葉を、信仰告白から、念入りに仕組まれた二重の意味を持つ悪賢いジョークに変えてしまった。「私はイエス・キリストを愛したように、女王を愛した」。確かにそのとおりだ。なにしろ、群衆の目からすれば、ロペスはユダヤ人であり、ユダヤ人は、本当はイエス・キリストを愛さないのだから。呪われたユダヤ民族がイエスに対して行なったことをロペスは女王に対して行なおうとした――それが、ロペスの真意だということになる。ロペスの言葉は、無実を訴えるはずのものだったが、群衆の反応はそれを曖昧に罪を認めるものに変えてしまった。群衆のなかには、うっかり罪を認めたのだと考える者もいただろう。偽善の度を越して、思わず告白してしまったのだ、と。さらにおもしろく考える者は、わざと曖昧にしたのだと結論づけただろう。ユダヤ人ロペスは、イエズス会士が磨き上げたとされる技法である二枚舌を実行したのだ、と。不正直にも自分の無実を訴えることで家族や評判を守ろうとしつつ、同時に巧みに真実を述べたのだ、と。

言い換えれば、笑う見物客たちは、まるで『マルタ島のユダヤ人』の実話版を観ているつもりだったということになる。

マーロウのこの劇の始めのほうで、悪党のユダヤ人は、娘を説得して、キリスト教に改宗して修道院に入りたいふりをさせる。「偽りの信仰は」、つまり、信じてもいないものを信じているふりをして偽りの行動をすることは、「こそこそと偽善をするよりもましだ」と、バラバスは娘に言う（第一幕第二場二九二〜九三行）。無意識な偽善より、わざと偽善をしたほうがいいというこの怪しげな道徳に基づいて、バラバスは自分の行動を貫き、観客に目配せをしたり、賢しげな傍白《ぼうはく》をしたりして、二重の意味を並べ立てていく。総督の息子ロドウィックを殺そうとして自宅へ誘い込むときには、その恋患いを治すために貴重な「ダイヤモンド」（娘アビゲイル）をあげようと言う。ロドウィックが、この隠喩《メタファー》を受けて、「代価はいかほど？」と尋ねると、バラバスは傍白でつぶやく、「おまえの命だ」と。それから声に出して、「家にいらっしゃいまし。そうしたら、閣下に差し上げましょう」と言うが、また、殺意をこめた傍白がつけ加えられる――「復讐の心をこめて、な」。これから餌食にしようというキリスト教徒の犠牲者を安心させるために、バラバスは、修道院には「燃えるような熱意」があると言うときにも、こうつけ加えて観客を喜ばせる――「いずれこの建物が燃え上がるのを見たいってことよ！」（第二幕第三場六五〜六八、八八〜八九行）。それこそまさに、ロペスが最期の言葉を述べたときに群衆が聴いたと考えた種類のジョークにほかならない。

ロペスの処刑は、群衆の笑いによって、喜劇を締めくくる最終場面となってしまった。『マルタ島のユダヤ人』がこの笑いの土壌を整えたのである。笑うのは酷だとしても、まったく筋の通ったことであった。女王殺害の邪悪な陰謀――カトリックのスペイン王という嫌悪される人物像とユダヤ人という嫌悪される人物像を結びつける陰謀――が神の啓示によって頓挫したと人々は考えていたのだ。シェイクスピアは、処刑台のまわりで起こったことをおもしろがったのだろうか、それとも嫌悪したのだろうか？　唯一の証拠は、ロペスの死のあとでシェイクスピアが書いた劇のなかにあり、それが示唆する答えは、おもしろがりもし、嫌悪を感じもしたということである。

シェイクスピアは、かなりマーロウから拝借している――シェイクスピアはいつも大いなる拝借屋であった――が、マーロウの作品とはまったく異質な登場人物群と感情とを作り出している。確かに、邪悪なユダヤ人が進退窮まると、シェイクスピアは笑いをかきたてようとしている――もちろん、国際的陰謀ではなく、金と愛についての劇の話だ――が、同時に、その笑いを問題視し、おもしろがったことで責め苛《さいな》まれるような不快を醸《かも》し出しているのである。

『ヴェニスの商人』には、おもしろい揶揄があふれている。「あれほど支離滅裂、奇妙奇天烈で変幻自在な怒り方ってなかったね」と、ヴェニスのキリスト教徒ソラーニオは忍び笑いをする。

あのユダヤの犬は通りでこう喚《わめ》いていた。

「娘が！　ああ、私の金が！　おお、娘が！
キリスト教徒と駆け落ちした！　ああ、私のキリスト教徒の金！」

（第二幕第八場一二～一六行）

「ヴェニスじゅうの小僧があとを追いかけて、宝石だ、娘だ、金だとはやしたてた」と、その友人サレーリオも笑い、群衆が騒々しく楽しんだ様子を垣間見させてくれる（第二幕第八場二三～二四行）。そして、善良なアントーニオの肉一ポンドを切り取って復讐しようという悪魔のような計画が法廷で打ち砕かれ、改宗せよとシャイロックに命令が下《くだ》ると、ユダヤ人の計画頓挫という主旋律には、勝ち誇ったグラシアーノによる揶揄というコーラスの伴奏がつく。

首をくくらせてくださいとでも乞うがいい。
〔中略〕
縛り首の縄をプレゼント。ほかは何一つやらない。
〔中略〕
洗礼式のゴッドファーザーは二人だが、
俺が裁判官なら、もう一〇人増やして一二人の陪審員とし、
おまえを洗礼台でなく、絞首台に送ってやるんだがなあ。

（第四幕第一場三五九〜九六行）

シェイクスピアは自分のユダヤ人を処刑台には送らないことにした——どの喜劇でも、シェイクスピアは、少なくとも舞台上で悪党を殺して終わりにすることは注意深く避けている——が、サレーリオ、ソラーニオ、グラシアーノのからかう声は、ロペスが首をくくられた処刑台のまわりでシェイクスピアが聞いたであろう声にかなり近い。『ヴェニスの商人』は、血糊や血飛沫《しぶき》なしに、処刑を見に集まった群衆が楽しむようなものを観客に与えているのだ。

シャイロックは、ロマンティック喜劇の伝統的な興冷まし役だ。音楽を楽しまず、快楽を敵と見

なし、若者の恋を邪魔する。だが、思春期の若者が打倒しようとするありきたりの強欲の雷親父より質《たち》が悪い。「ユダヤ人シャイロック」は、第一・四つ折本《クォート》の表紙に書かれているように、「極度に残忍な」人物であり、旧約聖書の代表者として厳格で融通が利かず、過ちを赦さず、無慈悲で、憎しみを募《つの》らせ、共同体全体の幸福を脅かす殺意を抱いた外国人なのだ。ユダヤ人としてではなく、非ヴェニス人という「外人」として法廷で打ち砕かれたシャイロックは、その共同体にいやおうなく引き込まれるが、かりに新たに洗礼を受けて改宗したところで、改宗したロペスについてキャムデンが言ったように、「ユダヤ教を信仰する男」から変わりようがない——そのことをグラシアーノの嘲笑は明らかにしているのだ。つまり、シャイロックに、できない改宗をさせるということは、優しく穏やかな喜劇的な方法でシャイロックを殺すことにほかならない。

ただし、サレーリオ、ソラーニオ、グラシアーノら、嘲笑する連中は、『ヴェニスの商人』のなかでたぶん最も好かれない人物であろう。悪党として描かれてはいないし、その笑いは劇じゅうにこだましているが、その耳障りな言葉は、いつも下品で不愉快で恥ずかしいものとして記憶される。「君はあんまり乱暴で無礼で、ずけずけとものを言いすぎる」と、バサーニオはグラシアーノに語る（第二幕第二場一六二行）。シェイクスピアは、連中の騒々しい声——シェイクスピアが聞いたかもしれない、ユダヤ人ロペスを笑い飛ばす声——を非難したりはしない。それどころか、シャイロックをやっつけたことをこの人たちに祝わせる喜劇にしている。しかし、劇の精神は、この人たちの精神ではない。

喜劇作家は笑いを狙うものだが、シェイクスピアはまるで群衆のひとりひとりの顔をつぶさに眺めすぎているように思える。やっつけられた外国人への嘲笑をおもしろがりながら、不快を感じているようだ。まるで自分がやっている古いゲームが一般受けすることを理解しつつ、突然その規則を疎《うと》ましく思うかのように。「哀れな外国人を目に浮かべてみたまえ」――それがロペスであろうとシャイロックであろうと、シェイクスピアは哀れな外国人を想像力で捉えてその姿に心を掻き乱されたのだ。シャイロックの強制改宗は、シェイクスピアの種本にはない筋書きであり、それはもっとひどい歴史上の筋書きの代わりとなる――すなわち、シェイクスピアがその目で見たかもしれない身の毛もよだつような処刑の代わりであり、あるいは、イギリス年代記で読んだかもしれないユダヤ人の大量追放の代わりとなる。しかし、法廷に響く笑いは、改宗によって異人問題は解決されないことをはっきりと指し示している。シャイロックの娘ジェシカでさえ――駆け落ちして自分から進んでキリスト教徒になったジェシカでさえ――改宗しても救われない。道化ランスロットが文句をつけて、ユダヤ人の娘としてジェシカは地獄落ちであり、「それでキリスト教徒を増やした日にゃあ、豚肉の値段が上がっちまう」と言うからである(第三幕第五場一九行)。

だが、豚肉の値段が上がるというのは、この劇のなかで一番どうでもよい問題だ。シェイクスピアはシャイロックの体を――エリザベス王朝がロペスを八つ裂きにしたのとは違って――引き裂かずに、違った種類の解剖をした。イタリアの種本から借りてきた喜劇構造全体をぐらつかせて、この悪党の内部を切り刻むという冒険に挑み、しかも、これまでやったことがないぐらい深くメスを入れたのである。確かに、シャイロックはときどき操り人形のように見えるが、糸でぐいと引かれて飛び跳ねているときでさえ、人物の両面を描くシェイクスピアの技が冴える。ぎくしゃくと機械的な動きをする場面の一つで、シャイロックは、あちらへぴょこん、こちらへぴょこんと、まったく違う方向へ引っ張られる――すなわち、一方では、自分から金を奪ってキリスト教徒ロレンゾーと駆け落ちをした娘ジェシカに腹を立て、娘の居場所を突き止めようとし、他方では、破滅させてやりたい大嫌いな商人アントーニオが深刻な商売上の不運に見舞われたことを知って、喜ぶのだ。少し前の場面でサレーリオとソラーニオは、ユダヤ人の半狂乱の叫び――「娘が！　ああ、私の金が！　おお、娘が！」――を嘲笑したが、シャイロックの大騒ぎはそのとき舞台上で演じられず、伝えられたのみだった。それが今度は、喜劇的な光景それ自体が目の前で起こるのだ。シャイロックはいらいらと、娘を捜しに送り出した仲間のユダヤ人から知らせを求める。シェイクスピアのあらゆる登場人物のなかで、いろいろな知らせにこれほどこだわる者はいない。

シャイロック　これは、テューバル！　ジェノヴァからはどんな知らせだ？　娘は見つけてくれたか？
テューバル　あちこちで娘さんの噂は聞くのだが、見つけられん。
シャイロック　ああ、ほら、ほら、ほら、ほら！

（第三幕第一場六七～七一行）

繰り返しのあるのが、シャイロックの音楽の重要なところだ。「ほら」という言葉は、英語ではthere（そこ）なので、音的にも意味的にも、テューバルのwhere（あちこち）を受けているように思えるが、ジェノヴァかどこかの場所を指しているわけではなく、シャイロックの落胆を表わしている。「ほら、ほら」(there, there)と友人が言えば慰めの言葉となる。だが、友人がこの言葉を言うのではなく、シャイロック自身が言うのであり、その萎《な》えたような繰り返しは、くじけた希望や空しい慰めを超えて、何か別のものになる。このような繰り返しの言葉は、最初にあったはずの意味を失い、沈思黙考の場所となるのである。

劇の登場人物は、所詮、ページの上に記された言葉の寄せ集めでしかないというのに、その胸中で何かが起こっていることをどうやって伝えるのだろう？　どのようにして観客は、自分自身の思い――それすら、つかみかね、はかりかねているはずなのに――に匹敵する深い思いがわかったと思うのだろう？　こうした印象を伝える第一人者であるシェイクスピアは、作家稼業を続けるうちにその多くの手法を生み出した。そのうち最もよく知られているのは独白だが、シェイクスピアが独白を使いこなせるようになったのは次第次第のことであって、その途上でほかのやり方も探った。その一つが繰り返しだった。

シャイロックは、娘が見つからなかったという知らせに対してまとまった反応をしていない。意味のない一つの言葉を繰り返すのみだ。しかし、なんらかの感情的な思考プロセスが、表面下で起こっている――繰り返された言葉はまさにそうした表面を作っている――そして、私たちは、その次に発せられる言葉にこめられた意味をつかみ始める。「ダイヤモンドがぱあだ」。ダイヤモンドは、一瞬、ジェシカのことを言っているようにも思える(バラバスは娘アビゲイルをダイヤモンドと呼んでいた)が、文は、終わってみると、違った方向にねじ曲がっている。「フランクフルトで二〇〇〇ダカットもしたダイヤモンドがぱあだ」(第三幕第一場七一～七二行)。

そうした瞬間に観客が観ているのは、目に見えない何か――嘆く心が、無意識のうちに感情的喪失から金銭的損失へと、気持ちの悪い移行をしていることだ。ユダヤ人の娘と金を結びつける秘密の通路が見えてくると言ってもよい。というのも、次の台詞がはっきり示すとおり、家族と金とをごちゃ混ぜにするところにユダヤ「民族」特有の何か、ユダヤらしさといったものがあるとシェイクスピアは匂わしているからだ。「こんな呪いがユダヤ民族に降りかかったことはない、今の今まで感じたことはない！　それだけで二〇〇〇ダカット、しかもほかにも、貴重な、貴重な宝石がある」。呪いとは何だろう？　一瞬、シャイロックは、ユダヤ人は呪われているというキリスト教徒の思い込みにすっかり同調してしまったかに見える。生まれて初めてその恐ろしい運命を実体験したというわけだ。そして、苦悩と怒りを感じながら、その呪いを娘に振り向けようとする。

娘など、この足元でくたばっちまうがいい、耳に宝石を残してな。この足元で棺桶《かんおけ》に収まればいい、棺《ひつぎ》に金が入っていてくれれば。――何の手がかりもないのか？　まったく！　捜索費用にどれほどかかったかわからん。おまえは――損失に次ぐ損失だ！　泥棒にたんまりもっていかれて、泥棒を見つけるのにたんまりかかり、何の満足も得られず、復讐もできない。不運といえば、必ずこの肩にのしかかり、溜息をつくのは私ばかり、涙を流すのは私ばかりだ。

（第三幕第一場七二〜八一行）

ユダヤ教徒には、信仰を捨てた子供を、まるで死んだかのように嘆く習慣があることをシェイクスピアは知っていたのだろうか？　そうかもしれない。ユダヤ人であろうとなかろうと、金貸しは金を生き物のように扱って子を産ませるがゆえに、なくなった金というのは亡くなった金、死んだ金なのだ。シャイロックは、金を取り戻せるなら、娘が死んでもよいというつもりなのだろうか？　たぶん、娘が死ぬことと金を取り戻すことの両方を望んでいるのだろう。しかし、「損失に次ぐ損失」(loss upon loss)という言葉は、「(金の)損失の上に(娘の)喪失を」とも読め、娘も金もまとめてきっぱり埋葬してやれという陰気な夢想を表わしているようにも読める。
苦しんでいるのは自分ばかりだというシャイロックの主張に反論して、テューバルが、「いや、不運に見舞われたのはほかにもいる。アントーニオだって、ジェノヴァで聞いたところでは——」と言うと、シャイロックは興奮して口をはさむ。躁病のような繰り返しの言葉は、今度は密かな思いではなく、興奮、驚嘆、胸をえぐるような苦痛を表わすようになる。

シャイロック　なに、なに、なに？　不運か、不運か？
テューバル　トリポリから帰ってくる貨物船が難破した。
シャイロック　やったぞ、やったぞ！　本当か、本当か？
テューバル　その遭難から命からがら助かった船乗りと話をしたんだ。
シャイロック　ありがとう、テューバル、いい知らせだ、いい知らせだ。はは！　ジェノヴァで聞いたか！
テューバル　ジェノヴァで娘さんは、一晩で八〇ダカット使ったそうだ。
シャイロック　この胸が短剣で刺されるようだ。もうあの金は戻らない。八〇ダカットだと！一度に八〇ダカットも！
テューバル　アントーニオに金を貸した連中と一緒にヴェニスに戻ってきたが、アントーニオは絶対破産だと皆断言していた。
シャイロック　そいつは嬉しい——あいつを苦しめてやる、責めさいなんでやる——そいつは嬉しい。

（第三幕第一場八二〜九七行）

これは喜劇の展開であり、もちろんこの場面を笑いのために演じることはできなくはないが、湧き上がる苦悩の波が押し寄せ、笑いが生まれかかるとたんに掻き消してしまう。観客は、心理的な落ち着きが得られないほど、苦しむシャイロックに接近してしまっている。口角泡を飛ばして叫ぶシャイロックに唾飛沫《つばしぶき》を浴びせられ、距離を置いて楽しむことができないのだ。

シェイクスピアがここで自分の想像力を統御できなくなってしまった可能性がないわけではない。『サー・トマス・モア』の「筆跡D」を別にすれば、シェイクスピアの執筆過程を記した原稿は何も残っていないが、一七世紀に流布した逸話によれば、『ロミオとジュリエット』についてシェイクスピアはこう語ったという、「マキューシオ（ロマンティックな恋愛を揶揄する乱暴な無法者）は第三幕で殺しておかなきゃならなかった。さもなきゃ、こっちが殺《や》られてしまう」と。ひょっとすると同じようなことが『ヴェニスの商人』にも起こりかけていて、シャイロックが喜劇的悪党の役割を押しつけてくる劇の構想に収まるのを嫌がったということがなかったとはいえない。しかし、シャイロックは、マキューシオよりも中心人物であるし、登場人物が単に劇作家の手に負えなくなったとはとても考えられないほど、作家の技巧が入り込んでいる証拠がたくさんある。シャイロックとテューバルの場面に喜劇精神がもう一度大きく頭をもたげ出してきたときに、シェイクスピアはこの場面を終わりにすることだって容易にできたのだが、そうはしない。テューバルは次のように報告を続けるのである。

テューバル　そのうちのひとりが見せてくれた指輪は、あんたの娘さんから猿一匹と交換でもらったそうだ。
シャイロック　なんてこった！　私を苦しめないでくれ、テューバル——それは私のトルコ石だ。結婚前にリアからもらったんだ。荒野を見渡す限りの猿の群れと交換すると言われても手放せないものなのに。
テューバル　でも、アントーニオはまちがいなくおしまいだ。
シャイロック　ああ、そのとおりだ、そのとおりだ。——さあ、テューバル、役人に金を渡して、二週間前から話をつけておいてくれ。——あいつが違約したら、心臓をもらってやる。あいつがヴェニスからいなくなってくれたら、好きなように商売ができるからな。行ってくれ、テューバル、ユダヤの礼拝堂で会おう——さ、テューバル、シナゴーグでな、テューバル。
（第三幕第一場九八〜一〇八行）

ジェシカの豪遊のくだりは、単に宝石を失くしたシャイロックの癇癪《かんしゃく》が続くための話の種でしかないようにも一瞬思えるが、指輪のくだりにくると突然、苦しみは耐えがたくなり、笑いは干上がる。まるで指輪が、ユダヤ人の財宝以上の何か、心のかけらでもあるかのように——。
『ヴェニスの商人』とは、物質が、不思議なことに特別の意味を持ったり、命《いのち》を持ったりする劇だ。たとえば、アントーニオが唾する「ユダヤの上着《キャバディーン》」（第一幕第三場一〇八行）がそうだ。シャイロックが我慢できず「家じゅうの耳を押さえて、つまり窓を閉めて」聞かないようにしろという「首をひん曲げた笛吹きのいやらしい音」(第二幕第五場二九、三三行)にも命がある。きわめつけは、アントーニオの命を直接脅かす実体を持つ「酔狂な証文」(第一幕第三場一六九行)だ。

一見したところでは、物がこのように命を持つのは、子を産まないはずの金属に「子を産ませる」(第一幕第三場九二、一二九行)ユダヤ人金貸しの悪影響にすぎないように思えるかもしれないが、キリスト教徒だって同じようなことをしている。まず、サレーリオとソラーニオは、海難を強姦のイメージで語る。

危険な岩場。
そいつが、優しい船(優しい女)の横っ腹《ぱら》をまさぐったら、
その(彼女の)積荷の香料(香水、芳香)はみんな海原《うなばら》に撒《ま》き散らされる。
(第一幕第一場三一～三三行)

それに、ポーシャの手を求める求婚者たちだって、象徴的な絵の入った三つの金属の「箱」のいずれかを開けることで自分の運命を発見するし、最終幕全体では指輪の象徴的な力がテーマとなる。だが、シャイロックの死んだ妻の名前と結びつき、ほんの一瞬の苦悩のなかに垣間見られた、あのトルコ石ほど強い力を持つ物はない。だからこそ、シャイロックは直ちにアントーニオの命を奪おうと考え始める——「あいつが違約したら、心臓をもらってやる。あいつがヴェニスからいなくなってくれたら、好きなように商売ができるからな」——だが、たった今、指輪について言った台詞からもわかるし、裁判の場でいよいよ明らかになるように、シャイロックが求めているのは復讐であっ

て、金ではないのだ。

ということはつまり、ロペス医師は――ロペス医師もスペイン王から送られた貴重な宝石を持っており、裁判で証拠品として提出され、ロペス処刑後は女王が保管した――五万クラウンで女王殺害を謀《はか》ったとされるとき、求めていたのは金ではなく、別のものだったとシェイクスピアは考えていたということだろうか？　真相は知るすべもない。『ヴェニスの商人』は、謀叛事件を解説するものではなく、悪党の金貸しが登場するロマンティック・コメディーであって、その悪党がロペスに似ているとしても、それは外国人でありユダヤ人であるからにすぎない。しかも、ユダヤ教徒ではないと、ロペス自身が否定しているのだ。

両者の共通点はなんだろう？　芝居の売り上げを伸ばすような一般大衆の興奮がどちらにも共通するのはもちろんとして、それ以外の主たる共通点は、群衆の笑いだ。シェイクスピアが捉え、同時に否定しようとした笑いだ。ロペス処刑を見守る群衆が笑うのは、悪賢いマーロウ風のジョークがわかったと思うからだ。「私はイエス・キリストを愛したように、女王を愛した」。これは殺人未遂者の告白であり、「愛する」を「憎む」の意味で用いている――そう群衆は理解したわけだ。

シェイクスピアは一般観客を楽しませる仕事に携わっていたものの、この笑いにはしっくりこなかった。『ヴェニスの商人』は、『マルタ島のユダヤ人』から借りてくるところがありながら、心を蝕《むしば》むようなマーロウの無慈悲なアイロニーを非難するのだ。シェイクスピアはこう言っているようだ――私は何をしているにせよ、処刑台を見上げて笑っているのではない。私はマーロウではないのだ、と。マーロウ風アイロニーの代わりに出てきたのは、寛容さではなく――結局この劇では、赦しの代価として強制改宗が命じられてしまう――不思議な想像力のせいで、どうしても芽生えてしまう思いやりの心だ。この思いやりの心は、演劇的な問題を起こす。というのも、シャイロックが娘と金をごっちゃにしても素直におもしろがることができなくなってしまうし、もっと困るのは、クライマックスの裁判の場をダメにしてしまう。あの場面は、現実世界なら悪党を処刑してかたがつくところを、喜劇的結末で終わらせる場面だ。つまり、法律的かつ道徳的に満足のいく大団円の場であり、悪を懲らしめ、支配的キリスト教文化の支配的価値観を肯定しようという場面だ。その、どの要素もそろっているように思える。すなわち、賢明なる公爵、虐殺のためにナイフを研ぐ冷酷無情なユダヤの悪党、慈悲を求めるこの上なく雄弁な訴え、手に汗握る解決。だが、この場面は、本で何度読んでも、舞台で何回観ても、全然すっきりせず、もやもやが残る。解決といっても、法律の専門用語をうまいこと操っただけではないか？ 慈悲の訴えは矢継ぎ早に繰り出される罰へ変わってしまう。キリスト教の価値観を肯定するはずだったのに、洪水のようにあふれ出る独善性と意地悪な制裁に押し流されてしまう。とりわけ、この劇は、シャイロックの邪悪な性質を矯《た》めることもしなければ、その殺意を挫《くじ》く必要さえ否定したうえ、シャイロックの内面性をあまりに深く掘り下げ、観客にシャイロックのアイデンティティーと運命とが気になって仕方がなくなるように仕向けており、それゆえ観客は心の底から——痛みを感じずに——笑うことはできなくなってしまうのだ。というのも、シェイクスピアは、マーロウがあえてせず、またロペス処刑を嘲笑する群衆にはとてもできなかったことをしているからである。すなわち、そのように心がねじ曲がった男がつぶされようとするときに、腹のなかで何を思うかを想像して書き出したのである。

俺はユダヤ人だ。ユダヤ人には目がないのか？ 手がないのか？ 内臓が、手足が、感覚が、愛情が、喜怒哀楽がないとでもいうのか？　キリスト教徒とどこが違う？　同じ食い物を食い、同じ武器で傷つき、同じ病気に罹《かか》り、同じ薬で治り、冬も夏も同じように暑がったり寒がったりするじゃないか？　針でついたら血が出よう？　くすぐられたら笑いもしよう？　毒を盛られたら、死んじまう。ひどい目にあわされたら、復讐する。

（第三幕第一場四九〜五六行）

第一〇章 死者との対話

一

五九六年の春か夏、シェイクスピアは、ある知らせを受け取ったかもしれない――一一歳になる一人息子ハムネットが病気だと。すぐ気づいて返事をしたかもしれないし、ロンドンでの仕事にとりまぎれてしまっていたかもしれない。ちょうどばたばたしていたときだ。七月二二日、宮内大臣ヘンリー・ケアリーが逝去したのだ。女王の従兄であり、大物であり、シェイクスピアの劇団、宮内大臣一座のパトロンだった。宮内大臣の役職はコバム卿へ移ったが、一座はケアリーの息子ハンズドン卿ジョージに保護された(コバム卿は一年もしないうちに死亡し、宮内大臣の職務はジョージ・ケアリーへと移ったため、劇団はほんの一時期ハンズドン卿一座として知られたのち再び宮内大臣一座となった)。

パトロンが死んで先行きの見えぬ昏迷のなか、役者たちは動揺していたはずであり、その不安を増したのが、劇場閉鎖だった。ロンドンの精神衛生と公衆衛生のため、説教師や市の役人たちから改めて要請を受け、ロンドンの宿屋での上演は全面禁止となった。一五九六年夏には、すべての劇場での上演を一時的に禁ずる令状を市当局が入手したとの説もある。シェイクスピアの劇団のメンバー数名が、その夏、ケント州フェヴァシャムなど各地へ巡業に出たのには、そんな事情があった。シェイクスピアも仲間の役者たちと一緒に巡業に出たのだろうか？　それとも、ロンドンにとどまって、この頃劇団のために執筆した『ジョン王』『ヘンリー四世』第一部、『ヴェニスの商人』といった劇の一、二本も仕上げていたのだろうか？　ロンドンであろうと、巡業先であろうと、ストラットフォードからの知らせを時折受けることぐらいできたはずであり、夏のどこかの時点で、ハムネットの容態が悪化したという手紙が舞い込んだはずだ。何もかも放り出して急ぎ帰郷しなければならなかった。

シェイクスピアがストラットフォードに到着したとき、一一歳の少年——少しは父親として帰ってきて顔を見せたとはいえ、事実上幼いときに見捨てた子——は、すでに死んでいたかもしれない。八月一一日、シェイクスピアは、息子が聖トリニティー教会に埋葬されるのを見届けたと思われる。書記は、埋葬記録に「ウィリアム・シャクスペールの息子ハムネット」と書き留めた。

愛する子供を喪《うしな》った悲しみの詩を綴ったベン・ジョンソンをはじめとする作家とは違って、シェイクスピアは哀歌も出版しなければ、父親らしい感情をはっきり書き残しもしなかった。家の紋章を手に入れる計画それ自体、息子や子孫のためだったはずであり、シェイクスピアの遺書には財産を男系子孫に伝えたいという強い意思が示されているけれども、遺書はあまりに形式的かつ因習的なものであるために内面の気持ちは推し量れない。シェイクスピアの時代は、子供ひとりだけに多大な愛情を注いだり期待をかけたりできなかった時代だったとも言われる。三人に一人の子供が一〇歳までに死んでいた。全体的な死亡率は、私たちの基準からすれば、はるかに高かった。死は、なじみある光景だった。家庭内で、だれか彼かが死んでいた。シェイクスピアが一五歳のとき、七歳の妹アンが死んだ。そのほかにも子供の死を目撃する機会は多かったはずだ。しかし、慣れっこになると動じなくなったのだろうか？　当時の医者の個人的な日記が最近になって読み解かれ、あきらめきれない配偶者や両親が悲しみのあまり自暴自棄になって、しょっちゅう治療を求めて訪れていたことがわかった。人間の感情は、統計学的な数字では表わせない。エリザベス朝時代の親には、感情を押し殺したり、醜態をさらさないように努めたりする人もいたかもしれないが、皆が皆そうしたわけではない。

ハムネットの死から四年のあいだ、シェイクスピアは、多くの人が指摘してきたとおり、『ウィンザーの陽気な女房たち』『から騒ぎ』『お気に召すまま』といった最高に陽気な喜劇を書いてきた。しかし、この頃の劇は、一貫して楽しいわけではなく、ときどき深い個人的経験に基づく喪失感を反映しているように思える。ハムネットが埋葬された直後の一五九六年頃書かれた『ジョン王』では、息子を亡くして半狂乱となって自殺を考える母親が描かれている。見守っていた聖職者が、この母親は気が狂ったと述べるが、母親は、自分は完全に正気だと主張する。「気が狂ってはおりません。狂っていたらよかったのに」(第三幕第四場四八行)。自殺などを考えるようになったのは、狂気ではなく理性があるためだと言うのだ。子供の面影がどうしても忘れられないのは、理性があるためなのだから。「悲しみに耽《ふけ》りすぎだ」と非難されると、母親は雄弁にこう答える。劇の複雑な筋書きから切り離せるほど、わかりやすい台詞だ。

死んだあの子がこの心にあけた穴を、悲しみが埋めるのです。
悲しみがあの子のベッドに眠り、私と一緒に歩きまわり、
かわいい顔をして、あの子の言葉を繰り返す、
あの子のすてきなところを皆思い出させてくれ、
あの子の空っぽの服に形を与えてくれるのです。

（第三幕第四場九三〜九七行）

この台詞がハムネットの死と確実につながっていると言えないにしても、少なくとも、シェイクスピアが息子を埋葬してなんの心の痛みも感じずに仕事に戻ったとまで考えなくてもよいだろう。シェイクスピアは、恋するフォルスタッフや、ビアトリスとベネディックの機知合戦で観客を笑わせているときも、内心深く傷ついていたのかもしれない。それに、息子の死という精神的外傷《トラウマ》がシェイクスピアの作品に完全に噴出してくるには何年もかかったということもありえないことではない。

かなり後期の劇に、シェイクスピアは息子が存命中に定期的にストラットフォードに帰っていたのではないかと思わせる一節がある。「私たちがうちの若い王子をかわいがっているように、あなたもお宅の若い王子をかわいがっているわけですね」と、ある友人が尋ねる。「家にいれば」と答えが返ってくる。

あの子のことばかりです。わが喜び、わが生きがいであり、
親友にもなれば、敵にもまわる。

脛《すね》かじりであり、兵隊であり、政治家であり、何もかもです。
あの子のせいで、七月の一日も一二月のように短くなる。
そして、気まぐれな子供らしさで、
いやな思いを吹き飛ばしてくれる。

（第一幕第二場一六五〜七二行）

「家にいれば」という言葉は、この劇にぴたりと当てはまるが、劇作家にも当てはまる。ひょっとすると、いやな思いを吹き飛ばすために、自分の死んだ息子のことをいつしか思い出していたのではないだろうか？　この台詞が出てくる劇『冬物語』は、嫉妬に狂った父親が母親を責め出したとき、思い煩《わずら》って死んでしまう早熟な少年を描いている。

ハムネットが死んでシェイクスピアが自暴自棄になったにせよ、平静だったにせよ、仕事に打ち込んだことは確かだ。一五九〇年代後半は、シェイクスピアの生涯においても驚くほど多忙で多産な時代だった。秀作が相次いで書かれ、宮廷でも公衆劇場でも頻繁に上演され、名声も富も増していった。株主として、おそらく劇団の日常業務のあらゆる面に直接関与していただろう。宮内大臣一座が拠点としていたシアター座の所在地ショアディッチの地主ジャイルズ・アレンとのますます苛烈になる抗争にも巻き込まれていたはずだ。ジェイムズ・バーベッジとジョン・ブレインがかつて一五七六年に地主と結んだ賃貸契約の期限が切れようとしていたのだが、契約更新の条件になかなか折り合いがつかず、バーベッジの死後も交渉は長引き、後継者であるバーベッジの息子たちが呑めるような条件での更新を地主が拒んだのである。

ついに交渉は決裂し、シアター座は閉鎖された。劇団は半ば破れかぶれに近くのカーテン座で上演を始めたが、あまりよい場所ではなく、収入は目に見えて落ち始めた。資金確保のため、劇団は非常手段に訴えた。すなわち、最も人気のある四冊の台本——『リチャード三世』『リチャード二世』『ヘンリー四世』第一部、『恋の骨折り損』——を売り払ったのだ。買い取った意欲的な出版者はいずれも四つ折本版《クォート》で出版した。即金は当座しのぎにはなったが、解決にはならなかった。むしろ、いずれ衣装も売り払って劇団解散ということになってしまう忌まわしき第一歩を踏み出したかに思えたに違いない。

真の解決策は、大胆なものだった。一五九八年一二月二八日、テムズ河もすっかり凍りつくほどの寒い季節、雪の降る夜のことだ。役者たちはランタンを掲げながらショアディッチに集合した。皆武器を持っていた——ある供述書によれば、「剣、短剣、鉈鎌《なたかま》、斧といったようなもの」だという。チンピラが数名雇われていたかもしれないが、ちょっと見では恐ろしい力を持っているようには見えない集まりだった。しかし、役者は稽古を積んで武器の扱いはお手のものだったし、ロンドンには正規の警察がなかったため、まったくの怖いもの知らずだった。そして、周囲に見張りを立てると、一同は一二名の日雇い人夫と一緒に、シアター座を解体しにかかったのである。

朝日の差す頃には、重たい木の建材は荷車に載せられ、サザック地区のローズ座付近に確保しておいた場所を目指して、河向こうまで運び始められた。のちに地主アレンは激昂し、不法侵入罪で訴えたものの、法的状況は複雑だった。バーベッジ家の賃貸契約書には、アレンの土地に建てられた建造物を回収する権利が明記されていたのだ。いずれにせよ、劇場の引越しはなされた。暗闇のなか、たった一晩で、どうやってできたのかはわからないが。

次の数か月間、腕利きの大工ピーター・ストリートは、古い劇場の建材を上手に使いまわして、すばらしい新劇場を建てた。およそ一〇〇フィート幅の木造多角形の構造を持ち、巨大な舞台が平土間に突き出し、三方をギャラリーに囲まれ、三〇〇〇人以上を収容することができた。これは当時のロンドンの大きさからすれば大変な数であり、複雑な言葉や感情を遠くまではっきりと伝える力のある役者たちにとってやりがいのある大きさだった(バンクサイドにある今日のグローブ座のキャパシティーはその約半分である)。シェイクスピアを含む小さな出資者グループが、この野心的事業のスポンサーとなった。モットーとして選んだのは「世界のだれもが役者である」(Totus mundus agit histroniem)という言葉であり、シンボルとして、肩に世界を担ぐヘラクレスのイメージがあったようだ。この新劇場こそ、グローブ座である。

出資をしたおかげで、シェイクスピアは今や劇団の株主以上の力を持つことになった。一五九九年二月二一日に署名された契約書の条項によれば、シェイクスピアは、役者仲間のうちジョン・ヘミングズ、トマス・ポープ、オーガスティン・フィリップス、ウィル・ケンプの四人と同じく、グローブ座の十分の一の株を所有した。劇団の人気者の道化ケンプは、おどけた踊りと猥褻な歌で有名だったが、その後すぐ仲間と不和になり、「シェイク・ラッグズ」(襤褸《ぼろ》野郎ども)についての辛辣なジョークを飛ばし、持ち株を売って退団してしまった。劇団には、しばらく道化がおらず——頭の回転の速い、ちびのロバート・アーミンを見つけるまでしばらくかかった——そのため、シェイクスピアの次の劇『ジュリアス・シーザー』には、道化の役がない。

シェイクスピアは、サザックのグローブ座近くへ引っ越してきた。グローブ座は六月までに——大変な突貫工事で——使えるようになっていた。旗揚げ公演は、大衆受けのする軽めの演目だろう

ヴェンツェスラウス・ホラー(1607-1677)のエッチングによる1647年の「バンクサイドからのロンドンの大眺望」は，シェイクスピアが非常によく知っていた界隈を驚くほど詳しく描いている．熊いじめ場(ホープ座としても知られていた)とグローブ座のキャプションが不注意にも入れ替わってしまっている．

ロンドン．ギルドホール図書館

という大方の予想を裏切って、宮内大臣一座は悲劇『ジュリアス・シーザー』で新劇場の旗揚げをした。女王暗殺計画の脅威への不安をまだ拭い切れないでいる大衆にうってつけの悲劇だ。ロンドンを訪れていたスイス人旅行者トマス・プラターがこの公演を観に行き、観劇記録――数少ない貴重な当時の記録――を故郷に書き送っている。「九月二一日、昼食後二時頃、みんなと一緒に河を渡り、藁葺《わらぶ》き屋根の芝居小屋で初代皇帝ジュリアス・シーザーの悲劇が一五人ほどの役者によってとても上手に演じられるのを観た」。上演の終わりに「慣例どおり、とても優雅な踊りがあった。男の服を着た二人と、女の服を着た二人で、驚くほどまとまっていた」と、プラターは記している。『ジュリアス・シーザー』をはじめとする強力なレパートリーでオープンしたグローブ座は大変な成功を収めたので、半年も経たぬうちに、近くのローズ座にいたライバル劇団は荷物をまとめて河を渡り、クリプルゲイトにある運命座《フォーチュン》と呼ばれる新劇場に移ったほどだ。

競争相手を近隣から追い出したからといって、商売上の競争が終わったわけではなかった。それどころか、一五九九年末までに、宮内大臣一座は新しい劇団との競争を激化させていた――すなわち、再興された私設劇団セント・ポール少年劇団だ。その翌年には別のレパートリー劇団チャペル・ロイヤル少年劇団がブラックフライアーズに現われた。役者が少年であろうと、その脅威が深刻であることに変わりなかった。どちらも洗練され、鋭い機知にあふれ、きわめて熟練した劇団であり、観客を魅了するうまさは堂に入ったものだった。次の劇でシェイクスピアは、その競争の様子を垣間見せてくれる――どうして都《みやこ》の役者連中はわざわざエルシノアくんだりまでやってきたのか、とハムレットは尋ねる。だって、評判も売り上げも、都のほうがずっといいだろう？　すると、ローゼンクランツが、お客がすっかりよそへ取られたのだと説明する。「近頃、鷹の雛の群れのような

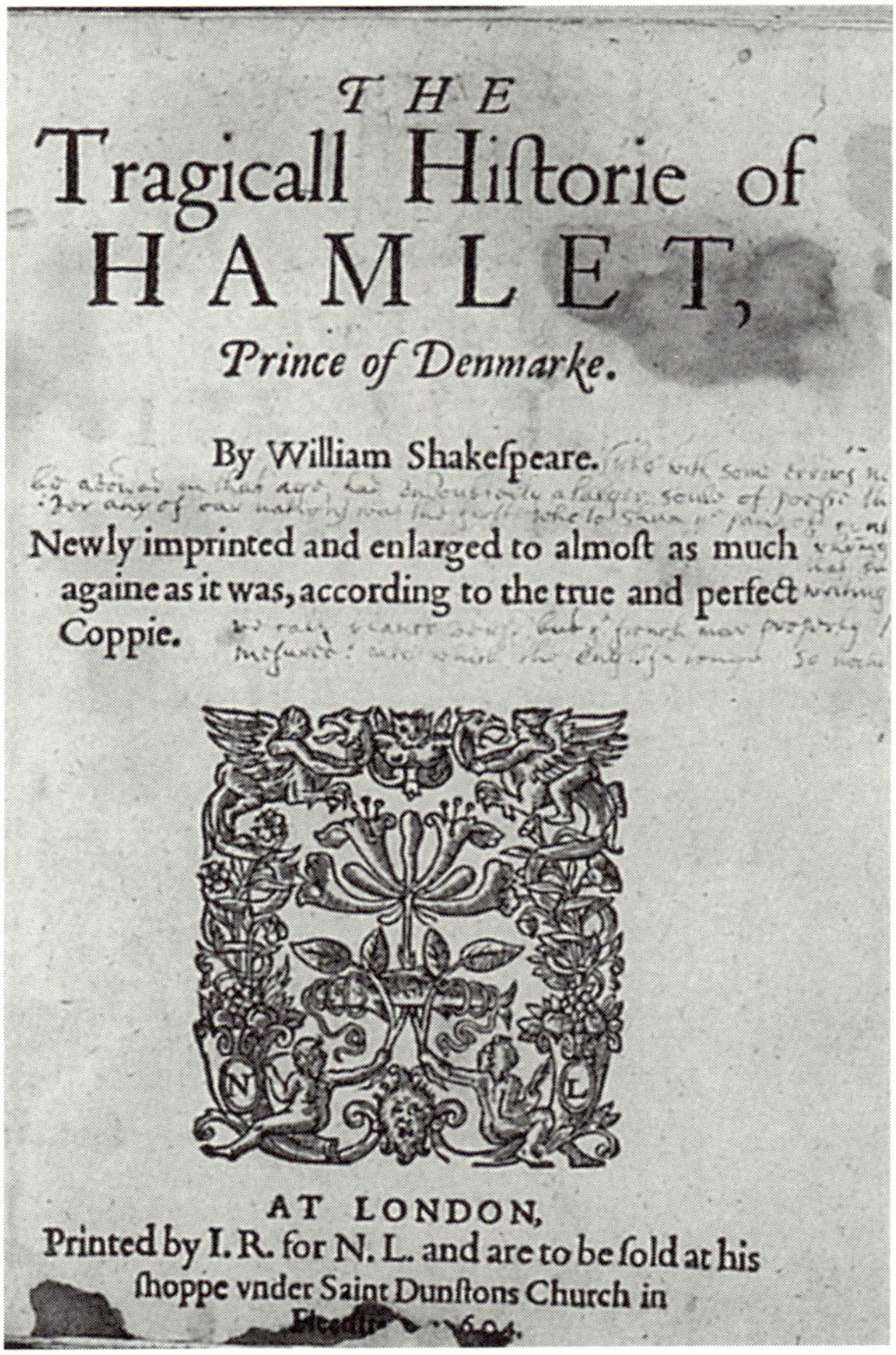

THE

Tragicall Hiſtorie of

HAMLET,

Prince of Denmarke.

By William Shakeſpeare.

Newly imprinted and enlarged to almoſt as much againe as it was, according to the true and perfect Coppie.

AT LONDON,

Printed by I. R. for N. L. and are to be ſold at his ſhoppe vnder Saint Dunſtons Church in

『ハムレット』には3つの違った初期本がある．第二・四つ折本（1604）は，ここに示した表紙に記されているとおり，1603年の初版本のほぼ2倍の長さになっている．第一・二つ折本（1623）のテクストは，それよりも短く，おそらくは上演のためになされた削除を反映するものであろう．

フォルジャー・シェイクスピア図書館

子供芝居の一座が現われ……今や売れっ子」なのだ、と（第二幕第二場三三六、三三八行）。『ハムレット』を書くに当たって、シェイクスピアは少し前の少年劇団のことを思い出して、自分たちの劇団がつぶされてしまうと――必ずしもふざけてではなく――心配するふりをしてみせたのである。

一六〇〇年に、あるいはその頃、ハムレットの劇を書こうと思いついたのは、シェイクスピア本人ではなかったかもしれない。現在では散逸しているが、父親を殺された仇を討つデンマーク王子が活躍する劇が、少なくとも一本すでにイギリスの舞台で上演されて成功を収めていた。同時代の作家たちは、まるでみんながその劇を観ているか、少なくとも知らない人はいないかのように、何気なく話題にするほどだった。かつて一五八九年、ナッシュは、ある無礼な成り上がり者（おそらくトマス・キッド）を嘲笑する文章のなかで、ハムレットの劇に言及していた――大学に行きもしなかったくせに劇作家面《づら》をするほど厚顔無恥なこの男に、「霜降る朝に丁寧に頼めば、『ハムレット』をまるまる、それこそ悲劇的な台詞をひとくさりやってくれるだろう」というのだ。その七年後、別の大学才子トマス・ロッジが、「シアター座で、牡蠣《かき》売り婆《ばあ》さんみたいに情けない声で『ハムレット、復讐しろ！』と叫ぶ亡霊がつけているお面《めん》ほど真っ青」に見える悪魔に言及したときも、口調はナッシュ同様、嘲笑的だった。その劇はまだ舞台にかかっていたのだろうか――だとすればエリザベス演劇における異例のロングランになる――あるいは最近再演されたか、それとも幾分下品で強烈な演劇性のために、諺《ことわざ》のようにふと口にされるようになっただけなのだろうか？　ロッジとナッシュは、読者は苦もなくハムレットの話を思い出すと考えているようだが。

宮内大臣一座のなかのだれかが、そろそろ新しい改訂版でハムレットをやれば儲かるのではないかとシェイクスピアに勧めたのかもしれない。シェイクスピアにしてみても、劇団の利潤に深く関わる立場上、ロンドン大衆が喜ぶものには何にでも注意を払っていたし、古い劇の埃《ほこり》を払って驚くほど新しく作り変える技にも年季が入っていた。旧作の作者と見なされるトマス・キッドのことは気にしなくてもよかった――ルームメイトのマーロウに関して尋問を受けたときの拷問が原因か、一五九四年に三六歳で死んでいた。いずれにせよ、シェイクスピアに限らずこの時代の作家たちは、盗み合うことに目くじらを立てたりはしなかった。

シェイクスピアは昔のハムレット劇を観たことがあったはずだ。たぶん、何度も。出演したことさえあったかもしれない。だとしたら、自分の台詞と登退場のきっかけが書かれた巻紙を持っていたはずだ。糊でつなげられた細い紙片を。エリザベス朝の役者たちは、たいてい自分たちの巻紙《ロール》――ここから「役割《ロール》」という言葉が出てくる――だけをもらえるのであり、台本全体は見せてもらえなかった。台本を全部写すのには金がかかりすぎたし、劇団は自分たちの台本が広く読まれるようになることを警戒したのだ。贔屓《ひいき》のパトロンのために写本を作る特別なときもあったかもしれないし、金が必要なときは台本を印刷屋に売ることもあったけれど、劇団は、お客が書斎ではなく劇場で劇に出会うことを基本的に求めていた――もちろん台本を印刷しないでおけば、やがて散逸してしまうかもしれず、ハムレットの古い劇やその他多くの劇もそうやって失われたわけだが、そんなことは劇団にとってはどうでもよいことだった。

古いハムレット劇の台本が手に入ったにせよ、入らなかったにせよ、シェイクスピアは、当時の役者だれもが持っていたものを飛び抜けて持っていた――抜群の記憶力である。見聞きしたことはすべて、たとえ通りすがりにちょっと触れる程度であったとしても記憶に残り、何年経っても引き出せたらしい。会話の切れ端、政府の布告、長ったらしい説教、居酒屋や街角で小耳にはさんだ言葉、車引きや魚屋の女房たちが交わす悪口雑言、本屋の店先で何気なくちらりと見ただけの数ページ――いろんなものが、どういうふうにか、シェイクスピアの脳に蓄積され、想像力によって思いのままに引き出せるファイルに整理されていた。記憶は完全ではなかった――まちがうことはあったし、場所を取り違えたり、名前を入れ違えたりといったことはあった――しかし、不完全であることから逆にわかるのは、この驚くべき才能にはどこにも無理をしているところや機械的なところがないということだ。シェイクスピアの記憶力は、創造を支える大切な資源だったのである。

新しい悲劇を書き始めたとき、シェイクスピアはたぶんハムレットについての古い劇を暗記していたか、できる限り諳《そら》んじていたのだろう。そのとき、たとえば『アントニーとクレオパトラ』を書いたときのように目の前に本を開いていたのか、あるいは記憶だけに頼ったのかはわからないが、殺人と復讐をめぐる古いデンマークの物語を読んだのはまちがいない。いろいろ異なった語り口の話を読んだかもしれない。少なくとも、シェイクスピアの書いた『ハムレット』から判断して、フランソワ・ド・ベルフォレの悲話集(これは一六世紀後半における印刷業界の事件であり、少なくとも一〇版まで版を重ねた)にフランス語で綴られた物語を注意深く読んだことがわかる。

ベルフォレのハムレット物語にも出典がある。それは、文法家サクソ(サクソ・グラマティクス)として知られるデンマーク人が一二世紀後半にラテン語で編纂したデンマーク年代記だ。サクソはサクソで、何世紀も前に遡《さかのぼ》る口承伝説や古記伝説を再利用している。つまり、シェイクスピアがここで俎上《そじょう》に上げたのは――シェイクスピアがよくやることだが――ようにできあがった物語、おなじみの登場人物、予想のつくおもしろさといった、すでに知られた材料だったのだ。

シェイクスピア自身、すでに知られた存在になっていた。シェイクスピアのようにずっとヒット作を書き続けてきたら、一六〇〇年には、もう充分想像世界が広がり、その限界が見えたと思われてもおかしくなかった。プロの劇作家として、これまでと似たような秀作を想像力豊かに生み出し続けるだろうが、よもや新たな領域を発見するとは思えなかった。だれも、たぶんシェイクスピア自身も、驚くべきことが起こるとは予測していなかっただろう。

まだ若かった(弱冠三六歳だ)が、この一〇年のあいだに、喜劇、歴史劇、悲劇という三つの主要ジャンルで立派な業績を上げていた。どのジャンルでも申し分のない作品を書いてきたので、これを超えるのは難しいと思えた。実際、そののちの数年間、歴史劇においてできることはやってしまったというつもりなのか、『ヘンリー四世』二部作や『ヘンリー五世』を超えるものを書こうとはしなかった。その後まもなくして、傑作『十二夜』を書くが、喜劇のジャンルでは、『夏の夜の夢』『から騒ぎ』『お気に召すまま』で作り上げたものを本質的に超えることはなかった。『ハムレット』は、『オセロー』『リア王』『マクベス』『アントニーとクレオパトラ』『コリオレーナス』をも生み出していく新たな創造的熱狂の幕開きとなったが、一六〇〇年の時点で、事情通の観客は、悲劇のジャンルにおいてもシェイクスピアはやることをやってしまったと思いこそすれ、まだこれからだとは思ってもみなかっただろう。それまでに書いた二〇本以上の戯曲には、『タイタス・アンドロニカス』『ロミオとジュリエット』『ジュリアス・シーザー』などが含まれていた。もちろんシェイクスピアの悲劇はこれにとどまらない。現代の編者が(第一《ファースト》・二つ折本《フォーリオ》の編者に倣って)歴史劇として分類する三本の劇——『ヘンリー六世』第三部、『リチャード三世』そして『リチャード二世』——は、シェイクスピアの生きていた時代には、悲劇として出版されていた。

悲劇と歴史劇の区別は、シェイクスピアにとって重要なものではなかったし、実際のところ、同時代の劇作家にとってもどうでもよいものだった。興隆と没落を永遠に繰り返す人間の歴史の下部構造は悲劇的なものに思えたし、逆にシェイクスピアの考える悲劇は、歴史に根ざしていた。ちなみに、『ヴェニスの商人』がはっきり示しているように、シェイクスピアの喜劇観には、苦悩、喪失、死の脅威が織り込まれているし、その悲劇観には道化ぶりや笑いの余地がある。

当時の文学理論家は、アリストテレスに由来する作劇法に厳密に従うことを求め、サー・フィリップ・シドニーが言うように「王と道化を混ぜ合わす」のは絶対いけないと考えていた。一五七九年、シェイクスピアがまだ学童だったとき、シドニーは、典型的なイギリスの劇——とりとめのない荒唐無稽な筋書きの劇——を揶揄した文章を書いている。読者に悲嘆の声を上げさせようとして書かれたこの文章は、シェイクスピアが生涯を通して見事にやってみせたことをまさに予知するものとなっている。たとえば、三人の貴婦人が舞台を横切れば、花を摘んでいるところを想像しなければならない、とシドニーは鼻先でせせら笑って書いている。剣と盾を持った四人の役者が現われれば、二つの大軍が火花を散らしているところを想像しなければならない。海難の知らせが入れば、舞台は危険な岩場だと思わなければいけない。「舞台の一方はアジア、反対側はアフリカ、そのほかたくさんの属国があるため、役者は入ってきたら、自分がどこにいるかを言うことから始めねばならず、さもないと話にならない」。

シドニーたちが求めていたものは、もっとずっと秩序立ったものだった。舞台は常に一つの場所を表わすべきであり、描かれる時間はせいぜい一日であるべきであり、悲劇によって掻き立てられ高揚した感情は「人を馬鹿にしたようなおふざけ」や喜劇の下品な笑いで汚してはならないというのだ。こうした規則は、アリストテレスに端を発するものだったが、シェイクスピアは仲間のプロの劇作家と同様、それを破る常習犯だった。

イングランドやヨーロッパの学識ある批評家たちがこだわったこの規則にシェイクスピアが無頓着だったことを考えれば、その全作品、とりわけ最初の一〇年間に書かれた作品に当惑させられるところがあるのも納得できる。すなわち、シェイクスピア作品群を年代順に並べても、そこには明確な、あるいは論理的な芸術的発展性がないということだ。最初に喜劇が来て、それから歴史劇、悲劇が続き、最後にロマンス劇という具合に作品をきちんとグループ分けするシェイクスピア全集があるが、それは事実を完全に誤解している。また、気楽な青春時代から始まって、真剣に権力獲得を考える時代があり、人間のはかなさについて憂鬱になる時代があり、最後に老年にふさわしい英知ある静けさに至ったと考えて、シェイクスピアの魂が秩序だった進展を遂げたように作品群をまとめようとするのも、同じようにまちがいだ。シェイクスピアという作家は、『夏の夜の夢』と『ロミオとジュリエット』を一緒に机の上に並べて(そして想像力のなかで並べて)書きながら、一方の哄笑は他方の涙へと容易に変わりうることを理解していたのだ。シェイクスピアは、『恋の骨折り損』という上流社会の求愛を描く機知に富んだ軽い喜劇のクライマックスに、王女の父親が突然死んだという訃報を持ってきて、間近に迫っていた結婚をすべて延期にしてしまう作家なのだ。恐ろしいリチャード三世が、実兄を殺すために雇った殺人者たちを評価するところを、観客に笑わせてしまう作家なのである。

馬鹿の目から涙が落ちるとき、おまえたちの目からは碾臼《ひきうす》が落ちるな。
気に入ったぞ。

（第一幕第三場三五一～二行）

要するに、シェイクスピアという作家は、『ハムレット』の直前の数年間に次々に書いた劇のなかで、中世末期のイングランド内戦から、ビアトリスとベネディックが求愛するシチリアへ移り、アジンコートの戦場へ移り、ジュリアス・シーザーの暗殺へ移り、アーデンの森の牧歌的ロマンスへと移るような作家なのだ。これらの劇のいずれにも独自のはっきりとした世界があるが、奇妙なことに、どれも皆、一見したところその作品世界と相容れないと思える要素を含んでいるのである。

かりにシェイクスピアが一六〇〇年で死んでいたとしたら、シェイクスピアの作品群に欠けているものがあるとは考えにくかっただろうし、まだ実現されていない何かが醸造中であるとは思いもよらなかっただろう。しかし、『ハムレット』を見れば、シェイクスピアが静かに、特殊な技巧を着実に磨きつつあったということがはっきりする。それはプロとしての意図的な計画に沿った計算どおりのものだったのだろうか？　あるいは、たまたまうまくいったものだったのだろうか？　いずれにせよ、その成果は徐々に表われてきた。急に画期的な発見があったわけでも、壮大な思いつきがあったわけでもなく、ある種の描写技法がこつこつと磨き込まれていったのである。世紀の変わり目には、新時代の大躍進を開始する態勢が整っていた。シェイクスピアは、人物の内面を描写する手法を完成していたのである。

登場人物が互いに交わす言葉や、観客へ直接向けられる時折の傍白や独白など、観客が見聞きするのはいつも、ある意味で人前での発話である。もちろん劇作家は、一種の内的モノローグを観客が漏れ聞いたように想定することはできるが、そうしたモノローグはどうしても芝居臭くなってしまう。一五九二年頃書かれた『リチャード三世』は、大変なエネルギーとパワーに満ちていて、忘れがたい傑物《けつぶつ》の主人公が登場するが、その人物が夜、独りで自分の心のうちを吐露する言葉は、妙にぎこちなく、わざとらしく聞こえてしまう。

今は真夜中だ。
冷たい恐怖の寝汗で、俺の震える体が濡れている。
俺は何を恐れている？　自分をか？　他にはだれもいない。
リチャードはリチャードを愛する。つまり、俺は俺だ。
ここに人殺しはいるか？　いない。いる、俺だ。
では、逃げろ。なに、自分から？　たいした理由だ、
自分に復讐されないようにか？　え、自分が自分に？
ああ、俺は自分を愛している。どうして？
何か自分にいいことでもしてやったか？
とんでもない、ああ、おれはむしろ自分が憎い、
自分がやったおぞましい所業のせいで。
俺は悪党だ。だが、そりゃ嘘だ。俺は悪党じゃない。

（第五幕第五場一三四～四五行）

シェイクスピアは、種本である年代記に従っている。そこには、リチャードは死の前夜、珍しく良心の呵責を感じて眠ることができなかった、とある。だが、この独白は矢継ぎ早に言葉を繰り出す勢いはあるものの、内的葛藤を描写する方法としては図式的で機械的だ。まるで、舞台上の人物のなかにもう一つ小さな舞台があって、そこで操り人形がドタバタ人形劇パンチ・アンド・ジュディ・ショーを演じているかのようだ。

約三年後に書かれた『リチャード二世』にも似たような瞬間があるが、そこには新しい技巧が芽を出しかけている。従弟のボリングブルックに廃位され、投獄されて、破滅させられた王が、殺される直前に、自分の内面に目を向けるのである。

どうやったら私が住むこの牢獄を
世界に譬《たと》えられるかいろいろ考えてみたが、
世界には人がたくさんいるのに、
ここには私しかいないから、
できない。だが、なんとかやってみよう。
わが脳は、わが魂にとって女性だとし、
わが魂が父親であれば、この二人から
生まれる考えという子は、常に子を産み続ける。

（第五幕第五場一～八行）

先ほどの台詞との違いは、主として人物像が大きく違うところにある。一方は、躁病のような活力に満ちた人殺しの暴君であり、他方は、甘やかされてだめになったナルシシスティックな自己破壊的詩人だ。しかし、前者から後者へと移ったこと自体が重要だ。それは、シェイクスピアが内面の隠れた動きに興味を深めている証《あかし》である。窓のない部屋に閉じ込められたリチャード二世は、思考する自分を観察し、自分のいる牢獄と世界とをメタファーで結びつけようと葛藤し、行き詰まり、それから想像力に新たな努力をさせる――「でも、なんとかやってみよう」。人のたくさんいる世界は、自分のいる独房の孤独さとは比べものにならないことは本人が認めるとおりだが、リチャードは想像上の人口を――自分の脳と魂の交配を想像することで――生み出そうとする。リチャードが打ち出したものは一種の心の劇場であり、リチャード三世の独白ですでに見てきたものと似ているが、もっとずっと複雑で繊細であり、とりわけ自意識性が高いものだ。今やリチャード自身が、自らそうした劇場を作り出したことを充分認識しており、苦労して作り出した想像上の世界の荒涼たる意味合いを悟っていく――。

それから謀叛に遭《あ》えば、私は乞食になりたいと思う。
すると私は乞食だ。それから貧乏のどん底まで行って
王だったほうがよかったと思い直して、
また王になる。それからまた、
私はボリングブルックに王をやめさせられたと思い、

何者でもなくなる。だが私が何であれ、
私のみならず、人間である限りだれであろうと、
何かであることに満足できる者はいない、
人間をやめて、安堵できるまでは。

（第五幕第五場三一〜四一行）

リチャード二世は、自分が王座から落ちたドラマを、リチャード二世らしく、無への転落として演じ直し、それからアイデンティティーを失った経験――「私が何であれ」――を錯綜した絶望の詩にするのである。

一五九五年に書かれた『リチャード二世』は、内面を描くシェイクスピアの能力が著しく進歩したことを示したが、その四年後に書かれた『ジュリアス・シーザー』においては、シェイクスピアはそれまで習得した技法に満足せず、新たな技術を試みて成功している。ブルータスが、独り、真夜中の果樹園を歩きながら話し始めるくだりだ――。

死んでもらうしかない。私としては、
あの人を軽蔑する個人的理由などないが、
大衆のためだ。あの人は王になりたがっている。
そうしたら人が変わってしまうのではないか、そこが問題だ。
よく晴れた日こそ毒蛇は明るみに出る、

だから気をつけて歩かなければならない。あの人に王冠を！　まさか！
（第二幕第一場一〇〜一五行）

この独白は、リチャード二世の牢獄での独白よりもはるかになめらかであり、自意識過剰で優雅な詩的瞑想にはなっていない。しかも、何か新しいところがある。つまり、確実に本物の思考になっているのだ。リチャードは、なんとか考えてみようと言ったが、口にする言葉はすでにかなり磨き上げられたものだった。それに対してブルータスの言葉は、依然としてまとまらない逡巡した心の迷いから直接流れ出てくるように思える。そして、重要な問いと格闘する――「野心家シーザーに王冠を」というマーク・アントニーの願いにどう応えたらいいのか？　自分が個人的にシーザーと結んだ友情と、大衆のためになすべきと思われることとの折り合いをどうつけたらいいのか？　これまで大衆のために尽くしてきたシーザーは、王冠を戴いたら人が変わって危険になるのではないか？

「死んでもらうしかない」――前置きもなく、いきなり観客はブルータスの深い思考の真っ只中へ抛《ほう》り込まれる。ブルータスが計画を検討しているのか、決断を吟味しているのか、だれかが言った言葉を繰り返しているだけなのかわからない。だれの死を考えているのか言う必要はないし、それが暗殺だということは――もはや思考の一部であるがゆえに――明らかにする必要もない。

ブルータスは独り言を言っているのであり、その言葉は働く頭脳に特有の短いものとなっている。「あの人に王冠を！　まさか！」――この叫びは、話し手の心に瞬間よぎったイメージに対する怒りの爆発だ。観客は、不気味なほどブルータスの心の内側に引き込まれ、世界を変える致命的な決意

――シーザー暗殺の決意――がなされるその瞬間に立ち会うのだ。数分後、ブルータスは、強烈な自覚とともに、自分のなかの意識が、融《と》けるほどの熱を持っていることを語る。

恐ろしいことを最初に思い立ってから
それを実行するに至るまで、
その合間は、幻覚か悪夢のようだ。
霊的な理性と死すべき肉体が
大論争を始めれば、人間という国家にも
小さな王国さながら、
暴動が起きかねない。

（第二幕第一場六三～六九行）

この奇妙な〈合間〉に、劇の最初から最後までずっと留《とど》まり続ける人物について書いてみようとシェイクスピアが最初に思ったのは、一五九九年の、このときだったのだろうか？　ブルータス自身はそうした人物ではない。『ジュリアス・シーザー』の劇半ばには、もう恐ろしいこと――すなわち、師でもあり、友人でもあり、ひょっとすると実父でもあるかもしれないシーザーを殺すこと――は済んでしまっていて、そのあとはその行為によってもたらされる破滅が描かれるにすぎないのだから。シェイクスピアは、このときすぐ気がつかなかったとしても、翌年にはきっとこう考えたことだろう――いるではないか、おあつらえむきの人物が。エリザベス朝の舞台ですでに人気を博していて、その人生を一つの長い幻覚か悪夢のように描くことができる男が。その人物とは、心の〈暴動〉に悩む王子、ハムレットだ。

最も古い中世の物語においても、ハムレットの話は、最初に思い立つこと――最初の衝動ないし構想――と恐ろしいことを実行することのあいだの長い〈合間〉の物語となっている。文法家サクソの話では、王ホルヴェンディル（シェイクスピアの先代王ハムレットに相当）は、嫉妬深い弟フェンゴ（クローディアスに相当）に、密かにではなく、公然と殺される。弟は見え透いた作り話をする。ホルヴェンディルは優しい妻ゲルータを虐待していたというのである。だが、本当のところは、残酷なフェンゴは、兄の王冠、王国、そしてその妻をまんまと奪いながら、しらを切れるほど豪腕だったのだ。唯一、邪魔になりかねないのが、ホルヴェンディルの若い息子アムレートだった。というのも、このキリスト教以前の裏切りと復讐の世界では、息子は殺された父親の仇を討たねばならないことになっていたからだ。アムレートはまだ子供なので危険ではないが、大人になったらその義務は明らかになるはずだ。人殺しフェンゴもこの社会の厳しい掟はもちろんよくわかっていたから、少年は、とっさに策を講じなければ、命が危なかった。討つべき仇を討つために生き延びようと、アムレートは狂気を装い、自分が叔父を脅かすことなどありえないと納得させようとした――泥や汚れを体につけて、暖炉のそばに坐り、物憂げに小さな棒を削って棘《とげ》のある鉤《かぎ》をこしらえていたのだ。用心深いフェンゴが、一見痴呆に見える甥が実は知性の閃きを隠していないかと何度も罠を仕掛けて見極めようとするのだが、アムレートは巧みに逃れて尻尾を出さない。機を待って計画を練るのだ。愚者と見下され、軽蔑され、嘲笑されながら、アムレートは、ついにフェンゴの従者全員を焼き殺し、叔父を剣で突き刺すことに成功する。そして貴族たちを呼び集め、ことの理由を説明し、新たな王として熱烈に迎えられる。「これほど狡猾な計画をこれほど長いあいだ隠しおおせたとは、と多くの人々が驚いたものであった」とサクソは記す。

アムレートはこのように、ブルータスが数日も我慢できなかった〈合間〉の状況で数年を過ごす。シェイクスピアはそうした状況を心理的にリアルに表現する手法を編み出していた――サクソやベルフォレらには夢にも思いつかなかったことだ。そろそろ改訂の潮時であるハムレットの物語を使えば、殺人の構想とその実行のあいだの不安な〈合間〉で内的に生きるとはどういうことかを劇にできる――そうシェイクスピアにはわかっていた。しかし、問題は、演劇はいつまでも実行に至らない期間が長引くのをことさら嫌ったということだ。決行する年齢に達するまで何年も痴呆を装う子供のハムレットを描いて演劇的に説得力を持たせるのは至難のわざだ。だれもが思いつく上策は――たぶん散逸した劇でもそうなっていたのだろう――ハムレットが成人していて復讐を引き受けるところから始めることである。

トマス・ロッジが、牡蠣売り婆さんのように情けない声で「ハムレット、復讐しろ!」と叫ぶ亡霊に言及していることから、散逸した劇にも新たに重要人物――ハムレットの殺された父親の亡霊――が加えられていたことがわかる。ひょっとするとその亡霊は、観客を震え上がらせるためだけに現われたのかもしれない。トマス・キッドは最大の成功作『スペインの悲劇』でそのように亡霊を使っている。しかし、初めて筋書きを大きく書き換えて亡霊の出現を飾り以上のものとしたのは、シェイクスピアではなくキッド(あるいは、散逸した『ハムレット』を書いただれか)だったということもありえる。サクソのハムレット物語では、人気のあったベルフォレの話と同様、亡霊は出てこない。亡霊の必要はないのだ。というのも、殺人が起こったことは、息子が仇を討たねばならないのと同様、だれもが知っていることなのだから。しかし、シェイクスピアは、キッドの先例に倣ってか、独自に始めてか、自らのハムレット物語を書き始めたとき、殺人を秘密にした。デンマークのだれもが、先代ハムレット王は毒蛇に刺されて死んだと信じており、亡霊は恐ろしい真実を語りに現われるのである。

そなたの父を嚙み殺したという毒蛇は、今、頭に
王冠を戴いている。

（第一幕第五場三九～四〇行）

シェイクスピアの劇は、亡霊がハムレットに殺人を告げる直前から始まり、ハムレットが復讐を遂げる直後で終わる。それゆえ、筋書きの決定的な変更――だれもが知っている公然の殺人から、殺された男が亡霊となって現われてハムレットだけに告げる秘密の殺人へ――によって、「恐ろしいことを最初に思い立ってから」「それを実行するに至るまで」の〈合間〉に宙吊りになった主人公の意識に、ほぼ悲劇全体の焦点が合わせられたのだ。だが、宙吊り状態になる説明が、この筋のどこかになければならない。なにしろ、この改訂版では、ハムレットはもはや時間稼ぎをすべき子供ではないし、殺人者はハムレットが犯罪のことを知るはずはないと思っており、ハムレットに感づかれやしないかと疑う理由もない。クローディアスは、甥ハムレットを遠ざけるどころか（あるいは狡猾に試したりするどころか）大学に戻るなと言い、「わが重臣、甥、そして息子」（第一幕第二場一一七行）と呼んで、王子こそ王座を受け継ぐ者だと宣言する。無防備なクローディアスに自由に近寄れるハ

ムレットは、父の亡霊からその死の本当の原因を、「卑劣な殺人だ。いかなる殺人も卑劣だが、これほど、無慙《むざん》、異常、卑劣な殺人はない」と明かされるやいなや、直ちに行動できる申し分ない立場にあるのだ。そして、まさにハムレット自身、そのような速攻を考える。

早く、早く聞かせてください。
天翔《あまか》ける夢の力、千里を走る恋心よりも速い翼をつけて
復讐へと飛んで行きましょう。

（第一幕第五場二九～三七行）

劇は第一幕の最後で終わってしかるべきだ。しかし、ハムレットは決して復讐へ飛んで行かない。亡霊が消えたとたん、歩哨や友人ホレイシオに「これから気が狂ったふりをする」（第一幕第五場一七三行）つもりだと語る。この振る舞いは、疑われないように時間稼ぎをしなければならない古い物語では完璧な意味がある。その時間の流れを象徴するのが――復讐者の長期計画のすばらしさを証明するものでもあるが――少年アムレートが、狂ったふりをしていつまでも小さなナイフで削って作り続けた木製の鉤だ。これは、物語のクライマックスにおいて広間に火を放つ前に、アムレートが、眠っている宮廷人たちの上に網をかけて固定するのに用いる道具となる。単なる暇つぶしに見えたものが、実は巧妙な策略だったとわかるのだ。しかし、シェイクスピアの劇になると、ハムレットの佯狂《ようきょう》には、もはや戦略的な意味がない。本当のところ、種本には、説得力のある首尾一貫した話があるというのに、シェイクスピアはそれを壊してしまっているのだ。そしてその壊れた残骸から、ほ

とんどの現代の観客がシェイクスピアの最高の劇と見なすものを作り上げたのである。

佯狂は隠れ蓑になるどころか、殺人者の注意を惹き、ハムレットへの見張りが強化される。佯狂のせいで、クローディアスは、顧問官ポローニアスに相談を持ちかけ、ガートルードと話し合い、オフィーリアを注意深く観察し、ローゼンクランツとギルデンスターンを送り込んで偵察させる。ハムレットの狂気は、宮廷に自分を無視するように仕向けるどころか、皆の果てしない憶測の対象となってしまう。そして奇妙にも、その憶測は、ハムレットさえも巻き込んでいく。

最近、俺は――なぜだかわからぬが――何もかもおもしろくないのだ。日課にしていた運動もやめてしまった。あまりにも気が重くて、このすばらしい大地も、岩だらけの崖《がけ》に見えるほどだ。この類《たぐい》まれなる大気も、見たまえ、この美しい天空、金の炎のような星々がちりばめられたこの壮大な天井――それもまた、俺には、汚らしい毒気の集まりとしか思えない。人間は何とすばらしい自然の傑作だろう。その理性の気高《けだか》さ。能力の限りなさ。形と動きの適切さ、すばらしさ。行動は天使さながら。理解力は神さながら。この世の美の真髄。動物の鑑《かがみ》――しかし、俺にとっては、何の意味もない塵《ちり》の塊《かたまり》にしか思えない。

（第二幕第二場二八七～九八行）

「なぜだかわからぬが」――ハムレットは、宮廷のスパイに話しかけているのだと重々承知しているから、父の亡霊のことはおくびにも出さないが、深く気が滅入っているのが本当に亡霊のせいなのか観客にもまったくわからない。すでにハムレットは、最初に登場する場面で――亡霊と出会う前に——心の奥底の秘密を吐露しているが、それは今ここで阿諛追従《あゆついしょう》のローゼンクランツとギルデンスターンに打ち明けた幻滅と実質的に変わらない。

ああ、神よ！ 神よ！ この世のありとあらゆるものが、
この俺には何と疎《うと》ましく、腐った、つまらぬ、
くだらないものに見えることか！
許せん、ああ、許せない。この世は、荒れ果てて
雑草ばかり生い茂った庭。けがらわしいものだけが
はびこって悪臭を放つ。

（第一幕第二場一三二～三七行）

父親の死と母親の性急な結婚——だれもが知っていることであり、秘密として打ち明けられたものではないこと——が、ハムレットを「自殺」への想いへ駆り立てているのだ。となると、ハムレットが佯狂によって隠しているものは、ほとんど狂気に近いのではないのだろうか？ 実際のところ、ハムレットが母親の居室で自分は完全に正気であると主張し、母親に自分の計略をばらさないように警告するときほど、本当に狂って見えることはない。「私はどうしたらいいの？」とおびえた王妃は叫ぶ。「今、言ったばかりのことを、皆忘れるがいい」とハムレットは答え、自分の命令を自分の妄念とごちゃ交ぜにする。

酒肥《さけぶと》りの王に誘われて再びベッドに入り込み、
いちゃついて頬をつねられ、囁《ささや》かれ、
臭いキスをされ、おぞましい指で首を愛撫されたら、
一切合切ばらしてしまうがいい、
ハムレットは実は狂っておらず、
狂ったふりをしているとね。
教えてやるがいい。

（第三幕第四場一六四～七二行）

数分後にガートルードがクローディアスに、ハムレットは「狂って、まるで怒濤《どとう》のように／わけもわからず荒れ狂」っていたと語るときは、本当に思ったままを言っているのだろう（第四幕第一場六～七行）。

ハムレットの狂気の理由を削除することで、シェイクスピアはそれを悲劇全体の主たる焦点にしているのだ。主人公は、その心理的な内面が垣間見える劇の重要な瞬間――ほとんどだれもが憶えている「生きるべきか、死ぬべきか、それが問題だ」（第三幕第一場五八行）の瞬間――何をしているのかと言えば、復讐を計画しているのでも、自分の無行動を繰り返し猛然と責めているのでもない。自殺を考えているのだ。この自殺衝動は、亡霊とは何の関係もない。実際、ハムレットは、亡霊が帰ってきたことをすっかり忘れて、「行けば帰らぬ人となる黄泉《よみ》の国」（同八一～八二行）などと言うほどだ。むしろ、この自殺衝動は、「肉体が抱える数限りない苦しみ」（同六四～六五行）によって引き起

こされた魂の乱れと結びつく。

『ハムレット』の材源に大胆に手を加え、書き方を根本的に変えてしまったのには、何か個人的理由があるのではないかと思えるほど、『ハムレット』はシェイクスピアの作家人生に大きな断層を作っている。新語が驚くほど増加しているのを見ても、書き方が変化したのがすぐわかる。それまで約二一本の劇と二編の長詩のなかで使ってこなかった言葉があふれかえっているのだ。学者たちが数えたところでは、そうした言葉は六〇〇以上あり、そのうちの多くがシェイクスピアにとって新しいだけでなく、英語の書き言葉としても新しい。この言語学的爆発は、世界観が広がったために起こったのではなく、シェイクスピアの人生そのものになんらかのショックがあったために起こったのではないだろうか？　一部の学者たちが信じているように、『ハムレット』が一六〇〇年ではなく、一六〇一年初頭に書かれたとすれば、一つのショックは、エセックス伯処刑の原因となった〈暴動〉――〈暴動〉とは『ジュリアス・シーザー』のブルータスの言葉だ――だったかもしれない。その〈暴動〉は、さらに重要なことに、シェイクスピアのパトロンであり、友人であり、恋人であったかもしれないサウサンプトン伯の投獄を引き起こしていた。

長いあいだ女王に甘やかされてきた寵臣エセックス伯は、サウサンプトン伯に付き添われて、ティロン伯の叛乱を鎮圧する遠征軍の総大将として一五九九年にアイルランドへ出発した。この遠征計画は、アイルランドへのほかの多くの遠征計画同様、アイルランドのゆるぎない抵抗にあって大敗を喫し、エセックス伯は、その年の末突然、女王の許可も受けずにロンドンへ戻ってきた。高慢で激昂しやすい伯爵は、自宅監禁を受けたうえに女王が恩寵を与えないことに腹を立て、友人たちを集めて武装し、政府転覆を企てた――表向きの武装理由は、自己防衛と、女王を邪《よこしま》な顧問官セシルとローリーから守るためとされた。ロンドン大衆は、この蜂起を支持するのを拒み、叛乱はあっという間に鎮圧された。裁判の結果は、始まる前からわかっていた。一六〇一年二月二五日、斧が三回打ち下ろされて、エセックスの首は肩から斬り落とされた。主たる支持者と友人数名の処刑もすぐ続いた。

シェイクスピアは、この騒擾《そうじょう》にショックを受けて当然だった。単にサウサンプトン伯を失うかもしれない——結局命は救われたが、一六〇一年初頭においてはエセックス伯とともに処刑されそうに思えた——ということだけではなかった。シェイクスピア個人にとって、そして劇団にとって、〈暴動〉に至る数年間に劇団が行なってきたことが、命取りになるかもしれなかったのだ。一五九六年末ないし一五九七年初頭、シェイクスピアは、『ヘンリー四世』に登場する太った騎士にオールドカースルという名前を使い、やがて圧力を受けてフォルスタッフと改名したものの、このために歴史上のオールドカースルの子孫である第七代コバム卿ウィリアム・ブルックを怒らせる危険を冒してしまった。ブルックは、敵にまわすと怖い人間だった。というのも、そのとき、あるいはその直後に、劇の認可を監督する最高責任者である宮内大臣に任命されたからである。ただし、ブルックはエセックス伯とサウサンプトン伯の敵として知られていたため、シェイクスピアは、自分が描く道化のように振る舞って、ブルックを愚弄してもいいと感じていたのかもしれない。

そして一五九九年、シェイクスピアらしからぬことだが、劇のなかではっきり時事問題に触れてしまった。『ヘンリー五世』幕切れ近く、アジンコートの戦いののち、王がロンドンに凱旋する場面を想起させようとするコーラスが、突然現代の出来事のことを言い出すのだ。「ロンドンは続々と市民たちを吐き出します」と、コーラスは叫ぶ。

これほどではないにせよ、同じように愛されている
将軍が、われらが女皇帝のため
やがてアイルランドから凱旋し、
叛乱軍を剣に刺し貫いて戻ってくるときもそうでしょう。
どれほど多くの市民が平和な町を出て
歓迎に向かうことでしょう！

（第五幕序、二四、二九〜三四行）

「これほどではないにせよ、同じように愛されている」――抜け目ない慎重さと深慮を感じさせる口調で、コーラスの台詞がエセックス伯を支持する態度を示し、それがやがてさらなる危険の呼び水となる。エセックス伯蜂起の数日前、その共謀者数名がシェイクスピアの劇団である宮内大臣一座を訪れ、「今度の土曜日にリチャード二世の廃位と殺害の劇を上演するように」頼んだのだ。劇団代表者――オーガスティン・フィリップスほか数名の古参の役者と一緒にシェイクスピアもいた可能性は高い――は、その劇は古すぎて儲けにならないと抗弁した。共謀者たちは、四〇シリングという高額の追加支払いによる公演助成を申し出て、劇は申し出を受けて上演された。
どうやら、ロンドン大衆の心に謀叛成功のイメージを植えつけ、ひょっとすると陰謀者たち自身の景気づけにしようという魂胆だったらしい。少なくとも、逮捕後、当局側はこの特別公演をそう見なし、女王自身もそのように理解した。「私はリチャード二世よ。知らなかった？」と女王は苛《いら》立っ

た。宮内大臣一座は、きわめて危ない場所に足を踏み入れてしまった――エセックス伯と共謀した主犯二人は、あたかも公演と陰謀が密接に結びついているかのように、公演について取り調べられたのだ――が、劇団を代弁したオーガスティン・フィリップスは、判事たちに、役者は蜂起計画を全然知らなかったと説得しおおせた。「四〇シリングという追加料金を払ってくれたので、上演しただけです」と、フィリップスは証言した。

一六〇一年二月に起こったこうした出来事は、まちがいなくシェイクスピアを警戒させたことだろう。もう少しでひどい目に遭いそうになったのだから、臆病な劇作家だったら用心するようになったはずだ。この悲劇をしまい込み、もっと無害の企画に直ちに切り替えただろう。だが、『リチャード二世』上演交渉でも儲けを気にしたのと同様に、劇団は、公演の売り上げを考えて『ハムレット』を上演した。裏切りと暗殺についてのきわめて政治的な劇であり、武装した大衆の暴徒が護衛を破って王の聖域に踏み込んで王の命を脅かすという注目すべき場面がある劇である。もちろん、レアーティーズが煽動する〈暴動〉は不首尾に終わり、クローディアスの最高に洗練された偽善は、エリザベス女王の公式見解を不気味に模倣する。

国王には天のご加護がある。
謀叛が顔を覗かせても手は届かぬ、
王に触れることはできぬのだ。
（第四幕第五場一二〇～一二二行）

こうした場面は、一六〇一年の出来事に動揺したロンドンの観客を興奮させるものだっただろうが、実際そのことに直接言及していたわけではなかったので言い逃れは容易だった。なにしろ、政治的騒動、裏切り、暗殺は、シェイクスピアの作劇上の商売道具ではないか？　たとえば、『リチャード三世』『ジュリアス・シーザー』『リチャード二世』『ヘンリー五世』などを見ればすぐわかることだ。エセックス伯のことと、サウサンプトン伯の投獄は、シェイクスピアの心を痛めつけたに違いないが、『ハムレット』のなかの何かを具体的にこうした出来事と結びつけるのは難しいし、特にこの劇が革新的な傑作となったことを事件のせいにすることはできない。

確かに〈暴動〉と結びつけて考えるとおもしろいが、実はシェイクスピアの『ハムレット』はどうやらエセックス伯が運命の決行に踏み切る前に上演されたらしい。現存する形と一部違う可能性はあり、数行か数場面を追加して劇の時事性を強めたかもしれないが、劇の主たる要素はすでにそろっていたと思われる——そのことは、ゲイブリエル・ハーヴィ（ナッシュとグリーンとの論争に巻き込まれたケンブリッジ大学の学者）が自分のチョーサーの本に書き込んだ欄外の覚書からわかる。すなわち、「エセックス伯は、『アルビオンのイングランド』を大変賞讃なさっている」と、ハーヴィは当時の文学潮流について書き、それから「もっと若い人々は、シェクイスピアの『ヴィーナスとアドーニス』を大いに楽しむが、シェイクスピアの『ルークリース』と『デンマーク王子ハムレットの悲劇』には、より賢い人々を楽しませるところがある」と続けている。現在形で書かれているということは、ハーヴィが初めてこのシェイクスピアの悲劇への明確な言及を書きとめたとき、エセックス伯は生きていたということであろう。

ということは、もっと何か深いものがシェイクスピアのなかで働いていたということだ。苦痛に満ちた心を表現する未曾有の傑作を生み出すほど強烈な何かが。観客も読者も長いあいだ本能的に理解してきたように、愛しい人の死によって引き起こされた自殺への思い――「生きるべきか、死ぬべきか」――は、シェイクスピアの悲劇の真髄を成している。シェイクスピア自身の乱れた心の中心にも、愛しい人の死によって掻き立てられた同じ思いがあったのではないだろうか？

シェイクスピアには、ハムネットとジューディスという双子がいた。ストラットフォード在住の隣人ハムネット・サドラー、ジューディス・サドラー夫婦にちなんで名づけられた双子である。夫妻のうち夫のほうは、ストラットフォードの公文書に「ハムネット」のみならず「ハムレット・サドラー」とも記録されている。当時は綴りがいい加減な時代だったので、どちらも実質的に同じ名前だったのだ。かりに古い悲劇を書き直そうという決断が、商売のことだけを考えてのものであったとしても、この名前の偶然――息子の名前を何度も繰り返し書くという行為――は、まだ治りきっていない深い傷を、もう一度開くことになったのではないだろうか？

しかし、もちろん、『ハムレット』において、主人公が精神的危機に陥るきっかけとなるのは、息子の死ではなく、父親の死だ。かりにこの悲劇がシェイクスピアの実人生に端を発していて、ハムネットの死が原点となっているのだとしても、自分の子供を喪《うしな》ったことから、自分の父親を喪う想像をしていくつながりが何かあったはずだ。「想像をして」と言うのは、シェイクスピアの父親は一六〇一年九月八日に聖トリニティー教会付属墓地に埋葬されたのであって、災いの前兆はあったとしても、『ハムレット』が書かれて初演されたとき、ほぼまちがいなく生きていたからだ。父親の死が、どうしてシェイクスピアの想像力のなかで息子の死と結びつけられるようになったのだろうか？

シェイクスピアは一五九六年に、息子の葬式のためにストラットフォードへ帰ったはずだ。聖職者が規則どおり、教会墓地の入り口で遺体を迎え、墓場まで同行しただろう。シェイクスピアはそこに立って、規定どおりのプロテスタント埋葬式の言葉を聴いていたはずだ。父親の手によってか、友人たちの手によってかはともかく、土が遺体にかけられるとき、聖職者は歌うようにこう言っただろう——「偉大なる慈悲深き全能の神が、ここに逝きし我が愛しき兄弟の魂をお引き受けくださいますよう、今その屍を大地に委《ゆだ》ね、土は土に、灰は灰に、塵は塵に還します。永遠の生への復活を固く信じつつ」。

シェイクスピアはこの簡潔で雄弁な儀式の言葉を適切だと思っただろうか？　それとも、何かが欠けているという思いに責め苛《さいな》まれただろうか？　「儀式はこれだけか」と、妹オフィーリアの墓場でレアーティーズは叫ぶ。「儀式はこれだけか」（第五幕第一場二〇五、二〇七行）。オフィーリアの葬儀が短縮されたのは、自殺の罪を犯したと疑われたからであって、怒り狂うレアーティーズは浅薄で性急だ。だが、レアーティーズが繰り返す問いは『ハムレット』のなかにこだまし、劇の枠組みを超えたところにある一つの気がかりを表明している。

生きている者と死んだ者との関係そのものが変わってしまったのは、そんなに昔のことではない。ストラットフォードでと言わないまでも、ランカシャーで、シェイクスピアは古いカトリックの葬儀の様子を見たことがあっただろう。日夜蠟燭が灯され、至るところに十字架が並べられ、しょっちゅう鐘が鳴り、近親者が嘆きながら十字を切り、隣人たちが遺体にかがみ込んで主の祈りを口にしたり、詩篇「どん底から」を引用して回向《えこう》をたむけたりし、追善の施しや食べ物が振る舞われ、死者の魂が煉獄を無事に通れますようにと司祭に謝礼を出してミサを執り行なってもらう——こうしたことすべてが批判され、なにもかも削減するか、すっかりやめなければならなくなったのだ。とりわけ今や、死者のために祈ることは違法とされたのである。

最初、プロテスタントの祈禱書には、古い祈りの文句が残っていた。「汝が魂を万能の父なる神へ委ね、汝が肉体を大地に、土を土に、灰を灰に、塵を塵に委ねる」。しかし、用心深い改革者たちは、この言葉には古いカトリック信仰があまりに入り込んでいると感じて、単純な変更を加えた。「今その屍を大地に委ね……」——死者はもはや「汝」と直接に呼びかけられることがない。まるで生者《せい》《しゃ》とまだなんらかの接触を保っているかのようには呼びかけてはいけないのだ。小さな変更が大きな意味を持つ。死者は完全に死んだのだ。どう祈ったところで助からない。死者へ言葉を伝えることなどできないし、死者から言葉を受け取ることはできない。ハムネットは手の届かないところへ行ってしまったのだ。

カトリックの信仰では、死後、悪い魂はまっすぐ地獄へ行き、聖者のような人の魂は天国へ行き、完全によくもなければ完全に悪くもない魂(信者の大多数を占める)は煉獄へ行くとされた。煉獄とは、地下にある大きな牢獄のようなところであり、生前犯した罪を清めるまでそこで罰を受けるのだ(煉獄への入り口がアイルランドにあって、聖パトリックによって発見されたドニゴール州の洞穴がそれだと考える人たちもいた)。生前の罪は、永劫の苦しみを受けるほど邪悪なものではないが、魂が天国へ行く前に焼き払われなければならない汚点となった。煉獄にいる魂のすべては、例外なく救済され、いずれは至福へ昇っていける。それはいい知らせだ。悪い知らせは、煉獄の苦しみは恐ろしいものだということだ。教会の壁に描かれ、説教師が妄想のように詳細に説明するとおり、怖いものだった。死後の世界で火あぶりに遭う苦痛は、生きているうちに味わうどんな苦痛よりもひどいと聖職者たちは教えた。煉獄に落ちた魂の苦しみは、その長さがちがうだけで、地獄に落ちた者たちの苦しみと同じだった。そしてその長さは、限りあるものとはいえ、些細《ささい》なものではなかった。あるスペインの神学者の計算では、平均的なキリスト教徒は、煉獄で約一〇〇〇年から二〇〇〇年を過ごさねばならなかったのである。

幸いなことに、カトリック教会は、愛する者や自分を救う方法があると教えてくれた。ある種の善行――祈り、布施、とりわけ特別なミサ――によって、苦しんでいる魂を大いに慰め、煉獄の刑期を縮め、早く魂が天国へ行けるようにしてやることができるとされた。生きているあいだに、自分自身でこうした善行を死後のために準備することもできるし、亡くなった人のためにそれを施すこともできる。裕福で力のある人たちは、寄進をして供養堂を建て、そのなかで司祭たちによって永久に死者のための祈りが捧げられるようにしたし、また、公的な機関――私設救貧院、病院、学校――を建てて、創設者のためにたくさんの祈りを捧げてもらえるようにした。貧しい人々は、小銭を貯めて、何種類かのミサの代金とした。いろいろなセットのミサがあり、最も効果的なのは、三〇日間慰霊ミサという連続三〇回分のものだったが、一回分か二回分でも役に立った。

こうした処置に効力があるというどんな証拠があったのだろう？　教会の教えに加えて、死者自身の証言があった。煉獄から地上に戻ってきて必死に助けを求める亡霊についての多くの話が語られた。助けてやると、その亡霊はしばしば戻ってきて助けてくれた人に感謝し、慈善の寄付によって大いなる慰めが与えられたと証言したという。実際に人々が遭遇した亡霊は、ほとんど常に恐ろしいものだった。亡霊は、大災害の前触れ、狂気のしるし、悪の表われかもしれなかった。というのも、悪魔は亡き人の姿を借りて、それと気づかぬ者の心に邪悪な考えを植え付けたからだ。しかし、人々が愛する者の霊に悩まされたとき何が起こっているか、教会が教えてくれた――煉獄で苦しんでいる死者は、憶えていてくれと訴えているだけなのだ。「汝、坐りて飲むとき、我らが乾きを思い出せ」という死者の叫び声を、カトリックのトマス・モアは聞いた。「汝、ご馳走を食べるとき、我らが餓えを思い出せ。汝眠るとき我らの不休の覚醒を思い出せ。遊ぶとき我らの耐えがたき苛酷な苦痛を思い出せ。喜び興ずるとき我らの熱き燃える炎を思い出せ。神が汝の子孫をしてのちに汝を思い出さしめんがため」と。思い出すとは供養の儀式をするということであり、供養をすれば慰めがもたらされるのだった。

熱烈なプロテスタントは、こうした信仰とそれに伴う制度的な慣習はすべて壮大なる詐欺であり、お人よしから金を搾り取るいかがわしい商売だと決めつけた。煉獄など「詩人の寓話だ」と言うのである。国王からも魚売り女からも、だれかれかまわずとことん搾取して、上から下まで社会全体をだまそうというよくできた幻想だ、と。こうした議論に説得されて――というよりは単に教会の財産を没収したかったというほうがありそうな話だが――ヘンリー八世は、死者のカトリック祭式の中心となってきた修道院や供養堂を解体させた。継承者であるプロテスタントのエドワード六世とエリザベス一世の治世下に議会に籍をおく改革者たちは、煉獄の魂に祈りを捧げるべく施設を建てるという制度を全面的に廃止した。当局側は、多くの病院、貧民救済院、学校をもちろん保持したが、そこから儀礼的な機能を剝奪した。そして、説教、訓戒、教会の礼拝を通して、牧師たちは大衆を再教育する組織的な努力をし、現世と来世との関係全体を想像し直すように会衆に強く求めたのである。

それは容易な仕事ではなかった。煉獄を信じるのは馬鹿げていたかもしれない――敬虔なカトリック信者でもそう思っていた人は多い――が、煉獄を信じることで、死後の恐怖が和らぎ、死者とつながったままでいたいという切望が慰められていたのだ。死者とは絶対つながることができないと教会や政府から言われたところで、そうした恐怖や切望は、すんなり消え去るものではなかった。儀式が唯一の、あるいは主たる問題だったのではない。問題だったのは、死者が生者に少なくともわずかなあいだでも話しかけることができるのか、生者は死者を救えるのか、互いの結びつきは消えないのかということだ。シェイクスピアは、教会墓地に立って息子の遺体に土がかかるのを見ていたとき、ハムネットとの関係はあとかたもなく消え去ったと思ったのだろうか？

そうかもしれない。だが、死んだ子供に「汝」と呼びかけることをあえて拒絶し、式次第を簡略化し、儀式の意味をせばめ、意思疎通のあらゆる可能性を否定した葬式は不適切だとつらい気持ちになったということもありうる。たとえシェイクスピアがこうしたことについてプロテスタントの考え方と折り合いをつけることができたとしても、まわりの人々は決してそうではなかった。妻アンが死について何を信じていたか知られていないが、娘スザンナが一六二三年にアンの墓に記した不思議な墓碑にちょっとした手がかりがある。「あなたは母の胸を与えてくれた、乳と命を」と碑は始まる。「それほどの豊かさに対して、悲しいかな、私の返礼が墓石とは！」。その次に続く数行が示唆するのは、死んだ女性の魂は、肉体と一緒に墓のなかに閉じ込められているという過激な考えだ。「それよりも、あなたの魂が、キリストの肉体がそうしたように、復活できるよう、善き天使に祈って、墓の口から石を除けさせましょう」。ただし、これは、スザンナの異教の見解であって、アン・ハサウェイ・シェイクスピアの見解ではないし、ましてやハムネットの死んだ一五九六年にアンが胸に秘めていたものではない。

シェイクスピアの両親、ジョンとメアリもまた、ハムネットの墓の傍らに立っていたことだろう。

実際、この二人のほうが、父親であるシェイクスピアよりも、少年と過ごした時間が長かったし、父親がロンドンにいるあいだ、嫁と三人の孫と一緒に一つ屋根の下で暮らしていたのだ。ハムネットを育てるのに手を貸し、ハムネットが最後の病に倒れてからはその世話をした、そんな二人が死後の世界について何を信じていたか、とりわけジョンが何を信じていたかについては、実は証拠がある。その証拠からわかるのは、ジョン・シェイクスピアは、ハムネットの魂のために何かをしてやりたかっただろうということだ。息子にその実行を緊急に訴えたか、あるいは自分でやると言い出したかもしれない。その訴えをしたとき、どんなふうに息子を口説き、嘆願し、涙を流したか、今となっては知る由もないが、少なくともシェイクスピアの父親ジョン(それにおそらく母親も)が何を必要かつ適切で、慈悲深く、愛情深い——一言で言えば、キリスト教徒にふさわしい——と思ったのかについての手がかりがあるのだ。

かつて一五八〇年代、カトリック教徒たちが危険な忠誠心の証拠をあたふたと隠す一方で、トマス・ルーシーがストラットフォードの家宅捜査をしてカトリックの不穏活動分子をあぶり出していたときのことである。ジョン・シェイクスピアは、かなり物騒なものに名前を書き込んでいた——イエズス会士が信者のあいだに回覧していた「信仰遺言書」である(一八世紀に発見された書類が本物であればの話だ)。ウィリアムは当時このことについて何も知らなかっただろう——父親はおそらく隠すつもりでヘンリー・ストリートの自宅の垂木と屋根瓦のあいだにこの書類を忍び込ませたのだ——が、この書類にサインをする動機となった信念と不安は、たぶんハムネットの葬儀のときに固まったのではないだろうか? というのも、ジョン・シェイクスピアが隠したものは、特に死に関係するものだったからだ。

「信仰遺言書」（精神的遺書）とは、カトリック教徒の魂を救う一種の保険であり、信仰を表沙汰にできない人や、プロテスタントと協調しなければならない人たちにとっては、とりわけ重要だった。署名した人たちは、自分はカトリックであるが、もし「悪魔の囁《ささや》きを聞いて」信仰に反することを「したり、言ったり、考えたりする」ことがあれば、いついかなるときも正式にその罪を取り消し、「それは私の言動ではないと見なされたい」と宣言した。そして、正式なカトリックの最期の儀式——懺悔、終油、聖体拝領——を受けることができなければ、それが「精神的に」なされることを求めるというのである。自分は「死すべく生まれたのであり、いつ、どこで、どのようにして死ぬのか知らない」し、「突然死んでしまう」かもしれない。それゆえ、今、告解の秘跡をしていただければありがたい。というのも、この命を奪われるのが「そんなことを夢にも思わぬとき、そう、まさに私が汚れきった罪の泥沼にはまりこんでいるときかもしれない」からだという。

この頃、カトリック教徒は、突然死を特に恐れるように教えられていた。神への贖罪《しょくざい》を行ない、ふさわしい痛悔を示す儀礼的機会もなく死ぬのは恐ろしいことだった。現世で罪が贖《あがな》われなければ、すべて死後焼き払われることになるからだ。「信仰遺言書」は、この恐怖に対処しようとしたものであり、そこには家族や友人も協力者として挙げられていた。

私儀ジョン・シェイクスピアは……我らが救い主イエス・キリストの慈悲により、我が愛しき友人、両親、親戚に嘆願する。我が運勢定かならず、罪ゆえに煉獄に行きて長くとどまらんことを恐れて、聖なる祈りと充分な贖《あがな》いの儀式により、就中《なかんずく》魂を呵責煩悶《かしやくはんもん》より救う効験灼《こうけんあらた》かなミサの聖なる奉献によりて、我を救い助け給え。

そうした文書に署名した者（ジョン・シェイクスピアがそのひとりだということは少なくともありそうなことであり、この文書を真正と見なすのは妥当であろう。いずれにせよ、そうした人たちの心配を共有していたと思われる）は、自分のことだけを考えていたのではない。何か決定的に重要なこと、国家が違法と定めたことを自分のためにしてくれるようにと、自分を愛してくれる人たちに求めていたのだ。

一五九六年、ハムネットの葬儀において、この問題は必ずや浮上していたであろう。少年の魂は、少年を愛し、慈しんだ人たちの助けを求めていたのだ。実質的に孫の育ての親であるジョン・シェイクスピアは、功成り名を遂げた息子ウィリアムに、死んだ子供のためのミサの費用を払ってくれ、そしていずれは自分にもミサをあげてくれと頼んだかもしれない。なにしろ、自分は老いてきており、死後の呵責を短くする「充分な贖いの儀式」が近々必要になるのだから。

この微妙な問題が切り出されたとしたら、ウィリアムは怒って頭《かぶり》を振っただろうか、それともハムネットの魂のために秘密のミサの費用を黙って出しただろうか？　そんなことは息子には――将来的には、父親にも――できないと告げたのだろうか？　天国と地獄の狭間にあって、生前の罪が燃やされ清められる恐ろしい煉獄の話など、もはや信じていないと告げたのだろうか？

そのときシェイクスピアが何を決意したにせよ、死んだ息子の名前と同じ不運な主人公の悲劇を一六〇〇年末から一六〇一年初頭にかけて書いていたとき、依然としてそのことは脳裡から消え去らなかっただろう。そして、年老いた父親がストラットフォードで危篤だという報を受けて、その思いは強められたのではないか？　なにしろ、父親の死という概念は、この劇に深く織り込まれているのだから。息子の死、そして迫りくる父親の死――追悼することも記憶することもままならぬ恐怖――がシェイクスピアの心をかき乱したのだとすれば、『ハムレット』の爆発的な力と内向性が理解できる。

亡霊が地上に戻ってきて、復讐を求める。これは初期エリザベス朝のハムレット劇にあったこととしてだれもが記憶している手に汗握る劇的仕掛けであり、シェイクスピアは、この場面に計り知れぬ迫力を与えた――「父を愛していたのであれば」と、亡霊は、うめき声をあげる息子に言う。「悪逆非道の殺人に復讐せよ」(第一幕第五場二三～二五行)。だが、奇妙なことに、シェイクスピアのハムレットが反芻《はんすう》する亡霊の命令とは、この復讐へ駆り立てる呼びかけではなく、「さらば、さらば、ハムレット、父を忘れるな」というまったく別の命令だ。「忘れるなだと?」と、ハムレットは鸚鵡《おうむ》返しにして頭を抱える。

もちろんだ、哀れな亡霊よ、この乱れた頭のなかに
記憶が宿る限りな。忘れるなだと?
(第一幕第五場九一、九五～九七行)

一見したところ、ハムレットの信じられないという口調が示唆するとおり、この要求は馬鹿げている。墓から父親が戻ってきたことを忘れるはずがないではないか? だが実際、ハムレットは復讐へと飛んでいかない。そして、父親を忘れないこと――正しく父親を記憶すること、そもそも忘れないこと――は、思ったよりずっと難しいとわかる。何かが、この単純な計画の邪魔をしており、

筋の上で意味をなさない佯狂がその邪魔を象徴的に表わしている。そして、この邪魔は、実はシェイクスピア自身の父親がカトリックの「信仰遺言書」に署名したのと同じ理由から発生していることがわかる。父親は、家族や友人に必死の訴えをするのだ——「忘れるな」と。

「我こそは、そなたが父の幽霊」と、亡霊は息子に語る。

しばらくは夜毎《よごと》にさまようが運命《さだめ》。
日毎《ひごと》に炎に焼かれて贖罪《しよくざい》し、
生前犯した罪の数々が
焼き清められるのを待つ身。だが、
わが牢獄の秘密を語ることは禁じられておる。
語れば、たった一言で、
そなたの魂は震えあがろう。

（第一幕第五場九～一六行）

シェイクスピアは用心しなければならなかった。劇は検閲されるのであるから、実在の場所として煉獄に言及することは許されなかったはずだ。そこで、「わが牢獄の秘密を語ることは禁じられておる」という亡霊の言葉に、抜け目なく文字どおりの意味をこめたのだ。だが、シェイクスピアの観客は事実上だれもが、この「牢獄」が何であるか理解しただろう。数分後に煉獄の守護神「聖パトリックにかけて」（第一幕第五場一四〇行）と、ハムレット自身が誓言によってほのめかしている場所であることを。

この亡霊は、敬虔なカトリック教徒が深く恐れていた運命に遭って苦しんでいる。最期の儀式によって死出の旅路の準備をする暇もなく、突然この世から召されてしまったのだ。「俗世の罪咲き誇るなか、命を断ち切られ」た、と亡霊は息子に語り、この劇のなかで最も奇妙な台詞を付け加える。「聖餐式も、懺悔の暇《いとま》もなく、終油の秘蹟も受けず」(第一幕第五場七六〜七七行)。「聖餐式」とは死の直前の聖体拝領であり、「懺悔の暇」とは死の床での告解のことであり、「終油の秘蹟」とは臨終の際に聖油を体に塗ること(塗油)を指す。前もって贖罪をしないまま死後の世界へ入ってしまったため、その代価を今払っているのだ。「ああ、むごい！むごい！　なんという非道だ！」(第一幕第五場八〇行)。

煉獄から現われた亡霊が『ハムレット』の劇世界へ飛び込んで、忘れるなと訴えるとはどういうことなのだろう？　煉獄は、プロテスタント教会によれば存在しなかったという事実はしばし脇に置くとしても、ここに煉獄への言及があるのは不可解だ。というのも、神の大悔罪所(煉獄)にある霊は、だれかに犯罪を行なうように求めることはできないことになっているからだ。結局のところ、霊は天国へ昇るために罪を清められている最中のはずだ。ところが、この亡霊は、ミサや布施を求めているのではない。自分を殺し、自分の王冠を奪い、自分の寡婦と結婚した男を息子に殺してくれと求めることで、神だけに許された復讐をしようというのだ。現在と同様、当時の観客は、必ずしもこのことで困らなかっただろう――所詮、演劇は神学の授業ではない。だが、ハムレットは困り、疑念と不安でどうしようもなくなって、劇の中心課題である復讐をどこかへ追いやってしまう。

シェイクスピアの時代、公式なプロテスタントの見解では、亡霊など存在しなかった。ときどき人々が出会った幽霊――愛しい人や友人の姿で気持ち悪く現われる幽霊――は、単なる幻覚か、ひどい場合は、姿を変えた悪魔が人を罪に誘おうとしているのである。ハムレットは、最初、「さっきの亡霊、あれは嘘は言わない(正直な亡霊だ)」(第一幕第五場一四二行)と断言するが、そんな当初の自信はだんだんとぐらついてくる。

俺が見た亡霊は
悪魔かも知れぬ。悪魔は相手の好む姿に身をやつして
現われる。そうとも、ひょっとして
俺が憂鬱になり、気弱になっているのにつけこんで
まんまと俺をたぶらかし、
地獄に追い落とそうという魂胆か。

(第二幕第二場五七五～八〇行)

そうした思いゆえに、ハムレットは遅延し、自己批判し、依然として行動に踏み切れず、再び自己批判を繰り返すという堂々巡りに入っていく。だからこそ、劇中劇——亡霊の主張を別の手段で確認しようというハムレットの仕掛け——が仕掛けられるのであり、主人公の暗中模索の煩悶がある。そしてそれは、喪失に対処する際に心の助けとなるはずの儀礼構造そのものが致命的に損《そこ》なわれているこの劇において、より大きな疑念や混迷へと結びついていく。

損なわれた儀礼のせいでどんなつらい思いをするのか、息子の墓のそばに立ち尽くしていたシェイクスピアにはわかっただろう。また、死後の助けを求める父親の訴えに応えようとしたときも、

わかっただろう。プロテスタント当局は、死者と交渉するカトリック教会の慣習を非合法化し、そうした信仰を攻撃した。煉獄などというものは嘘であり、必要なのは磔《はりつけ》にされたキリストの救済力を頑なに信じることだけだというのである。そうした信仰をしっかりと持っていた人たちもいたが、シェイクスピア作品のどこを見ても、シェイクスピアがそうであったと示すものは何もない。それどころか、シェイクスピアは、カトリック教会の昔のやり方で緩和できたはずの切望や恐怖と依然として格闘している大勢の人々——たぶん、人口の大多数——のひとりだったのだ。ジョン・シェイクスピアのような人々がこっそりと「信仰遺言書」に署名したのは、そうした切望や恐怖のためだった。

どんな宗旨の葬儀であれ、墓のそばに佇《たたず》めば、人は自分がいったい何を信じているのか、信じていないのかを考えさせられる。自分の子供の葬儀となれば格別だ。自分が親なら、神はいるのかと問い質《ただ》し、自分たちの信仰を問い直すだろう。シェイクスピアはプロテスタント教区の定期礼拝に参列したはずであり、さもなければ、国教忌避者のブラックリストに名前が挙がっていたはずだ。だが、そこで耳にしたこと、吟唱したことを、信じていたのだろうか？　作品を読めば、シェイクスピアに一種の信仰のようなものがあったことがわかるが、それはカトリック教会や国教会といったようなきちんとした区分けのできる信仰ではない。一五九〇年末までに、シェイクスピアの信仰がなんらかの制度のなかに位置づけられるとしたら、その制度は演劇だということになるが、それはなにもシェイクスピアの絶大なる活力と可能性がすべてそこに集中していたというそれだけの意味ではない。

シェイクスピアは、自分の文化における重要な死の儀式が骨抜きになってしまったことを理解していた。息子の墓場でそのことを骨身に沁みて痛感したかもしれない。だが、もはや自分にも、同時代の何千人もの人たちにも、どうしようもなく抱え込むしかなくなってしまった熱い大きな思いを演劇なら放出できる――とりわけ、シェイクスピアの演劇なら――ということも信じていたのだ。

宗教改革は、実のところ、シェイクスピアにとんでもない贈り物をしてくれた。かつて堂々たる威風を誇っていた複雑な体系組織を壊して、その残骸を贈ってくれたのである。シェイクスピアは、その贈り物を受け取ってどう使えばいいかはっきりとわかっていた。世俗の成功に関心がないと言えば嘘だが、稼げばいいという問題でもない。〈損なわれた儀式〉の世界(今もって私たちが住み続けている世界)における哀惜、混乱、死の恐怖を描くのだ。まさにそうした感情をシェイクスピア自身が自分の存在の核となる部分で経験したのだから。一五九六年に、子供の葬式のときに感じ、父親の死を予期してもう一度感じた思いだ。その思いに対するシェイクスピアの応答は、祈りを捧げる代わりに、自己の存在を最も深く表現する『ハムレット』を書くことだった。

一八世紀初頭、編者にして伝記作家のニコラス・ロウは、役者としてのシェイクスピアについて調べ物をしていたが、記憶が曖昧になって、「この方面では、シェイクスピアの演技の白眉は自作『ハムレット』の亡霊だったという以上のことは見当たらない」と記した。「これより語る話、心して聞け」(第一幕第五場五〜六行)――生者に自分の言葉をよく聴くように求める煉獄の霊を演じながら、シェイクスピアの胸のうちには蘇ってきたに違いない、墓のなかから聞こえてくる、死んだ息子の声が、死にゆく父親の声が、そしてひょっとすると、自分自身の声が。シェイクスピアの最高の役が亡霊だったとしても、不思議なことではない。

第十一章 王に魔法を

『ハムレット』は、シェイクスピアにとって、役者としても作家としても画期的だった。この劇で成し得た発見によって、作家人生をすっかり変えてしまう新たな局面に乗り出すことになったのだ。すでに、一六〇〇年に至るまで、シェイクスピアは悲劇作家としてかなりの経験を積んでいた。『タイタス・アンドロニカス』では復讐心を、『リチャード三世』では病的な野心を、『ロミオとジュリエット』では家と家との殺意にも似た敵意を、『リチャード二世』では君主の致命的な無責任さを、『ジュリアス・シーザー』では政治的暗殺の帰結を描いた。そして、『ハムレット』で決定的な新境地を開いたわけだが、べつに新たなテーマを開発したとか、もっと形のよい引き締まった筋が作れるようになったというのではない。大胆な〈削除〉という新技法によって強烈な心理描写ができるようになったということだ。悲劇の構築の仕方を考え直し、特に、悲劇の筋が効果的に機能するにはどれほど因果関係を説明する必要があるのか、登場人物が説得力を持つためにはどれほど明確な心理的理由付けが必要なのかを考え直したのだ。

劇の効果を無限に深め、熱のこもった強烈な反応を観客からも自分からも引き出すには、主たる説明的な要素を一つ取り外せばよい。そうすることによって、展開して行く行動の理由付け、動機、倫理的な行動原則を隠蔽するのだ。解くべき謎を作り出すというのではない。戦略的に不透明にするということだ。ありきたりの説明で納得できてしまうと、劇の莫大なエネルギーは少なくとも部分的に塞《せ》き止められたり抑え込まれたりしまうが、この不透明さはそれを放出してくれるとシェイクスピアは気づいたのだ。

シェイクスピア劇はそれまで、通り一遍の理由やら口実やらを斜《はす》から眺めるような懐疑的な見方をしてきた――心理学的にせよ神学的にせよ、人の行動に説明などつけられるものだろうか? 恋をして人が行なう選択は、まったくもって説明のつかない非理性的なものだ――シェイクスピア劇はそう証明してみせた。説明などつかないという確信があるからこそ、『夏の夜の夢』の喜劇が生まれ、『ロミオとジュリエット』の悲劇が生まれたのだ。ただ、少なくとも恋は、はっきりした動機となっていた。そして、『ハムレット』に至ってシェイクスピアは気づいたのだ――すっかり筋が通って腑《ふ》に落ちてしまうようなわかりやすい理由付けを自分や観客に与えないことにすれば、果てしないほど深いところまで行ける、と。単に不透明さを作ればいいわけではない。それだけでは、わけのわからない支離滅裂な劇になってしまう。そうではなくて、内面の一貫性や詩的統一性を軸に据える――これまでずっと、シェイクスピアがその天才(霊的理性)を発揮しつつ、大車輪で働くことによって作品に与えてきた内的なまとまりを軸に据えるのだ。皮相的な意味の構造など破り捨てて、鍵となる言葉同士の響き合い、イメージの微妙な発展、場面の見事な編成、概念の複雑な展開、並行する筋の交錯、心理的強迫観念の暴露といったものを通して、シェイクスピアは人物の内面を作り出してきたのである。

『ハムレット』におけるこの概念的な大躍進は技術的なものだ。つまり、シェイクスピアが劇を構成する際、実際にどう展開するかという方法が変わってきたのである。それを、自殺を考える王子の憂鬱と佯狂の謎で始めてみたのだ。それは新しい審美的戦略とも言えるが、それだけではない。動機の削除には、技術的な実験にとどまらない何かがあったはずだ。ハムネットの死の直後に現われたこの手法は、人間存在についてのシェイクスピアの根本概念を表わしている。それはまた、何を言うことができて、何を言わずにおくべきかという認識を表わしており、ものごとをきちんと整理したり、きれいに仕上げたり、まとめてしまうよりも、壊れてちらかったまま未解決であるほうがいいという好みをも表わしている。不透明さを形成しているのは、シェイクスピアの実人生の体験と内的な人生経験――懐疑、つらさ、〈損なわれた儀礼〉の感覚、安易な慰めの拒絶――なのである。

『ハムレット』後の数年間、シェイクスピアが書いたのは傑作悲劇群だった――『オセロー』(一六〇三年ないし一六〇四年)、『リア王』(一六〇四年ないし一六〇五年)、『マクベス』(一六〇六年)――いずれもシェイクスピアの発見した新手法によっている。どれも、まとまりのある、よくできた劇に欠かせないと思われるものを、種本から器用に削り捨てているのだ。

それゆえ、『オセロー』は、ムーア人の将軍を破滅させたいと旗手イアーゴーが抱く執拗な欲望を中心に組み立てられているにもかかわらず、この悪党の振る舞いにはっきりとした納得のいく説明がない。その説明はつけにくいものではない。なにしろ、シェイクスピアの種本――イタリアの大学教師にして作家ジャンバッティスタ・ジラルディ(同時代人には「チンティオ」の名で知られていた)が書いた短編――には、その説明がちゃんと明記されているのだ。「邪悪な旗手は、妻を愛するという誓いを踏みにじり、ムーア人に対して当然持つべき友情、忠誠、義務を蔑《ないがし》ろにし、デズデモーナを激しく愛してしまい、なんとかしてデズデモーナをものにできないだろうかとそればかり考えるようになった」と、チンティオはイアーゴーについて記している。愛を表沙汰《おもてざた》にするのを恐れて、旗手は「あなたが欲しい」と、あの手この手でほのめかすのだが、デズデモーナの想いはすっかり夫に向けられている。旗手の誘いをただ拒絶するどころか、それに気づきさえしない。そんな純愛を理解できないチンティオの旗手は、デズデモーナには別の男がいると決めつける。最もありえそうな相手は、ムーア人の部下のハンサムな伍長であり、旗手は伍長を亡き者にしようと画策する。だが、それだけではない。チンティオは説明する――「この画策に専心しただけでなく、貴婦人に抱いていた愛は、今や激しい憎悪へと変わり、伍長を殺したのち貴婦人をものにできないのなら、ムーア人のものにもさせないようにしてやることはできないものかと思い巡らすようになったのである」。何もかもきれいに収まりがつく。

しかし、シェイクスピアの劇では収まりがつかない。シェイクスピアの悪党は、デズデモーナをものにしようと思わないし、デズデモーナが特に憎悪の対象になるわけでもない。確かに、チンティオが与えてくれた動機を繰り返そうとするかに見える瞬間はある。

キャシオーがあの女に惚れていることは、まちがいない。
女がキャシオーに惚れているってことも、ありそうなことだし、信じられることだ。

ムーア人は——俺にはどうにも我慢がならんが——
誠実で、愛情濃《こま》やかで、気高い性分だ。
デズデモーナにはそりゃあ大事な亭主だろうよ。
俺だってあの女には惚れている。

（第二幕第一場二七三〜七八行）

シェイクスピアのイアーゴーは、自分がでっちあげる中傷がもっともらしい——「ありそうなことだし、信じられる」——ということだけを考えているのであって、デズデモーナがハンサムな伍長に恋しているに違いないと本気で信じるチンティオのイアーゴーとは違っている。確かに、この二人の悪党は、今挙げた最後の言葉で一点に収束するように思える——「俺だってあの女には惚れている」。だが、シェイクスピアが特殊効果を生み出す決定的瞬間は、まさにここなのだ。

俺だってあの女には惚れている。
別にやりたくてたまらねえからってわけじゃねえ——といっても
そんな大罪を犯してみたい気もするが、
恨みを晴らしたいがためってとこだ。
なにしろ、あの助平ムーアの野郎、
俺様の鞍（＝女房）にまたがりやがったらしい。そう思うと、
はらわたが、毒でも飲んだみたいに煮えくり返りそうだ。

チンティオでは単純ではっきりしているものが、シェイクスピアでは不透明になっている。「別にやりたくてたまらねえからってわけじゃねえ」。さらなる動機――オセローに女房を寝取られたのではないかというイアーゴーの恐れ――が最初の動機と入れ替わるが、どちらも説得力がなく、何層にも動機が重ねられることでかえってどれも弱くなるだけで、つらい内面の苦しみは依然として説明がつかない。強迫観念のように募《つの》りに募った憎悪を説明しようとして、イアーゴーが曖昧模糊とした言葉を重ねても――コールリッジの「動機なき悪意の動機探し」という印象的言いまわしがあるが――釈然としないことは周知の問題だ。そして、ここが大切なところだが、その釈然としないことこそ、この劇全体の問題となっているのである。

（第一幕第一場二七八～八四行）

劇の終わり近く、オセローがついに、自分はだまされて、妻が不貞を働いたと信じてしまったうえに、自分を愛してくれていた無実の妻を殺してしまい、自分の名声も全生涯も潰《つい》えてしまったと悟ったとき、イアーゴーに向き直って説明を求める。極悪人としての正体が暴かれ、捕らえられ、縛られたイアーゴーがするひどい返事――イアーゴー最後の言葉――は、欠けている動機を補うなどまっぴらごめんというものである。

何も聞いてくれるな。わかっていることは、わかっているだろう。
これからはもう一言も口をきかない。

（第五幕第二場三〇九～一〇行）

この言葉は、『オセロー』という劇だからこそ発せられたものであり、この悪党が計り知れない残酷さを持っているからこそ発せられたものではあるが、その不透明さは、シェイクスピアの傑作悲劇のどれにも当てはまる決定的な要素となる。

たぶん戦略的な不透明さの最もよい例は、シェイクスピアが『オセロー』のすぐあとに書いた劇『リア王』に見られるだろう。リアの物語――自分を真に愛してくれるひとりの娘に対する誤った怒り、自分の富と権力のすべてを与えた二人の邪悪な娘たちの裏切り――は、それまでに何度も語られてきたものだった。シェイクスピアは、説教壇からその話が語られるのを聴いたかもしれないし、スペンサーの『妖精女王』で簡単に触れられているのを目にしたかもしれないし、愛読していた年代記で詳しく読んだかもしれないが、まずまちがいなく舞台で演じられるのを観たことがあっただろう。子供の頃大好きだった古い民話のあれやこれやに似ていると思ったかもしれない。たとえば、「シンデレラ」――ひとりのすてきな娘と二人の邪悪な姉の話。ほかにも、塩を愛するように父上を愛していると言って気難しい父親を怒らせてしまった実直な娘の話もある。だが、リアの悲運は主として、太古(紀元前八〇〇年頃)に遡る《さかのぼ》イギリス正史の一片として、そして子供の追従にあまり信を置いてはならないという当世の父親たちへの警告として、シェイクスピアの時代に何度も語られてきたものだ。リアの愚かな愛情テスト――「おまえたちのうちだれが私を一番愛していると言えるだろうか」(第一幕第一場四九行)と三人の娘たちに尋ねる試問――は、シェイクスピアの話でもそうだが、たいていの話では、もはや仕事ができないと感じた父親が引退を決意したときになされる。

しかしなぜ、劇が始まるときに王国を三人の娘たちに平等に分割した地図をすでに描いて来ているリアが、愛情テストなどするのだろう？　シェイクスピアの主たる種本である『レア王の真実の年代史』と呼ばれる女王一座の古い劇（一六〇五年に出版されたが、一五九四年かそれ以前のもの）では、満足のいくはっきりした答えがある。レアの意志強固な娘コーデラは、自分が愛する男性としか結婚しないと誓うのだが、レアは王朝のために自分が選んだ男性とコーデラを結婚させたがっている。レアが愛情テストをするのは、コーデラが姉たちと競い合って父親を一番愛すると言うことを期待してのことであり、そうなったらレアは、その愛を証明するために王が選んだ求婚者と結婚しろと要求しようとするのである。策略は裏目に出るが、目的は明白だ。

やはりここでも、『ハムレット』や『オセロー』と同様に、シェイクスピアは、物語のきっかけとなる行動に意味付けを与える動機を単純に切り落としている。リアは、それぞれの娘の愛情の大きさに応じて王国を分けるから質問に答えろと言うが、劇が始まるときに登場人物たちが話題にする王国分割の地図はもうできあがっているのであり、それもそれぞれまったく均等に分けてあると言っているのだ。そしてリアは、さらに奇妙なことに、すでに王国の三分の二を、正確であることを大仰に示しながら二人の娘に分け与えてしまったというのに、まだ問題があるかのようにコーディーリアをテストする。

次々と惨事が起こっていくきっかけとなる行動をなぜとったのか、その筋の通った理由付けを剝奪することで、シェイクスピアはリアの行為を、恣意的にも見え、同時に深い精神的欲求に根ざしたものにも見えるようにしている。シェイクスピアのリアは、権力から引退しようと決意しながらも、ひとりでは生きていけない男だ。国家においても家族においても絶対権力者としてのアイデンティティーを失うのが嫌で、公の儀式を行なう――「おまえたちのうちだれが私を一番愛していると言えるだろうか」——その目的は、自分の不安を宥《なだ》めるために子供たちを不安にさせることにあるように思われる。だが、コーディーリアは演ずるのを拒絶する。「コーディーリアは何と言おう？　愛して黙っていよう」(第一幕第一場六〇行)。リアは答えを求める、「話せ」(同八五行)。「何もありません」(同八六行)と、劇全体に暗くこだまする言葉を娘が発すると、リアは最も恐れていた空虚さ、敬意の喪失、アイデンティティーの消滅を聞いたと思うのだ。

劇の最後で、〈消滅〉は、思っていたよりもひどい形でリアのもとへやってくる。女王一座の古い劇やそのほかすべての話では、リアがコーディーリアと和解し、王座に復帰するところで物語が終わる。シェイクスピアの初演時の観客は、そうした明るい終わり方を期待していたに違いないが、ひょっとすると劇の最後には、老いたリアが死に、徳高い娘が王座に上るのではないかとも思ったかもしれない。シェイクスピアがコーディーリアの勝利を切り捨ててしまうなど思いもよらなかっただろう。罪なき者が天下晴れて認められるからこそ物語全体に道徳的な意味があるのだ。ところが、描かれるのは、打ち砕かれた王が、殺された娘を腕に抱き、悲しみに吼《ほ》える姿だ。「これが約束された終わりか？」と、傍観者のひとりが、信じられないという観客の気持ちを代弁する。この前代未聞のクライマックスにおいて、これまで不透明と呼んできた劇的効果は、文字どおりのものとなるように思われる——「何もかもわびしく、暗く、耐えがたい」——死にかけたリアは、コーディーリアがまだ生きているというありえない希望から、コーディーリアは死んでしまったというどうしようもなく暗い認識へと狂おしく落ち込んでいく。

そう、そう、死んだ！

なんだって、犬や馬やネズミが生きていて、
おまえは息をしないのだ？　もう帰ってこない。
決して、決して、決して、決して、決して！

（第五幕第三場二六二、二八九、三〇四～七行）

子供を亡くすとはどんな気持ちなのかを想像させる悲劇のクライマックスだ。シェイクスピアが書いた台詞のなかでも最も痛ましいものである。

しかし、それはハムネットのことではなく、コーディーリアのことであり、息子が死んだ直後ではなく、一〇年近く経って、繁栄と成功の時代に書かれた台詞だ。シェイクスピアの作家人生はこのとき最盛期を迎えていた。すばらしき四五年の治世に幕を引いてエリザベス女王が一六〇三年に逝去しても、シェイクスピアも劇団も無傷だった。それどころか、数週間もしないうちに、新統治者スコットランド王ジェイムズ六世が、イングランド王ジェイムズ一世となって、宮内大臣一座を国王の劇団、国王一座としたのである。

国王とその家族は、国王の新しい劇団に大いに興じた。劇団は一六〇三～四年の冬に宮廷で八本の劇を上演した。次のシーズンには、『スペインの迷宮』（現在散逸）、ベン・ジョンソンの諷刺喜劇二本（『癖者ぞろい』『癖者そろわず』）など一一本の宮廷上演。うち、シェイクスピア劇は実に七本――『オセロー』『ウィンザーの陽気な女房たち』『尺には尺を』『間違いの喜劇』『ヘンリー五世』『恋の骨折り損』『ヴェニスの商人』――である。実際、国王は『ヴェニスの商人』を気に入って、三日間に二度も、一六〇五年の二月一〇日と一二日に、上演を命じた。亡き女王は演劇を楽しんだが、この新しい国

王がパトロンについたことは、劇団にとっても筆頭劇作家にとっても、前人未到の大成功を意味していた。

シェイクスピアは劇団の宮廷上演と一般上演のすべてから収益の分け前を得たのみならず、グローブ座の共同所有者として、株主全員が支払った賃貸料の配当を受けていた(つまり、賃貸料を自分に支払うという結構な立場にいたわけである)。想像力、プロデューサー的技量、根気強い頑張りで、シェイクスピアは金持ちになった。ジュリエットの乳母が言うように「大儲け」したのである(『ロミオとジュリエット』第一幕第五場一一四行)。その金で、たとえばベン・ジョンソンやジョン・ダンと違って、本を買ったという証拠はない(絵画、アンティークのコイン、小さなブロンズ像その他の教養を示すものや芸術品を所有した形跡がないことは言うまでもない)。興味の対象は、ストラットフォード内外の不動産にあった。

妻子を住まわせるためロンドンに住居を買うことだって容易にできたはずなのに、妻子は田舎暮らしを好んだ——あるいはシェイクスピアがそう望んだ——らしい。一五九七年末、ハムネットの死後一年ほどして、シェイクスピアはアンと二人の娘(一四歳のスザンナと一二歳のジューディス)を、ストラットフォードに購入した大きな三階建ての木造煉瓦造りの家ニュー・プレイスに落ち着かせた。この家は、一五世紀末に町の有力者が建てたもので、一八世紀には解体されてしまったが、残存するスケッチやその他の資料により、シェイクスピアがすばらしい大出世を遂げた証《あかし》となっていたことがわかる。五つの切妻、暖炉で暖まる一〇の部屋、三方に庭と果樹園があり、納屋が二つに、離れ家がついて、資産家の紳士が住むにふさわしい場所であった。一六〇二年五月、そしてまた一六〇五年七月に、シェイクスピアはストラットフォード地区の「土地」(「ヤードランド」という単位

広くシェイクスピアであるとみなされているこの肖像画は，シェイクスピアの名づけ子であると自称するサー・ウィリアム・ダヴェナントが所有していたと言われる．ダヴェナントは，自分がシェイクスピアの庶子であるとほのめかしている．服の質素さが金のイヤリングで強調されている．

ナショナル・ポートレート・ギャラリー

で計られた）と十分の一税徴収権に対してかなり巨額の投資をしている。今や、成功した劇作家兼役者であるのみならず、左団扇《うちわ》で暮らすストラットフォードの有力者のひとりとなったのである。

一七世紀の伝記作家ジョン・オーブリーによれば、この規模の取引をするには、年に一度という定期的な帰郷のほかに一度か数度、家族のもとに帰る必要があった。馬での長旅の途中休憩をするとしたら、オックスフォードだった。そこにあるタヴァーンという名の酒場に、昔の噂によれば、シェイクスピアはしょっちゅう訪れていた。タヴァーンの所有者は、ジョン・ダヴェナントという葡萄酒商人であり、妻ジェインと、のちに名高い王政復古期の劇作家となるウィリアムという息子を含む子沢山で暮らしていた。ジョン・ダヴェナントは、かなりの堅物で、にこりともしなかったというが、商売は繁盛し、大いに尊敬され、オックスフォードの町長に選ばれるほどだった。ジェイン・ダヴェナントは、「とても美しい女性であり、大変機知に富み、きわめて感じのよい会話ができた」と言われる。

シェイクスピアは、この一家と親しかったようだ。ウィリアム・ダヴェナントの兄ロバートは、牧師であり、子供の頃シェイクスピアが「一〇〇回キスしてくれた」ことを憶えていた。ウィリアムは、自分がシェイクスピアにちなんで名づけられたと主張し、仲のよい友達には、シェイクスピアは名付け親以上の人だとほのめかした。自分の書くものは「まさにシェイクスピアの精神」を表わすようだと、ワインを飲みながら話したのだ。今も昔も、うぬぼれた自信を意気盛んにまき散らす野心的な劇作家は、このような突飛な主張をするものだが、ダヴェナントの酒飲み仲間は、ダヴェナントがシェイクスピアの息子である「と思われたがっている」と見なした。ウィリアムは、国王への忠誠を貫いて空位期間に投獄され、のちにナイト爵に叙された熱烈な王党派だったが、そんな高名な紳士が、生まれの卑しい劇作家の庶子だと吹聴するということは、一七世紀末にシェイクスピアが高い評判を受けていた動かぬ証拠であると言えよう。もちろん、ショックを受けた当時の人たちもいた。ダヴェナントが自分の母親を(そうした人たちが言うには)淫売にしてまで、自分の芸術的名声を高めようとするのはやりすぎと思えたのである。

ウィリアム・ダヴェナントは、一六〇六年三月三日に洗礼を受けたので、ダヴェナントの眉唾と思えるほのめかしが本当なら、シェイクスピアは一六〇五年の晩春から夏にかけてのどこかで――ひょっとするとその年七月に話がまとまった大規模な不動産買収の関係で――オックスフォードにいたことになる。この時期にシェイクスピアがオックスフォードを何度か訪れていたとすれば、秘密の愛の生活を送ったかもしれないと想像するのとは別に、おもしろいことになる話がある。

一六〇五年八月二七日から三一日にかけて、ジェイムズ王は、アン王妃(元デンマーク王女)と息子ヘンリーを伴って、初めてオックスフォードを公式訪問した。その四日間にオックスフォード大学は四本の劇を上演した。三本はラテン語だが、四本目はご婦人方のために(また、自分では認めたがらなくともラテン語が怪しい殿方のために)英語で演じられた。

御前上演は、決して無計画や即席でできることではなかった。舞台衣装がロンドンの国王祝典少年劇団から借り出され、偉大な舞台装置家イニゴー・ジョーンズが雇われて場面転換の特別装置を作った。そのときシェイクスピアがオックスフォード近くにいたのだとしたら、上演の様子を知りたいと思うのは職業上当然だっただろう。

上演は不首尾に終わったようだ。王妃と貴婦人方は、最初の劇『アルバ』(偉大な学者ロバート・バートンが一部執筆)に登場した半裸の男に気を悪くした。国王は、この劇にも次の劇にも退屈したようだ。実際のところ、三本目の『ウェルトゥムヌス』のあいだは居眠りをし、四本目は観ようともしなかった。四本のうち現在唯一台本が残っている『ウェルトゥムヌス』を見れば、国王の批評眼の確かさもわかろうというものだが、失敗したのは大変な期待はずれだったはずだ。なぜなら、役人たちが劇作を委嘱していたのは、セント・ジョンズ学寮の元特別研究員マシュー・グウィン——一六〇三年に皇帝ネロの生涯についてラテン語悲劇を出版したのみならず、なんと一五九二年にエリザベス女王がオックスフォードに滞在したときの劇上演を総監督したひとり——だったのだ。一七世紀初頭、グウィンはロンドンで開業医をしていた(ロンドン塔の囚人の医者でもあった)が、学識経験者として呼び戻されて、学のある国王のために劇を書いたのである。グウィンはまた、歓迎式典の演出も依頼されていた。シェイクスピアは特にこの式典のほうに興味を惹かれたようだ。

国王は、側近とともにセント・ジョンズ学寮に着くと、グウィンが台本を書いた「仕掛け」(一種のページェントないし小劇)で出迎えられた。三人の「シビラ」、つまり、年老いた女予言者のような恰好をした少年三人が、ジェイムズに挨拶した。三人は「まるで森から出てきたかのように」国王のもとへやってくる、と台本にはある。たぶん手に枝を持っているのだろう。ある目撃者の説明によれば、「すっかり蔦《つた》でできた城」から出てきたという。最初のシビラの言葉は、ジェイムズの祖先である一一世紀のスコットランド人バンクォーに起こった伝説的事件を思い出させる。バンクォーは「運命を決定する姉妹たち」に出会い、「果てしなき力」がバンクォーではなくバンクォーの子孫たちに宿ると予言される。「我々三人の運命の女神が、汝と汝の子孫たちのために詠唱しよう」と、語り手はジェイムズに語り、交互に歌う形での挨拶を始める。

万歳、スコットランドがお仕えするお方！
イングランドがお仕えするお方、万歳！
アイルランドがお仕えするお方、万歳！
フランスが称号と土地を与えるお方、万歳！
万歳、分かれたブリテンを一つにまとめるお方！
万歳、ブリテン、アイルランド、フランスの偉大な陛下！

こんな挨拶の儀式は、一見したところでは、どうやってもお粗末な失敗になりそうだが、国王を喜ばせようと慎重に仕組まれたものだった。はるか昔に遡《さかのぼ》って遠い祖先バンクォーを呼び起こすことで、より近い祖先が起こしたひどく気まずい思いを忘れられるのは、国王には心地よいはずだった。というのも、ジェイムズは所詮、スコットランド女王メアリの息子だったからだ。エリザベスが投獄し、「魔女を殺せ」と怒号する国会議員たちの激しい圧力を受けて不承不承処刑した剣呑な陰謀家メアリだ。だが、この挨拶の儀式によって、ジェイムズに忠義を尽くすイングランド臣民は、ジェイムズをスコットランドからの侵入者とか、バビロンのおぞましき娼婦の息子とかではなく、統一国家の支配者として運命づけられた者と見なしていることをジェイムズに請け合ってみせたのだ。しかも、名声と栄華と安泰の展望は、ジェイムズの子供たちヘンリーとチャールズにまで広げられた。「我らは、この運命にいかなる時代も区切りもつけぬ」と。

ジェイムズは落ち着かなかった。極度に落ち着かなかった。リラックスしようとしてできないわけではなく、難解な学問的命題を考えて遊び、酔っ払い、ハンサムな男性の寵臣を可愛がり、動物を殺して特異な喜びに耽《ふけ》ることだってできた。気分がよいときは、自分を笑うこともあったし、ひどくからかわれても大丈夫だった。だが、つきまとう恐怖から逃れ切ることはできなかった。花火のショーを観ても、喜びや驚きは心に響かなかった。ちょっとしたことで、過去の恐ろしい記憶が蘇るのだ。熱心な狩猟者でもあったにもかかわらず、どうしてもフェンシングができなかったのは、抜き身の剣を見ただけでパニックを起こしてしまうからだ。

おびえるにはそれなりの理由があった。母親が、自分が今坐っている王座にいた女王に処刑されただけではなく、父親も暗殺者の手で殺されたのだ。ジェイムズ自身、少なくとも一度暗殺されかかったことがあったし、それもおそらく一度だけのことではなかった。敵は、自分や子供たちを殺《あや》めるためにどんなことがあってもあきらめぬだろうとジェイムズは信じていた。鋭い刃物だけでなく、ピンを刺した蠟細工の小立像や、歯の抜けた老女がぼそぼそとつぶやく呪文も怖かった。エリザベスやヘンリー八世のように、予言には極度な不安を覚えた。妖術や魔術で将来を占うことは重罪だったため、マシュー・グウィンの害のない、ちょっとした挨拶の儀式でさえ少々無謀だった。それでも、自分と子孫の統治が何世紀も前に予言されていたと告げられることはジェイムズには深く安堵できることだったに違いない。セント・ジョンズ学寮の少年たちは、ジェイムズの臍本《ほぞもと》にあった病的な恐怖を追い払う一種の演劇的呪文をかけたのだ。国王は明らかに喜んだはずだ。この些細な挨拶の儀式は——シェイクスピアがそれを見守る群衆のなかに立っていたにせよ、見ていた人から伝え聞いたにせよ——シェイクスピアの想像力に焼きついたと思われる。

一年後、一六〇六年夏、デンマーク王が姉のアン王妃を訪ねにイングランドにやってきた。「宮廷で聞こえるものといえば、トランペットの響き、オーボエ、音楽、お祭り騒ぎ、喜劇ばかりだった」と、目撃者は記している。ジェイムズが賓客とともに坐って、自らの劇団である国王一座が演じる新悲劇『マクベス』を観たのは、こうした祝典のときだったようだ。三人の運命を支配する魔女たちが舞台に登場したとき、国王はセント・ジョンズ学寮の野外で演じられた愉快な、たわいない演《だ》し物を思い出しただろうか？　たぶん思い出さなかっただろう。イングランドの王座に就いてから、趣向を凝らしたショーなどふんだんに観てきたわけだし、ほかにいろいろ考えることもあったのだから。

しかし、シェイクスピアは、老女シビラに扮した三人の少年を見たか聞いたかして、忘れることはなかった。『マクベス』のなかでその三人を出現させ、末永き王朝の心強い未来像を再演したのだ。劇の半ば、マクベスは「秘密の、邪《よこしま》な、真夜中の鬼婆」に話をしに行く。「俺の心臓は／一つのことを知りたくて動悸がしている」と、マクベスは魔女たちに言う。

教えてくれ、おまえたちの技で
わかるのならば。バンクォーの子孫は、
この王国を支配するのか？
(第四幕第一場六四、一一六〜一一九行)

魔女たちは、もうわかっていることだけで満足するように強く勧めるが、マクベスはどうしても教えろと言う。曖昧なままでは耐えられない——「俺は知りたいのだ」(第四幕第一場一二〇行)。そして、答えとして奇妙な光景を見せられる。いつの時代でも国王を安心させるために上演される余興に似た見世物《ページェント》だ。

主人公が求めるものを手に入れると、ひどい結果になるというのは、シェイクスピアの悲劇の定番である。マクベスは、王ダンカンのために大きな戦に勝ち、立派に名誉を与えられたが、その名誉は、落ち着かない不満を刺激するだけだった。マクベスはダンカンを殺して王冠をつかむが、謀叛は疑惑と不安の終わりなき悪夢の始まりとなった。友人バンクォーの暗殺を命じても、殺されたバンクォーの亡霊につきまとわれ、バンクォーの息子が逃げたことに意気阻喪する。

マクベスは、ほっとしたい。落ち着きたいのだ。マクベスの言葉では、「完璧に」なりたい――「無傷なること大理石のごとく、ゆるぎなきこと巌《いわお》のごとく」。だが、「小癪《こしゃく》な疑念と恐怖のなかに窮屈にも閉じ込められ、押し込められ、束縛されている」と感じる(第三幕第四場二〇～二一、二三～二四行)。こうした疑念と恐怖を取り除こうとして、魔女たちに向かって、これからどうなるのか見せろと要求する。だが、マクベスが見る答えは、マクベスにとって非常につらいものであった。魔女の見世物《ページェント》で示されるのは、自分自身の系譜ではなく、自分が殺した男バンクォーの後継者の行列だからだ。八人の王が目の前を通り、最後の王は、さらにもっと大勢続いていることを示す鏡を手にしている。魔法の鏡は、魔女伝承ではおなじみの小道具であり、一六〇六年の宮廷上演においては、さらに別の目的も果たしたかもしれない。役者が王座に近づいて、鏡を掲げ、バンクォーの後継者であるジェイムズが自分の姿を映し見られるようにしたかもしれないのだ。ここでも、オックスフォードでの仕掛けと同様に、運命の姉妹たちは「果てしなき力」を予言する。「なんと」と、絶望するマクベスは尋ねる、「この系譜は、この世の終わりまで続くのか?」(第四幕第一場一三三行)。

シェイクスピアは、『マクベス』を追従《ついしょう》のように、いや、たぶん追従として構成した。しつこいまでの賞讃は当時の王宮での余興ではかなりよくあることだったが、この追従は直接的でも個人的でもなく間接的であり、王朝全体に関するものだ。つまり、ジェイムズが称えられるのは、本人が賢くて教養があって政治に長けているからではなく、はるか昔の高貴な祖先から脈々と続いて息子たちへと継承される正統な家系にいるからなのだ。この点を強調するために、シェイクスピアは歴史的事実をねじ曲げなければならなかった。グウィンの見世物は、たぶんラファエロ・ホリンシェッドの『年代記』――シェイクスピアが英国史劇を書くのにかなり利用した本――からバンクォーを採ってきている。しかし、グウィンの先例に倣《なら》って、シェイクスピアがホリンシェッドのスコットランド史のページを開いたとき、シェイクスピアがそこに見出したのは、バンクォーは血塗られたマクベスの盟友であって、マクベスを倒す正義の味方ではないということだった――「それゆえ、ついにマクベスは、バンクォーをはじめとする信頼のおける友人たちに、なさんとする意図を伝え、友人らの援助に力を得て、王を殺したのである」。これに対して、シェイクスピアのバンクォーは、高潔で品がある。マクベスが用心深く、それとなくバンクォーの援助を求めても、実直なバンクォーは現王への忠誠をさりげなく、だがきっぱりと言明する。つまり、シェイクスピアはジェイムズの祖先を、マクベスの協力者から対立者へ変えたのだ。つい最近までの陰謀や裏切りのもつれで胸が悪くなるような過去を持つジェイムズにとって、その家系に巌のごとき厳正なる土台があると告げられることは、まんざらでもなかったに違いない。

治世安泰と確乎《かっこ》たる王朝継承の未来像は、国王だけを魅了したのではあるまい。数か月前、国全体が深く恐れ慄《おのの》いたばかりだった――間一髪の危ないところで謀殺計画が発見されたのだ。殺されるところだったのは、ジェイムズとその家族全員と宮廷人――事実上、王国の政治的指導者全員だった。一六〇五年十一月四日、国会を新たに開廷するために国王ジェイムズ一世本人が出廷する予定となっていた前夜のことだった。事件をほのめかす匿名の手紙が数日前に届き、警戒した官吏たちは、国会議事堂の下まで掘り進められていた地下室にいたガイ・フォークスを逮捕した。地下室には火薬の樽や鉄の棒がずらりと並んでおり、板切れや石炭で隠されていた。ジェイムズ一世がローマ・カトリック教徒に信教の自由を認めようとしないことに憤慨した数名の陰謀者グループが捨て身の計画を考え出し、フォークスは、懐中時計、導火線、火口《ほくち》を持って、それを実行に移そうとしていたのだ。苛酷な拷問を受けて、フォークスは、政府全体を吹き飛ばそうと共謀した仲間の名前をすっかり吐いた。共謀者たちは狩り出され、抵抗した者はその場で殺された。殺されなかった者は逮捕され、国王が密かに見守る裁判を経て、首吊りにされ、まだ息のあるうちに切断され、はらわたを引きずり出され、八つ裂きにされた。

逮捕されて、この火薬陰謀事件《ガンパウダー・プロット》の法廷に召喚された者のなかに、ヘンリー・ガーネット神父がいた。イングランドにおけるイエズス会の裏組織のリーダーだ。ガーネットには不利になる確証がほとんど何もなく、無実を訴えたが、政府の検察官は、神父が『二枚舌論』の著者であることを重視した。宣誓供述を紛らわしい曖昧な言い方にしても道徳的罪に問われないと論じた本だ。またもや国王が、眺めのよい秘密の場所から裁判を見守った。ガーネットは謀叛罪を宣告され、引きまわしの板に乗せられて処刑のためにセント・ポール寺院の庭まで引きずられ、斬られた首はロンドン橋の槍のうえに、ほかの生首と一緒にさらされた。

「国王はおびえておいでだった」と、ヴェニス大使は書いた。「いつものように皆の前に姿をお見せになったり、お食事なさったりしない……枢密院議員たちも警戒し、事件自体と国王の不信感に面食らっている。町は大変不安定な状態になっている。カトリック教徒は異端者を恐れ、異端者はカトリック教徒を恐れ、どちらも武装している。外国人は、家が暴徒に襲われる恐怖におびえて暮らしている」。この出来事を、検察官サー・エドワード・コークは「重く陰気な悲劇」と呼んだが、この悲劇が流血の大団円によって国民に平穏をもたらすはずだったとしたら、成功したとは言えなかった。三月二二日、国王が毒塗りの剣で刺されたという噂がぱっと広がった。やったのはイギリス人イエズス会士だと言う者もいれば、女装したスコットランド人だと言う者もおり、スペイン人とかフランス人とも言われた。市の城門は閉じられ、兵隊が徴募され、宮廷人は青ざめ、女たちは泣き出した――そしてとうとう、国王は、自らの息災《そくさい》を強調する布告を出した。国が見た悪夢はなかなか覚めやらなかった。

ほかの劇団もそうだが、国王一座は、こんなときにロンドンの一般観客と宮廷に最もふさわしい演《だ》し物は何かをよく考えなければならなかった。『マクベス』という劇を、シェイクスピアは皆を安心させる集団儀式のように機能する劇として書いたのではないだろうか？　だれもが恐れ慄《おのの》いていた――支配階級のエリートたちは、王家とともに皆木《こ》っ端微塵《ぱみじん》に吹き飛ばされていたかもしれず、王国は寸断され、血で血を洗う宗教戦争の紊乱《ぶんらん》に突入するところだった。それゆえ、一一世紀のスコットランドでの出来事を上演すれば――すなわち、弑逆《しいぎゃく》の謀叛、秩序と品位の喪失、国賊の血塗られた手から王国を奪い返そうとする長い葛藤を舞台で演じれば――一七世紀の観客は、今回の惨事を象徴的に示すこの舞台を通して、秩序が見事回復するさまを目撃することになるだろう。

『マクベス』の筋は、確かに、火薬陰謀事件とはかなり違う。カトリック教徒の陰謀などないし、差し迫った爆破もなく、王国が危機一髪のところで助かるということもない。だが、シェイクスピアは、いくつかの微妙な当てつけを仕組んでおり、そのなかで最も有名なのは、初演時の観客のあいだに身震いするような笑いの漣《さざなみ》を引き起こしたに違いないジョークだ。シェイクスピアが書いたなかでも特に恐ろしくて心が病むような悲惨な場面の直後、奇妙に滑稽な瞬間がやってくる。マクベスはたった今、自分の城の客であるダンカン王が眠っているところを卑劣にも殺害したばかりだ。やってしまったことに大きく動揺し、恐怖と悔恨に駆られたマクベスは、野心的な妻と不安な言葉を交わす。と、そのとき、城門を叩く大きな音がする。

ノックの音は単純な趣向であるが、上演ではたいていいつも、どきりとする効果がある。マクベスが、殺人前にこれからやろうとすることを思い描いただけで「心臓があばら骨をノックする」(第一幕第三場一三五行)と感じていた戦慄が、絶妙な伏線となっている。

執拗なノックが続くなか、共謀者夫婦は、手から血を洗い落とし、夜着に着替えようと退場する。マクベス夫人は、氷のように冷静で慎重で自信がある——あるいはそう見せかけている。「ほんのちょっと水があれば、こんなこと、消えてしまいます」(第二幕第二場六五行)。度を失ったマクベスとは対照的だ。「ノックでダンカンを起こしてくれ。起こせるものなら」(第二幕第二場七二行)と、マクベスが言うのは、おびえてなのか絶望してなのか、切望のつもりか辛辣な皮肉のつもりなのか?

このときだ。門番が物音に起こされ、昨夜の酒の酔いも醒めぬまま登場する。ぶつぶつと文句を言いながら、門の錠を外しに行くさまは、まだ夢見心地のようだ。門番は、自分が地獄の門番だと想像している。門番として門を開けて、新しくやってきた亡者をなかへ入れてやるのだ。そして、「二枚舌野郎が来た」と、想像上の罪人《つみびと》のことを言う。「ああともこうとも誓いを立てる両天秤野郎、神様のためとぬかして謀叛を起こしやがったが、二枚舌で天国へは行けなかったな。さ、入ってこい、二枚舌野郎」〈第二幕第三場八～一一行〉。この地獄の門を叩く謀叛者の二枚舌野郎とは、最近処刑されたイエズス会士ヘンリー・ガーネットのことであることはほぼまちがいない。

なぜシェイクスピアは、あるいはほかの劇作家は、一六〇五年一一月のこのうえなく劇的な出来事をもっと直接に描かなかったのだろう？　この事件は、国家の危機と救済というすばらしい物語を形成するではないか？　それに、ジェイムズ王の筆頭顧問官ソールズベリー伯爵が用心深く演出したように、邪悪な計画を暴く決定的な役割を国王本人に演じさせることもできたはずだ。匿名の警告状にはこう書いてあるだけだった。「国会は大変な打撃を受けるだろうが、だれの仕業かわからない」。ソールズベリー伯爵の言い分によれば、伯爵も枢密院もこの不明瞭な文の意味がわからなかったのに、国王が見事に読み解き、地下室を捜索させたのだという。一一月五日を国民感謝の日と定めた法令は、「万能の神が、偉大な国王陛下に聖なる霊を吹き込まれて、示された手紙の暗き意味を、凡庸な解釈を超えて陛下に読み解かしめることがなければ」破壊計画は成功していたであろうと公告した。このメロドラマのような話は、まさに劇団への贈り物のように思えるのだが、どうして国王一座はそれを受け取らなかったのだろう？

答えは、一つには、政府の警戒態勢の長い歴史にある。ロンドンに公衆劇場が建てられる以前にまで遡る歴史だ。一五五九年、エリザベス女王治世の初年度、女王は「宗教的事柄や国家統治の問題を扱うインタルード劇の上演」を許してはならないと役人たちに指示した。演劇をすっかり禁じることなしにそうした禁止令を広い意味できちんと施行することはまず無理なのだが、検閲官たちは時事的論争にあまりに関与する劇に神経を尖らせた。そのうえ、君主も支配階級のエリートも、どんなに実物以上によく描かれようと、舞台で表象されることを嫌った。そうした表象を許せば、自分たちは庶民のおもちゃになってしまう。女王が言うように、庶民が「偉大なるものに馴れ馴れしくなる」ことを恐れたのだ。

しかしながら、国家的危機をすんでのところで回避したばかりだというのに、『マクベス』のテクストに、最近の命拾いを祝う国王への序詞さえ書き加えられていないことは驚くべきことだ。また、サタンの天敵にして神の寵児としてのジェイムズの役割に讃辞を贈らないのも不思議だ。バンクォーの賢明なる後継者によって統治される幸福を感謝することもない。シェイクスピアが地獄の二枚舌野郎についての曖昧な暗示だけにとどめたのは、劇団がその年初めの冬に経験した当惑と関係があるかもしれない。

国王一座はどこから見ても大成功を収めていた。一六〇四年一一月一日と一六〇五年二月一二日のあいだに、宮廷で一一本もの公演を打ち、そのうち三本以外はシェイクスピア作だった。だが、そのうち一本が、破滅的な結果をもたらしかねない問題を起こしたのだ。パトロンである国王に支えられ、国一番の劇団としての地位が安泰であるのをいいことに、一座はどうやら、どこまで許されるものかこれまでの限界を超えて試してみようとしたらしい。一六〇〇年八月にジェイムズの身に実際に起こった劇的事件を踏まえた芝居を上演して、国王の関心を惹き、一般観客を喜ばせようとしたのだ。ガウリ伯爵とその弟アレグザンダーの手になる暗殺——とジェイムズは主張する——を危機一髪で逃れたという事件だ。

火薬陰謀事件と同様、この事件の公式の説明はメロドラマじみている。供まわりの者を連れてスコットランドで狩猟中だった国王は、金貨の壺にまつわる奇妙な話を聞いてガウリ邸まで馬を走らせた。そこでアレグザンダーに誘われて、従者を伴わず小塔へ登っていった。一方、広間に待たされて、心配を募らせた家来たちは、国王がこっそり抜け出して屋敷から馬で立ち去ったと信じ込まされたが、探しに出ようとしたところで、小塔の窓から身を乗り出して「殺《や》られた！　謀叛だ！」と叫ぶジェイムズの姿に驚いた。小塔の扉には鍵がかかっていたが、国王の部下ジョン・ラムジーは、別の階段を駆け上がって部屋に押し入り、ジェイムズがアレグザンダーともみ合っているのを見た。ラムジーは国王を襲うアレグザンダーの顔と首を刺し、階下では忠臣たちがその兄、ガウリ伯爵を始末していた。

この話ができすぎであるのは、偶然ではないだろう。第三者的立場にいる人は、うすうす気づいただろう——国王の不信を買った強力な貴族二人が政治的に謀殺されたのだ、と。国王は二人に八万ポンドもの大金を借りていた。公式発表によれば、ガウリ伯爵は、臣下としての忠誠の義務を裏切り、客に対する主人の義務を踏みにじったのみならず、神を冒瀆したという。「魔法の文字や呪文の言葉がつめられて封がされた小さな羊皮紙の袋」が伯爵の遺体から発見された。その袋を取り除いたとたん、初めて遺体から血が流れたという。ヘブライ語の文字から、持ち主は「カバラ」つまりユダヤ教神秘思想の持ち主であり、「魔術を行ない、悪魔を呼び出す者」だと判事たちは断言した。何人かの目撃者を「足締め具」——足の骨を砕く装置——で拷問したところ、国家が必要としていた証拠が続々と出てきた。そそくさと処刑をし、国王がガウリ家の財産を没収して、話は終わる。スコットランドの聖職者は、「そのような邪悪な謀叛から陛下が奇跡的に救われたことで神を称え」るようにと指導された。この話を疑ったか、そのような指導は偶像崇拝的だと考えたか、これを断った聖職者もいて、直ちに職務を解雇された。ほとんどはしぶしぶ言うとおりにしたのである。

国王一座と提携する劇作家——ひょっとするとシェイクスピア自身——が、この話はおもしろい劇になると考えた。もちろん、だれか(これもやっぱりシェイクスピアかもしれない)がジェイムズの役を演じなければならないのだから、存命中の有力者や同時代あるいは最近の出来事を描いてはならないというエリザベス女王の禁令を破ることになる。しかし、この規制が新体制でも続くのか、劇団としては試してみたいところもあったかもしれない。そのうえ、ガウリ邸での血腥《ちなまぐさ》い出来事の国王側の説明を積極的に支持した人に、わざわざ褒美が与えられたということも劇団は気に留めていたとも考えられる。イングランドの観客はこうした出来事に夢中になるだろうという読みもあった。少なくとも、読みはまったくはずれではなかった。一六〇四年一二月『ガウリの悲劇』は二度、大観衆を前に演じられた。しかし、宮廷のスパイが記したとおり、だれもが喜んだわけではなかった。「題材が悪いのか、演じ方が悪いのか、王族が存命中に舞台で演じられるのはふさわしくないと思われたのか、ある偉い参事官の大変なご不興を買って上演禁止にすべしと言われた」。この読み違いの結果、劇団は不人気にはならなかったものの、劇は明らかに上演禁止となった。それ以外の公演記録はなく、台本も残っていない。

一年後、火薬陰謀事件の興奮醒めやらぬうち、もう一度スコットランドの劇を取り上げようとした国王一座は、今度はもっと慎重にしなければならないとわかっていた。上演しようとしたのはスコットランドの謀叛の話――貴族が黒魔術により道を踏み外し、客として迎えた王を殺害しようとする話、すなわち『マクベス』だ。時代設定をかなり昔にしなければならない。そして国王の想像力を捉えるようなものを上演したければ、国王の心をもっと注意して読み取らなければならなかった。その心とは実に奇妙なものであることを、イングランドの臣民たちは見出すことになる。

エリザベス女王の名づけ子であるジョン・ハリングトンという高名な知恵者が、一六〇四年、国王との会見を記している。国王は衒学的な調子で始めた――学があるところを見せびらかしたのだ。ハリングトンはこう書いている。「その調子は、ケンブリッジ大学で私を試問した試験官を思い出させた」と。そして、文学談義となり、イタリアの叙事詩人アリオストの話になった。それから会話は奇妙な展開になる。「陛下は、魔術におけるサタンの力について私の意見を強くお求めになり……なぜ悪魔はよりによって老女と手を組むのかと尋ねられた」。ハリングトンは、国王の質問が異様に切羽詰った感じであったのをきわどいジョークでかわそうとした。聖書には、悪魔は「ひからびた場所を歩く」のが好きだと書かれてありますと述べたのだ。だが、ジェイムズは笑いもしないで、話題を変えた。国王の母が死ぬ前にスコットランドの空に不気味な亡霊が現われたというのだ。「宙を踊る血まみれの首」だ。ハリングトンは自分を制止して、これ以上ふざけたことを言うのはやめにした。

魔女や亡霊についてのジェイムズの不安は笑いごとではなかった。国王の寵愛に与《あずか》りたいなら――宮廷人のみならず劇作家も――真剣に受け止めなければならなかった。国王一座には、国王を喜ばせるための劇を書くために、筆頭劇作家が国王の空想世界を調べるという了解があったかもしれない。文書化した合意など必要なかった。とりわけ『ガウリの悲劇』の大失敗のあと、国王を喜ばせるために国王を知ることが望ましいのは当然だった。

一六〇五年八月、シェイクスピアはたまたまオックスフォードを通りがかったのではあるまい。『ハムレット』でホレイシオが国王を見守るように、ジェイムズの反応を見守るべく、任務を帯びて来ていたのかもしれない。国王のために上演されたショーに国王がどう反応するかを観察することは有益だった。この場合、国王が居眠りをするような劇は何かはっきりとわかっただろうが、それでは鍵となる質問「国王に居眠りをさせない劇はどういうものか」の答えにならない。国王に恐怖を感じさせないで注意を惹くにはどうしたらよいだろう？　おもしろいと思わせ、好奇心を満たし、褒美を与えたいと思わせ、もっと観たいと思わせるには、どうすれば？　国王一座は国王の頭のなかをのぞき込まなければならなかった。歓声をあげる群衆にまぎれてジェイムズを凝視したところで、ハリングトンが会話から得たような洞察は得られなかった。単なる役者には王と話をするなどという特権は望むべくもなかった。しかし、国王の興味や想像世界への別なアプローチ方法があった。ジェイムズは、一五九七年に魔術についての学のある対話編『悪魔学』を出版するという奇矯に及んだのだ。この本は、一六〇三年にロンドンで再版され、シェイクスピアも容易に入手できるものだった。「魔術など信じられないという人は多い」と、懐疑論があることを認めながら、この本は、不信は無神論を奉じて地獄へ落ちる第一歩だと論じている。魔女は実在し、国家全体にとってきわめて危険な存在なのだ。

シェイクスピアは、スコットランド出身の国王に講義してもらうずっと前から魔女のことは知っていた。降霊術師、魔法使い、祈禱治療師を探して国じゅうを旅した聖職者の使節のことを聞いたことがあったかもしれない。国会の法令は、「魔術、呪文、妖術」を死罪と繰り返し定めていた。呪術その他の非合法の手段で「女王陛下がどれぐらい長生きをするかとか、女王陛下亡きあとだれがイングランドの国王ないし女王として統治するか」といったことを知ろうとすることを法律は禁じていた。シェイクスピアは、一六〇四年に議会を通過した次のような法令を読んだことがあったかもしれない。

いかなる意図ないし目的のためでも、邪悪な魔性の精霊と相談・会話をしたり、もてなしたり、雇ったり、食物を与えたり、報酬を与えたりしてはならない。墓、遺体安置所、ないし皮膚・骨など遺体の一部を納めた場所から、男女子供を問わず死者を呼び起こして、魔術、妖術、呪術、魔法を行なわせたり、手伝わせたりしてはならない。あるいは、だれかの殺害、破滅、消耗、衰弱、憔悴、身体不自由を引き起こすために、魔術、魔法、呪術、妖術を行なったり用いたりしてはならない。

田舎の生活に深い根っこのある人間として、シェイクスピアは、牛が病気になったり、作物がだめになったり、長引く病で子供が死にかけたりするのは、隣人の悪意ある魔法のせいだという話を聞いたり、ひょっとしたら直接知っていたりしただろう。そうした不幸を人は自然の原因のせいにもできたが、思いもかけない打撃——暴風雨、奇妙な消耗性疾患、説明のつかない不能——に遭うと、人は、道端のあばら小屋に住む貧しく無防備な老醜女のせいにして、脅し文句をぶつぶつ並べ立てたのだ。「魔女はたいていそうしたところにいて霰《あられ》や嵐を起こして頻繁に悪さをした」と、一五九二年にイングランドを訪れたドイツ人は記している。

一五八二年、ブライアン・ダーシーという自己顕示欲の強い野心的な治安判事が、エセックス州で自ら執り行なった、魔女たちを被告とする公判前の調書を出版した。そこには、日々の雑事に追われる田舎社会の迷信じみた日常が詳細に記されていたが、それは判事に唆されて暴力的な迫害へと駆り立てられていた社会だった。熱血の判事は、魔女の犯罪を発見できるはずだと決めつけ、小さな子供の証言や、諍いが絶えない隣人たちの証言から捜査を進め、ついに魔女たちの組織の全貌をつきとめてみせたのだ。魔女たちは、悪霊——ティフィン、ティティ、サッキンといった名前の、犬、猫、ヒキガエルの形をした「使い魔」——と共謀して破壊をもたらしていた。アーシュラ・ケンプは、サーロー夫人と口論になったあと、自らの霊ティフィン(「白い羊に似ている」)を送り込んでサーローの赤ん坊の揺りかごを揺らし、その結果、赤ん坊はもう少しで地面に落ちるところだった。「マンスフィールドのおっかさん」は、ジョーン・チェストンの家にやってきて、凝乳《カード》をわけてくれと頼んだ。ジョーンが「ない」と言うと、「まもなく数頭の牛が動けなくなった」。「リンドの女房」の報告では、マンスフィールドのおっかさんがやってきて「ミルクを一杯」求めた。「子牛に飲ませるほども余っていない」と断ると、その夜、子牛が死んだ。いずれも同じ、ちょっとした不親切、ちょっとした棘のある言葉——どこにでもある話だ——のせいで、ひどいことになったというのである。農夫の妻がどんなに攪乳《かくにゅう》をしてもバターができないとか、完璧になめらかに回る糸車の糸が切れたとか、元気だった子供がぐったりする——これは、シェイクスピアが内部にいてよく知っていたストラットフォード近くのスニッターフィールド、ウィルムコウト、ショタリーのような村の日常世界だ。ただ、ストラットフォード近郊には、幸いなことに、ブライアン・ダーシーのような人間がいなかった——近世初期の村の生活にあった日常的な緊張関係、欲求不満、悲しみといったものを「法の殺人」(不当な死刑判決)へと変えてしまう人間が。

ジェイムズの『悪魔学』からシェイクスピアが学び取ったのは、国王は魔女として告発された人々の多くが小村の老女であるという事実に驚きながら、そうした告発を生み出した地域の憎しみ合いや悲嘆にまったく関心を持っていなかったことだ。ブライアン・ダーシーとは違って、国王の心は、田舎の生活によくある怨恨から遠く離れて舞い上がっていた。博識の国王にふさわしく、ジェイムズは、壮大な形而上学的学説や、複雑な政治的戦略や、知識人や政治家らしい深遠なる考えを持っていた。そのうえ、魔術の嫌疑の多くは幻想や嘘であることを承知していて、自分の洞察力を誇りにしていた。

魔女は単独では魔力を持たないとジェイムズは考えていた。魔女は悪魔と契約を結び、契約は魔女集会《サバト》として知られる悪夢のような集会で祝われるのだ。キリスト教徒たちを真実の信仰からおびき出すために、悪魔は手下の魔女たちをたぶらかし、魔女が特別に認められた者であって、隣人を傷つける力をもっていると思い込ませる。つまり、魔法の効果と思えるものは、たいていインチキであり、「人の外的な知覚」を欺《あざむ》くために巧みに仕組まれた幻覚だった。こうした幻覚は、なるほど、すばらしく印象的であることが多かったが、驚くに値しない――「なぜなら、単なるペテン師でも、ありもしないものをあるように見せることができるのだから」。

悪魔の力には限界があり、そのことは天地開闢《かいびゃく》以来変わらなかった――本物の奇蹟など起こせないし、神々しい執政官たちを破滅させられないし、人の心も読めない――だが、どんな大ペテン師よりも優れていた。実のところ、悪魔は弟子たちに、「トランプやサイコロのいかさまをたくさん教え」、偽の奇蹟で「人の感覚を欺かせた」。特に、道徳的に弱い人を堕落させるのはお手のものだ。人の心は読めなくても、顔をよく見て心を読む程度の人相学には通じている。

悪魔の目的は、小村ではなく王国全体を崩壊させることであり、それゆえ第一目標は、あれこれの村人ではなく、この世で神の代理を務める国王だ。悪魔が弟子――いかにも知ったふうにジェイムズは「学者」と呼ぶ――にいかさまを教えるのは、国王を罠にかけるためなのだ。さすがに悪魔は、何世紀も生きて、人間や獣や自然界を詳しく観察し、惑わす技術を完全に会得しただけのことはあって、すばらしいいかさまができた。「悪魔は自らの学者を忍び込ませて、国王の信頼を得させる」と、ジェイムズは書いている。戦争の結末や国家の行く末など「多くの大事を予言し」、「半ば本当で、半ば嘘」をついて信頼させるのだ。サタンの学者が嘘ばかりつくのでは、やがて信頼を失うだろうし、すっかり本当のことを言ってしまうと悪魔の仕事をしたことにならない。それゆえ、学者の予言は「サタンのお告げと同様、いつも疑わしい」。驚くほど敏捷なサタンは、「世界の果てからあっという間に運んできた、すてきな饗宴やご馳走によって」国王を喜ばせるといったような方法も魔女たちに与える。そして、幻覚を起こす力も与えたようだ。それは、人の感覚をだますべく「霊によってやすやすと集められた空中のイメージでしかない」。

　曖昧で人を欺く予言、魅惑的な快楽、空気のような実体のない幻覚――こうしたものを使って悪魔は人を破滅させるとジェイムズは考えていた。それをシェイクスピアは見逃さなかった。慎重に注意を払ったことは、『マクベス』を見ればわかる。国王が実際に魔女を相手にして取調べをした様子をシェイクスピアはわざわざ調べたかもしれないし、スコットランド治世中にそうした取り調べがなかったかスコットランドにいただれかに尋ねてみたかもしれない。大勢のスコットランド人がジェイムズに同伴してロンドンに来ていたので、教えてくれそうな人は多かった。あるいは、際物《きわもの》的な小冊子『スコットランドからのニュース』でそのことを読んだかもしれない。冊子は一五九一年に出版されたが、その二年前、嵐でジェイムズの結婚式の準備が中断された。許嫁《いいなずけ》のデンマーク王女アンは、一五八九年にデンマークからスコットランドへ船でやってくる予定だったが、暴風雨のため、船はオスローに避難しなければならなかった。ジェイムズは待ちきれずにオスローへ渡り、式を挙げた。数か月後スコットランドへ戻ったとき、嵐は悪魔が妨害のために起こしたのだと確信するに至り、ジェイムズは、未曾有の大がかりな魔女狩りに自ら乗り出した。エジンバラから二〇マイルほどのところ、北海の入り江の村ノース・バーウィックにおいて、悪魔崇拝に集団で参加する魔女の組織を見つけてみせるというのである。

被告のひとりアグネス・トンプソンは、一五九〇年のハロウィーンの日に二〇〇人余りの魔女が笊《ざる》に乗ってロンドンへ渡ったと、国王とその議会に対して告白した。それから、魔女団のひとりゲイリス・ダンカンは、小さな楽器で「ユダヤ人のらっぱ」の旋律を吹き、サタンがいらいらと待ち受ける教会へ行く道すがら、皆で歌い踊ったと証言した。悪魔は説教壇に尻を乗せ、忠誠のしるしとして尻にキスをしろと魔女たちに毒づき、「この世の最大の敵」すなわちスコットランド王に対する悪意をぶちまけて「不謹慎な訓戒」をした。ジェイムズはこうして、サタンに攻撃対象として名指しされていることを知ったわけだが、国王としての尊厳を確認して満足する一方で、動転しただろう――というのも、自白させるのに拷問を使うのが大好きなジェイムズは、アグネス・トンプソンを〈審問〉中に、国王に対して行なった次のような呪いの方法を白状させたからだ。「黒いヒキガエルを捕まえ、その足を固定して三日間つる下げ、垂れてきた毒を牡蠣《かき》の殼で受け、しっかりふたをして保管し、国王陛下がお使いになって汚れたリネンの一部を入手するまで待つ」。国王のシャツやハンカチの断片でも手に入れることができたら、それに毒を垂らすと「陛下を魔法で殺せる」のだと、アグネスは国王を前にして語った。この計画は頓挫したものの、アグネスとその仲間は少なくともある程度の害を及ぼすことに成功した。猫に洗礼を施し、死んだ男の体の一部を猫の手足にくりつけ、それを海に投げたところ、その効果は「これまでに見たこともないほどの大嵐で海が荒れた」のであり、デンマークから帰国中の国王の船に逆風を吹きつけたのだ。「陛下が無事に海から生還されたのは、われらの意図よりも強い信仰をお持ちだったからです」。

こうした馬鹿げた嫌疑のすべてを信じる気になっていたジェイムズは、だまされやすい単純な王と思われたくない一心で、自ら審問し、女たちを裸にし、猥褻につつきまわし、拷問にかけてさんざんひどい目に遭わせたうえで、皆「ひどい嘘つき」だと断言した。だが、そのうちのひとりアグネス・サンプソンは、国王を脇に連れて行き、国王がノルウェーでの結婚式の夜に花嫁と交わした「まさにその言葉」を告げた。ジェイムズは仰天し、「地獄じゅうの悪魔がよってたかっても、そんなことはわからないはずだと神に誓い、女の言葉はまったくそのとおりだと認めた」。国王は、こうして確信したのである――魔女たちは嵐に荒れる海や、遺体を掘り返し猥褻な儀式を執り行なう墓場にいたのみならず、どういうわけか寝室にもいて、夫婦の秘め事の際に交わされた内密の会話を漏れ聞いたのだと。

こうした確信はジェイムズの身内だけの秘事《ひじ》とはされず、それに伴う深い恐怖や政治的権威とともに、公に記録された。シェイクスピアはその記録を注意深く読み、自分の劇作ともっと関わる事柄にも気づいたようだ。小さならっぱでゲイリス・ダンカンが演奏するスコットランド舞踏曲に合わせて魔女たちがノース・バーベック教会へ踊って入って行ったと聞いたとき、国王は「驚嘆」の声をあげた。国王はその魔女を呼び出し、御前でその舞踏曲を演奏するように命じたのである。

かわいそうなゲイリス・ダンカン。そもそも「どんな病気であれ、苦しみ悩んでいる人を皆助けてあげたい」と手を貸して、あまりにもうまくいくものだから主人の疑惑を呼んだ女中だ。最初は、無実だと主張したが、野蛮な身体検査や拷問を何度も受け――「指をつぶす責め道具で苛酷な拷問を受け、縄かロープで頭を縛られ締め上げられ」――当局側が望むとおりの告白をしたのだ。そして今度は、恐怖と随喜で夢中になった国王の前で、無理やり押しつけられた命取りとなる演技をしなければならない。ジェイムズは「こうした事柄の奇怪さゆえに、魔女たちの取調べに大変喜んでご出席なさった」と、『スコットランドからのニュース』は伝えている。魔術は、すくみあがるほど恐ろしいものだが、不思議な見世物でもあったのだ。

国王は魔女に「驚嘆」を感じたと、シェイクスピアは把握した――これぞまさに国王一座が国王に感じてもらいたい効果であった。それゆえ、シェイクスピアは新しいスコットランドの劇の始まりに、驚くべき見せ場を持ってきた。

どこでまた会おうか、わたしら三人？
嵐、雷、雨のなか？

（『マクベス』第一幕第一場一～二行）

三人のシビラが森から登場して運命を予言するというグウィンの仕掛けにヒントを得て、シェイクスピアは、バンクォーの後継者たちが長期安定政権を約束される劇を仕立てる。だが、セント・ジョンズ学寮でのかわいらしい礼儀正しさはきれいさっぱりなくしてしまった。ここでもまた、シェイクスピアは種本を根本的に変えて、かつては単純で見通しがよかったところに、文字どおり不透明性――「霧と汚い空気」――を導入したのだ。種本どおり、劇は三人の奇妙な人物たちで始まる――

こいつらは何だ。

ひからびて、ひどい恰好をして、
この世の生き物とは思えぬが、
それでも生きているとは？
〔中略〕
おまえらは女に違いない。
だが、その鬚《ひげ》を見ると
とても女に見えない。
（第一幕第三場三七〜四四行）

ただし、場面は荒野だ。マクベスが登場すると、「運命を支配する姉妹たち」の挨拶の言葉は、引用と言ってもいいくらい、驚くほど鮮やかにグウィンの余興を思い出させる。

魔女一　万歳、マクベス！　万歳、グラームスの領主！
魔女二　万歳、マクベス！　万歳、コーダーの領主！
魔女一　万歳、マクベス！　これから王になるお方！
（第一幕第三場四六〜四八行）

しかし、あのときの安堵感が今度は不安感となり、心からの歓迎の代わりに薄気味悪い妖気が漂う。劇世界にいるマクベスでさえ、幸福な予言を明確に受けたにもかかわらず、不安を覚える。「闇下、どうしてぎくりとなさる?」と、友人バンクォーが尋ねる、「なぜ恐れるのです、きれいな未来を予言されたのではありませんか?」（第一幕第三場四九〜五〇行）。

シェイクスピアは、国王の頭のなかに渦巻く暗鬱な幻想へ深く入り込んでいるのだ。ここにはすべてが描かれている——人を破滅に誘い込む曖昧模糊とした予言、かつてデンマーク王女アンを襲った「難破を起こす嵐と恐ろしい雷」（第一幕第二場二六行）、正統な国王への殺意と憎悪、幻視的亡霊、悪魔の二枚舌、体の各部を混ぜ合わせたおぞましい調合薬。魔女たちは、魔性《ましよう》のいたずらをすべく笊《ざる》に乗って船旅さえする。

だけど笊に乗って、そこへ行こう、
尻尾のないネズミのように。
そうしよう、そうしよう、そうしよう。

（第一幕第三場七〜九行）

ジェイムズが自ら命じた魔性の演奏に魅了されたなら、国王一座はそれに輪にかけた魔性の音楽を国王に聴かせようとするのだ。

おいで、みんな、あいつを元気づけてやろう。
最高のお楽しみを見せてやろう。
あたいは、音楽に魔法をかけて音を出させる、

あんたは、馬鹿踊りをやっておくれ、
この偉大な王様が親切にも
歓迎のお勤めご苦労とおっしゃってくれるように。

（第四幕第一場一四三〜四八行）

「この偉大な王様」——魔女たちはマクベスのことを言っているのだが、悪魔の余興を所望したのは物語上の王位簒奪者ではなく、イングランドとスコットランドの生きた王様だ。

どうしてシェイクスピアは、こんな皮肉な書き換えをする賭けに打って出たのだろう？　いやそもそも、どうして、グウィンの心が和《なご》むお世辞を、悪夢のような裏切りと破滅の悲劇に変えてしまう冒険をしたのだろう？　『マクベス』では、奇跡的に災難が回避されたりしない。ダンカン王は殺されてしまう——聖油を受けた国王には神のご加護があるはずではなかったのか？　真に善良なる者は、邪悪な魔術の犠牲者にはならないというジェイムズの思い込みを守らなくてよいのか？　背信、家族破壊、悖逆覇道《はいぎゃくはどう》——しかも、鋭い刃物を見るだけで青ざめる国王に、血まみれの短剣を執拗に見せつける。本物の短剣もあれば、マクベスが心の短剣と呼ぶものもある。確かに、バンクォーの子孫が果てしない王位継承を約束される見世物もあるにはある。また確かに、悲劇の最後の瞬間における秩序回復は、火薬陰謀事件ののちに王国に戻った秩序を表わしていると見ることもできなくはない。劇の終わりの瞬間に、勝利したマクダフによって舞台上に持ち込まれるマクベスの生首は、観客のだれもがロンドン橋を歩くときいつも見上げる陰謀者たちの首を想起させる。だが、『マクベス』は、国王を喜ばせたり、大衆を安心させたりする機能を果たしているとはとても言えない。

利用した題材のせいで、シェイクスピアが持っていたきわめてシェイクスピアらしい何かに火がついてしまい、劇の全体像を超えて暴発してしまったようだ。
シェイクスピアは、危ない橋を渡るプロだった。プレッシャーがあっても執筆できた――その異例な短さから判断して、『マクベス』はかなり短期間に書かれている――そして、想像力に導かれるままに進んだのだ。もし、セント・ジョンズ学寮の陽気なシビラたちが、おぞましい材料――

竜の鱗、狼の歯、
魔女のミイラ、人喰い鮫の
喉と腹、
闇夜に掘った毒人参、
罰当たりのユダヤ人の肝、
ヤギの胆嚢、月蝕の夜に
銀に染まった櫟《いちい》の小枝、
トルコ人の鼻、タタール人の唇、
売女が溝《どぶ》に産み落として
絞め殺した赤子の指。

（第四幕第一場二二～三一行）

――で煮えたぎっている大釜のまわりを踊る魔女たちになったのだとしたら、シェイクスピアもい。

同じようにしなければならなかった。さもなければ、くだらぬ劇を書いて、ジェイムズは居眠りし、興奮を求める観客は商売敵《がたき》の劇場へ逃げていくことになる。しかし、こんな説明では、やはり、どうしてシェイクスピアの想像力によって題材に奇妙な変更が加えられたのかの問いに決着がつかなロペッツ処刑を見守る群衆の笑いのせいでシェイクスピアのなかに起こった反応と似たようなものがここでも働いているのではないだろうか? 日和見をしながらも心のなかでは相手の気持ちを思いやり、自分で利用しているくせに道徳的には嫌悪しているという、相反するものが強く混ざり合った態度だ。ゲイリス・ダンカンの演奏に国王が驚喜したと知り、国王の幻想を満足させるにはどうすればよいのかがわかると、たちまちシェイクスピアの想像力は、有罪とされた人物のなかへ入り込んだのだ。シェイクスピアとその劇団は、言ってみれば、魔女と魔女集団となって演じるのである。歌を歌い、呪文を唱え、ジェイムズが望む感動を与える。そして、その感動を複雑にすべく、魔女という登場人物から発展して、家庭内の親密さと宮廷の策謀というもっと大きな、よりなじみのある世界を描いたのだ。

他人の人生に入り込めるというのは、一般に、想像力のすばらしいところだが、魔女の場合は、ある特別な約束事があった。魔女は、想像力が産んだものなのだ。中世とルネサンスの魔女狩り屋――もっと隣人を弾劾すべきだと考え、身体検査や拷問や裁判を強化し、とりわけ処刑をもっと行なうべきだと考えた男たち――は、魔女は幻想のなかを蠢《うごめ》くと信じていた。有名な魔法手引書『魔女への鉄槌《マレウス・マレフィカールム》』によれば、悪魔たちは、心のなかに直接物質的に入り込むことで幻想を起こすのだという。この本を著したドミニコ会の異端審問官ハインリッヒ・クレーマーとジェイムズ・シュプレンガーは、悪霊は、睡眠中覚醒中にかかわらず、人の心のなかに「部分的動き」と呼ぶものを惹き起こし、内的知覚を呼び起こして刺激する——すると、「心の貯蔵庫に蓄えられた概念が引き出され、心象やイメージを形成する機能に認知されるため、人々はこれらの事柄が本当だと思ってしまう」。このような、心のなかをかき乱し、脳の一部から他の部分にイメージを動かす過程を「内的誘惑」と呼ぶのだと、本には書かれている。これゆえに、人は目の前に実際にないものを——たとえば、短剣を——見てしまい、逆に実際にあるもの——たとえば、自分のペニスとか——が「妖術」(と異端審問官たちは呼ぶ)によって見えなくなってしまうのである。それゆえ、クレーマーとシュプレンガーは、こう記す。「ある男が言うには、自分の大事なところを切り落とされたので、知り合いの魔女に頼んで、それを戻してくれと頼んだ。魔女は、男にある木に登るように命じ、木の上にある巣のなかにたくさんあるうち好きなのを取れと言う。男が大きなのを取ろうとすると、魔女が言った、『それはだめだ、そいつは教区司祭のだ』と」。

シェイクスピアより年長のイギリス人田舎紳士レジナルド・スコットは、『魔女への鉄槌《マレウス・マレフィカールム》』にあるこのような一節を読んで、本全体が「いやらしい」一種の猥褻なジョーク本のように思えたと言う。だが、スコットはその衝動を抑えて、「これは冗談事ではない」と書いている。「なにしろ、著者は、これらの人々に死罪か否かの判決を下した審問官なのだ」と。スコットが一五八四年に反論として出版したのが『魔術の発見』だ。イギリス人が書いたなかで最高の魔術懐疑論である。イングランドの王座に上ったとき、ジェイムズは、スコットの本はすべて燃やすように命じた。しかし、シェイクスピアがこの本に言及していることを考えると、シェイクスピアは『マクベス』執筆時に、この本を入手して読んだようだ。

スコットは、そもそも魔女狩りにつながる殺人的幻想が生まれてくるのは言語の達人である詩人のせいだと論じる。スコットはこう書いている、

詩人オウィディウスは、魔女は雷鳴と稲妻、雨霰《あられ》、雲と風、嵐と地震を起こすことも鎮《しず》めることもできると書いている。月や星を引きずりおろすことができると書く詩人もいる。念じただけで、針を敵の肝臓へ送り込めると書く詩人もいる。まだ穂が出ない作物の場所を変えることができるとも。超自然的に病気を治す、空を飛ぶ、悪魔と踊る……霊を呼び出す（これは同意する者が多い）、泉を干からびさせる、水の流れを変える、太陽を隠す、昼を夜としてしまう。ドリルの穴から出入りし、卵の殻やザルガイ、紫貝の殻に乗って嵐の海の海面下を航海する。目に見えない姿になって、男から恥部を奪い、あるいは不能にしてしまう。墓から魂を連れ出す。

これは、詩人たちが与えたイメージであり、それゆえに人々は罪のない隣人たちを拷問したり殺したりしてきたのだ。だが、このおぞましい誤りに対する防護策があるとスコットは結論する。詩人が歌う歌を信じるな、というものだ。

国王一座は、このようなことを説教したりはしなかった。魔女の扮装をし、こうした妄念を利用して一儲けしようとしていたのだ。シェイクスピアの劇に出てくる魔女たちは、どうやら悪天候のなかを通っているらしい。「どこでまた会おうか、わたしら三人？／嵐、雷、雨のなか？」（第一幕第一場一〜二行）。魔女たちは、自然に反した暗闇を惹き起こすらしい。「時計によれば昼だけど、／暗

い夜が旅のランプを消し去った」(第二幕第四場六〜七行)。魔女は見えない姿になって、空を飛び、悪魔と踊り、笊《ざる》で航海し、呪文をかけ、男たちを干からびさせる。だが、確かにスコットが列挙してみせた、詩人たちがイメージした悪魔の力は、『マクベス』のなかに次々に表われるものの、奇妙なことに、魔女たちが具体的に何をしているのかということはわかりづらい。

『マクベス』の不透明性は、シェイクスピアが『ハムレット』『オセロー』『リア王』で印象的に用いたのと同じ、動機の根本的削除によって生み出されている。なぜハムレットが狂気を装うのか、なぜイアーゴーがオセローを憎むのか、なぜリアが娘たちに愛情テストをするのか観客にわからないとしても、なぜマクベスがダンカン王を暗殺しようと計画するのかははっきりとわかる――すなわち、妻にけしかけられ、王冠を自分のものにしたいと思うからだ。しかし、苦悶する独白のなかで、マクベスは自分自身の殺人幻想に深くまごついていることを露呈する。

まだ殺人を思ってみただけなのに、俺の思いは、
この一国に比すべき五体を揺るがし、
思っただけで身動きが取れなくなる。存在するのは無だけだ。
無が有になる。

(第一幕第三場一三八〜四一行)

おなじみの「王殺し」という昔からある動機の中心に、暗い穴がぽっかりあいている――「存在するのは無だけだ。/無が有になる」。そして、このマクベスのなかにある穴は、その意識のなか、

劇世界のなかで、魔女の暗い存在と結びついている。魔女たちは本当にマクベスの心にダンカン殺しの思いを掻き立てたのだろうか？　それともその思いは、魔女たちに会う前からあったのだろうか？　魔女たちはマクベス夫人とどこか類似点があるのだろうか――自分を「女でなくして」(第一幕第五場三八～三九行)もらうために、人間の思考に作用する悪霊たちに呼びかける夫人と――それとも魔女の悪は、夫人とはなんら関係がないのだろうか？　魔女たちの警告――「マクダフに気をつけろ」(第四幕第一場八七行)――のせいでマクベスはマクダフの家族を実際に殺してしまったのだろうか、それともマクベスはすでに血の海に深く入り込みすぎて、もはや後戻りはできなかったのか？　魔女たちの曖昧な予言のせいでマクベスは最後に身を滅ぼす自信過剰に陥ったのか？　それとも人民の支持を失い、マルカム軍よりも強大な軍力を失った結果、あのような終わり方をしたのか？　どの質問にも答えはない。劇の最後で、魔女たちは言及すらされず忘れ去られ、その役割は完了しない。シェイクスピアは、劇の脅威を魔女の肉体のなかに閉じ込めて劇を小さくしたくなかったのだ。

『マクベス』は、魔女たちを罰することなく終わっているが、恐るべき脅威として魔女たちを文化生活のなかに忍び込ませているのだ。この劇の精神(霊的理性)は、この忍び込む力にある。そのために観客は、魔女のことをすっかり終わりにすることができない。というのも、魔女は目に見えないときに最も暗示的に存在しているからだ。日常生活の何気ない関係に潜んでいるときにこそ、その力は強力に忍び寄ってくる。男らしさを失うことを心配したり、女の力を恐れたりするなら、荒れ野にいる鬚面《ひげづら》の鬼婆に目を向けるのでは不充分であり、自分の妻に目を向けなければならない。誘惑を心配するなら、自らの夢を恐れなければならない。将来に不安を感じるなら、親友を吟味しなければならない。そして精神的な荒廃を恐れるなら、おぞましい釜ではなく自分の頭蓋骨の中身に目を向けるのだ。「ああ、俺の頭にはさそりが一杯だ、妻よ！」（第三幕第二場三七行）。

魔女たち――気味の悪い、名状しがたい曖昧模糊たる存在――とは、シェイクスピアが数々の偉大な悲劇で用いてきた不透明性の原則を形にしたものである。シェイクスピアの劇場とは、ありきたりの説明が崩壊し、ひとりの人間が他人の頭に入り込み、幻想的なるものと肉体的なるものが接触する二枚舌の場なのだ。このようなシェイクスピアの芸術概念は、シェイクスピアがゲイリス・ダンカンの立場に立って、驚愕する国王の凝視を受けて演劇的魔術を演じることで生まれたのである。国王がどんな反応をしたのか記録はないが、シェイクスピアの劇団は、国王一座としての立場を失ったりはしなかった。

第十二章　日常の勝利

シェイクスピアは、引退の可能性を早くも一六〇四年に、悲劇『リア王』を書き始めたときに考え始めたようだ。引退を計画したわけではない。引退の危険について思いをめぐらせたのだ。

『リア王』ほど、高齢について、そして力を放棄しなければならないつらさについて深く瞑想する劇はない。家を失い、国を失い、権威を失い、愛を失い、視力を失い、そして正気さえ失うことをも瞑想する――この圧倒的な喪失のイメージを抱いたのは、世を捨てた変人でもなければ、ぼけ始めた老人でもない。四〇歳になったばかりの、きわめて精力旺盛な人気劇作家だ。寿命が短い時代だったとはいえ、四〇歳は年寄りではない。中年であって、人生に清算をつける年ではなかった。シェイクスピアは、この劇に出てくる若者たち――ゴネリル、リーガン、コーディーリア、そしてエドガーとエドマンド――に近い年齢でありながら、リアとグロスターという二人の老人たちの悲惨な運命を描いたのだ。

この劇で描かれているのは、怒りと狂気と悲しみの爆発だ。そしてここでもやはり、そうした作品の内容とシェイクスピアの生涯とのあいだに、すぐそれとわかるような明確なつながりはない。父親は一六〇一年に、おそらく六〇歳代で死んでいる。一六〇四年当時、母親はまだ生きていたが、べつに狂人でも暴君でもなかった。少なくとも知られている限りでは。娘二人がいたが、娘たちに何もかもやってしまったとか、家から追い出されそうになったとかいう話はない。なるほど、エドマンドという名の弟がいて、『リア王』の悪党の陰謀者と同じ名前だったが、ロンドンで一旗揚げようとしていた役者エドマンド・シェイクスピアは、グロスターの妾腹の息子とはてんで比べものにならない。シェイクスピアの弟リチャードが、殺人狂のせむしのイングランド王と、名前以外は似ても似つかないようなものだ。

シェイクスピアがリアの物語を考え始めるきっかけとなったのは、一六〇三年末の裁判だったかもしれない。当時、大いに話題になった事件である。サー・ブライアン・アンズリーという老紳士の長女と次女が、父親を法律上精神異常者と認定させてその財産を奪おうとしたのに対して、末娘が父親を守って激しく抗議したのだ。末娘の名前は、偶然ながらコーデルといい、古くから伝わるレア王伝説のなかで二人の姉の悪辣な計画から父親を救おうとした娘の名コーデラとほぼ同じだ。この不思議な名前の一致と物語の一致を放っておく手はなかった。

アンズリー事件が本当に悲劇執筆の引き金となったかどうかはともかくとして、レア王伝説が、高齢者のいるどんな家族でも起こりそうな対立関係や一般的不安と結びついている点にシェイクスピアは特に目を光らせた。劇の中心課題として、シェイクスピアはただ身のまわりの日常世界に目を向けたのだ。そんなことを言うのは、一見おかしいかもしれない。なにしろ、ありとあらゆる悲劇のなかで『リア王』ほど荒涼としていて奇怪なものはないからだ——老いた王は、アポロとヘカテにかけて誓い、「この世のやりきれない丸みをぺしゃんこにしてしまえ」(第三幕第二場七行)と嵐に命じるし、王の友グロスター伯爵は自分が神の悪意の犠牲となったと考えて、「われら人間など神々にとって、悪戯小僧にとっての蝶やトンボだ。／おもしろ半分に殺される」(第四幕第一場三七〜三八行)と言い、ベドラムの乞食である哀れなトムは、自分がモードー、マフー、フリッバーティジベットなどの奇怪な悪魔の大群にとりつかれていると叫ぶ。

だが、神や運命といった壮大な形而上学的構造へ常に呼びかけてはいるものの、劇の出来事は、悲惨なものも些細なものも同様に、何の支配的な意味もない世界で起こっているものばかりだ。悪魔はすべて虚構であり、リアやグロスターが呼びかける神々は、うんざりするほどはっきりと沈黙を守っている。登場人物たちを愛や憎悪や苦痛で取り巻いているのは、最も平凡な世界だ——「質素な農場、貧乏な小村、羊小屋や水車小屋」(第二幕第三場一七〜一八行)——そして、延々と続く恐ろしい出来事のきっかけとなるのは、引退しようという最もありきたりな決断なのである。

若者が年寄りに公然と敬意を払うのが当たり前だったテューダー朝とスチュアート朝イングランドの文化では、引退はことさら不安な問題の焦点となっていた。地位——社会の頂点に立つリアが「名前と、王に付随するものすべて」(第一幕第一場一三六行)と呼ぶもの——と権力のあいだに、引退によって楔《くさび》が打ち込まれるため、政治的にも心理的にも尊敬の念が硬直してしまう。この硬直は、国家であれ家族であれ、嫡男つまり正統な男子後継者に権力を譲り渡すことで幾分ほぐれるのだが、伝説的なリアと実在のブライアン・アンズリー家の例が示すように、そうした継承者がいつもいるとは限らない。男子後継者がいないまま、老いたリアは自分から「すべての気苦労と仕事を振り払」って、それを「若い力」へ与えることにする。「将来のもめごとが／今防げるように」娘たちのあいだで王国を分割しようと試みるのだ（第一幕第一場三七〜三八、四二〜四三行）。だが、この試みは、公の愛情テストの形をとることで大失敗となる。自分を本当に愛してくれている子を追放してしまうことになるからだ。

嫡男さえいれば苦労しなくてすんだわけではないことを示そうとして、シェイクスピアは主筋と副筋を実に巧妙に交錯させる。リアと三人の娘たちの話をグロスターと二人の息子たちの話に絡《から》めるのだ。息子たちの話のほうは、フィリップ・シドニーの散文物語『アルカディア』のエピソードから脚色したものである。グロスターには、庶子エドマンドのほかに嫡男エドガーがおり、この家族で悲劇的な葛藤が起こるのは、リアのように世代から世代へと無理に財産を譲り渡そうとしたからではなく、むしろその逆だ。すなわち、エドマンドが、次男として、また「卑しい」とされる私生児として、まったく慣例的に不利な立場に置かれていることに激怒して、殺意さえ抱くために悲劇が起きるのである。

リア王の城門の外に広がっているのが寂寞たる無味乾燥とした荒野でしかないように、『リア王』の不思議な世界では、引退の先に広がっているのは荒廃への転落だけだ。「老いたこの身からすべての気苦労と仕事を振り払い／若い力に与え」（第一幕第一場三七〜三八行）ようと身を引く決意をすることとは、シェイクスピアの想像世界では、大失策なのだ。もちろん、ここで言われている仕事とは王国統治であり、シェイクスピアの時代においては、統治者が衰弱して権力の譲渡が起こるのを危惧するのは当然だった。しかし、この劇は、単なる君主への警告ではない。私たちの社会だって美徳代に広く蔓延していた老いの恐怖に、シェイクスピアは深くメスを入れたのである。

にいろいろな手段を用いている——そうした手段などほとんど何も持ち合わせていなかったこの時の鑑とは言いがたいものだが、それでも現在、高齢者の不安を取り除き、その困窮を緩和するため

（続き）

シェイクスピアの時代の人々は、権力は当然高齢者が持つものだと思い込んでいた。重要なのは、住みよい社会——住みよいといっても、老人が住みよく、いずれ老人になる人が住みよい社会ということだが——だけではなく、敬老という世間的な道徳構造、太古から正しいとされてきた物事の秩序である。ところが、物事の秩序は不安定であり、老人が権力を主張したところで、若者の非情な野望の前では悲惨なほど弱々しいということも当時の人々は認めて心配していた。一旦、父親が財産を子供たちに譲り、自分の意思を押し通す力を失ったら、父親の権力は崩れ始めた。たとえ、かつては自分のものだった家にいても居候と呼ばれてしまう。この急激な身分の変化を認める儀式のようなものさえあったと、当時の訴訟記録は告げている。ヒューという男と結婚した娘に土地の半分を与える約束をした男やもめのアンセラインは、娘夫婦と一つ屋根の下に一緒に住むことになっていた。「このアンセラインは、家を出て、ドアの掛け金をかける権利を娘夫婦に譲渡し、そのとたんに、お慈悲だから家に置いてくれと頼んだのである」。

レアの物語を語り直すことは、シェイクスピアとその同時代人の不安を表明する一つの方法だった。ただし、慣習のもろさに対処するもっと実際的な方法もあった。引退に直面した両親は、弁護士を雇って、扶養同意書と呼ばれるものを作成し、家督を譲る代わりに子供は衣食住を提供するという契約を交わしたのである。親の不安の大きさは、ウールを何ヤード、石炭を何ポンド、穀物を何ブッシェルと、必要な条項を非常に事細かにしておかなければならなかったことからも推し量れ

る。喧嘩をしたら家から追い出されるという恐怖が大きかったのだ。扶養同意書には、子供は法律上、両親の財産の「管財人」であり、両親の福祉の法的管理者とのみ定められている。両親はこの財産についてのある権利を「留保する」ことができ、少なくとも理論上は、その「留保」が尊重されない場合、一度与えたものを取り返す手続きを取ることができた。

『リア王』は、預言者イザヤとほぼ同時代の異教のブリテン国に設定されており、ルネサンス時代に慣習となっていた契約や法的保護とは無関係のはずであり、シェイクスピアを生んだ自由農《ヨーマン》、職人、商人たちが構成するルネサンス世界とかけ離れた古代に設定されている。しかしながら、この悲劇の核は、シェイクスピア自身の階級につきまとって離れなかった大いなる恐怖にあった。すなわち、引退後、恥をかかされ、見捨てられ、自分が何者かわからなくなるのではないかという恐怖だ。リアの激昂は、娘たちの非道な忘恩への反応であるのみならず、子供に慈悲を乞う居候でしかない一介の老人に変えられてしまう恐怖の表れでもあるのだ。

許しを乞うだと?
こんなことを言ったら王家にふさわしいと言うのか?
「どうか、娘よ、私は年寄りでございます、
老いぼれは余計者です。跪《ひざまず》いて希《こいねが》います。
私に着る物とベッドと食べ物をお与えくださいませ」

（第二幕第四場一四五〜四九行）

残酷な娘は、答えて、「戻ってお姉さまのところに泊まる」よう頑強に提案する（第二幕第四場一九八行）。

この人目に余る場面のクライマックス近く、邪悪なゴネリルとリーガンが、リアの供まわりの数を無慈悲にも減らすことで実質上リアの社会的アイデンティティーを奪うとき、リアは、まるで実際に娘たちとの扶養同意書を書き上げたばかりであるかのように話す。

リア　おまえたちに皆与えたではないか――
リーガン　よいときに、お与えくださった。
リア　おまえたちを私の保護者、管財人としたが、
　留保をつけて、供まわりは
　これこれの人数としておいたはずだ。
（第二幕第四場二四五〜四八行）

しかし、リアと娘たちとのあいだに扶養同意書など交《か》わされておらず、全か無かの絶対権力の世界にリアの居場所はなくなってしまったのだ。

シェイクスピアには、いつかニュー・プレイスの玄関から一歩外に出て、それから娘たちに居候としてもう一度なかへ入れてくれと頼むつもりなど毛頭なかった。娘を信じていなかったわけではない。少なくとも娘のひとりは愛して、信頼していた。ただ、自分のアイデンティティーを守りたかったのだ。『リア王』がなんらかの指標となるのなら、シェイクスピアは、当時の人々と同様に、引退を恐れ、子供に頼ることに不安を感じていた。それに、現存する証拠から判断して、妻との永

い絆には慰めが見出せそうもなかった。この恐怖から逃れるシェイクスピアの方法とは、仕事――かなりな財を蓄えることになるほど膨大な量の労働――に打ち込み、土地や十分の一税(農産物投資)へ投資をして、安定した老後の年収を確保することだった。舞台に立ち、巡業し、年に二本作品を書くといったことを永遠に続けられるはずがなかった。いつか、終わりがこなければならない。そうしたらどうなるのだろう？　一六〇二年から一六一三年まで、驚くほど生産的な年月のあいだに、シェイクスピアは用心深く金を蓄え、貯金し、老後に娘たちの、あるいは劇場の世話にならずにすむようにしたのである。

シェイクスピアは、その財産を実質的に完全に独力で築き上げた。母の莫大な遺産も、父の無能と不注意によって、まず抵当に入れられ、それから没収されてしまった。ストラットフォードにおける父の立場は、借金のために、そしてひょっとすると国教忌避のために、危うくなっていた。兄弟は鳴かず飛ばずであり、妹のジョーンは貧乏な帽子屋と結婚した。シェイクスピア自身が結婚した女性もかなり質素だった。うまい具合に遺産が転がり込んでくるわけでもなく、金持ちの親戚がいざというとき援助をしてくれるわけでもなく、まだ少年だったシェイクスピアのすばらしい将来性に目を留めた地方の大物が人生の門出を助けてくれたわけでもない。ニュー・プレイスは、シェイクスピア自身の想像力と努力の賜物なのだ。

そのような家を入手したということは、それまで貯金をしていたということだ。ロンドンでのシェイクスピアが倹約生活をしていたことが、限られた現存の証拠から知られている。比較的つましい環境に部屋を借りていた。一六〇四年――『尺には尺を』『終わりよければすべてよし』『リア王』の一部ないしはすべてを執筆した年――の簡易裁判記録によれば、シェイクスピアはロンドン市の壁の北西部分付近、クリップルゲイトのマグウェル・アンド・シルヴァー・ストリートの角にあるフランス人が経営する鬘《かつら》屋の階上に住んでいた。その近くのショアディッチ、ビショップスゲイト、クリプルゲイト、そしてサリー州の監獄《クリンク》があった地域にはなじみがあったようだ。職人たちの居住区であり、フランス、オランダ、ベルギーからの移民が多かった。

いかがわしいところではなかったが、地味な区域であり、部屋代は安かった。何部屋借りていたのか、どれくらい大きな部屋だったのかはわからないが、家具はほとんどなかったようだ。ロンドンでのシェイクスピアの個人財産は、課税対象として査定されたもので五ポンドしかなかった(同じ教区の最も裕福な居住者は三〇〇ポンドの査定を受けていた)。もちろん、シェイクスピアは家財――本とか絵画とか皿とか――を隠して納税率を下げたことも考えられなくもないが、少なくとも査定者は財産がほとんどないと判断したのである。

何世代にもわたる学者たちが、さらなる詳細を求めて古文書をしらみつぶしに探したが、主たる記録は税の未払い記録ばかりであった。シェイクスピアがニュー・プレイスの豪邸を購入した一五九七年、ビショップスゲイト区の収税吏は、個人財産に対して一三シリング四ペンスの課税査定を受けたウィリアム・シェイクスピアが未払いであると記録した。翌年、シェイクスピアはまたもや滞納しており、一六〇〇年――シェイクスピアがテムズ河のサリー州側に住んでいたとき――の再勧告を見ると、まだ滞納していたことがわかる。結局は税金を払ったのかわからない――記録は不完全だ――が、払わなかったのだろう。シェイクスピアは、質素なロンドン生活を送っただけでなく、小額の金でさえ指のあいだからこぼれ落ちるのを嫌った人間なのだ。

ひょっとすると、故郷ストラットフォードの妻や娘たちの経済的安定を心配していたのかもしれないし、もしかすると父親の困窮の二の舞を嫌ったのかもしれないし、悲惨なグリーンのような終わり方をするくらいなら何でもすると自分に言い聞かせていたということだって考えられる。理由がどうであれ、シェイクスピアは金を——少なくとも自分の金を——かなり慎重に取り扱っていたようだ。吝嗇《けち》と言われることはなかったにせよ、財産を無駄にするのを好まず、だれかのいいカモにされまいと肝に銘じていたようだ。

一六〇四年、ストラットフォードの納屋には自分(もっと適切な言い方をすれば、妻)が家で消費するのに必要以上の麦芽を貯め込んでいた。そのうち二〇ブッシェルをエール酒醸造の副業をしていた隣人の薬屋フィリップ・ロジャーズに売った。ロジャーズの借金は、シェイクスピアから借りた別の二シリングを入れると、二ポンドちょっとになった。債務者が六シリングしか返さなかったので、シェイクスピアは弁護士を雇ってこの隣人を法廷に連れ出し、残りの三五シリング二ペンスを損害賠償金とともに取り返した。三五シリング二ペンスは当時としてはどうでもよい額ではないが、莫大な額というわけでもなかった。裁判沙汰にするのには根気が必要だったが、数年後にシェイクスピアはもう一度法廷に行って、ジョン・アデンブルックに貸したという六ポンドを損害賠償金とともに取り返した。

そんな小額で訴えたのはシェイクスピアだけではなかった。訴訟がよく行なわれる時代だったのであり、法廷にはこの種の訴訟が満ちていた。訴訟によってはストラットフォードまで行かなければならなかっただろうし、時間も取られたはずだが、だれに強いられて裁判を起こしたわけでもない。そう、はしたの数ポンド数シリング数ペンスがシェイクスピアには大切だったのであり、それも、はっきり言えば、ニュー・プレイスを所有するような人間にとって、なければ生活できない金ではなかったのだ。
エルシノアの墓場に立って、ハムレットは、墓掘りが汚いシャベルで掘り出した頭蓋骨を見つめながら思索に耽り、ホレイシオに語る。

こいつ、昔は、抵当証書だの、借金証書だの、でっちあげの証文や証人だの、法律の抜け道だのを使って、土地の買いつけに奔走したかもしれない。土地のことで頭を一杯にして生きたあげく、今じゃ、頭の中に土が一杯か。法律の抜け道ってのは、いやに土臭いんだな。抵当も到底意味をなさん。でっちあげ証人が束になっても、契約証書の大きさの土地しか手に入らないか。土地譲渡の書類だって、この入れ物〔頭蓋骨を指す〕には収まるまいに、当人は、こんなに小さく収まってしまうんだからな。え？

（第五幕第一場九四〜一〇二行）

ハムレットがこんな諷刺の利いた軽蔑口調で話すのは、まったくもってハムレットらしい。なにしろ、デンマーク王子なのであり、守銭奴などの及びもつかない生活をしているわけだし、そのうえ、本人が強烈にはっきりさせているように、この世の野心などに興味はないのだから。だが、いったいどこでハムレット王子は、軽蔑の対象とする所有権法——抵当証書だの、借金証書だの、でっちあげの証文や証人だの——についての専門知識を得たのだろう？　不動産売買に実際に関わった人間、つまり劇作家本人からだ。これは偽善だろうか？　とんでもない。シェイクスピアは、憂鬱な王子の気持ちを推し量って、沈思黙考する王子に人間の努力の空しさを笑わせているのだが、シェイクスピア本人は日々の生業《なりわい》に無関心ではいられなかったのだ。

「土地の買いつけに奔走」することについてのハムレットの台詞を書いていた頃、シェイクスピアが不動産投資をしていることはどうやら故郷の人々の知るところとなったらしい。そうでなくとも、シェイクスピアの大出世には皆驚いていたはずだ。一五九八年、ストラットフォードのエイブラハム・スターリーは、当時ロンドンにいた友人に、自分が得た情報によれば「同郷の士シャクスピール氏は、ショタリーないしは我々の近くの土地数ヤードランドをいくらかで買う気がある」と書き送った。これは、「同郷の士」に自分たちの事業に投資してもらうための最善の策を相談しあうストラットフォードのビジネスマンのやりとりであり、シェイクスピアはどうやら、慎重に相談したうえで声をかける価値があると思われるほど、金持ちでもあり堅実でもあったようだ。

一六〇二年五月、シェイクスピアは三二〇ポンドを、ストラットフォード・アポン・エイヴォンの北にあるオールド・ストラットフォードの耕地「四ヤードランド」——一〇〇エーカー以上——に対して支払っている。その数か月後には、ニュー・プレイスの庭の反対側にある小屋と庭からなる四分の一エーカーの土地の所有権を獲得している。そして一六〇五年七月、ロジャーズを三五シリングのために法廷に連れ出した翌年だが、ストラットフォード内外の「小麦、穀類、穂、干草に対する十分の一税」の賃貸権半分のために四四〇ポンドという高額の金を支払っている。この賃貸権——事実上、年間配当金——は、年六〇ポンドの収入となった。シェイクスピアは将来の計画を立てていたのだ。十分の一税からの収益は、生涯にわたって、かつ孫子の代まで続くものだった。

この規模の投資ができたのは、シェイクスピアがジェイムズ一世時代の最初の数年間に並外れた高収入を上げていたからだ。『ガウリの悲劇』の上演禁止のせいで劇団も作家人生も水泡に帰すかと思いきや、大丈夫だった。ジェイムズは、当時の人たちが常に気づいていた奇矯な態度を見せたのだ。すなわち、神経質で、過敏で、ときには危険なまでに偏執的なのに、ほかの人(絶対君主に限らない)ならひどい侮辱と受けかねないようなことを眼中に置かなかったり大笑いしたりさえする態度である。自分の新たな王国の筆頭劇団のことでもあるし、良きにつけ悪しきにつけ、役者のことなど気にかけるには及ばないと目もくれなかっただけのことかもしれない。あるいは、劇団など、宮廷道化師の集団のようなものだと思っていたのかもしれない。シェイクスピアが『十二夜』や『リア王』などで諷刺の利いた同情を込めて描いているように、主人は道化に煩わされたり、脅かされたりすることさえある――「気をつけろ、おい、鞭だぞ」(『リア王』第一幕第四場九四行)――が、本気で苛つくのは下品とされていた。

国王一座は、宮廷でもグローブ座でも、これまでになく忙しくしており、シェイクスピアは、主要な経営陣としてのみならず、作家、演出家、役者としてひっぱりだこだったに違いない。仕事量は驚異的だったはずだ。受領書や出費の記録をつけ、あれやこれやの場面を書き直し、配役を助け、台本のカットを決め、解釈上の判断に口をはさみ、小道具・衣装・音楽の相談をし、もちろん自分の役の台詞を憶えなければならなかった。熱狂的な一六〇四～五年のシーズンにどれほど多くの劇に実際に出演したかわからないが、少なくはなかったはずだ。そうした状況下では、ほかにやることが山とあったとしても、名の通った役者が、少人数から成る劇団の舞台から外れるわけにはいかなかった。シェイクスピアの名前は、一五九八年の『癖者ぞろい』公演の「主要喜劇役者」一〇名のひとりとして挙がっている。おそらく、宮廷での再演でもこの劇に出演し、自分自身の劇にも少なくとも何本かには登場しただろう。シェイクスピア劇は、ダブルキャストをしたとしても、かなり多くのキャストを必要とするのだから。

記憶術の大特訓を受けた役者であっても、あるいは劇を書いた作家本人であっても、これほど短期間にこれほど何本も同時に公演を打つのはつらかったに違いない。だが、もちろん、王や宮廷人の前で上演するという申し出はめざましい栄誉であり、かなりの収入にもなった。一公演につき気前よく一〇ポンドをもらって、劇団は一六〇五〜六年のクリスマスと新年のシーズンで一〇〇ポンドを稼ぎ、一六〇六〜七年に九〇ポンド、一六〇八〜九年と一六〇九〜一〇年にそれぞれ一三〇ポンド、そして一六一〇〜一一年に一五〇ポンドを稼いだ。どれも大変な巨額であり、それも短い休暇期間に稼いだのだ。

その一方、劇団はグローブ座でもレパートリーのすべての劇を演じ続け、そのうえたびたび荷物をまとめてツアーにも出ていた。一六〇四年五月と六月にはオックスフォード。一六〇五年にはバーンステイプルと再びオックスフォード。一六〇六年にはオックスフォード、レスター、ドーヴァー、サフロン・ウォールデン、メイドストーン、そしてマールバラ。シェイクスピアがこうした巡業のすべてに行ったかどうかはわからない。初秋前には、もう次のシーズンについて真剣に考え始めなければならない時期になっていた。翌シーズンに劇団は新作を発表し、旧作を再演し、宮廷でもまた上演し、グローブ座の観客も楽しませなければならなかった。

シェイクスピアが熱狂的に仕事に没頭しなければならない、相も変わらぬ嫌な理由があった。疫病である。ある朝だれかが――屋根裏部屋の従僕かもしれないし、カーテン付きのベッドに眠る偉い貴婦人かもしれないが――起きてみると股間の鼠蹊《そけい》リンパ腺が大きく腫れ上がっていたり、腋の下のリンパ節が腫れ上がっていたりする。こうなると疫病が再発したと発表され、数日か数週間のうちに劇場が閉鎖されてしまうのだ。劇団員全員、稼げるうちに稼いでおこうと思っていたに違いない。うかうかしていると儲ける機会を失ってしまう。疫病さえなければ、ジェイムズ一世の時代に儲ける機会は多かったのだが。

シェイクスピアの劇団は、上演する場所を定めておかなくてもよかった。新しいスコットランド人が支配する宮廷から締め出されたわけでもないし、ロンドンの一般観客を冷遇したわけでもないし、ツアー先のあちこちの市や町との接触も失っていなかった。それどころか、各地の主要拠点にしっかり根をおろし、さらに新しい地盤を開拓しようと奔走していた。この計画はシェイクスピアが始めたものではないが、シェイクスピアの長期戦略の一つとなったに違いない。戦略とは、市場独占だ。市場とは、この場合、ロンドンと地方での、宮廷公演と一般公演を指す。少なくとも独占に近いことを目指していたのである。

エリザベス治世の一五九六年、プロデューサーのジェイムズ・バーベッジ（有名な役者の父親）は、六〇〇ポンドを支払って、修道士説教士《フライヤーズ・プリーチャーズ》ないしはブラックフライアーズとして知られていた修道会付属の大修道院の跡地にあった建物を購入した。立地条件は理想的だった。ロンドン市の壁の内側にありながらも、「特別行政区《リバティー》」であり、それゆえ市当局の管轄から外れていた。

二〇年前に、すでにブラックフライアーズの広間の一つが劇場に改造され、少年劇団が次々にそこで上演していた。だが、この企画は、八年間採算が取れなかった末に流れてしまい、その室内劇場は使われなくなっていた。進取の気性に富んだバーベッジは、その頃宮内大臣一座と呼ばれていた劇団の上演用に、この劇場を再オープンすれば儲かると判断した。イングランド初の屋外の芝居小屋シアター座を建てたバーベッジは、今度は、少年劇団が演じていた広間を改築することで、イングランド初の室内劇場を成人劇団のためにオープンしようというわけである。

しかも、場所柄は高級だった。郊外にあるわけでもなかったし、近くには熊いじめの闘技場や処刑場があったものの、都心だった。ブラックフライアーズの広間は、グローブ座よりずっと狭かったが、大きな利点があった。屋根があって壁があったから、イングランドの気まぐれな天気を気にせずにすんだのだ。少なくとも、屋外円形劇場との比較で言うと、上品な場所であり、贅沢とさえ言ってよかった。騒々しい群衆が容赦なく舞台のまわりに立ちつくすこともなく、全員着席で観劇できた。それゆえ、入場料は大幅に上げられ——グローブ座はほんの数ペニーだったが、ブラックフライアーズでは二シリングもの高額になった——そして、蠟燭で広間を照らすこともできたので、午後のほかに夕方の上演も可能になった。

劇場に手を出すことはどう転んでもリスクの高い投機であったが、宮内大臣一座の人気があれば、おそらくすぐに黒字に転じたはずだった。ところが思わぬ悶着があった。近隣の住人がバーベッジの計画を知って大反対をしたのだ。陳情書に署名をした三一人の地域住人のなかには、シェイクスピアの友人である印刷屋リチャード・フィールドのほか、たまたま同じ建物に住んでいた劇団の高貴なパトロンである宮内大臣本人がいた。陳情書によれば、劇場は交通を麻痺させ、「さまざまなよろしからぬ流浪の人々」を惹きつけ、人が集まれば疫病の危険も高まり、そして——これがほとんどきわめつけの決定打となるが——役者たちの太鼓やトランペットは、近隣の教会の礼拝の妨害となり、説教が聞こえなくなるというのである。政府は、劇場の再オープンをやめさせ、ジェイムズ・バーベッジはその後まもなく死んでしまった。その死は、一部の人が言ったように失意ゆえのものではなかったであろう。六〇歳代後半であったバーベッジは、それまで同じような危機を何度も乗り越えてきており、生涯のどこを見ても繊細な心を持っていたとは思えない。それでも、莫大な投資への不安は、最期の数日に翳《かげ》りを与え、後継者の心配事となったことは確かである。広間は年四〇ポンドでチャペル・ロイヤル少年劇団に貸し出されたので、少なくともある程度の収入にはなったが、最初の投資から一二年を経た一六〇八年になるまで、宮内大臣一座改め国王一座は、ブラックフライアーズ劇場での上演にこぎつけなかったのである。だが、根深い反対にもかかわらず上演に至ったのは、劇団がいかに強力になったかということを裏書きする。

ジェイムズの計画を実現したのは、息子のリチャード・バーベッジだった。シェイクスピア劇の主役を次々に演じた立役者であり、堅実でやりくり上手でねばり腰のビジネスマンでもあった。グローブ座の例に倣って、バーベッジは、新劇場の経営陣を組織した。七人のパートナーが平等に、それぞれ二一年間契約でブラックフライアーズ劇場の七分の一の株を所有した。すでにグローブ座の株主であったシェイクスピアは、入念な興業戦略の極致とも言うべきこの新しいベンチャー・ビジネスのパートナーとなった。

国王一座は、宮廷の贔屓《ひいき》の劇団としての立場を固めた。ツアーに出る際には国王の寵愛のしるしを見せつけ、ロンドンのバンクサイドにある円形劇場グローブ座へは莫大な数の観客を動員し、そして今や、高い入場料を払う客を約五〇〇人収容できるブラックフライアーズ劇場で高級な常連客の相手もしようというのである。自分の服を見せびらかしたい伊達男たちは、追加料金を払ってブラックフライアーズの舞台に坐り、見世物の一部となった。グローブ座にはなかったこの慣習は、役者としてのシェイクスピアを困らせたに違いない。のちに、一七世紀前半には、『マクベス』上演中に喧嘩が起こったほどだ。舞台の反対側に坐った友人に挨拶をしようと上演中の舞台を突っ切って歩いた貴族に抗議をした役者が、貴族にひっぱたかれたのである。これはまた劇作家としてのシェイクスピアをも困らせたに違いない。舞台に坐る客たちが上演中に立ち去ると、かなり人目を惹いたからである。しかし、ビジネスマンとしてのシェイクスピアは、追加収入があるのだから背に腹は代えられないと思ったことであろう。

グローブ座の引越し、新しいスコットランド王体制への適応、新しい役者の補充、宮廷上演の依頼の殺到、新しい役の台詞の暗記、疲れ果てる地方巡業、そのうえ、ブラックフライアーズの再オープンについて大急ぎで交渉し、ストラットフォードへ急いで戻って妻子に会い、母の埋葬をし、娘の結婚を祝い、不動産を購入し、小さな訴訟を起こして……と忙殺されるなかで、どうやってだかわからないが、シェイクスピアは執筆の時間を見つけていた。一六〇四年という早い時期から引退への思いが深まったのも無理はない。

引退を実行可能な計画にするためには、貯金と投資があればよいというわけではなかった。『リア王』の著者は、自分と世界との関係をよく考えておかなければならなかった。シェイクスピアのさまざまな劇から判断すれば、その心は途方もなく落ち着きがない。オセローが言う「ふらふらと、居場所の定まらぬ外国人」のようなものだ(第一幕第一場一三七行)。その想像力は古代ブリテンから現代のウィーンへ飛び、古代トロイアからフランスのルシヨンへ、中世スコットランドからタイモンのいるアテネへ、そしてコリオレーナスのローマへ飛ぶ。不規則に広がる『アントニーとクレオパトラ』の場面は、アレクザンドリアの女王の宮殿とローマとを行ったり来たりし、シチリア、シリア、アテネ、アクティオンへと寄り道し、あちこちの陣営、戦場、墓を訪れる。三流の作家ジョージ・ウィルキンズと一緒に書いた不思議な劇『ペリクリーズ』は、さらに場所が定まらず、アンティオキアからツロへ、タルススへ、ペンタポリス(現在のリビア)へ、エフェソスへ、ミティリニ(レスボス島にある)へと移っていく。まるで、シェイクスピアの心が一箇所に閉じ込められるのを恐れ、閉じ込められまいとしているかのようだ。

だが、引退の問題とは、一箇所に閉じ込められることではなかった。「俺は胡桃《くるみ》の殻に閉じ込められても、無限の宇宙の王だと思える男だ。——悪い夢さえ見なければな」(第二幕第二場二四八〜五〇行)とハムレットは言う。シェイクスピアの悪い夢とは、少なくとも『リア王』が示唆する限りでは、権力を失い、高齢ゆえに人の世話にならなければならないという脅威にさらされることだ。作家生活が進むにつれ、シェイクスピアは劇の主たる焦点を、なんとか生きていこうとする熱意ある若い男女から、もっと年をとった世代へと移行させていった。この移行は、虐待を受けた老人が出てくる『リア王』では明白だが、年齢を気にするオセローのなかにも、また、自分の活力が見る見るうちに失われていくマクベスにおいても見出すことができる。

マクベス　俺の人生は、
枯れて落ちた。黄色い葉っぱだ。
そして年をとって得られるべき
名誉、愛、従順、無数の友人など、
この俺には望めない。
(第五幕第三場二二〜二七行)

愛するとはどういうことかを示すシェイクスピアの本質的なイメージとして、ロミオとジュリエットやロザリンドとオーランドーの代わりに、「白髪交じりの」アントニーと、手練手管に長けて「時の深い皺を刻んだ」クレオパトラが登場する（第三幕第一三場一六行、第一幕第五場二九行）。

ただし、この移行をあまり強調するわけにはいかない。おそらく一六一三〜四年に、シェイクスピアより一五歳若い劇作家ジョン・フレッチャーと一緒に書いたシェイクスピアの最後の劇『二人の貴公子』は、若い恋人たちの悲喜劇の物語だ。二人が合作したもう一つの作品である散逸した『カルデーニオ』（『ドン・キホーテ』に出てくる話に基づいている）は、おそらく若い熱情の危険と喜びを描いたものだっただろう。だが、『二人の貴公子』に、かなり老いた男のグロテスクな描写があるのは注目に値する。まるで、シェイクスピアが、これから先のことを恐れて身震いしながら眺めているかのようだ――。

年寄りならではのリウマチが、
老人の固い足をひねって丸くしていました。
痛風がその指を結んで結び目のようにし、
丸い目はぐるぐる回って
眼窩《がんか》から飛び出しそうになり、あらゆる動きは
拷問のようでした。

（第五幕第二場四二〜四七行）

さらに重要なことに、晩年の劇のなかで最も優れている『冬物語』と『テンペスト』のどちらにも、はっきりと人生の秋を感じさせる懐古的口調がある。シェイクスピアは、これまで舞台で成し遂げたことをしみじみと振り返りながら、それをおしまいにすることの意味を受け容れようとしているかのようだ。

一度やったことを再び繰り返したり変容させたりするのは、かなり早い頃からのシェイクスピアのやり方だったが、晩年の劇には、過去の業績の亡霊がずいぶんと頻繁に出没する。『冬物語』は特に『オセロー』の焼き直しだ。まるで、男同士の友情と殺気立った嫉妬の物語をもう一度舞台化することにしたかのようだ。ただ、今度は誘惑者が出てこないので、シェイクスピア作品中、動機が根本的に削除された最も極端な例となっている。妊娠九か月の美しい妻が自分の親友と不倫をしているなどと王レオンティーズが疑う理由はどこにもないし、一人息子の死を惹き起こすようなことをし、生まれたばかりの娘を捨てるように命じて自分の幸福を破壊する理由など何もない。突然何のきっかけもなく恐ろしいまでに精神が錯乱したのだ。そして一六年後に、死んだと思っていた娘と妻を回復するのにも理由があるわけではない。像に命が宿るというきわめて不合理で危険な魔法によって事態は回復するのだ。

この奇妙な話——昔のライバル、ロバート・グリーンから借りてきた話——のなかにシェイクスピアの姿はあるのだろうか？　考えようによっては、グリーンの物語にシェイクスピアがつけ加えた登場人物の仮面の背後から、お茶目にこちらをのぞいているような気がしないでもない。すなわち、悪党オートリカス、詐欺師にして行商人、「つまらない、くだらないものを失敬する者」(第四幕第三場二五〜二六行)である。シェイクスピアが茶化して俺はここだよと言わんばかりに、オートリカスは強力なパトロンの保護を失った役者であり、しかもその正体は、変幻自在な浮浪者にして泥棒だ。シェイクスピアが自分の商売を皮肉に意識すると、こんな男のできあがりというわけである。昔のライバルから盗んできた像のトリックをぽかんと見ている純朴な見物客のポケットから数ペニーいただいてしまうのだから。

だが、像が動くという壮大なフィナーレが、単なるトランプ詐欺師が見せる小手先のトリック以上のものであって、シェイクスピアがその瞬間に不気味な力を働かせているなら、シェイクスピアは舞台のどこかほかにいて、別の仮面の背後からこちらをのぞいているのだ——すなわち、像に命が宿るという場面全体を演出する老女の仮面である。死んだ王妃の友であったポーリーナには、殊更どこか魔女っぽいところがある。というのも、この蘇生には、潜在的に違法に思えるところがあるからだ。どうも降霊術の黒魔術に似たところがある——「私が行なうことが不法であると思われる方は、ご退場ください」(第五幕第三場九六～九七行)。

一種、気持ちが悪くなりそうな不安な感覚が劇の最後を襲う。この劇だけに限ったことではなく、まるでシェイクスピアがこれまでやってきたこと全体——死者を蘇らせること、激情を燃え上がらせること、合理的な動機を消し去ること、そして心のなかの秘密を探り、国家の秘密を探ること——そうしたことすべてに異議が申し立てられるかのようだ。演劇とは、カモから金を頂戴するために仕組まれたインチキか、さもなければ魔法なのではないだろうか？　ポーリーナが退場しろと言ったのに、それでも観客が劇場にとどまるとしたら、それは驚異を観たいからだ。そしてそれと同時に、レオンティーズが言うように、目にした出来事は日常世界の当たり前のことと同じであって不可思議なことではないのだと安心したいからである。

ああ、暖かい！
これが魔法なら、その魔法が
物を食べるのと同じように正しいことであってほしい。

（第五幕第三場一〇九～一一一行）

この台詞とともに、劇は急速に終わりに向かう。すぐ背後に「そんなことあるわけない」という嘲笑が追いかけていることを知りつつ、それを振り切ってゴールするのだ。「王妃さまが生きていらっしゃることを」と、ポーリーナは言う。

ただお聞きになったとしたら、古い物語のように
笑い飛ばされたことでしょう。でも、ほら、生きていらっしゃいます。

（第五幕第三場一一六～一一八行）

『冬物語』は、レオンティーズの王妃は死んだのではなく、ポーリーナが「日に二、三度こっそりと」訪れていた家に一六年間隠れ住んでいたというヒントを、それがわかる注意深い観客に与える（第五幕第二場九五行）。そのヒントから謎解きが始まるわけではない。それはただ、それがないと降霊術に拍手をするみたいで嫌だという観客を安心させるためにあるだけなのかもしれない。ただ、あまりにも短いので、上演でどれほど効果があるかわかりづらい。ひょっとしたら、個人的な慰めのつも

りなのだろうか？　自分の劇は魔法の一種だという示唆を避けるために、シェイクスピアが自分のためにちょっとした縁起担ぎのしるしをつけておいたということなのかもしれない。

シェイクスピアは、劇は魔法の一種であるという概念を、かつて『夏の夜の夢』と『マクベス』において明示したことがある。今や、作家人生の終焉において、シェイクスピアはそこへ立ち返り、まず『冬物語』で遠まわしにその概念を用い、それからいよいよ『テンペスト』においてそれを真っ向から受け容れる。『テンペスト』の主人公は君主であり、強力な魔法使いであったが、まちがいなく偉大な劇作家でもある。登場人物たちを操り、互いに関係させ合い、記憶に残る場面を作り上げるのだから。確かに、この君主の力は自分の創造物の運命を決定する劇作家の力であり、その魔力とは、時空を変え、鮮明なイリュージョンを作り、呪文をかける劇作家の力にほかならない。

シェイクスピアの劇は、はっきりとシェイクスピア本人を映し出すことがない。まるで人生には劇作よりももっとほかにおもしろいこと(少なくとももっとドラマティックなこと)があるといわんばかりの書き方をしている。ときどき、リチャード三世やイアーゴーやオートリカスやポーリーナの背後から、ふっと顔を出すように見えるものの、たいていは隠れている。しかし、ついに『テンペスト』において、直接表面に出てこないにしても、少なくともそのシルエットがわかるくらい近くまで来ているのだ。

『テンペスト』は、厳密に言えばシェイクスピアの最後の劇ではない。一六一一年頃に執筆されたこの劇のあとに『すべて真実』(今では『ヘンリー八世』と呼ばれることのほうが多い)と『二人の貴公子』、そして散逸した『カルデーニオ』を書いている。しかし、これら三作は、いずれもシェイクスピア単独の構想ではなく、ジョン・フレッチャーとの合作だ。フレッチャーは、おそらくシェイクスピアが指名したと思われるが、国王一座の筆頭劇作家としてシェイクスピアのあとを継いだ男だ。『テンペスト』は、シェイクスピアがすべて単独で執筆した最後の劇であり、共同執筆者もいなければ、少なくとも今のところは直接の文学的材源も見つかっていない。そしてこの劇には、別れを告げたそうな様子、演劇的魔法への告別、引退の様相が見えるのである。

流刑の身ではあっても、魔法使いプロスペローには力がある。絶対君主が本当は持ち得ない力、偉大な芸術家だけが持つ、自らの登場人物を操る力だ。この力は、シェイクスピアが描いているように得がたいものである──高度な学識と、遠い昔の「時の暗い過去の深遠」（第一幕第二場五〇行）における衝撃的体験を通して得られるものだ。

プロスペローは、ミラノ公爵だったが、魔術の研究に没頭し、実際の公務を忘れ、王位を簒奪した弟に権力の座から引きずり下ろされてしまった。難破して娘とともに孤島に流れ着き、密かな術を使って、醜く野蛮なキャリバンを奴隷にし、精霊エアリエルを召使にした。それから劇が始まると、運命と自らの魔法の力によって、この島に敵をおびき寄せる。敵──弟と弟の主な仲間、そしてその従者たち──が、プロスペローの掌中《しょうちゅう》に入る。劇場に来るときに生首の晒し台のそばを歩いて来るのに慣れている観客は、敵の運命がどうなるかはっきり予測できる。しかもプロスペローには、ルネサンス時代の支配者が法制度によって従わなければならない名目上の制限さえない。この島では、支配者プロスペローの思いのままになるのだ。この魔法使いの国の主たるモデルが裸舞台と実験的空間のある劇場──何でも可能な世界──であるとすれば、この劇が想起させるもう一つのモデルは、新世界へ航海者したヨーロッパ人が遭遇した孤島であろう。そうした孤島では、当時の多くの報告書が明示しているとおり、制限はなくなり、力のある支配者には何でもできる。長年にわたって自分の受けた不当な扱いを思いつめて復讐を練ってきたプロスペローは、憎い敵に対してまったく自分の好きなようにすることができるのだ。

プロスペローが結局やることは――少なくともルネサンスの君主と劇作家両方の基準に照らせば――何もしないに等しい。『テンペスト』は、絶対権力を持つことについてではなく、それをあきらめることについての劇なのだ。もちろん、リアも権力をあきらめたが、その放棄は大失敗だった。プロスペローは、生まれながらにして自分のものであったミラノ公国、つまり普通のなじみある世界における自分の社会的な権威と富を取り返そうとする。しかし、敵をおびき寄せて、手中に収め、自分の計画に従わせ、敵の世界を操るといったことを可能にしてきたすべてを捨ててしまう。要するに、自分を神のように見せていた秘奥の知恵を捨ててしまうのだ。

私は真昼の太陽を
翳《かげ》らせ、暴風を呼び寄せ、
緑の海と紺碧《こんぺき》の天空のあいだに
轟《とどろ》く争いを仕掛けた――ゴロゴロと響く恐ろしい雷鳴に
炎を与え、ゼウスの頑丈な樫《かし》の木を
ゼウス自身の雷《いかずち》で引き裂いた。礎《いしずえ》強固な岬を
揺らして、根こそぎに
松や杉を引き抜いた。墓は、私の命じるまま
そこに眠る者を起こし、吐き出した。

わが強力な妖術のせいだ。だがこの荒っぽい魔法を
ここで捨てよう。

（第五幕第一場四一〜五一行）

もし、この台詞がプロスペローだけのものでなく、プロスペローを作り出した者のものでもあるなら——もし、この台詞に、シェイクスピアが引退を考えながら感じていたことが映し出されているだとすれば——そこには、個人的な喪失感と、個人的な進歩感の両方がある。

『リア王』では引退はどうしようもない大失敗に思え、『テンペスト』では実行可能な適切な行動に思えるが、どちらの場合も、人はいつか死ぬのだという認識ゆえに引退が考えられる。リアは「荷物を降ろして、死へ這って」いきたいと言う（第一幕第一場三九行）。プロスペローは、ミラノへ戻ったら「ものを思うとき、三度に一度は自分の墓を思うだろう」と言う（第五幕第一場三一五行）。長期の年金受領権への投資が示すように、シェイクスピア自身、実際よりももっと長生きするつもりだっただろうが、自分の判断のずっと向こう側に何があるのかをはっきりと読み取っていたのだ。だが、『テンペスト』において、「強力な妖術」を捨てて生まれた場所へ戻ろうというプロスペローの決意は、人生を終えて死を待つというそれだけのことではないし、そもそも人生を終えて死を待つつもりではないのだ。実際のところ、魔法使いは、自分が力の絶頂期にあることを自覚している——「私の魔法は効いた」（第三幕第三場八八行）。プロスペローが、魔法の杖を折り、魔法の本を「錘《おもり》も届かぬ深みへ」（第五幕第一場五六行）沈め、帰郷の航海へ出ようという選択は、弱さではなく道徳的な勝利として提示されているのである。

それが勝利であるのは、一つには、それが自分に危害を与えた連中に復讐をしないというプロスペローの決意を示すからだ――「立派な行為とは、復讐ではなく美徳にある」（第五幕第一場二七～二八行）――そしてまた、プロスペローが振るう力は、正義と正当性、秩序と回復のためのものであるにせよ、その力にはどこか危険なところがあるからだ。そもそも、プロスペローの力とは何か？　世界を創造し、壊すことだ。男女を実験的な空間に連れ込み、その激情を掻き立てることだ。出会う人々全員に激しい不安を抱かせ、各個人のなかに潜むものと直面させることだ。プロスペローに仕えさせることだ。その呪文は皆には効かない――弟アントーニオはびくともしない――けれど、魔法がかかった連中にとっては、それは救いであると同時に場合によっては命取りになる。いずれにせよ、それは過剰な力であり、普通の人間が持ってはならないものだ。

その過剰さを最もはっきり示すしるしが、「荒っぽい魔法」を捨てようという名台詞にある。なにしろ幕開きからプロスペローは大嵐を起こしているのだから、魔法の力の話をすることは劇の筋の上で意味をなすが、プロスペローはさらに何か別の力も持っていると言い、それをも捨てようとしている。

墓は、私の命じるまま
そこに眠る者を起こし、吐き出した。
わが強力な妖術のせいだ。
（第五幕第一場四八～五〇行）

これは、シェイクスピアの文化にとっては、最も恐ろしく危険な魔法であり、悪魔の力のしるしだ。慈悲深い魔術師《メイガス》(知恵者《マギ》)であるプロスペローが『テンペスト』のなかで実際に行なうことではないし、とてもプロスペローのような人生を生きてきた人がやることではない。しかし、それが、魔法使いプロスペローではなく、シェイクスピア作品のことを言っているのであるとすれば、驚くほど正確だ。プロスペローではなくシェイクスピアが、先代ハムレット王を墓から飛び出させたのであり、不当に糾弾されたハーマイオニを蘇らせたのである。その生涯を通してシェイクスピアの仕事とは、死者を蘇らせることだったのだ。

『テンペスト』の最後には、シェイクスピア作品には珍しいエピローグがあり、魔法の力を失ったプロスペローが前に出てきて、まだ登場人物のままで話す。

さあ、魔法はすっかり捨てました。
残ったのは私自身の力ですが、
とても弱いものです。
(一〜三行)

プロスペローは普通の人になり、助けを必要としている。拍手喝采を求めているのだ——まだ筋と結ばれている舞台が想定しているのは、観客の手と息がプロスペローの船の帆をふくらませ、故郷へ送り返してくれるということだ——が、プロスペローの言葉遣いは妙に堅い。拍手を求める願いは、祈りを求める願いへと変わるのである。

今や私は、
精霊に助けてもらうことも、魔法を使うこともできず、
わが最後は絶望的です、
祈りによって救われない限り。
祈りは天の門を開き、慈悲に訴え、
すべての罪を放免します。
皆様も罪の赦しを求めるならば、
寛大な心で私を放免してください。

（一三～二〇行）

徳高く正統な君主であることが繰り返し強調されているプロスペローに罪悪感があるというのは辻褄が合わないが、この君主の仮面の背後から顔をのぞかせている劇作家にとっては辻褄が合うのだろう。シェイクスピアがなしたことには、どんな意味があるのか？　自分を魔法使いの主人公に擬《なぞら》えているとして、なぜ、まるで自分が犯した罪の赦しを乞うかのように、寛大さを、思いやりを求めなければならないのか？　もちろん罪など本当は犯していない。犯したと思うのは幻想にすぎない。けれど、それは奇妙な幻想であり、死霊との交わりを思わせる――ソネットの言葉を使えば、「恥の陰《ほと》に精（精霊）を無駄に使うこと」（一二九番一行）。
慎重に抜け目なく自分を消し去ってきたはずなのに、シェイクスピアはどうしようもなく自分を

投影することで作品を書いてきたのである。計り知れぬほど想像力に富む思いやりと窃盗とが混ぜ合わさってできた業績だ。私生活ではマーロウやグリーンの末路を避けてきたものの、劇場では抑えがたい情熱と不穏な考えに身を任せてきた。人生が与えてくれたすべて——社会的立場も性衝動も宗教も、皆危機に瀕してしまったつらさ——を芸術に用いて、その芸術を商売にしたのだ。息子の死に際しての悲しみや困惑さえ審美的源泉に変え、戦略的不透明さという見事な実践にしてしまった。今、私たちの前に立ち現われるシェイクスピアは、『夏の夜の夢』の「無作法な職人たち」(第三幕第二場九行)のひとりではなく、君主であり、学のある魔術師だ。自分が成し遂げてきたことへの誇りを持っている。その誇りが、最後に罪悪感と混ざりあっているのは驚くべきことだろうか?

ひょっとすると、人気を博した成功にだんだんと嫌気がさしてきたのかもしれないし、成功して何になるのかと問い始めていたのかもしれない。演技者として劇作家として、何度も何度も拍手を求めてきて、たいていは拍手を得られて満足してきたはずだ。しかし、自分が何者であるかすっかりわかったのだとしたら——君主でもある魔術師の姿は、〈シェイクスピアである〉とはどういうことかをシェイクスピアが理解したことを示唆している——そうしたら、もうこれで充分だと思ったかもしれない。ついに群衆に背を向けることができるのだ。

シェイクスピアの投資ぶりから判断すれば、いつかは劇場を去ると、ずっと前から考えていたことだろう。そして、劇場への投資を例外として、投資のほぼすべてがストラットフォード内外でなされた以上、やがてはロンドンを離れて故郷に戻りたいという夢をずっと抱いていたに違いない。もちろん、この数年、何度も帰郷してはいるが、今回の帰郷はまったく意味が違っていた。貸し部屋を手放し、荷物をまとめ、故郷に購入した豪邸と納屋と耕地を実際に使うのだ。幻想を売り歩くことから足を洗う、というより、かつて不動産が副業だったように、これからは劇作を副業にするのだ。年老いてきた妻と未婚の娘ジューディスと暮らそう。愛する娘スザンナとその夫ジョン・ホール、そして孫娘エリザベスと一緒に時を過ごそう。故郷の財産を管理し、地域のもめごとに関わり、旧友を訪れ、尊敬されるストラットフォードの紳士になるのだ。それ以上でもそれ以下でもない。

しかし、この決断を下そうとすればするほど、これまでの生涯をかけた仕事がどっとシェイクスピアに押し寄せるように思えた。これまで書いた劇のほとんどすべての中心課題が『テンペスト』に盛り込まれている——兄弟の裏切り、破滅を呼ぶ嫉妬の力、正統な支配者の転落、文明から混乱への危険な道筋、夢をもう一度という回復願望、自らの社会的立場を知らない美しく若い女子相続人への求愛、妖術によって人を操る策略、とりわけ小さな劇中劇の舞台演出、魔力の巧妙な使用、野生と養育の対立、娘を求婚者に与える父親のつらさ、社会的な死とアイデンティティー崩壊の危機、そして打ちのめされて自分が変わってしまうような驚異の体験。まさに最後のこの劇が思いがけず明らかにするのは、シェイクスピアの果てしない想像力に富んだ生涯の何一つ失われてはいないということだ。

『テンペスト』には、溺れた男の遺体についての有名な歌がある。

あんたの親父は海の底。
親父の骨で珊瑚ができた。
目ん玉二つが今では真珠。
親父のどこも消えちゃいない。

海のような大変化を遂げて、
立派で珍しいものになったんだ。

（第一幕第二場四〇〇〜四〇五行）

同じことが、シェイクスピアの詩的な想像力についても言える。どこも消えちゃいない。シェイクスピアの作品群の気骨は、海のような大変化を遂げて、立派で珍しいものになった——それが、この数十年間に起こったことのすべてなのだ。だが、どうしてシェイクスピアは、なにもかも手放せるのだろうか？　答えは——手放せない。少なくともすべては。

いつシェイクスピアが実際にロンドンを発《た》ったかは知られていない。『テンペスト』を仕上げた直後の一六一一年、早々にストラットフォードに戻ったのかもしれないが、すべての縁を切ったわけではなかった。もはや作品にはっきりと自分の影を落とす書き方はしなかったが、ジョン・フレッチャーと少なくとも三本の共同執筆をしていたわけだし、一六一三年三月、最後の不動産投資を——今度はストラットフォードではなく、ロンドンで——行なったのだ。一四〇ポンドという巨額（そのうち八〇ポンドは現金）で、古いブラックフライアーズ修道院の大きな門番小屋の階上にある「住居または貸し部屋」を購入したのである。これはまさにシェイクスピアが、長いロンドンでの演劇生活のあいだ妻子と一緒にロンドンに住みたいと願ったとしたら買っていたような住居だった。

ロンドンにも何かを所有したいと思ったのは、ストラットフォードに戻ってからのことだった。シェイクスピアのブラックフライアーズの家は、ブラックフライアーズ劇場の目と鼻の先にあり、パドル波止場にも近かったから、そこから舟で河を渡ればすぐグローブ座へ行けた。しかし、そこに家を買ったのは、住むためではなかったようだ。共同執筆をした劇を観に、あるいはビジネスのために、ロンドンに戻ってきたらそこに泊まる手筈にしたのかもしれない。ジョン・ロビンソンという名前の男に貸してはいたが、それでも自分が魔法の力を振るった場所に、何かを所有していたのだ。

シェイクスピアがブラックフライアーズの家の法的権利を得た売買取引は、かなり複雑で奇妙なものであり、三人の公的な共同購入者が関わっていた。金を払ったのはシェイクスピアだけなのに、金を出さない三人は管財人と定められていた。これまでに出てきた唯一のもっともらしい説明は、この取り決めは、シェイクスピアの妻アンが夫より長生きした場合、この家を相続できないように仕組まれた入念な仕掛けだというものである。アンは夫がこのように購入を手配したことを知っていたのだろうか？　それとも、二番目に上等なベッドと同じく、不愉快な驚きということになっていたのだろうか？　それはわからないが、あらゆる徴候が示しているのは、ストラットフォードへ帰郷して日常を受け容れようという決意は、生易しいものではなかったということだ。

大枚をはたいてブラックフライアーズの住居の購入を完了して数か月も経たない一六一三年七月初旬、シェイクスピアに大きな衝撃を与えたに違いない災難の知らせが飛び込んできた。六月二九日、フレッチャーと一緒に執筆した新しい劇の上演中に、グローブ座が焼け落ちたのである。かつて一五九九年冬にシェイクスピア自身が建設を手伝ったあのグローブ座だ。ここに記すのは、事件の三日後に書かれ、直ちにストラットフォードへ送られたある手紙である。

国王陛下の一座が、ヘンリー八世治世の主要事件を描いた『すべて真実』という新作劇を上演した。すばらしい絢爛豪華な装いを凝らしたもので、舞台には絨毯《じゅうたん》まで敷かれていた。聖ジョージを象《かたど》った宝石像の首飾りとガーター徽章《きしょう》をつけた騎士団、刺繡を施した長上着着用の衛兵たちが勢揃いした。かなり真に迫っており、偉大な人たちを滑稽とまで言わずとも大変親しみの持てるように描いていた。さて、ヘンリー王がウルジー枢機卿宅の仮面舞踏会に出席すべく舞台に登場するに際して、小さな祝砲が放たれたのだが、一つの小砲につまっていた紙だか何かが藁葺き屋根に落ちた。最初はどうということはない煙に思え、人々の目が上演のほうに惹きつけられているうちに、藁の奥のほうに火がつき、導火線のように火がまわり、一時間もしないうちに劇場全体が焼け落ちてしまった。

これがあの立派な建物の最後であり、それでも死人は出ず、木と藁、そして数着の捨てられたマントが燃えたのみであった。ただ、ひとりの男のズボンに火がつき、機転を利かせて瓶に入ったエール酒で消し止めたからよかったものの、危うく火達磨《ひだるま》になるところだった。

死傷者はいなかったということだが、国王一座の株主たちと劇場所有者たちには厳しい経済的打撃であり、株主兼劇場所有者でもあったシェイクスピア自身にとってとりわけ強烈な打撃であった。不幸中の幸いだったのは、劇団の衣装と、油断なく管理されてきた台本が無事だったことだ。これらが即座に安全なところへ運び出されていなければ、国王一座は破滅していたかもしれない。というのも、衣装には巨額の金がかかっており、台本の多くは写しや控えなどがなかったからだ。火の手がもっと早くまわっていたら、シェイクスピア劇の半分——まだ四つ折本《クォート》で出版されていなかったもの——は、本になることはなかったことだろう。

現在のグローブ座内部．平土間とそれを囲むギャラリーのだいたいの大きさがわかる．
国際シェイクスピア・グローブ・センター

それにしても、やっかいなことになった。当時は災害保険などなく、劇場再建の費用は、シェイクスピアと仲間の所有者で負担しなければならない。比較的裕福であったとはいえ、これこそロンドンを離れて国王一座の日常業務から解放されたシェイクスピアにとって、うれしくない出費であり、これを機にきっぱり手を切ろうという思いもあったかもしれない。シェイクスピアの遺書には、劇団とグローブ座の貴重な持ち株について何の言及もないので、そうした資産をさっさと売り払ってしまったに違いないのだが、取引記録も残っていないので、正確な日付もわからない。ありえそうなことだが、火事の直後に持ち株を売ったとしたら、それで引退の決意は一層固まったことだろう。

『テンペスト』の最後近くで、プロスペローは「われらが余興は終わった」と宣言して、娘と婿のために魔法で作り出していた婚礼の仮面劇を突然中止させる。「今の役者たちは」と、プロスペローは説明する。

　　前に言ったように、皆精霊だ。
空気、薄い空気のなかに溶け去ってしまった。
そして、空中楼閣とも呼ぶべき今の幻影と同様に、
雲を戴く塔、豪奢な宮殿、
厳かな寺院、偉大なる地球《グローブ》それ自体、
そう、この大地にあるものはすべて、消え去るのだ。
そして、今の実体のない見世物が消えたように、

あとには雲一つ残らない。

（第四幕第一場一四八〜五六行）

一六一三年の夏、この台詞は、振り返ってみれば不気味に予言のように思えたに違いない。偉大なグローブ座それ自体が本当に消えてしまったのだから。シェイクスピアは、生涯にわたって、物事には実体がないという感覚につきまとわれていた。それは役者稼業の逃れがたい宿命のようなものだ。火事が文字どおり「あとには雲一つ残らない」ように劇場を消し去ったが、そんなことは、魔法使いの主人公が断言したとおり、シェイクスピアは疾《と》うに承知していたことなのである。

私たちは、
夢を織り成す糸そのものだ。そのささやかな人生は、
眠りによって締めくくられる。

（第四幕第一場一五六〜五八行）

もちろん、建物それ自体はいつでも建て直せる——グローブ座は一年も経たぬうちに再建されて運営された——けれど、グローブ座とて消え去るのだという儚《はかな》い思いは、一六一四年に五〇歳の誕生日を迎えようとしていたシェイクスピアが、自分自身について、そしてその世界について感じていたことでもあっただろう。弟のギルバートは一六一二年に四五歳で死んだ。一年後、下の弟リチャードは、ちょうど四〇歳の誕生日を前にして死んだ。シェイクスピアの母メアリは八人の子供

を生んだが、まだ生きていたのはそのうちの二人、ウィルと妹のジョーンだけだった。今日では五〇歳は、まだまだこれからの年齢であり、当時においても決して高齢ではなかったが、シェイクスピアは自分をかなり老け込んでいると感じていたらしい。「三度に一度は自分の墓を思うだろう」というプロスペローの不思議な発言は、シェイクスピア自身の内心の思いなのではないか？

消え去るのだ。そんな思いがあればこそ、シェイクスピアは、しっかりと実体を感じさせてくれる資産になおさら執拗にこだわって生涯をかけて蓄えてきたのかもしれない。

アーサー・メインウェアリング、ウィリアム・レプリンガム、ウィリアム・クームという三人の裕福な地主が囲い込もうと計画していたストラットフォード近郊の広大な地所には、シェイクスピアが十分の一税の権利を持っていた土地も含まれていた。囲い込みというのは、小さな借地や共同野原といった土地を寄せ集めるなどして不動産を一箇所に集め、塀で囲い、土地の一部を耕地でなくして高利潤の牧羊地にすることであり、かなりの金持ちにとっては人気のある資産運用であったが、それほど裕福でない人からは嫌悪されていた。囲い込みのせいで、穀物の価格が上がり、慣習上の権利が無にされ、雇用が減り、貧民の施しが奪われ、社会不安が生じたからだ。ストラットフォード自治体は、殊勝にも囲い込み計画に強力に反対した。シェイクスピアも、その十分の一税の権利が危うくなっていたから、反対運動への参加が期待されていたことだろう。反対運動の指導者は、シェイクスピアの従兄弟《いとこ》で町の書記官を務めるトマス・グリーンだった。

グリーンが、一六一四年一一月一四日の会話を書き留めたメモから、シェイクスピアがすっかり身を置いていた日常世界の生き生きとした様子が、そのざらついた詳細に至るまで見えてくる。かつてシェイクスピアが想像したのは、王や君主たちが巨大な領地を分割しているところだった。

この領地のうち、この線からこの線まで、
鬱蒼《うっそう》たる森と肥えた平原、
豊かに流れる川と裾広き牧場を
おまえのものとする。

（『リア王』第一幕第一場六一～六四行）

しかし、今や、もっと小規模で、小さな目的のために、シェイクスピアは動いていた。

従兄弟のシェイクスピアが昨日、町にやってきたので、私はどうなったかと会いに行った。シェイクスピアの話では、先方はゴスペル・ブッシュまでしか囲い込むつもりがなく、そこからまっすぐ（渓谷になった部分を除いて）クロプトン・ヘッジの門までソールズベリーの土地を囲うと請け合ったという。さらに、予定としては四月に土地の検分を行ない、補償はそれからで、それ以前にはしないという。シェイクスピアとホール氏は、どうせ計画倒れだと言っている。

義理の息子ジョン・ホールの加勢を受けて、シェイクスピアは、町当局と一緒になって囲い込みに抗議するつもりはないとグリーンに語った。なにしろ、囲い込みは「計画倒れ」だと思ったのだ。シェイクスピアは嘘をつかれた（「先方は……請け合った」）のか、シェイクスピアが嘘をついたのか、それから二か月もしない一月上旬、囲い込み作業が始まった。喧嘩っ早い憎まれ者であったらしいクームが、囲い込みを指揮して、溝を掘らせたのだ。言い争いになり、激しい言葉が飛び交い、殴り合いとなった。ストラットフォードと近くのビショップトンの女子供が群をなして出かけて行って、溝を埋めた。そして長い裁判が始まった。シェイクスピアは係わり合いにならないようにし、たぶんどういう結果になってもかまわないと思っていたのだろう。というのも、すでに一〇月に、シェイクスピアは囲い込みの連中と同意書を交わしていて、シェイクスピアが保有する十分の一税について利害の折り合いがつくなら、「それなりの補償を……年払いの賃貸料ないし、まとまった現金で」もらうことになっていたのだ。損をするつもりのないシェイクスピアは、かわいそうな人たちのための運動に従兄弟のグリーンと一緒に参加することはなかった。ひょっとしたら、だれかが言ったように、シェイクスピアは、長い目で見ればだれもが豊かになるのだから農業を現代化すべきだと考えたのかもしれない。だが、本当のところは、どうでもよかったのだろう。ひどい話ではないが、励まされる話ではない。まったく、嫌になるほどありきたりな話だ。

同じことは、おそらく、ハムネットと双子で生まれた娘ジューディスの結婚をめぐる諍《いさか》いについても言えるだろう。長女スザンナは、シェイクスピアが気に入った相手と結婚したが、不運な次女ジューディスの花婿候補トマス・クワイニーは、どんな花嫁の父親も眉をしかめるような男だった。ただ、この男は青天の霹靂《へきれき》として現われたわけではない。シェイクスピア家とクワイニー家は長年の知り合いだったのだ。シェイクスピアへ宛てた現存する貴重な手紙が示しているように、花婿の父親はかつてウィルに金を貸してほしいと頼んだことがある。クワイニー青年は二七歳で、職業はワイン卸商。ジューディスは三一歳。ウィリアムとアンほどの年の差はないにせよ、もしシェイクスピアが夫は妻よりも年上であるべきだと感じるようになっていたとしたら、落ち着かない心の疼《うず》きを感じていたことだろう。

いずれにせよ、そもそもの問題は年の差ではなく、結婚認可の問題だった。二人は、一六一六年の四旬節《レント》のあいだに結婚したがっていた。その時期の結婚は、特別許可がなければ公的に許されなかった。この許可を取り損ねた二人は、それでも結婚し、そして逮捕されたのだ。罰金を科せられるべく指定された日にウスター宗教法廷に出頭しなかったトマスは、即座に破門された。ジューディスも連座させられていたかもしれない。シェイクスピアは、信心において他人《ひと》の手本になれるような人ではなかったが、いつももめごとは避けるようにかなり注意してきた――若いころからずっと続けてきた方針だ――それなのにこんなことになってしまって愕然としたことだろう。

さらにもっと愕然とすることが控えていた。ジューディスとトマスの結婚式のひと月後、マーガレット・ウィーラーという名前のストラットフォードの未婚女性が産褥死し、産まれた子も死産であった。当時、性犯罪――公的な訓戒では「密通、姦通、不貞」と呼ばれていた――は年中取り調べられ、罰せられていたが、事件は未婚母子の死で終わらなかった。いずれにせよ、ストラットフォードほど小さな町では、秘密にしておくほうが難しかった。一六一六年三月二六日、牧師が開く法廷で、新婚のトマス・クワイニーが、自分が女を妊娠させたと白状し、公に恥辱的な罪滅ぼしをすべく宣告を受けたが、貧民に五シリング寄付することで執行猶予となった。

シェイクスピアには、こんな難局に対処するだけの肉体的精神的な力がもう残っていなかったのかもしれない。ひと月もしないうち、死んだのである。義理の息子の恥は、まちがいなくシェイクスピアにとって最悪のときにやってきた。実際、伝記作家のなかには、シェイクスピアがそもそも衰弱したのはクワイニーの告白とその恥さらしのせいだとまで書く者もいるが、これはちょっとありえそうにない。シェイクスピアは決して厳格なヴィクトリア朝の道徳家ではない。『テンペスト』において、プロスペローは結婚前に絶対貞操を守るように厳命しているが、シェイクスピアは『尺には尺を』ほかの劇で、性欲を同情や皮肉な興味とともに描いている。それに、婚前交渉ということで言えば、アン・ハサウェイは、シェイクスピアとともに祭壇の前に立ったとき妊娠していたではないか？　シェイクスピアは、『冬物語』の老いた羊飼いのような心境だったのではないだろうか？──「一〇歳から二三歳までの年齢なんかなくなっちまえばいいんだ。さもなきゃずっと眠っているとかな。なにしろ、そのあいだにすることといったら、娘っ子に子供をこさえさせ、年寄りに悪さをし、盗みに喧嘩……」（第三幕第三場五八～六一行）──だが、義理の息子の不行跡が暴かれたからといって、ひしゃげるような男ではなかった。それにしても、これはひどい話であり、この恥辱を真正面から受けなければならなかったのは、想像上のオードリーだのジャケネッタなどではなく、実の娘だったのである。

シェイクスピアはおそらく、数か月、健康が優れなかったのであろう。すでに、縁談のことも聞いていたに違いない一月頃、事務弁護士フランシス・コリンズを呼んで、遺言状の草稿作成を依頼している。草稿は、どういうわけか、そのとき完成されず、三月二五日、トマス・クワイニーの宗教裁判所での判決の前日に、コリンズがもう一度やって来て遺言状を完成させ、シェイクスピアは、かなり震える手ですべてのページに署名した。遺書は、妻アンに関してはそっけなく冷たい。アンに「二番目に上等なベッド」を贈ったことは有名だ。しかし、娘ジューディスについては、かなり慎重で堅実である。財産の大部分はスザンナとその夫に行くのだが、ジューディスはすっかり除外されたわけではなかった。一〇〇ポンドというかなり立派な結婚持参金を直ちにもらうことができ、さらに、きわめて限定的な条件付きだが、もっと金を受け取ることができた。瀕死のシェイクスピアのそばで口述筆記をしていたコリンズあるいはその書記が加えた訂正から、シェイクスピアの思いがわかる。「私は義理の息子に以下のものを譲る」と、シェイクスピアは始めたのだが、そのときトマス・クワイニーのことを思い出して、突然変更したのだ。「義理の息子」が線で消され、代わりに「娘ジューディス」と書き込まれた。結婚費用としてさらに五〇ポンドを送るが、それは遺産相続の一部の権利を放棄した場合に限ると遺言状には定められていた。また、ジューディスや今後生まれるかもしれないジューディスの子供たちが三年後もまだ生きていれば、さらに一五〇ポンドを与える。ジューディスが死に、子供もいなければ、一〇〇ポンドをスザンナの娘エリザベス・ホールに、五〇ポンドをシェイクスピアの生き残った妹ジョーンに与える。つまり、ジューディスの夫トマス・クワイニーには、びた一文与えないということだ。ジューディス自身、長生きしても（実際長生きしたが）一五〇ポンドの毎年の利子をもらえるのみで元金はもらえないうえ、夫クワイニーがその元金を請求できるのは一五〇ポンド相当の土地を入手した場合のみと遺言書には定められていた。要するに、娘ジューディスは、父親の財産をあまりもらえず、その夫は名前さえ呼んでもらえず、父親の財産に一切手をつけてはならなかったのである。

これで終わりではない。トマス・クームに剣を、トマス・ラッセルに五ポンドを、「仲間」のジョン・ヘミングズ、リチャード・バーベッジ、ヘンリー・コンデルに指輪を買うための金を……など、無数の小さな譲渡が続くなか、ジューディスには思い出の品「大きな銀メッキの鉢」が贈られた。だが、それ以外の価値あるものは、金もニュー・プレイスもブラックフライアーズの部屋も、「私の納屋、馬小屋、果樹園、庭、土地、不動産保有権」などなど——すべて——スザンナ夫婦とその子供たち、そしてそのまた子供たちのものとなるのだ。ストラットフォードの貧民に、このきわめて裕福な男が遺したのは、一〇ポンドという控えめの金額だった。教会への寄付は何もなし。地域の学校へもなし。優秀な子供の奨学金もなし。立派な召使や弟子への遺産もない。家族とかなり小さな友達の輪を越えて、気遣いを差し伸べることはなかった。家族に対してさえも、シェイクスピアが樹立して維持したいと願っていた一本の系図にほぼすべてがかなり小さくまとめられていた。アンとジューディスは、それがどういうことかよくわかったことだろう。

シェイクスピアは、自分の世界が小さくまとめられたからこそ、とても静かにこの世を去って行けたのかもしれない。一六一六年四月二五日のシェイクスピアの埋葬は、ストラットフォードの登録書に記載されているが、最期の様子がどのようなものであったかについての当時の記録は何もない。決して無視されたわけではない。聖トリニティー教会の内陣に重要人物にふさわしく埋葬され、ストラットフォードを訪れる夥しい数の旅行客におなじみの色つき埋葬記念の像は、早くも一六三〇年代には建てられていた。しかし、当時はだれも、シェイクスピアの病気の様子や最期の模様を書き留めようとは思わなかったし、少なくともそのような文書は残っていない。シェイクスピアの死因の説明として最古のものは、一六六二年から一六八一年までストラットフォードの牧師を務めたジョン・ウォードが一六六〇年代に書いた文だ。ウォードは、ストラットフォードの最も名高い作家の作品を読むように義理堅く自分に言い聞かせている――「シェイクスピアの劇を読むべし。そして精通せよ。それを知らないことがないように」――そして、自分がこの偉人の最期について聞き知ったことを書いている。「シェイクスピアとドレイトンとベン・ジョンソンは、楽しい宴会をして、かなり呑みすぎたらしく、シェイクスピアはそのときの熱がもとで死んだ」。

ストラットフォード・アポン・エイヴォンのホーリー・トリニティ教会にあるシェイクスピア埋葬記念の像．威厳ある市民としての詩人のイメージは，晩年に本人が自ら望んでいたものであろう．　　ブリッジマン・アート・ライブラリー

そうした「楽しい宴会」があったということはありえないことではない。教養ある詩人マイケル・ドレイトンはウォリックシャー出身であり、おそらく、すでに想像されてきたとおり、ジョンソンと一緒にジューディスの結婚祝いのためにストラットフォードを訪れたのだろう。しかし、ジューディスの結婚に親が喜んだ様子は一切ないし、痛飲したから発熱したというのも変だ。ウォードの短いメモは、たぶん信頼できるものではなく、それはシェイクスピアの最期について一七世紀後半に書かれた、非常に素っ気ない次のコメントが信用できないのと同じであろう――「(シェイクスピアは)ローマ・カトリック教徒として死んだ」。オックスフォード大学コーパス・クリスティ学寮付き牧師リチャード・デイヴィスが書き留めたこのコメントは、シェイクスピアとカトリックの複雑な関係を考え合わせるとおもしろいが、デイヴィスはこれ以上の証拠となるものを提出しないので、シェイクスピアは人生の最後でスタート地点に戻ったという程度の意味しかないのかもしれない。

かりに、シェイクスピアが囲い込みに対する画策をしておらず、末娘に失望することもなく、トマス・クワイニーが恥をさらしもせず、妻にふてくされた怒りを感じることもなく、ストラットフォードの生活はすてきな牧歌的なものだったと――偉大な詩人は庭で果樹檣《しょう》の桃が実るのを眺め、孫娘と遊ぶという図を――想像してみたところで、圧迫感と喪失感からは逃れがたい。魔法使いは、その驚くべき空想の才能を捨て去り、田舎へ引退し、日常の押しつぶすようなのろのろとした重さに屈したのである。

王侯から叛徒まで、ローマ皇帝から黒人兵士に至るまでのさまざまな生活を想像し、ロンドンの舞台という荒々しい世界に自分の居場所を作り出してきたシェイクスピアが、普通の人間になろうというのである。最後のすばらしい演劇的実験として、田舎紳士の日常生活を演じようというのだ。

家紋を購入し、投機をし、家族をストラットフォードにとどめおき、古い社会のネットワークを大切に維持することによって、長年ゆっくりと築き上げてきた役柄だ。なぜそうしたかったのだろう？

一つにはたぶん、いつまでもつきまとう物足りなさ、空虚さのせいだろう。人生の初《しょ》っ端《ぱな》から、自分が何を信仰するのか、だれを愛するのか、自分の社会的役割は何なのか、疑問に思っていた。ほかの人たちが命懸けで生きている、その一途さ——そんなものは、自分にはなかった。自分も本当の人生を生きてみたいと思ったことはあっても、もう何年も前にそこから離れてしまっていた。確かに自分のどこかに一途さのかけらがあるからこそ、そこに演劇的想像力を吹き込んだわけだが、舞台なんて所詮贋物《にせもの》でしかないし、自分の文学的想像力などでは、キャンピオンのような人を死に追いやった信仰の代わりになるはずがない。一瞬幸せが垣間見えたときもあったかもしれないが、こんなにも激しく描き、夢見た愛を、実際には見つけることも実現することもできなかった。この物足りなさの感覚——信仰にも愛にも空虚さがあるという懐疑的感覚——から見れば、普通の紳士階級の男を演じることは、まさに快挙だ。

だが、日常を受け容れるということは、単に物足りなさの埋め合わせをするという問題ではない。それは、これまで作り上げてきた壮大な想像世界がどのような性質のものであったかという問題なのだ。生涯を通してシェイクスピアは、異国情緒にあふれた土地、古代文化、伝説的人物に魅了されてきたが、その想像力は、なじみ深いものや親しいものと密接に結びついていた。あるいはむしろ、並外れた世界のまっただなかに普通のものがあることを暴露したがったのだ。シェイクスピアは、ときどきこの性質ゆえに批判されることがある。枝葉末節にこだわる人たちは、トーガを着ている古代ローマ人がまるでロンドンの労働者のように帽子を宙に投げたりするのは変だと気難しく指摘する。端正な劇作法を気にする批評家は、鼻をかむのに使うハンカチなど、名前を言うのもはばかられる下品なものであって、悲劇の核心で用いるべきではないと文句を言う。文豪トルストイに至っては、老いたリアが怒り狂って歩きまわるのは、畏怖を起こさせるどころか、道徳的に嫌悪感を起こさせ、審美的には軽蔑の対象としてこそふさわしいと考えた。

そのとおりだ。シェイクスピアの想像力は、日常を超えて舞い上がったりはしないし、形而上学的な畏れ多い殿堂に入り込んだり、日常に対して扉を閉じたりしない。『ヴィーナスとアドーニス』では、愛の女神の顔に汗が浮かぶ。『ロミオとジュリエット』では、嘆く両親が生気の失せたジュリエットの体にすがって泣いているとき、結婚式のために雇われた楽隊が楽器をしまいながら静かに冗談を交わす——そのうえ、居残って、葬式の晩餐にありつこうと決める。『アントニーとクレオパトラ』では、官能的なクレオパトラが豪勢な小舟に乗っているのを描写した人が、別のイメージを伝える。「あの女がかつて／大通りで四〇歩も跳ぶように走って行くのを見たことがある」(第二幕第二場二三四〜三五行)。

若い頃から作家になるつもりだった——あるいは作家になれと言われたのかもしれない——それは、驚くべき才能があったからだが、その才能は創造神からの贈り物ではない。人生という根っこと決して切り離せないものなのだ。

マキャヴェリが、かつてフロレンスでの地位を失って無理やり田舎住まいをさせられたときに書いた手紙がある。田舎の居酒屋でどうしても見物することになる下品な口論や馬鹿げた遊びを嫌悪して書いた手紙だ。唯一ほっとするのは夕方、日中の陳腐さにまみれた服を脱ぐときだという。豪華なガウンを着て、本棚から愛読書——キケロ、リウィウス、タキトゥス——を取り出し、ついに自分の知性にふさわしい伴侶を得たと思う——これほどシェイクスピアの感性から程遠いものはない。シェイクスピアは決して、普通の人々のおしゃべり、ささいな気晴らし、馬鹿げたゲームを退屈に思うそぶりも見せたことがない。魔法使いプロスペローの最も立派な行為は、魔法の力を捨て、やってきた場所へ帰ることなのだ。

ひょっとすると、シェイクスピアを故郷に引き寄せた動機はほかにあったのかもしれない。その私的な生活は謎に包まれているが、こればかりは明々白々という動機があるように思える。だれもが気づいているように、シェイクスピアは遺書のなかで妻アンを軽《かろ》んじ、娘ジューディスやその夫に相当する男を軽んじているが、その遺書はまた、朴訥《ぼくとつ》とした語り口ながら、驚くべき愛の宣言書になっている。その宣言書を読めば、シェイクスピアをストラットフォードへ連れ戻したものがなんなのか手がかりがつかめるのだ。シェイクスピアが生涯最も大切に思った女性——それは、二〇歳年下の女性、娘スザンナだ。晩年の劇三作『ペリクリーズ』『冬物語』『テンペスト』が、父と娘の関係を主に描き、近親相姦の欲望を大いに警戒するのは偶然ではないだろう。シェイクスピアが望んでいたものは、最も普通に、ありきたりの方法で手に入れられるものでしかなかった——娘夫婦とその子供のそばで暮らす喜びだ。それが違和感のある、いささか憂鬱な喜びだということはわかっていた。すべてを放棄することとしっかり綯《な》い交ぜになっている喜び——それこそが晩年の劇を重くしているものだ。しかし、日常生活のなかには、ふとした違和感が潜んでいるものではないか？

そして、そここそ、シェイクスピアが生涯を終えようとした場所なのである。

訳者による解説——今、なぜ、伝記か？

本書は、Stephen Greenblatt, *Will in the World: How Shakespeare Became Shakespeare* (New York & London: Norton, 2004) の全訳である。

原書は、二〇〇四年度のピュリツァー賞、ナショナル・ブック賞、ナショナル・ブック批評家サークル賞、『ロサンジェルス・タイムズ』ブック賞のいずれも最終候補となり、『ニューヨーク・タイムズ』のベストセラー・リストに掲載されるほどの爆発的なヒット作となった。

『エコノミスト』『サンフランシスコ・クロニクル』『シカゴ・トリビューン』『ピッツァバーグ・ポスト＝ガゼット』『クリスチャン・サイエンス・モニター』各誌の〈ベスト・ブック・オブ・ザ・イヤー〉に選ばれ、雑誌『タイム』最優秀ノンフィクション・ブック第一位、『ニューヨーク・タイムズ』の〈今年の本トップ・テン〉に入り、『ワシントン・ポスト・ブックワールド』絶賛《レイヴ》賞など各賞を受賞した。直ちに出たペーパーバック版には、各誌の絶賛が多数記されている。あまりに多いので、そのうち約三分の一のみをここに紹介する。

●「グリーンブラットの本は驚くほどすばらしい。シェイクスピアの生涯と作品の両方をまとめた研究書として、こんなにも複雑に知的で洗練されていながら、こんなにも激しく熱い本を私は読んだことがない。グリーンブラットは、シェイクスピアの生涯と時代を深く知っており……雄弁なシェイクスピアの詩を、シェイクスピアの断片的な生涯と次々につなげていくのだが、その手つきは絶妙に繊細で説得力がある」――アダム・ゴプニック、『ニューヨーカー』

●「シェイクスピア劇の世界最高の解釈者の一人であるスティーヴン・グリーンブラットは、このストラットフォード出身の手袋商人の息子について私たちを魅了する伝記を書いた。グリーンブラットは、シェイクスピアがどのように学び、愛し、失恋し、冒険し、用心し、演技し、競争に勝ち、そしてとりわけ執筆し、作家として成長していったかを私たちが想像する手助けをしてくれる。グリーンブラットの洞察とユーモアによって描かれたこの肖像画では、シェイクスピアの偉大さは、自ら創り出した世界に親密にも冷淡にもなれる能力として示される」――トロント大学歴史学部名誉教授、ナタリー・ゼモン・デイヴィス

●「この本は画期的だ。ここには、英文学の中心を占めるシェイクスピアの想像力が、新鮮な視点から見事に明らかにされている。グリーンブラットの学識、書き手としての手腕、そしてその両方を軽々と――偉ぶることもなく――展開する力量によって、彼はこの偉大な仕事を成し遂げたのだ。傑出した学者がこれほど人を惹きつける、創造的だが絶妙で息もつけない面白さの本を書けるとはちょっとした奇跡だ――シェイクスピア自身の偉大な奇跡を映し出すものだ」――前アメリカ桂冠詩人、ロバート・ピンスキー

●「この大変に読み応えのある、実に想像力に富む本は、シェイクスピアの人生経験がどのように

してその著作を形作ったかを、かつてないほどの共感をもって探るものである」――『オックスフォード・シェイクスピア』シリーズ編集主幹、スタンリー・ウェルズ

●「この本は、シェイクスピアの経験や環境についての情報を劇の詳細と上手につなぎ合わせて語ってゆき、どのページにも洞察がある」――ウォリック大学教授ジョナサン・ベイト(シェイクスピア学者)、『ボストン・サンデー・グローブ』

●「すばらしき偉業」――デニス・ドナフュー、『ウォールストリート・ジャーナル』

●「まばゆいほど絶妙な伝記」――リチャード・ラカヨー、『タイム』

●「序章から終章まで、生き生きと書かれ、豊かな詳細と洞察に満ちている……最高の文豪シェイクスピアの研究書として必読書となるだろう」――ウィリアム・E・ケイン、『ボストン・サンデー・グローブ』

☆

本書は、グリーンブラットが語る、物語としてのシェイクスピア伝である。これまで多数書かれてきたシェイクスピアの伝記と違い、シェイクスピアの人物像と作品とのかかわりを読み解いていく。「序章」で宣言しているように想像力を駆使しての読解であるため、厳格な学者からは推測が多すぎるという批判も受けたが、むしろ、その大胆な読みこそが本書の長所だと考えるべきだろう(推測をせざるをえないことについては、「読者への注記」で断られている)。ずばりずばりと核心に踏み込んで行く大胆さは小気味よく、そして何より語り口がうまいために説得力がある。

グリーンブラットは、画期的な初期の著作『ルネサンスの自己成型』(一九八〇)以来、常に英語の

修辞《レトリック》の圧倒的な巧みさを誇っている。いわば論じている内容の繊細さが、論じる言葉遣いの繊細さと一体化しており、それはそのまま彼の批評理論――語られるテクストは語る主体と切り離せない――を具現化している。

その批評理論とは何か、そしてグリーンブラットとはどんな人物かをまず説明しなければならない。たまたま私は、研究社の『二十世紀英語文学辞典』(二〇〇五)に「グリーンブラット」と「新歴史主義」の項目を担当執筆したので、一部加筆してここに引用することにしよう(固有名詞をカタカナ表記にするなど表記を改め、邦訳書誌情報なども加えた)。

スティーヴン・グリーンブラット(一九四三～)　アメリカの新歴史主義(ニュー・ヒストリシズム)を代表する学者。一九六四年イェール大学卒業。英国ケンブリッジ大学ペンブルック学寮に留学して六六年に学士号を得、六九年にイェール大学で博士号を取得。六九～七四年カリフォルニア大学バークレー校英文科助教授、七四～七九年に同準教授、七九～八四年に同教授、八四年以降同校の一九三二年記念講座教授。一九九七年にハーヴァード大学教養学部教授、二〇〇〇年より同大学人文学部教授。

新歴史主義の領袖として八〇～九〇年代の批評をリードした。テクストと歴史の両方の審美性を絡め取る独特の修辞的手法は多くの模倣者を生んだが、グリーンブラット自身はその後、自分のやっているのは「新歴史主義」ではなく「文化の詩学」であると主張した。それは、さまざまな相違を抱えた「新歴史主義者」が一つのラベルで括られてしまうのを嫌うと同時に、「文化の詩学」という呼称のほうが文化および歴史の審美性(テクスト性)を意識する彼独特の研究姿勢を指すものとしてふさわしいからであろう。グリーンブラットの本領は、学者としての自意識と良心、そして鋭く巧みなレトリックにある。マルクス主義の影響を大きく受け、個人は社会的権力との関係で自己のアイデンティティーを規定すると考えるのが特徴的である。

代表作は、ルネサンスにおける主体構築の虚構性と社会性を論じた *Renaissance Self-Fashioning: From More to Shakespeare*（一九八〇：『ルネサンスの自己成型――モアからシェイクスピアまで』高田茂樹訳、みすず書房、一九九二）、および詩的虚構としての煉獄に注目することでシェイクスピアの想像世界を論じた *Hamlet in Purgatory*（二〇〇一）である。ほかに、主な著作に *Shakespearean Negotiations: The Circulation of Social Energy in Renaissance England*（一九八八：『シェイクスピアにおける交渉――ルネサンス期イングランドにみられる社会的エネルギーの循環』酒井正志訳、叢書ウニベルシタス、法政大学出版局、一九九五）、*Marvelous Possessions: The Wonder of the New World*（一九九一：『驚異と占有――新世界の驚き』荒木正純訳、みすず書房、一九九四）、*Learning to Curse: Essays in Early Modern Culture*（一九九〇：『悪口を習う――近代初期の文化論集』磯山甚一訳、叢書ウニベルシタス、法政大学出版局、一九九三）、*Will in the World*（二〇〇四）、*The Greenblatt Reader*（二〇〇五）があり、編著に *Allegory and Representation: Selected Papers from the English Institute, 1979-80*（一九八一：『寓意と表象・再現』船倉正憲訳、叢書ウニベルシタス、法政大学出版局、一九九四）および学生向きのシェイクスピア全集 *The Norton Shakespeare*（一九九七）がある。一九九一年東京で開催された国際シェイクスピア学会のため来日。

新歴史主義 New Historicism　脱構築主義（Deconstruction）、フーコー、マルクス主義（Marxist criticism）などの批評・思想の流れの影響下に、一九八〇年代にアメリカで大きな高まりを見せた批評運動。文学作品は時代や文化を超えて「真実」を伝えるという本質主義ないし伝統的人文主義に反対し、ものの見方は時代や文化の制約を受けざるをえないものであり、文化的・歴史的文脈の違いを明確にしなければならないとする。この点でイギリスの文化唯物論(cultural materialism)と立場を同じくし、しばしば両者は同じ物のアメリカ版とイギリス版として扱われる。それ以前にも、歴史的文脈を明らかにしようとする(旧)歴史主義的研究方法(historical criticism)はあったものの、それは研究者自身の文化的立場ないしイデオロギーを問題とせずに歴史という「真実」を捉えようとする本質主義でしかなかった。これに対して新歴史主義の場合は、歴史の解釈性・批評性が問題とされ、解釈者自らの読み手としての主体のあり方、そのイデオロギー的批評的立場が問われることになる。したがって、歴史という不確定なテクストそのものよりもそのテクストを文学的テクストと絡めながら読み取ってゆく批評性こそが問題とされ、それゆえに修辞や専門語を駆使した巧妙にして刺激的な批評が繰り広げられる。その領袖はグリーンブラットであり、彼によれば、新歴史主義の目的の一つはテクストを文学という旧弊の学問分野から解放し、歴史・文化人類学・芸術史など他の学問分野と錯綜させることでテクストの持つ文化的意味を探ることにある。しかし、彼自身は「新歴史主義」というレッテルで括られることに難色を示しており、自らの批評を「文化の詩学」と規定する。「新歴史主義」の代表的論客には、ルイス・モントローズ、キャサリン・ギャラハー、ジョナサン・ゴールドバーグらルネサンス研究者、および社会的テクストの生成を提唱して「本文批評」(textual criticism)に新機軸を築いたマッギャンほか多数おり、個性豊かなそれぞれの批評の独自性は認めなければならない。一九九〇年代にはとりたてて新歴史主義が云々されることは少なくなったが、それはカーナン・ライアン(Kiernan Ryan)が *New Historicism and Cultural Materialism: A Reader*(一九九六)で言うように、新歴史主義の基本姿勢が当然のこととして批評の主流に吸収されてしまったためであろう。

さて、ここで強調したいのは、新歴史主義をも含む現代批評の流れにおいて作家の伝記研究が排除されてきたという事実だ。それなのに、よりによって新歴史主義の領袖グリーンブラットがシェイクスピアの伝記を書くとは、どういうことなのか。これは、現代批評のあり方に大きな波紋を投げかける事件なのである。

以下、この事件を解明していくことをこの解説の主眼とするが、それに当たって、グリーンブラットの姿勢を見習うことにしたい。すなわち本書巻末の文献案内がシェイクスピアを学ぼうとする人に向けて絶好のシェイクスピア研究案内となっているように、この解説もまた、「新歴史主義」と「伝記的批評」の関連がわかるように、いわば「早わかり現代批評史」の講義を擬してみようと思うのである。ただし、できるだけ簡潔に、これまで伝記研究を排除してきた現代批評の流れの果てになぜグリーンブラットがシェイクスピアの伝記を書いたのかという一点に焦点を合わせるので、きちんとした「批評史」にはなりえないことはお断りしておく。

☆

一九六八年、ロラン・バルトは「作者の死」という論文を発表し、テクスト読解において作者の存在を否定した（花輪光訳『物語の構造分析』〔みすず書房、一九七九〕所収）。翌年、ミシェル・フーコーは『作者とは何か』（清水徹・豊崎光一訳、哲学書房、一九九〇）を著わしてバルトの論を批判したが、結局それはテクスト内機能としての概念上の「作者」を認めながらも、テクストと別個に存在する生身の「作者」を否定するものであり、いずれにしても現代批評の大きな〈作者否定〉の流れを確認する結果となった。この流れは、現代批評の原点と見なされてきたニュー・クリティシズム（新批評）に遡《さかのぼ》ることができる。

ニュー・クリティシズムといえば、その名の出所となった『ザ・ニュー・クリティシズム』（一九四一）を著わしたヴァンダービルト大学教授ジョン・クロウ・ランサムや、同大学で教授の教えを受けたアラン・テイト、ペン・ウォレン、クレアンス・ブルックスらの名前がまず挙げられるが、ここでは、一九四六年に雑誌『スワニー・レヴュー』に収められたW・K・ウィムサットとモンロー・C・ビアズレーによる名高い論文「意図についての誤謬《インテンショナル・ファラシー》」（ウィムサット著『言葉の写像《イコン》』〔一九六四〕再録）に注目したい。それまでの文学研究が、作品そのものの分析よりも作家研究に偏っていて、作品を理解するためには作家の生涯や精神を知らねばならないと考え、作者の意図を探ることが文学作品を理解することであるかのように考えていたのに対して、作者の意図を探ろうとするのは誤りだと喝破した論文だ。文学作品は、作者とは別個の独立した存在であって、作者の思いもよらないすばらしさがあったりするものだ。このように考えて、作品を作者の従属物と見なさず、作者の意図に拘泥せずに作品そのものを精読すべしと主張したのが、ニュー・クリティシズムである。キーワードは「精読」だ。作品を丹念に読み込むこと。作品の外にあるもの（作者や歴史的背景）を利用する「外在批評」を廃して、作品に内在する要素のみを分析する「内在批評」である。こうしてそれまでの印象批評とは違う、分析を旨とした現代批評が始まった。

例を一つ。劇作家ジョージ・バーナード・ショーは自分の戯曲に戯曲それ自体よりも長い解説をつけているが、そうした解説を読めば戯曲がわかったことになるかといえば、そうではない。作者自らの解説によって「作者の意図」がわかっても、その芸術作品をどのように鑑賞するかは別問題だ。作品は作者のものではなく、読者のものである。だから作者を括弧にくくって、作品そのものを細かく精読すべきだというニュー・クリティシズムの主張は、当然のこととして受け容れられてきた。こうしてニュー・クリティシズムは文学批評の基盤を成し、その用語――「イミジャリー」（心象）、「パラドックス」、「アイロニー」、「アンビギュイティー」（曖昧さ）など――は、私たちが今では普通に用いる文学用語となったのである。

厳密には、ニュー・クリティシズムとは、一九三〇～五〇年代にアメリカを中心に展開された批評運動である。ペン・ウォレンとともに『詩の理解』(一九三八)という記念碑的教科書を書き、『よくできた壺(*The Well-Wrought Urn*)』(一九四七)でニュー・クリティシズムの基本を論じたアメリカの大学教授クレアンス・ブルックスがその代表の一人であるが、イギリスにも同時期に(やや先行して)同じような動きがあった。

それは、一九一九年に英文科が設立されたばかりのケンブリッジ大学での動きである。アメリカのブルックスに大きな影響を与えたのは、そのとき英文科の教師だったI・A・リチャーズがケンブリッジで行なった実践批評《プラクティカル・クリティシズム》の授業だった(『実践批評』一九二九)。美術館で絵画を鑑賞する際、作品そのものではなく作品のラベルを見て、「これがピカソの若い頃の絵か。やっぱりピカソはすごいな」というふうに、作者で判断して作品そのものをきちんと観ない弊害が、文学にもある。そこでリチャーズは、作者名を伏せて詩を学生に読ませ、伝記的情報なしに詩の価値を判断させるという実験的授業を行なったのである。その結果、学生の鑑賞能力の低さが判明し、リチャーズは、作品の理知的な読み方・分析の仕方を教えなければならないと主張する。

まことにもっともな説であり、ケンブリッジ大学でリチャーズの教え子であった学生ウィリアム・エンプソンは(「実践批評」授業の熱心な出席者ではなかったが)、リチャーズの考え方に基づいて、「曖昧」という概念を用いて英詩を分析する大論文を書いた。これがエンプソン弱冠二十四歳の一九三〇年に初版が出た名著『曖昧の七つの型』である。二〇〇六年より岩波文庫(岩崎宗治訳)にも収められており、英文学研究に携わる者の必読書だ。

エンプソンのもう一人の先生リーヴィスが一九三二年に創刊した季刊文芸批評誌『スクルーティ

ニー』は、文字どおり、作品の言葉を精細に吟味（スクルーティニー）することを唱導するものだった。その代表的な論文は、『スクルーティニー』の編集者の一人であるシェイクスピア学者L・C・ナイツの論文「マクベス夫人には何人の子供がいたか？」（一九三三）である。この論文には、タイトルにあるようなマクベス夫人の子供の話は出てこない。そういった読み方をしてはいけないという論文なのであり、登場人物をあたかも実際に生きていた人物であるかのように読むのではなく、作品を自律的な「劇詩」として読むべきだというのである。しかし、その主張の煽りを受けて、登場人物に生きている人物のように厳密な分析を施して圧倒的な説得力を持ったA・C・ブラッドレーの『シェイクスピアの悲劇』（一九〇四）（中西信太郎訳『シェイクスピアの悲劇』岩波文庫、二〇〇二、鷲山第三郎訳『シェイクスピア悲劇の研究』第四版、内田老鶴圃、一九八一）のような名著が批判を受けてしまったのは、明らかな行き過ぎであった。現代批評の流れは、振り子のように何度も行きつ戻りつしているが、最新の方向性とは逆向きの古い批評にもよいものがあることは認識しておかなければならない。

この頃、詩人・劇作家であるのみならず批評家としても活躍したエリオットは、最初の批評集『聖なる森』（一九二〇）所収の「伝統と個人の才能」のなかで、詩は個人の経験から生み出されるのではなく、詩人の没個性的な地平から生まれると述べた。アメリカのニュー・クリティシズムと同調する考え方だが、生成する伝統への配慮も行なうところがイギリス的と言える。

「新批評」と訳せるものには、もう一つ、一九六〇年代のフランスのヌーヴェル・クリティックもある。アメリカのニュー・クリティシズムとは時代も国籍も違うが、『失われた時を求めて』の作者マルセル・プルーストが、「サント＝ブーヴに抗して」（一九〇九）という文で、作家の伝記や時代背景を検証することで創作活動を解き明かそうとする文芸評論家サント＝ブーヴ（一八〇四〜六九）の批評方法を否定したのが代表的であり、内在批評である点においてニュー・クリティシズムと軌を一にする。プルースト、ヴァレリー、ロブ=グリエ、バルトらによって推し進められた内在批評は、ギュスターヴ・ランソン、サント=ブーヴ、テーヌらの旧弊な外在批評と対置され、高く評価されてきた。外在批評は古く、内在批評こそ現代批評の基本というイメージが打ち立てられたのである。

そもそもヌーヴェル・クリティックという呼称は、バルトの『ラシーヌ論』(一九六三)に対するソルボンヌ大学教授レイモン・ピカールの反論「新しい批評？ それとも新しい詭弁？」(一九六五)をきっかけにして生まれたというから、ヌーヴェル・クリティックがバルトのテクスト論と結びつくのは容易に理解される。バルトは「作者の死」(一九六八)において、作者を斥けて、読者こそが多様な意味を作品から生み出す重要な存在であることを説き、「作品からテクストへ」(一九七一、『物語の構造分析』所収)において、作者に属することで一つの起源に従属させられるのが「作品」であるなら、読者が読むべきは、そうした従属から自由で、さまざまな意味が「織物《テクスチャー》」として織り成されていく「テクスト」であると説いた。

作品がいったん作者の手を離れてテクストとして成立した以上、作者はテクストの「外」にあるものであり、それゆえ作家研究、伝記研究などはテクスト解釈において意味を持たない——この考え方をさらに推し進めたのが、ジャック・デリダやポール・ド・マンらの脱構築主義《ディコンストラクショニズム》だ。これは、ソシュールの記号論に基づき、記号論をさらに発展させた形で出てきたものである。作者を否定する批評の流れを確認するために、以下に、ソシュール、構造主義、ポスト構造主義、脱構築主義といった概念をごく簡単に要約しておこう。すでに基本的なことはわかっている読者は次の☆へ飛んでいただきたい。

☆

ソシュールの言語論のキータームは、「シニフィアン」と「シニフィエ」である。前者は「意味するもの」(記号表現、能記)——たとえば「犬」という記号——であり、後者は「意味されるもの」(記号内容、所記)

――たとえばワンワンと鳴く四足動物――を指す。これまでこの二つが結びつくことに何ら疑いは差し挟まれなかったのに、ソシュールはその結びつきが恣意的であって、それを結びつけているのは記号体系のなかにある他の記号との差異――「大」「太」と「犬」の差異――に他ならないと論じた。これが、物事を差異つまり他との関係性のなかで捉えるべきだという構造主義の基幹である。ソシュールのみならず、人類学者レヴィ＝ストロースや哲学者ミシェル・フーコーなどによって、個そのものではなく個が占める関係性によって個の意味が定められるという構造主義の考え方が推し進められた。シェイクスピア研究においても、個を超越して、作品の構造に共通した要素を分析するノースロップ・フライの原型批評やC・L・バーバーの祝祭喜劇論など構造主義的批評が開花した。

脱構築(ディコンストラクション)を標榜したデリダになると、ポスト構造主義と呼ばれる。デリダは言葉の意味を定めることは不可能だと考えた。ソシュールによれば、記号というのは、catはcapともbatとも違うという「差異」(différence)によって意味を持つものであるが、デリダはさらにそれに加えて、言葉の最終的・本源的な意味はいつまでも到達できない形で「遅延する」(différer)と考え、この二つの語を結びつけて、「差延」(différance)という新たな語を造り出した。意味を定められないから、エクリチュールの戯れが続くことになる。当然ながら作者の意図などを探っても意味はないし、意味のあるものはすべてテクスト内にある。デリダの「テクストの外には何もない」という初期の発言は有名だ。

ポスト構造主義とは、構造主義のあとに出てきた考え方という括りしかないので、思想的な基盤を共有していないとされるが、大まかに次のように言うことができる。すなわち、批評の振り子が構造主義のほうへ振れたときに切り落とされてしまった「歴史」「出来事」「ノイズ」への配慮を復活させ、全体的な構造の見取り図を約束する構造主義の「体系」を排除する、反対方向への振り子の動きだ、と。

ただし、振り子それ自体が変わったのではなく、バルト、フーコー、ラカンなどの重要なポスト構造主義者はもともと構造主義者として活躍していたのであり、同じ振り子が振れているのである。ポスト構造主義を条件付けているのは、ジャン＝フランソワ・リオタールによれば「大きな物語の崩壊」という概念であり（小林康夫訳『ポスト・モダンの条件』水声社、一九八九）、すべてを支配する大きな枠組み（意味体系）が崩壊して解釈の多様性が称揚されることになったのである。大きな枠組みよりも小さな特殊性やローカリティへのこだわりを大切にする方向性を持つポスト構造主義は、規格化され画一的な商品が大量生産された近代《モダン》のデザインとは違って地域性・遊戯性・特殊性・差異性・多様性を強調するポスト・モダンなデザインのイメージと重なり、芸術・文化の用語であった「ポスト・モダニズム」という言葉で括られることもある。最近のポスト・コロニアル批評においては、そうした地域性への焦点がますます強められてきている。

既成の大きな枠組みを壊して、多様な声を聞くこと。その動きには、マルクス主義批評やフェミニズム批評も連動する。たとえば、かつての伝統的人文主義批評は、英米の文学研究者によって行なわれていたが、それは結局、白人の、中流階級以上の、男性の読み方にすぎないのではないかという疑義が示された。たとえば女性の視点からはどうなるのかというフェミニズム批評の重要性はそこにある。あるいはジョゼフ・コンラッドの『闇の奥』（一八九九）は、アフリカ・コンゴの奥地に赴いた白人を主人公とし、原住民に対する恐怖を描いて、“Horror! Horror!”という言葉で終わる小説だが、これを白人学者が読む場合と、アフリカ人学者が読む場合とで読み方は違ってくるはずだ。英米の研究家の言説にただ従っていればよい時代ではなくなった。「正典」（キャノン）と呼ばれて偉大な文学作品と認められてきたものも、結局は誰が何の基準でそれを決めたのかを考え直し、キャノンそれ自体を廃止するか作り直さなければならないという声が上がった。

☆

こうして読者中心の批評が大きな力を持ち、作者への関心はさらに薄らいでいき、伝記研究は過去の遺物として葬り去られた感があった。「作者の意図」がそれでもまだ意味を持つかに思われた本文批評の分野でさえ、テクストは「作者の意図」ではなく「社会的なテクスト生成のプロセス」によって生まれると論じられるに至った(たとえば、D・F・マッケンジー「テクストの社会学」河合祥一郎訳、小森陽一ほか編『岩波講座・文学』第一巻「テクストとは何か」〔二〇〇三〕所収参照)。テクストの校訂とは、作者の意図に近づけることではなく、むしろそのテクストが生まれた当時の事情(ローカリティ・特殊性)を十分に理解することで、歴史のなかのテクストを現代へつなげる作業だと言えるだろう。

グリーンブラットの新歴史主義もこうしたポスト構造主義の一つだ。客観的な歴史叙述というものはありえないし、したがって客観的な事実もありえない——「事実」を捉えたと思ってもすぐ「差延」がかかってしまう——と考える。かつての歴史主義研究は、史料を調べれば事実は間違いなくつきとめられると考え、客観的な歴史叙述を大前提として歴史研究を作品読解に役立てようとしたのだが、ポスト・モダン批評の洗礼を受けた私たちは、歴史というものは語られるものである以上、だれがどこから語っているかによって歴史の叙述内容も変わってしまうと知っている。芥川龍之介の『藪の中』のように、一つの出来事が、語る人によって違って表象されることがありうる。それに、読者は自分の文化を抱え込みながら——つまりある意味で自分の文化という色眼鏡をかけながら——テクストの文化に入り込むということを意識しながら読まなければならない。

かつての(旧)歴史主義はその点がナイーブであり、まるで自分がタイムマシーンに乗った透明人間であるかのように、テクストが書かれた文化に踏み込んで「真理」を持ち帰って来たのに対して、新歴史主義は、いかなる人間も無色透明にはなれないし、テクストを読み込む作業においてテクストの文化と読者の文化の差異を意識しなければならないと考える。観察者の姿を消したまま「当時の文化」なるものを現代に持ち帰るような方法では、観察者が「当時の文化」をどう読み解くかという作業に付随する恣意性が問題にされていない。観察者にも独自の文化がある以上、観察者のものの見方を意識するところから始めなければならないのだ。

たとえばかつての歴史主義研究の一例を挙げれば、E・E・ストールというシェイクスピア学者は、『ヴェニスの商人』のシャイロックを解釈するに当たり、当時のユダヤ人がいかに軽蔑や嘲笑の対象となっていたかを膨大な史料を駆使して調べ上げて、その分厚い本の結論として、それゆえユダヤ人シャイロックに同情的な読み方をするのは時代錯誤だと断じた。私の大学院修士課程の指導教官であった中野里皓史教授は『喜劇1』(英潮社、一九七八)のなかでストールの仕事を紹介しながら「それでもシャイロックは感動させる」と書いているが、まさにそこのところ——どんなに歴史的「事実」を積み重ねたところで、それをどう読み解くかという解釈は分析者に委ねられていることを意識化させないと作品読解と結びつかない点——が問題なのだ。歴史を〈動きの止まったもの〉あるいは〈事実の積み重ね〉として捉えてはならない。そうした見方では、たとえば大きな抑圧に抵抗する被差別民族の小さな動きは見えにくくなるだろう。そうではなく、歴史を常に変容するものとして扱うなら、単に統計などで表層的にまとめてしまう「薄い記述」ではなく、解釈を加えて濃厚に分析する「厚い記述」(グリーンブラットが援用する文化人類学者クリフォード・ギアツの言葉)が必要になる。ストールの本は分厚かったが、その記述は薄かったのだ。

それゆえ、グリーンブラットら新歴史主義のシェイクスピア学者たちは、厚い記述を心がけ、史実を取り扱う手つきを意識化し、それを読者にも感じさせる。具体的には、歴史的な逸話を修辞的に引用・活用して、歴史をテクストとして扱い、そのテクストを文学テクストと重ねて読み込む作為性を強調するのである。フランスにも、伝統的な実証主義歴史学に反対し、過去を現在との対話のうちに捉えようとするアナール学派があったが、そのなかにレヴィ＝ストロースやフーコーも入ることがわかれば、新歴史主義の位置づけが明確になるだろう。

グリーンブラットの優れた論考の一つに「見えざる砲弾」（『シェイクスピアにおける交渉』所収）がある。社会のなかに埋め込まれた転覆性を『ヘンリー四世』を中心に読み解いた、新歴史主義本領発揮の論文である。私はケンブリッジ大学に留学中に、恩師マリー・アクストン博士が「見えざる砲弾」を褒めちぎって、学生に読むように勧めたとき、実証主義的なケンブリッジの学風に合わないのではないかという軽い驚きとともに、やはりよいものはよいと認められるのだと安堵したことを憶えている。

☆

だが、二十世紀末に爆発的な力をもった読者中心の批評は、ある部分、行き過ぎたところがあった。読者が完全に自由にテクストを解読できるかのような錯覚が生まれ、ニュー・クリティシズム以前の「作者専制」(the tyranny of the author)に代わって「読者専制」(the tyranny of the reader)が一世を風靡し、現代批評は作品読解のためでなく批評理論のためにあるかのような誤解を受けたのである。どの文学作品を取り上げても同じ批評用語を用いて同じことを言っているのではないかといったような、批評のための批評が横行し、作品そのものがどこかへ忘れ去られてしまった時期があった。

批評の動きは振り子運動をすると先に述べた。かつてニュー・クリティシズムが作者を否定したのは、それまでの批評があまりにも作者中心であったためだったし、ポスト構造主義は構造主義の行き過ぎた振れを修正した。そして、読者中心に振れ過ぎた批評の振り子は、今また修正を必要としているのである。

二十一世紀に入って、カルチュラル・スタディーズの勢いが落ち着き、ポスト・コロニアリズム批評も行くべきところまで行った感がある今、振り子の振幅は小さくなった——そう感じるのは私だけではない。今は「ポストセオリー時代」なのだと、大橋洋一は編著『現代批評理論のすべて』（新書館、二〇〇六）の「まえがき」で言い、テリー・イーグルトンも『アフター・セオリー』（二〇〇三）（小林章夫訳、筑摩書房、二〇〇五）で理論の時代は終わったと悪戯っぽく言う。

だが、そうではない。終わってはいないのだ。小さな振り子の振幅には、以前の大きな振幅の意味が込められている。振り子の振れる向きが変わっても、以前の反対方向の動きを無にするものではない。むしろ、以前の動きがあったからこそ今の動きが生まれるのだ。そして今やるべきは、あちこちにとっちらかってしまった過去の〈揺れ〉の意味を再検討して、振り子が今どこを目指して動いているのかを見極めることだろう。それには、振り子が大きく振れていたときの思い込みを反省することから始めなければならない。

まず現代文学批評の原点のように言われるニュー・クリティシズムについての誤解を解こう。確かにアメリカのニュー・クリティシズムは、作者の伝記研究も作品の歴史的背景も要らないとした。しかし、そう考えたクレアンス・ブルックスに影響を与えたI・A・リチャーズはそうは言っていない。むしろ、作者の伝記なども知ったうえで（持ちうる限りの知識を持ったうえで）作品を見よと呼びかけたのである。エンプソンの批評にしてもそうだ。アメリカのニュー・クリティシズムと真っ向から対立する形で、歴史的社会的文脈のなかで詩を分析している。岩崎宗治は、岩波文庫の『曖昧の七つの型』に付した「はじめに」で、イーグルトンを引きながら、こう記している。

その同時代性ゆえに、エンプソンを、さらにはF・R・リーヴィスまでをも新批評家とみなすことがあるけれども、これらケンブリッジの批評家たちは、一九三〇年代のマルクス主義の高まりに背を向けて非社会的、非歴史的な文学観を説いたアメリカの新批評家たちとはまったく別の種族であった。エンプソンの『曖昧』は、むしろ、テリー・イーグルトンも言うように、「新批評の原則に対する仮借なき反論として」読んだほうがいい。イーグルトンは言う——

> 彼〔エンプソン〕は一貫して、〈新批評〉流の熱にうかされた文学神聖化の試みに、英国的常識《コモン・センス》派の側に立って冷水を浴びせかける。……エンプソンにとり、文学作品は、不透明な閉じられた対象ではなくて、あくまでも開かれている。テクストを理解することは、内的言語的一貫性をひたすら追いかけることではなく、テクストの言葉が社会的価値を帯びる一般的コンテクストを把握することであった。そしてそのようなコンテクストは、一つと決められるものではなく、いつも未決状態へと向う傾向にある。……エンプソンによれば、読者は、作品を読む際にさまざまなものを持ち込まないではいられないという。それは作品の言説がおかれる社会的コンテクストの総体であり、また、何が意味のあることかを決める暗黙の諸前提である。
>
> （『文学とはなにか』一九八三年。大橋洋一訳、岩波書店、一九八五年、新版一九九七年）

新批評の非歴史的で非政治的な詩学に対して、エンプソンの詩学は社会的、歴史的で、かつ民主的だとイーグルトンは言う。

（『曖昧の七つの型』一七～一八頁）

現代文学批評の原点は、実はニュー・クリティシズムではなく、その源流となったケンブリッジのリチャーズやエンプソンだと考えるべきであり、その原点をもう一度訪れてみる必要があるだろう。

同じことはフランスの新批評によって〈旧批評〉のレッテルを貼られてしまったフランス近代批評の父サント＝ブーヴについても言えるのではないだろうか。作品の歴史的文化的背景を排除することなく、作者を無視することなく、同時にこれまで長い時間をかけてきた批評の努力を無にすることなく作品という原点に回帰すべきではないか。

こうした新たな方向への手がかりとなるのはサイードだ。サイードは、『世界・テクスト・批評家』所収の「世俗的批評」のなかで、次のようにはっきりとテクストのあり方を定義している。

私の立場は、テクストとは世俗的なものであり、ある意味で出来事だというものである。そうではないように見えるときでさえ、やはりテクストは社会の一部、人間の生の一部であり、もちろんテクストが位置していて解釈される歴史的な瞬間の一部なのである。〔原書初版〔Cambridge, Mass.: Harvard University Press, 1983〕四頁、河合訳。参照＝山形和美訳『世界・テキスト・批評家』叢書ウニベルシタス〔法政大学出版局、一九九五〕〕

サイードにとって、テクストは「歴史的な偶発性とともに〈感覚に訴える独特の味わい〉〔sensuous particularity〕のある出来事」〔同書三九頁〕なのである。

以上の議論をまとめると、次のような新たな問いが浮上してこないだろうか？　すなわち、新批評が作品を作者から切り離して〈特権化した場〉にして以来、あるいは構造主義の父ソシュールが通時性を排除して共時的関係論へ向かうことで歴史性を切り捨てて以来、そして、バルトが〈作品〉を〈テクスト〉に置き換えて作者の死を宣言し、デリダがパロールに対してエクリチュールの優位を定めたとき、テクストはまるで所与《アプリオリ》のように見なされてこなかったかという問いである。作者をテクストの外に置こうとするこれまでの発想は、実は作者の神話化にすぎなかったのではないだろうか。

テクストを書く者は存在する。『オリエンタリズム』（一九七八）のなかでサイードが「オリエンタリストとは書く人間であり、東洋人とは書かれる人間である」（今沢紀子訳、平凡社ライブラリー、一九九三、『オリエンタリズム』下・二四四頁）と述べているように、「書く」「書かれる」という行為そのものを〈出来事〉として意識していく必要があるのではないか。テクストの外に何もないどころか、テクストは〈外〉とつながる〈出来事〉なのである。〈出来事〉としての言表《エノンセ》を提唱したフーコー（中村雄二郎訳、新装新版『知の考古学』河出書房新社、二〇〇六）から、サイード、そしてグリーンブラットへと続く線があるように思われる。

作者はいる。作者は、主体として、個人として存在する。ただし、ポスト・モダン批評のあとで、ニュー・クリティシズム以前の作家研究にナイーブに立ち戻ることができないことは言うまでもない。

☆

早くから「新歴史主義」の代わりに「文化の詩学」を標榜していたグリーンブラットの思惑は、文化研究のなかでアリストテレス的「詩学」を展開しようとするものであろうと私は勝手にずっと思ってきた。しかし、今にして思えば、「十九世紀では、模倣説、技法論としての伝統的詩学に対する反省が行なわれ、詩作の根拠は規則、形式、技法にではなく、人間本性の想像的な力、想像力、天才、あるいは作品の歴史性、民族性に求められた」（『ブリタニカ国際大百科事典』、「詩学」の項目）という詩学の振り子によく似た動きが二十一世紀初頭の現代文学批評にも起こっているのではないかという気がする。もちろん、ナイーブな〈人間本性〉だの〈天才〉だのを今更持ち出すわけにはいかない。グリーンブラット自身、「社会的エネルギーの循環」における〈否認宣言〉の筆頭に「偉大な芸術のエネルギーの唯一の源泉として天才を持ち出すことはしない」と記している。

二〇〇六年五月に来日したグリーンブラット氏を浅草まで案内する道すがら、私は少々意地悪く聞いてみた。「昔は、天才を持ち出してはいけないって言っていたのに、今度の本では持ち出してますね？」。それからこの解説を書くに当たって自分の考えが間違っていないか確認したくて、「バルトは作者の死を言い、フーコーも言っているのに、作者を正面から取り上げるっていうのはどうなんでしょう？」とも聞いてみた。ちなみに、「天才」という言葉は第八章で一箇所(三四四頁)何気なく用いられるほか、第十一章で「シェイクスピアがその天才(霊的理性)を発揮し」(四五七頁)とあからさまに用いられている。「天才」(ジーニアス)という言葉は、本書では〈精神〉や〈霊的理性〉という意味でも用いられている(四二八頁、五〇〇頁)ので、あえて〈霊的理性〉を付け加えたのは訳者による弁明だ。

すっかり休日気分だったグリーンブラット氏の虚を衝くような質問をしたにもかかわらず、彼は即座にこのように答えてくれた。私は変わったわけではないし、やってきた仕事は昔から一貫している。確かに、大学生のときにはニュー・クリティシズムの洗礼を受けたし、バルトやフーコーの言っていることも理解しているが、私はそれでもテクストを書く人間への興味を持ち続けてきた。それに、八〇年代に批評が激しい旋風となって吹き荒れていたときには、やはりそれなりに身構えて物を言わなければならなかったし、それが落ち着いた今となっては言い方が変わるのは当然だろう。

「〈批評の振り子〉のようなものだろうか」と私は聞き、彼はまあそんなところだろうと言った。グリーンブラット氏の振り子の揺れに変化が起きたのは、本書以前のことだった。彼の『煉獄のハムレット』(二〇〇一、未邦訳)について、『学燈』二〇〇一年九月号に、私は次の文章を寄せた。

新歴史主義の領袖グリーンブラットが、素朴な言葉で語り出した。なにしろ、伝統主義者のフランク・カーモードが本書を高く評価しているくらいだから、二〇世紀末に繰り広げられた不毛

な新旧批評対立の昂奮はもはや醒めきったと言ってよいだろう。グリーンブラットの学風は、衒学的な飾りを捨て、ゆったりした落ち着きを得た。歴史とテクストの間の審美的・文化的関係を敏感に意識すべきことを十二分に主張した新歴史主義は、その役目を終え、ついにグリーンブラットは、かねてより提唱していた「文化の詩学」の本領を発揮させるに至ったのである。

「まず初めに私には死者と対話したいという願望があった」という書き出しで『シェイクスピアにおける交渉』(酒井正志訳、法政大学出版局)を始めたグリーンブラットは、本書において、ダンテさながらに死者の世界を探究する。彼にとって、「死者との対話」とは、失われた生の断片をテクストから読み取ること(たとえば、シェイクスピアの声を聞くこと)を意味する。そして、その鋒先が『ハムレット』に向けられるとき、問題となるのは、作品中の死者の声、即ちハムレットが聞く亡霊の声にほかならない。

この点については、既に過剰なまでの議論がなされてきた。特にエレノア・プロッサーが『ハムレットと亡霊』(一九六七、第二版一九七一)において、当時の神学を徹底的に分析した結果、カトリックにとって亡霊は悪魔であり、キリスト教で禁じられているはずの復讐をせよと命じられた時点でハムレットは矛盾に陥るのだと論じて以来、議論は出つくした感があった。しかし、プロッサーの論は、あくまで神学上の議論にすぎない。グリーンブラットは、『ハムレット』は宗教書ではなく芝居であるという大前提に立ち返り、亡霊が登場する当時の多数の芝居をも視野に収める。そして、芝居とは、詩人(劇作家)が生み出した想像の世界であるという基点に立つことによって、シェイクスピアの想像世界の力を再認識しようとするのである。

彼の論点は、圧倒的な量の史料渉猟に支えられており、冒頭から、歴史学者ジャック・ル・ゴッフの大著『煉獄の誕生』(渡辺香根夫/内田洋訳、法政大学出版局)を思わせるような煉獄の歴史的検証が行なわれる。即ち、天国でも地獄でもない〈第三の場所〉と呼ばれる煉獄は、一一七〇年代に生れたものであり、その後、急速に煉獄についての言説が流布し、カトリック教会はこれを利用して、免罪符や贖罪の祈りやミサを通して経済的・政治的支配力を強めた。本書の最大の特長は、このような歴史的言説のなかで、煉獄が「詩人の作り出した寓話」として捉えられていたという意外な事実をクローズアップしてみせるところにある。

つまり、煉獄は、想像力(あるいは記憶や夢)によって捉えられたリアルな世界なのだ——そう考えれば、『ハムレット』に登場する亡霊は、ハムレットの「記憶の具現化」と呼べると本書は語る。亡霊の実在を論じたり、それが悪魔かどうかを論じるのではなく、ハムレットの想像力が亡霊を本物と捉えた意味を考えねばならない、と。この議論は、セネカ的復讐劇の伝統にも、神学的論争にも与《くみ》することがなく、演劇の本質である想像力に焦点を合わせるがゆえに圧倒的な説得力を持つ。演劇であれ、夢想であれ、想像力(心の眼)が捉える真実の力はゆるがせにできないのだ。

本書がいかにもグリーンブラットらしいのは、単に論じ方が(例によって)巧みであるのみならず、彼自身の生き方が議論に反映されているからでもある。ユダヤ人でありながらユダヤ教の儀式に疎かった彼は、父が遺言で死後慰霊のためにユダヤの祈禱を唱えて欲しいと求めていたことを知ってショックを受けたと序文で語る。その彼と父との信義上の複雑な関係は、プロテスタントのシェイクスピアと彼のカトリックの父との関係と重なり、さらには近代的主体の苦悩を生きるデンマークの王子と、古い時代に属する亡き父王との関係と重なる。本書の題名『煉獄のハムレット』とは、煉獄から亡霊として現われた先代ハムレット王と、この世という煉獄で苦しむハムレット王子とが重なる構図を備えているのであり、〈苦悩のトポス〉である煉獄は教義を超えて後世に受け継がれることになる。

これは一見地味だが、永く読まれ続けることになるはずの良質の批評だ。茶目っ気を捨てたグリーンブラットの新しい学風には大いに見習うべきものがある。

ここから本書までの距離は――『煉獄のハムレット』は学術書だが、本書は一般書であるという大きな違いはあるが――非常に短い。グリーンブラットは、シェイクスピアの想像力の世界に自らの想像力を羽ばたかせることにより、想像力の核心をつかまえようというのだ。なにしろ、歴史の彼方に埋もれた事実を客観的に捉えることなどもはやできないのだから、捉えるとなれば主観的なアプローチしかありえない。となれば、逆説的に、グリーンブラット自身の想像力を――「ひょっとすると」「かもしれない」という言葉を多用しながら――思い切り稼動させて、行き着けるところまで行ってみるのだ。その結果はグリーンブラットが語るシェイクスピア像として立ち現われるわけだが、そこには圧倒的な魅力と洞察がある。それというのも作者の想像力が形作る〈作者の像〉が読み手の想像力とともに捉えられるからである。

こうして、作品の歴史や情況を形成する要素としての〈作者の像〉を汲み取った批評的読解が可能になる。そして、こうしたテクストから作品へという流れ、作者の復活という流れは、ひょっとすると日本文学を含めた二十一世紀の大きな流れなのかもしれない。そう思わせるのは、加藤典洋が『テクストから遠く離れて』(講談社、二〇〇四)において、内在批評(テクスト論)を批判する議論を展開しているからでもあり、また三浦雅士が洞察力にあふれた『出生の秘密』(新書館、二〇〇五)という文学読解の実践のなかで作者を読み込むダイナミズムの魅力をみせてくれているからだ。

『出生の秘密』で三浦が次のように述べている一節は、本書でグリーンブラットが平易に述べていることとよく似ているのではないだろうか。

作者と主人公を同一視することはできない。だが、作者と作品を同列に論じることはできる。いや、むしろ同列に論じなければならない。作者もまた、作者自身によって作られた作品にほかならないからである。作者が、作品と同じように、謎に満ちていることは疑いない。いや、作品と同じ謎に満ちている、といったほうがいい。作者自身にとっても謎であったに違いない謎に満ちている、と。

（『出生の秘密』四〇九頁）

「作者もまた、作者自身によって作られた作品」というのは、グリーンブラット自身が『ルネサンスの自己成型』のなかでモアやマーロウやシェイクスピアの自己構築の企てを論じた点と重なるところがある。そして本書でグリーンブラットはこう記す。作品に描かれていることと、作家の実人生は、少なくとも理屈の上では、

なんら関係がなくてかまわない。しかし、そもそもシェイクスピアの生涯をよく知りたいという衝動が起こるのは、シェイクスピアの戯曲や詩が、ほかの戯曲や詩から生まれたのではなく、シェイクスピアが全身全霊をかけて直接得た実体験から生まれたはずだと私たちが強く確信しているからである。（第四章・一五七頁）

想像力は遠く彼方へ馳せていくものの、その想像力を掻き立てた幻想は、たいてい実人生に根ざしている、あるいはむしろ実人生によって生み出された期待や憧憬や欲求不満に根ざしている

と思える。(第二章・一〇九頁)

作者と作品とを同じ謎、同じ幻想、同じ想像力で捉えようとする姿勢は、二人に共通している。私はここに、紆余曲折を経た後の二十一世紀の新たな文学批評の黎明を見る。

☆

自分で研究を進めている学者というものは、他人と違う説を持つものだから、本書に対して私が若干違う考えを持っているのは自然なことであろう。問題提起の意味で、その二、三を記しておく。

まず、グリーンの「成り上がり者のカラス」はシェイクスピアのことを指していると多くのシェイクスピア学者は考えているが、私の説は違う。かつて『英語青年』二〇〇三年一月号と二月号誌上に自説を発表したが、いずれもっときちんと論じなければならないと思っている。

それから、マーロウら他の劇作家の芝居の台詞をシェイクスピアが用いていることについて、「シェイクスピアは所詮人間であって、文学的な侮辱にしっぺ返しをしたり、たとえ死んでいてもライバルを揶揄したりして楽しんでいた」(二九七頁)というのは大きな誤解だ。当時の戯曲をシェイクスピアに限らず多数読めば、それがいかにパスティーシュによって成立しているかがわかる。いや、そもそも演劇において台詞に作者の名が刻印されたりしないものだ。「来年の今月今夜のこの月を」と舞台で言えば、それは『金色夜叉』の貫一お宮の別れの場を想起させるのであって、尾崎紅葉を揶揄しているのではない。「南無三、紅が流れた」と叫べば『国姓爺合戦』なのであって、近松門左衛門を侮辱するものではない。

また、「『ハムレット』を書こうとしていたとき、シェイクスピアは少し前の少年劇団のことを思い出して」という記述がある(四一六頁)が、このあたりの事情も認識が違う。詳しくは、高橋康也・河合祥一郎共編注、大修館シェイクスピア双書『ハムレット』(大修館書店、二〇〇二)の解説を参照されたい。細かなことは他にもあるかもしれないが、大筋において——シェイクスピアが隠れカトリックだった点を含めて——私はグリーンブラットの説に納得し、すっかり魅了された。

☆

本書刊行に当たって、「日本語版への序」を快く書いてくださったグリーンブラット氏への謝意をここに表明する。また、原書の数箇所の訂正もご教示いただいたことを感謝する。それは誤記の訂正にとどまらず、たとえば文献案内の第一〇章の冒頭には、原書になかった書誌の追加がある。この翻訳は、それらの点も網羅しているから、いわば原書よりもヴァージョン・アップされていることになる。

☆

私は学生時代に *Renaissance Self-Fashioning* を原書で読んで圧倒され、相当に打ちのめされた思い出がある。以来、氏に私淑してきた。氏とは、一九九一年に東京で開催された第五回世界シェイクスピア会議で私の発表を聴いてコメントをくださったときが初対面であり、その後、二〇〇六年五月、東京大学(表象文化論)の高田康成先生のご尽力によって開かれた高橋康也メモリアル・レクチャーのために再来日なさって、実に一五年ぶりに再会でき、親しく話をさせていただいた。

そのときの氏の来日にはもう一つ大きな目的があった。現存しないシェイクスピアの戯曲『カルデーニオ』(セルバンテスの『ドン・キホーテ』に発想を得た戯曲)に着想を得て、劇作家チャールズ・ミーと一緒に現代イタリアを舞台に虚構と現実の混交する戯曲『カルデーニオ——シェイクスピアの失われた戯曲に触発されて』を書いた氏は、この戯曲が、文化の異なる各国でどのように受け容れられ、変化するのかという国際的な「文化の流動性」(カルチュラル・モビリティー)研究のための実践を、日本を皮切りに、インド、ブルガリア、ロシア、クロアチアなど世界各地で行なおうとしているのである。地球規模でのモビリティーの時代に文化的持続性と変容を見つめようというものだ。

日本では、この戯曲は劇作家・演出家の宮沢章夫氏の手によって翻案され、『モーターサイクル・ドン・キホーテ』として、二〇〇六年五月二三日〜二九日、遊園地再生事業団プロデュースにより横浜赤レンガ倉庫にて上演され成功を収めた。これは、東京大学(表象文化論)の内野儀先生の制作プロデュースになるものであり、出演は小田豊、下総源太朗、高橋礼恵、岩崎正寛、鈴木将一朗、田中夢であった。二八日には、宮沢氏とグリーンブラット氏の充実したアフタートークがあり、私も通訳として同席した。

本書は、この上演に間に合わせて上梓する予定であったのだが、私の力不足で結局間に合わせることができなかった。グリーンブラット氏にお詫び申し上げる。ただ、グリーンブラット氏と再会し、本書についての話も伺ったうえでこの解説を書けたことと、訳の推敲にさらに時間を費やすことができたのは、結果としてよかったと思っている。

最後になるが、本書のために辛抱強くご尽力くださった編集者和久田頼男氏に心より感謝する。

二〇〇六年七月

河合祥一郎

本書に基づくウィリアム・シェイクスピア略年譜（訳者作成）

〇歳――一五六四年、四月二六日、ジョンとメアリの長男として洗礼。四月二三日が誕生日とされている。
一歳――一五六五年、父、会計係から参事会員へ昇進。
二歳――一五六六年、弟ギルバート誕生。
四歳――一五六八年、父、町長就任（翌年まで）。
五歳――一五六九年、町長の息子として女王一座等を初観劇か。
七歳――一五七一年、キングズ・ニュー・スクール入学。父、首席参事会員就任。
十歳――一五七四年、末弟リチャード誕生。
十一歳――一五七五年、七月、エリザベス女王ケニルワース城滞在時の祝典を観たか？
十三歳――一五七七年、父、町議会欠席開始。
十五歳――一五七九年、七歳の妹死去。シェイクスピアは学校卒業か。

十六歳――一五八〇年、ランカシャーで教師となる？
十七歳――一五八一年、ランカシャーの貴族の遺言に言及される。その後ダービー伯家に奉公か？
十八歳――一五八二年、十一月二十七日、八歳年上のアン・ハサウェイと結婚。
十九歳――一五八三年、五月、長女スザンナ誕生。親戚のジョン・サマヴィル逮捕。
二一歳――一五八五年、二月、双子ハムネットとジューディス誕生。
二二歳――一五八六年、父、罷免。
二三歳――一五八七年、六月、ストラットフォードに来た女王一座に入団か。地方巡業を経てロンドンへ。こののち『ヘンリー六世』第二部、第三部、そして第一部執筆。
二八歳――一五九二年、夏、ソネット執筆開始。九月、『グリーンの三文の知恵』で揶揄される。この頃『リチャード三世』執筆。
二九歳――一五九三年、『ヴィーナスとアドーニス』『ルークリースの凌辱』出版。
三〇歳――一五九四年、宮内大臣一座の株主となる。六月、ロペス処刑。十二月、バーベッジとケンプの名とともに王室財務官の文書に記載される。この頃、『間違いの喜劇』ほか。
三一歳――一五九五年、この頃『リチャード二世』ほか。
三二歳――一五九六年、七月、宮内大臣ヘンリー・ケアリー死去。八月、息子ハムネット死去。十月、紋章認可。この頃『ロミオとジュリエット』『夏の夜の夢』、『ヴェニスの商人』、『ジョン王』、『ヘンリー四世』二部作。
三三歳――一五九七年、『ウィンザーの陽気な女房たち』。故郷にニュー・プレイスを購入、妻子を住まわせる。
三四歳――一五九八年、『癖者ぞろい』に出演。この頃『から騒ぎ』。十二月シアター座解体。

三五歳——一五九九年、二月、新設グローブ座の株主となる。『シェイクスピア作　情熱の巡礼』出版。ケンプ退団。『ヘンリー五世』『ジュリアス・シーザー』『お気に召すまま』。

三六歳——一六〇〇年、年末『ハムレット』執筆開始。

三七歳——一六〇一年、二月、エセックス伯処刑。九月、父死亡。

三九歳——一六〇三年、この頃『オセロー』。エリザベス女王崩御。ジェイムズ一世即位。国王一座。

四〇歳——一六〇四年、この頃『尺には尺を』ほか。『リア王』執筆開始。

四一歳——一六〇五年、『リア王』完成。十一月四日、火薬陰謀事件。

四二歳——一六〇六年、『マクベス』ほか。

四三歳——一六〇七年、長女スザンナ、医師ホールと結婚。

四四歳——一六〇八年、ブラックフライアーズ劇場開場、七分の一株を所有。

四五歳——一六〇九年、『ソネット集』出版。

四七歳——一六一一年、『テンペスト』。この頃帰郷。

四八歳——一六一二年、弟ギルバート死亡。

四九歳——一六一三年、弟リチャード死亡。ロンドンで最後の不動産投資。この頃『ヘンリー八世』『二人の貴公子』『カルデーニオ』をフレッチャーと共同執筆。

五二歳——一六一六年、一月、遺言状執筆。娘ジューディス、トマス・クワイニーと結婚。三月、クワイニー姦通罪で起訴。四月二五日、シェイクスピア埋葬。

索　引

ア

イ

ウ

エ

オ

カ

キ

ク

ケ

コ

サ

シ

ス

セ

ソ

タ

へ

ホ

マ

ミ

ム

メ

モ

ヤ

文献案内

シェイクスピアの伝記研究というものは、何世代にもわたる学者や作家による根気強い、ときに強迫観念に取り憑《つ》かれたような古文書研究や推察に基づくものである。伝記研究の長い歴史については、Samuel Schoenbaum, *Shakespeare's Lives* (New York: Oxford University Press, 1970) と Gary Taylor, *Reinventing Shakespeare: A Cultural History from the Restoration to the Present* (New York: Weidenfeld and Nicolson, 1989) が詳しい。シェーンボームは、神話作りの行き過ぎやシェイクスピア伝記の馬鹿らしさを年代順に語って喜んでいるが、少なくとも嘲笑すべき点と同じぐらい賞讃すべき点がある。

私が大いに恩恵を受けたのは、劇作家の生涯とその時代について新たに明らかになったおもしろい詳細を丹念に探究する最近の研究のみならず、19 世紀と 20 世紀初頭の研究である。そうした古い研究は、1934 年にC・J・シソンの重要な論文── C. J. Sisson, "The Mythical Sorrows of Shakespeare" in *Studies in Shakespeare: British Academy Lectures*, ed. Peter Alexander (London: Oxford University Press, 1964), 9-32 ──によって激しい攻撃を受けたけれども、古い研究の意義と有用性を再評価している最近の研究に次のようなものがある。

Marjorie Garber, *Shakespeare's Ghost Writers: Literature as Uncanny Causality* (New York: Methuen, 1987)〔マージョリー・ガーバー著、佐復秀樹訳『シェイクスピアあるいはポストモダンの幽霊』平凡社、1994〕.

Leah Marcus, *Puzzling Shakespeare: Local Reading and Its Discontents* (Berkeley: University of California Press, 1988).

Richard Wilson, *Will Power: Essays on Shakespearean Authority* (Detroit: Wayne State University Press, 1993).

なかでも最重要なのは、J. O. Halliwell-Phillipps, *Outlines of the Life of Shakespeare*, 10th ed., 2 vols (London: Longmans, 1898) である。やはり有益で、示唆に富むものとして以下のものがある。

Edward Dowden, *Shakespeare: A Critical Study of His Mind and Art* (London: Henry King, 1876).

Frederick Fleay, *Chronicle History of the Life and Work of William Shakespeare, Player, Poet, and Playmaker* (London: Nimmo, 1886).

Sidney Lee, *A Life of William Shakespeare* (New York: Macmillan, 1898).

George Brandes, *William Shakespeare: A Critical Study* (New York: Frederick Unger, 1898).

Charles Elton, *William Shakespeare, His Family and Friends* (London: John Murray, 1904).

Charlotte Stopes, *Shakespeare's Warwickshire Contemporaries* (Stratford-upon-Avon: Shakespeare Head Press, 1907).

David Masson, *Shakespeare Personally* (London: Smith, Elder, 1914).

Edgar Fripp, *Shakespeare, Man and Artist*, 2 vols (London: Oxford University Press, 1938).

最後に挙げたエドガー・フリップの本は、重要情報満載の混沌とした宝の山であり、私は何度もこれを採掘した。

最近の伝記のなかで最も綿密で、情報量が多く、安定した思慮深さがあるのは、パーク・ホーナンの本——Park Honan, *Shakespeare: A Life* (Oxford: Oxford University Press, 1998)——であり、何度も参照した。ジョナサン・ベイトの優れたエッセイ集——Jonathan Bate, *The Genius of Shakespeare* (London: Picador, 1997)——には、キャサリン・ダンカン＝ジョーンズの本—— Katherine Duncan-Jones, *Ungentle Shakespeare: Scenes from His Life* (London: Arden Shakespeare, 2001)——と同様、重要な伝記的洞察が含まれている。ほかに私が利用した伝記研究の一部を以下に挙げておく。

Marchette Chute, *Shakespeare of London* (New York: Dutton, 1949).

M. M. Reese, *Shakespeare: His World and His Work* (London: Edward Arnold, 1953).

Stanley Wells, *Shakespeare: A Dramatic Life* (London: Sinclair-Stevenson, 1994).

Eric Sams, *The Real Shakespeare: Retrieving the Early Years, 1564-1594* (New Haven: Yale University Press, 1995).

I. L. Matus, *Shakespeare, In Fact* (New York: Continuum, 1999).

Anthony Holden, *William Shakespeare* (Boston: Little, Brown, 1999).

Michael Wood, *In Search of Shakespeare* (London: BBC, 2003).〔ＢＢＣテレビシリーズ・テクスト〕

シェイクスピアの生涯についての最も鋭い考察は虚構の形で出てくることがある。ただし、その性格上、信頼できず、ときにひどく不正確であるのは仕方ない。

小説: Anthony Burgess, *Nothing Like the Sun: A Story of Shakespeare's Love-Life* (London: Heinemann, 1964)——なお、アントニー・バージェスは、生き生きとした正統派伝記 *Shakespeare* (Hammondsworth: Penguin, 1972)〔小津次郎・金子雄司訳『シェイクスピア』早川書房、1983〕も書いている。

戯曲: Edward Bond, *Bingo* (London: Methuen, 1974).

映画:『恋におちたシェイクスピア』のマーク・ノーマンとトム・ストッパードによる脚本 (New York: Hyperion, 1998)〔藤田真利子訳『恋におちたシェイクスピア——シナリオ対訳』愛育社、1999；中俣真知子訳『恋におちたシェイクスピア』ビーアールサーカス、1999〕。

とりわけジェイムズ・ジョイスの『ユリシーズ』の「スキュレとカリュブディス」の章は優れている〔丸谷才一・氷川玲二・高松雄一訳『ユリシーズ』I、集英社、1996〕。

小説の対極にあるのが、シェイクスピア伝記の礎となる決定的史料を掲載した基本書だ。本書執筆に際し、大いに利用したものの一部を挙げれば——

B. R. Lewis, *The Shakespeare Documents: Facsimiles, Transliterations, and Commentary*, 2 vols (Stanford: Stanford University Press, 1940).

Samuel Schoenbaum, *William Shakespeare: Records and Images* (New York: Oxford Uni-

versity Press, 1981).

David Thomas, *Shakespeare in the Public Records* (London: HMSO, 1985).

Robert Bearman, *Shakespeare in the Stratford Records* (Phoenix Mill, UK: Alan Sutton, 1994).

なかでも、Samuel Schoenbaum, *William Shakespeare: A Documentary Life* (New York: Oxford University Press, 1975; also available in a 1977 compact edition)〔サミュエル・シェーンボーム著、小津次郎他訳『シェイクスピアの生涯――記録を中心とする』紀伊國屋書店、1982〕は別格だ。

同じぐらい欠かせないのが、不撓不屈のE・K・チェインバーズの研究だ。すなわち、しばしば脚注、挿話、補遺のなかに重要な詳細が豊富に埋もれている２巻本 E. K. Chambers, *William Shakespeare: A Study of Facts and Problems* (Oxford: Clarendon, 1930)、２巻本 *Medieval Stage* (London: Oxford University Press, 1903)、そして記念碑的４巻本 *Elizabethan Stage* (Oxford: Clarendon, 1923)である。ジェフリー・ブローの８巻本 Geoffrey Bullough, *Narrative and Dramatic Sources of Shakespeare* (New York: Columbia University Press, 1957-75) は、シェイクスピア戯曲の知られている材源を簡便にまとめ、シェイクスピアの博覧強記への示唆に富む案内となっている。

シェーンボーム、チェインバーズ、ブローが丹念に集め、編集し、鑑定した証拠は、本書の各章の至る所にある。それ以外に私が参照した主たる一次資料・二次資料を、以下に、各章ごとの注として列挙した。できるかぎりトピックごとにまとめ、各章でそのトピックが言及される順番に並べて、シェイクスピアとその時代について調べたい読者が膨大な批評書の森を歩いて行けるようにした。

現代のシェイクスピア研究への便利な案内書としては、私が何度も参照した２冊の貴重な論文集は *A Companion to Shakespeare*, ed. David Scott Kastan (Oxford: Blackwell, 1999)と、*New History of Early English Drama*, ed. John D. Cox and David Scott Kastan (New York: Columbia University Press, 1997)であり、ここに収録された多くの論文は、私が扱ったトピックを論じている。

本書におけるシェイクスピア作品の引用は、ノートン版―― *The Norton Shakespeare*, ed. Stephen Greenblatt, Walter Cohen, Jean E. Howard, Katharine Eisaman Maus (New York: W. W. Norton, 1997) ――によっている(『リア王』への引用は、異本校合版からである)。ノートン版が依拠したオックスフォード版シェイクスピア全集には、スタンリー・ウェルズとゲイリー・テイラー編纂の甚だしく詳細な *Textual Companion* がついており、参考になった。アーデン・シェイクスピア・シリーズの個々の本も有用だった。

第１章　原風景

シェイクスピアの学校教育については、ウィリアム・ボールドウィンの分厚い２巻本―― William Baldwin, *Shakespeare's Small Latine and Lesse Greeke* (Urbana: University of Illinois Press, 1944) ――が網羅的であるが、退屈で読む気がしない。C. R. Thompson, *School in Tudor England* (Ithaca: Cornell University Press, 1958)は、便利な入門書だ。Joel Altman, *The Tudor Play of Mind* (Berkeley: University of California Press, 1978) は、学校での練習問題と劇作とを結びつけておもしろい。ラテン語劇を教えることを中心とした重大なエリザベス朝の教育論、Roger Ascham, *The Schoolmaster* (1570)は、Lawrence Ry-

an 編纂の現代版 (Ithaca: Cornell University Press, 1967) で読むことができる。

エリザベス朝文化が美辞麗句を好んだことについての古典的研究書は、Rosemond Tuve, *Elizabethan and Metaphysical Imagery* (Chicago: University of Chicago Press, 1947) である。当時の文学の全体像については、C・S・ルイス(Lewis)のすばらしい独断的な *English Literature in the Sixteenth Century, Excluding Drama* (Oxford: Clarendon, 1954) が今でも必読書だ。シェイクスピアと言語の結びつきについての膨大な研究のなかで、とっつきやすくて啓発的な本は、Frank Kermode, *Shakespeare's Language* (New York: Farrar, Straus and Giroux, 2000) だ。

聖史劇については、以下を参照されたい。

V. A. Kolve, *The Play Called Corpus Christi* (Stanford: Stanford University Press, 1966).

Rosemary Woolf, *The English Mystery Plays* (Berkeley: University of California Press, 1972).

Glynne Wickham, *Early English Stages: 1300 to 1660*, 2nd ed. (New York: Routledge, 1980)

もっと古い次の2冊は、今でも特に重要である。

Willard Farnham, *The Medieval Heritage of Elizabethan Tragedy* (Berkeley: University of California Press, 1935).

H. C. Gardiner, *Mysteries' End: An Investigation of the Last Days of the Medieval Religious Stage* (New Haven: Yale University Press, 1946).

シェイクスピア劇の道徳劇的背景への便利な案内書として以下のものがある。

Bernard Spivack, *Shakespeare and the Allegory of Evil* (New York: Columbia University Press, 1958).

Robert Weimann, *Shakespeare and the Popular Tradition in the Theater: Studies in the Social Dimension of Dramatic Form and Function* (Baltimore: Johns Hopkins University Press, 1978)〔ロベルト・ヴァイマン著、青山誠子・山田耕士訳『シェイクスピアと民衆演劇の伝統——劇の形態・機能の社会的次元の研究』みすず書房、1986〕.

アンドルー・ガーの論文——Andrew Gurr, "The Authority of the Globe and the Fortune," in *Material London, ca. 1600*, ed. Lena Cowan Orlin (Philadelphia: University of Pennsylvania Press, 2000), 250-67 ——は、劇を許可する行政官の権力を解き明かす。

四季の儀式については、C. L. Barber, *Shakespeare's Festive Comedy: A Study of Dramatic Form and Its Relation to Social Custom* (Princeton: Princeton University Press, 1959)〔C・L・バーバー著、玉泉八州男・野崎睦美訳『シェイクスピアの祝祭喜劇——演劇形式と社会的風習との関係』白水社、1979〕と、François Laroque, *Shakespeare's Festive World: Elizabethan Seasonal Entertainment and the Professional Stage* (Cambridge: Cambridge University Press, 1993) を参照のこと。

学校上演であれプロの上演であれ、上演を白眼視する社会の態度については、Jonas Barish, *The Antitheatrical Prejudice* (Berkeley: University of California Press, 1981) が詳しい。シェイクスピアが関与した可能性のある重要な巡業劇団を詳しく知るには、Scott McMillan, Sally-Beth MacLean, *The Queen's Men and Their Plays* (Cambridge: Cambridge University Press, 1998) がよい。

エリザベスの行幸の主な説明は、ジョン・ニコルズ編纂の3巻本 John Nichols, *The*

Progresses and Public Processions of Queen Elizabeth (London, 1823)にある。ケニルワースでの祝祭を描いたロバート・ランガムの手紙は、R. J. P. Kuin, *Robert Langham: A Letter* (Leiden: Brill, 1983)で読むことができる。

第2章　夢よ、もう一度

シェイクスピアの故郷の環境については、Mark Eccles, *Shakespeare in Warwickshire* (Madison: University of Wisconsin Press, 1961)が、簡潔にして驚くほど豊かな手引きとなる。C・L・バーバーとリチャード・ウィーラー(Richard Wheeler)は、シェイクスピアと父親との関係についての精神分析的なおもしろい考察を、共著書 *The Whole Journey: Shakespeare's Power of Development* (Berkeley: University of California Press, 1986)および共著論文 "Shakespeare in the Rising Middle Class," in *Shakespeare's Personality*, ed. Norman Holland, Sidney Roman, and Bernard Paris (Berkeley: University of California Press, 1989)において展開している。シェイクスピアが専門用語を用いていることについては、David Crystal and Ben Crystal, *Shakespeare's Words: A Glossary and Language Companion* (London: Penguin, 2002)を参照のこと。シェイクスピア後期の劇における喪失と回復のテーマについては、Northrop Frye, *A Natural Perspective: The Development of Shakespearean Comedy and Romance* (New York: Harcourt, Brace and World, 1965)〔ノースロップ・フライ著、石原孝哉・市川仁訳『シェイクスピア喜劇とロマンスの発展』三修社、1987〕を読むこと。

L. B. Wright, *Middle-Class Culture in Elizabethan England* (Ithaca: Cornell University Press, 1935)は、異論はあるものの、エリザベス朝の社会構造への古典的研究書であり、Lawrence Stone, *The Crisis of the Aristocracy: 1558-1641* (London: Oxford University Press, 1986)も同様である。Felicity Heal and Clive Holmes, *The Gentry in England and Wales*, 1500-1700 (Basingstoke, UK: Macmillan, 1994)および Joyce Youings, *Sixteenth Century England: The Penguin Social History of Britain* (London: Penguin, 1984)も参照のこと。シェイクスピアの祖先の社会階級であるヨーマンについては、Mildred Campbell, *The English Yeoman under Elizabeth and the Early Stuarts* (New Haven: Yale University Press, 1942)を参照のこと。羊毛取引については、Peter J. Bowden, *The Wool Trade in Tudor and Stuart England* (London: Macmillan, 1962)を参照のこと。ストラットフォードについては、*Minutes and Accounts of the Corporation of Stratford-upon-Avon and Other Records, 1553-1620*, ed. Richard Savage and Edgar Fripp (Dugdale Society, 1921-30)およびレヴィ・フォックス(Levi Fox)編纂の同名の補遺(Dugdale Society, 1990)を参照のこと。

シェイクスピア時代の価格と賃金は、現代との比較で判断するのは難しいが、手始めに見るべきは、Ann Jennalie Cooke, *The Privileged Playgoers of Shakespeare's London: 1576-1642* (Princeton: Princeton University Press, 1981)に再録されているロンドンの賃金を規制する勅命である。E・A・J・ホニグマン(Honigmann)とスーザン・ブロック(Susan Brock)は、ロンドン劇壇におけるシェイクスピアとその同時代人の遺言状を編纂して *Playhouse Wills, 1558-1642* (Manchester: Manchester University Press, 1993)を出版した。

第3章　大いなる恐怖

16世紀のカトリックとプロテスタントの闘争については、以下の各書が異なった有

益な見方を示しており便利である。

Patrick Collinson, *The Birthpangs of Protestant England* (Houndmills, UK: Macmillan, 1988).

Debora Shuger, *Habits of Thought in the English Renaissance* (Berkeley: University of California Press, 1990).

Eamon Duffy, *The Stripping of the Altars: Traditional Religion in England c.1400-c.1580* (New Haven: Yale University Press, 1992).

シェイクスピアと家族の宗教については、依然として活発な議論が続いている。フリップが *Shakespeare, Man and Artist* （前出）においてシェイクスピアの父は清教徒だったと論じたのに対して、ピーター・ミルワード(Peter Milward)は *Shakespeare's Religious Background* (London: Sidgwick and Jackson, 1973) で父がカトリックであった議論を総括している。ジョン・シェイクスピアがカトリックであったことは、その「信仰遺言書」によって確認されるように思われるが、原本が散逸しており、その真正を疑問視する声も上がっている。有益な論文として――

James McManaway, "John Shakespeare's 'Spiritual Testament'" in *Shakespeare Survey 18* (1967): 197-205.

F. W. Brownlow, "John Shakespeare's Recusancy: New Light on an Old Document," in *Shakespeare Quarterly* 40 (1989): 186-91.

――がある。真正ではないとする立場は、J. O. Halliwell-Phillips, *Outlines of the Life of Shakespeare* (1898), 2:399-404 でまとめられ、Robert Bearman in "John Shakespeare's 'Spiritual Testament': a Reappraisal" in *Shakespeare Survey 56* (2003): 184-203 で精力的に再開されたが、最近の研究はおそらく真正であろうと認める傾向にある。

E・A・J・ホニグマンの重要な *Shakespeare: The Lost Years* (Manchester: Manchester University Press, 1985)は、若いシェイクスピアがランカシャーとつながりをもった可能性に注目した。この可能性については今なお調査と議論が盛んだ。Christopher Haigh, *Reformation and Resistance in Tudor Lancashire* (London: Cambridge University Press, 1975)は、ランカシャーでの宗教闘争を説明した便利な本だ。シェイクスピア研究上の発見と言えるかどうか判じ難い新説のいくつかがリチャード・ウィルソン(Richard Wilson)の "Shakespeare and the Jesuits," in *The Times Literary Supplement* (December 19, 1997): 11-13 に掲載され、*Shakespeare and the Culture of Christianity in Early Modern England*, ed. Dennis Taylor and David N. Beauregard (New York: Fordham University Press, 2003)で検討されている。ここでも、ロバート・ベアマン(Robert Bearman)の"'Was William Shakespeare William Shakeshafte?' Revisited," *Shakespeare Quarterly* 53 (2002) : 83-94 のような異論はある。ベアマンの議論は、ホニグマンの反論("The Shakespeare/Shakeshafte Question, Continued," *Shakespeare Quarterly* 54 (2003): 83-86) を受けている。ジェフリー・ナップ(Jeffrey Knapp) が、*Shakespeare's Tribe* (Chicago: University of Chicago Press, 2002)のなかで強く論じるには、成人したシェイクスピアは、広い基盤を持ったエラスムス流のキリスト教を信じており、その中心となる教義のみに注意を払うが、そうした教義の外にある様々な信仰や慣習を黙認し、はっきりと共産社会主義的だったという。私はまた、ウィルソンの本 *Secret Shakespeare: Studies in Theatre, Religion, and Resistance* (Manchester: Manchester University Press, 2004)の原稿を読ませてもらったが、ウィ

ルソンの見解では、シェイクスピア少年は何らかの形でランカシャーに住むイエズス会士の「テロリスト・グループ」と関係を持っていた。熱狂的信仰を警戒していたが、シェイクスピアは生涯カトリックであり続け、戯曲に多くの暗号化されたカトリックのメッセージを仕組んだとウィルソンは論じている。

キャンピオンについては、リチャード・シンプソン(Richard Simpson)が1867年に書いた伝記 *Edmund Campion* (London: Williams and Norgate)が今でも権威がある。イヴリン・ウォー(Evelyn Waugh)の *Edmund Campion* (Boston: Little, Brown, 1935)は雄弁に、かつきわめて贔屓目に書いてある。また、以下も参照のこと。

E. E. Reynolds, *Campion and Parsons: The Jesuit Missions of 1580-1* (London: Sheed and Ward, 1980).

Malcolm South, *The Jesuits and the Joint Mission to England during 1580-1581* (Lewiston, NY: Mellen, 1999).

James Holleran, *A Jesuit Challenge: Edmund Campion's Debates at the Tower of London in 1581* (New York: Fordham University Press, 1999).

第4章　求愛、結婚、そして後悔

シェイクスピアの結婚については、主たる資料は、依然として J. W. Gray, *Shakespeare's Marriage* (London: Chapman and Hall, 1905)である。David Cressy, *Birth, Marriage, and Death: Ritual, Religion, and the Life-Cycle in Tudor and Stuart England* (New York: Oxford University Press, 1997) は、主な人生の行事を当時の人たちがどのように行なっていたかをわかりやすく教えてくれる啓蒙書だ。人口統計の推定については、E. A. Wrigley and R. S. Schofield, *The Population History of England, 1541-1871* (Cambridge, MA: Harvard University Press, 1981)によった。アントニー・バージェスの楽しい小説 *Nothing Like the Sun* (前出)は、テンプル・グラフトンのアン・ウェイトリーが実在の人物であり、書記の記載ミスではなく、シェイクスピアは失恋したという設定で書かれている。

シェイクスピアの家族が持っていたとされるセンチメンタルなシェイクスピアのイメージについては、シェーンボームが *William Shakespeare: Records and Images*, 199 で再録している作者不明の十九世紀の石版画を参照のこと。ソネット145番がアン・ハサウェイへ捧げられた初期の詩かもしれないという考えは、アンドルー・ガーが"Shakespeare's First Poem: Sonnet 145," *Essays in Criticism* 21 (1971): 221-26 で論じている。

２番目に上等なベッドは、ルイスの *The Shakespeare Documents*, 2:491 では「やさしい思い出」として解釈され、ジョゼフ・クィンシー・アダムズ(Joseph Quincy Adams)の説が引用されている。シェイクスピアの遺言状のもっと現実的な読み方については、E・A・J・ホニグマンの"Shakespeare's Will and Testamentary Traditions," in *Shakespeare and Cultural Traditions: The Selected Proceedings of the International Shakespeare Association World Congress, Tokyo, 1991*, ed. Tetsuo Kishi, Roger Pringle, and Stanley Wells (Newark: University of Delaware, 1994), 127-37 を参照。フランク・ハリス(Frank Harris)は、*The Man Shakespeare and His Tragic Life-Story* (New York: Michael Kennerley, 1909)において、妻を嫌うあまり消耗するシェイクスピアを描いている。骨を動かす者への呪いは、妻が死んでも自分のそばに葬られないようにしようというシェイクスピア流の奇策だというヒントは、ハリスからもらった。17世紀後半にシェイクスピアの墓を訪れ、この呪いがシェ

イクスピアの最後の詩だという話を聞いた人については、チェインバーズの *William Shakespeare*, 2:259 を参照のこと。

第5章　橋を渡って

狩猟(および非合法な狩猟である密猟)については、Edward Berry, *Shakespeare and the Hunt: A Cultural and Social Study* (Cambridge: Cambridge University Press, 2001)を参照のこと。トマス・ルーシーの性格をサミュエル・シェーンボームは *William Shakespeare: A Documentary Life*, 107 で平和協調的であったと見なしている。ストウプス(Stopes)の *Shakespeare's Warwickshire Contemporaries* には、サマヴィルについておもしろい章がある。最初にヴィクトリア朝批評家リチャード・シンプソンが主張した論、すなわちサマヴィルは孤立した精神異常者ではなく、むしろ本格的な陰謀の加担者であるという説をリチャード・ウィルソンは *Secret Shakespeare* において蘇らせている。その説によれば、サマヴィルはロンドン塔で自殺したのではなく、処刑の際に仲間を有罪と証明する証拠を漏らさぬように仲間の陰謀者に殺されたのだという(なぜ、ぎりぎりになって口ふさぎをしたのかは、よくわからない)。シェイクスピアは『ハムレット』(1600－1601)を書く少し前におそらくルイース・デ・グラナダ(Luis de Granada)の *Of Prayer and Meditation* (1582)を読んだであろうが、サマヴィルとのつながりは誇張されるべきでない。ルイースの本には1599年に出版された別の版があり、サマヴィルを致命的な決心に導いたリチャード・ハリスの扇動的書簡はそこにはない。

巡業については、現在刊行中の *Records of Early English Drama* (Toronto: University of Toronto Press, 1979-)が非常に貴重だ。ピーター・グリーンフィールド(Peter Greenfield)の"Touring," in *New History of Early English Drama*, ed. John D. Cox and David Scott Kastan (New York: Columbia University Press, 1997), 251-68 およびサリー＝ベス・マクリーン(Sally-Beth MacLean)の"The Players on Tour," in *Elizabethan Theatre*, vol. 10, ed. C. E. McGee (Port Credit, Ontario: P. D. Meany, 1988), 55-72 は有益であり、おもしろい。シェイクスピアが女王一座とつながりがあるかもしれない点については、マクミラン(McMillan)とマクリーンの *The Queen's Men and Their Plays* を参照のこと。

ロンドンが初めての人にどう見えたかという印象については、まず William Rye, *England as Seen by Foreigners* (London: John Russell Smith, 1865)から読み始めるとよい。以下も参照のこと。

A. L. Beier and Roger Finlay, eds., *London 1500-1700: The Making of a Metropolis* (London: Longman, 1986).

N. L. Williams, *Tudor London Visited* (London: Cassell, 1991).

Lawrence Manley, *Literature and Culture in Early Modern London* (Cambridge: Cambridge University Press, 1995).

David Harris Sacks, "London's Dominion: The Metropolis, the Market Economy, and the State," in *Material London, ca. 1600*, 20-54.

「一年中続く市」としてのロンドンの特徴は、サックスが引用している資料に詳しい。

本章と次章の主たる一次資料は、ジョン・ストウ(John Stow)の1598年の *Survey of London* であり、C. L. Kingsford 編の現代版 (Oxford: Clarendon, 1971)で読める。

聖職者の権利の法的概念については、私の"What Is the History of Literature?" *Critical*

Inquiry 23 (1997): 460-81を参照のこと。「倫理的幸運」の概念については、Bernard Williams, *Moral Luck: Philosophical Papers, 1973-1980* (Cambridge: Cambridge University Press, 1981)を参照のこと。

第6章　郊外での生活

イアン・アーチャー(Ian Archer)が *A Companion to Shakespeare*, ed. David Scott Kastan (Oxford: Blackwell, 1999), 43-56において、"Shakespeare's London"の簡便な説明をしている。ロンドンの「歓楽地帯」については、Steven Mullaney, *The Place of the Stage: License, Play, and Power in Renaissance England* (Chicago: University of Chicago Press, 1987)を参照のこと。熊いじめについては、S. P. Cerasano, "The Master of the Bears in Art and Enterprise," *Medieval and Renaissance Drama in England* 5 (1991): 195-209およびJason Scott-Warren, "When Theaters Were Bear-Gardens; or, What's at Stake in the Comedy of Manners," *Shakespeare Quarterly* 54 (2003): 63-82を参照。子馬に乗った猿の見世物に興じた同時代人とはナジェラ公爵のスペイン人秘書で、1544年にヘンリー八世に謁見した(チェインバーズの *Elizabethan Stage* に引用がある。デッカーの引用とサザックの見世物の説明も、同書によった)。

16世紀半ばの葬儀屋がロンドンのおぞましい"theater of punishments"(刑罰の劇場)の当時の記録をつけた。すなわち、*The Diary of Henry Machyn, Citizen and Merchant-Taylor of London, from A.D. 1550 to A.D. 1563*, ed. John Gough Nichols (London: Camden Society, 1848)である。メイチン(Machyn)の日記はシェイクスピア誕生より前で終わっているが、そこに非常に根気よく連綿と記された刑罰が、16世紀後半に大きく軽減された兆候はない。

シェイクスピア時代のロンドンの主要な芝居小屋の構造や機能については、チェインバーズの *Elizabethan Stage* のほかに、以下を参照のこと。

Herbert Berry, *Shakespeare's Playhouses* (New York: AMS Press, 1987).

Andrew Gurr, *The Shakespearean Stage, 1574-1642*, 3rd ed. (Cambridge: Cambridge University Press, 1992).

William Ingram, *The Business of Playing: The Beginnings of Adult Professional Theater in Elizabethan London* (Ithaca: Cornell University Press, 1992).

Arthur Kinney, *Shakespeare by Stages* (Oxford: Blackwell, 2003).

劇場の構造や財政についての詳細は、依然として決着がついていない。

エリザベス朝の劇場研究の有名な資料は、興行主フィリップ・ヘンズロウ(Philip Henslowe)がつけた詳細な会計帳簿である。その本、*Henslowe's Diary* はR・A・フォークス(Foakes)が編纂した (2nd ed.; Cambridge: Cambridge University Press, 2002)。この著しく詳細な記録にさえひとつの問題がつきまとうが、それは、当時における請求と支払いの重要性を理解しなければならないことである。役に立つ手引きとなるのは、以下である。

Roslyn L. Knutson, *Playing Companies and Commerce in Shakespeare's Time* (Cambridge: Cambridge University Press, 2001).

G. E. Bentley, *The Profession of Dramatist in Shakespeare's Time, 1590-1642* (Princeton: Princeton University Press, 1971).

Peter Davison, "Commerce and Patronage: The Lord Chamberlain's Men's Tour of 1597," in *Shakespeare Performed*, ed. Grace Ioppolo (London: Associated University Presses, 2000), 58-59.

ノースブルック(Northbrooke)とゴッソン(Gosson)による舞台上演批判、およびフローリオ(Florio)による皮肉の効いた対話編は、チェインバーズの *Elizabethan Stage* に便利にまとめられている。Lacey Baldwin Smith, *Treason in Tudor England: Politics and Paranoia* (Princeton: Princeton University Press, 1986)には、エリザベス朝の役人の不安が見事に説明されている。演劇を規制しようとした政府の試みについては、Richard Dutton, *Mastering the Revels* (London: Macmillan, 1991) および Janet Clare, *"Art Made Tongue-Tied by Authority": Elizabethan and Jacobean Dramatic Censorship* (New York: St. Martin's, 1990)を参照のこと。

クリストファー・マーロウの劇からの引用はすべて、『タンバレイン大王』第2部を例外として、*English Renaissance Drama*, ed. David Bevington, Lars Engle, Katharine Eisaman Maus, and Eric Rasmussen (New York: W. W. Norton, 2002)によった。『タンバレイン大王』第2部は Christopher Marlowe, *Plays*, ed. David Bevington and Eric Rasmussen (Oxford: Oxford University Press, 1998)によった。シェイクスピアへのマーロウの影響についての膨大な批評文献の一例は、ニコラス・ブルック(Nicholas Brooke)による啓発的な論文 "Marlowe as Provocative Agent in Shakespeare's Early Plays," in *Shakespeare Survey 14* (1961): 34-44 である。

エドワード・アレン(Edward Alleyne)については、S. P. Cerasano, "Edward Alleyn: 1566-1626," in *Edward Alleyn: Elizabethan Actor*, Jacobean Gentleman, ed. Aileen Reid and Robert Maniura (London: Dulwich Picture Gallery, 1994), 11-31を参照のこと。エドワード・アレンが最初のタンバレイン大王であった証拠はないが、その役で有名であり、ナッシュが1589年にアレンを当時の役者のなかのロシウス(名優)として言及していることから、アレンがこの役を作ったと思われる。

シェイクスピアの印刷業との関係については、David Scott Kastan, *Shakespeare and the Book* (Cambridge: Cambridge University Press, 2001)および Peter W. M. Blayney, *The First Folio of Shakespeare*, 2nd ed. (New York: W. W. Norton, 1996)を参照されたい。シェイクスピアの読書については、ブロー(Bullough)の8巻本 Narrative and Dramatic Sources of Shakespeare のほかに、以下が有用だった。

Henry Anders, *Shakespeare's Books: A Dissertation on Shakespeare's Reading and the Immediate Sources of His Works* (Berlin: Reimer, 1904).

Kenneth Muir, *The Sources of Shakespeare's Plays* (London: Methuen, 1977).

Robert S. Miola, *Shakespeare's Reading* (Oxford: Oxford University Press, 2000).

Leonard Barkan, "What Did Shakespeare Read?" in *Cambridge Companion to Shakespeare*, ed. Margareta de Grazia and Stanley Wells (Cambridge: Cambridge University Press, 2001), 31-47.

第7章　舞台を揺るがす者

シェイクスピアが携わった競争世界については、James Shapiro, *Rival Playwrights: Marlowe, Jonson, Shakespeare* (New York: Columbia University Press, 1991) および James

Bednarz, *Shakespeare and the Poets' War* (New York: Columbia University Press, 2001)を参照のこと。劇作家が競争関係にありながらも共同執筆をしていたことについては、以下を参照。

Jeffrey Masten, Textual *Intercourse: Collaboration, Authorship, and Sexualities in Renaissance Drama* (Cambridge: Cambridge University Press, 1997).

Jonathan Hope, *The Authorship of Shakespeare's Plays: A Socio-Linguistic Study* (Cambridge: Cambridge University Press, 1994).

Brian Vickers, *Shakespeare, Co-Author: A Historical Study of Five Collaborative Plays* (Oxford: Oxford University Press, 2002).

ヴィッカーズ(Vickers)が浩瀚な研究書で取り上げている5つの劇『タイタス・アンドロニカス』『アテネのタイモン』『ペリクリーズ』『ヘンリー八世』『二人の貴公子』が、シェイクスピアの名前を冠するものとしては最も弱いものであることが広く認められていることは特筆される。つまり、共同執筆に関する最新の研究の成果は、奇妙なことに、シェイクスピアだけが天才なのだというきわめて伝統的な考え方を強調することになっているのである。

シェイクスピアとその同時代人が演劇人生を組織し運営した方法についての有益で情報満載の本は、Bentley, *The Profession of Dramatist in Shakespeare's Time, 1590-1642;* Peter Thomson, *Shakespeare's Professional Career* (Cambridge: Cambridge University Press, 1992); Andrew Gurr, *The Shakespearian Playing Companies* (Oxford: Clarendon, 1996) および Knutson, *Playing Companies and Commerce in Shakespeare's Time* である。必ずしも信頼できるものではないが、T. W. Baldwin, *The Organization and Personnel of the Shakespearean Company* (Princeton: Princeton University Press, 1927) は鍵となる情報をそろえている。T. J. King, *Casting Shakespeare's Plays: London Actors and Their Roles, 1590-1642* (Cambridge: Cambridge University Press, 1992); Tiffany Stern, *Rehearsal from Shakespeare to Sheridan* (Oxford: Oxford University Press, 2000)および David Bradley, *From Text to Performance in the Elizabethan Theatre: Preparing the Play for the Stage* (Cambridge: Cambridge University Press, 1992) は、G. E. Bentley, *The Profession of Player in Shakespeare's Time, 1590-1642* (Princeton: Princeton University Press, 1984) とともに啓発的だ。*Shakespeare as Literary Dramatist* (Cambridge: Cambridge University Press, 2003)においてルーカス・アーン(Lukas Erne)は、シェイクスピアは、学者たちが普通認める以上に、自分の劇の上演面のみならず印刷面にも興味を持っていたと論じている。

演技者としてのシェイクスピアについては、Meredith Skura, *Shakespeare the Actor and the Purposes of Playing* (Chicago: University of Chicago Press, 1993)を参照のこと。David Wiles, *Shakespeare's Clown: Actor and Text in the Elizabethan Playhouse* (Cambridge: Cambridge University Press, 1987)および David Mann, *The Elizabethan Player: Contemporary Stage Representation* (London: Routledge, 1991)は、Jean Howard, *The Stage and Social Struggle in Early Modern England* (London: Routledge, 1994)と同様、役に立つ。

シェイクスピアの特異な才能は、同時代人やライバル作家に無視されていなかった。その反応の一部については、E. A. J. Honigmann, *Shakespeare's Impact on His Contemporaries* (London: Macmillan, 1982)や、2巻本の *Shakespeare Allusion-Book: A Collection of Allusions to Shakespeare from 1591 to 1700*, ed. John Munro (London: Oxford University

Press, 1932)を参照のこと。Emrys Jones, *The Origins of Shakespeare* (Oxford: Clarendon, 1977)は、シェイクスピアの才能が最初に開花した点について啓発的だ。

マーローウの波瀾万丈で過激な人生は、多くの伝記作家の主題となっており、チャールズ・ニコル(Charles Nicholl)のおもしろい推理を展開する *The Reckoning: The Murder of Christopher Marlowe* (London: Jonathan Cape, 1992), Constance Kuriyama, *Christoper Marlowe: A Renaissance Life* (Ithaca: Cornell University Press, 2002) および David Riggs, *The World of Christopher Marlowe* (London: Faber, 2004)などがある。『グリーン三文の知恵』*Greene's Groatsworth of Wit, Bought with a Million of Repentance* (1592) は、D・アレン・キャロル(Allen Carroll)の情報のつまった版で入手可能(Binghamton: Center for Medieval and Early Renaissance Studies, 1994)。

第8章　男にして女

サウサンプトン伯が『ソネット集』の美青年であるという主張については、特に G. P. V. Akrigg, *Shakespeare and the Earl of Southampton* (Cambidge, MA: Harvard University Press, 1968)を参照のこと。二人のあいだを取り持ったかもしれない人物の生涯については、Frances Yates, *John Florio: The Life of an Italian in Shakespeare's England* (Cambridge: Cambridge University Press, 1934)を参照。

ジョエル・ファインマン(Joel Fineman)は、シェイクスピアの伝記にはほとんど、あるいは一切興味を持っていなかったが、私の見るところでは、心理的に最も鋭いソネット研究 *Shakespeare's Perjured Eye* (Berkeley: University of California Press, 1986) を書いた。『ソネット集』は、スティーヴン・ブース(Stephen Booth)編纂(New Haven: Yale University Press, 1977)、キャサリン・ダンカン=ジョーンズ(Katherine Duncan-Jones)編纂 (Arden Shakespeare, 1997)、コリン・バロウ(Colin Burrow)編纂(Oxford Shakespeare, 2002)のいずれもが豊富な注釈をつけており、ヘレン・ヴェンドラー(Helen Vendler)の *The Art of Shakespeare's Sonnets* (Cambridge, MA: Harvard University Press, 1997)も同様である。ダンカン=ジョーンズは、『ソネット集』に出てくる主要な人物を特定する諸説をくわしくまとめている。テッド・ヒューズ(Ted Hughes)は、*Shakespeare and the Goddess of Complete Being* (London: Faber and Faber, 1992)において、『ヴィーナスとアドーニス』についてのすばらしい評を数ページ書いており、この詩をヒューズはシェイクスピアの詩的業績全体を解く鍵だとしている。リーズ・バロル(Leeds Barroll)の *Politics, Plague, and Shakespeare's Theater: The Stuart Years* (Ithaca: Cornell University Press, 1991)は、一般大衆の衛生上の理由から何度も劇場閉鎖に至った状況を説明している。"Elizabethan Protest, Plague, and Plays: Rereading the 'Documents of Control'," *English Literary Renaissance* 26 (1996): 17-45 において、バーバラ・フリードマン(Barbara Freedman)は、疫病になれば必ず劇場閉鎖が実施されたという見方に反駁する。

シェイクスピアの『ソネット集』にある同性愛は、少なくとも18世紀の昔からショックとともに受け取られた。18世紀に、ジョージ・スティーヴンズは「嫌悪と憤慨が同様に入り混じった思いなしに読むことはできない」と言った。シェイクスピアが生き、働き、(おそらくは)愛した複雑な性的環境については、Stephen Orgel, *Impersonations: The Performance of Gender in Shakespeare's England* (Cambridge: Cambridge University Press, 1996); Alan Bray, *Homosexuality in Renaissance England*, 2nd ed. (New York: Columbia University

Press, 1995); Bruce R. Smith, *Homosexual Desire in Shakespeare's England: A Cultural Poetics* (Chicago: University of Chicago Press, 1991) および Bruce R. Smith, *Shakespeare and Masculinity* (New York: Oxford University Press, 2000) を参照のこと。イヴ・コソフスキー・セジュウィック (Eve Kosofsky Sedgwick) の本 *Between Men: English Literature and Male Homosocial Desire* (New York: Columbia University Press, 1985) のなかの『ソネット集』についての章もまたきわめておもしろい。

第9章　処刑台の笑い

Shakespeare and the Jews (New York: Columbia University Press, 1996) のなかで、ジェイムズ・シャピロ (James Shapiro) は、シェイクスピア時代のロンドンには、裏社会かもしれないが重要なユダヤ人社会があったと論じる。この主張には異論があるが、シャピロはエリザベス朝とジェイムズ朝の広範囲にわたるユダヤ人への興味を示す豊富な証拠を示している。David S. Katz, *The Jews in the History of England, 1485-1850* (New York: Oxford University Press, 1994) および Laura H. Yungblut, *Strangers Settled Here Amongst Us: Policies, Perceptions, and the Presence of Aliens in Elizabethan England* (London: Routledge, 1996) も参照のこと。

" 'There Is a World Elsewhere': William Shakespeare, Businessman," in *Images of Shakespeare: Proceedings of the Third Congress of the International Shakespeare Association, 1986*, ed. Werner Habich, D. J. Palmer, and Roger Pringle (Newark: University of Delaware Press, 1988), 40-46 のなかで E・A・J・ホニグマンは、シェイクスピア自身が金貸しやそのほかの金銭的事業にどのように関わったかを分析しており、William Ingram, "The Economics of Playing," in *A Companion to Shakespeare*, ed. David Scott Kastan (Oxford: Blackwell, 1999) 313-27 もそうである。

シェイクスピアの筆跡による場面が含まれている可能性のある唯一の現存する手書きの劇については、Scott McMillin, *The Elizabethan Theatre and "The Book of Sir Thomas More"* (Ithaca: Cornell University Press, 1987) および T. H. Howard-Hill, ed., *Shakespeare and 'Sir Thomas More': Essays on the Play and Its Shakespearian Interest* (Cambridge: Cambridge University Press, 1989) を参照のこと。『サー・トマス・モア』の執筆年代と、シェイクスピアの関わりについてははっきりしない。台本の草稿はアンソニー・マンディほかの作家たちが、1592 ～ 93 年ないし 1595 年、「外国人」反対の煽動が起こった時期に書いたものかもしれない。シェイクスピアは最初から参加していたかもしれないが、たぶん、上演許可を得ようとしていた 1603 年か 1604 年になってから加筆をしたと思われる。

ロンドン在住の「外国人」社会とシェイクスピアの個人的な関わりを示す直接証拠は、17 世紀初頭に遡る。1604 年、そしておそらくはその少し前から、シェイクスピアはマグウェル・アンド・シルヴァー・ストリートの角の貸し部屋に住んでいた。同じ場所に住んでいた隣人に、フランス人プロテスタント信者クリストファー・マウントジョイとその妻マリーがいた。マウントジョイは、1572 年、聖バーソロミューの日の大虐殺事件のあとイングランドへ逃げてきたのであり、婦人の鬘《かつら》や帽子などの製造業者として成功した。1612 年にシェイクスピアは、マウントジョイとその義理の息子スティーヴン・ベロットとのあいだの訴訟で証人に立った。ベロットは、義理の父が結婚時に 60 ポンドを与え、200 ポンドの遺産を遺すと約束したと主張した。被告も原告も、1604 年にシェ

イクスピアがマウントジョイ夫妻の求めに応じてこの若者にマウントジョイの娘と結婚するよう説得したので、同意された条件を知っていると証言した。シェイクスピアはその証言において、マウントジョイ家のこともベロットのことも褒めて、ベロットとは「10年ほどの」付き合いだと述べたが、宣誓のもとに、結婚の合意の正確な金銭的条件は憶えていないと言った。この裁判の文書は1909年に発見された。サミュエル・シェーンボームの *Records and Images* とパーク・ホーナンの *Shakespeare: A Life* に詳しい説明がある。

第10章　死者との対話

医者の日記と親の嘆きの問題については、Michael MacDonald, *Mystical Bedlam: Madness, Anxiety, and Healing in Seventeenth-Century England* (Cambridge: Cambridge University Press, 1981) を参照されたい。シェイクスピアの独白の発展については、Wolfgang Clemen, *Shakespeare's Soliloquies*, trans. C. S. Stokes (London: Methuen, 1987) を参照のこと。シェイクスピアの『ハムレット』執筆と改訂については、John Jones, *Shakespeare at Work* (Oxford: Clarendon, 1995) を参照されたい。ハムネットの死のシェイクスピアへの影響については、Richard P. Wheeler, "Death in the Family: The Loss of a Son and the Rise of Shakespearean Comedy," in *Shakespeare Quarterly* 51 (2000): 127-53 による繊細な精神分析的説明を参照。*Hamlet in Purgatory* (Princeton: Princeton University Press, 2001) のなかで私は、生きている者と死者との関係の変化がシェイクスピアにどのような影響を与えたか詳しく書いた。Roland M. Frye, *The Renaissance Hamlet: Issues and Responses in 1600* (Princeton: Princeton University Press, 1984) も参照されたい。より大きな歴史的、文化的、神学的問題については、Theo Brown, *The Fate of the Dead: A Study of Folk-Eschatology in the West Country after the Reformation* (Ipswich, UK: D. S. Brewer, 1979); Clare Gittings, *Death, Burial, and the Individual in Early Modern England* (London: Croom Helm, 1984); Julian Litten, *The English Way of Death: The Common Funeral since 1450* (London: R. Hale, 1991); Cressy, *Birth, Marriage, and Death* および Duffy, *The Stripping of the Altars* を参照されたい。

第11章　王に魔法を

アルヴィン・カーナン (Alvin Kernan) の *Shakespeare, the King's Playwright: Theater in the Stuart Court, 1603-1613* (New Haven: Yale University Press, 1995) は、シェイクスピアとジェイムズとの関係を論じている。

『マクベス』と火薬爆発事件との関係については、Henry Paul, *The Royal Play of Macbeth* (New York: Macmillan, 1950) および Garry Wills, *Witches and Jesuits: Shakespeare's Macbeth* (New York: Oxford University Press, 1995) を参照のこと。ガウリの陰謀については、Louis Barbé, *The Tragedy of Gowrie House* (London: Alexander Gardner, 1887) を参照されたい。クレーマーとシュプレンガーの『魔女への鉄槌《マレウス・マレフィカールム》』は、英語の翻訳版で読める (1928; repr., New York: Dover, 1971)。その編者モンタギュー・サマーズ (Montague Summers) は、レジナルド・スコット (Reginald Scot) の *Discoverie of Witchcraft* (1930; repr., New York: Dover, 1972) の編者でもある。Keith Thomas, *Religion and the Decline of Magic* (London: Weidenfeld and Nicolson, 1971) および Stuart Clark, *Thinking with Demons: The Idea of Witchcraft in Early Modern Europe* (Oxford: Clarendon, 1997) は、神秘学が当時の精神構

造に占めていた位置を理解するのに特に有益である。"Shakespeare Bewitched," in *New Historical Literary Study: Essays on Reproducing Texts, Representing History*, ed. Jeffrey N. Cox and Larry J. Reynolds (Princeton: Princeton University Press, 1993), 108-35 において、私はシェイクスピアと魔女狩りの関係について詳しく論じている。

第12章　日常の勝利

Bernard Beckerman, *Shakespeare at the Globe* (New York: Macmillan, 1962) および Irwin Smith, *Shakespeare's Blackfriars Playhouse: Its History and Its Design* (New York: New York University Press, 1964) は、いずれも後期のシェイクスピアの主要な劇場への手引きとしてきわめて有用だ。舞台については、Alan Dessen and Leslie Thomson's *A Dictionary of Stage Directions in English Drama, 1580-1642* (Cambridge: Cambridge University Press, 1999) が、デッセンの *Elizabethan Stage Conventions and Modern Interpreters* (Cambridge: Cambridge University Press, 1984) と同様、参考になる。サー・ヘンリー・ウォトンから甥のサー・エドマンド・ベイコン宛ての1613年7月2日付けの手紙にあるグローブ座消失の記述は、Chambers, *Elizabethan Stage,* 4:419-20 に引用されている。

著・訳者紹介

スティーヴン・グリーンブラット[Stephen Greenblatt]
一九四三年マサチューセッツ州ケンブリッジ生まれ。イェール大学と英国ケンブリッジ大学に学ぶ。現ハーヴァード大学教授。
新歴史主義の領袖として批評界をリードするシェイクスピア学者。
代表的著作に、『ルネサンスの自己成型』(高田茂樹訳、みすず書房)、『シェイクスピアにおける交渉』(酒井正志訳、法政大学出版局)、『驚異と占有』(荒木正純訳、みすず書房)ほかがあり、
シェイクスピア全集ノートン・シェイクスピア(一九九七)の編者でもある。

河合祥一郎[かわい・しょういちろう]
一九六〇年生まれ。東京大学英文科卒。東京大学およびケンブリッジ大学より博士号を取得。
東京大学助教授。著書に、『謎解き「ハムレット」』(三陸書房)、
サントリー学芸賞受賞作『ハムレットは太っていた!』(白水社)、
『シェイクスピアは誘う』(小学館)、『「ロミオとジュリエット」恋におちる演劇術』(みすず書房)ほか。
白水社からの訳書に、シェイクスピア『エドワード三世』、
シェイクスピア+フレッチャー『二人の貴公子』、
ジョン・アップダイク『ガートルードとクローディアス』、
ピーター・ブルック『ピーター・ブルック回想録』がある。

シェイクスピアの驚異《きょうい》の成功物語《せいこうものがたり》

二〇〇六年八月二〇日 印刷
二〇〇六年九月一〇日 発行

訳者© 河合祥一郎
発行者 川村雅之
印刷所 株式会社 三陽社
発行所 株式会社 白水社

東京都千代田区神田小川町三の二四
電話 営業部〇三（三二九一）七八一一
編集部〇三（三二九一）七八二一
振替 〇〇一九〇-五-三三二二八
郵便番号 一〇一-〇〇五二
http://www.hakusuisha.co.jp
乱丁・落丁本は、送料小社負担にてお取り替えいたします。

松岳社（株）青木製本所

ISBN4-560-02748-X

Printed in Japan